BASTEI
LÜBBE

STEFAN BAUER • HERAUSGEBER

DAS VERMÄCHTNIS DES RINGS

Neue fantastische Geschichten
J.R.R. Tolkien zu Ehren

Mit Zeichnungen
von Johann Peterka

BASTEI
LÜBBE

BASTEI LÜBBE TASCHENBUCH
Band 20 421

1. Auflage: September 2001

Vollständige Taschenbuchausgabe

Bastei Lübbe Taschenbücher ist ein
Imprint der Verlagsgruppe Lübbe

Originalausgabe
© 2001 by Verlagsgruppe Lübbe GmbH & Co. KG,
Bergisch Gladbach
This anthology has not been authorized
by the estate of J.R.R Tolkien, Christopher Tolkien or
HarperCollins Publishers and nothing in its publication
is meant to imply such authorization or approval
Titelillustration: Michael Whelan, Agentur Schlück
Innenillustrationen und Vignetten: Johann Peterka
Umschlaggestaltung: QuadroGrafik, Bensberg
Satz: QuadroPrintService, Bensberg
Druck und Verarbeitung:
Elsnerdruck, Berlin
Printed in Germany
ISBN 3–404–20421–2

Sie finden uns im Internet unter
http://www.luebbe.de

Inhalt

VORWORT

›Nach dem *HERRN DER RINGE* war die Welt der Fantasy nicht mehr dieselbe‹, schrieb ich vor etwa fünf Jahren auf dem Klappentext zum Vorgängerband dieser Anthologie: *DIE ERBEN DES RINGS*, herausgegeben von Martin H. Greenberg. In jenem Band verbeugten sich zahlreiche anglo-amerikanische Autorinnen und Autoren vor dem großen Erzähler. Doch nicht nur im englischsprachigen Raum hat Tolkien seine Spuren hinterlassen, auch die deutsche Fantasy-Landschaft wurde und wird von ihm geprägt.

Auf die ein oder andere Weise kommt niemand, der sich mit dem Genre beschäftigt, an dem Namen Tolkien vorbei. Er hat ein Standardwerk geschaffen, das nach wie vor Maßstäbe setzt. Als Fantasy-Autor schreibt man entweder ›wie Tolkien‹ oder ›anders als Tolkien‹ – was an sich noch keine Wertung beinhaltet, aber zeigt, dass man sich dem Vergleich einfach nicht entziehen kann. Und ist es verwunderlich? Findet man in Tolkiens Werk doch beinahe alles, was das Bild der Fantasy in diesem Jahrhundert geprägt hat: von Zauberern, Elfen, Zwergen und Drachen über keltische Mythen und Legenden bis hin zu epischen Schlachtengemälden und anderen genretypischen Motiven und Themen wie zum Beispiel die Queste, die Frage nach der Natur von Gut und Böse, nach Freundschaft und Edelmut.

Dies sind auch die Themen, die die Autoren dieses Bandes aufgreifen. Es sind überwiegend junge Talente, und auch sie sind auf die ein oder andere Weise von Tolkien geprägt oder beeinflusst worden – nicht unbedingt nur vom KLEINEN HOBBIT und dem HERRN DER RINGE. Auch die Abenteuer des BAUERN GILES VON HAM und die NOTION CLUB PAPERS über die versunkene Welt Númenor aus den nachgelassenen Schriften haben ihre Fantasie angeregt. Der aufmerksame Leser wird die unterschiedlichsten Anspielungen auf Tolkiens Werk finden, oft mit einem Augenzwinkern angebracht, aber immer voller Respekt. Man muss die Werke Tolkiens jedoch nicht kennen, um Gefallen an den Geschichten zu finden. Es sind, und das sei hier betont, vollkommen eigenständige Erzählungen, für die letztendlich gilt, was Jane Jolen schon im Vorwort zu den ERBEN DES RINGS sagte: Wir wollten ›die Art von Geschichten produzieren, denen Tolkien selbst zugetan gewesen wäre und an denen er seine Freude gehabt hätte‹.

In diesem Sinne wünsche ich viel Vergnügen mit dem VERMÄCHTNIS DES RINGS.

Stefan Bauer
Bergisch Gladbach, März 2001

KERSTIN GIER

JEREMY OHNELAND
UND DER DRACHE

In den alten Zeiten, als Brunnen und Bäume noch sprechen konnten (im Grunde tun sie das auch heute noch, allerdings nicht mit jedem), in jenen guten alten Zeiten also gehörte zu beinahe jedem Königreich ein Drache. Das war keineswegs immer so gewesen.

Die Drachen hausten schon seit Ewigkeiten in den Bergen, wo sie, da sie wenig gesellig waren, jeder für sich unvorstellbar große Reichtümer in Höhlen anhäuften. (Den größten Teil des Jahres verbrachten sie mit Schlafen, manchmal verschliefen sie sogar mehrere Jahre, ohne auch nur ein einziges Mal mit dem Schwanz zu zucken.) Es soll aber Zeiten gegeben haben, in denen es mehr Drachen als Menschen gab und die Drachen ebenfalls in den grünen Ebenen wohnten. Und so gab es eine recht lange während Epoche, in der Drachen und Menschen einander im Weg waren und ziemlich oft aneinander gerieten. Aus dieser Zeit stammen die meisten Geschichten und Lieder über Drachen, die ganze Dörfer niederbrannten, jährlich ihren Tribut an Blut und Jungfrauen forderten und ihrerseits von mutigen Drachentötern, tapferen Rittern mit flinken Schwertern, attackiert wurden.

Drachen sind mächtige, kluge, in der Regel äußerst hinterhältige Wesen, und wenn man bedenkt, dass sie um vieles größer sind als Menschen, dazu die Fähigkeit besitzen, Feuer zu speien und zu fliegen, so muss man die Tapferkeit und Geschicklichkeit der Drachentöter aus jener Zeit wirklich bewundern. Die dichte, schimmernde Schuppenschicht, die einen Drachenleib bedeckt wie eine von Zwergenhand geschmiedete Rüstung, ist selbst für ein scharfes Schwert nur äußerst schwer zu durchdringen, und der Rat, das goldgelbe, listig funkelnde Drachenauge zu durchbohren, ist leichter erteilt als befolgt, denn so ein Drachenkopf ist äußerst beweglich und meist ein paar Meter höher als die Schwertspitze. Dass es den Rittern trotzdem des Öfteren gelang, im Kampf Mann gegen Drachen die Oberhand zu gewinnen, grenzt an ein Wunder.

Nun muss man fairerweise sagen, dass Drachen keine geborenen Kämpfernaturen sind. Sie töten aus Verdruss, um an Reichtümer zu gelangen, und natürlich, um ihr Leben zu verteidigen, wenn sie angegriffen werden. Niemals aber würden sie sich freiwillig auf einen Kampf einlassen, bei dem sie wenig Aussicht auf einen Sieg hätten. Sie riskieren ungern Verletzungen, der Verlust von Blut macht sie wehleidig, und so braucht es niemanden zu wundern, dass die Drachen einer Konfrontation mit jenen todesmutigen Rittern und ihren Schwertern, wenn es eben möglich war, aus dem Weg gingen. Man kann verstehen, dass schon der Anblick eines Drachentöters, behängt mit allerlei geschmacklosen Trophäen – Kettenhemden aus Drachenzähnen, Gürtel aus Schwanzschuppen und Proviantbeutel aus getrockneter und gegerbter Drachenzunge – ausreichte, um einen Drachen zur Flucht zu bewegen. Oder sagen wir, zu einem würdevollen Rückzug. Außerdem trugen Gerüchte über spezielle Drachentöterschwerter, die mit Zauberkraft geschmiedet waren und in der Hand eines aufrechten Mannes sozusagen von allein den Weg ins Drachenauge fanden, nicht wenig zu dieser eher defensiven Haltung der Drachen bei.

Nach einigen Jahrhunderten hatten sich die Drachen daher mehr und mehr in die unbewohnten Berge zurückgezogen, während die Menschen die fruchtbaren Täler bevölkerten, und aufgrund der Distanz (ein Drache hätte von seiner Höhle wohl einen Tag und mehr – bei Gegenwind – bis zu einer Menschenansiedlung fliegen müssen, und ein Mensch hätte mit einem Pferd sogar ein bis zwei Wochen benötigt, bis er einen Blick auf einen Drachenschwanz hätte erhaschen können) gab es kaum noch Begegnungen zwischen Drache und Mensch. Die Drachenkämpfer starben aus, die Schätze in den Drachenhöhlen setzten Moos an, und die Zauberschwerter gerieten in Vergessenheit.

Hinzu kommt, dass nur alle Jubeljahre ein Drachenbaby aus dem Ei schlüpft, während die Menschen dazu neigen, sich bedeutend schneller zu vermehren – natürlich auch, weil nicht mehr so viele von ihnen den herumvagabundierenden Drachen zum Opfer fielen. Der Platz in den fruchtbaren Ebenen reichte ihnen nach ein paar Jahrhunderten kaum noch aus. Sie begannen, auch weniger fruchtbare Gebiete zu besiedeln, Sümpfe trocken zu legen und Straßen in unzugängliche Gegenden zu bauen. So kamen sie den Bergen, in denen die Drachen hausten, immer näher, aus kleinen Dörfern wurden große Dörfer, aus großen Dörfern wurden kleine Städte, und aus kleinen Städten wurden große Städte. Alle naslang baute jemand eine Burg, erkärte das die Burg umgebende Land zu seinem Königreich und die dort lebenden Menschen zu seinen Untertanen. (Es gab damals mehr Königreiche als Schulen für Kinder oder Mirabellenbäume oder schwarze Schafe.)

Als eines Tages sogar am Fuße der Drachenberge eine Burg errichtet wurde, konnten die Drachen die Menschen nicht mehr länger ignorieren. Sie kamen wieder aus ihren Höhlen hervor, drehten flügelschlagend ihre Runden und sahen nicht ohne Schrecken, wie zahlreich ihre alten Feinde inzwischen geworden waren. Nun waren die

Drachen zwar nicht zahlreicher, aber älter und weiser und aus vergangenen Zeiten klug geworden. Sie hatten gelernt, dass mit den Menschen nicht zu spaßen war, und obwohl ihnen schon viele Jahre kein Drachentöter mehr untergekommen war – geschmückt mit Zähnen und Zunge eines Artgenossen -, gingen sie kein Risiko ein, sondern erklärten sich mit Verhandlungen einverstanden. Die Könige, die sich beim Anblick der geflügelten Feuerspeier an all die alten, gruseligen Gutenachtgeschichten erinnerten, die man ihnen als Kinder erzählt hatte, waren ihrerseits heilfroh, dass die Drachen mit sich reden ließen. Man einigte sich darauf, den Drachen jährlich einen Tribut von Gold, Silber und Edelsteinen zu entrichten und im Gegenzug von Raubzügen und Feuerattacken verschont zu bleiben. Diese Vereinbarungen funktionierten in der Regel ganz gut, und wenn hier und da mal ein Drache über die Stränge schlug, etwa einen Heuschober in Brand setzte oder einen einsamen Wanderer verspeiste, dann sparte der betroffene König im nächsten Jahr einfach einen Sack Silber ein, und beide Seiten waren zufrieden.

Auch zum Königreich von König Feodor gehörte ein Drache. Er hieß Brunophylax, war groß wie eine Reisekutsche (ohne Schweif) und über und über mit Schuppen bedeckt, die in allen möglichen Grüntönen schimmerten. Aus längst vergangenen Zeiten trug er den Spitznamen ›Bruno Brandstifter‹, weil er aus hundert Meter Entfernung eine Scheune in Brand stecken konnte und dies auch des Öfteren getan hatte. Laut Vereinbarung übergab König Feodor ihm jedes Jahr zum ersten Juni mehrere Säcke voll kostbarem Gold- und Edelsteinschmuck. Die Übergabe verlief immer nach dem gleichen Muster. Zwei Ritter, denen diese Aufgabe per Los zugewiesen wurde, machten sich samt Packeseln bis zum Eingang von Brunophylax´ Sommerhöhle auf. Sie luden den Schatz auf dem sandigen Vorplatz ab und warteten im Schutze einiger Felsen, bis der Drache hervorkam, den Schatz in Empfang nahm, prüfte und damit in der Höhle verschwand. In jedem Jahr berichteten die Männer, wie furchteinflößend groß und gefährlich das Untier aussähe und wie giftig seine Augen in Richtung ihres Versteckes funkelten.

»In Ordnung«, pflegte er zu knurren und dabei eine kleine Feuergarbe auf den Platz zu spucken, die einen beeindruckenden Kreis aus geschmolzenem Sand hinterließ. »Ihr könnt eurem König sagen, dass ich mich eine Zeit lang von seinen Feldern und Leuten fern halten werde.« Seinen Schweif hinter sich herschleifend, schlürfte er in die Höhle zurück, und die Männer sprangen erleichtert auf ihre Pferde und machten, dass sie wegkamen.

Im vierundzwanzigsten Jahr von König Feodors Herrschaft jedoch trat eine kleine Änderung dieser Routine ein, die das Misstrauen des Königs geweckt hätte, wäre er nicht so mit anderen Problemen beschäftigt gewesen. Im vierundzwanzigsten Jahr seiner Herrschaft nämlich kehrten die Ritter von der Übergabe zurück und berichteten, Bruno Brandstifter habe die Säcke geöffnet und geknurrt: »Gold, Silber, Rubine, Smaragde – jedes Jahr dasselbe.« Daraufhin habe er mit seinen gelben Augen auf den Felsen gestarrt, hinter denen sich die Ritter versteckt hielten, und griesgrämig hinzugefügt: »Zwei mickrige Vasallen, zwei Pferde und vier klapprige Packesel – deswegen lohnt es sich ja kaum, die Zähne schmutzig zu machen!«

Eine kleine Weile habe der Drache dort gestanden und gestarrt, den Kopf leicht schief gelegt, als würde er über etwas nachdenken. (Eine kleine Weile, die den Rittern aber ziemlich lange vorkam!) Schließlich, sagten sie, sei er in seiner Höhle verschwunden, ohne seine obligatorische Feuergarbe zu speien oder wenigstens zu versichern, dass er des Königs Felder und Leute in Frieden lassen würde.

Wie gesagt, dieser Bericht hätte den König vorsichtig stimmen müssen, aber er war einfach zu sehr mit dem Problem beschäftigt, seine beiden Töchter Jolanda und Melinda zu verheiraten. Im Interesse des Königreiches musste er die Ehemänner der beiden besonders klug auswählen. Melinda, die ältere, würde das Reich erben, ihr Ehemann also der nächste König werden, und bei der Auswahl konnte Feodor gar nicht klug genug vorgehen. Die künftigen Schwiegersöhne sollten nicht nur über die üblichen charakterlichen Vorzüge verfügen, sondern auch Land, Leute und reichlich Bodenschätze mit in die Ehe bringen. Überdies hatte Feodor seinen Töchtern ein gewisses Mitspracherecht zugesagt und ihnen das Versprechen gegeben, sie nur mit einem Mann zu verheiraten, der ihnen auch gefiele.

Nun war das Brautwerben in jenen Zeiten ein ziemlich zeitaufwändiges Verfahren, wenn man so leichtsinnig war, der Braut ein Mitspracherecht einzuräumen. Bis die Prinzessinnen alle in Frage kommenden Freier kennen gelernt und begutachtet hätten, wäre eine Menge Zeit vergangen, zu viel Zeit, wie der König fand, vor allem, wenn man bedachte, dass Melinda sich schon seit einigen Jahren im so genannten ›heiratsfähigen Alter‹ befand. Um die Angelegenheit so schnell und übersichtlich wie möglich zu einem glücklichen Ende zu bringen, war König Feodor auf die großartige Idee verfallen, alle Kandidaten auf einmal nach Feodonien zu bitten. Im Rahmen eines mehrere Tage währenden Festes mit Tanzveranstaltun-gen, einer Jagd, gutem Essen und vielerlei anderer Ver-gnügungen gedachte er, die passenden Herren ausfindig zu machen und seine Töchter noch im selben Jahr zum Altar zu führen.

Schon seit Monaten wurden die Festivitäten vorbereitet, nachdem – keineswegs überraschend – alle geladenen Prinzen, Könige und Herzöge die Einladung dankend angenommen hatten. Melinda war eine hervorragende Partie, da machte es gar nichts, dass sie nicht eben den

Ruf hatte, besonders schön zu sein. Und Jolanda würde zwar kein Königreich erben, hatte aber eine ordentliche Mitgift vorzuweisen und war – anders als ihre Schwester – von geradezu atemberaubender Schönheit.

Es sollte das rauschendste, aufsehenerregendste und prächtigste Fest aller Zeiten werden, das hatte König Feodor sich und seinen Töchtern versprochen, und er hatte weder Kosten noch Mühen gescheut, um dieses Versprechen wahr zu machen. Das ganze Königreich war gewissermaßen auf Hochglanz poliert worden, die Häuser und die Burg frisch geweißelt, alles mit Birkengrün und bunten Bändern geschmückt. Lange Tafeln bogen sich unter der Last von Silber, Kristall, gestärktem Leinen, Rosengestecken und der Köstlichkeiten, die die Küche aufgefahren hatte. Ein Orchester stand bereit, um zum Tanz aufzuspielen, alle Bediensteten trugen eigens für diese Tage geschneiderte prächtige Livreen in Blau und Gold, den Farben des Königreiches.

Als die ersten Gäste und ihr Gefolge eintrafen, beschien die Junisonne die ganze Pracht auf das freundlichste, und Jolanda, die aus einem Fenster in den Burghof schaute, war allerbester Laune. Sie war die Jüngere der beiden Prinzessinnen, und die Lieder, die man über ihre Schönheit gedichtet hatte, waren keineswegs übertrieben. Ihr ebenmäßiger Porzellan-Teint war vor Aufregung mit einem rosigen Hauch überzogen, und ihre Augen glänzten und waren mindestens ebenso blau wie der Junihimmel.

»Der Mann auf dem schwarzen Pferd muss Guy von Gilesbury sein«, sagte sie, ihr Gesicht nur unzulänglich hinter einer Gardine verborgen. »Wenn es stimmt, was man über ihn erzählt, hat er schon jede Menge Kämpfe gegen Riesen, Ungeheuer und andere Landplagen ausgefochten. Und immer gewonnen.«

»*Wenn* es stimmt«, murmelte Melinda, die vor der Frisierkommode saß und mutlos ihr schlapp herabhängendes Haar betrachtete. Nicht nur, dass es keine so aufsehenerregende Farbe hatte wie Jolandas goldenes Haar, es ließ sich auch so gut wie gar nicht von der Brennschere beeindrucken. Von den modischen Locken, die ihr die Zofe am Morgen mühevoll gelegt hatte, war keine Spur mehr zu sehen.

»Mir gefällt er«, sagte Jolanda hinter der Gardine. »Er sieht aus wie jemand, der immer gewinnt. Und sein Königreich ist größer als Feodonien.«

»Ja, weil sein Vater beim Würfeln gewonnen hat«, sagte Melinda. Jeder kannte die alte Geschichte, wie Gilesbury mit seinem Cousin, dem König von Berryfield, um dessen Reich und die Hälfte seines Reichsschatzes gespielt und gewonnen hatte. Da beide Könige an besagtem Abend stockbesoffen gewesen waren, war man davon ausgegangen, die Sache wäre eine Art Scherz gewesen, aber Gilesbury hatte tatsächlich am nächsten Morgen auf seinem Gewinn bestanden. Und weil Spielschulden nun mal Ehrenschulden sind, war dem König von Berryfield nichts anderes übrig geblieben, als seine Ländereien und die Hälfte seines Reichsschatzes an Gilesbury abzutreten.

Melinda fuhr sich über die Augenbrauen. Sie waren unterschiedlich gewachsen, eine vollzog einen perfekten Bogen um ihre grau-blauen Augen, die andere machte am Ende noch einen kleinen Schlenker, eine Kleinigkeit, die Melinda bisher niemals gestört hatte. Jetzt betrachtete sie sie kritisch und fragte sich, wie sie nur all die Jahre damit hatte leben können.

Jolanda lehnte sich immer noch aus dem Fenster. »Oh, Melinda, das musst du sehen. Diese unmögliche Reisekutsche mit einer übergewichtigen Gans als Wappen. Wer traut sich denn, in so einem altmodischen Ungetüm anzureisen?«

»Das ist ein Schwan, keine Gans«, erklärte Melinda, ohne den Blick von ihrem Spiegelbild zu wenden. »Es ist das Wappentier derer von Hohenlohe, und ich glaube, Prinz Adalbert ist einer von Vaters Favoriten.«

»Adalbert von Hohenlohe zu Lohenhohe«, sagte Jolanda verächtlich. »Da steigt er auch schon aus, watschelnd wie sein Wappentier. Und hilft einer Dame aus der Kutsche. Einer Dame mit einer Haube, die aussieht wie das Zelt, in dem das Orchester untergebracht ist!«

»Das wird seine Mutter sein«, sagte Melinda. »Sie ist dem Prinzen bei seiner Brautwahl behilflich. Angeblich ist ihr keine Frau gut genug. Prinz Adalbert hat ihretwegen schon so mancher einen Korb gegeben, nur weil sie den Ansprüchen seiner Mutter nicht genügte.« Sie seufzte, während sie das schöne blaue Kleid musterte, das eigens für diesen Nachmittag genäht worden war. Egal, was sie tragen würde, kein noch so prächtiges Kleid würde darüber hinwegtäuschen, dass sie größer war als die meisten Männer, dass ihre Nase voller Sommersprossen und ihr Mund mit den nach oben geschwungenen Lippen zu groß für ihr Gesicht war, von den glatten, braunen Haaren und den unterschiedlichen Augenbrauen ganz zu schweigen. Wahrscheinlich würde Prinz Adalberts Mutter die Hände über dem Kopf zusammenschlagen. Melinda wünschte sich brennend, mit ihrer schönen Schwester tauschen zu können.

»Prinz Adalbert ist dick und hat einen Kloßkopf«, sagte Jolanda vom Fenster. »Wenn Lohenhohe nicht all diese Silberminen hätte, würde ihn keine einzige Prinzessin auch nur anschauen.«

Melinda seufzte noch einmal. Genauso redeten die Leute wahrscheinlich auch über sie: »Wenn diese Bohnenstange nicht ganz Feodonien erbte, würde sie kein einziger Mann auch nur anschauen.«

»Er ist sicher ein sehr netter Kerl«, sagte sie traurig. »Klug, witzig, …«

»Ganz sicher nicht«, sagte Jolanda mit Nachdruck.

König Feodor hatte für die Festplanung ein neues Amt vergeben, das Amt des ›Vergnügungsmeisters‹, und dieser Mann hatte ein halbes Jahr damit verbracht, lustige Spiele für das Fest auszutüfteln, bei denen man sich auf ganz ungezwungene Weise kennen lernen konnte. Abends, beim großen Ball, würde getanzt werden, was die beste Art war, um sich näher zu kommen, aber daran war im hellen Nachmittagslicht natürlich nicht zu denken.

Als Erstes stand Schach mit lebenden Figuren auf dem Plan. Der Vergnügungsmeister hatte ein riesengroßes Schachfeld bauen lassen und Kostüme bereitgestellt, die ihre Träger in Springer, Läufer, König und Turm verwandelten. Die Rollen wurden per Los verteilt, aber der Vergnügungsmeister hatte dafür gesorgt, dass Jolanda das Los mit der schwarzen Dame, Melinda das Los mit der weißen Dame zog.

Melinda hängte sich den bestickten Umhang aus weißer Seide um die Schultern und bemerkte unglücklich, dass sie den Prinzen, der ihren weißen König darstellte, um Haupteslänge überragte. Von den weißen Figuren war nur ein Springer und der linke Turm größer als sie, aber das lag an dessen gewaltiger Haube. Die Rolle des weißen Turmes war nämlich der Mutter von Prinz Adalbert zugewiesen worden, die sich allerdings standhaft weigerte, das dazugehörige Kostüm anzuziehen. Sie behielt ihre Haube auf und erlaubte lediglich, dass man ein weißes Band um ihren Ärmel band. Obwohl das Schachfeld recht großzügig bemessen worden war, war die Königin von Hohenlohe so umfangreich, dass der Saum ihrer Röcke die benachbarten Felder berührte. Der Springer an ihrer Seite musste auf einem Bein stehen und schwankte, um Gleichgewicht bemüht, hin und her. Wenn Melinda sich nicht so unwohl gefühlt hätte, wäre sie bei diesem Anblick in Gelächter ausgebrochen.

Als alle Rollen verlost waren, blieben noch zwei Spieler übrig, Prinz Adalbert von Hohenlohe und Guy von

Gilesbury. Guy von Gilesbury stand ganz hoch oben auf König Feodors Liste, denn Gilesbury war groß, fruchtbar und voller Bodenschätze, reicher und noch mächtiger als Feodonien. Guys Vater hatte seinerzeit mit den Ländereien von Berryfield eine Menge Land an sich gebracht, und Guy war fest entschlossen, in seine Fußstapfen zu treten, wenn er auch nicht vorhatte, um Feodonien zu *würfeln*. Wegen dieser alten Geschichte war der Ruf seines Vaters nicht eben der beste, viele hielten es für unfair, einen König auf diese Weise zu enteignen. Seit sein Vater tot war, versuchte Guy daher sein Bestes, dem Namen Gilesbury wieder einen Ehrfurcht gebietenden Klang zu verleihen. Erst im vergangenen Monat hatte er höchstpersönlich einen dummen Riesen von einem kleinen Stück Land an seiner Grenze vertrieben, auf dem eine ergiebige Goldader lag. Der Riese hatte dort gelebt, ohne die Goldader überhaupt zu beachten, aber seine Angewohnheit, ausgewachsene Bäume samt Wurzeln auszurupfen und damit um sich zu schlagen, hatte die Menschen davon abgehalten, auch nur in seine Nähe zu kommen. Guy hatte das Gerücht vernommen, der Riese sei nach all den Jahren nun alt und kränklich geworden, und er hielt den Zeitpunkt für gekommen, die Goldmine ein für alle Mal in seinen Besitz zu bringen.

Nun muss man Guy zugute halten, dass er durchaus *vorgehabt* hatte, den Riesen in einem spektakulären Zweikampf zu besiegen. Dass der Riese bereits mausetot vor seiner Höhle gelegen hatte, als Guy und seine Männer angekommen waren, kann man Guy nicht zum Vorwurf machen. Dass er seine Männer allerdings trotzdem dazu anhielt, die Geschichte eines glorreichen Zweikampfes zu verbreiten (sie bekamen dafür eine Extra-Prämie Gold sowie neue Rüstungen), wirft ein weniger gutes Licht auf seinen Charakter. Es gab sogar ein Lied über seine angebliche Heldentat, *Prinz Guy und der goldgierige Riese*, das recht populär war. Je öfter Guy es hörte – und er ließ es seinen Barden oft anstimmen –, desto besser gefiel er sich in der Rolle des Helden. Es fehlte nicht viel, und er hätte selber daran geglaubt, ein Riesentöter zu sein.

Dass er als Nachfolger König Feodors über Feodonien herrschen würde, stand für Guy außer Frage.

Rein äußerlich gefiel ihm Jolanda weit besser als Melinda, aber da nun mal Melinda das Reich erben würde und nicht Jolanda, hatte er sich entschlossen, über Melindas Größe und ihre Sommersprossen hinwegzusehen. Er wusste, dass seine Chancen, König Feodors Nachfolger zu werden, ganz hervorragend standen, und er war sicher, dass Melinda sich durch seine Wahl geschmeichelt fühlen würde.

»Ich wähle weiß«, wollte er sagen, aber Prinz Adalbert fiel ihm ins Wort.

»Weiß!«, rief er. »Ich nehme weiß!«

»Na wunderbar«, hörte Melinda ihren kleinen König dem Springer zuflüstern. »Da können wir ja gleich die weiße Fahne hissen. Ich kenne Adalbert, er spielt so gut Schach, wie eine Kuh fliegen kann.«

Der weiße Springer kicherte respektlos und wackelte dabei mit den Pferdeohren, die auf seine Kostümkapuze genäht waren.

Melinda hätte schwören können, dass Prinz Adalbert nur deshalb weiß gewählt hatte, weil er nicht wollte, dass seine Mutter von jemand anderem als ihm angefasst und über das Feld geführt wurde.

Guy von Gilesbury, der sich mit Schwarz zufrieden geben musste, schlug gleich im dritten Zug einen weißen Bauern und brachte seine Figuren in Angriffsposition. Adalbert hingegen bemühte sich, seine Figuren um den dicken weißen Turm mit Haube zu arrangieren.

»Ich glaube, ich kenne eine Kuh, die besser fliegt, als Adalbert Schach spielt«, sagte der Springer leise zu dem weißen König. Melinda hörte es und lächelte. Der Springer gefiel ihr. Er war ein hoch gewachsener junger Mann mit dunklen Locken, der ziemlich schlicht gekleidet gewesen war (bevor er den Springermantel umgelegt hatte) und den sie daher für einen mitgereisten Hofherren aus dem Tross eines der Könige gehalten hatte. Da der Vergnügungsmeister aber nur Gäste mit königlichem Blut für die Spiele vorgesehen hatte, musste er einer der Freier sein.

Guy von Gilesbury war am Zug und schlug den weißen Läufer, den Adalbert schützend vor seine Mutter gestellt hatte, mit seiner Dame. Jolanda schubste den weißen Läufer vom Feld.

»Beim nächsten Zug seid Ihr draußen«, sagte sie dann zu Adalberts Mutter und lächelte Guy von Gilesbury bewundernd an. »Ihr dürft nämlich nicht schräg gehen. Und wenn Ihr zur Seite geht, schnappen wir uns Eure Dame.«

»Das kann doch nicht angehen«, rief Adalbert aufgebracht. Er machte Anstalten, seine Mutter ein Feld weiter zu schieben, aber der weiße Springer kam ihm zuvor. Er stellte sich so, dass er Melindas Feld deckte und gleichzeitig einen schwarzen Läufer angriff.

»Wenn sie den Turm schlagen, nehmen wir wenigstens ihren Läufer. Und unsere Dame ist geschützt«, sagte er zu Adalbert und machte eine kleine Verbeugung vor Melinda. »Jeremy von Berryfield, zu Euren Diensten.«

»Sehr erfreut«, sagte Melinda und wurde ein bisschen rot. Sie hatte natürlich alles von Berryfield gehört. Es war seit jenem Würfelspiel ein Königreich ohne Land, nur eine kleine Burg und ein paar Felder drumherum. Beerenfelder, vermutlich. Jeremys Vater hatte sich niemals verziehen, was er getan hatte, und man erzählte sich, dass er danach erst recht zu trinken angefangen habe und bis zu seinem Tod nicht mehr nüchtern geworden wäre. Mit den Jahren hatte er auch die übrig gebliebene Hälfte seines Reichsschatzes versoffen, verspielt und verplempert, und als nichts mehr übrig gewesen war, hatte er sich hingelegt und war gestorben. Er hatte Jeremy nichts als ein paar armselige Felder, die baufällige

Burg und eine Hand voll hungriger Leute hinterlassen. Jeremy Ohneland, wie ihn die meisten nannten, stand ganz weit unten auf König Feodors Liste, ja, Melinda bezweifelte, dass er überhaupt darauf stand. Schade, denn er war einer der wenigen, denen sie nicht auf den Scheitel schauen konnte. Selbst mit der wenig kleidsamen Pferdekapuze sah er gut aus, stattlich, mit schönen braunen Augen, die sie fröhlich anblinzelten.

Melinda konnte nicht anders, sie musste zurückblinzeln.

»Das geht aber doch nicht«, sagte Prinz Adalbert zu Jeremy.

»Gesetzt ist gesetzt«, sagte Guy von Gilesbury, der nicht gar so leicht gewinnen wollte.

»Aber meine Mu… aber der Turm ist mehr wert als ein Läufer«, sagte Adalbert. »Also werde ich sicherheitshalber doch …«

Niemand erfuhr mehr, was er eigentlich hatte sagen wollen, denn in diesem Augenblick landete Brunophylax, genannt Bruno Brandstifter, mitten auf der Festwiese.

Drachen können leise fliegen wie Fledermäuse, wenn sie erst einmal in der Luft sind, sie können in großen Höhen fliegen, und wenn die Verhältnisse es zulassen, können sie sogar im Aufwind treiben wie Raubvögel. Aber was sie auf keinen Fall können, ist geräuschlos und anmutig landen. Bruno Brandstifter war keine Ausnahme. Er setzte sehr steil zur Landung an und riss im Auslaufen den kleinen Pavillon um, in welchem gekühlte Getränke für die Schachspieler bereitstanden.

Zwei Bedienstete in blau-goldener Livree gingen mit dem Pavillon, den Kristallgläsern und den Karaffen mit Wein, Kirschsaft und Buttermilch zu Boden, der Vergnügungsmeister konnte sich gerade noch zur Seite werfen.

»Hoppla«, sagte der Drache und legte eine Tatze auf den Diener, der ihm am nächsten war.

Mindestens drei Hofdamen fielen in Ohnmacht, und kein Kavalier hatte die Geistesgegenwart, sie aufzufangen. Sie standen alle starr vor Entsetzen da und glotzten den Drachen an.

An diesem Morgen war Brunophylax mit einem merkwürdigen Gefühl in der Brust aufgewacht. Nichts, nicht mal das Betrachten seines größten Schatzes, eines mehr als faustgroßen, in allen Farben des Regenbogens schimmernden Diamantens, genannt der Diamant von Ozram, hatte es vertreiben können. Das Gefühl war nagend, irritierend, und es war nach dem Frühstück immer noch da. Eigentlich war es schon seit Monaten da, und Bruno konnte es einfach nicht mehr länger ignorieren.

»Langeweile«, hatte er wohl hundert Mal selbst diagnostiziert. »Tödliche Langeweile. Kein Wunder! Ich wohne jetzt schon wer weiß wie lange in diesen Bergen und erlebe rein gar nichts.«

Er hatte beschlossen, ein bisschen zu fliegen, nur eine Runde, vielleicht einen Ausflug hinab ins Tal, wo Hirten mit ihren Schafs- und Ziegenherden weideten. Einmal in der Luft, hatte er entschieden, ein bisschen weiter zu fliegen, das würde seinen alten, eingerosteten Knochen und den überreizten Nerven gut tun. Sicherheitshalber flog er ziemlich hoch, als er die ersten Menschensiedlungen unter sich sah, aber das war eine überflüssige Maßnahme. Die Menschen waren es nicht mehr gewohnt, nach Drachen Ausschau zu halten, sie blickten nur noch in den Himmel, um nach dem Wetter zu sehen, und an diesem klaren, wunderbaren Junitag kam niemand auf die Idee, den Himmel nach einem Gewitter abzusuchen.

Je weiter er flog, desto besser wurde Brunos Laune. Viel schneller, als er geglaubt hatte, erreichte er die Hauptstadt. Unbemerkt war er eine Weile über der Festwiese gekreist, um sich ein Bild von dem zu machen, was dort vor sich ging.

»Ich will mich nur ein wenig umschauen«, hatte er sich gesagt. »Dann mache ich mich auf den Heimweg.«

Obwohl er sehr hoch flog, war es ihm, als dringe der Duft von Gebratenem und Gebackenem in seine Nüstern.

»Lauter Leckereien«, hatte er zu sich selber gesagt und war weiter im Kreis geflogen. Drachen nehmen den überwiegenden Teil ihrer Nahrung roh zu sich, daher wissen die wenigsten Menschen, dass sie wirkliche Feinschmecker sind, die viel für Gesottenes und Gebratenes übrig haben und begeisterte Liebhaber von Süßigkeiten sind.

»Gefüllte Fasane, getrüffelte Gänseleber, Herzkirschentorte – auf das Zubereiten von Speisen verstehen sie sich, diese weißhäutigen Zweibeiner, das muss man ihnen lassen.«

Er war ein bisschen tiefer geflogen, wobei er leise vor sich hinmurmelte: »Wahrscheinlich wimmelt es dort unten nur so von Drachenkämpfern und ihren Schwertern. Es wird Zeit, nach Hause zu fliegen.«

Aber er war noch ein Stückchen tiefer gesunken, wobei er sorgfältig darauf geachtet hatte, keinen Schatten auf die Menge zu werfen. Jetzt war er schon so tief, dass er mit seinen scharfen Drachenaugen Details erkennen konnte: die goldpolierten Knöpfe auf den Uniformen, die bunten Federn auf den Hüten der Damen. Und …

» …keine Schwerter«, hatte Brunophylax zu sich selber gesagt. »Weit und breit kein einziges Schwert. Diese Wachen da tragen ihre Säbel nur zur Zierde, wie's aussieht.« (Die Schwerter, die auf einer Bank neben dem Schachfeld lagen, hatte er nicht sehen können, weil sie von den Umhängen und Jacken bedeckt wurden, die die Herren zusammen mit ihren Waffen vor Beginn des Schachspiels abgelegt hatten.)

Der Drache hatte nach der Sonne geschielt. Es war schon Nachmittag, und wenn er pünktlich zum Abendessen in seiner Höhle sein wollte, musste er sich langsam auf den Rückweg machen.

»Es ist nicht auszuschließen, dass die Drachenkämpfer mit ihren Schwertern in der Burg sitzen«, hatte er sich gesagt. »Oder dass die Schwerter irgendwo herumliegen. Sind ja schwer, die Dinger, wer will die schon die ganze Zeit mit sich herumschleppen. Es ist besser, ich fliege nach Hause.« Er hatte noch eine Runde gedreht. »Die Sonne scheint mir dann zwar den ganzen Rückweg hindurch in die Augen, aber es ist besser.

Auf der anderen Seite ist es nicht sehr *wahrscheinlich*, dass sich da unten Drachentöter aufhalten«, war er fortgefahren, als er noch ein ganzes Stück tiefer geglitten war. »Drachentöter sind meiner Einschätzung nach keine geselligen Menschen, und ich kann mir nicht vorstellen, dass sie für getrüffelte Gänseleber schwärmen. Und selbst wenn wider Erwarten einer aus dem Gebüsch hervorspringen würde, könnte ich immer noch fortfliegen.«

An diesem Punkt seiner Überlegungen angelangt, war er schon so tief über der Erde, dass er landen oder ein kompliziertes Durchstartemanöver vollziehen musste. Er entschied sich für die Landung und riss eine tiefe Furche in den Rasen neben dem Schachfeld.

Die Menschen, in deren unmittelbarer Umgebung er gelandet war, erstarrten, wie gesagt, vor Schreck, sofern sie nicht in Ohnmacht fielen. Die Menschen, die außerhalb seiner Reichweite waren (und die Festwiese war riesengroß, selbst für jemanden mit Brunophylax´ Ausmaßen), ergriffen instinktiv die Flucht. Sie rannten, was das Zeug hielt, auf die Burg zu.

Bruno sah es und seufzte verdrießlich.

»Man kann sie nicht alle auf einmal haben«, sagte er, wobei sein heißer Atem dem Diener unter seiner Tatze den Schnurrbart ansengte.

Dieser glaubte, sein letztes Stündlein sei gekommen, und fing an zu schreien: »Gnade! Gnade! Verschont mich, ich bitte Euch!«

König Feodor löste sich als Erster aus seiner Schreckensstarre. Er riss sich die schwarze Krone seines Kostüms herunter und machte einen Schritt auf Bruno zu.

»Das ist gegen die Abmachung«, sagte er, und nur ein

ganz leichtes Zittern in seiner Stimme verriet, dass er sich vor dem großen Drachen fürchtete. Melinda fühlte, wie ihre Knie weich wurden und nachgaben. Sie suchte nach etwas, um sich zu stützen, und fand den Arm von Jeremy Ohneland. Jolanda sank mit einem Seufzer und einer nur halb gespielten Ohnmacht in Guy von Gilesburys Arme, und Prinz Adalbert griff nach der Hand seiner Mutter.

König Feodor sagte mit aller Autorität, die er aufbringen konnte: »Erst vor drei Tagen sind dir Säcke voll mit Gold und Silber übergeben worden. Oder etwa nicht?«

»Doch«, sagte Bruno.

Es klang so kleinlaut, dass der König Mut schöpfte. »Wir haben eine Vereinbarung«, fuhr er streng fort. »Du bekommst diese großzügigen Zuwendungen und hältst dich dafür von meinem Land und meinen Leuten fern.«

»Die Vereinbarung besagt, dass ich deinem Land und deinen Leute nichts *antue*«, verbesserte Bruno und nahm seine Tatze von der Brust des wimmernden Dieners. »Und das habe ich auch nicht getan. Keinem wurde auch nur ein Haar gekrümmt. Oder, mein blaugoldener Freund?«

Der Diener kroch, am ganzen Körper schlotternd, zu seinem Kameraden neben dem zusammengekrachten Pavillon und schüttelte den Kopf.

»Na siehst du«, sagte Bruno zum König. »Es ist gar nichts passiert.« Er versuchte ein schiefes Grinsen, aber für König Feodor sah es aus wie eine drohende Grimasse.

»Ich habe verstanden«, sagte er. »Was willst du?«

»Nun«, sagte Bruno und schaute sich um. Er wusste selber nicht so recht, woher er den Mut genommen hatte, herzukommen, aber wo er schon mal da war, wollte er auch das Beste daraus machen. »Für´s erste würde ich mich mit einer Rebhuhnpastete zufrieden geben.«

»*Rebhuhnpastete!*« Der König fühlte sich verspottet. »Ich möchte, dass wir diese Angelegenheit schnell hinter uns bringen. Also sag, was du willst, und ich sage dir, ob ich es dir geben kann. Ansonsten …« Hier verstummte er, weil er beim besten Willen nicht wusste, was er ansonsten tun könnte.

Bruno musterte das gerötete Gesicht des Königs mit gemischten Gefühlen. Er war sich selbst noch nicht sicher, aber zum ersten Mal seit Monaten war dieses nagende Gefühl in seinem Bauch verschwunden. Er fürchtete allerdings vage, der König könne jeden Augenblick ein paar Drachentöter herbeizaubern und ihn vertreiben, bevor er von den Köstlichkeiten gekostet hätte, die ihm in der Luft in die Nase gestiegen waren.

»Ein wenig Pastete, ein wenig Kuchen – das wäre eigentlich ein Gebot der Gastfreundschaft«, sagte er in beleidigtem Tonfall. »Es ist nicht nötig, einen … einen dieser … Schwertfuchtler herbeizurufen, denn ich bin gleich wieder weg.« Missmutig schnaufte er, wobei ihm versehentlich eine kleine Stichflamme aus dem Mund schoss und den Stoff des umgerissenen Pavillons in Brand setzte, ohne dass er es merkte. »*Nachdem* ich mich ein wenig gestärkt habe.«

Der Pavillon brannte munter nieder, und ein hässliches Brandloch fraß sich in den gepflegten grünen Rasen. Melinda klammerte sich instinktiv fester an Jeremys Arm. Der dicke, weiße Turm mit Haube bebte vor Angst wie Wackelpudding, und Prinz Adalbert bewegte seine Lippen wie im Gebet und flüsterte unablässig »Das ist nur ein böser Traum, das ist nur ein böser Traum« vor sich hin.

Guy von Gilesbury versuchte sich mit der ohnmächtigen Jolanda im Arm unauffällig zurückzuziehen. Zentimeterweise bewegte er sich dem Rand des Schachfeldes zu, wo auf einer Bank unter seinem Umhang auch sein Schwert lag. Nicht, dass er daran dachte, das Schwert könne ihm in dieser Situation irgendwie nützlich sein. Aber wenn es ihm gelänge, von der Bank bis zu dem großen Busch zu schleichen, der wie ein Schwan gestutzt war, so könnte er von da vielleicht unbemerkt zum nächsten Busch huschen und sich in Sicherheit bringen …

Der König war um den Mund herum ganz weiß geworden. Er glaubte, Bruno habe das Feuer absichtlich gelegt, um ihn daran zu erinnern, dass mit ihm nicht zu spaßen war.

Nun hatte König Feodor keinerlei Erfahrungen im Umgang mit Drachen. Er erinnerte sich nur dunkel an das, was über Drachen in den Büchern stand, die er als kleiner Junge gelesen hatte. Im Gedächtnis geblieben war ihm die Zeichnung eines riesenhaften Apparates aus Eschenholz und Schmiedeeisen, der von sechzehn Pferden gezogen wurde und mit dessen Hilfe ein Drache gefangen und das Feuer in seiner Brust erstickt werden sollte. ›Eine klassische Drachenfalle nach Professor Florizel‹, hatte die Bildunterschrift gelautet. ›Als Köder benutzte man eine Jungfrau oder besonders kostbaren Schmuck.‹ (Die abgebildete Jungfrau war der Hauptgrund gewesen, warum sich König Feodor das Bild so oft angeschaut hatte.) Aber da er leider nicht im Besitz einer solchen Drachenfalle und besagter Professor schon vor vielen Jahren verstorben war, nutzte ihm diese Erinnerung weniger als nichts.

»Wir können verhandeln«, sagte er beschwichtigend zu Bruno. »Ich denke, es wird mir trotz aller Ausgaben in diesem Jahr möglich sein, einen Sack Gold mehr aufzutreiben, aber vorher solltest du die Leute hier gehen lassen …«

»Wer spricht denn hier von Gold? Ich sagte *Rebhuhnpastete*«, erwiderte Bruno und trat mit dem Hinterlauf das Feuerchen zu seiner Linken aus. Besorgt spähte er über die Festwiese, die sich erstaunlich schnell entvölkert hatte.

Gäste wie Bedienstete hatten hinter den Burgmauern Schutz gesucht, einige hatten sich hinter Bäumen und im Gebüsch versteckt, ein Bratschenspieler aus dem Tanzorchester war samt Instrument auf eine große Buche geklettert. Überall hingeworfene Sonnenschirme und umgestoßene Stühle. Weit und breit war kein Drachentöter zu sehen. Allerdings konnte man nicht wissen, wer alles in der Burg lauerte und nur darauf wartete, sich auf ihn zu stürzen.

»Ich habe seit Ewigkeiten keine Rebhuhnpastete mehr gegessen«, fuhr er dennoch fort. »Sehr bekömmlich, nicht so schwer verdaulich wie … rohes Menschenfleisch, beispielsweise.«

»Denk nicht, dass du mir drohen kannst«, sagte König Feodor, obwohl er sich vor Angst kaum noch auf den Beinen halten konnte. »Diesen Überfall wirst du noch schwer bereuen. Geiselnahme ist keine gute Basis für Verhandlungen. Ein Sack Gold war ein gutes Angebot, viel höher kann ich nicht mehr gehen.«

»Geiselnahme? Überfall?«, wiederholte Bruno ärgerlich, und wie immer, wenn er ärgerlich war, spuckte er winzig kleine, bläuliche Flammen in der Gegend herum, die wie Feuerwerkskörper durch die Luft sausten und nach ein paar Sekunden mit einem leisen Zischen verpufften. »Ich bitte lediglich um ein wenig Pa … he! Du da! Wo willst du hin?«

»Ich?«, stotterte Guy von Gilesbury, der am Rande des Schachfeldes angekommen war. »Ich wollte … ähm … die Prinzessin in den Schatten bringen …«

Bruno Brandstifter beäugte ihn misstrauisch. »Du wolltest nicht ganz zufällig ein gewisses *Schwert* holen?«, fragte er, wobei sein Blick auf die Umhänge fiel, die achtlos über die Schwerter und Waffengürtel der Herren geworfen worden waren. Das sah ihm ganz nach einer Ansammlung dieser tückischen Menschenstachel aus.

»Schwert? Ich?«, wiederholte Guy von Gilesbury entsetzt. »Ich wollte nur die Prinzessin …«

»Es hat keinen Zweck, Guy, ich glaube, er weiß es«, meldete sich Jeremy Ohneland zu Wort und nahm seine Springerkapuze ab. Melinda und die anderen, sofern sie bei Bewusstsein waren, schauten ihn verwundert an.

»*Weiß was?*«, fragte Guy von Gilesbury, und Bruno spitzte die Ohren.

»Dass du der berühmte Guy von Gilesbury bist«, sagte Jeremy und ordnete seine dunklen Locken.

Bruno Brandstifter, der in seinem ganzen Leben noch nie etwas von einem Gilesbury gehört hatte, zuckte mit den Augenlidern. »Der berühmte Gilesbury«, wiederholte er und musterte Guy finster.

»Nicht *berühmt* … höchstens bekannt«, flüsterte Guy mit versagender Stimme. In seinen Armen erwachte Jolanda aus ihrer Ohnmacht und warf ihm einen schmachtenden Blick aus blauen Augen zu.

»Jeder weiß, dass Ihr es mit allen aufnehmt, Guy«, hauchte sie.

Melinda bemerkte, dass sich Schweiß auf Gilesburys Stirn bildete.

»… alles übertrieben«, murmelte er undeutlich, während ein dicker Schweißtropfen auf seine Augenbrauen zurollte. »Nicht der Rede wert.«

»Nicht der Rede wert?«, rief Jeremy. »Nicht der Rede wert, wie du diesem … wie hieß er noch gleich … den Garaus gemacht hast? Ich muss schon sagen, du bist wirklich zu bescheiden!«

Brunos Schwanzspitze zuckte unruhig hin- und her. Er behielt Guy und den Haufen Schwerter scharf im Auge.

»Das war doch nichts Besonderes«, sagte Guy schwach. »Das war doch nur ein dummer R …«

»Eben!«, fiel Jeremy ihm scharf ins Wort. »Deshalb wundert es mich ja, dass sich dieser Drache hierher traut, wo du doch hier bist – du und *Zungenspalter*!«

»Zungenspalter?«, wiederholte Guy.

»Zungenspalter?«, fragten auch Bruno und König Feodor, und: »Zungenspalter?«, echoten alle anderen. Der Klang des Namens pflanzte sich über die Wiese fort, als habe er Flügel bekommen.

»Das glorreiche Zauberschwert Zungenspalter«, sagte Jeremy ehrfüchtig. »Dieser Drache muss unglaublich mächtig und mutig sein, dass er sich ausgerechnet hierher wagt!«

»Hm«, machte Bruno beunruhigt. »Was tut man nicht alles für ein Stück Pastete ...«

Er war sich beinahe sicher, noch niemals etwas von Zungenspalter gehört zu haben, aber er kannte – wie jeder Drache – die Geschichte über ein Zauberschwert namens Schwanzbeißer, das einige Drachen auf dem Gewissen hatte und zuletzt einen entfernten Cousin von Bruno, einen Drachen mit Namen Chrysophylax, in die Knie gezwungen hatte. Zungenspalter konnte durchaus so etwas wie ein Zwillingsbruder von Schwanzbeißer sein.

Mit stechendem Blick musterte Bruno die Waffen auf der Bank. Er hatte gehört, dass Zauberschwerter ihren Kämpfern von ganz allein in die Hände sprangen, wenn ein Drache in der Nähe war, aber der Haufen rührte sich nicht. Möglicherweise stand der berühmte Gilesbury zu weit von seinem Schwert entfernt. Sicherheitshalber spuckte Bruno eine kleine Feuergarbe vor Guys Füße, die ihn hastig ein Stück rückwärts stolpern ließ.

»Rebhuhnpastete«, sagte Jeremy Ohneland. »Ich muss schon sagen, Ihr habt wirklich Nerven, Drache! Wegen einer simplen Pastete Euer Leben auf´s Spiel zu setzen. Wenn Ihr erlaubt, hole ich euch alle Rebhuhnpasteten, die ich auf dem Buffett finden kann. Ihr behaltet Gilesbury solange im Auge – und Gilesbury Euch, dann wird niemandem etwas passieren.«

»Ich habe keineswegs ...«, begann Guy, aber Jeremy fiel ihm ins Wort.

»Wir wissen, dass du keineswegs vorhast, den Drachen ungeschoren davonkommen zu lassen«, sagte er. »Aber wenn die Sache doch mit ein paar Pasteten aus der Welt zu schaffen ist, dann sollten wir an einem Tag wie heute jedes Blutvergießen meiden. Immerhin sind *Damen* anwesend, und niemand weiß besser als du, welch unschönen Anblick so ein toter Drache bietet ... Verzeihung«, fügte er, an den Drachen gewandt, hinzu. »Damit wollte ich nicht sagen, dass du auf jeden Fall verlieren würdest, aber gegen Zungenspalter ist bisher noch kein einziger Drache angekommen …«

Zungenspalter – schon der Klang des Namens jagte Bruno einen Schauder über den Rücken. Am liebsten wäre er einfach losgeflogen, die Rebhuhnpastete war ihm längst gleichgültig, und seinen Anteil Abenteuer hatte er für heute auch gehabt. Aber wenn er sich jetzt von dannen machte, würde es so aussehen, als habe er Angst, und das wollte er um jeden Preis vermeiden.

»Rebhuhnpastete und Herzkirschentorte«, forderte er. »Und immer bedenkend, dass mein Magen so groß ist, dass ein Mensch aufrecht darin stehen kann … vorausgesetzt, ich würde ihn in einem Stück verzehren.«

»Ich gehe schon«, sagte Jeremy. Das Zelt, in welchem die Speisen aufgebaut waren, stand gut hundert Meter entfernt. »Aber ich brauche ein paar Leute, die mir beim Tragen helfen.«

»Nehmt mich!« Ein Dutzend Hände reckten sich nach oben, alle in der Hoffnung, der Reichweite des Drachenfeuers entkommen zu können.

Bruno schnaubte und sagte: »Das könnte euch so passen! Davonschleichen und mit irgendwelchen dubiosen Schwertern wiederkommen. Nein, nein, du gehst alleine, Junge, und wehe, du machst irgendeinen Unsinn.« Er ließ eine feurige Wolke aus seinem Nasenloch qualmen, die die Blätter einer Birke in der Nähe in Brand setzte, und die Leute verfielen in ihre alte Schreckensstarre zurück.

Jeremy brauchte nicht lange, nach kurzer Zeit kam er zurück, einen großen Karren vor sich herschiebend, vollgeladen mit Köstlichkeiten aus der königlichen Küche.

»Pastete!« sagte Bruno erfreut. »Rebhuhn, Fasane, Kapaune … und *Torte*!«

»Bedien dich«, sagte Jeremy Ohneland und trat so nahe vor den Drachen hin, dass Melinda zusammenzuckte.

Bruno fuhr mit einer Kralle geschickt in eine Pastetenform und spießte sie auf. Sie verschwand zwischen seinen Zähnen und zerging auf seiner Feinschmeckerzunge, wie es sich für eine gelungene Rebhuhnpastete Jägerart gehörte.

»Lecker«, sagte er begeistert und griff sich schon die nächste Speise. So gierig war er, dass er hier und da eine Kristallschüssel oder eine emaillierte Kuchenform mitaß, die dann zwischen seinen Zähnen zersplitterte. Es dauerte nicht lange, da hatte er den ganzen Karren leer gefuttert, und die Menschen, die ihm fasziniert und angewidert dabei zugeschaut hatten, hielten gespannt die Luft an.

»Soll ich noch mehr holen?«, fragte Jeremy Ohneland höflich.

»Nein danke«, erwiderte Bruno ebenso höflich. »Ich denke, ich fliege jetzt zurück nach Hause und schlafe eine Runde.«

»Sehr vernünftig«, sagte Jeremy mit einem Seitenblick auf Guy von Gilesbury, der auf seine angekokelten Stiefelspitzen schaute und sich seit mehreren Minuten nicht mehr gerührt hatte.

»Den … ähm Zweikampf verschieben wir«, sagte Bruno zu ihm. »Ich bin jetzt zu voll gefressen für derartige Übungen.«

Guy sagte nichts, aber Jeremy antwortete an seiner Stelle: »Ihr habt wirklich Glück, Drache, wäre Guy nicht in Damengesellschaft, hätte er Euch sicher nicht verschont … Seht nur, wie mühsam er sich beherrscht.«

»Hm«, Bruno warf Guy einen letzten scharfen Blick zu und versuchte, gelassen auszusehen. »Wenn ihr wüsstet, wie viele so genannte Zauberschwerter ich schon zwischen meinen Zähnen zermalmt habe!«

Mit diesen Worten und ein paar unbeholfenen Schritten nahm er Anlauf, entfaltete seine Flügel und erhob sich in den hellen Junihimmel. Zielstrebig hielt er auf die untergehende Sonne zu, und eine halbe Minute später war er nur noch als ein dunkler Punkt am Horizont zu erkennen.

Als die Menschen begriffen hatten, dass die Gefahr vorüber war, fingen sie alle auf einmal an zu schreien.

»Unverschämtheit«, kreischte Adalberts Mutter, auf deren Haube sich Asche abgesetzt hatte. »Wenn das alle Drachen täten! Und ich dachte, bei euch herrscht Zucht und Ordnung, mein lieber Feodor!«

»Wo waren die Bogenschützen?«, donnerte König Feodor und sah sich wütend nach seinen Wachen um, die vor dem Drachen in die Burg geflüchtet und ihn und seine Gäste schmählich im Stich gelassen hatten. Jetzt schlichen sie mit geduckten Köpfen wieder herbei, Diener begannen stumm, die umgestoßenen Stühle aufzurichten, der Bratscher kletterte verstohlen von seiner Buche, und im Küchenzelt bemühte man sich, die Lücken zu füllen, die Jeremy durch das Davonkarren des Drachenfutters auf der Tafel hinterlassen hatte. Sogar die Vögel in den Bäumen begannen wieder zu singen, als wäre nichts gewesen.

»Ohneland!«, brüllte Guy von Gilesbury. »Was sollte der Mist mit Zungenspalter! Wolltest du den Drachen noch wütender machen, als er ohnehin schon war? Es hätte nicht viel gefehlt, und er hätte uns alle getötet!«

»Aber du bist doch im Besitz von Zungenspalter, oder etwa nicht?« Jeremy Ohneland machte ein unschuldiges Gesicht. Nur Melinda, die direkt neben ihm stand, sah, dass seine Mundwinkel vor unterdrücktem Lachen bebten. »Und wo du doch gerade erst diesen Riesen besiegt hast, da dachte ich, du könntest Zungenspalter gleich an diesem Drachen ausprobieren.«

Guy von Gilesbury machte Anstalten, mit den bloßen Fäusten auf Jeremy loszugehen.

»Das ist eine bodenlose Frechheit«, brüllte er. »Du weißt ganz genau, dass ich dieses alberne Schwert nicht mit mir herumtrage, weil es armselig und wertlos ist, wie alles, was von Berryfield stammt.«

Jetzt wich der amüsierte Zug aus Jeremys Miene, und als er antwortete, klirrte seine Stimme wie Eis: »Zungenspalter ist nicht wertlos! Es ist ein mächtiges und berühmtes Zauberschwert, das dein Vater meinem Vater im Spiel abgeknöpft hat, obwohl es sich seit vielen Generationen im Besitz ruhmreicher Drachenkämpfer aus dem Haus Berryfield befand.«

»Ein Märchen, nichts weiter!«, spuckte Guy wütend aus. »Glaubst du ernsthaft, euer ruhmreiches Schwert würde in den Tiefen unserer Waffenkammern vor sich hinrosten, wenn es wirklich so mächtig wäre, wie du sagst? Du wolltest, dass der Drache mich erledigt, du …«

»Meine Herren«, sagte König Feodor und trat zwischen sie, bevor sie einander mit den Fäusten malträtieren konnten. »Ich möchte Euch sehr bitten, nicht über diese alten Geschichten zu streiten. Der Drache ist verschwunden, und wir haben Grund zu der Annahme, dass der Klang des Namens Zungenspalter ihn vertrieben hat. So gesehen, müssen wir Jeremy von Berryfield dankbar sein, dass er es erwähnt hat.«

»Vielleicht war es auch der Klang des Namen Guy von Gilesbury, der dem Drachen Angst eingejagt hat«, hauchte Jolanda. »Auch ohne das Zauberschwert hat er den Drachen in die Flucht geschlagen.«

Ein paar Leute klatschten Beifall, einer von Guys Männern rief: »Ein Hoch auf Guy von Gilesbury, den Riesentöter!«, und Guy wandte sich geschmeichelt von Jeremy ab.

»Nun ja«, sagte er. »Möglich, dass dieser Drache es mit der Angst zu tun bekam, als er meinen Namen hörte. Aber es wäre sicher nicht leicht geworden, ihn im Kampf zu besiegen. Zumal weder ich noch mein Schwert magische Kräfte besitzen.« An Jeremy gewandt, fügte er hinzu: »Und dieses dämliche Schwert, das dein Vater meinem Vater als Teil seines Reichschatzes angedreht hat, hat niemals auch nur die Schwanzspitze eines Drachen zu sehen bekommen, da gehe ich jede Wette ein.«

»Die Existenz von magischen Waffen und so weiter ist tatsächlich schon länger ziemlich umstritten.« König Feodor sah nachdenklich nach Westen zu den Bergen, wohin der Drache entschwunden war. »Wenn er nun aber wiederkommen sollte …«

»Dann sind wir auf jeden Fall nicht mehr hier«, sagte Adalberts Mutter und zog Adalbert fort. »Wir reisen ab. Diese Prinzessin heiratest du nicht!«

»Wie schade«, murmelte Melinda.

»Das Fest ist noch nicht zu Ende«, sagte der König, der sich jetzt erst wieder seiner Gäste und des Zwecks des Festes entsann. »Die Diener werden die Spuren unseres ungebetenen Gastes beseitigen, dann können wir weiter feiern. Was stand als Nächstes auf dem Programm?«

Diese Frage galt dem Vergnügungsmeister, der sich zusammenriss und sagte: »Ähm, Federball, glaube ich.«

»Zuerst sollten wir aber das Schachspiel zu Ende spielen«, sagte Jeremy. »Ich springe gern für Prinz Adalbert ein, wenn wir einen Ersatz für den Springer und den Turm finden.«

»Die Partie ist dank Adalberts einmaliger Taktik ohnehin ziemlich verfahren«, meinte der weiße König. »Ein paar Züge noch, dann hat Gilesbury gewonnen.«

»Das werden wir ja sehen«, sagte Jeremy. »Wie sieht es aus, Guy, bist du auch so ein guter Spieler wie dein Vater?«

Guy lief wieder rot an. »Was soll das, Ohneland? Ich bin jetzt nicht in der Stimmung für ein Duell, aber ich lasse mich von dir nicht beleidigen! Es ist nicht meine Schuld, dass dein Vater Haus und Hof verspielt und versoffen hat.«

»Spielen wir um Zungenspalter«, sagte Jeremy mit undurchdringlicher Miene. »Wenn du gewinnst, kann es weiter in euren Waffenkammern verrotten, gewinne ich, gibst du es mir zurück.«

Guy warf einen Blick auf das Schachfeld, erinnerte sich an seinen Vorteil, bevor der Drache gelandet war, und sagte: »Einverstanden.«

Den anderen war nach diesem Zwischenfall eigentlich

nicht mehr nach Spielen zumute, sie sehnten sich nach Ruhe und einem kühlen Getränk, aber sie wollten gerne wissen, ob es Jeremy noch gelingen würde, das Spiel herumzureißen, also blieben sie und spielten mit.

Zuerst sah es so aus, als würde Jeremy keine Chance haben, denn Guy kassierte noch zwei weitere Bauern sowie einen Springer und setzte eine überlegene Miene auf.

Melinda, die Jeremys Hände um ihre Taille spürte und von ihm quer über das Feld geschoben wurde, hätte Guy am liebsten in sein selbstgefälliges Gesicht gespuckt, als er mit einem fiesen Grinsen sagte: »Hier spielt die Musik, Ohneland. Zwei Züge noch, und du bist matt.«

»Schach«, erwiderte Jeremy, und Melinda registrierte freudig, dass sie den Schwarzen König bedrohte und ihm nur ein einziges Feld zum Ausweichen blieb.

»Und schachmatt«, sagte Jeremy und schob seinen übrig gebliebenen Läufer in Angriffsposition.

Guy konnte es nicht fassen. »Das ist doch …«, sagte er und umkreiste seine Schachfiguren ungläubig.

»Tatsächlich matt«, sagte König Feodor und warf Jeremy einen anerkennenden Blick zu. »Sehr gut, Berryfield, beeindruckend.«

Guy sah Jeremy wütend an. »Du legst es heute darauf an, mich zu blamieren, was, Ohneland? Aber von mir aus kannst du das alberne Schwert zurückhaben, ich hänge nicht daran, ganz bestimmt nicht.«

»Dann können wir ja jetzt zum Federballspielen gehen«, sagte Jeremy. Er sah sehr zufrieden aus und bot Melinda den Arm: »Prinzessin Jolanda, darf ich Euch vom Spielfeld geleiten?«

»Ich bin Melinda«, sagte Melinda und wurde rot.

»Verzeihung, aber ich dachte, das wäre die schwarze Dame«, sagte Jeremy ehrlich verwirrt. »Man hat mir gesagt, Jolanda sei die schönere von beiden, und da hielt ich natürlich Euch … Verzeihung, man hat mich wohl falsch informiert.«

Melinda errötete, wenn überhaupt möglich, noch mehr. Das war der Moment, in welchem sie ihr Herz restlos an Jeremy Ohneland verlor.

Das Fest verlief nach dem Zwischenfall mit Bruno nicht ganz so ausgelassen und fröhlich wie geplant, und obwohl außer Adalbert von Hohenlohe und seiner Mutter alle Gäste bis zum Ende blieben, war die Stimmung ziemlich gedrückt. Ständig schauten die Menschen verstohlen zum Himmel hinauf, ob beim Spielen, Tanzen oder bei der Jagd.

Hinzu kam, dass die Missstimmung zwischen Guy von Gilesbury und Jeremy Ohneland deutlich zu spüren war und man fürchten musste, dass die beiden sich jeden Augenblick ein Duell lieferten. Nur dem Erfindungsgeist des Vergnügungsmeisters war es zu verdanken, dass sie sich in den verbleibenden Tagen kaum noch in die Quere kamen.

Der König war als Gastgeber auch nicht mehr so richtig bei der Sache, er sorgte sich mehr um die Sicherheit seines Königreiches als um das Gelingen des Festes und dachte Tag und Nacht über Maßnahmen nach, den Drachen künftig fern zu halten.

Als die Gäste abgereist waren, ließ er seine engsten Berater und Würdenträger kommen und schloss sich mit ihnen ein. Drei Tage und drei Nächte brüteten sie über einem Plan, und schließlich kamen sie mit einer Zeichnung wieder hervor, die der ›klassischen Drachenfalle nach Professor Florizel‹ aus König Feodors Kinderbuch ziemlich ähnelte.

»Eiserne Reifen, von einem komplizierten Mahlwerk getrieben, ersticken dem Drachen das Feuer in der Brust«, erklärte der König Melinda und Jolanda, die die Zeichnung staunend studierten. »Große Pumpen besprengen das Untier von allen Seiten mit Wasser, und dieses Katapult hier schießt alle zwei Sekunden zwei Dutzend

Pfeile auf seinen Kopf.« Er rieb sich zufrieden die Hände. »Wenn der Drache sich noch einmal hierher wagt, werden wir gewappnet sein. Meine Leute haben versprochen, dass der Apparat bis zum Winter fertig sein wird.«

»Und wenn er früher wiederkommt?«, fragte Jolanda.

»Wenn er früher wiederkommt, haben wir Pech gehabt«, sagte der König und biss sich auf die Lippen. Dann versuchte er einen kleinen Scherz, um seine Töchter aufzumuntern: »Und ihr, meine Mädchen, habt euch hoffentlich nicht beide den gleichen Ehemann ausgesucht?«

Jolanda dachte an Guy von Gilesbury und seufzte tief. Der Tag, an dem er und Melinda heirateten, würde der traurigste in ihrem Leben werden. Umso erfreuter war sie, als Melinda tief Luft holte und ihrem Vater mitteilte, dass sie keinen anderen als Jeremy von Berryfield zu ehelichen wünschte.

»Ohneland?«, rief der König entsetzt aus. »Mein liebes Kind, der Mann hat nicht mal einen goldenen Knopf an seinem Wams! Er besitzt weniger als nichts!«

»Er besitzt einen fähigen Kopf«, sagte Melinda und fing an zu weinen. »Und Zungenspalter wird bald auch wieder ihm gehören.«

»Zungenspalter!« Der König schüttelte aufgebracht den Kopf. »Ich halte nichts von diesen alten Legenden.« Jeder Ehemann sei ihm recht, fügte er hinzu, ohne sich um die Tränen seiner Tochter zu kümmern, jeder außer Ohneland. Feodonien brauche einen mächtigen Partner, einen wie Guy von Gilesbury, der im Übrigen sein Interesse an Melinda bekundet habe.

Melinda weinte und bettelte, aber der König blieb hart.

»Wenn ich Jeremy nicht heiraten kann, dann heirate ich niemanden«, sagte Melinda schließlich, schloss sich in ihrem Zimmer ein und verweigerte fortan jegliche Nahrung.

»In unserer Waffenkammer befinden sich mehr als fünfhundert Schwerter«, sagte der Waffenmeister, der mit Jeremy und Guy auf Burg Gilesbury nach Zungenspalter suchte. »Ich weiß nicht, wie wir es überhaupt finden sollen.«

»Es wird *mich* finden«, sagte Jeremy zuversichtlich und klopfte auf die einfache Lederscheide, die von seinem Gürtel baumelte. »Das ist Zungenspalters Schwertscheide, das Einzige, was mein Vater nicht fortgegeben hat.«

»Kostbarer Besitz, Ohneland«, höhnte Guy. »Sieht aus wie echtes Rindsleder! Wo man doch sagt, dass ihr auf Berryfield nicht mal Platz für eine Kuh habt!« Den ganzen Ritt von Feodonien zurück nach Gilesbury hatte er über das verdammte Schwert nachdenken müssen. Es wurmte ihn, es Jeremy aushändigen zu müssen, denn er fürchtete insgeheim, es könne sich als ein wertvolles Schwert entpuppen, mit juwelenbesetztem Griff und einer goldverzierten Scheide. Er konnte nicht verstehen, dass er nicht längst auf die Idee gekommen war, es sich wenigstens einmal anzuschauen.

Aber seine Angst war völlig unbegründet. Zungenspalter war ein schlichtes Schwert, ein wenig länger als die Schwerter, die zurzeit in Mode waren, ohne jede Verzierungen, aus einfachem Stahl geschmiedet, der hier und da bereits Rost ansetzte.

»Dies ist es!«, sagte Jeremy mit Bestimmtheit und schob ein prächtiges Schwert mit einem riesigen Rubin im Griffkreuz zur Seite, um Zungenspalter aufzuheben. Die Schwertscheide an seiner Seite hatte zu beben angefangen, je näher sie dem Schwert gekommen waren, und nun schlug sie so stark aus wie das Pendel einer Uhr.

Guy lächelte verächtlich. Dieser Ohneland war wirklich dümmer als dumm. Hätte er ein wertvolles Schwert genommen und einfach behauptet, es sei Zungenspalter, hätte er es zu Geld machen und seinen armseligen Besitz ein wenig bereichern können. Der naive Tropf schien wohl wirklich an die Zauberkraft dieses Schwertes zu glauben.

Jeremy war tatsächlich ein klein wenig enttäuscht, dass Zungenspalter so schlicht aussah, aber es lag wunderbar in seiner Hand, der Stahl war angenehm warm, und als er es in die Scheide schob, hörte Letztere auf, hin und her zu pendeln.

»Ich würde dich ja gerne zu einer warmen Mahlzeit bitten und einladen, über Nacht zu bleiben, Ohneland«, sagte Guy so spöttisch er konnte, als sie wieder auf dem Burghof standen. »Aber du willst sicher auf dem schnellsten Weg zu diesem Drachen, um ihn zu erledigen!«

»Erraten«, sagte Jeremy ruhig und bestieg sein Pferd. Er hatte sich den Weg zur Drachenhöhle von Feodors Leuten ganz genau erklären lassen.

»Nun ja«, sagte Guy und lachte hässlich. »Dann können wir nur hoffen, dass er dich röstet, bevor er dich frisst, es soll kein so gutes Gefühl sein, bei lebendigem Leib zwischen Drachenzähnen zerknackt zu werden, habe ich mir sagen lassen.«

Jeremy versuchte ein lässiges Grinsen und zeigte auf das Schwert an seiner Seite: »Kein Berryfield ist jemals zwischen Drachenzähne geraten, Gilesbury. Zungenspalter hier hat seinem Namen immer alle Ehre gemacht.«

»Ganz im Gegensatz zu den Berryfields«, sagte Guy beißend. »Viel Glück, Ohneland, vielleicht findest du den Drachen ja nicht und kommst wohlbehalten zurück. Rechtzeitig zu meiner Hochzeit mit Prinzessin Melinda.«

Jeremy wurde blass. »Ist das … ähm … beschlossene Sache?«

»König Feodor und ich sind uns einig«, sagte Guy hochnäsig. »Und diese sommersprossige Bohnenstange – pardon, meine zukünftige Frau – wird vor Freude außer sich sein.«

»Sie – ist – keine – Bohnenstange«, stieß Jeremy zwischen wütend zusammengepressten Lippen hervor. »Und sie wird dich nicht heiraten.«

»Was denn, Ohneland? Glaubst du etwa, König Feodor gibt sie dir? Dem Sohn eines Trunkenboldes ohne Besitz?« Guy erlaubte sich ein überhebliches Lachen.

Jeremy musste sich sehr beherrschen, nicht wieder vom Pferd zu steigen und Guy zu verprügeln. Der Schwertgriff an seiner Seite schmiegte sich warm in seine Hand, als ob er ihn trösten wollte.

»Wenn ich den Drachen für ihn töte, wird König Feodor mir alles geben, was ich will«, sagte Jeremy hoffnungsvoll, gab seinem Pferd die Sporen und ritt davon, ohne Guy noch einen einzigen Blick zu gönnen.

»Und wenn die Flüsse aufwärts fließen, tanzen meine Schweine Menuett«, schrie ihm Guy nach. »Idiot«, fügte er hinzu, als Jeremy hinter der nächsten Wegbiegung verschwunden war. Dann kam ihm ein schrecklicher Gedanke. Was, wenn dieser Ohneland nun wirklich den Drachen tötete und mit seiner Heldentat vor König Feodor trat?

Guy wandte sich zu seinen Männern um. »Morgen früh reiten wir ihm nach. Ich möchte sicher gehen, dass der Drache ihn mit Haut und Haaren frisst.«

Brunophylax war nach seinem Auftritt auf der Festwiese auf direktem Weg in seine Höhle zurückgeflogen, und den ganzen Weg über hatte er Selbstgespräche geführt. Obwohl er sich immer wieder sagte, die Hauptsache sei, mit heiler Haut davon gekommen zu sein, machte er sich Vorwürfe, dass er sich überhaupt zu diesem Ausflug hatte hinreißen lassen.

Zu Hause angekommen, rollte er sich zusammen und schlief vier Tage und Nächte durch, verfolgt von wilden Träumen von Herzkirschentorten, die sich in scharfe Schwerter verwandelten, und Rebhühnern, die mit Drachenzähnen geschmückt waren.

Als er aufwachte, war er sehr froh, in seiner gemütlichen Höhle zu sein. Der Anblick seines blinkenden Schatzes, allen voran der Diamant von Ozram, stimmte ihn heiter.

»Hauptsache, ich bin heil wieder zu Hause«, sagte er sich. »Obwohl – hätte ich nur einen Moment der Schwäche gezeigt, wäre der Kerl über mich hergefallen. Vermutlich hingen meine Zähne jetzt schon an seinem Wams ... widerlich! Das nächste Mal, wenn mich so ein Leichtsinn überfällt, bleibe ich zu Hause.

Die Pastete war allerdings köstlich«, fuhr er fort, während er ein schlecht abgehangenes Schaf von letzter Woche zum Frühstück verspeiste. »Und dieses entsetzliche, nagende Gefühl in meiner Brust ist auch verschwunden. Man könnte doch sagen, es hat sich gelohnt.«

Später, als er sich vor seiner Höhle in die Sonne legte, ertappte er sich allerdings dabei, wie er sich mehrmals umsah und seine Nüstern witternd aufblähte.

»Sie könnten natürlich jetzt auf die Idee kommen, mir ihrerseits einen Besuch abzustatten. Mit ihren Zauberschwertern«, sagte er. »Schließlich wissen sie, wo ich wohne.«

Wehmütig sah er zum Eingang seiner Höhle hinüber. »Vierhundert Jahre wohne ich nun hier, vierhundert Jahre Arbeit stecken in dieser Behausung. An einen Umzug zu denken macht mich ganz fertig!«

Als er noch eine Weile darüber nachgedacht hatte, kam er jedoch zu dem Schluss, dass ein Umzug eine notwendige Vorsichtsmaßnahme war, wenn er sich jemals wieder entspannt in der Sonne rekeln wollte. Vor einigen Wochen war gar nicht so weit von hier (für Drachenverhältnisse) ein Artgenosse an Altersschwäche verstorben. Bruno hatte davon gehört und dem alten Drachen einen letzten Besuch abgestattet, in der Hoffnung, noch einen Teil seines Schatzes zu ergattern, der nun unbewacht in der Höhle liegen musste. Aber er war zu spät gekommen.

Ein anderer Drache hatte den Schatz schon an sich genommen, und den Rest hatten sich die Zwerge und anderes Gelichter, das sich in dieser Gegend herumtrieb, unter den Nagel gerissen. Die Höhle des toten Drachen war eine schöne, geräumige Heimstatt gewesen, mit modrigen, feuchten Ecken, in denen Pilze gediehen, und hohen dunklen Verliesen, wo Fledermäuse von der Decke hingen. Brunophylax musste zugeben, dass die Höhle seiner eigenen an Behaglichkeit fast ebenbürtig war.

Vielleicht sollte er einen Umzug dorthin in Erwägung ziehen. Allerdings würde es eine Zeit lang dauern, seine Schätze zusammenzupacken. Er würde sicher einige Male hin- und herfliegen müssen. Bruno stöhnte bei dem Gedanken daran, aber es half nichts, je eher er damit anfangen würde, desto besser. Er war gerade dabei, die ersten Säcke seines Schatzes neben dem Höhleneingang zu stapeln, als ihn ein unangenehmes Gefühl in der Magengrube traf wie eine Kanonenkugel.

Er drehte sich um und sah einen jungen Mann hinter einem Felsen hervortreten, in der Hand ein langes, unheilvoll zuckendes Schwert.

»Beim drei Mal gezackten …«, fluchte er leise, als das Schwert auch schon auf ihn zuschoss und nur eine Handbreit vor seinem Auge Halt machte.

»Kein Feuer spucken, oder das Schwert durchbohrt Euer Auge«, sagte Jeremy etwas atemlos. Er war die Nacht und den ganzen Morgen hindurch geritten, und immer, wenn er nicht weiter gewusst hatte oder sich ausruhen wollte, war die Schwertschneide an seiner Seite unruhig geworden und hatte mit dem spitzen Ende in eine bestimmte Richtung gezeigt. Jeremy war sich sicher gewesen, dass das Schwert den Weg zur Drachenhöhle kannte. So war er ohne Rast hierhergelangt. Hinter der letzten Wegbiegung war das Schwert plötzlich aus der Scheide gefahren und ihm direkt in die Hand gesprungen. Jeremy, der nun gewarnt war, dass der Drache sich in unmittelbarer Nähe aufhielt, hätte sich lieber ein wenig umgesehen und ausgeruht und in aller Ruhe einen Plan ausgetüftelt, aber Zungenspalter war auf eine direkte Konfrontation aus. Es schien genau zu wissen, was es tat.

»Ich rühre mich nicht«, versicherte Bruno, Zungenspalter direkt vor der Pupille. »Ähm … kennen wir uns nicht, junger Mann?«

»Sicher, ich bin der, der Euch die Pasteten gab«, sagte Jeremy und bemühte sich, so zuversichtlich wie möglich zu klingen. »Und jetzt bin ich gekommen, um Euch zu töten.«

»Hm, hm«, machte Bruno. Etwas anderes fiel ihm auf die Schnelle nicht ein.

Jeremy verharrte ein paar Sekunden unschlüssig und fürchtete sich vor dem, was Zungenspalter als Nächstes tun würde. Aber so lange sich der Drache nicht rührte, verhielt das Schwert sich ganz still.

»Die Frage ist, was du für einen Nutzen davon hast, wenn du mich tötest«, sagte Bruno. »Immerhin könntest du ein reicher Mann sein, wenn du mich verschonst. Meine Höhle ist voll unermesslicher Reichtümer … Wenn du mich verschonst, gebe ich dir etwas davon ab.«

»Wenn ich Euch töte, gehört mir alles«, gab Jeremy zu bedenken.

»Ähm, hm«, machte Bruno. »Das schon, aber … sonst sehe ich wirklich überhaupt keine Vorteile für dich.«

»Wenn ich Euch töte, gibt König Feodor mir seine Tochter zur Frau«, sagte Jeremy. »Und ich werde König von Feodonien.«

»Gut, gut«, murmelte der Drache. »Aber sonst – nein, sonst hast du wirklich keinen Nutzen davon.«

Jeremy spürte, wie sein Arm erlahmte. Er wusste, dass es töricht war, aber der Drache war ihm aus irgendwelchen Gründen sympathisch.

»Wenn es nach mir ginge, müsste ich Euch ja auch nicht unbedingt töten«, sagte er. »Ich fürchte nur, dieses Schwert ist ganz scharf darauf. Außerdem wüsste ich keine andere Lösung. Wenn ich Euch ungeschoren lasse, heiratet Melinda diesen Gilesbury, und ich gehe leer aus.«

Bruno hatte einen Geistesblitz. »Und wenn du König Feodor eine Drachenzunge bringst und behauptest, du habest mich getötet?«

»Nun, das könnte gehen«, sagte Jeremy, »aber Ihr werdet mich wohl kaum eure Zunge herausschneiden lassen.«

»Ich nicht«, stimmte Bruno zu. »Aber ich könnte dir eine erstklassige Drachenzunge besorgen. Nicht weit von hier hat ein Drache sein Leben ausgehaucht. Wenn ich hinfliege und …«

»Ihr fliegt nirgendwo hin«, sagte Jeremy, und Zungenspalter zuckte unternehmungslustig.

»Gut, dann fliegen wir eben zusammen«, schlug Bruno vor. »Du kannst dem toten Drachen die Zunge herausschneiden und dem König vorlegen, und ich werde von hier verschwinden und niemals wieder in Feodonien auftauchen.«

»Hm«, meinte Jeremy. »Das könnte funktionieren.«

»Aber sicher doch«, beteuerte Bruno. »Kein Mensch wird den Unterschied zwischen dieser und meiner Zunge erkennen.«

Vorsichtig ließ Jeremy Zungenspalter sinken. Bruno bewegte sich, so sachte er konnte, in die Höhle zurück. Jeremy folgte ihm. Nach wenigen Schritten sah er die Berge von Schmuck, Goldmünzen und Silber, die Brunophylax im Laufe der Jahre angesammelt hatte. Er pfiff leise durch die Zähne.

»Ja, ja, es ist nicht übel«, sagte Bruno selbstgefällig. »Harte Arbeit natürlich, aber es hat sich gelohnt. Du kannst dir gerne nehmen, was dir gefällt … bis auf *das*.«

Er war Jeremys Blick gefolgt, der auf dem Diamanten von Ozram ruhte, der selbst im trüben Licht der Höhle geheimnisvoll funkelte.

»Was ist das?«, fragte Jeremy beeindruckt.

»Der Diamant von Ozram«, antwortete der Drache voller Stolz. »Der größte Diamant, der jemals gefunden wurde. Seit zweihundertdreißig Jahren in meinem Besitz.«

»Er ist wunderschön«, sagte Jeremy und streckte seine Hand nach ihm aus.

»Finger weg«, rief Bruno scharf. Zungenspalter schoss nach vorne und verharrte diesmal nur einen Fingerbreit vor seinem Auge in der Luft.

»Ähm, ich meinte, Vorsicht«, fügte der Drache lahm hinzu. »Ich habe ihn frisch poliert …«

Jeremy nahm Zungenspalter wieder an seine Seite und lachte. »Keine Angst, Ihr könnt Euren Diamanten behalten. Ich sehe ja, wie Ihr an ihm hängt. Ich nehme mir von diesen Edelsteinen hier, wenn Ihr nichts dagegen habt.« Er zeigte auf einen Haufen walnussgroßer Smaragde, Saphire und Rubine, von denen vermutlich ein einziger ausreichte, um Burg Berryfield zu sanieren.

»Bedien dich nur«, sagte Brunophylax mit einem schiefen Lächeln. Jeremy stopfte sich die Taschen mit den wertvollen Steinen so voll, wie er konnte. Auf dem Rückweg nach Feodonien würde er in irgendeinem Marktflecken anhalten und sich von Kopf bis Fuß neu einkleiden, dazu ein neues Pferd und ein Geschenk für Melinda …

Bruno sah, wie ein glückliches Lächeln über Jeremys Züge ging und war wider Willen gerührt. Wegen der paar Steinchen so dankbar zu sein …

»Ich müsste hier noch irgendwo diesen Ring haben, der seinen Träger unsichtbar macht«, sagte er gedankenverloren. »Ich kann damit nichts anfangen, er passt nicht mal über eine Kralle von mir, aber ein Mensch …« Er verstummte und biss sich auf die Zunge. Ja, war er denn von allen guten Geistern verlassen? Wenn dieser Kerl sich den Ring schnappte, dann konnte er jederzeit ungesehen heranspazieren, mit seinem hinterhältigen Schwert in der Hand, und ihn meucheln und berauben!

Aber Jeremy hatte nur mit einem Ohr zugehört.

»Was es nicht alles gibt«, sagte er und spähte zum

Höhleneingang hinüber. »Es ist schon Mittag. Wir sollten uns zu deinem toten Drachen aufmachen, damit ich mich noch im Hellen auf den Rückweg machen kann.«

»Ja, es wird höchste Zeit«, stimmte Bruno erleichtert zu und eilte dem Ausgang entgegen. Jeremy und Zungenspalter folgten.

Es war kein angenehmer Flug für Bruno – die Spitze von Zungenspalter saß die ganze Zeit über genau an der empfindlichsten Stelle in seinem Nacken –, aber auch Jeremy genoss es nicht, zwischen den Rückenzacken des Drachen zu sitzen und tief unter sich die Berge in der flirrenden Mittagssonne zu bewundern. Er war sehr froh, als sie vor der Höhle des totes Drachen landeten und er von Brunophylax' Rücken klettern konnte. Zusammen traten sie in das Dämmerlicht der Behausung und stießen schon nach wenigen Schritten auf den riesigen Leib des Dahingeschiedenen.

»Ist er auch wirklich tot?«, fragte Jeremy, aber die Frage war überflüssig. Hätte nur noch ein Funken Leben in dem Drachen gesteckt, hätte Zungenspalter sich nicht so brav verhalten.

»Was nimmt man denn so als Trophäe, wenn man einen Drachen getötet hat?«, wollte Jeremy wissen, und Bruno schnaubte: »Was weiß ich! Die Zähne natürlich, auch die allerletzte Schweifzacke wird gern genommen, die Zunge, die Augen – grenzenlos geschmacklos, wenn man mich fragt.«

»Dann sollte ich vielleicht von jedem etwas nehmen«, meinte Jeremy und machte sich daran, die Schweifzacke abzusägen. Ein dicker Schwall schwarzes Drachenblut schoss aus der Wunde und beschmutzte sein Wams.

Bruno wandte sich angewidert ab. »Sag Bescheid, wenn du fertig bist, das kann man ja nicht mit ansehen!«

Auch Jeremy hätte sich am liebsten abgewandt, aber nun hatte er die Sache einmal begonnen und musste sie auch zu Ende führen. Es war harte Arbeit, den toten Drachen zu zerstückeln, denn Zungenspalter half kein bisschen mit. Seine Kräfte beschränkten sich darauf, lebendige Drachen zu durchbohren, und Jeremy musste die ganze Arbeit alleine machen. Es dauerte Stunden, die Dämmerung brach schon herein. Jeremy, der seit zwei Tagen kaum geschlafen hatte und vor Müdigkeit kaum noch stehen konnte, hielt nur der Gedanke daran aufrecht, wie er mit den Drachentrophäen vor König Feodor treten und um Melindas Hand anhalten würde.

Nun wird Drachenblut von jeher große Bedeutung zugemessen, und man sagt ihm allerlei Wirkungen nach, von der Eigenschaft, denjenigen, der darin badet, unverwundbar zu machen bis hin zu dem Märchen, denjenigen, der davon trinkt, selber in einen Drachen zu verwandeln. Tatsache aber ist, dass das Blut eines *toten* Drachen, den man nicht in einem ehrenvollen Kampf getötet hat, eine besonders üble Wirkung auf denjenigen hat, der damit in Berührung kommt. Etwas von dem gierigen Geist des Drachen geht auf den Menschen über. Je länger das Blut auf seiner Haut klebt, desto gieriger und unvernünftiger wird er. Und Jeremy bekam das Drachenblut bei seiner unschönen Arbeit schwallweise ab. Schwarz und übel riechend (schließlich war der Drache schon mehrere Wochen tot) durchtränkte es seine Kleider und legte sich wie eine zweite Haut über seine eigene.

Endlich hatte er dem toten Drachen genügend Trophäen abgerungen, steckte Zungenspalter in seine Scheide und drehte sich zu Brunophylax um.

»Ich bin fertig«, sagte er. »Du kannst wieder herschauen.«

Brunophylax öffnete ein Auge. »Du könntest das Zeug wenigstens einwickeln«, sagte er und betrachtete wehmütig den besudelten Vorplatz seines neuen Zuhauses. »Dort hinten liegt ein alter Sack.

Geh zur Seite«, fügte er dann hinzu und holte tief Luft. Eine gewaltige Stichflamme schoss aus seinen Nüstern und setzte den ausgedörrten Leichnam seines Artgenossen in Brand.

»Bist du wahsninnig!«, schrie Jeremy, der Mühe hatte, Zungenspalter in Zaum zu halten, das wieder in seine Hand gesprungen war und wie verrückt hin und her tanzte.

»Muss den alten Knaben doch irgendwie beiseite schaffen«, brummte Brunophylax und äugte zu Zungenspalter hinüber. »Das Schwert soll sich nicht so hysterisch gebärden, das hatte nichts mit dir zu tun. Lass uns hier verschwinden.«

Jeremy ließ sich das nicht zwei Mal sagen. Den Sack mit den Trophäen und Zungenspalter in der Hand, schwang er sich auf Brunophylax' Rücken. Der Rauch des verbrennenden Drachens biss in seine Augen und brachte sie zum Tränen.

Hustend und spuckend tastete er nach den Edelsteinen in seiner Tasche und fand sie auf einmal überhaupt nicht mehr so groß. Ja, sie kamen ihm sogar ziemlich klein vor, was eine Folge des Drachenblutes auf seiner Haut war. Plötzlich fühlte er sich von dem Drachen übervorteilt und betrogen.

»Was sagtest du da eben von einem Ring, der unsichtbar macht?«, fragte er, und Bruno spürte, wie sich Zungenspalters scharfe Spitze durch die Schuppen seines Nackens bohrte.

»Nichts von Bedeutung«, antwortete er unbehaglich. »Nur so eine alberne Legende. Ich weiß auch gar nicht, wo das olle Ding ist. Ach, sieh nur, die Sterne sind herausgekommen.«

Aber Jeremy ließ sich nicht ablenken. Er dachte daran, was man mit einem Ring, der einen unsichtbar machte, wohl alles anstellen konnte. »Ich würde in Gilesburys Schatzkammern schleichen und alles zurückholen können, was sein Vater Berryfield abgeluchst hat«, sagte er leise zu sich selber. »Ich würde der reichste Mann der Welt werden. Und der mächtigste …«

»Wie gesagt, diesen Ring zu finden ist unwahrscheinlicher, als auf eine Nadel im Heuhaufen zu stoßen. Aber es ist ja auch nur eine Legende. Ein Märchen, nichts weiter«, sagte Bruno und setzte zum Landeanflug vor seiner alten Höhle an.

Jeremy stieg von seinem Rücken. Während er den Sack mit den Drachentrophäen hinter dem Sattel seines Pferdes festband, murmelte er unablässig unverständliches Zeug vor sich hin, in dem die Worte ›reich‹, ›mächtig‹ und ›unbesiegbar‹ vorkamen. Bruno ahnte nichts Gutes.

»Tja, dann heißt es jetzt wohl Abschied nehmen«, sagte er dennoch aufgeräumt. »Ich könnte dich am Fuß der Berge absetzen, dann musst du das Zeug nicht so weit schleppen.«

»Nein, danke«, entgegnete Jeremy kalt. »Ich möchte noch mit dir in deine Höhle und diesen Ring mitnehmen.«

»Das ist das Drachenblut, weißt du«, sagte Bruno. »Du solltest es abwaschen, sonst kannst du nicht mehr klar denken.«

»Ich kann sehr wohl klar denken«, erwiderte Jeremy, in dessen Kopf sich alles drehte. »Mir steht glasklar vor Augen, was ein solcher Ring wert ist. Mehr als alles Gold und Silber in dieser Höhle.«

»Vielleicht solltest du erstmal eine Nacht darüber schlafen«, versuchte es Bruno noch einmal.

Jeremy, der sich neben dem Ring nichts sehnlicher wünschte, als einen gemütlichen Platz zum Schlafen, schüttelte den Kopf. Zungenspalter zückend, trieb er Bruno zum Eingang.

»Wie gesagt, ich wüsste ja gar nicht, wo ich zu suchen anfangen müsste«, sagte Bruno, fest entschlossen, den Ring nicht herzugeben. Nicht auszudenken, was geschah, wenn Jeremy auch noch unsichtbar wurde, jetzt, wo er vom gierigen Geist des toten Drachen besessen war …

»Wir suchen die Höhle systematisch ab«, sagte Jeremy, dessen Augen vor Eifer ganz dunkel geworden waren. »Mach Licht!«

Widerwillig entzündete Bruno ein paar Fackeln und fing an, die Haufen voller Schmuck mit seinen Krallen zu zerteilen.

»Könnte jeder sein«, log er. »Habe keine Ahnung mehr, wie das Ding aussah.«

In Wahrheit wusste er es noch sehr genau und hatte auch eine ziemlich genaue Vorstellung von seinem Aufenthaltsort. Voller Grimm sah er zu, wie Jeremy sich jeden Ring zur Probe überzog und ihn in eine Ecke warf, wenn er nicht unsichtbar wurde. Die Müdigkeit hatte sich um ihn gelegt wie ein bleierner Mantel, aber er war von der Suche nach dem Ring so besessen, dass er weitermachte. Einen Ring nach dem anderen stülpte er sich über, und so arbeitete er sich von Haufen zu Haufen. Zungenspalter blieb wachsam in seiner Hand, jede Bewegung des Drachen verfolgend.

Dennoch entging ihnen, wie der Drache mit einer trägen, unauffälligen Verschiebung der Vordertatze einen kleinen Silberring unter seinen Körper schob, sich fest darauf setzte und erleichtert aufatmete. Jetzt konnte er Jeremys Suche gelassen verfolgen.

Stunde um Stunde verging, und Bruno konnte seine Augen vor Müdigkeit kaum noch offen halten. Jeremys Ausdauer war ihm ein Rätsel, wo er doch vor Erschöpfung schon hin- und herschwankte wie ein Fahnenmast im Orkan.

»Ach, jetzt fällt es mir wieder ein«, sagte Bruno schließlich, als er einsah, dass Jeremy niemals verschwinden und ihn alleine lassen würde. »Den Ring habe ich damals für den Diamanten von Ozram eingetauscht. Ich wollte die Zwerge, die den Diamant verkauften, bei der Übergabe auffressen, aber ich konnte es nicht, weil sie sich unsichtbar gemacht hatten … wie hatte ich das nur vergessen können!«

Jeremy feuerte den Ring, den er gerade ausprobiert hatte, zornig in die Ecke. »Warum sagst du das nicht früher?«

Bruno zuckte mit einem Flügel und war überrascht, dass Jeremy seine Geschichte zu glauben schien. »Ich hatte es vergessen, ehrlich. Es ist immerhin zweihundertundreißig Jahre her.«

»Wenn das so ist«, Jeremy versetzte einem weiteren Ring einen wütenden Tritt, »wenn das so ist, dann ist es nur recht und billig, wenn ich mir diesen Stein mitnehme.« Er zeigte auf den Diamanten von Ozram.

Bruno war sogleich wieder hellwach. »Das kannst du nicht tun, du hast es versprochen.«

»Versprochen, versprochen«, wiederholte Jeremy spöttisch und ließ Zungenspalter vor Brunos Nase herumtanzen, während er mit der anderen Hand nach dem Diamanten von Ozram griff und ihn sich in die Tasche steckte.

»Nicht den Diamanten! Nicht den Diamanten«, rief Bruno, aber er wusste, dass es zwecklos war, mit jemandem zu feilschen, der über und über mit dem schwarzen Blut eines toten Drachen bedeckt war. Im Grunde konnte er froh sein, dass dieser veränderte Jeremy nicht auf die Idee kam, ihm doch noch den Kopf abzuschlagen, um ihm auch noch den allerletzten Goldtaler abzuknöpfen.

Und während Jeremy sich auf sein Pferd hiefte und davonritt, trollte Bruno sich in seine Höhle, um eine Runde zu schlafen. Danach würde er weitersehen. Seinen Diamanten gab er jedenfalls so schnell nicht auf.

Jeremy hatte sich mit allerletzter Kraft auf sein Pferd gezogen, nachdem er den Diamanten in seiner Satteltasche verstaut hatte. Unzufrieden, weil er den Ring nicht gefunden hatte, und fest entschlossen, wiederzukommen, um Bruno um weitere Schätze zu erleichtern, machte er sich auf den Rückweg. Sehr weit kam er allerdings nicht. Der Morgen dämmerte schon herauf, als er den Rand des Gebirges erreichte, wo er sich gleich neben dem Weg auf die Erde fallen ließ, um in einen tiefen, traumlosen Schlaf zu fallen.

So fanden ihn Guy von Gilesbury und seine Leute.

»Sieh mal einer an«, rief Guy aufgeräumt. »Unser Held ist wohl vom Pferd gefallen, mitten in den Matsch. Ist nicht weit gekommen auf der alten Schindmähre.«

Jeremy rührte sich nicht. Er schnarchte nur leise und zuckte im Schlaf mit den Lidern.

»He, mutiger Drachenkämpfer«, höhnte Guy. »Du bist ja schmutziger als unsere Sau zu Hause, wenn sie sich im Schlamm suhlt.«

Jeremy rührte sich noch immer nicht. Guy stieg vom Pferd und stieß ihn mit dem Fuß in die Rippen.

Aber Jeremy drehte sich nur auf die andere Seite und schlief einfach weiter.

»Nicht zu fassen«, sagte Guy. »Wir könnten ihm ohne weiteres sein albernes Schwert wieder abnehmen und ihn in den Bach da vorne werfen …«

»Seht mal, Guy«, sagte einer der Männer, der Jeremys Pferd untersucht hatte. Er hielt den Sack mit den Drachentrophäen in die Höhe. Ein goldgelber Ball purzelte heraus und rollte Guy genau vor die Füße. Er brauchte ein paar Sekunden, bis er begriff, dass er ein Drachenauge vor sich hatte.

»Pfui Teufel«, stieß er hervor. Der Schreck griff nach ihm wie eine kalte Hand, die sich um seine Kehle legte. »Das bedeutet, Ohneland hat den Drachen tatsächlich erledigt.« Er entriss seinem Vasallen den Sack und zerrte die Drachenzunge hervor.

»Der Lappen hier ist eine Drachenzunge«, flüsterte er zornig. »Und das hier ist ein Stück von seinem Schweif … und das ist kein Schlamm auf seinen Kleidern, es ist *Drachenblut*!«

Er machte eine kleine Pause. »Wenn König Feodor das erfährt …«

Seine Männer warfen sogleich hasserfüllte Blicke auf den schlafenden Jeremy.

»Wir könnten ihn erschlagen, und kein Mensch würde etwas merken«, schlug einer vor.

»Gute Idee«, sagte Guy und schleuderte die Drachenzunge auf den Boden. »Und diesen Krempel verbrennen wir. Wenn Ohneland aufwacht, ist er tot ...« Er verstummte. Der Gedanke bereitete ihm wenig Freude. Berryfield würde ja nicht mal mehr erfahren, wer ihn überhaupt totgeschlagen hatte.

»Ich habe eine bessere Idee.« Guy stopfte die Drachenzunge zurück in den Sack. »Wir nehmen die Trophäen und sagen, dass *wir* den Drachen getötet haben, dass heißt, *ich* habe ihn getötet, und ihr seid meine Zeugen!«

Die Männer grinsten beifällig. Sie ahnten, dass dabei wieder eine reiche Belohnung für sie herausspringen würde, wie neulich bei der Sache mit dem Riesen.

»Und was ist, wenn Ohneland erwacht und uns hinterherreitet? Er wird behaupten, dass er's war und dass wir lügen«, wandte einer ein.

»Und wer wird ihm glauben?« Guy lächelte so hinterlistig, dass einem das Blut in den Adern gefrieren konnte. »Alles, was wir tun müssen, ist ihm diesen Sack abnehmen und das Blut abwaschen. An die Arbeit, Männer! Wenn er wach werden sollte, gebt ihm eins mit der Breitseite über den Schädel.«

Aber diese Sorge war unnötig. Jeremy schlief so fest, dass er weder merkte, wie man ihm die Kleider auszog, noch wie man ihm mit dem frischen Wasser des Bergbaches jeden Tropfen Drachenblut von der Haut wusch. Er murmelte nur im Schlaf: »Nichts wie weg hier«, als ihm der Geruch des Feuers in die Nase stieg, mit dem seine Widersacher seine besudelten Kleidungsstücke verbrannten. Die Männer staunten nicht schlecht, als walnussgroße Edelsteine aus den Taschen des beschmutzten Wamses fielen.

»Ist das Glas?«, fragte einer, aber Guy sagte: »Dummkopf, die sind echt. Er wird sie dem Drachen abgenommen haben. Wir nehmen sie mit.«

»Sollen wir nicht auch sein Schwert nehmen?«, fragte

einer, aber Guy wies ihn an, Zungenspalter abzuwaschen und sauber wieder in die Scheide zu stecken.

»Ich möchte nicht, dass man uns daraus einen Strick drehen kann«, sagte er. »Außerdem habe ich den Drachen ohne die Hilfe von Magie besiegt, ist das klar?«

»Klar, Herr«, beteuerten seine Männer. »Ganz allein, nur du und dein Schwert, flink wie ein Wiesel, stark wie ein Löwe, leichtfüßig wie ein Reh …«

»Spart Euch das für König Feodor auf«, unterbrach sie Guy lächelnd. Er versetzte dem splitternackten Jeremy noch einen letzten Fußtritt. »Angenehme Träume, Ohneland!«

Und Jeremy, der immer noch tief und fest schlief, antwortete mit einem entspannten Schnarcher.

Erst ein paar Stunden später erwachte er, weil Zungenspalter aus seiner Scheide fuhr, direkt in seine Hand hinein, wo es brannte wie Feuer.

»Was … was«, stammelte Jeremy und sprang auf.

Vor ihm saß Bruno, der es griesgrämig zuließ, dass Zungenspalter auf sein Auge losfuhr wie von der Tarantel gestochen und nur ein Fingerbreit vor seiner Pupille Halt machte.

»Ich hätte nicht landen sollen«, sagte er griesgrämig. »Aber ich sah dich hier unten liegen und dachte, du könntest in Schwierigkeiten sein. Außerdem könntest du dich bedecken, ich sehe so was nicht gerne.«

Jeremy schaute an sich hinunter und stellte fest, dass er keine Kleidung trug. Entsetzt schaute er sich nach seinem Pferd um.

»Der Sack mit der Drachenzunge … er ist weg!«

Bruno nickte. »Dieser Gilesbury hat ihn. Ich habe eine kleine Runde gedreht, er und seine Männer reiten ein paar Meilen weiter durchs Flachland. Sie haben den Sack bei sich. Mich haben sie nicht gesehen. Aber wenn sie auch den Diamanten von Ozram haben, werde ich ihnen hinterherfliegen und nur noch Asche von ihnen übrig lassen.«

»Den Diamanten von Ozram …« Jeremy erinnerte sich dunkel an die Erlebnisse in der letzten Nacht. Nackt, wie er war, rannte er hinüber zu seinem Pferd. Glücklicherweise hatten Gilesburys Männer es versäumt, seine Satteltaschen zu durchsuchen. Der Diamant war noch da.

»Hier«, sagte er und hielt Bruno den Diamanten hin. »Du kannst ihn wiederhaben. Ich weiß nicht, was gestern Nacht in mich gefahren ist!«

»Es war das Drachenblut«, sagte Bruno, wagte aber nicht, nach dem Diamanten zu greifen, solange Zungenspalter auf ihn gerichtet war. »Du kannst diesem Gilesbury dankbar sein, dass er es abgewaschen hat.«

Jeremy stöhnte. »Es ist sonnenklar, was er vorhat. Er wird zu König Feodor reiten und sagen, er habe den Drachen getötet«, sagte er traurig. »Mir wird niemand glauben, dass ich es war.«

»Du warst es ja auch nicht«, korrigierte ihn Bruno freundlich. Die Aussicht, seinen geliebten Diamanten zurückzubekommen, bereitete ihm die allerbeste Laune. »Immerhin lebe ich ja noch.«

Kaum, dass er das ausgesprochen hatte, zuckte er zusammen. Was sagte er denn da? Jetzt würde der Kerl sich auf ihn stürzen, um sich seine Zunge zu nehmen und sie dem König vor die Füße zu werfen.

»Ich meine … ähm …«, stotterte er. »Noch ist nicht aller Tage Abend, und es gibt durchaus Möglichkeiten, diesen Gilesbury noch zu stoppen.«

»Und welche?«, fragte Jeremy mutlos. Zungenspalter war kaum zu bändigen, so sehr fuchtelte es in der Luft herum.

Bruno überlegte fieberhaft. Dann sagte er schweren Herzens und mit einem bösen Blick auf Zungenspalter: »Na ja, ich habe diesen Ring gefunden, du weißt schon. Als du weg warst, ist mir eingefallen, dass ich ihn doch noch hatte. Die Zwerge … ähm … sind noch mal wiedergekommen. Und dabei habe ich sie erwischt und ihnen den Ring wieder abgenommen.«

»Schön«, sagte Jeremy. »Wir haben also einen Ring, der unsichtbar macht. Und wie hilft uns das weiter?«

»Nun, es hilft zum Beispiel, jemanden vor Blicken zu schützen, der nichts anhat«, sagte Bruno mit einem Blick auf Jeremys Blöße. »Du könntest auf meinem Rücken mitfliegen, ohne dass dich jemand sieht.«

»Ja, wenn wir uns beeilen, holen wir Guy und seine Männer noch ein«, sagte Jeremy mit neuer Hoffnung.

»Ich weiß etwas Besseres«, sagte Bruno.

Melinda hatte seit drei Tagen nichts gegessen, sie hatte die köstlichsten Gerichte und Leibspeisen, die man ihr unter der Türe durchgeschoben hatte, verschmäht und gesagt, sie würde erst wieder etwas zu sich nehmen, wenn sie Jeremy Ohnelands Frau werden dürfe.

Der König hatte gesagt, er ließe noch mal mit sich reden, wenn sie nur wieder äße, aber darauf war Melinda nicht hereingefallen.

»Den oder keinen«, sagte sie oft, bis der König die Geduld verlor und sagte, er würde die Tür einbrechen lassen und sie mit Gewalt zum Essen zwingen.

Dazu kam es aber nicht mehr, weil genau in diesem Augenblick ein Diener kam und meldete, Guy von Gilesbury sei eingetroffen und habe ganz allein den Drachen im Zweikampf besiegt.

»Was?«, rief König Feodor aus, und »Was?«, rief auch Melinda auf ihrer Seite der Türe. Der König vergaß, dass er dieselbe hatte eintreten wollen, und eilte sofort hinunter, um Guy zu begrüßen.

Melinda schloss die Tür auf und rannte ihm hinterher.

Guy und seine Männer warteten im Burghof. Eine Menge Leute hatte sich eingefunden, um die blutverkrustete Zunge zu bewundern, die Guy auf dem Boden ausgebreitet hatte wie einen Teppich. Das Drachenauge hielt er lässig in der Hand und warf es ab und zu in die Luft, um es wie einen gewöhnlichen Ball wieder aufzufangen.

»Er ist ein echter Held«, flüsterte Jolanda, die auf der Burgtreppe stand und Guy anschaute wie ein Wolf den Vollmond.

»Gilesbury! Also, ich muss schon sagen!« Der König betrachtete die Zunge anerkennend. »Ihr habt wirklich keine Zeit verloren.«

»Nun ja«, sagte Guy. »Ihr wisst ja, dass ich kein Freund von Störenfrieden bin, und der Gedanke, dass dieser Drache die Prinzessin vielleicht noch einmal belästigen könnte, war mir äußerst unangenehm. Also bin ich losgezogen und habe ihn erledigt.«

»Flink wie ein Wiesel, stark wie ein Löwe, leichtfüßig wie ein Reh«, riefen seine Männer eifrig durcheinander, und ein paar Leute stimmten Hochrufe an.

Guy gebot ihnen Einhalt. »Wir sollten nicht so großes Aufhebens davon machen«, sagte er.

»Ihr müsst Berryfields Zauberschwert gestohlen haben«, rief Melinda mit geröteten Wangen aus. »Ich weiß, dass er den Drachen töten wollte, aber ihr habt ihm das Schwert verweigert, um den Ruhm selber zu ernten!«

Ein Raunen ging durch die Menge, aber Guy erlaubte sich ein überlegenes Lächeln.

»Man braucht kein Zauberschwert, meine verehrte Prinzessin, um einen Drachen zu töten. Man braucht nur Mut und Muskeln. Ich habe Berryfield sein jämmerliches Schwert ausgehändigt, das könnt Ihr mir glauben, und ich habe es seither nicht mehr angerührt.«

»Flink wie ein Wiesel, stark wie ein Löwe, leichtfüßig wie ein Reh«, riefen seine Männer wieder.

»Ich glaube Euch kein Wort«, rief Melinda. »Wo ist er denn, wenn Eure Worte wahr sind?«

»Oh, Ihr sorgt Euch um den guten Ohneland! Ich fürchte, ihm ist schon ziemlich bald der Mut abhanden gekommen. Er ist am Fuß der Berge hängen geblieben«, sagte Guy bekümmert. »Meine Leute und ich trafen auf ihn, wie er sich dort Mut antrank, um weiter zu reiten. Er war so betrunken, dass er nur noch gelallt hat. Auf dem Rückweg, nachdem ich gegen den Drachen gekämpft und gewonnen hatte, fanden wir ihn an der gleichen Stelle, seinen Rausch ausschlafend. Er war nicht wachzukriegen, deshalb haben wir ihn liegen lassen.«

Wieder ging ein Raunen durch die Menge.

»Niemals«, flüsterte Melinda. In diesem Augenblick fiel ein riesiger Schatten über den Burghof. Eine Sekunde später landete Brunophylax mit ausgebreiteten Schwingen im Kies. (Er riss dabei ein winziges Klohäuschen um, sowie die Wäscheleinen mit frisch gewaschenen Leinentischdecken und Unterwäsche.) Wie beim ersten Mal löste sein Anblick Schreckensstarre und Fluchtreflexe aus. Aber diesmal reagierte Bruno auf die davonstiebenden Bogenschützen, indem er ihnen eine gewaltige Feuerwolke hinterherschickte und sie damit zu Fall brachte.

»Niemand rührt sich!«, donnerte er. »Ich bin gekommen, um den Mann zu bestrafen, der meines Bruders Zunge nahm!« Eine kleine, weiße Flamme schoss ganz nah an Guys linkem Ohr vorbei. »Du … warst es!«

»D-d-d-as war dein B-b-bruder?«, stotterte Guy, dem jede Farbe aus dem Gesicht gewichen war.

Der König stellte sich mutig an seine Seite. »Guy hat ihn im Zweikampf besiegt, Drache, und er wird auch dich besiegen«, sagte er.

»Im Zweikampf besiegt?« Bruno lachte ein dröhnendes Drachenlachen. »Mein armer Bruder hat bereits seit einer Woche tot vor seiner Höhle gelegen!«

Durch die Menge ging ein erneutes Raunen. Der Drache quetschte sich eine dicke Träne ab, die über seine Wangen rollte und mit einem lauten Zischen im Kies landete.

»Ich wollte ihn gerade für die Beerdigungszeremonie schmücken, wie es bei uns üblich ist, und habe die Täler nach Blumen abgesucht. Als ich zurückkam, den Arm

voller Enzian, da hatte jemand meinem armen Bruder ...«
– hier fing Bruno erneut an zu brüllen – »...die Zunge *her-
ausgeschnitten*, an seinem Schweif *herumgemetzelt* und
seine Augen *ausgestochen*!«

Bei jedem Wort schossen kleine Flammen haarscharf
an Guys Kopf vorbei.

Guy glitt der goldene Ball aus der Hand.

»Aaaah«, machte Bruno, als würde der Anblick ihm
den allerletzten Nerv rauben.

»Das war ich nicht«, beteuerte Guy aufschluchzend.
»Das war Ohneland.«

»Gilesbury«, sagte der König schockiert, aber Guy
hörte ihn gar nicht: »Ich war's nicht! Ich war's nicht!
Oder, Männer? Ihr könnt doch bezeugen, dass ich's nicht
war?«

Seine Männer, ohnehin vor Schreck gelähmt, stammel-
ten nur wirr durcheinander. »Flink wie ein Löwe, stark
wie ein Reh, leichtfüßig wie ein Wiesel«, stotterten sie.

»Er war mein einziger Bruder«, sagte der Drache grollend und hob eine Tatze.

Jetzt fing Guy an zu quieken wie ein Ferkel: »Nein!
Verschont mich! Ich bring Euch zu Ohneland, ich weiß,
wo er ist ... Er war's, der den Leichnam Eures Bruders
geschändet hat.«

»Das ist nicht wahr«, sagte eine laute Stimme, und
Jeremy Ohneland bahnte sich seinen Weg durch die ver-
ängstigte Menschenmenge. Er war ganz in Weiß gekleidet (den wenigsten Menschen fiel in dieser Situation auf,
dass sein Umhang aus einer Leinentischdecke bestand
und sein Beinkleid wie eine Unterhose aussah, ja, tatsächlich behaupteten sie hinterher, er sei äußerst elegant
gekleidet gewesen, in blendend weiße Seide gehüllt), und
in seiner Hand funkelte ein langes Schwert.

»Ohneland«, rief Guy und quiekte immer noch. »Sag
dem Drachen, dass du es warst. Sag ihm, dass ...«

Eine siedend heiße Flamme versengte sein Ohr.
»Schweig! Feigling!«, knurrte der Drache. »Wenn du dein

Schwert nicht ziehst, um dich in einem Zweikampf zu stellen, zermalme ich dich zwischen meinen Zähnen.«

»Verschont mich, o Drache«, jaulte Guy in Todesangst.

»Ja, verschont ihn«, rief Jeremy Ohneland. »Kämpft mit mir.« Zungenspalter bebte vor Unternehmenslust, die Menge raunte beifällig.

»Wie du willst! Aaaaaargh!«, machte Bruno und hüllte Jeremy in eine undurchdringliche Rauchwolke.

Jeremy begann zu husten, aber Zungenspalter fand wie üblich zielstrebig seinen Weg vor Brunos Auge.

»O weh«, stöhnte Bruno, und als sich der Rauch verzogen hatte, sahen die atemlos staunenden Zuschauer, dass der Drache sich ein Auge zuhielt. »Du hast mir das Auge ausgestochen!«

Mit einem einzigen Satz sprang er über die Burgmauer, Jeremy folgte ihm mit dem tanzenden Schwert durch das Burgtor hinaus auf die Wiese.

»Übertreibe es nicht«, zischte Bruno, als Zungenspalter haarscharf an seinem rechten Auge vorbeischoss. »Es sieht auch so schon echt genug aus.« Laut rief er: »O weh! Ich bin blind! Ich bin blind!«, und ließ sich schwerfällig auf den Boden nieder. »Ich ergebe mich! Ich ergebe mich! Tötet mich nicht! Was kann ein blinder Drache Euch schon noch schaden? Lasst mich zurück in meine Höhle fliegen und dort in Ruhe sterben!«

»Nun denn, ich lasse Euch ziehen, wenn Ihr versprecht, Feodonien von nun an zu meiden«, rief Jeremy genauso laut, sodass die aufgeregten Zuschauer, die sich im Burgtor zusammendrängten, um das Spektakel zu beobachten, jedes Wort verstanden.

»Ja, ja!«, rief der Drache. »Ich verspreche es.« Leise fügte er hinzu: »Gib mir den Ring wieder, Junge, du bekommst dafür Gold und Edelsteine, so viel du willst.«

»Dazu müsste ich dich ja besuchen kommen«, flüsterte Jeremy, während er Bruno den Ring zuwarf. Laut sagte er: »Und wenn mir jemals zu Ohren kommt, dass Ihr die

Grenzen Feodoniens überschritten habt, werde ich keine Gnade mehr kennen.«

»Niemals wieder werde ich die Grenzen eines Landes überschreiten, das von einem so mächtigen Drachenkämpfer wie Euch beschützt wird«, rief der Drache und fügte flüsternd hinzu: »Komm ruhig vorbei, wenn du Langeweile hast. Wir können eine Partie Schach spielen oder so. Leb wohl, Jeremy Ohneland, und pass gut auf dein Schwert auf.«

»Leb wohl, Drache«, flüsterte Jeremy zurück. »Und vielen Dank für alles.«

Brunophylax nahm Anlauf, entfaltete seine grün gefleckten Flügel und erhob sich schwerfällig in die Lüfte. Einmal kreiste er noch über der Festwiese, dann verschwand er gen Westen, wohin ihm Jeremy noch lange nachschaute.

Als Bruno verschwunden war, brachen die Menschen in der Burg in Jubel aus. Sie stürmten alle auf einmal auf die Wiese, um Jeremy hochleben zu lassen.

»Er hat uns alle gerettet«, riefen sie. »Er hat den Drachen allein mit seinem Schwert besiegt!«

»Er ist ein wahrer Held«, schluchzte Melinda und stürzte sich direkt in Jeremys Arme.

Auch der König klopfte ihm unablässig anerkennend auf die Schulter.

»Beeindruckend, Berryfield, wirklich beeindruckend! Ich denke, Ihr hättet dafür durchaus eine Belohnung verdient, mein lieber Junge.«

Jeremy, der über das ganze Gesicht strahlte, sagte: »Ich bitte Euch um die Hand Eurer Tochter, mein König.«

Und der König, der erkannt hatte, dass Jeremy und sein Schwert seinem Königreich mehr Nutzen bringen würden als Geld und Bodenschätze, gewährte ihm diese Bitte mit einem Lächeln. Der Jubel der Menge schallte so weit über das Land, dass sogar Brunophylax auf dem Rückweg zu seiner Höhle es noch hörte.

Nur Guy von Gilesbury stimmte nicht in den Lobgesang mit ein. Er schlich sich mit seinen Männern und den Pferden fort und ritt davon, bevor sich jemand an ihn und die erlittene Schmach erinnerte. Er hatte nicht vor, Feodonien wieder zu betreten, so lange er lebte.

Alexander A. Huiskes

Trommeln
in der Tiefe …

ICH: *Eins-zwei … eins-zwei … gut, es funktioniert. – Die Geschichte des Rock'n Roll, Zeitzeugenberichte, eins. – Wenn Sie mir jetzt bitte Ihren Namen …?*

ER: Jaja, schon recht. Mach mal halblang, Alter. Der Deal ist klar? – Ich erzähl dir eine Geschichte. Kannst mein Bier mitbezahlen, wenn dir die Geschichte gefällt. Aber du änderst nix dran. Nix. Verstehste?

ICH: *Sie haben mein Wort, Herr …*

ER: Val. Und wenn du meinst, ich seh aus wie'n Rocker, dann haste ganz recht. Ich bin einer, und gar kein so schlechter, jawohl. Ich bin Val. Val der Rocker, hast vielleicht schon von mir gehört. Kannst mich Val nennen. Hier, zwei Bier für uns zwei beiden! – So, die Bier sind angekommen, aber wo fang ich jetzt nur mit der Story an? – Alles fing an, dass ich in einem Chor gesungen hab, um genauer zu sein: In Illus Chor; damals hat er sich allerdings schon *Super Illu* nennen lassen, der Größenwahnsinnige. Und wir waren sowas wie die *Prinzen*, wenn du die kennst, aber natürlich haben nur ein paar von uns die Soli singen dürfen, der Rest war Backgroundchor. Okay, sie waren nicht schlecht, aber für uns andre war's irgendwie öd. Nur einer, der war richtig nett, Mel. Genau, wie Mel B. von den Spice Girls, bloß halt, dass es ein Kerl war und dass nicht er scharf *aussah*, sondern seine *Stimme* scharf *klang* und …

ICH: Val! Die Geschichte!

ER: Okay, okay, mach mal halblang. Wo war ich? Mel, richtig. Mel hatte immer ein offenes Ohr für uns, und er hatte auch richtig coole Ideen. Na ja, vielleicht ist cool das falsche Wort. Im Gegenteil, sie waren so richtig heiß. Rhythmus, verstehste? Was ihr hier Rock'n Roll nennt oder Heavy Metal oder meinetwegen auch Techno, so was halt. Ist auch eigentlich egal, Hauptsache, die Sache hat so richtig Beat. – Dumm-dumm-du-dumm … Hörst dich schon fast wie Super Illu an, dabei kannste ihn doch gar nicht kennen, persönlich, mein ich. Na prima. Weiter also: Wir haben dem Boss vorgeschlagen, die Songs mit ein bisschen Percussion aufzupeppen, das wär gar kein Problem gewesen, wir waren alle Feuer und Flamme. Der Alte hat sich natürlich dagegen gesträubt, kennst das ja vielleicht auch schon. Nichts Neues, nichts überstürzen, keine Umwälzungen, passt nicht zu unserem Kelto-Pop-Stil – bla-bla-bla. Wir ham's trotzdem getan. Und da ist der Boss stinksauer geworden, richtig wütend. Mannomann, so hab ich den Alten noch nie erlebt. Hat uns Brandstifter und Feuerteufel und all so was genannt und gesagt, dass wir sein ganzes Meisterwerk verhunzen würden. Die anderen Schleimer haben sich sofort hinter ihn gestellt, ganz besonders Manni, Uli und ihre Bräute. Bloß Mel, der hat zu uns gestanden und sofort gesagt, dass das alles seine Idee gewesen wär und so. Dem Alten hat er so richtig die Meinung gegeigt.

Ist leider an den Falschen geraten. Meine Güte, gab das Zoff. Nicht, dass er mit uns diskutiert hätte, nee. Einfach rausgeschmissen hat er uns, hochkant auf die Straße gesetzt, und er hat gesagt, dass er schon dafür sorgen würde, dass wir nie wieder'n Job bekommen würden. Tja ... und dann hat er seine erste Scheibe ohne uns rausgebracht. *Ainulindale*. Kennste vielleicht.

ICH: *Wenn ich kein Wort verändern darf ... könnten Sie dann vielleicht versuchen, ein wenig, äh, druckreifer zu reden?*

ER: Aaah, Er meint, Er solle seinen Sprachstil um eine Quantenfluktuation ändern. Er versteht. – Gut so? Nein? – Ist wohl nicht cool ... *adäquat* genug. Hm, aber irgendwann wär er das noch gewesen. Ich muss wohl lernen, dass sich hier alles relativ schnell verändert. Na schön ... Ich spüre das Alter zwar nicht, aber mit der Zeit verwischt sich alles ein bisschen. Wenn das Feuer des Augenblicks gebrannt hat, lässt es doch immer nur die gleiche Asche und Schlacke zurück, und wenn man so lange gelebt hat wie ich - ich habe irgendwann zu zählen aufgehört –, blickt man auf ein endloses Feld aus Asche und Schlacke zurück und erinnert sich kaum noch an die einzelnen Flammen. – Hättest du mir nicht zugetraut, diese Sprache, hm? Hinter mir steckt mehr, als man mir ansieht. Nun, dies hier ist meine Geschichte, und ich denke, dass man auch sie einmal hören sollte, und ich will versuchen, sie dem Zeitgeist entsprechend zu erzählen. – Recht so ? – Vielleicht schreibe ich sie auch einfach selbst auf das Backcover meiner neuen CD. Ich wollte sie eigentlich *Bat Out Of Hell* nennen, aber da gibt's momentan Lizenzprobleme, dabei wäre es genau der richtige Titel für mich.

Also ... nach unserem Rausschmiss standen wir so ziemlich in der Wüste, und wenn ich *Wüste* sage, dann denkst du wahrscheinlich etwas völlig Falsches. Es war eine Wüste des Wohlbehagens, alles voller Harmonie, kitschbunte Zuckergusswelt und jeder verdammte Radiosender dudelte den einlullenden Chorgesang von *Super Illus Prinzen*, es war, offen gestanden, zum Kotzen.

Nun, wir haben uns nicht entmutigen lassen, und Mel hat vorgeschlagen, dass wir eine eigene Band aufmachen sollten, aber diesmal *richtig*. Aus Gründen der Geheimhaltung, Super Illu musste ja auch nicht alles mitkriegen, haben wir uns dann für eine gewisse Zeit getrennt.

Ich hatte den Auftrag, mich in die Percussion einzuarbeiten, und Mel hat gemeint, dass ich für unseren ersten Titel etwas ganz Besonderes entwickeln sollte. Wir haben's *Trommeln in der Tiefe* genannt, und genauso sollte es klingen. Es hat mich fast tausend Jahre gekostet, den richtigen Platz ausfindig zu machen, aber dann hatte ich ihn: Ganz tief in der Erde, da ist die Akustik einfach geil, weil man alles immer gerade so bauen kann, wie man's will. Und noch etwas hat dafür gesprochen, dass ich mich so weit zurückziehe: Mel hatte aus erster Hand erfahren, dass *Super Illus Prinzen* auch noch eine Zuhörerschar mit einzubauen planten. Da es bisher keine gegeben hatte – die Idee war gar nicht mal so übel, fand ich... Unbeteiligte, die zuhören und Beifall klatschen müssen –, mussten sie welche erschaffen, und natürlich haben sie sich die Zuhörer nicht ins eigene Haus geholt, sondern dort abgeladen, wo wir auch schon waren. Hat eigentlich jemand eine Ahnung, was es bedeutet, wenn man bei den Proben dauernd die Zuhörer am Hals hat? Rückzug schien mir damals das Beste, schließlich wollten wir die Zuhörer nicht umbringen, sollten sie doch eines Tages auch mal *uns* zuhören und dann entscheiden, was ihnen besser gefällt: Volksmusik oder Rock'n Roll.

Es war eine regelrechte Sträflingsarbeit, das Tonstudio einzurichten. Tief drunten musste es liegen, und weil ich nicht sicher war, ob auch wirklich nichts nach oben dringt – was ist denn das für'n Knalleffekt, den jeder schon Jahrhunderte vor der Premiere kennt? –, habe ich alle Zugänge abgedichtet, mit Millionen Tonnen Gold und so'm Zeug, das man gut bearbeiten kann, und das Studio mit einer Extraschicht Mithril abgedichtet. Das Zeug ist eigentlich geheim, aber weil's praktisch alles abhält, ist es der optimale Dämmstoff. Jetzt, im Nachhinein, war's eine beschissene Idee, aber das konnte ich schließlich nicht wissen. Ich hab's ein paar tausend Jahre später auf die harte Tour erfahren müssen.

Ich war so beschäftigt mit Ausprobieren, Umbauen, Komponieren und Üben, dass ich die Zeit völlig vergessen habe, bis Mel mir eines Tages ein paar Zuhörer schickte und meinte, dass ich daraus vielleicht ein paar geschickte Trommler machen könnte. Die Idee hatte was: Eine richtige Percussion-Gruppe. Und es waren eigentlich keine üblen Burschen, ein bisschen hässlich vielleicht und nicht besonders geschickt, aber sie hatten den Beat im Blut, und wenn ich mir anschaue, wer in den letzten vierzig, fünfzig Jahren alles Erfolg im Showbiz gehabt hat, dann waren die Jungs damals eigentlich sogar vergleichsweise hübsch. Zuerst habe ich ihnen beigebracht, wie man richtig *zuschlägt*. Ein paar haben's nie richtig verstanden, aber nach ein paar Generationen gab es schon richtig gute Drummer. Der Rest, na ja, sagen wir's so: Sie konnten immer noch gut *draufschlagen*, aber von Rhythmus keine Spur.

Und dann sind die Nachbarn eingezogen. – Noch zwei Bier, bitte!

[cut]

ER: Nachbarn können nervig sein, das habe ich erfahren müssen, auf die harte Tour. Ich saß gerade an der Partitur zu *Trommeln in der Tiefe*, da hab ich sie gehört. ›Pling‹ – ›Plang‹ – ›Kling‹ – ›Klang‹, so ging's dauernd. Immer und immer wieder, völlig arhythmisch und von allen möglichen Stellen zugleich. Offenbar schützt das Mithril nur von innen nach außen, aber nicht umgekehrt. Dass sowas mal notwendig werden könnte, daran habe ich nie auch nur im Traum gedacht, ich meine: Wenn man die ganze Oberfläche zur Verfügung hat, wer zieht denn dann in den Keller? Ich habe sofort nachgeschaut, wer so blöd war, und festgestellt, dass die Zuhörer sich mittlerweile nicht nur an der Oberfläche breit gemacht hatten, sondern jetzt auch unterirdisch zu wohnen anfingen. Sie nannten sich *khazad*, aber meinetwegen hätten sie sich auch *Kotzbrocken* nennen können, das wär passender gewesen.

Schön, dachte ich, ignoriere sie. Das Problem wird sich von selbst lösen. Sie werden abziehen, wenn sie merken, dass die Wände hier nur voll Weichmetall sind, und am Dämmschutz werden sie sich dafür die Zähne ausbeißen. – O Mann, was war ich für ein Trottel.

Denn das Problem hat sich *nicht* gelöst. Im Gegenteil: Nachdem die kleinen verhutzelten Typen die Weichmetalle erst einmal entdeckt hatten, kamen immer mehr von ihnen dazu, und der Lärm wurde immer lauter. Einige meiner Drummer haben fast durchgedreht, und ich war auch kurz davor, überzuschnappen. Diese ... diese *Zwerge* haben noch nie etwas von *Ruhezeiten* gehört oder *kreativer Pause*, nein, und die größte Frechheit dabei ist, dass sie es noch als *Fleiß* bezeichnen.

Aber es kam noch schlimmer. Diese kleinen Irren haben weiter und immer weiter gegraben und sind fast durchgedreht, als sie auf meinen Dämmschutz stießen. Schön, dachte ich bei mir, jetzt begreifen sie's. Aber nichts war. Sie waren nicht frustriert über die Mithril-Barriere wie jedes vernünftige Wesen, nein, sie *freuten* sich ohne Maß und Sinn. Und dann begannen sie den Dämmschutz abzutragen. Die waren völlig übergeschnappt: Ich meine, wer kommt schon auf einen so vollkommen abwegigen Gedanken? Es ging zwar nur langsam, Mithril ist eben *wirklich* ein feiner Stoff, aber nicht einmal hundert Jahre, und sie hatten den Durchbruch geschafft. Und dann kam der Lärm erst so richtig durch: Kannst du dir vorstellen, wie es ist, wenn zu dem dauernden Getöse der Spitzhacken auch noch hunderttausend Füße kommen, die Tag und Nacht auf dünnen Böden über großen Hohlräumen marschieren? Dass ich damals keinen Hörsturz bekommen habe, ist das reinste Wunder. Aber das Schlimmste kommt erst noch: Nachdem sie durchgebrochen waren, haben sie angefangen, in meinem Tonstudio weiterzubauen, als ob ihnen das alles gehören würde.

Ich habe beschlossen, sie rauszuschmeißen, also hab ich mir ein paar der Drummer genommen und bin zu ihnen raufgestiefelt. Wir wollten nichts weiter, als sie erst einmal höflich darauf hinweisen, dass in der Erde noch andere Leute leben und dass man da doch bitteschön Rücksicht aufeinander zu nehmen hätte. Und beim Gehen sollten sie nicht vergessen, die Tür wieder mit Mithril abzudichten. Aber da hättest du sie mal erleben müssen! Als sie mich gesehen haben, haben sie sofort was von *Drachen* geschrien (ich hatte damals keine Ahnung, was sie meinten, ich hab erst später erfahren, dass die Drachen eine Erfindung von Mel waren, um die Stimmung so richtig anzuheizen), und als wir das Mithril zurückwollten, sind sie sogar auf uns losgegangen. Urûk Zehn haben sie erschossen und die anderen mit Steinen beschmissen – und das, wo ich so viel Mühe in ihre Ausbildung gesteckt hatte! Dass diese Irren mir selbst nichts antun konnten, darüber gab es nie einen Zweifel, da braucht's schon andere Kaliber. Zu diesem Zeitpunkt war mir klar, dass ich mit dem Pack aufräumen musste. Hausbesetzer, das waren sie, Banditen, Räuber und Störenfriede. Bevor ich überhaupt jemals mit *Trommeln in der Tiefe* fertig werden konnte, mussten sie verschwinden.

Es war keine besonders schöne Arbeit, alles von diesem Ungeziefer zu befreien – denn mehr waren sie nicht, wenn man's genau betrachtet –, aber nachdem wir das Gros der Plage beseitigt hatten, konnte ich denen, die sowieso nie besonders viel Rhythmus gehabt hatten, die Aufgabe überlassen, den Rest zu erledigen. Zu diesem Zeitpunkt erkannte ich, dass es durchaus nicht unvorteilhaft war, wenn man neben ein paar musikalischen Trommlern immer auch ein paar richtige Krawallmacher,

Rowdys halt, zur Hand hat. Ich beschloss, bei meinen nächsten Zuchtversuchen beide Gruppen angemessen zu berücksichtigen. – Sag mal, täusch ich mich, oder ist in meinem Glas hier ein Loch? Ober! Zwei Bier!

[cut]

ER: Kurz bevor ich *Trommeln in der Tiefe* fertigstellen konnte, gab es wieder Krach. Man sollte doch wohl meinen, ich hätte meinen Standpunkt mittlerweile hinlänglich deutlich gemacht, aber diese Zwergenhirnis wollten und wollten nicht lernen, und sie hatten, anfangs ganz leise und gesittet, wieder damit begonnen, sich über meinem Kopf breit zu machen. Ich hab sie erst mal gewähren lassen, aber wie das immer so ist, Nachgiebigkeit wird einem als Schwäche ausgelegt, und so begannen sie bald wieder mit diesem enervierenden Klopfen und Hämmern, das die Jungs und mich völlig aus dem Rhythmus brachte. Diesmal waren wir aber vorbereitet, und ohne dass ich viel Federlesens gemacht hätte, hab ich die Rowdys nach oben geschickt. Es hat gar nicht lange gedauert, bis sie mir eine Erfolgsmeldung brachten. Gerade rechtzeitig: *Trommeln in der Tiefe* war fertig, meine Percussion-Gang war bereit, die Effektecrew eingewiesen, und wir konnten mit der Generalprobe beginnen.

Wir hatten gerade das Da Capo im Zweiten Teil beendet, da, wo eine majestätische Pause eingelegt wird, eine Pause, die die ganze Erhabenheit des Stücks unterstreicht, da machte es plötzlich ›Platsch‹. Irgendjemand oder irgendetwas hatte da doch tatsächlich einen *Stein hinuntergeworfen*! Und dann konnte ich wieder das vertraute ›Tap-tap-tap‹ hören, das die Gänge von oben bis unten durchschallt. Sie waren *zurückgekommen*. Zum dritten Mal. Schluss mit lustig.

Diesmal, das schwor ich mir, würde ich selbst mit ihnen aufräumen. Ich packte mein Mikro und den Taktstock noch ein wenig fester vor Wut über diese permanenten Störungen und machte mich auf den Weg nach oben. Die Rowdys waren schon unterwegs, und die Drummer wollten ebenfalls dabei sein; das war gar keine so üble Idee, wir konnten dabei gleich das Marschieren üben, denn in den letzten hundert Jahren hatte ich mir überlegt, dass ein bisschen Action der ganzen Show gut tun würde. Ich hatte sogar selbst schon einige besonders effektvolle Flügelschläge, Sidestepps und Sprünge geübt, und wenn ich sehe, was die Bands hierzulande so auf der Bühne machen, muss ich sagen, dass ich nicht nur ganz richtig lag, sondern meine Sache auch sehr passabel gemacht habe. Genützt hat es wenig, aber dazu später.

Wir – die Drummer und ich – hatten kaum vierzig Stockwerke überwunden und waren so richtig schön in Fahrt gekommen, da hörte ich schon wieder diese Schritte, diesmal sogar näher als vorher. Diese gefährlich frechen Kreaturen hatten nichts, aber auch *gar nichts* begriffen. Statt wegzulaufen, kamen sie *näher*. Mit Erschrecken spürte ich aber noch eine … *andere* Präsenz, eine Gegenwart, die ich von früher her kannte. Es musste ein Speichellecker der *Super Illus Prinzen* sein, ich konnte seine Tremolostimme ganz deutlich hören. Ich ließ mir Zeit nachzudenken, bis ich wieder wusste, wer er war: Olli, den wir auch den ›Traumtänzer‹ genannt hatten. Was suchte ausgerechnet der hier? Olli war weder ein besonders guter Sänger noch in *überhaupt irgendetwas* gut, er war, so leid es mir tut, etwas Schlechtes über einen ehemaligen Kollegen sagen zu müssen, bloßer Durchschnitt, eine komplett graue Maus. Genau der Typ, den *Super Illu* als Kanonenfutter einsetzen würde, oder sollte ich besser sagen: als Spion?

Natürlich. Jetzt hatte ich endlich den vollen Durchblick: Olli war als Spion geschickt worden, um unsere Musik abzukupfern. Hatten die Ewiggestrigen, die Chorknaben, endlich begriffen, dass das Herz im Takt der Basedrum schlug; aber statt uns wieder zu engagieren, wollten sie uns ausspionieren. Groll stieg in mir hoch. Sie hatten uns rausgeschmissen, ignoriert, die Bühne gesperrt und uns auch noch die ganzen Zuhörer geschickt, als seien wir nicht immer noch Künstler, sondern bloß Publikum. Und jetzt wollten sie uns unsere Musik stehlen – wenn du versuchst dir vorzustellen, wie die *Hellwig-Schwestern* plötzlich als *Rolling Stones* auftreten (das gleiche Alter haben sie ja), verstehst du vielleicht, was ich meine; *Heino* hat's ja praktisch vorgemacht, und manchmal überlege ich, ob der Typ nicht irgendwie ein bisschen wie Curumo ist (vielleicht haben sie auch *ihn* hierher geschickt, wer weiß?). Aber zurück zur Geschichte: Olli durfte nichts herausbekommen und, viel wichtiger: Er durfte *selbst* nicht mehr herauskommen. Der miese kleine Trickser hat sich sogar erdreistet, mir eine Tür vor der Nase zuzuknallen! Glücklicherweise hat man als Hausherr immer einen Nachschlüssel zur Hand, und so konnte ich ihn und seine Begleiter bald einholen – scheinbar hatte er sich als Schützenhilfe von jeder Spezies mindestens einen Begleiter gesucht. Sie waren schon beträchtlich ins Studio vorgedrungen, aber jetzt war endgültig Schluss. Ich ließ die Drummer und Rowdys Aufstellung nehmen und wies sie mit dem Mikro an, ihre absolut heißesten Rhythmen anzuschlagen: ›Ghâsh! Ghâsh!‹ Whow, das ging vielleicht ab, die Verstärker waren echt ihr Geld wert gewesen, meine Stimme hallte optimal wider. Jetzt machte es sich auch bezahlt, dass ich Jahrtausende auf die richtige Statik verwendet hatte, denn alles vibrierte im Takt mit, verstärkte die Trommelschläge und ließ sie nachhallen, dass es eine Freude war. Ich konnte hören, wie Olli keuchte: »Es wird heiß!«, und wusste genau, dass er sich im Innersten noch immer gegen unsere Art der Musik sträubte. Unwichtig, ich hatte ihn genau da, wo ich ihn haben wollte. Auf dem schmalen Grat zwischen Genie und Wahnsinn, der allen meiner Art früher oder später zum Verhängnis wird, trafen wir aufeinander: Er hatte eine lächerliche Gestalt angenommen, alt und grau und irgendwie *sterblich*. Nun, seine Entscheidung. Das würde es mir nur einfacher machen.

Dann erklang plötzlich eine Wimmerstimme und sang etwas, das wie ›Wehe, Wehe!‹ klang. Beinahe hätte mich das aus dem Konzept gebracht. Olli hatte doch tatsächlich die Dreistigkeit besessen, einen aus den *Fischerchören* mitzubringen, irgendeinen schöngeistig-versponnenen Freizeit-Kastratensänger, die versuchten, *Super Illus Prinzen* nachzueifern und sich stattdessen *Super Illus Erstgeborene* nannten. Einfaltspinsel allesamt. Ich musste an mich halten, nicht sofort auf ihn loszugehen, konnte mich jedoch gerade noch zügeln. *Olli* war es, auf den ich mich konzentrieren musste. Wenn er entkam, würde er ›Trommeln in der Tiefe‹ nicht nur bei allen Zuhörern vorab bekannt machen, sondern, was viel schlimmer war, auch *Super Illus Prinzen*. Mein Groll war mittlerweile so gewaltig, dass ich fast schon zu glühen schien; ich wusste, dass das bei meinen Jungs und bei den Begleitern Ollis gehörig Eindruck machen würde, und die Flamme meines Zorns brannte noch heller, als – Olli musste irgendein Zeichen gegeben haben – einer der Sterblichen auf der anderen Seite des Grats plötzlich meinen Drummern seinerseits Musik entgegensetzte. Es war ein blökender, unharmonischer Ton, der meine ganze Komposition durcheinander brachte und geradezu verhöhnte. Ich knirschte mit den Zähnen. Ich muss dabei irgendwie mit dem Mikro zu hektisch gewedelt haben, denn es gab einen scharfen Knall. Knisternde Funken liefen das Kabel entlang, das plötzlich abgerissen in der Luft baumelte, und sprangen an mir hoch und bis auf den Taktstock, der unglücklicherweise Feuer fing (in diesem Moment dachte ich nur daran, dass ich mir einen neuen würde machen müssen, wenn all dies hier vorbei wäre).

Womit ich nicht gerechnet hatte: Olli blieb stehen. Es schien fast, als wolle er gar nicht fliehen, denn er faselte etwas wie: »Du kannst nicht vorbei.« Hatte dieser aufgeblasene Wichtigtuer doch tatsächlich vor, mich jetzt sogar in *meinem eigenen Tonstudio* festzusetzen, nur damit ich keinen Weg mehr zu den Zuhörern finden sollte!

Das wollen wir doch erst mal sehen, dachte ich bei mir, ging forsch auf ihn zu und wedelte mit dem Taktstock - diese ganzen zweitklassigen Sänger haben eine enorme Angst vor dem Taktstock, wie ich aus meiner Zeit bei Super Illu noch wusste, und ich war sicher, Olli würde zurückweichen. Aber Olli überraschte mich erneut: Er hatte irgendeinen Stock aus Metall bei sich – ein Taktstock war es gewiss nicht – und zerschlug mir meinen wunderschönen Dirigentenstab. Dass sein eigener Stock dabei auch kaputtging, war das mindeste, was ich erwarten konnte, aber so rechte Befriedigung wollte bei mir trotzdem nicht aufkommen. Olli hatte deutlich dazugelernt. Vielleicht mussten wir nun doch in ein Stadium der Verhandlungen eintreten, einen Kompromiss.

»Na schön«, zischte ich ihm zu, »lass uns reden!« Ich war sauer und traurig, dass jetzt schon Dirigentenstab *und* Mikro kaputt waren und meine Proben sich bis ins Unendliche verzögern würden, und hüpfte, gedankenverloren meine Tanzschritte noch einmal durchspielend, weiter auf den Grat, ohne mir großartig Gedanken um Olli zu machen. Aber diese falsche Schlange dachte nicht einen Moment daran, auf mein Angebot einzugehen, im Gegenteil: Als ich ihn beinahe erreicht hatte, setzte er seine ganze Kraft ein und *zerstörte* den Steinbogen. Ich war vollkommen überrascht und fiel.

Obwohl ich Flügel hatte, *fiel* ich einfach. Und Olli fiel mit mir, der Tollpatsch musste sich irgendwie im Mikrokabel verheddert haben. Typisch Olli! Ich erkannte, dass es nutzlos gewesen wäre, wieder nach oben zu fliegen, denn dieser tückische Kerl hatte sich mit dem Mikrofonkabel praktisch an mir festgekettet und wäre auf dem gleichen Weg nach oben gelangt. Also ließ ich mich immer weiter fallen, schließlich hatte ich nichts zu befürchten. Dachte ich.

Ich *Narr.*

Denn als wir endlich auf dem Grund ankamen, ging das Ganze erst richtig los. Ich beschuldigte Olli gleich der Spionage, aber er hatte die Frechheit, mich einfach nur anzugrinsen und den Kopf zu schütteln.

»Du irrst«, sagte er, »ich bin hier wegen der Räumungsklage.«

Meine Augen traten mir fast aus dem Kopf. »*Räumungsklage?*«

»Ja«, bestätigte er lapidar, »du bist mit der Miete im Rückstand, und *Super Illu* hat beschlossen, die Zwangsräumung anzuordnen. Ich habe hier das Schriftstück …« Er griff in seine Kutte, und ich wusste, dass er mich in eine schlimme Situation hineinmanövriert hatte und mir nur noch eine einzige Chance blieb: Ich musste weg. Weg von hier. Olli kannte sich nicht aus hier unten, tief in der Erde, und wenn ich ihn abhängen konnte, würde nie jemand erfahren, was geschehen war.

Aber er war schlau und ungeheuer zäh. Jahrtausende gehen scheinbar auch an einem Versager wie ihm nicht spurlos vorbei. Der elende Schnüffler! Schließlich blieb mir nur noch eine Hoffnung: Die Endlose Treppe. Ich musste sie häufiger hinauf- oder hinabsteigen, war also geübt darin, aber jemand, der Treppensteigen nicht gewohnt ist, braucht spätestens nach 4789 Stufen eine Pause. Olli nicht. Endlich kamen wir oben an. *Wir*. Ich war völlig außer Puste, war gerannt wie nie zuvor.

Und alles, was Olli sagte, war: »Aha. Da haben wir ja auch noch eine Aussichtsterrasse auf dem Zickzackberg mit Panorama-Rundumblick. Nicht genehmigt. Das wird nochmal richtig teuer …«

Von einem Augenblick auf den anderen war meine Furcht vor der Räumungsklage wie weggeblasen, und alles, was ich noch spürte, war Zorn. Wahrscheinlich hat man's noch in vielen Kilometern Umkreis gesehen und gehört, wie wir dastanden und uns gegenseitig anbrüllten, aber wie ich's auch drehte und wendete: Olli war, wie es ein Anwalt heute ausdrücken würde, vollkommen im

Recht, auch wenn seine Handlungen unrechtmäßig waren und dazu dienten, die Konkurrenz auszuschalten.

Schließlich blieb mir nichts anderes mehr übrig, als klein beizugeben. Zahlungsunfähig, wie ich war (die Währungsreform von *Super Illu* war mir in meiner Zeit unter der Erde entgangen), musste ich dem Kuhhandel zustimmen, den Olli mir aufdrückte: Ich musste mein Heim sofort verlassen, durfte nichts mitnehmen und niemals wieder dorthin zurückkehren. Olli wies mich außerdem darauf hin, dass Mel seine ›Rebellion‹, wie er es spöttisch nannte, schon lange aufgegeben hatte (kein Wunder, dass ich in den letzten Jahrtausenden nichts mehr von ihm gehört hatte) und jetzt mit irgendeiner zweitklassigen Shownummer durch andere Welten tingelte, in denen *Super Illus Prinzen* Hitsingle *Ainulindale* noch nicht bekannt war und er ihr demzufolge auch keine Konkurrenz machen konnte. Er empfahl mir, Mels Beispiel zu folgen und mein Glück in einer Welt zu suchen, die meinem ›rebellischen Charakter‹ angemessen wäre, und so kam ich hierher.

ICH: Herr Val, ich danke Ihnen ...

ER: Nur mal nicht so schnell. Finger weg von den Tasten da. Du erinnerst dich auch ganz sicher noch an den Deal? Ich weiß, meine Geschichte ist nix Besonderes, nur eben meine Geschichte. Hat bisher noch niemanden interessiert, außer einmal. Ist aber schon ein bisschen her. Der Typ war Professor. Hat die Story dann benutzt, sogar mehrfach, allerdings hat er ein bisschen geschummelt und die Wahrheit so verdreht, dass sie publikumswirksam war. Also: Du wirst kein Wort dran verändern, klar? Keine Chance. Ich mach nicht zweimal den gleichen Fehler ...

Dietmar Schmidt

Der Seelenstein

Kies knirscht unter Stiefelsohlen, der Marschtritt der Krieger hallt über das Feld. Die Männer um mich kenne ich kaum; auf meiner Schulter ruht schwer der Speer. Die Lanzenspitze des vor mir Gehenden schwankt fast einen Klafter über mir auf und ab; wenn ich den Kopf hebe, sehe ich das lackgeschwärzte Metall. Der dunkle Überzug nimmt uns die Glorie in der Sonne blitzender Waffen; wir marschieren bei Tag, wenn der Feind ruhen muss, auch wenn die Alben und Riesen dann unzufrieden sind. Wie die Vampire schätzen sie die Zeit nach der Abenddämmerung mehr als das Licht der Sonne. Der Lack indes erfüllt gleich zwei Zwecke: Er schützt das Eisen vor Rost und verhindert, dass unseren Bundesgenossen das Sonnenlicht in die Augen blitzt, was ihnen sehr zuwider ist und bei manchen zu Wutausbrüchen führen kann; gerade die Riesen neigen dazu. Dabei sind sie einfache, genügsame Wesen, doch unter den Vampirkönigen fristen sie ein trauriges Dasein, das sie sehr leicht erregbar macht. Unsere anderen Verbündeten, die Alben, wirken fremd mit ihrer dunklen, lederartigen Haut und ihren roten Augen; sie schmücken sich mit den Federn erlegter Vögel und gehen nach Jahrhunderten der Knechtschaft gebückt; vielleicht aber wird schon ihre nächste Generation wieder aufrecht schreiten und dem Gegenüber stolz ins Auge sehen. Mit ihnen zu sprechen ist fast unmöglich, so unstet gebärden sie sich. In der Schlacht entpuppen sie sich als kühne Kämpfer, die sich furchtlos für die Befreiung ihres Volkes und der ganzen Westmark vom Joch der Vampire opfern.

Die Riesen sind gutmütige Tröpfe, verlässlich und zäh; ihre Demütigung unter den Vampirkönigen indessen hat dazu geführt, dass sie nun umso mehr auf ihre Ehre bedacht sind und sich von Nichtigkeiten und Irrtümern beleidigen lassen; wer aber einen Riesen erzürnt, der kann den Göttern danken, wenn er das Licht des nächsten Morgens erblickt.

Und dann gibt es uns Menschen, klug und schwach, aber zahlreich, einst das Schlachtvieh der Vampirkönige, nun durch unsere Beharrlichkeit und Erfindungsgabe ihr Untergang. Der Schillernde, unser zauberkräftiger Heerführer, ist ein Mensch, und er führt uns in eine freie und friedliche Zukunft.

Wir ziehen durch Hygron: Ödland, auf dem sich einst fetter Weidegrund mit fruchtbaren Äckern abwechselte. Heute aber ist das Land verdorrt, denn hier war die letzte Walstatt – hier unterlag König Alerichs Heer den Zauberkünsten der Vampirkönige, und bis heute ist das Land davon gebrandmarkt. Nichts außer den anspruchslosesten Pflanzen kann hier gedeihen. Wie, so frage ich mich, haben die Vampire es eigentlich angestellt, hier über Jahrhunderte hinweg zu überleben, ohne sich gegenseitig anzufallen, sobald die Beute knapp wurde?

Hinter mir höre ich ein Schnaufen, und als ich mich umblicke, kauern zwei kleinwüchsige Alben hinter mir. Leise tuscheln sie miteinander und tauschen wissende Blicke aus; feixend huschen sie weiter. Vampirschnüffler, die Agenten des Feindes in unseren Reihen aufspüren sollen. Immer wieder gelingt es Vampiren, sich verwandelt unter uns zu mischen. Die meisten werden rasch entdeckt, denn in aller Regel ist ein Vampir zu arrogant, sich mit unseren Gewohnheiten zu beschäftigen; dann aber verrät er sich durch Unwissen. Nur wenige sind gewiefter und darum besser zum Spion geeignet – so jemand versteht es, sich als einer der Unseren auszugeben; sie haben schon viel Schaden verübt. Die Vampirschnüffler aber, besonders begabte und oft körperlich missgestaltete Alben, erkennen sie an einem typischen Geruch, welche Vampire ausdünsten und der für die meisten Alben ebenso unbemerkbar ist wie für Menschen oder gar Riesen mit ihren weniger geschärften Sinnen. Man munkelt, in der Ahnenreihe der Schnüffler gebe es Hexenblut, und deshalb könnten sie ihre Verwandten, die Vampire, leichter erkennen.

Und dann stehen sich die Heere gegenüber: Reihe um Reihe nehmen die Krieger Aufstellung. Ich stehe in der ersten Reihe, neben mir andere erfahrene Söldner, alle in eisenbeschlagenen Lederwämsern und geschmiedeten Helmen, am Wehrgehenk ein Schwert und einen Dolch. Wie die Stacheln eines aufgeregten Igels ragen unsere Speere hervor.

Bald schon sehen wir den Feind; knapp vor dem Waldrand hat er Aufstellung genommen, doch im Gegensatz zu uns muss er sich verteidigen – wir sind auf dem Vormarsch. Das Reich der Vampirkönige wankt; bald zermalmen wir es unter unseren Stiefeln.

Drüben sehen wir sie stehen: ihre arroganten weißen Gesichter mit den rötlichen Augen und hellgrauen Haaren, angetan mit Spiegelrüstungen, die jeden gegen sie gewirkten Zauber zurückwerfen. Bizarre Vorsprünge an den Schultern und an Brust und Rücken sollen dem Feind schon aus der Ferne Furcht einflößen. Drohend schwenken sie grausam gezackte Schwerter, Spieße mit Sägeschneiden und von einem Dorn gekrönte Rundschilde.

Das Horn bläst zum Angriff, und wie ein Mann, wie ein einziges massiges Wesen dringt unser Heerbann gegen die Haufen des Feindes vor.

Auch nach einer siegreichen Schlacht entzieht sich das Grauen der Beschreibung durch bloße Worte. Jung liegt tot neben Alt, Mensch neben Riese, Alb neben Vampir. Wer tot ist, hat es hinter sich; weh aber dem, der nicht tot ist, sondern schwer verwundet, denn er wird langsam sterben, ohne Wasser, ohne Trost und ohne Hoffnung auf Rettung. Der Schillernde muss all seine Zauberkraft darauf verwenden, die magischen Angriffe der Vampirkönige abzuwehren. Ohne dass wir etwas davon bemerken, beschirmt er uns vor den Vampiren und leitet ihre arkane Kraft in den Abyssus zurück, den Höllenschlund, aus dem sie stammen und von wo sie noch immer Zaubermacht beziehen. In höchster Not, so heißt es, beschwören sie von dort die Dunkelkrieger herauf, die in der Sprache der Schatten Abys-Khel heißen. Will er das verhindern, kann der Schillernde seine Zauberkraft nicht auf Heilung verwenden.

Man lässt freilich niemanden auf der Walstatt verschmachten, sondern gibt dem hoffnungslos Verwundeten den Gnadenstoß, und das sind fast alle, die es nicht aus eigener Kraft zu einem Feldscherer schaffen. Wichtig ist, die traurige Pflicht vor Einbruch der Nacht zu verrichten, denn im Dunkeln kommen die Plünderer der Vampire aufs Schlachtfeld, und wer ihnen lebend in die Hände fällt, den erwartet ein Schicksal schlimmer als der Tod: Die Seelen ihrer Opfer fahren in den Abyssus, wo der Graue Herrscher sich an ihnen labt wie zuvor die Vampire an ihren Leibern. Dann schon lieber ein sauberer Tod durch das Schwert und in Allvaters Halle einziehen! Und wir verhindern, dass die Vampire ihre eigenen Verwundeten bergen und auf ihre abscheuliche Weise heilen.

Wie viele ich am Abend nach der Schlacht vor ihrem grausigen Schicksal bewahrte, weiß ich nicht, doch ich entfernte mich dabei weit von meinen Kameraden. Als ich mich gerade nach einer hübschen Fibel bückte, die ein Toter nicht mehr brauchte, hörte ich hinter mir ein Rascheln.

Aufspringend fuhr ich herum und hob mein Schwert, doch sah ich niemanden, bemerkte aber, dass ich unvorsichtig einem gut zehn Schritt durchmessenden und ebenso weit entfernten Gehölz den Rücken zugekehrt hatte, ohne es zuvor zu durchsuchen.

Solch ein Schnitzer kann einem leicht das Leben kosten, dachte ich. *Der Tag war hart, und du bist müde, daran liegt es.*

Mit bereitgehaltenem Schwert drang ich in das Buschwerk vor. Unansehnliche Blätter streiften mir über die nackte Haut an Händen und Unterarmen. Die Hexenkraft, die noch immer diesen Boden verseuchte, hatte die Pflanzen nicht unbehelligt gelassen. Fahl und gräulich sahen sie aus. Eigentlich ein Wunder, dass hier überhaupt etwas gedieh! Andererseits war auch der Wald schon wieder weit auf das verdorrte Land vorgedrungen.

Als ich ganz zwischen den übermannshohen Büschen verschwunden war, ereilte mich ein eigentümliches Gefühl der Verlorenheit. Im nächsten Moment erhaschte ich im Zwielicht – die Sonne strebte schon zur Erde – eine Bewegung, und dann sah ich ihn: einen Vampir. Ich schüttelte die merkwürdige Beklemmung ab und trat näher. Der Vampir lag blutend am Boden, in seiner Brust klaffte eine Schwertwunde; ein Wunder, dass er noch lebte und bei Bewusstsein war. Eine Waffe sah ich nicht. Doch ohne sagen zu können weshalb, zögerte ich, ihn zu töten. Lag es daran, dass er nicht auf mein Schwert blickte, sondern mir bittend in die Augen? Worum sollte ein Vampir mich bitten? Das Gnädigste, was er erhoffen konnte, war doch ein *rascher* Tod!

Trotzdem ließ mich der Blick dieser wässrig-rötlichen

Augen nicht los, und das Gefühl der Beklemmung kehrte erneut zurück; mir war, als bäume sich alles in mir auf, ohne dass ich hätte sagen können, wogegen eigentlich. Als sei etwas grundlegend falsch. Auf Vampire reagierte man nicht mit solchen Aufwallungen, sondern tötete sie, bevor sie einen selber töteten oder gar fingen. Ich musterte den Liegenden. Er hatte den rechten Arm ausgestreckt und berührte mit den Fingerspitzen fast eine verstöpselte Glasphiole, die neben ihm im Laub lag. Offenbar war sie seinen kraftlosen Fingern entglitten.

Warum stieß ich nicht zu und machte ihm ein Ende? Hatte er mich in einen Bann geschlagen?

Zögernd, ohne dass er hinsah, näherten sich seine Finger der Phiole, ertasteten das Fläschchen, rollten es heran, sodass sie es umfassen konnten, und schlossen sich darum. Ich konnte nicht anders, ich beobachtete ihn fasziniert. Langsam und vorsichtig zog der Vampir den Arm an den Leib, hob – ohne den Blick von meinem Gesicht zu nehmen – die andere Hand und zog den Stöpsel, einen Korken, dessen Farbe ich nicht genau bestimmen konnte: Einmal erschien er mir hell und neu, dann wieder grünlich, wie von Schlick. Es musste am Licht liegen. Sehr langsam träufelte der Vampir sich nur wenige Tropfen einer seimigen Flüssigkeit auf die Wunde, und was ich daraufhin sah, konnte ich kaum fassen: Wo ein Tropfen in die Wunde fiel, schoben die Wundränder sich von innen nach außen zusammen und verwuchsen zu einer rötlichen Naht, die sich schaurig von der milchweißen Haut abhob. Der Vampir verstrich den Balsam auf den letzten noch wunden Stellen, und schon nach wenigen Atemzügen zeigte sich anstelle einer Verletzung, aus der ihm das Leben zu entfliehen drohte, eine gut verheilte Narbe, bei der nicht einmal mehr zu befürchten stand, dass sie brandig wurde.

Nun war ich tatsächlich gebannt, denn es hieß doch, jeder Heilzauber der Vampirkönige bedürfe eines Menschenopfers, zur Herstellung von Trünken und Balsamen aber seien sie nicht fähig. Fasziniert beobachtete ich nun das Gegenteil.

Arrogant hob der Vampir das Kinn und bleckte die Zähne. Zwei lange Augenzähne schimmerten bedrohlich im matten Licht. Ich fasste das Schwert fester.

»Bevor du mich erschlägst, solltest du etwas versuchen, mein Freund«, sagte der Vampir zähnefletschend und rieb sich mit dem Finger, an dessen Spitze noch Balsam glänzte, über beide Augenlider. »Das hier.« Weiter geschah nichts; der Vampir feixte mich an. Und wieder hatte ich dieses merkwürdige Gefühl … verbarg sich hinter dem Hohn, mit dem er mich Freund nannte, etwas anderes?

»Trink zuerst davon«, entgegnete ich. Was ließ ich mich auf Verhandlungen ein? Mit einem Streich konnte ich dem Abscheulichen doch den Kopf von den Schultern trennen – oder ihm das Schwert genau an der Stelle in die Brust rammen, die er sich gerade geheilt hatte.

»Das ist Verschwendung … aber gut.« Höhnisch zog er den Mundwinkel hoch, dann verschloss er die Phiole mit der Fingerbeere, drehte das Gefäß rasch einmal auf den Kopf und wieder zurück, sodass an der Spitze ein kleiner Balsamtropfen haften blieb. Mit ihm benetzte er seine Zunge und schien ihn im Mund zu verstreichen.

War auch das eine List … eine Täuschung? Das wusste ich nicht zu sagen, doch wie mit eigenem Willen zuckte meine linke Hand vor – als gehörte sie mir gar nicht mehr. Die Finger – meine Finger – nahmen die Phiole in Empfang, und dann stand ich da: das Schwert in der Rechten, das Fläschchen in der anderen Hand. Seine Waffen hatte der Vampir verloren, nicht einmal ein Dolch hing an seinem Gürtel. Die Schließe zeigte einen gehörnten Menschenschädel aus Silber ohne Unterkiefer. Offenbar war mein Gegenüber ein Edler, wenn man das bei Vampiren so sagen konnte.

Behutsam hob ich die Phiole an die Nase und schnüffelte daran. Obwohl ich nichts riechen konnte, traten mir die Tränen in die Augen, und dann verspürte ich eine innerliche Rührung wie schon seit vielen Jahren nicht mehr; ein Kloß stieg mir in die Kehle. Wie unter Zwang verschloss ich meinerseits die Phiole mit dem Finger und benetzte ihn mit der zähen, kühlen Flüssigkeit. Noch ein Moment des Widerstrebens, dann hob ich ihn vor die Augen.

»Gib mir vorher das Elixier zurück«, verlangte der Vampir barsch. »Es ist kostbar.«

Ich schüttelte den Kopf und fuhr mir mit dem balsamfeuchten Finger über die Lider, als wüsste ich nicht mehr, was ich tat, als riete mir keine innere Stimme davon ab.

Und der Boden unter meinen Füßen verwandelte sich mitsamt aller herabgefallenen Blätter in Nichts. Ich taumelte und sah gleichzeitig schemenhaft, wie der Vampir vorstürzte. Ich wollte das Schwert heben, doch es entfiel meinen kraftlosen Fingern. Auch die Phiole ... Der Vampir fing sie geschickt aus der Luft. Wie im Traum beobachtete ich, wie langsam zwei Tropfen der kostbaren Flüssigkeit herausspritzten, dann hatte er sie gefangen.

Einen schrecklichen Moment lang sah ich die Welt doppelt; als würde ich mir zwei auf Glas gemalte, fast identische, deckungsgleiche Bilder, vor die Augen halten und sie langsam auseinanderziehen. Mir schwindelte, und ich glaubte, die Glasbilder müssten beim nächsten Atemzug zerspringen. Dann würde die Welt in Dunkelheit fallen.

Stattdessen fügten sie sich erneut zusammen, aber zu einem neuen Bild, als wären die beiden Bilder miteinander vertauscht worden und als läge das untere nun zuoberst.

Und meine Umgebung, die sich eigentlich nicht verändert hatte, erschien mir mit einem Mal in einem ganz anderen Licht.

Ich lag am Boden, die Nase dicht an der Wurzel eines

Busches. Doch diese Wurzel sah nicht mehr schwarz aus und knorrig wie die Finger einer Hexe, sondern wirkte natürlich gewachsen, wenngleich etwas verkümmert. Ich stützte mich auf die Unterarme und nahm einen ekelerregenden Gestank wahr, wie von lange nicht gewaschenen Leibern und Lumpen. Benommen schüttelte ich den Kopf, dann hob ich den Blick und sah den Vampir an – vielmehr ...

Vielmehr saß ein schlankes, blasses Mädchen mit sehr hellen Haaren vor mir und betrachtete mich forschend aus hellgrauen Augen. Aus ihrem Haar ragten fremdartige Ohrenspitzen hervor. Sie trug eine blassgraue Tunika, die über ihren kleinen Brüsten zerschlitzt war und eine lange, rötliche Narbe auf heller Haut sehen ließ. Die Tunika war blutgetränkt; ein heller Gürtel raffte sie an den schmalen Hüften zusammen. Die Schließe hatte die Form eines Lindenblatts. Das Mädchen war unbewaffnet und wirkte geschwächt. In der Hand hielt sie die Phiole, die nun wieder verstöpselt war – mit einem hellen, sauberen Korken, der nicht mehr den Anschein erweckte, von Schlick bedeckt zu sein. Zu ihren Füßen lag ein schartiges schwarzes Schwert mit einem groben Griff aus schmutzigem Leder. Die Waffe hatte vorher noch nicht da gelegen, und ... wo war mein Schwert? Ich sah mich suchend um.

Bei jeder meiner Bewegungen wallte Gestank auf, und ich schaute an mir herab. Keineswegs trug ich die nüchterne, blau und grün gestreifte Uniform des Schillernden, die zu erblicken ich erwartet hatte, sondern graue Lumpen unter einem langen schwarzen Lederwams, das mit groben, rostigen Knöpfen beschlagen war. Meine Füße steckten nicht in Stiefeln, sondern in schweren, mit Unrat verkrusteten Felllappen, die von rissigen Lederschnüren mehr schlecht als recht zusammengehalten wurden.

»Was ... was ...?«, stammelte ich rau, stand taumelnd auf, verlor den Boden unter den Füßen und brach wieder zusammen: Unter lautem Astkrachen setzte ich mich mit dem Hinterteil in einen Busch. Blätter stoben auf. Die Unbekannte stürzte zu mir und hielt sich den Finger an die vollen Lippen: Ich solle leise sein. Aus der Nähe war sie unirdisch schön.

Ich fasste mir an die Stirn und griff in struppiges, verfilztes Haar. Daraufhin tastete ich höher und fand einen Metallhelm mit rauer Oberfläche. Ich nahm ihn ab; ein einfacher runder Helm, mit Rostnarben übersät. Ähnliches hatte ich nun schon fast erwartet, doch …

»Was …?«, flüsterte ich wieder und barg das Gesicht in den Händen. Mir war, als wäre ich aus einem schlimmen Traum erwacht – nein, ich fühlte mich wie neu geboren.

»Du musst still sein«, sagte das Mädchen leise, aber eindringlich. »Kameraden von dir sind noch auf dem Feld; wenn sie gehen, müssen wir fliehen, bevor es dunkel wird.« Sie sprach mit der gleichen Stimme wie der Vampir, allein die Arroganz und der schneidende Hohn waren verschwunden.

»Wer … bist du?«, wisperte ich stockend, »und was … ist mit mir geschehen?«

»Ich bin Enea, eine Albin«, sagte sie zu meinem Erstaunen und fügte hastig hinzu: »Wir müssen nun Schweigen wahren und ganz still sein. Noch einmal haben wir nicht so viel Glück.«

Trotz aller Fragen, die in mir brannten, legte ich mich ruhig auf den Boden und hielt den Mund. Ich bin ein Krieger; zu schweigen habe ich gelernt. Wir krochen zwischen die Büsche, sodass wir einen großen Teil des Schlachtfeldes im Auge behalten konnten; es erschien mir nun viel kleiner als vorher, und grüner. Die Sonne näherte sich den Hügeln im Westen. Noch zwei Stunden bis zur Abenddämmerung. Mir war schwindlig, und mein Kopf war leer. Ich wusste nicht einmal meinen Namen.

Endlich breitete sich die anbrechende Nacht wie ein Reitermantel über uns. Meine einstigen Kameraden hatten sich von der Walstatt zurückgezogen; nur zwei Mal war einer von ihnen unserem Versteck so nahe gekommen, dass ich den Schwertgriff fester packte. Wie mich das schimmelige Leder ekelte, mit dem der Griff der lieblos geschmiedeten Waffe umwickelt war! Und welchen Abscheu ich vor den Gestalten empfand, die ich noch vor wenigen Stunden als aufrechte Streiter und Kameraden betrachtet hatte! Gebückt schlurften sie in zerschlissenem Schuhwerk umher; in bärtigen Gesichtern unter zottigem Haar glänzten starre, teilnahmslose Augen.

Und wie ich selbst aussah! Ich steckte in übelriechenden Lumpen, meine Unterarme waren mit schwärenden Flohbissen und Wanzenstichen bedeckt, meine Fingernägel gelb und eingerissen, zwei Finger der linken Hand entzündet – wie hatte ich überhaupt meinen Speer geführt? Unter welcher Droge, unter welchem Zauberbann hatte ich gestanden, bis das Heilelixier mir die Augen öffnete?

Zeit zum Nachdenken hatte ich genügend gehabt. Wenn die Vampire in Wahrheit schöne Alben waren, was waren dann die, die ich als Alben gekannt hatte? Von meinem Spähposten konnte ich undeutlich eine Gestalt sehen, die im hohen Gras lag, einen verkrümmten Leib und eine dunkle Pranke mit spitzen, schwarzen Fingernägeln.

Während ich noch versuchte, mehr Einzelheiten auszumachen, bemerkte ich, dass ich mich überhaupt nicht entsinnen konnte, seit wann ich zur Truppe des Schillernden gehörte. Und wenn wir nicht gegen Vampire gekämpft hatten, sondern gegen Alben – was hatte ich dann in dieser Zeit getan – lastete nun Schuld auf mir? Diese Frage legte sich dräuend über mein Denken. Welche Gesetze der Götter hatte ich gebrochen? Dringender als bisher verlangte mich nach Reinigung – am liebsten hätte ich mich unverzüglich in einen Teich geworfen und wenigstens meinen Leib vom Schmutz befreit. Was ich aber auf meine Seele geladen hatte …

»Wir sollten aufbrechen«, flüsterte Enea mir zu.

Ich musste ihr zustimmen: Die Menschen hatten das Schlachtfeld verlassen, und bald kamen die … – jene, die ich bisher als Alben gekannt hatte, auf die Walstatt. Was sie dort wollten, das mochte ich mir nun gar nicht ausmalen. Etwas Gutes jedenfalls konnte es wohl kaum sein.

Wir rafften unsere geringe Habe zusammen und hasteten geduckt im Schutze der einbrechenden Dunkelheit davon. Beide wussten wir, wo das Heer des Schillernden lagerte, und entfernten uns in die entgegengesetzte Richtung. Wir achteten darauf, möglichst leise zu sein und jede Deckung auszunutzen. An einer Stelle bückte sich die Albin im hohen Gras und hob ein Langschwert auf, das einem Toten gehört hatte und von den Plünderern übersehen worden war.

Bis ich ihr begegnete, hatte ich mich immer meiner Fähigkeit gerühmt, mich besonders leise bewegen zu können, doch Eneas Leichtfüßigkeit trieb mir fast die Schamesröte ins Gesicht. In den Stadtstaaten des Südens hätte sie es damit mühelos zur Meisterdiebin bringen können, und die Konkurrenz dort ist groß.

Ungehindert erreichten wir den Rand des Schlachtfelds und stießen an eine Stelle, wo eine Gruppe von Alben sich zu einem letzten Kampf gestellt hatte und von Menschen oder – anderen niedergemacht worden war.

Dort verließ auch uns das Glück: Zwischen den Leichen hockten drei ›Vampirschnüffler‹ und sprangen uns mit gezückten Säbeln entgegen. Ich zwang mich, sie so genau zu betrachten, wie ich es im schwindenden Licht konnte: gekrümmte Gestalten mit einer graugrünen, ölig schimmernden Haut, die sich im Gesicht zu einem Gespinst aus unzähligen Runzeln faltete. Lachfältchen waren das nicht! In breiten Mäulern glänzten lange gelbliche Zähne; die Wesen hatten schwarze

Augen, in denen ein rötliches Funkeln lag, als erhellte sie von innen eine Flamme. Kurze Hörner sprossen ihnen unter dem Helmrand aus der Stirn. Ihre Arme wirkten zu kurz. Die Finger, in denen sie ihre krummen Schwerter hielten, hatten spitze schwarze Nägel, die ich schon vorher bemerkt hatte. Lange Lederwämser, mit dunklen Eisenknöpfen beschlagen, schützten ihre Leiber; die Füße waren mit breiten Lederriemen umwickelt; vorn schauten lange, gekrümmte Zehennägel hervor.

Grinsend und ohne ein Wort zu sagen, schwärmten sie zu einem Halbkreis aus und griffen gleichzeitig an. Ich hatte längere Arme als sie, und um diesen Vorteil zu nutzen, fasste ich das Schwert mit beiden Händen, holte weit aus und schwang es gegen den Hals des rechten Angreifers, der seine Waffe hoch erhoben hatte. Meine Klinge durchtrennte seinen Schwertarm und traf ihn seitlich in den Hals; der Hieb trennte ihm halb den Kopf ab. Er stieß ein leises Gurgeln aus und starb. Im nächsten Moment sprang ich, ohne den Schwertgriff loszulassen, einen Schritt zurück und wich dem übereilten Hieb des mittleren Feindes aus, während Eneas Schwert klirrend die Klinge des dritten Angreifers parierte. Ich fasste Fuß, fintete und trieb dem Vampirschnüffler die Klinge in die Brust. Er quietschte, ließ sein Schwert fallen und trat nach mir. Im Sterben schwand ihm die Kraft, und so glitt sein Tritt von meinem Lederwams ab, und er riss mir nur mit den Krallen den Oberschenkel auf. Ich zerrte am Schwert, um die Klinge aus dem Leichnam zu entfernen, denn noch ein dritter Angreifer lauerte, doch im nächsten Augenblick flog sein Kopf durch die Luft; er zog eine dampfende Spur schwarzen Blutes hinter sich her.

Enea hatte keinen Kratzer abbekommen. Ich stieß mein blutiges Schwert in den Boden und schaute nach meiner Wunde. Tief war sie nicht, nur bluteten die beiden gleichlaufenden Risse heftig. Enea träufelte einige der verbliebenen Balsamtropfen darauf, und die Blutung verebbte.

»Um die Wunde zu schließen, haben wir nicht genug

übrig«, sagte die Albin, »aber brandig wird der Schnitt nicht mehr. Das ist nämlich die große Gefahr, wenn man von den Krallen eines Abys-Khel verletzt wird.«

Ich nickte ihr zum Dank zu und packte mein Schwert, dann stutzte ich. »Was hast du gesagt – Abys-Khel?«

»Ja.«

»Aber … sind sie denn aus dem Abyssus beschworen? Hat der Graue Herrscher sie entsandt –«

»Entsandt? Er hat sie auf diese Welt geführt! Aber sprich nicht von ihm. Das muss warten bis später. Wir müssen weiter.«

Doch mich überfiel tiefer Ekel – vor meiner Waffe und mir selbst. Ich riss mir die Lumpen vom Leibe und streifte die Kleider eines toten Alben über, die nur wenig Blut abbekommen hatten. Auch sein Schwert nahm ich an mich, eine schmucklose Waffe mit breiter Klinge und Bastardgriff, wie ich sie schätze; die Scheide bestand aus dem gleichen roten Leder, das auch den Griff umhüllte, und war mit einem Muster aus kleinen bunten Perlen bestickt; es zeigte einen Reiher über einem See. Erst als ich mir den Waffengurt schon umgeschnallt hatte, kam mir in den Sinn, mich zu fragen, was Enea wohl von meinem Gebaren halten mochte. Immerhin hatte der Tote zu ihrem Volk gehört, und was unter Menschen rechtens, weil zweckmäßig war – der Gefallene brauchte weder Gewand noch Schwert –, mochte bei den Alben durchaus als verwerflich gelten.

Indes schien Enea mein Verhalten mit Gleichmut zu beobachten, ja, sie lächelte mir sogar ermutigend zu und sagte, als wir uns zum Weitergehen wandten:

»Wenn du deine alten Kleider weiter ertragen hättest, wären mir Zweifel gekommen, ob das Elixier wirklich gewirkt hat.«

Darauf antwortete ich nichts, und schweigend schlugen wir uns in den Wald. Erneut bewunderte ich Eneas eleganten Gang, und immer mehr nahm ich sie als Frau wahr, obwohl kein Menschenblut durch ihre Adern rann.

Mehr als zuvor wurde mir während unseres Eilmarsches bewusst, dass ich nicht sagen konnte, wie lange ich mich unter dem Zauberbann befunden hatte. Doch die Heftigkeit, mit der es in ihrer Nähe in mir aufwallte, ließ keinen Zweifel, dass ich schon lange keine Frau mehr zu Gesicht bekommen hatte.

Ich unterdrückte all meine Anwandlungen; noch waren wir in Feindesland, und ich wusste nicht, ob die Alben uns Menschen vielleicht allgemein als abstoßend empfanden. Ganz gewiss aber konnte sich Enea, schmutzig und grindig wie ich war, keinesfalls von mir angezogen fühlen.

»Mir hat man gesagt, meine Waffengefährten seien Alben, und ihr wäret Vampire«, sagte ich. Wir waren fast die ganze Nacht gelaufen; Enea fand sich im Dunkeln sehr gut zurecht und führte; allein wäre ich nie so leicht vorangekommen, sondern trotz meines guten Orientierungssinns durch den Wald geirrt. Vermutlich hätte ich mich sogar bei einem Sturz verletzt. Nun rasteten wir unter einem großen Baum und verzehrten Beeren und Nüsse, die Enea trotz aller Eile unterwegs gesammelt hatte. Mit mir komme sie so langsam voran, hatte sie gesagt, da habe sie genügend Zeit, um Essbares aufzulesen.

»Eine Verdrehung der Wahrheit, wie sie nicht ungewöhnlich ist für den Grauen Herrscher«, antwortete Enea auf meine scheue Frage.

»Der Graue Herrscher wohnt also nicht mehr im tiefsten Höllenschlund, sondern kam auf die Erde?«, fragte ich. »Und der Schillernde dient ihm?«

»Der Schillernde ist nur ein Heerführer des Grauen, und beide haben sie einen anderen, wahren Namen, doch wenn ich sie aussprechen würde, könnten sie auf uns aufmerksam werden. Es ist schon gefährlich, allzu lange von ihnen zu reden, wenn man nicht hinter sicheren Festungsmauern sitzt. Wir sollten besser damit warten, bis wir bei den Unsrigen sind, aber es ist wohl wichtig, dass du erfährst, was um dich herum geschieht.«

Ich nickte. »Die … gegen die wir gekämpft haben. Hast du wirklich gesagt, es seien Abys-Khel?« Ich erklärte ihr, man habe mir weisgemacht, dafür zu kämpfen, dass die Abys-Khel nicht auf die Erde gerufen wurden.

»*Er* verdreht stets die Wahrheit«, sagte sie. »Wir haben gegen Dunkelkrieger gekämpft – benutze das Wort ihrer Sprache lieber nicht. Vielleicht spüren sie nach uns.«

Ich blickte unruhig zur Seite. Der nächtliche Wald erschien mir noch dunkler. Könnten wir doch wenigstens ein Feuer machen! Überall ringsum, kam es mir vor, lauerten Schreckgestalten.

Grauenhafter als das aber war die Erkenntnis, wozu ich mich hergegeben hatte. Ich barg das Gesicht in meinen Händen.

»Man wird dich weit von hier angeworben haben und verzauberte dich, während du schliefst«, drang Eneas Stimme wie aus weiter Ferne zu mir. »Vielleicht in der Wüste, tief im Süden, wo es nur wenig Leben gibt und seine Zauberkraft am stärksten wirkt«, sagte sie tröstend. Ich wartete, ob sie noch etwas hinzufügen wollte, doch sie schwieg, als sei nun alles gesagt.

»Wieso ist *seine* Zauberkraft in der Wüste stärker, weil es dort wenig Leben gibt?«, fragte ich nach kurzem Nachdenken.

»Weil das Leben an sich rein ist und im Widerspruch steht zum Zauber des … – dessen, den wir nicht erwähnen wollen. Unser Feind gibt sich nicht zur Gänze schlecht, sondern er zeigt sich allen Fragen offen und zieht alles Gute in Zweifel; er versucht, an allem Wahrhaftigem etwas Fragwürdiges zu finden und es damit zu verwässern. Es ist nun gewiss nicht falsch, etwas infrage zu stellen, doch unser Feind lässt alles, womit er sich befasst, in einem schlechten Licht dastehen. Selbst etwas, das völlig unangreifbar ist für ihn, stellt er als fragwürdig hin – oft allein mit der Begründung, dass er es infrage gestellt hat. Und nicht nur, dass er Zweifel und Zersetzung sät, er legt nahe, dass auch das Schlechte sein Gutes habe – er behauptet, das Böse habe gute Seiten, weist auf Vorzüge der Stumpfsinnigkeit hin und behauptet, ein Ideal sei so gut wie das andere. Damit aber entwertet er alles. Er ist weniger ein Meister der Lügen als vielmehr der halben Wahrheiten. Er verschweigt, was ihm nicht nützt, und führt das bisschen Wahrheit, das er stehen lässt, als Beweis seiner Aufrichtigkeit an. In den Köpfen der Menschen und, ja, auch der Alben erzeugt er große Unsicherheit und nimmt jedem die Standpunkte. Wenn er erst ein Volk in Verwirrung und Selbstzweifel gestürzt hat, dann überrennt er es mit einem Heer aus versklavten Menschen, Trollen und – Dunkelkriegern. Der Schillernde ist, wie ich schon sagte, nur einer seiner zauberkräftigen Heerführer, aber eben der, mit dem wir zu tun haben. Von seiner Feste, dem Dämmerturm aus, den er nie verlässt, vernebelt er den Menschen den Verstand; Weiß wird bei ihm zu vielen Abstufungen von Grau und zu Grün und zu Rot. Rings um den Turm breitet sich die Fäule über das unterjochte Land aus wie eine Pestbeule; wir leisten Widerstand und haben jüngst sogar in einem größeren Vorstoß gesiegt. Vielleicht konnten wir ihm damit Angst machen, er verdoppelt nämlich seine Anstrengungen, und es sieht wieder schlecht für uns aus.«

»Der Heerbann, zu dem ich gehörte, hat euch also zurückgeschlagen?«

»Nein, und du gehörtest auch zu keinem Heerbann; der Vorstoß fand weiter im Norden statt. Du warst bei einer Hundertschaft, die einen Wagenzug schützte, und wir überfielen euch. Eure Trolle haben uns überrascht, denn gewöhnlich können sie bei Tag kaum kämpfen. Bevor wir uns zurückziehen mussten und ich schwer verwundet wurde, entdeckten wir noch, dass der Wagen leer war. Weißt du etwas über die Ladung?«

Ich dachte angestrengt nach, doch plötzlich war mir,

als zöge sich ein eisernes Band um meine Stirn zusammen. Ich kniff die Augen zu und massierte mir die Schläfen. »Nein – ich weiß nicht einmal etwas von dem Wagen. Ich erinnere mich auch nicht mehr an den Kampf, aber ich marschierte in dem Glauben, wir zögen in die Schlacht und ich ginge in einem großen Heerbann. Ich kann mich nicht … Mein Gedächtnis lässt mich im Stich«, entschuldigte ich mich.

»Nun, jedenfalls waren mehr Trolle und Dunkelkrieger als Menschen unter der Begleitmannschaft«, entgegnete Enea. »Das hat uns neugierig gemacht, aber auf die Kampfkraft der Trolle waren wir nicht vorbereitet.«

»Man sagte uns, wir marschierten bei Tag, weil unsere Feinde dann nicht kämpfen könnten. Doch dann kam es am helllichten Tag zum Gefecht – das ist doch ein Widerspruch! Warum habe ich das nicht vorher erkannt?«

»Weil du unter dem Bann des Schillernden gestanden hast.«

»Ja, ich konnte kaum einen zusammenhängenden Gedanken fassen. Selbst jetzt vermag ich mich kaum an mein früheres Leben zu erinnern, aber ich glaube, ich bin von selbst in den Norden gekommen … Was meinst du, waren alle Menschenkrieger des Schillernden so benebelt wie ich?«

»Vermutlich die allermeisten. Er muss sehr viele von euch in seiner Gewalt haben, aber ihr kämpft alle sehr … mechanisch. Nur wenige von euch scheinen freiwillig zu streiten, das müssen Verbrecher sein; wer außer Verbrechern würde für die Herrschaft der Finsternis kämpfen?«

»Geldgierige Menschen oder Arme, die glauben, nur auf diese Weise ihr Los verbessern zu können«, führte ich an.

»Wer aus gleich welchem Grund einem Verbrecher dient, wird selbst zum Verbrecher und verliert die Möglichkeit, wie ein ehrlicher Mensch zu handeln. Auch wenn er nur die Augen vor der Wahrheit verschließt, eine Kunst, die ihr Menschen sehr gut beherrscht und die euch für die Schliche des Schillernden so anfällig macht. Im Grunde aber ist jemand, der ihm freiwillig folgt, bald ebenso in seiner Freiheit eingeschränkt, wie du es warst.«

Die tiefe Überzeugung, mit der Enea ihre Lehrsätze vertrat, berührte mich seltsam. Sie lief wohl nicht Gefahr, den Bemühungen des Grauen Herrschers zu erliegen, Unklarheit zu erzeugen. *Ich muss immer daran denken, dass sie kein Mensch ist*, ging mir durch den Sinn.

»Kämpfen denn keine verhexten Alben für den Schillernden?«, fragte ich.

»Nein, denn wir wären nie in der Lage, die Augen vor der Wahrheit zu verschließen wie ihr Menschen. Deshalb verfallen wir nicht dem Schillernden und seinem Herrn. Wir müssen ihnen widerstehen und siegen oder untergehen.«

»Und der Trunk, mit dem du mich befreit hast, ist eure Waffe gegen den Feind?«

»Nicht immer. Wir selbst benötigen keinen Schutz, solange wir uns treu bleiben. Das Elixier ist ein Heilbalsam und hat dich vom Einfluss des Schillernden geheilt.«

»Aber wie hast du mich dazu gebracht, es anzuwenden, statt dich einfach kurzerhand zu erschlagen?«

»Eigentlich habe ich dich zu gar nichts bewegt. Der Zweifel, er keimte bereits in dir. Und du warst von Leben umgeben, von Büschen und jungen Bäumen, und Büsche und Bäume lassen sich ebenso wenig korrumpieren wie Alben. Oder hast du je böses Leben gesehen? Doch wohl nicht. Leben, das sich erhalten will und dabei auf nichts anderes Rücksicht nimmt – das gibt es gewiss. Aber Leben will dir nicht aus sich heraus schaden. Allein zur Selbsterhaltung verletzt oder vergiftet es dich. Der Schillernde und sein Herr sind da anders.

Die Pflanzen, zwischen die ich mit letzter Kraft gekrochen war, beschirmten dich ein wenig vor dem Schillernden. Er muss sich ständig darauf konzentrieren, Menschen wie dich in seinem Bann zu halten. Deshalb lässt er die kleinen Dunkelkrieger mitlaufen, die im Kampf nicht viel leisten; aber sie haben Hexenblut in sich und kanalisieren die Zaubermacht des Schillernden auf euch. In ihrer Begleitung könnt ihr selbst Wälder durchqueren. Außerdem spüren sie, bei wem der Bann des Schillernden nachlässt. Nur die, die ihm freiwillig folgen wie die Trolle oder jene, die aus sich heraus boshaft sind wie die Dunkelkrieger, beherrscht der Schillernde ohne geistigen Zwang. Das gewöhnliche unschuldige Leben dieser Pflanzen genügte schon, um dich seinem Bann so sehr zu entziehen, dass du dich hinreißen ließest, den Trunk der ›Vampirin‹ zu versuchen. Ich habe großes Glück gehabt; auf offenem Feld hättest du mich gewiss ermordet.«

Ich hob den Kopf und sah ihr ins Gesicht, doch ihren Worten zum Trotze schien sie keinen Groll gegen mich zu hegen. »Wie kannst du so sicher sein, dass der Schillernde nicht Böses freigesetzt hat, das ohnehin schon in mir schlummerte?«

»Dann hättest du längst versucht, mich zu ermorden, um dieses wertvolle Elixier in die Hände zu bekommen, oder mir Gewalt anzutun, denn ich sehe, dass ich den Mann in dir reize. Träfe deine Befürchtung zu, wäre einer von uns womöglich schon tot.«

Ich starrte sie an. Sie wusste nichts über mich oder die Gesetze, unter denen ich aufgewachsen war. Obwohl ich damals die Ödnis der Ostlande schon lange hinter mir gelassen hatte, streifte ich die Gebräuche meines Volkes nie ab, denn sie gaben mir auch in der Fremde Regeln, an denen ich ermessen konnte, ob ich das Leben eines anständigen Menschen führte. Damals, als ich mit Enea im Wald saß und mich ausruhte, wusste ich das nicht so deutlich wie heute, und doch lag es in meiner Natur.

»Da, wo ich herkomme«, sagte ich langsam, »gibt es keine größere Sünde, als wenn der Vater den Sohn tötet oder der Sohn den Vater. Schändete ich eine Frau und ginge aus dieser Verbindung ein Sohn hervor, so stände ich ihm vielleicht eines Tages als Feind gegenüber und müsste ihn töten – oder er mich. In jedem Fall ist meine Linie dann verflucht bis ins siebte Glied. Selbst wenn ich die Frau nach der Schändung töte, was viele brandschatzende Wilde tun, nehme ich durch diese Tat in Kauf, den Sohn, der aus unserem Verkehr hervorgehen kann, zu töten, und das ist genauso schlimm, als hätte ich es getan. Unsere Götter verlangen von uns im Leben Rechenschaft für unsere Taten, nicht erst nach dem Tod. Deshalb bist du in dieser Hinsicht sicher vor mir. Und deshalb weiß ich nicht, ob ich weiterleben kann mit dem, was ich getan habe.«

»Wir müssen uns beeilen«, sagte sie, ohne mich anzusehen. »Wir wissen nicht, ob wir verfolgt werden. Und vielleicht gibt es für dich Gelegenheit zur Läuterung.«

Nicht lange, nachdem wir unsere Rast beendet und uns wieder auf den Weg gemacht hatten, bemerkten wir unsere Verfolger.

Im Licht des zunehmenden Mondes, der von einem wolkenlosen Himmel schien, erklommen wir einen Hügel und blieben kurz stehen, um uns umzusehen.

Auf der Anhöhe hinter uns stand ein Wäldchen, vor dem sich gerade, als wir hinsahen, etwas bewegte. Ich dachte an Wild, doch Enea keuchte leise auf und duckte sich zu Boden. Ohne nachzudenken, warf ich mich neben sie.

»Was ist?«, fragte ich. Wie ich mich meiner stumpfen Sinne schämte! Alben konnten sich scheint's nicht nur leiser bewegen als wir Menschen, sie nahmen wohl auch erheblich mehr wahr.

»Dunkelkrieger«, wisperte sie mir zu. »Ich fürchte, sie haben unsere Witterung aufgenommen.«

»Wie viele?«

»Zehn, höchstens fünfzehn. Sie kommen rasch näher.«

»Auflauern können wir ihnen nicht, das wäre unser Tod. Was meinst du, wie weit ist es bis zu euren Linien?«

»Unser Feldlager ist nicht mehr weit. Wir können es vor Tagesanbruch erreichen. Wenn wir Glück haben, begegnen wir vorher einer Patrouille.«

Enea kroch in die Deckung eines Busches, richtete sich in seinem Schutze auf und begann, die Böschung hinunterzueilen. Ich warf einen letzten Blick auf die Dunkelkrieger – nun, da sie aus dem Schatten des Gehölzes hervorgetreten waren, konnte auch ich sie deutlich erkennen. Sie eilten entschlossen den Hang hinab, genau auf unserer Spur. Ich schloss mich Enea an.

Am Fuße des Hügels rann ein schmales Flüsschen.

»Wenn es Hunde wären, die uns folgten, könnten wir ihnen hier entkommen«, sagte Enea. »Dunkelkrieger sind zu schlau dafür. Sie wissen, wohin wir wollen. Außerdem würden sie sich teilen.«

Ich nickte. »Lass uns den direkten Weg nehmen. Sie sind uns zu dicht auf den Fersen. Mag sein, dass du unbemerkt durchs Wasser eilen kannst, aber mein Platschen überhören sie auf keinen Fall.«

Rasch durchquerten wir das Wasser und stiegen hastig die gegenüberliegende Böschung hinauf. Wären die Hänge dort weniger sanft gewesen, hätte es nur einen Engpass gegeben, an dem die Dunkelkrieger einzeln hintereinander gehen mussten, ich hätte mich ihnen in den Weg gestellt, einige von ihnen getötet und Enea genügend Vorsprung verschafft, um ihr Heerlager zu erreichen. Das war ich ihr schuldig, denn sie hatte mich wieder sehend gemacht, sodass ich offenen Auges in den Tod gehen konnte – einen besseren Tod, als ich ihn vielleicht verdient hatte.

Schweigend flohen wir, so schnell wir konnten. Währenddessen sagte ich mir unaufhörlich, dass Enea ohne mich vermutlich schneller vorankäme, denn sie bewegte sich in finstrer Nacht, als wäre helllichter Tag. Dichtauf folgte ich ihr und bemühte mich, in ihre Spur zu treten, was mir erlaubte, schneller zu laufen, als es mir sonst bei Nacht im Wald möglich gewesen wäre. Ich bemerkte aber, dass Enea meinetwegen absichtlich langsamer ging – und ich stürzte trotz all meiner Vorsicht und des mir gebahnten Weges mehrmals im Lauf. So sehr ich mich auch bemühte, geräuschlos abzurollen und jeden Schmerzensschrei zu unterdrücken, knisternde Zweige waren jedes Mal zu hören, und einmal grunzte ich sogar. Bald wurde hinter uns triumphierendes Gejohl laut; dann brutale Schritte, die weit durch den Wald hallten und davon kündeten, dass unsere Verfolger sich keineswegs die Mühe machten, ihre Anwesenheit vor uns geheim zu halten.

Schneller und hastiger eilten wir, und es kam, wie es kommen musste: Ich stolperte über eine Baumwurzel und stürzte schwer. Es krachte, und unwillkürlich entfuhr mir ein Ächzen. Das triumphierende Gejohle erscholl nun ganz nah, und ich warf mich herum, zog noch im Liegen das Schwert und versuchte, mich mit dem Rücken an einem Baumstamm wieder aufzurichten. Da brach der erste Dunkelkrieger aus dem Unterholz, und diesmal hatte ich keinen mickrigen ›Vampirschnüffler‹ vor mir, sondern einen ausgewachsenen Schlagetot, der mich um einen Kopf überragt hätte, wenn er denn aufrecht gegangen wäre. Ansonsten sah er aus wie seine kleinen Vettern und hatte ebenfalls zu kurze Arme. Im vollen Lauf stürzte er sich auf mich und zog im Sprung den krummen Dolch – mein Schwert hatte er übersehen oder beachtete es nicht in seiner Blutgier. Ich hielt es dem Abys-Khel entgegen; er spießte sich selbst daran auf, prallte mit Wucht gegen mich und riss mich im Sterben mit zu Boden. Sein Todesschrei und das zornige Kreischen seiner nahenden Genossen hätten mir das Blut in den Adern gefrieren lassen, wäre ich nicht selbst vom Kampfesfieber gepackt gewesen; die Wucht des Sterbenden aber riss mir das Schwert aus der Hand. Ich zückte den Dolch und sprang auf.

Noch einen von ihnen würde ich mit in den Tod nehmen und lachend in den Saal der Helden einkehren ...

Ein Hitzeschwall brach über mich herein. Ein Bogen aus Feuer spannte sich über mir. Gleißende Helligkeit stach mir in die Augen, und obwohl ich sie sofort zukniff, waberten mir Geistersonnen vor dem Gesicht. Mein Haar und mein Bart knisterten, und beißender Gestank stieg mir in die Nase. Meine Wangen und meine Stirn glühten. Ich krümmte mich zusammen, der Dolch war meiner Hand entfallen, und alles, was ich in diesem Moment dachte, war: *Das hat keine Laus überlebt!*

Ein Tosen brauste durch die Luft, und aus rauen Kehlen erhob sich panisches Schmerzgeheul. Eine Hand packte mich bei der Schulter und zerrte an mir; blind rappelte ich mich auf, tastete benommen umher und spürte, dass man mich in eine Richtung zog. Hinter mir prasselten Flammen; fast orientierungslos gehorchte ich und eilte, so rasch ich es wagte. In meinen Ohren rauschte es, als stünde ich am Meer, und mein glühendes Gesicht war dankbar für den kühlen Luftzug, der darüber strich. Brandgeruch stieg mir in die Nase – der Gestank verkohlten Fleisches. Vorsichtig öffnete ich die Augen zu einem winzigen Spalt. Irrlichter waberten über die Szene, die vom Feuerschein erhellt wurde. Bis ich wieder richtig sehen konnte, würde noch eine Weile vergehen.

Wir taumelten zwischen den Bäumen hindurch, vor mir Enea, wer sonst, ich erkannte sie am Atmen. Doch je weniger es mir in den Ohren brauste und je leiser das Prasseln der brennenden Sträucher wurde, desto deutlicher hörte ich, wie schwer sie atmete – sie keuchte. Und als ich wieder etwas erkennen konnte, sah ich, wie Enea vor mir torkelte und zusammenbrach.

Erschrocken kauerte ich mich neben ihr nieder. »Enea!«

»Ich kann nicht mehr«, hauchte sie. »Das Zaubermittel, die Perle des Feuers ... ich bin darin geschult, sie zu benutzen, aber das kostet so viel Kraft. Acht oder zehn Dunkelkrieger sind tot, verbrannt. Nimm mein Schwert, und lass mich hier liegen. Flieh! Sie werden sich mit mir aufhalten. Wenn du dich beeilst, entkommst du ihnen. Sonst – wehre dich. Du musst unser Lager erreichen. Das ist ganz wichtig. Sag, wer du bist und was du hinter dir hast. Denke an mich. Und jetzt – geh!«

Das stand völlig außer Frage. Ich schuldete Enea bereits so viel; ich wollte ihr nicht auch noch mein Leben verdanken. Mit dieser Bürde hätte ich nicht weiterleben können.

Ich nahm das Schwert; es passte in die Scheide an meinem Gürtel. Die Albin seufzte; ich suchte in ihrer Gürteltasche nach der Phiole und fand sie, außerdem eine in ein weiches Tuch eingeschlagene, feuerrote raue Perle. Ob das eine Feuerperle war, von der Enea gesprochen hatte? Ich steckte sie ihr zurück in die Tasche, öffnete das Fläschchen, brachte einen Tropfen davon auf meinen Finger und führte ihn in ihren Mund ein; obwohl sie so vom Balsam trank, blieb jede Wirkung aus. Hinter uns krachte ein Ast. Ich steckte mir die Phiole hastig in die Tasche und lud mir Enea auf die Schultern. Sie war leichter, als ich erwartet hatte. So schnell ich konnte, eilte ich los.

Zunächst kam ich geschwind voran und konnte wohl auch unseren Vorsprung vergrößern, denn nach dem unvermuteten Ende ihrer Kameraden folgten die restlichen Abys-Khel uns gewiss mit mehr Obacht; keinen Augenblick lang glaubte ich jedoch, dass sie die Jagd abgeblasen hätten. Enea zitterte wie Espenlaub und fühlte sich fiebrig an.

Über Stock und Stein ging die Hatz, und zweimal strauchelte ich, verstand es jedoch beide Male, im letzten Moment das Gleichgewicht zu bewahren. Beim zweiten Mal hörte ich schon Schritte im Unterholz – ich wandte mich um, erblickte undeutlich gebeugte Gestalten und nahm nun auch ihren üblen Gestank wahr: Mich allein im

Wald orientieren zu müssen hatte wohl meine Sinne geschärft.

Ich legte Enea an einem Baumriesen auf den Boden und postierte mich, ihr den Rücken zuwendend, vor sie. *Zum letzten Kampf stelle ich mich*, dachte ich noch und zog das Schwert.

Sie waren zu viert – vier glutäugige, geduckte Kreaturen der Unterwelt, die mich mordlüstern anfunkelten. Die roten Augen leuchteten, Mondlicht schimmerte hell auf gebleckten Zähnen und matt auf den dunklen Klingen ihrer Krummschwerter. *Wie hab ich je ihren Gestank aushalten können?*, wunderte ich mich und empfand, meinem Ingrimm zum Trotz, hohe Achtung vor der Zauberkunst des Schillernden. Kein Mensch, der seine Sinne beisammen hat, könnte die Nähe solcher ›Alben‹ länger als wenige Atemzüge ertragen!

Die Abys-Khel zögerten, näher zu kommen; sie hatten nicht sehen können, wer den Feuerzauber auf ihre Kameraden geworfen hatte – der abgerissene Menschenkrieger oder die erschöpfte Albin. Obwohl nun kein Zauber gegen sie gerichtet wurde, waren sie eingeschüchtert. Deshalb würden sie vermutlich gleichzeitig angreifen, sodass keiner von ihnen sich exponierte und niemand unbeschadet zurückblieb. Dabei aber mussten sie sich zwangsläufig gegenseitig behindern … Ich packte das Schwert mit beiden Händen. Ein weit ausholender Streich konnte gut einen, vielleicht sogar zwei von ihnen töten, bevor die anderen mich erschlugen.

Mit gellendem Gebrüll stürzten sie zugleich vor. Mein Schwert schnitt durch die Luft – ich hatte die größere Reichweite. Die scharfe Spitze schlitzte dem Ersten die ungeschützte Kehle auf – darauf hatte ich gezielt – und besaß noch genügend Schwung, um dem Zweiten die erhobene linke Hand abzuschlagen. Der Erste ließ gurgelnd den Säbel fahren und fasste sich mit beiden Händen an den Hals, als könnte er dadurch sein Leben festhalten, das schwarz und schäumend aus dem klaffenden Schnitt hervorsprudelte. Der zweite Dunkelkrieger starrte in stummem Entsetzen auf seine herabgefallene Hand. Im Rückschwung erwischte mein Schwert ihn unter der Achsel und fraß sich durch Lederpanzer, Muskeln und Knochen bis hoch in die Kehle, sodass auch er sterbend zusammenbrach und sein Leben in den gleichgültigen Erdboden verströmte. Ich riss das Schwert heraus und wirbelte zu den beiden anderen herum.

Mit gefletschten Zähnen und unverminderter Entschlossenheit drangen sie auf mich ein. Ich wehrte einen Schlag mit der Schwertklinge ab, und dabei prallte die Faust des Abys-Khel gegen meine wunden Finger, sodass ich vor Schmerz den Griff um das Schwert lockerte; im nächsten Moment lag es am Boden. Da ich es niemals rechtzeitig aufheben konnte, griff ich nach dem Dolch – doch die Scheide war leer. Ich hatte den Dolch verloren, als Eneas Feuerzauber über mich hinweggebraust war. Kraftlos ließ ich die Arme sinken und erwartete mein Schicksal in Gestalt der beiden anderen Abys-Khel, die noch nicht zum Hieb gekommen waren. Der eine hob feixend den Säbel und trat näher – als es ein knirschendes, schmatzendes Geräusch gab, nein, gleich zweimal, und dem Dunkelkrieger eine helle Blume aus der Brust wuchs. Er verdrehte die Augen und brach zusammen. Ich schaute auf den anderen. Er lag auf dem Rücken, und ein Pfeil mit weißer Befiederung ragte ihm aus der Stirn. Ich blickte wieder auf den Ersten und sah nun, dass die Blume, die ich zuerst gesehen zu haben glaubte, in Wirklichkeit ein weiterer Pfeil war, der bis zur Befiederung ins Herz des Dunkelkriegers gefahren war. Nun tränkte schwarzes Blut die weißen Federn.

Mit herabhängenden Armen wandte ich mich um. Auf meinem Gesicht musste ein Ausdruck tiefster Verblüffung gestanden haben. Zuerst sah ich niemanden, der die Pfeile abgeschossen haben konnte, dann schälten sich zwei menschengroße Gestalten aus dem Dunkel. Sie blieben nur schemenhaft erkennbar, bis sie auf wenige Schritt an mich herangetreten waren; beide hielten sie Bogen, und beide hatten sie weiß befiederte Pfeile auf den Sehnen, mit denen sie auf mich zielten.

Bei der geringsten verdächtigen Bewegung war ich tot, das war mir klar. Ich stand völlig reglos da.

Ich sah nun, dass es sich um zwei männliche Alben handelte. Sie waren ebenfalls schlank und feingliedrig, aber kräftig und wehrhaft. Beide trugen sie graue, grüne und braune Kleidung, die auch bei Tag mit den Farben des Waldes verschmolz; umso mehr in der Nacht.

»Dein Hemd gehört dir nicht, und du kämpfst mit einem Albenschwert«, sagte der eine barsch. »Erkläre dich!«

Sechs Schritt entfernt standen sie, dicht genug, um leise sprechen zu können, und fern genug, um mich zu töten, ohne dass ich vorher auch nur in ihre Nähe gelangen konnte.

»Ich bin ein Soldat im Heer des Schillernden gewesen«, sagte ich, »aber nun weiß ich, dass er mich verzaubert hatte. Das habe ich einer der Euren zu verdanken. Sie heißt Enea und liegt hier hinter dem Baum. Die Sachen habe ich von einem toten Alben, er brauchte sie nicht mehr, ich schon.«

Langsam, einen Fuß hinter den anderen setzend, wich ich zurück, doch die Alben hoben ruckartig die Bogen, und ich begriff, dass ich mich unbeabsichtigt den am Boden liegenden Waffen genähert hatte. Ich blieb stehen. Einer der Alben trat vorsichtig vor und vergewisserte sich, dass ich, was Enea betraf, die Wahrheit sprach. Er nickte seinem Gefährten zu.

Während dieser seinen Bogen auf mich gerichtet hielt, holte der andere ein Stück Seil hervor und fesselte mir die Hände auf den Rücken.

Dann senkte auch der zweite Alb den Bogen und steckte den Pfeil zurück in den Köcher. Während er zu Enea trat, sagte der, der mich gebunden hatte: »Für dich spricht nur, dass die Dunkelkrieger dich angegriffen haben. Also gib Acht, was du tust. Wir bringen dich zu unserem Heerlager.«

Der andere Alb lud sich Enea auf die Schultern. »Sie ist schwach, aber sie lebt noch. Gehen wir rasch, Sylan, bevor noch mehr Dunkle auftauchen.«

Sylan, der mich gefesselt hatte, versetzte mir einen leichten Stoß, und so schnell es einem müden Gefesselten möglich war, eilten wir durch den Wald.

Als das Heerlager der Alben in Sicht kam, stand die Sonne über den Bäumen und warf goldenes Licht auf die Zeltspitzen. Von mehreren Wachtposten waren wir angerufen worden, und ich hatte keinen einzigen von ihnen zu Gesicht bekommen; Sylan und Amas, wie der andere Alb hieß, schienen indes stets zu wissen, wo sie nach ihren Kameraden zu suchen hatten.

Das Lager bestand aus geordneten Reihen hellgrauer Zelte, von denen die meisten gut zwanzig Mann Platz bieten mochten; kleinere Zelte trugen bunte Wimpel an den Spitzen, die Unterkunft der Edlen, die sich mit ihrer Gefolgschaft dem Befehl des Heerführers unterwarfen.

Zu meiner Überraschung standen am Eingang des Lagers, das mit einem Wall aus übermannshohen Schanzpfählen eingezäunt war, nicht nur Alben, sondern auch Menschen Wache.

Sylan bemerkte mein Erstaunen und erklärte, dass Menschen und Alben dieses Landes sich gegen das vordringende Heer des Schillernden verbündet hätten, wenngleich es in der Vergangenheit oft zu Zwist zwischen ihnen gekommen sei. Die Bedrohung von außen aber habe alle Uneinigkeit vergessen gemacht.

Während Amas die Bewusstlose rasch zu den Feldscherern brachte, führte mich Sylan dem Herrn des Feldlagers vor, einem älteren Alben ritterlicher Haltung namens Arsyn von Gartham, der mich immerhin losbinden und mir Obst und verdünnten Wein vorsetzen ließ, bevor er mich aufforderte, ihm meine Geschichte zu berichten.

»Ich stamme aus dem Osten, Herr Arsyn«, begann ich, »und ich weiß nicht, wie ich hierher gelangt bin. Söldner in den Stadtstaaten des Südens war ich, das ist das Letzte, woran ich mich erinnere. Irgendwie bin ich nach Norden gekommen und in das Heer des Schillernden geraten ...«

Er hörte mir aufmerksam zu, ohne mich zu unterbrechen. Als ich berichtete, wie Enea meinen Verstand mithilfe des Elixiers vom Schleier des Schillernden befreit hatte, zog er die Brauen hoch, und obwohl er weiterhin konzentriert zuhörte, merkte ich, wie sich hinter seiner hohen Stirn die Gedanken überschlugen.

Doch als ich geendet hatte, sagte er nur: »Ein bemerkenswerter Bericht«, erhob sich von seinem Feldstuhl und begann, nachdenklich (und völlig geräuschlos) auf und ab zu schreiten. Sinnend massierte er sich das Kinn. Endlich wandte er sich an Sylan:

»Du hast begriffen?«

Der Alb nickte.

»Bring ihn in ein Zelt, lass es bewachen, er soll zu essen und zu trinken bekommen und sich waschen. Dann warte bei ihm, bis ich euch rufen lasse.«

Sylan nickte und verschwand.

»Herr, mit Verlaub«, begann ich, »was –«

»Wir müssen entscheiden, ob du bist, wer du sein könntest«, beschied mich der Albenritter.

»Ich bin ein Söldner. Wer sollte ich denn sein können?«

»Später.«

Sylan kehrte zurück. Der Albenkundschafter schlug die Zeltklappe hoch und bedeutete mir, ihm zu folgen. Draußen nahmen mich sechs Mann in die Mitte, und man führte mich zu einem anderen, kleineren Zelt tief im Lager, an dem kein Wimpel flatterte. Möglicherweise irrte ich mich, doch kam es mir vor, als wollten die sechs Krieger weniger verhindern, dass ich floh, als vielmehr, dass jemand mir zu nahe käme.

In dem Zelt war es behaglich. Man hatte mich in einem Zuber gewaschen, mir das Haar und den Bart gestutzt und saubere Kleidung gebracht, die offenbar keinem Toten gehört hatte, dazu einen Gürtel mit einem Dolch daran zum Zeichen, dass ich kein Gefangener sei. Außerdem lag dort der Inhalt meiner Taschen. Man trug Brot und Wildbret zu essen auf, dazu erhielt ich eine Kanne Bier. Während alledem behandelten mich die beiden Dienerinnen mit einer Distanz, die ich zunächst für Ablehnung hielt und die ich erst nach einer Weile als Scheu erkannte. Was immer Arsyn von Gartham in mir sah, es musste sich wie ein Lauffeuer herumgesprochen haben, und jeder wusste darüber Bescheid – nur ich nicht.

Immer heftigerer Unmut keimte in mir auf. Niemand wollte mir noch in die Augen schauen. Als ich aufstand und an den Eingang des Zeltes ging, stellte ich fest, dass zwei Männer mit Speeren davor Wache schoben. Wo direkter Sonnenschein die Zeltplane ein wenig durchscheinend machte, sah ich, dass an den vier Ecken des Zeltes ebenfalls Bewaffnete standen. Was hatte das nur zu bedeuten? Nichts Gutes, antwortete mir mein Gefühl. Um eine günstige Neuigkeit bräuchte niemand solch ein geheimnisvolles Getue zu machen.

Ist es überhaupt wahr, was man dir hier erzählt?, beschlich mich unversehens ein entsetzlicher Gedanke. *Was, wenn alles, was du seit deinem ›Erwachen‹ erlebt hast, in Wirklichkeit eine Lüge ist, und das, was man dir als Trug erklärte, die Wahrheit? Wie willst du das feststellen?*

Ja, wie sollte ich es …

Eine tiefe Niedergeschlagenheit überfiel mich. Ich konnte es nicht entscheiden. Es war durchaus möglich, dass ich jetzt erst in einer Lüge lebte. Wenn ich allerdings zurückdachte, dann erschien mir trotz der Lückenhaftigkeit meiner Erinnerungen die Zeit im Heer des Schillernden wie vom Nebel überdeckt, während die Jahre davor immer farbiger und lebendiger hervortraten. Jawohl, ich hatte mich schon lang nicht mehr so lebendig gefühlt. War das nicht ein sicheres Zeichen? Und warum sollte irgendjemand solche Mühen auf sich nehmen, um einen einzelnen, unbedeutenden Mann, wie ich es war, zu betören?

Ich würde als Wahrheit nehmen, was sich mir als Wahrheit darstellte. Gab es denn auf der ganzen Welt einen einzigen Menschen, der eine andere Wahl hatte?

Ich lehnte mich zurück und atmete erleichtert durch.

Kurz danach trat Sylan in mein Zelt. »Enea geht es besser«, sagte er. »Sie ist noch schwach, aber in einigen Tagen kommt sie wieder zu Kräften.«

»Was war das für ein Zauber, den sie auf die Dunkelkrieger warf?«, fragte ich. »Ist sie eine Magierin?«

»Nein, sie ist nur in der Handhabung von Zauberwerk geschult. Die Feuerperle ist eine konzentrierte Form von Feuer, die ein mächtiger Magier herzustellen weiß.«

»Ist so etwas nicht sehr wertvoll?«

»O ja.«

»Und woher hatte sie diese Feuerperle?«

»Von Canagan, vermute ich.«

»Wer ist Canagan?«

»Unser Magier, ein Mensch. Er selbst hat Enea geschult. »Sie lässt dich grüßen.«

Ich bedankte mich, und bevor wir weiter an dem einen Thema vorbeireden konnten, das mich brennend interessierte und zu dem ich keine Auskunft erhalten würde, betrat ein Mann in einem versilberten Kettenhemd das Zelt. Er war ein Mensch mit einem gestutzten schwarzen Bart und wasserblauen Augen, die seine Umgebung ständig mit zwingenden Blicken bedachten.

»Er möchte ihn sehen«, sagte er nur.

»Komm«, sagte Sylan zu mir.

Kurz erwog ich, mich zu sträuben und keinen Schritt zu tun, bevor man mir Auskunft erteilte, doch dann befahl ich mir noch etwas Geduld, denn vielleicht stand mir die ersehnte Offenbarung gerade bevor.

Wir verließen das Zelt, und eskortiert von sechs

Gewappneten durchquerten wir das Lager, bis wir bei einem großen Zelt anlangten. Zahlreiche Waffenträger standen dort um ein Wachfeuer, und ein Barde rezitierte, die Laute in den Händen, das Lied von König Alerichs letztem Kampf, der in diesen Landen trotz seiner Niederlage stets als größtes Vorbild für Heldenmut gegolten hat. Zumindest erfuhr ich so, dass Alerich den Vampirkönigen in der Tat unterlegen gewesen war, seine Söhne das Land aber schon nach wenigen Jahren von ihrem Joch befreiten. Während der Barde das Epos abschloss, überlegte ich kurz, woher ich eigentlich wusste, wer in diesen Landen als Held verehrt wurde. Ja, wenn ich Sagen aus dieser Gegend kannte, war ich dann vielleicht schon früher hier gewesen, bevor ich in das Heer des Schillernden eintrat? Hatte Enea sich geirrt, als sie vermutete, ich wäre tief im Süden, in der Wüste rekrutiert worden? Der Barde hielt nicht lange inne, sondern trug ein Lied vor, das ich noch nie gehört hatte:

>*Das Ziel vor Augen*
Zaudert der Wandrer.
Doch der zweifelnde Blick auf Trautes zurück:
Lullt er ihn ein
Mit trugvollem Trost? –
Nebel ist das Gestern,
Täuschung der alte Hafen;
Wäre es dort wahrhaft heimelig,
Warum schweiften wir fort?
Nach Neurem und Bessrem streben wir.
Deshalb zögert nur kurz der Fuß
Und tut den nächsten Schritt,
dem Ziel zugewandt.«

Auf mich entfaltete das Lied eine eigenartige Wirkung: Mir schwindelte, mir war, als schwankte der Boden, auf dem ich stand. Ich schrieb mein Befinden dem Bier zu, das ich heruntergestürzt hatte und das vielleicht stärker gewesen war, als ich geglaubt hatte – außerdem war es gut möglich, dass ich geistige Getränke nicht mehr vertrug. Woher sollte ich wissen, welche Kost ich im Heer des Schillernden erhalten hatte? Dort machte man sich wohl kaum die Mühe, vor der Schlacht die Krieger mit Schnaps anzustacheln, wie es im Süden üblich ist; der Zauberbann des Schillernden war wirksamer, das wusste ich aus eigener Erfahrung besser, als mir lieb war.

Als ich den Kopf schüttelte, ging das fremdartige Gefühl vorüber. Ich fröstelte trotz des Feuers.

»Nun komm«, sprach man mich von hinten an. Ich drehte mich um und stand vor Arsyn von Gartham.

Er führte mich in das Zelt, in dem ein schreckliches Durcheinander herrschte. Bücher und Schriftrollen türmten sich auf Stühlen und Tischen, zahlreiche große Kisten enthielten noch mehr davon. Alchimistische Gerätschaften und Tonkruken voll bunter und weißer Pulver standen auf einem Tisch. Es roch streng, süßlich und stechend zugleich. Auf irgendeine Weise, die ich nicht näher zu beschreiben weiß, wirkte das Innere des Zeltes wie eine Höhle oder ein Keller. Ein Mann, der uralt und zugleich höchst imposant wirkte, blickte uns entgegen. Das schlohweiße Haar fiel ihm bis auf die Schultern. Gekleidet war er in eine verwaschene, grüngraue Robe mit weiten Ärmeln, die einst wohl reich bestickt gewesen war, allein: Von den Mustern war nichts mehr zu erkennen. Er stützte sich auf einen langen Stab aus pechschwarzem Material, das weder Metall noch Holz zu sein schien. In seinen grauen Augen lag ein Glanz, vor dem ich mir unsäglich klein und unbedeutend vorkam wie noch nie im Leben.

»Herr Canagan, das ist er, den du sprechen wolltest«, sagte Arsyn, und es erstaunte mich nicht, dass er dem alten Mann gegenüber die Anrede der Ehrerbietung wählte. »Vor dir steht Canagan, ein hoher Magier des Vereinten Heeres.«

Ich verneigte mich tief und blieb mit gesenktem Haupt vor ihm stehen.

»Setz dich auf einen Stuhl«, sagte der alte Zauberer mit knarrender, gleichwohl freundlich klingender Stimme, »wenn du einen findest. Schrecklich, dieses Durcheinander, nicht wahr? Ich muss dir einiges erklären, Fragen beantworten, die du dir wohl stellst.«

Ich fand einen Stuhl, von dem ich nur zwei Schriftrollen und eine Tonschale voll getrockneter Wurzeln räumen musste, und ließ mich auf die Kante nieder.

Canagan räusperte sich ausgiebig und setzte sich an seinen Arbeitstisch, ohne dass er den schwarzen Stab aus der Hand legte.

»Du standest unter dem Bann des Schillernden. Wie kommst du zu deinem klaren Verstand?«

»Das verdanke ich Enea, der Albin.« Ich berichtete, und als ich an die Stelle kam, wie ich mir Eneas Trunk auf die Lider strich, nickte er mehrmals heftig. »Das ist gut«, unterbrach er mich sinnend. »Ja, das ist gut.«

»Wir versteckten uns, bis es dunkel war, und dann –«

»Schon gut, schon gut, das ist ohne Bedeutung. Für mich wenigstens. Siehst du, wir nehmen häufig menschliche Soldaten des Schillernden gefangen, und wenn sie nicht in allzu desolatem Zustand sind, tragen wir ihnen mit Gewalt das Elixier auf, damit sie dem Bann entrinnen. Sonst müsste man sie monatelang einsperren, bis sie wieder sie selbst sind. Bei dir war es anders: Du bist nämlich aus freien Stücken wieder zu Verstand gekommen – du hast, wenngleich schwach, gespürt, dass etwas nicht Recht ist, hast die angebotene Rettung aus eigenem Willen entgegengenommen und erkannt, dass du Böses getan hast – und, was richtig ist, es bereut. Du hast den ersten Schritt zur Sühne und zur Läuterung aus freien Stücken getan. Daher könntest du es sein, dessen Kommen uns prophezeit worden ist.« Er sah mich erwartungsvoll an.

»Herr?«, fragte ich nach kurzem Zaudern.

»Also kennst du die Prophezeiung nicht? Nun, es heißt, ein Geläuterter werde kommen und den Grauen Herrscher zurück in den Abyssus drängen, aus dem er hervorgekrochen ist. Seit Jahr und Tag warten wir auf den Geläuterten, aber niemand ist gekommen – bis heute. Enea hat deine Bedeutung sofort erkannt. Dir ist es bestimmt, unser Land zu retten ...« Er sah mir in die Augen, und wenn ich ihn auch nur kurz für einen törichten alten Mann gehalten hätte, so hätte dieser Blick mich eines Besseren belehrt. Seine Augen kündeten von Güte und Humor, von Menschenkenntnis und Verstandesschärfe, Eigenschaften, von denen man höchstens die letzte bei einem Magier zu finden gehofft hätte. Gleichzeitig strahlte er große Entschlossenheit aus, eine Zielstrebigkeit, die nur wenig Rücksichten nahm.

»Drei Jahre ist es nun her, dass das Heer des Schillernden den Alron überschritt und in unser Land einfiel. Viele hat er schon unterjocht, noch mehr sind vor ihm geflohen, darunter alle Alben aus dem Wald von Byr, der direkt am Fluss liegt. Sie sind unsere Bundesgenossen in dem Teil des Heeres, das in diesem Lager liegt. Das Kriegsgeschehen wogt hin und her, doch im Grunde rückt der Schillernde immer weiter vor. Jüngst gelang uns zwar ein größerer Gegenangriff, doch das Land, das wir zurückeroberten, geht uns bald wieder verloren. Um entscheidend zuschlagen zu können, haben wir zu wenige Kämpfer, und nur die Hoffnung auf den Geläuterten der Prophezeiung hält unseren Kampfesmut aufrecht. Der Geläuterte soll uns sagen, was gegen den Schillernden zu tun ist. Du musst also etwas wissen, wodurch wir ihn an einer empfindlichen Stelle treffen können, denn wir dürfen es nicht wagen, ihm Heerbann gegen Heerbann auf offenem Feld gegenüberzutreten. Denke nach, ich bitte dich. Du musst in der Zeit unter seinem Bann etwas beobachtet haben, was uns weiterhilft. Zumindest scheint mir dergleichen im Augenblick der einzige Weg zu sein, die Prophezeiung zu erfüllen.«

Ich rutschte ungeduldig auf der Stuhlkante hin und her. »Herr, ich habe nur ganz verschwommene Erinnerungen an meine Zeit in diesem Heer. Und woher soll ich wissen, ob selbst das, was mir ins Gedächtnis kommt, eine echte Erinnerung ist oder nur ein Trugbild, das der Schillernde mir eingeflößt hat?«

»Da hast du wohl Recht. Lass es uns nichtsdestotrotz versuchen: Du glaubtest, du zögest in eine Schlacht, als es zu dem Überfall durch Eneas Hundertschaft kam?«

»Ja. Sie sagte mir, wir hätten einen Wagen bewacht, doch dieser Wagen sei leer gewesen. Was das sollte …« Da überlief es mich kalt, und mir traten mehr Bilder vor Augen, ohne dass ich sagen konnte, woher sie stammten: aus meinem Gedächtnis oder aus dem Höllenzauber des Schillernden. Dennoch sprudelten mir die Worte aus dem Mund:

»Ich sehe den Wagen wieder, und Riesen – nein, Trolle begleiten zwei Sklaven, die etwas auf einem Traggestell bringen. Es ist Nacht, und der Wagen steht im Hof des Dämmerturms … Die Sklaven bringen etwas sehr Kostbares in einer reich beschnitzten Schatulle. An der Brüstung des Turms sehe ich eine Gestalt in einem wallenden Mantel. Statt Schatten wabert es in den Falten seines Mantels in allen Regenbogenfarben, auch unter der Kapuze, die von einem Goldreif gehalten wird. Das ist der Schillernde! Er beobachtet, wie die Schatulle auf den Wagen geladen wird, dann winkt er, und wir rücken ab. Ich sehe eine Brücke, lange ziehen wir durch den Wald, und dann über offenes Hügelland, dann kommen wir an einen Stollen …« Ich holte Atem. »Mehr weiß ich nicht. Bei der Rückkehr sind wir vermutlich überfallen worden.«

Canagan nickte nachdenklich. »Es muss etwas Wichtiges sein, was von dort fortgeschafft worden … Aufgebrochen seid ihr, kurz nachdem unser Vorstoß gelungen war …«

»Wie kommt es, dass ich mich so plötzlich erinnern kann?«, fragte ich.

»Nicht jetzt – ich muss überlegen«, brummte der Magier, murmelte sodann aber trotzdem: »Kann mehrere Gründe haben … Die letzten Schatten verschwinden … Vielleicht hat das Bardenlied dir den Verstand geklärt. Kunst taugt dazu, sie öffnet die Augen. Lass mich … – nein, halt! Wie groß war die Schatulle?«

»Ach, nicht groß, nicht viel größer als zwei zusammengelegte Hände.« Und ich zeigte es ihm mit den Fingern.

»So klein, und doch trugen sie Sklaven zu zweit auf einem Traggestell?«

»Ja, das stimmt. Das hat mich damals gewundert.«

»Und wie wirkten die Sklaven?«, hakte Canagan nach. »So, als sei ihre Aufgabe kinderleicht, oder eher, als bewegten sie eine schwere Last?«

»Jetzt, wo du fragst, Herr … Eigentlich verwunderlich, doch ihnen stand der Schweiß auf der Stirn, und fast wankten sie, als müssten sie einen ganzen Ochsen schleppen. Und das bei solch einer winzigen Schatulle!«

»Ein Seelenstein!«, rief der Magier aus und ächzte. »Das ist es! Der Schillernde hat einen Seelenstein geschaffen und ihn versteckt!«

»Was heißt das?«, fragte ich. Schon der Klang des Wortes wollte mir nicht gefallen.

»In einem Seelenstein kann ein finsterer Magier seine Essenz bannen, sein ganzes Ich, alles, was ihn ausmacht. Sein Körper ist danach nur noch eine Marionette, an deren Fäden der Seelenstein von ferne zieht. Wird dieser Körper erschlagen, so gerät der Seelenstein dadurch nicht in Gefahr. Für einige Monde verfällt er in einen Dämmerzustand und sammelt neue Kräfte. Dann nimmt er sich einen neuen Körper. Die unglückliche Seele, die diesem Leib innewohnte, fährt anstelle der Seele im Stein in den Abyssus, denn dort ist sie sozusagen überfällig. Solange der Seelenstein nicht vernichtet wird, kann er immer wieder einen neuen Körper stehlen, wenn der alte tot ist, und man weiß plötzlich nicht mehr, wer der Feind ist. Das heißt, der Schillernde kann auf ewig weiterleben und immer wieder ungefährdet neue Macht erlangen, selbst wenn wir nun seine Festung einnähmen und ihn töteten. In diesem Fall wären seine Sklavenkrieger zwar erlöst, weil der Bann mit dem Tod seines Körpers endet, aber schon in einem Jahr könnten wir der gleichen Bedrohung aufs Neue gegenüberstehen. Und wenn nicht in einem, dann vielleicht in zehnen. Aufspüren lässt sich ein Seelenstein nämlich nicht. Dir zum Dank aber wissen wir, wo der Seelenstein des Schillernden ist: In einem alten Stollen südlich des Waldes von Byr. Etwas anderes kommt wohl nicht infrage. Als es noch Zwerge gab, unterhielten sie Erzgruben am Zusammenfluss von Alron und Nagur. Dorthin müssen wir ziehen und den Seelenstein des Schillernden in unsere Gewalt bringen. Dann können wir ihn ein für allemal bezwingen.

Und wir müssen uns beeilen«, fügte er hinzu. »Wenn der Wagenzug am Dämmerturm ankommt, schickt der Schillernde gewiss Reiter los, die den ›Schatz‹ bergen und an einen anderen Ort schaffen sollen. Sie werden nicht wissen, was sie da tragen, aber sie werden bis zum letzten Atemzug darum kämpfen. Wahrscheinlich hat der Anführer des Zuges sogar Kuriere vorgeschickt. Ja. Eile ist geboten.«

»Warum wiegt dieser Seelenstein so schwer, dass man ihn in einem Wagen befördern muss und zwei Sklaven braucht, um ihn zu tragen?«, wollte ich wissen.

»Dafür gibt es mehrere Erklärungen. Manche sagen, die kleinsten Teilchen der Substanz seien darin enger zusammengepresst als in einem normalen Stein, können aber keinen Grund dafür nennen. Andere behaupten, die Taten des finsteren Magiers wögen so schwer auf seiner Seele, dass es sich in der stofflichen Welt äußern müsse, aber sie wissen nicht, wie eine Seele überhaupt ein Gewicht haben kann. Ich selbst weiß es nicht so genau, doch nun, da es Not tut, mehr darüber zu erfahren, werde ich mich damit befassen.

Etwas anderes aber ist nun drängender als der innere Aufbau eines Seelensteins: du.

Es geht darum, ob du deine Bestimmung annehmen und zum Geläuterten werden willst, der uns den Weg in die Freiheit und den Frieden weist. Denn zwingen kann dich niemand. Auf deinem Weg bist du die ersten beiden Schritte gegangen: Du hast erkannt, Unrecht verübt zu haben, und du hast eine erste Sühnetat vollbracht, indem du mir von dem Seelenstein berichtet hast. Doch damit bist du noch lange nicht am Ziel – zur Läuterung bedarf es mehr. Die Prophezeiung sagt, der Geläuterte müsse ein großes Opfer bringen, um entsühnt zu werden. Worin es besteht – das weiß ich nicht. Gewiss werden dir große Ehre und Achtung zuteil, wenn du dein Schicksal annimmst und uns aus der Not führst. Den höchsten Preis von allen aber müsse der Geläuterte entrichten, so heißt es, doch womit du bezahlen musst, das kann ich dir nicht sagen.«

Was sollte ich darauf entgegnen? Offenen Mundes starrte ich den Magier an.

»Wie könnt ihr das von mir erwarten?«

»Kannst du es wirklich verweigern?«, entgegnete er. »Willst du allen Ernstes die Gelegenheit zurückweisen, dich von deiner Schuld zu befreien? Denn eines kannst du gewiss sein: dass durch deine Hand Menschen und Alben gestorben sind, die sonst noch lebten!«

»Aber ich handelte unter Zwang!«

»Das weiß ich. Deshalb lebst du noch. Wir Menschen sind anders als die Alben, wir erliegen leicht den Schlingen des Schillernden. Und doch gibt es Menschen, die sich von ihm nicht haben betören lassen. Willst du allen Ernstes behaupten, du wärest genauso unschuldig wie sie?«

»Aber ich bin unschuldiger als –«

»Du trägst Schuld«, sagte Canagan entschieden. »Und nun erhältst du Gelegenheit, sie zu büßen. Um dich geht es hier, um niemand anderen.«

Mir fehlten die Worte. »Ich ... Ihr hättet mir schon früher sagen können, was mich erwartet«, wiegelte ich ihn ab. »Ihr wusstet es die ganze Zeit! Dann hätte ich Zeit zum Nachdenken gehabt!«

»Denke nach, so lange du es wünschst. Doch vergiss nicht, was man sagt: Ein Mann, der sich nicht binnen Tagesfrist entscheiden kann, wird sich nie wirklich entschieden haben.« Er nickte mir zu. »Komm zurück, wenn du mir eine Antwort geben kannst.«

Ich verneigte mich und verließ das Zelt. Erst als ich draußen stand, bemerkte ich, dass ich den Kopf gesenkt hielt.

Ohne dass sich mir jemand aufdrängte, ging ich durchs Lager. In gebührendem Abstand folgten mir Männer; sollten sie mich schützen oder an der Flucht hindern? Wer mir begegnete, wich mir scheu aus: Niemand sah mir in die Augen.

In Namangua der Goldenen, der Stadt der zwölf Stufentürme, habe ich einmal beobachtet, wie Menschen sich vor einem Propheten betrugen: Sie achteten auf jedes seiner Worte, jede seiner Gebärden, hingen an seinen Lippen – doch sie wichen seiner Berührung aus und vermieden es, ihm in die Augen zu schauen. Genauso fühlte ich mich behandelt. Die Erinnerung an den Süden weckte in mir Sehnsucht ... die lichten Olivenhaine, die Sonne auf dem Meer, die fröhlichen Frauen, der süffige Wein. Wenn ich wirklich freiwillig hierher in den Norden gekommen war – aus welchem Grund? Kühl war es hier ... hatte es mich je nach finstren Fichtenwäldern, saurem Bier und überheblichen Alben gedrängt? Nach einer Bestimmung, für andere ein Opfer zu leisten – am Ende gar in den Tod zu gehen? Doch war ich bislang immer Söldner gewesen, und die Todesgefahr, die ich einging, lohnte man mir mit klingender Münze – nun sollte ich Seelenfrieden dafür erlangen. Was von beiden wog, nüchtern betrachtet, schwerer? Mit genügend Geld kann man so viel saufen und prassen, dass jede Pein verschwindet –

zeitweilig. Beseitigt man die Pein, hat man das Gelage nicht nötig.

Als ich an den anderen Rand des Heerlagers kam, lagerten dort Flüchtlinge aus den Regionen, in die das Heer des Schillernden eingefallen war. Starr blickten Männer und Frauen, auch die älteren Kinder vor sich hin. In den Gesichtern dieser Menschen hatten Strapazen, durchlittene Entbehrungen und Sorge um die Anverwandten deutliche Spuren hinterlassen. In diesem Moment war ich sehr froh, in frischen Kleidern, nach Bad und Rasur nicht mehr als einer derjenigen zu erkennen zu sein, die sie von ihrem Land und aus ihren Häusern vertrieben hatten. Andererseits, wenn sie wussten, wer ich war, wussten sie auch, was ich getan hatte. Beim Anblick dieses elenden Häufleins überfiel mich tiefe Scham. Wenn ich etwas am Schicksal dieser Menschen ändern konnte, sollte ich es nicht tun?

Aber dann wäre ich nie wieder mein eigener Herr, sondern würde vermutlich mein Leben ihrer Befreiung opfern. Was stellte ich solche Überlegungen an? Wenn das Schicksal ihnen zugedacht hatte, vertrieben und heimatlos zu sein, wer war ich, dass ich behaupten wollte, ihnen helfen zu können? Was, wenn Canagan sich geirrt hatte? So sehr wünschte er den Geläuterten zu finden, dass er sich freudig auf jeden stürzte, an dem er die Bedingung erfüllt glaubte. Vermutlich war ich gar nicht der, von dem die Prophezeiung sprach. Andererseits hatte ich gerade einen wichtigen Beitrag zum Krieg gegen den Schillernden geleistet, hatte dem Vereinten Heer womöglich den Schlüssel zur Vernichtung seines Feindes geliefert. Sollte mir am Ende doch ein solch erlesenes Schicksal bestimmt sein?

Wie kam ich überhaupt dazu, dergleichen zu erwägen? Stand ich etwa wieder unter einem Bann? Hatte am Ende der Barde einen Zauber auf mich gelegt? Oder Canagan persönlich?

Ich wandte mich von den Flüchtlingen ab und zog

Eneas Phiole aus der Gürteltasche. Ein letzter Tropfen des Elixiers befand sich noch darin, und ich rieb ihn mir auf die Augen. Doch diesmal erfuhr ich keine Erleuchtung; die Welt schien mir genauso wie vorher. Nein, die Lösung lag nicht in magischen Tinkturen: Ich musste selbst entscheiden, ob ich eine Bürde auf mich nahm, von der ich nicht wusste, ob sie die meine war, wodurch ich aber Tausenden von Menschen neue Hoffnung geben konnte – oder ob ich wieder ziellos in den Süden gehen und mich im Heer eines Stadtstaaten-Potentaten verdingen wollte. *Nebel ist das Gestern, Täuschung der alte Hafen; wäre es dort wahrhaft heimelig, warum schweiften wir fort?* Ich erinnerte mich nicht mehr, weshalb ich in den Norden gekommen war, aber etwas musste ich gesucht haben. *Eine Bestimmung etwa, an die ich nicht glaube?*, spottete ich. Doch im gleichen Augenblick lag die Antwort klar vor mir: Was ich glaubte, war ohne Bedeutung. Wichtig war allein, was andere in mir sahen – und wenn sie jemanden nötig hatten, der für sie der Geläuterte war, dann gab ich ihnen vielleicht den Ansporn, den sie brauchten, um das Unmögliche zu vollbringen. Wenn ich es nicht tat, gab es keinen, der es tun konnte, und warteten wir zu lange, war eine günstige Gelegenheit verschenkt und womöglich alles verloren.

Außerdem hatte ich noch eine Rechnung mit dem Schillernden zu begleichen, mit ihm und auch seinem Seelenstein, wenn es sein musste.

Nicht überzeugt, aber entschlossen machte ich mich auf den Rückweg zu Canagans Zelt.

Die Wächter wichen vor mir bereitwillig zur Seite. Ich räusperte mich. »Herr?«, fragte ich.

Eine krächzende Stimme antwortete einladend.

Ich zog die Zeltklappe beiseite und trat in die Zukunft.

Rainer Schumacher

Es gibt keine Abenteuer

»Menschen«, erklärte Melanda im Brustton der Überzeugung. »Menschen sind dumm! Sie können sich ja kaum selbst ernähren. Ihr Futter kommt auf Karren. Ich habe noch nie einen von ihnen jagen sehen. Du etwa?« Sie warf ihrem aufmerksamen Zuhörer einen vielsagenden Blick zu. »Deshalb erleben sie auch keine Abenteuer. Sie erfinden sie. Sie reden von großen Helden, von starken, geschickten Männern, weil sie selber fett und träge sind.« Sie legte eine kurze Pause ein und leckte sich gelassen die Pfote, um die Spannung bei ihrem Zuhörer aufrecht zu erhalten.

Im Grunde genommen war das jedoch gar nicht nötig. Lutz war wie immer vollkommen fasziniert von Melandas Vortrag, obwohl er ihn schon tausendmal gehört hatte. Immer wieder blähte er die Nüstern und schlug anerkennend mit dem Schweif. Ja, Melanda war ein weises Tier! Sie hatte schon so manches erlebt und kam viel in der kleinen Stadt herum, während Lutz auf seiner Koppel stand und darauf wartete, dass Melanda ihn besuchen kam, um ihm die neusten Neuigkeiten zu berichten. Gemeinsam saßen sie dann beisammen, beobachteten eines der Stadttore, das von Lutz Koppel aus gut zu sehen war, und unterhielten sich – oder besser: Lutz hörte zu, und Melanda redete.

Für eine ausgewachsene Katze war Melanda ungewöhnlich klein, und sie besaß nur noch ein Auge. Wie und wo sie es verloren hatte, behielt sie für sich, was die Grundlage für unzählige Geschichten bildete, die unter den Tieren der Stadt kursierten. Dennoch war Melanda unglaublich geschickt und schnell. Schon manch ein Kater hatte unversehens Prügel bezogen und war mit eingekniffenem Schwanz davongestürmt, weil er die zierliche Katze unterschätzt hatte. Ihr schwarz-weißes Fell glänzte stets, denn sie putzte sich oft, und alle Menschen – egal ob klein oder groß – waren von ihrer eleganten Art begeistert. Sie lebte im Gasthof der Stadt, wo sie oft des Abends unter einem Tisch oder auf einem Dachbalken saß und die Menschen im Schankraum beobachtete. Zwar vermochte sie den seltsamen Lauten der unbeholfenen Zweibeiner keinen Sinn zu entlocken, doch untermalten sie ihre Geschichten stets mit solch ausschweifenden Gesten, dass selbst ein Tauber sie hätte verstehen können.

Ihrem Freund Lutz, dem Pony, ging es bei weitem nicht so gut. Sein braunes Fell glänzte nicht, und er war so dünn, dass man die Rippen zählen konnte. Er lebte auf der Koppel eines hageren, mürrischen Gesellen, der dem Pony nur selten etwas zu fressen gab und wenn, dann nur altes Heu. Während Melanda alle streicheln wollten, warf man Lutz nur mitleidige Blicke zu.

Melanda schnurrte leise. Sie mochte den zerzausten Kerl, und sie hoffte, dass man ihn eines Tages zu den anderen Ponys und Pferden in den Stall des Gasthofs bringen würde. Oft fragte sie sich, warum ein so starkes Tier wie ein Pferd diesem Klappergestell von Mensch, das sich sein Herr nannte, nicht einfach einen Tritt verpasste, um ihn Anstand zu lehren. Aber ein Blick in die treuen Augen des Ponys genügte ihr jedes Mal, um zu erkennen, dass Lutz niemals Gewalt anwenden würde.

»Katz... *Tiere* wiederum sind viel zu klug«, fuhr sie in ihrem Vortrag fort, »um sich in Abenteuer zu stürzen.

Sicher, dann und wann balgen wir uns um eine Maus, einen Trog Hafer oder ähnliches, doch wir wären nie so dumm, in die weite Welt hinauszuziehen, um uns mit unseresgleichen auf Leben und Tod zu messen und das auch noch ›heldenhaft‹ zu nennen.« Sie rollte die Pfoten ein und kniff ihr Auge halb zu.

»Und was folgt aus alledem?«, fragte sie und beantwortete ihre Frage gleich selbst: »Da Menschen zu dumm und Tiere zu klug dafür sind, gibt es keine Abenteuer.«

»Aaah«, sagte Lutz verstehend.

Ihm gefielen die fantastischen Geschichten trotzdem, die sich Mensch wie Tier erzählten. Und so saßen sie oft beieinander; Melanda erzählte Lutz Geschichten, und beide warfen sie immer wieder einen Blick zum Tor, neben dem ein gelangweilter Mensch mit langer Pike stand. Nie geschah etwas in der kleinen Stadt. Fremde verirrten sich selten hierher. Nur dann und wann erschien einer der vermummten großen Menschen aus dem Wald – einer jener Männer, denen die Stadtbewohner stets misstrauten.

An diesem Tag hatte sich die Dunkelheit bereits früh über die Stadt gesenkt. Die ersten Sterne funkelten am Himmel, und der Wachposten hatte das Tor bereits verschlossen, als plötzlich vier Reisende auftauchten – ein ungewöhnlicher Anblick, erst recht um diese Zeit. Melanda zuckte misstrauisch mit den Schnurrhaaren; doch Lutz blähte freudig die Nüstern, denn die Fremden hatten Ponys dabei. Vielleicht würde man eines von ihnen ja zu ihm auf die Koppel stellen.

Nach kurzen Verhandlungen mit dem Torposten zogen die Zweibeiner und ihre Ponys an Melanda und Lutz vorbei. Die Tiere waren sichtlich erschöpft und wollten nur noch zum nächsten Futtertrog. Auch die Menschen, die nicht besonders groß waren und Melanda eher schmächtig vorkamen, schienen überglücklich zu sein, endlich eine Siedlung erreicht zu haben. Nur einer von ihnen, ein kleiner, rundlicher mit leicht watschelndem Gang, blickte zu Lutz und lächelte freundlich. Sofort hob Lutz Kopf und Schweif und schnaubte freudig.

»Wo die wohl herkommen mögen?«, mauzte Melanda mürrisch. »Noch dazu so spät. Vermutlich haben die dummen Kerle sich verlaufen.«

»Das sind bestimmt Abenteurer«, erklärte Lutz, ohne vorher darüber nachgedacht zu haben.

Melanda riss den Kopf zu ihm herum und blickte ihn mit zusammengekniffenem Auge scharf an.

»Hörst du mir eigentlich nicht zu?«, knurrte sie verärgert. »Es *gibt* keine Abenteuer. Das sind nur ein paar arme Trottel, die sich auf der Suche nach dem nächsten Gasthaus im Wald verirrt haben.«

»Sind sie nicht!«, widersprach Lutz vehement. Er fühlte sich durch Melandas barsche Art beleidigt. »Das sind Abenteurer, die in ferne Länder ziehen, um dort großartige Heldentaten zu vollbringen!«

Das würde Melanda sich nicht gefallen lassen. Wie konnte dieses dumme Pferd es wagen, ihre Weisheit in Frage zu stellen. Sie sträubte das Fell und richtete sich langsam auf.

»Und diese Ponys? Glaubst du etwa, dass diese kleinen, dicken Pummel die ›Horden des Bösen‹ niederreiten könnten?« Gelassen sprang sie vom Zaun, schlug noch einmal provozierend mit dem Schwanz und schnurrte, während sie sich überlegen die Pfote leckte: »Ich komm dann später noch mal, um zu sehen, ob du wieder zur Vernunft gekommen bist.« Dann trabte sie lässig und in dem Bewusstsein davon, sich wieder einmal als die Klügere erwiesen zu haben.

Eigentlich wollte Melanda auf direktem Weg zum Gasthof zurückkehren, um sich die Fremden genauer anzusehen; doch dann entschloss sie sich zu einem Umweg. Sie musste nachdenken, und das konnte sie besonders gut beim Umherstreifen.

Melanda hatte ein schlechtes Gewissen. Sie hätte Lutz nicht so abschätzig behandeln dürfen. Der arme Kerl hatte schließlich nur geträumt. Allein auf seiner Koppel, was blieb ihm da schon außer den alten Geschichten und Melandas gelegentlichen Besuchen? Dass er sich jedoch so weit von der Wirklichkeit entfernen würde, ihre Worte infrage zu stellen …

Während Melanda all diese Gedanken durch den Kopf gingen, merkte sie gar nicht, wie die Zeit verstrich. Erst als es in den menschenleeren Straßen so still geworden war, dass sie das Tapsen ihrer eigenen samtenen Pfoten hören konnte, blieb Melanda verwundert stehen. Nun, die Fremden würde sie heute wohl nicht mehr zu Gesicht bekommen. Die Schankstube war mit Sicherheit bereits leer, und alle waren zu Bett gegangen. Melanda zuckte mit den Schnurrhaaren und beschloss, langsam Richtung Heimat zu trotten, um sich ebenfalls ins Heu zurückzuziehen – sie wohnte auf dem Heuboden über den Boxen im Stall des Gasthofs.

Doch kaum war sie ein paar Meter weit gegangen, da hörte sie Schritte in der angrenzenden Straße. Neugierig trabte sie zur nächsten Biegung und spähte an der windschiefen Mauer eines Eckhauses vorbei.

Staunend sah Melanda einen der vier Fremden, der offensichtlich gut gelaunt durch die leeren Straßen schlenderte. Seinem Verhalten nach zu urteilen, wollte er sich nur ein wenig die Füße vertreten, und es war ja auch eine schöne Nacht dafür. Der Mond schien hell. Hier und da fiel das Licht einer Kerze oder eines Kaminfeuers aus einem geöffneten Fenster oder zwängte sich durch die Ritzen geschlossener Läden und verbreitete einen Hauch von Gemütlichkeit.

Melanda musste nicht groß überlegen. Es dauerte nicht lange, und ihre katzenhafte Neugier siegte über das Verlangen, es sich im Heu bequem zu machen und bis morgen durchzuschlafen. Vorsichtig drückte sie sich in den Schatten, wartete, bis der Fremdling vorüber war, und folgte ihm dann in sicherem Abstand. Sie wollte nicht, dass er sie bemerkte. Er sollte sich möglichst unbefangen bewegen. Vielleicht würde sie so doch noch etwas über ihn und seine Gefährten in Erfahrung bringen.

Sie folgte ihm eine ganze Weile auf seiner ziellosen Wanderung. Manchmal blieb der Fremde stehen, atmete tief durch und seufzte zufrieden. Dann wieder blickte er zu den Sternen hinauf und pfiff leise vor sich hin. Er schien seine Umgebung zu genießen: die kleinen Fachwerkhäuser, die sich wohlig aneinander drängten, die einladenden Lichter in den Fenstern und der klare Sternenhimmel. Oft folgte Melanda seinem Blick und machte sich ihre eigenen Gedanken. In Augenblicken wie diesen spürte sie, wie sehr ihr die kleine, verwinkelte Stadt mit ihren trägen Bewohnern ans Herz gewachsen war.

Der Fremde war fast wieder am Gasthof angelangt und blickte ein letztes Mal zu den Sternen hinauf, als sich Melanda plötzlich die Nackenhaare sträubten. Gefahr! So etwas hatte sie nicht mehr gespürt, seit vergangenen Winter in der Schmiede ein Schwelbrand ausgebrochen war, der fast zu spät entdeckt worden wäre. Nur mit Mühe war es den Menschen gelungen, das Feuer einzudämmen, bevor es auf angrenzende Häuser hatte übergreifen können.

Melandas Blick huschte aufgeregt hin und her. Nichts. Doch auch der Fremde schien etwas gespürt zu haben. Er blickte sich ebenfalls um, und plötzlich war es Melanda, als sei da ein tiefer Schatten zwischen den Schatten jenseits der Straße, der sich in Richtung Osten bewegte. Auch der Fremde setzte sich in Bewegung und folgte der seltsamen Schattengestalt, als stünde er unter dem Bann einer unbekannten Macht, die ihm keine andere Wahl ließ.

Melanda schlug mit dem Schwanz, drückte sich an die Wand und presste sich flach auf den Boden.

Wovor fürchte ich mich eigentlich?, fragte sie sich ängstlich. *Dieser Schatten, das ist doch bestimmt nur ein Bauer, der sich betrunken nach Hause schleicht.* Aber die Angst wollte einfach nicht weichen. Am Ende siegte jedoch Melandas angeborene Neugier. Vorsichtig folgte sie dem Fremden. Sie musste einfach herausfinden, was hier vor sich ging.

Erstaunt stellte sie fest, dass sie sich in Richtung von Lutz' Koppel bewegten. Sie hatten beinahe das Haus von Lutz' Herrn erreicht, als der Fremde plötzlich vor einer Hecke stehen blieb und lauschte. Melanda schlich sich noch ein Stück näher, und jetzt konnte auch sie leise Stimmen hören, eine, die flüsterte, und eine, die zischte. Das Zischen war ein unheimliches Geräusch, und Melanda konnte nicht entscheiden, ob es von einem Mensch oder von einem Tier stammte.

Von dem mysteriösen Schatten war nichts mehr zu sehen. Der Fremde, dem Melanda gefolgt war, kauerte vor der Hecke und versuchte, etwas von der geheimnisvollen Unterhaltung zu verstehen. Ansonsten war niemand zu sehen …

Doch was war das?

Melanda erstarrte. Da war es wieder, dieses Gefühl der Bedrohung, das sie eben vor dem Gasthof gespürt hatte. Sie schärfte all ihre Sinne und spähte in die Dunkelheit. Und wieder glaubte sie, Schatten in den Schatten auszumachen. Zwei Gestalten diesmal, die sich gleitend näherten.

Du spinnst, versuchte sie, sich zu beruhigen. *Du siehst Gespenster. Hier droht keine Gefahr, nicht von ein paar Betrunkenen …*

Und dann gab es keinen Zweifel mehr: Die finsteren Gestalten lösten sich aus den Häuserschatten und ›flossen‹ förmlich auf den kleinen, lauschenden Fremden zu, der sie nicht zu bemerken schien. Ihre Bewegungen waren ungewöhnlich geschmeidig und wirkten merkwürdig langsam.

Melanda drückte sich noch flacher auf den Boden. All ihre Sinne sagten ihr nur eins: Gefahr! Und dass sie etwas tun sollte. Nein, sie *musste* etwas tun, aber ihr Körper verweigerte ihr den Gehorsam. Sie konnte sich weder von der Stelle bewegen, noch brachte sie einen Ton heraus.

Eine der Schattengestalten hob die Hand und stieß ein leises Zischen aus, das Melanda einen Schauder über den Rücken jagte. Der kleine Fremde, der sich gerade in Bewegung hatte setzen wollen, fuhr herum ... und sackte von einem Moment auf den anderen besinnungslos zu Boden.

Melanda wäre es fast ähnlich ergangen. Sie war inzwischen nahezu wahnsinnig vor Angst. Sie wusste nicht, was sie tun sollte, wusste nicht, was hier vor sich ging ...

Die beiden Gestalten glitten näher an den bewusstlos daliegenden Fremden heran und bildeten einen engen Kreis um ihn. Ihre schwarzen Umhänge flatterten in der angenehmen Brise, die durch die nächtlichen Straßen wehte, und enthüllten ...

Schwerter!

Melanda spürte, wie ihr Herz ein paar Schläge aussetzte. Sie hatte Waffen bisher nur im Gasthof als Verzierung an den Wänden des Schankraums gesehen oder bei einem der seltsamen Waldmenschen, denen sie eher als Werkzeuge denn als Waffen dienten. Doch ihr Instinkt sagte ihr, dass diese beiden dunklen Gesellen ganz anderes damit bezweckten.

Sie würden doch nicht ...

Oder?

Nein, das war unmöglich!

Nun, Melanda würde später immer noch Zeit haben, darüber nachzudenken. Jetzt musste sie dringend etwas unternehmen!

Aber was?

Angreifen konnte sie die schwarzen Gestalten nicht. Normalerweise hatte sie zwar keine Angst vor Menschen, aber in diesem Fall ...

Melandas Blick huschte hierhin und dorthin. Inzwischen waren in der unmittelbaren Umgebung sämtliche Fensterläden geschlossen, die Lichter erloschen. Totenstille hatte sich über die Stadt gesenkt, und kein Hof mit einem Hund war in der Nähe, der hätte Alarm schlagen können. Und wo war Lutz? Es gab nur Wände, dicke Türen, verriegelte Fenster und Blumentöpfe auf den Fensterbänken …

Blumentöpfe!

Im selben Augenblick, da die beiden schwarzen Gestalten sich über den reglosen Fremden beugten, sprang Melanda auf die nächste Fensterbank, schob sich zwischen die dicken Fensterläden und einen tönernen Blumentopf mit bunten Primeln und drückte mit aller Kraft dagegen.

Rumms!

Der Blumentopf fiel herunter und zersprang mit lautem Knall in tausend Stücke.

Die schwarzen Gestalten hielten mitten in der Bewegung inne. Sie wirkten wie Statuen, schienen nicht einmal mehr zu atmen.

Gut, dachte Melanda, doch ein Blumentopf war nicht genug. Sie sprang auf die nächste Fensterbank, und dort standen sogar gleich zwei.

Rumms! Rumms!

Beinahe machte Melanda das Töpfewerfen sogar Spaß; doch sie unterdrückte ein fröhliches Miauen. Die Schwarzen durften nicht wissen, dass eine Katze der Grund für all den Lärm war. Kerle wie die würden wohl kaum vor einem Tier davonlaufen. Vorsichtig achtete sie darauf, stets im Dunkeln zu bleiben, und hörte nicht auf, Lärm zu machen.

Rumms!

Irgendjemand musste das doch hören.

Plötzlich hallte eine Stimme durch die Straße. Melanda erkannte sie sofort. Es war einer der Hausdiener aus dem Gasthof, der, der sich meist um die Pferde kümmerte und auch Melanda oft etwas zu essen brachte.

Die schwarzen Gestalten wirkten noch verunsicherter. Rote, unheimlich glühende Augen, die Melanda einen Schauder über den Rücken jagten, suchten nach der Ursache all des Lärms.

Und dann waren sie mit einem Mal verschwunden. Sie bewegten sich so schnell, dass selbst Melanda ihnen mit ihren Katzenreflexen nicht zu folgen vermochte. Im einen Augenblick hatten sie sich noch über den Bewusstlosen gebeugt, und im nächsten waren sie in den Schatten verschwunden, als wären sie niemals da gewesen.

Dann erreichte der Diener den Schauplatz des Geschehens. Von ihrer Fensterbank aus beobachtete Melanda, wie er sich besorgt über den Bewusstlosen beugte, ihn an den Schultern packte und schüttelte. Der Fremde schlug daraufhin die Augen auf, murmelte etwas und war sofort wieder auf den Beinen. Ohne ein Wort der Erklärung ließ er den Diener stehen und rannte wie ein Hase zurück in Richtung Gasthof. Der Hausdiener schüttelte den Kopf und lief ihm hinterher.

Melanda dagegen musste sich erst einmal setzen. Sie war vollkommen erschöpft und vor allem verwirrt. Was war hier geschehen? Unheimliche schwarze Gestalten, die einen harmlosen Fremden so sehr erschreckten, dass er das Bewusstsein verlor; blitzende Schwerter und das unsägliche Gefühl von Gefahr, von etwas Bösem – wie in einem Abenteuer …

Melanda schüttelte den Kopf. Das war einfach unmöglich! Sie musste ihre Gedanken ordnen; dann würde schon wieder alles ins rechte Licht gerückt werden. Doch um ihre Gedanken zu ordnen, musste sie mit jemandem reden, und wer war besser dafür geeignet als Lutz? Hatte er etwas von dem Vorfall mitbekommen? Schließlich war alles in unmittelbarer Nähe seiner Koppel geschehen, doch im Augenblick schlief er wahrscheinlich tief und fest. Nun, dann würde Melanda ihn eben wecken müssen. Dass er vermutlich ohnehin nicht gut auf sie zu sprechen war, daran dachte sie nicht mehr.

Lutz schlief tatsächlich tief und fest, doch als Melanda ihn weckte, war er keineswegs verärgert. Er war im Gegenteil sofort hellwach und außer sich vor Aufregung.

»Melanda!«, begrüßte er seine Freundin. »Melanda, gut, dass du kommst! Du glaubst nicht, was passiert ist!«

Melanda setzte sich und legte den Schwanz um die Vorderpfoten. Ihren Freund so aufgeregt zu sehen, bereitete ihr große Sorge und verdrängte alle Gedanken an die unheimlichen Gestalten mit den glühenden Augen – vorerst.

»Das Tor!«, plapperte Lutz. »Es flog auf … *Rumms* … und dann sind sie hier durch wie der Sturmwind höchstpersönlich … schwarz, schnell und … und …«

»Immer mit der Ruhe«, unterbrach ihn Melanda. »So verstehe ich ohnehin nichts. Atme erst einmal tief durch, und fang noch mal von vorne an.«

Lutz atmete tief durch – er tat meist, was Melanda von ihm verlangte. Dann:

»Das Tor. Das Tor ist plötzlich aufgeflogen. Mitten in der Nacht! Vom Wachposten war nichts zu sehen.«

»Vermutlich ist er im Gasthof einen trinken gegangen und dann irgendwo eingeschlafen – was ja schon öfters vorgekommen sein soll«, ergänzte Melanda schnippisch.

»Was? Ja, ja. Das Tor ist aufgeflogen, und dann kamen sie. Es waren fünf. Fünf schwarze Gesellen auf schwarzen Pferden. *Unheimliche* Gesellen.«

Melanda richtete die Ohren auf. Das konnten nur …

»Sie waren wirklich, wirklich unheimlich. Du musst mir glauben! Ich habe das nicht nur geträumt«, beteuerte Lutz. »Und ihre Pferde erst! Du hättest ihre Pferde sehen sollen! So etwas kann, so etwas *darf* nicht sein! Schwarz wie die Nacht und Augen wie Feuer. Und ihr Wiehern … Wüsste ich es nicht besser, würde ich sagen, ich hätte Wölfe und keine Pferde gehört. Wirklich! Wie hungrige Wölfe im Winter.«

Melanda starrte ihn fassungslos an. Hätte sie das gutmütige Pony nicht so gut gekannt, und wäre sie zweien der schwarzen Gesellen nicht selbst begegnet, sie hätte Lutz kein Wort geglaubt. Aber so ...

»Red weiter«, forderte sie ihren Freund auf.

Das ließ sich Lutz nicht zweimal sagen. »Sie waren unheimlich und gefährlich.« Melanda nickte wissend. »Sie waren böse ... wie in den Abenteuergeschichten ...«

Melanda schlug erregt mit dem Schwanz hin und her. »Hör auf damit!«, fauchte sie.

»Aber ...«

»Nein!«, sagte sie zwar in freundlicherem, aber immer noch unnachgiebigem Tonfall. »Ich will nichts mehr davon hören. Ich schlage vor, wir schlafen erst mal darüber, und wenn morgen die Sonne wieder lacht, sieht die Welt schon anders aus. Es muss eine ganz einfache Erklärung für alles geben. Es gibt keine Abenteuer! Ich gehe jetzt. Ich bin müde. Gute Nacht.«

Und ohne ein weiteres Wort zu verlieren, sprang sie vom Zaun und trabte in Richtung Gasthof davon.

Melanda schlief wie ein Stein. Kein noch so lauter Lärm würde sie wecken können - zumindest war sie fest davon überzeugt gewesen, als sie ihr Auge geschlossen hatte.

Dennoch wachte sie irgendwann später in der Nacht auf. Es dauerte eine Weile, bis sie erkannte, warum. Es war kein Geräusch, das sie geweckt hatte, sondern jenes seltsame Gefühl, das sie heute schon einmal befallen hatte: Gefahr lag in der Luft.

Melanda streckte sich und schlich zum Rand des Heubodens. Die Pferde und Ponys lagen ruhig in ihren Boxen, in denen sie oft zu mehreren untergebracht waren. Die meisten schliefen, und die anderen schienen nicht im Mindesten beunruhigt zu sein.

Irritiert dachte Melanda nach. Vielleicht hatte sie sich geirrt. Vielleicht waren ihr einfach nur die Aufregungen des Tages aufs Gemüt geschlagen, sodass sie schon Gespenster sah. Sie gähnte ausgiebig und streckte sich abermals. Nein, sie hatte wohl nur geträumt.

Doch kaum hatte sie ihr Auge wieder geschlossen, da hörte sie ein Scharren und Kratzen am Stalltor, das wie immer nicht verriegelt war. Sofort war Melanda wieder hellwach. Langsam und mit leisem Knarren öffnete sich ein Torflügel. Nichts war zu sehen. Alles war schwarz … *zu* schwarz.

Dann, mit ruhigem, schwerem Schritt betrat ein Tier den Stall, wie Melanda es noch nie gesehen hatte. Es war ein Pferd, gesattelt und aufgezäumt, als wolle der Besitzer sich jeden Augenblick auf seinen Rücken schwingen, doch kein Mensch war zu sehen. Das Pferd war schwarz wie die Nacht; sein Fell glänzte im Licht der beiden Laternen, die neben dem Tor baumelten, und seine Augen leuchteten rot wie die Glut in einem Kohlenbecken. Das Tier strahlte etwas zutiefst Böses und Gefährliches aus.

Melanda sträubte sich das Nackenfell. Das musste eines der unheimlichen Pferde sein, von denen Lutz berichtet hatte!

Nun regten sich auch die ersten anderen Stallbewohner. Eines der größeren Pferde drehte sich behäbig um, legte den Kopf über die Boxentür und öffnete halb die Augen. Sofort zeigte sich Entsetzen im Blick des Tiers, und es stieß ein kurzes, aber lautes Wiehern aus. Die anderen Pferde waren augenblicklich hellwach; einer aus der Herde hatte Alarm geschlagen.

Und dann sprach das schwarze Pferd, und seine Stimme glich in der Tat mehr der eines Wolfs als der eines genügsamen Grasfressers:

»Wer von euch trägt die Fremden?«

Melanda lief ein Schauder über den Rücken. Sie hatte solch eine Stimme noch nie gehört. Auch die Pferde und Ponys waren verschreckt. Sie drängten sich in die hintersten Ecken ihrer Boxen und zitterten am ganzen Leib.

»Wer von euch trägt die Fremden?«, wiederholte das

schwarze Pferd, diesmal in noch drohenderem Tonfall. Es ließ den Blick seiner roten Augen über die Boxen wandern, bis es an einer haften blieb, in der vier kleine Ponys sich zitternd aneinander pressten.

Das schwarze Pferd trat zwei Schritte auf die Box zu.

»*Ihr* …«

Die Ponys wimmerten nur. Sie waren viel zu verängstigt, um noch wiehern zu können. Auch den anderen im Stall erschien es ähnlich zu ergehen.

»*Ihr* tragt die Fremden.« Der Schwarze fletschte die Zähne wie ein wilder Hund. »Oder besser … Ihr *habt* die Fremden getragen. Eure Reise endet hier.«

Mit zwei weiteren langen Schritten erreichte der Schwarze die Boxentür. Er stand jetzt unmittelbar unter Melanda, legte die Ohren an und begann kräftig, aber vorsichtig mit seinen eisenbewehrten Hufen gegen den Riegel zu treten. Offenbar wollte er keinen unnötigen Lärm verursachen.

Was hatte der Schwarze vor?, fragte sich Melanda, die sich flach auf den Boden gepresst hatte und nervös mit dem Schwanz schlug. Was sollte das heißen, ›Eure Reise endet hier‹? Wollte er die Ponys freilassen, oder …?

Die Erkenntnis traf Melanda wie ein Schlag. Der Schwarze wollte die Ponys töten. Er wollte sie *ermorden*! Lutz Bericht, die schwarzen Kerle, der bewusstlose Fremdling … Alles passte zusammen, doch Melanda hatte es schlicht nicht wahrhaben wollen, hatte die Erkenntnis einfach verdrängt. Ihr ganzes Weltbild wäre ins Wanken geraten. Nun konnte sie die Wahrheit nicht länger leugnen.

Melandas Blick huschte hierhin und dorthin. Die Pferde und Ponys verfolgten das Geschehen mit weit aufgerissenen Augen und vor Angst schlotternd; ansonsten rührten sie sich nicht. Warum wieherten die blöden Viecher nicht? Warum traten sie nicht die Bretter aus den Wänden? Warum veranstalteten sie keinen Höllenlärm, um Menschen zu Hilfe zu rufen? Irgendjemand musste etwas unternehmen. *Sie* musste etwas unternehmen!

Der Schwarze hatte die Tür fast geöffnet. Die Kanten seiner Hufeisen waren messerscharf. Würde er mit diesen Eisen ...

Melanda lief die Zeit davon. Wenn sie jetzt nicht handelte, würden die Ponys sterben.

Melanda atmete tief durch, spannte die Muskeln und sprang laut fauchend vom Heuboden auf den Schwarzen hinab. Sie landete genau zwischen den Schulterblättern des unheimlichen Pferdes und schlug ihm die Krallen tief in den Nacken. Blut sickerte über das schwarze Fell.

Der Schwarze besaß eine gute Selbstbeherrschung. Obwohl er überrascht war und die Krallen ihm sicherlich Schmerzen bereiteten, wieherte er nicht. Aber er stieg. Immer wieder riss er die Vorderbeine hoch und schlug mit dem Kopf. Melanda krallte sich fest und versuchte, auch mit den Zähnen Halt zu finden; doch die Bewegungen des Pferdes waren zu wild, als dass sie richtig hätte zupacken können. So dauerte es nicht lange, und Melanda wurde abgeworfen.

Geschickt drehte sie sich in der Luft und landete ein Stück entfernt auf allen Vieren. Das Fell noch immer gesträubt und die Ohren angelegt, bleckte sie die Zähne und fauchte: »Mach, dass du hier wegkommst!«

Die roten Augen des Schwarzen funkelten böse. »Wie niedlich«, zischte er mit seiner unheimlichen Stimme. »Ein Miezekätzchen. Ist dir dein Wollknäuel nicht mehr aufregend genug, dass du mit den Großen spielen willst? Geh, und hol dir eine Maus. Die beißen wenigstens nicht.« Spöttisch schnappte er mit dem Maul.

»*Miezekätzchen?* Na, warte! Ich kratz dir die Augen aus!«

Melanda setzte zum Sprung an, doch im gleichen Augenblick trat der Schwarze mit dem Vorderhuf zu. Nur mit Mühe entkam Melanda dem scharfen Eisen, das ein tiefes Loch in den fest gestampften Boden riss.

Die Pferde und Ponys wurden unruhig. *Jetzt tut doch endlich was*, dachte Melanda, während sie den Schwarzen auf der Suche nach einer Angriffsmöglichkeit umkreiste. *Macht Lärm!*

Das unheimliche schwarze Pferd ließ Melanda keinen Augenblick lang aus den Augen.

»Wenn ich mit dir fertig bin, wirst du nur noch ein Haufen Brei sein«, drohte der Schwarze, doch Melanda ließ sich nicht einschüchtern. Der Schwarze hatte sie beleidigt und bedrohte ihre Freunde. Das sollte er büßen. Für Angst war später immer noch Zeit.

»Und wenn ich mit dir fertig bin, wirst du das schimmelige Heu, das man dir vorsetzt, noch nicht einmal mehr sehen können«, erwiderte Melanda.

Der Schwarze sprang einen Schritt vor und trat zu. Melanda hatte gerade einen der Dachpfosten erreicht. Fast wäre ihr das zum Verhängnis geworden, denn beim Versuch, auszuweichen, prallte sie gegen das Holz. Nur dank ihrer außergewöhnlichen Geschicklichkeit gelang es ihr noch, sich um den Pfosten zu winden und so dem Tritt zu entgehen. Mit lautem Krachen flog ein Stück Holz aus dem Balken.

Lärm, dachte Melanda. *Gut! Noch ein wenig mehr davon, dann hat es sich bald ausgetreten, mein Freund.*

Und Lärm sollte Melanda bekommen, denn in diesem Augenblick brach unter den Pferden und Ponys Panik aus. Eines der fremden Ponys – eine junge Stute – sprang zur Boxentür, drehte sich um und trat mit den Hinterbeinen die ohnehin schon beschädigte Tür aus den Angeln. In den anderen Boxen folgte man ihrem Beispiel. Hufe flogen, Holz splitterte, und nur wenige Augenblicke später ging es in wilder Jagd zum offenen Tor hinaus. Die großen, schnelleren Pferde bildeten die Vorhut, dicht gefolgt von den Ponys.

Wütend riss der Schwarze den Kopf hoch und wieherte laut. Noch hatten nicht alle Ponys den Stall verlassen. Ein, zwei lange Sätze, und die scharfen Eisen des Schwarzen würden dem ersten Opfer die Knochen zerschmettern.

Melanda sprang und krallte sich mit allen vier Pfoten

ins Hinterbein des schwarzen Monsters. Der Schwarze schrie und geriet ins Taumeln, allerdings nur kurz. Die Zeit reichte jedoch aus, dass auch die letzten Ponys den Stall verlassen und in der Dunkelheit verschwinden konnten.

Außer sich vor Zorn, trat der Schwarze mit aller Kraft aus. Melanda wurde durch die Luft geschleudert, prallte gegen die Wand und rutschte benommen zu Boden. Als sie ihr Auge wieder öffnete, konnte sie sich nicht mehr bewegen, und der Schwarze stand über ihr.

»So«, zischte er. »Der Spaß ist vorbei. Stirb!«

Er richtete sich auf die Hinterbeine auf und zielte mit den Vorderhufen auf Melanda.

In diesem Augenblick gingen Melanda die unterschiedlichsten Gedanken durch den Kopf. Wie hatte es so weit kommen können? Was war hier eigentlich geschehen? Waren die Pferde und Ponys wirklich entkommen? Es gab ja schließlich noch mehr von diesen schwarzen Pferden. Wie würde es wohl Lutz ergehen, wenn sie nicht mehr da war? Wie dem fetten Wirt und den anderen Menschen im Gasthof? Und sie hatte den anderen Tieren in der Stadt doch noch so viel zu erzählen ...

Plötzlich ertönte ein schreckliches Heulen. Der Schwarze erstarrte. Die Vorderbeine hoch in der Luft, rührte er sich nicht mehr. Dann sprang er plötzlich auf den Hinterbeinen herum und galoppierte aus dem Stall hinaus.

Melanda war vollkommen verwirrt. Wer hatte da geheult? Das Heulen hatte weder menschlich noch tierisch geklungen, nur böse. Hatte es den Schwarzen verjagt, oder hatte es ihn gerufen?

Melanda wusste es nicht und würde es wohl auch nie erfahren; doch das war ihr in diesem Augenblick gleichgültig. Mühsam schleppte sie sich zwischen zwei Heuballen. Dort angekommen, untersuchte sie ihre Gliedmaßen und stellte erleichtert fest, dass nichts gebrochen war. Beim Aufprall auf die Wand hatte sie sich offenbar nur ein wenig den Kopf angestoßen. Gut. Jetzt musste sie sich erst einmal ausruhen. Morgen, ja, morgen …

Doch kaum hatte sie ihr Auge geschlossen, da stürmte der dicke Wirt in den Stall, gefolgt von seinen beiden Hausdienern. Mit ihren Laternen leuchteten sie in jede Box und schrien aufgeregt. Weitere Menschen kamen hinzu. Einige rannten sofort wieder aus dem Stall und liefen links und rechts die Straße hinunter. Es herrschte das reinste Chaos.

Aber Melanda brauchte Ruhe. *Ruhe!* Sie rappelte sich auf und trottete schwerfällig hinter den Heuballen entlang Richtung Tor. Sie würde bei Lutz übernachten. Ja, bei Lutz. Um Lutz kümmerte sich nie jemand. Da würde sie Ruhe haben.

Während sie durch die Straßen zu Lutz' Koppel schlurfte, dachte sie kaum über das nach, was heute Nacht geschehen war. Sie wusste nur, dass sie irgendwie in ein Abenteuer geraten war, sich heldenhaft geschlagen und überlebt hatte. Abenteuer? Heldenhaft? – Wie auch immer, sie wollte nur noch schlafen.

Als sie Lutz' Koppel erreichte, kroch sie unter der untersten Latte hindurch und stapfte zu Lutz' Unterstand. Zu ihrer Überraschung war Lutz noch immer hellwach.

»Melanda! Gut, dass du kommst! Sie waren schon wieder hier!« Melanda kroch ins Stroh und rollte sich zusammen. »Diesmal sind sie aber raus … und *wie*! Der Torposten war wieder da. Beinahe hätten sie ihn über den Haufen geritten. Über den Haufen! Und dann die anderen Pferde. Ich muss dir unbedingt erzählen …« Aber Melanda schlief bereits.

Die Sonne stand bereits hoch am Himmel, als Melanda am nächsten Morgen wieder erwachte. Sie streckte sich, gähnte und putzte sich ausgiebig. Das Leben war schön, die Sonne warm und das Stroh in Lutz' Unterstand weich. Die Ereignisse der vergangenen Nacht waren in weite Ferne gerückt.

»Guten Morgen.«

Lutz beugte sich über sie. Er sah besorgt aus. »Geht es dir wieder besser?«, fragte er.

Und da fiel Melanda alles wieder ein. Nervös stand sie auf. Sie schüttelte sich, als wäre sie ins Wasser gefallen und schlug mit dem Schwanz. Dann setzte sie sich, hob eine Pfote und fuhr die Krallen aus. Getrocknetes Blut klebte darunter.

»Es geht mir gut«, antwortete sie und knabberte sich das Blut von den Krallen. »Danke.«

»Was ist eigentlich geschehen?«, erkundigte sich Lutz.

In sachlichem Tonfall berichtete Melanda Lutz von ihren gestrigen Erlebnissen. Sie ließ nichts aus. Zuerst erzählte sie ihm von dem Fremden, der allein durch die Stadt gewandert war, von den schwarzen Kerlen und wie sie plötzlich verschwunden waren und schließlich vom Kampf im Stall.

Lutz' Augen wurden immer größer. Als Melanda das schwarze Pferd beschrieb, nickte er wissend, und als sie dann von dessen Absicht berichtete, die Ponys zu töten, erzitterte ihr Freund am ganzen Leib.

»Du kannst von Glück sagen, dass du mit dem Leben davon gekommen bist«, sagte er schließlich, nachdem Melanda ihren Bericht beendet hatte. »Diese Pferde sind wirklich wahre Monster. Ich habe sie gestern Nacht auch noch einmal gesehen, als sie mit ihren Reitern wie der Sturmwind zum Tor hinausgeprescht sind. Wäre der Wachposten nicht beiseite gesprungen, läge er heute vermutlich mit gebrochenen Knochen im Bett.«

»Dann sind sie also wirklich weg.« Melanda seufzte erleichtert auf.

»Ja«, bestätigte Lutz, »und die anderen Pferde und Ponys auch. Kurz nach den Reitern kamen sie aus einer der Seitengassen galoppiert. Welch eine abenteuerliche Nacht!«

Melanda blickte ihren Freund mit großen Augen an. Schon wieder dieses Wort: abenteuerlich. Es gab keine Abenteuer! Menschen waren zu dumm und Tiere zu klug, um sich gegenseitig …

Lutz schüttelte den Kopf. Er wusste, was seine Freundin dachte. »Melanda, du bist das weiseste Tier, das ich kenne; aber ich fürchte, in diesem Punkt hast du dich geirrt. Es *gibt* Abenteuer, und du bist eine Heldin, ob dir das nun gefällt oder nicht.«

Bevor Melanda etwas darauf erwidern konnte, erschienen die vier kleinen Fremden in Begleitung des dicken Wirts und eines Waldmanns aus Richtung des Gasthofes. Sie hielten schnurstracks auf Lutz' Koppel zu.

Der Wirt war noch immer sichtlich erregt. Der Verlust der Pferde und Ponys in seinem Stall hatte ihn sehr mitgenommen. Ständig schüttelte er den Kopf und wedelte wild mit den Armen, während er mit seinen Gefährten sprach.

Der blöde Kerl glaubt vermutlich, sie sind gestohlen worden, dachte Melanda. *Wenn er wüsste, was vergangene Nacht wirklich geschehen ist, würde er sich wahrscheinlich schlotternd unter die Bettdecke verkriechen.*

Als die sechs Lutz' Koppel erreichten, sprang Melanda auf die oberste Zaunlatte. Einer der Fremden – der kleine Kerl, der Lutz bei der Ankunft zugelächelt hatte -, streichelte Melanda und winkte Lutz dann zu sich heran.

Lutz warf sich in Positur und trabte stolz herbei. Der kleine Kerl streichelte ihm den Hals und redete dann auf seine Gefährten ein. Der Waldmann lächelte; doch der dicke Wirt rollte mit den Augen, zuckte mit den Schultern und schlurfte schließlich zum Haus neben der Koppel, in dem Lutz' griesgrämiger Herr wohnte.

Verwirrt blickte Lutz zu Melanda. Diese mauzte jedoch nur leise zum Zeichen, dass auch sie keine Ahnung hatte, was hier vor sich ging.

Der Wirt hämmerte gegen die Tür, und wenige Augenblicke später erschien Lutz' ungeliebter Herr.

Münzen wechselten den Besitzer, offensichtlich mehr, als dem Gastwirt lieb waren; dann verschwand der Griesgram wieder im Haus und schlug die Tür hinter sich zu.

Der kleine, freundliche Fremde öffnete daraufhin das Tor von Lutz' Koppel, legte dem Pony ein Halfter an, strich ihm über die Nüstern und redete beruhigend auf es ein.

Lutz war noch immer verwirrt. Unsicher drehte er sich zu Melanda um.

»Abenteuer«, seufzte diese. Jetzt war ihr klar, was hier passierte. »Du wirst auf Abenteuer gehen.«

Lutz wusste nicht, was er sagen sollte. »Aber …«, keuchte er schließlich.

»Kein Aber«, unterbrach ihn Melanda. »Du wirst jetzt eine jener Geschichten erleben, denen du immer so gerne gelauscht hast.«

Als der kleine Mensch mit den pelzigen Füßen Lutz von der Koppel führte, begannen die Augen des Ponys zu leuchten. »Abenteuer«, flüsterte er. »Abenteuer.«

Dann riss er plötzlich den Kopf herum und blickte Melanda angsterfüllt an. »Werde ich dich wiedersehen?«

Melandas Auge glitzerte, als kämpfe sie gegen die Tränen an. Dann zuckte sie mit den Schnurrhaaren und lächelte ihren Freund an.

»Ja«, antwortete sie voller Zuversicht. »Und wenn du wiederkommst, wirst *du* reden, und *ich* werde zuhören.«

Helmut W. Pesch

Das Lied
der Welle

Und die Eldar sagen, mehr als in jedem anderen Stoff auf die-
ser Erde sei im Wasser das Echo von der Musik der Ainur
lebendig; und viele der Kinder Ilúvatars lauschen noch immer
unersättlich den Stimmen des Meeres und wissen doch nicht,
auf was sie lauschen.

– DAS SILMARILLION

Was ich von allen Dingen am meisten vermisse, ist meine
Harfe. Ah, sie machen keine Harfen mehr wie in den
alten Zeiten! Das Holz ist zu weich; ihm fehlt die
Spannkraft. Die Saiten klingen stumpf, als sei der Rost im
Metall, der Wurm im Gedärm. Und es will mir nicht
gelingen, mit jener winzigen Bewegung des Schlüssels,
jener kaum wahrnehmbaren Drehung des Stranges jene
Musik aus ihnen hervorzulocken, der ich meinen Ruhm
verdanke. Und mein Verderben.

Doch ich will alles von Anfang berichten, wie es geschah. Ich erwachte aus langen, wirren Träumen und
wusste nicht, woher ich kam, wer ich war und wohin ich
mich wenden sollte. Es war dunkel, und ich war allein.
Ringsum Schweigen. Nur eine Ahnung des Windes, der
um hohe Berggipfel wehte. Und eine Kälte, die Mark und
Bein gefrieren ließ, ein Eisesfrost, der nicht aus den

Begriffen der Mittelerde, sondern nur aus der absoluten Leere und Finsternis zu erahnen war, die hinter den Sternen lauert.

Lange Zeit lag ich dort, rührte weder Hand noch Fuß, bis ich die Kälte spürte, die von dem Stein, auf dem ich lag, in meinen Körper sickerte. Da war mir bewusst, dass ich die Augen geöffnet hielt und nicht mehr schlief. Und ich erkannte, wo ich war: in einem umschlossenen Raum, gegen eine Decke aus gewachsenem Fels starrend, in einem bläulichen Licht, das wie durch Eis gefiltert schien. Ich hatte Angst; eine kreatürliche Angst, die jeden befällt, der nicht weiß, ob er lebt oder tot ist. Ein Muskel zuckt. Eine Hand ballt sich zur Faust. Langsam, unendlich vorsichtig, richtete ich mich auf.

Das Blut wich mir aus dem Kopf und ließ mich schwindeln; schwarze Flecken tanzten im Zwielicht vor meinen Augen, Schatten am Rande der Wahrnehmung, die mich umhüllten. Ich saß, die Füße fest auf den Boden gestützt, harter, kalter Stein unter mir, umgeben von den Wänden einer Höhle, und starrte hinaus auf eine Wand aus Eis.

Es kam mir nicht einmal in den Sinn zu fragen, wie ich hierher gekommen war. Mein einziges Trachten war nur auf ein Ziel gerichtet: aufzustehen und hinauszugehen. Wohin? Ich wusste es nicht. Woher? Es kümmerte mich nicht. Wusste ich doch nicht einmal, wer ich war; ja, wie ich zu meinem Schrecken feststellte, ich kannte nicht einmal meinen Namen.

Das Gesicht, das mir aus der Tiefe des Eises entgegenblickte, umgeben von hellem Haar, war mir fremd, doch es war jung; so viel konnte ich sehen. Ich streckte die Hände aus, berührte die kristallene Wand mit den Fingern. Sie war hart, unnachgiebig, doch ich konnte Bewegung dahinter erspüren, Wasser, das zwischen den Schichten rann, die sich wie die Ringe eines Baumes um mein steinernes Gefängnis gebildet hatten. Denn ein Gefangener war ich; das hatte ich begriffen.

Panik erfasste mich. Ich schlug gegen das Eis, das mich

gefangen hielt, hämmerte dagegen, bis meine Knöchel bluteten, stemmte mich gegen die blau schimmernde Wand mit aller Kraft, dass mein ganzer Körper sich spannte, bis die Sehnen vibrierten, die Knochen knackten, die Muskeln sich wölbten wie knotige Taue. Einer würde nachgeben, ich oder das Eis.

Und das Eis brach.

Ein Knirschen, ein Knistern, das von einem Punkt ausging und sich in alle Richtungen fortpflanzte, seitwärts und in die Tiefe hinein. Ein Hagel von Splittern umwehte mich, wie ein Schneegestöber, und dann war ich durch die gläserne Wand hindurch und stand, von Reif überpudert, im Freien.

Ich befand mich auf einer hohen Ebene. Ringsum erhoben sich kahle Kuppen, deren Hänge von Heidekraut bedeckt waren. Üppig wucherte es zwischen den Steinen. Die Sonne stand hoch an einem klaren, wolkenlosen Himmel von metallener Bläue. Von weiter unten, wo das Land sich hinabsenkte, winkte das dunklere Blau von Wäldern zu mir empor. In der Ferne sah ich einen Rauchfaden aufsteigen. Und dahinter, am Horizont, konnte man das Meer erahnen.

Es war kalt. Der Wind, der über die kahlen Höhen strich und zwischen den Steinen pfiff, trug noch die Kälte des späten Winters in seinem Atem. Meine Hände und Arme waren bedeckt mit winzigen Schnitten, die das Eis verursacht hatte, und der Rest von mir sah nicht viel besser aus. Das Blut begann bereits zu gerinnen. Es war kalt, und ich war nackt und allein.

Ich warf einen Blick zurück in die Höhle, aus der ich gekommen war. Sie gähnte wie ein dunkler Schlund des Todes in einem Eisfeld, dem Rest des Schnees, der noch vom Winter geblieben war. Einen flüchtigen Augenblick erwog ich, zurückzugehen, mich zu verkriechen vor der erbarmungslosen Welt, in die ich hineingeworfen worden war. Doch der Gedanke verging so rasch, wie er gekommen war. Ich wusste, ich würde dort nichts finden, was mir helfen würde: weder Nahrung noch Kleidung. Ich könnte mich höchstens wie ein waidwundes Wild dorthin zurückziehen, um zu sterben. Doch ich wollte nicht sterben. Ich wollte leben.

Schritt für Schritt machte ich mich an den langen, gefährlichen Abstieg. Was auch immer geschehen war, ließ sich nicht ungeschehen machen. Doch wenn ich überleben wollte, musste ich eine menschliche Siedlung erreichen, ehe ich an Unterkühlung und Hunger starb.

Beim Gehen hielt ich mich zunächst an die großen Steine, versuchte von einem Felsblock zum nächsten zu gelangen, bis mir die Gefahr bewusst wurde, auszurutschen und mir den Knöchel zu verstauchen. Das Erdreich zwischen den Felsen war sicherer, doch dort warteten harte Wurzeln, dornige Ranken und spitze Kiesel auf mich. Bald hinterließ ich blutige Spuren, wo ich ging. Doch es kümmerte mich nicht.

Irgendwann erreichte ich den Windschatten der ersten Bäume. Ich hatte mir instinktiv die Richtung gemerkt, in der ich die Rauchsäule gesehen hatte, und hielt darauf zu. Ob es nun eine menschliche Siedlung bezeichnen mochte oder nicht: Wo Rauch war, da war auch Feuer. Mein ganzes Bedürfnis war auf diese Werte beschränkt: Feuer, Wärme, Leben.

Das Feuer sang in meinem Blut, ließ meine Haut brennen, erfüllte meinen Kopf mit Flammen, und ich hörte, fühlte, schmeckte das Pochen, mit dem es durch meine Adern kreiste, den ewigen Rhythmus, in dem das Herz schlägt. Es ist der Takt des Gesanges, den die Große Musik uns vorgibt, und wer in die Musik der Schöpfung eindringt, der kann die Welt verändern. Das wusste ich. Ich hatte es selbst versucht.

Ich war betrunken vom Gesang des Blutes; vom Hunger, der meinen Kopf leicht machte und die Füße schwer; von der Erschöpfung; von der Fülle der Empfindungen, die auf mich einstürmten und die ich so lange vermisst hatte: das Rauschen des Windes in den Bäumen, das Flimmern des Lichts zwischen den Nadelzweigen, der Gesang eines Vogels, das Huschen von Pfoten zwischen dem trockenen Buschwerk …

So taumelte ich auf das offene Grasland hinaus, als der Wald sich lichtete, und hätte mich fast verraten, ehe meinen benebelten Sinnen klar wurde, dass hier irgendetwas nicht stimmte.

Der Rauch, den ich gesehen hatte, war nun so nah, dass man ihn riechen konnte: ein stechender Geruch, in den sich der Gestank von verbranntem Fleisch mischte. Und als ich neben dem Busch hervorspähte, hinter den ich mich unwillkürlich geduckt hatte, sah ich, dass er nicht aus einem Kamin kam. Es war der Rauch des Krieges.

Ein Haus. Niedrige Mauern aus Felssteinen, nun geschwärzt vom Brand. Ein Rieddach, aus dem in dunklen Schwaden Qualm emporwallte; Flammen züngelten dazwischen. Ich sah Männer, die herumstanden, in Felle und grobes Tuch gekleidet. Die Sonne blinkte auf Helmen und Waffen.

Plötzlich wurde die Tür des Hauses aufgestoßen. Eine Gestalt taumelte heraus, rannte, die Arme vors Gesicht gehalten, blindlings ins Freie. Es war ein Mann. Vielleicht glaubte er sich einen Augenblick wirklich frei, wider besseres Wissen. Sie ließen ihn laufen. Er kam direkt auf mich zu. Ich sah das namenlose Entsetzen in seinen aufgerissenen Augen

Dann hob einer den Arm, ein Speer flog, und mit einem Aufseufzen, das der Wind verwehte, brach der Fliehende in die Knie, schwankte noch einen Augenblick und blieb dann reglos liegen.

Ein Gejohle erscholl von den Kriegern, und der, der den Speer geworfen hatte, kam in meine Richtung gelaufen, um ihn sich wieder zu holen. Ich konnte sein Gesicht nicht erkennen, nur einen blonden, von Schmutz starrenden Bart unter dem grob gearbeiteten Spangenhelm. Ich hätte aufstehen und auf ihn zugehen können, doch ich gestehe, dass mich, nackt wie ich war, Furcht ergriffen hatte. Mit Worten konnte ich umgehen, gewiss; dies ist das Vorrecht eines Barden. Doch vielleicht würden sie gar nicht erst fragen, sondern mich gleich töten. Und ich wusste nicht einmal, ob sie mich verstehen würden.

Einer von den anderen rief etwas, und der Mann mit dem Helm drehte sich um und antwortete. Der Wind trieb Wortfetzen heran; sie klangen fremd und vertraut zugleich. Sie erinnerten mich an die Sprache, welche die Reiter des Festlandes benutzten, und plötzlich verstand ich, nicht wörtlich, aber zumindest den Sinn: Es lohne nicht, hier weiter zu bleiben; sie hätten alles, was sie brauchten. Und der Speerkämpfer erwiderte: Auf der Insel aus Glas, wenn der Wind sich drehe, würden sie reichere Beute finden.

»... *on thæm glæsum ilandum* ...« Die Worte, weil sie so seltsam waren, brannten sich in mein Gedächtnis ein.

Ich duckte mich tiefer in den Schutz des Gesträuchs, bemühte mich, mit der Umgebung zu verschmelzen. Ich schloss Augen und Ohren gegen alles, was um mich geschah, gegen den Brand, die Krieger, die ersterbenden Schreie.

Eine lange Zeit verstrich, ehe ich mich aus meiner Starre löste. Als ich mich aufrichtete, war ich allein. Das Haus war bis auf die Grundmauern niedergebrannt; Rauch trieb in dünnen Fäden davon. Die Sonne hing wie ein roter Feuerball im Westen. Es war kalt. Von den Kriegern war nichts mehr zu sehen. Ringsum kein Lebenszeichen, bis auf ein paar Raben, die mit mattem Flügelschlag aufflogen, als ich näher kam. Ich sah, woran sie sich geatzt hatten. Das, was dort halb verbrannt in den Trümmern lag, war einmal eine junge Frau gewesen. Und jenes dort ein Kind.

Der Geruch von verbranntem Fleisch lag immer noch in der Luft und ließ mir das Wasser im Mund zusammenlaufen. Doch an diesem Wild konnte unsereins sich nicht laben, so sehr auch der Hunger in meinen Eingeweiden wühlte. Mit einem Stock stocherte ich in den

Trümmern herum. Eine verkohlte Truhe war mit Gewalt aufgebrochen worden. Das Leinen darin war versengt, doch auf dem Grunde fand ich eine noch halbwegs erhaltene wollene Decke. Mit einem scharfen Stein schnitt ich ein Loch hinein, dann streifte ich sie mir über den Kopf und band sie mit einem Strick zusammen. Aus ein paar anderen Resten riss ich mir Lappen, die ich um die Füße wickelte. Es war zwar nicht kleidsam, aber so würde ich zumindest nicht erfrieren.

Ich fragte mich, ob ich die Toten bestatten müsste, aber ich wusste nicht, wie. So ging ich nur zu dem Mann hin, wo er gefallen war, und schloss ihm die Augen; dann hob ich seinen starren Körper auf und trug ihn zum Haus, zu seiner Frau und seinem Kind. Wenn ich sie schon nicht im Tode vor den wilden Tieren bewahren konnte, dann sollten sie wenigstens gemeinsam liegen.

Inzwischen war es fast dunkel geworden. Zum ersten Mal fragte ich mich bewusst, was nun aus mir werden sollte. Ich war ein Fremder in einem fremden Land, allein, ohne Hilfe; ich wusste nicht, wem ich trauen, ja nicht einmal, wohin ich mich wenden konnte. Kleidung besaß ich nun, nach einer Art. Nun brauchte ich Nahrung. Und dann, als Drittes, menschliche Gesellschaft.

Jedenfalls konnte ich hier nicht bleiben. Die Toten mochten andere Aasfresser anziehen als die Raben, und hier, in der Nähe der Küste, war ich nicht sicher. So zog ich im letzten, ersterbenden Abendlicht landeinwärts, bis ich eine Nische zwischen Felsen fand, wo ich, gegen den Wind geschützt, zumindest für die Nacht Ruhe finden konnte.

Doch Ruhe fand ich nicht. Vielmehr lag ich wach im Dunkeln, auf dem harten Erdboden, und schaute in den nächtlichen Himmel empor. Ich sah die Sterne, wie sie von der Hand der Entfacherin über den Himmel gesät worden waren, in den alten, vertrauten Formen: da der Krieger mit dem leuchtenden Gürtel, dort der Schmetterling ... Sie waren das Einzige, was ich kannte in dieser fremden Welt. War es dieser Gedanke, der mich nicht schlafen ließ? Oder war es die Angst, dass ich, wenn ich erneut die Augen schloss, vielleicht nie mehr erwachen würde?

In dieser Nacht träumte ich. Es war ein langer, verwirrender Traum, erfüllt von Schiffen mit weißen Segeln, die über das Meer kamen, aus dem Westen, und mit ihnen kamen jene, deren Macht weit über Irdisches hinausging, sodass die Menschen sie Götter nannten. Mit Fanfarenklängen kamen sie und mit Waffengeklirr, und Licht umhüllte sie, jenes Licht, das niemals stirbt, wenn auch die Throne wanken und die Berge stürzen und die Welt vergeht. Und mit ihnen kam eine Musik, deren Klang selbst über ihre Macht hinausging, weil in ihr der Wille des Einen enthalten ist, der allein wohnt und vor dem selbst die Götter sich neigen. Ich wusste, dass ich diesen Heerzug nie gesehen hatte, denn es war lange vor meiner Zeit gewesen, und jene Musik hatte ich nie gehört, nur in meinen Träumen und wenn ich hinablauschte in die Tiefen des Meeres. Und aus der grünen Tiefe erhob sich eine Welle, schaumgekrönt, und sie stieg und stieg, immer höher, bis sie den Himmel auslöschte und die Erde verschlang und über mir zusammenschlug. Schreiend erwachte ich.

Ich fand mich umgeben von Kriegern.

Einen Augenblick lang glaubte ich, die Räuber von der See wären zurückgekehrt, doch dann sah ich, dass diese hier anders gekleidet waren, in Tuch und Leder, mit Rüstungen aus Kettengeflecht. Vor meinem Aufschrei waren sie zurückgewichen; jetzt machten sie Platz für einen, der ihr Anführer zu sein schien. Er trug eine Tunika aus dunklem Nessel über dem Kettenhemd und einen grünen Umhang; Gold blinkte an Armen, Saum und Handgelenken.

Er sprach mich an. Ich blinkte mit den Augen; es war eine andere Sprache, als die Seeräuber sie gesprochen hatten, aber sie war wiederum vertraut und fremd zugleich. Dann begann mein geschulter Bardensinn die Worte zu ordnen, und ich wusste, was er von mir wollte.

»Steh auf, wenn Herr Arthur mit dir redet!«, sagte einer der Umstehenden, ein älterer Mann mit Strähnen von Grau in Bart und Haupthaar. Er packte mich grob an meinem Kittel und riss mich hoch.

»Lass ihn, Caradoc«, sagte der andere. »Du siehst doch, dass er keine Gefahr darstellt. Was weißt du von dem, was hier geschehen ist?«, fuhr er fort, an mich gewandt.

Ich schluckte. »Sie … sie kamen vom Meer«, sagte ich. Es war seltsam, meine eigene Stimme zu hören. »Sie haben das Haus niedergebrannt und alle getötet. Aber sie haben nur wenig Beute gemacht.« Die Worte, die aus meinem Mund kamen, gaben mir Sicherheit. »Ich habe gehört, wie sie miteinander geredet haben. Sie wollen zu einem Ort, den sie die Insel aus Glas nennen, weil sie dort reichere Beute erhoffen. Ich bin vor ihnen geflohen und habe mich hier versteckt«, fügte ich hinzu.

Die Männer, die mich umringten, sahen mich misstrauisch an. »Ihr glaubt ihm, Herr Arthur?«, fragte ein anderer, und der, der mich gepackt hielt, meinte: »Er sieht doch selber wie ein Nordmann aus mit seinem blonden Schopf.«

Ich warf den Kopf zurück. »Meine Abkunft ist so gut wie die eines jeden von euch, und ich bin in der Stadt der Sterne geboren, als der hohe Pharazôn dort herrschte.«

»Der Pharao?«, fragte der Mann, den sie Arthur genannt hatten. »Dies Land gehört zum Römischen Reich. In Rom herrscht der Kaiser, und die Pax Romana reicht bis an die Grenzen der Mittelerde.«

Mir sagte das alles nichts. »Ist denn die Macht des Schattens endlich gebrochen? Das wievielte Jahr zählt man seit der Gründung von Númenor?«

Ein Raunen ging durch die Männer. Einige wichen zurück, als hätten sie plötzlich einen Geist erblickt. Mein Bewacher lockerte unwillkürlich den Griff. Selbst Arthur sah mich mit anderen Augen an, in denen sich Unbegreifen und ein dunkles, namenloses Staunen spiegelten.

»Numinor?«, sagte er langsam. »Aber Numinor ist eine Legende. Atlantis, das gefallene Land, nennt man es heute. Vor ungezählten Jahren versank es im Meer, ehe die Gestalt der Erde sich wandelte.«

Mich schwindelte. Ja, mir war, als würde der feste Boden unter meinen Füßen hinweggezogen und als taumelte ich hinaus in ein endloses Chaos, in dem es keinen Raum mehr gab, keine Zeit. Nur noch die Leere und das gezeichnete Ich.

Und so fiel ich auf die Knie und rief ihn an mit dem alten *linnod*:

»*Tiron le, a táro; un-tiro nin sí di-nguruthos!*«

›Ich schaue zu Dir auf, o Herr; sieh herab auf mich hier unter Todesschatten!‹

Das bleiche Gesicht Arthurs wurde weiß wie die Wand. »Lass ihn los!«, sagte er dann. Es war ein Befehl, der keinen Widerspruch duldete. Ich spürte, wie der Griff des Alten erschlaffte.

»Ja, ich glaube ihm«, beantwortete Arthur dann die Frage, die sein Gefolgsmann gestellt hatte. »Denn er spricht die alte Sprache der Barden, wie sie seit undenklichen Zeiten nicht mehr gesprochen wurde, nicht in den Landen der Mittelerde und nicht auf dieser Insel der Mächtigen. Aber ich habe sie in meinen Träumen gehört ...«

Die anderen sahen ihn an, als wäre er selbst ein Wesen aus einer anderen Zeit, und er muss das Befremden in ihren Blicken gespürt haben, denn er raffte sich auf und fuhr fort, an mich gewandt:

»Ob ich dich als meinen Gefolgsmann annehme, werde ich später entscheiden. Jetzt müssen wir als Erstes zur Abtei von Glastonburh, der Insel aus Glas, und das, so rasch wir können. Du kannst mit uns reiten. Wie lautet dein Name?«

»Ich ...« Meine Stimme stockte. Als ich erwacht war

zwischen Fels und Eis, da hatte ich nicht einmal meinen Namen gekannt. Jetzt stellte ich fest, dass ich immer noch nicht wusste, wer ich war. »Ich weiß es nicht.«

»Du hast die hellen Augen eines Falken«, sagte Arthur. »Ich werde dich Merlin nennen.« Dann, mit einem Blick auf meine Gewandung: »Gebt ihm etwas anzuziehen, das besser für einen Ritt geeignet ist.«

Man gab mir Hosen und einen Kittel, die ich hastig überstreifte, und ein Pferd, ein struppiges Tier, das aber den Anschein großer Ausdauer erweckte. Dann ritten wir los.

Unser Weg führte aus dem Hochland hinab in das flache Tal, das sich bis zu den undurchdringlichen Wäldern erstreckte, welche den Ostteil des Landes bedeckten. Langsam wich das schroffe Felsgestein, auf dessen dünner Humusschicht nur Heidekraut und Ginster um eine kümmerliche Existenz kämpften, sanfteren Hügeln, Buschwerk und Weideland. Zu Mittag rasteten wir an einem kleinen Bach, wo wir die Pferde tränkten, aßen ein hastiges Mahl von gedörrtem Fleisch und trockenen Früchten und ritten weiter. Ein feiner Regen fiel. Am Abend erreichten wir ein ausgedehntes Flussdelta, das uns zwang, einen weiten Bogen nach Osten zu schlagen. Ich konnte vor Müdigkeit kaum noch die Augen offen halten, aber Arthur trieb uns unerbittlich an. Erst als die Sonne schon hinter den fernen Gipfeln versunken war, machten wir Halt und schlugen ein Lager auf.

Und wieder erwachte ich schreiend aus meinen Träumen. Caradoc, der mich nicht aus den Augen ließ, sah mich misstrauisch an, als sei ich wirklich ein wildes Tier, wie der unbezähmbare Falke, nach dem man mich benannt hatte. Ich erwiderte seinen Blick und sagte nichts. Es gab nichts zu sagen.

Vor Morgengrauen ging der Ritt weiter. Die Männer waren schweigsam und grimmig. Sie sahen einander nicht an, nur auf den Rücken ihre Vordermannes. So ritten wir, ohne viel zu reden, begleitet nur von den Geräuschen der Hufe auf dem nassen Soden und dem

Knirschen von Leder und Metallgeflecht, das die Sinne abstumpfte. Mal im Trab, mal im Kanter ging der Ritt durch das weite, klamme Land, eine Armee von Geistern, die ein fremder Zwang zu einem fernen Ziel treibt.

Meine Muskeln waren verkrampft vom langen Reiten. Die Müdigkeit sickerte mir bis in die Knochen, füllte das Mark mit Blei. Und doch hielt ich mit; ich wollte mir vor diesen Männern keine Blöße geben; denn ich wusste, dass es nicht der erste Ritt dieser Art war, den sie hinter sich brachten. Dies waren altgediente Kämpen aus vielen Kampagnen, Männer, die in den Jahren der Finsternis die dunklen Mächte in Schranken gehalten und das Volk gegen Übergriffe geschützt hatten, so gut sie es vermochten. Sie waren nur wenige, und darum mussten sie zuschlagen, wo man es am wenigsten erwartete, und wieder im Nichts, in der Weite des Landes, verschwinden, woher sie gekommen waren. Einmal hier, einmal dort, und wieder und wieder, ohne Hoffnung auf Sieg und dauernden Frieden.

Am Abend des zweiten Tages erreichten wir ein Gehöft, wo wir für die Nacht bleiben sollten. Froh, wieder ein Dach über dem Kopf zu haben, führten wir die Pferde in die Scheuer und rieben sie mit Stroh ab, bevor wir uns selbst am Trog reinigten und den Rost und Schmutz aus unseren Gesichtern wischten. Währenddessen hatte unser Wirt auf dem Hof ein Lagerfeuer angezündet, über dem sich ein Hammel am Spieß drehte. Es kam fast so etwas wie eine festliche Stimmung auf. Wir saßen auf Strohballen und Holzbänken um das wärmende Feuer, und ich fühlte mich zum ersten Mal wie zu der Gemeinschaft gehörig.

Auch Arthur hatte seinen Kettenpanzer abgelegt und ein Bad genommen; er trug nur noch den Kilt der Krieger des Nordens und ein weites, leinenes Hemd. Er saß mit gesenktem Kopf, die Hände zwischen den Knien und die Unterarme auf den Schenkeln aufgestützt. Auch er war müde, und jetzt, wo ich ihn zum ersten Mal bei Licht ohne Rüstung sah, merkte ich, wie jung er noch war. Er mochte kaum älter sein als ich selbst – nein, als ich selbst gewesen wäre, hätte mich nicht eine höhere Macht aus dem Gefüge der Zeit herausgerissen, um mich zu ihrem Spielball zu machen, zu einem Werkzeug, wie auch er eines war. So liegt das Schicksal der Welt in den Händen von Kindern.

Doch bevor sich eine melancholische Stimmung meiner bemächtigen konnte, rief Caradoc: »Wer trägt uns etwas vor, das zum heutigen Abend passt? Etwas Heroisches?«

Lachen kam auf. Ich sah einen der Gefährten, von dem ich wusste, dass sein Name Deor war, mit einem Instrument in der Hand, einer Art Harfe oder Leier. Er stand auf, stemmte sie in die Hüfte, und nachdem er die Saiten gestimmt hatte, begann er mit lauter Stimme zu skandieren:

»Horcht! Wir hörten   von den Herren des Hochlands
Westlich von Albion   oft in der Vorzeit,
wie die Krieger der Clans   Kühnheit bewiesen.
Oft nahm Uther,   der Edelinge Fürst,
aus der Feinde Festen   fort die Schätze.
Er schreckte die Stämme   der starken Krieger,
bis die Völker des Tieflands   Tribut ihm boten.
Einst war er arm,   doch in vielfacher Weise
ward ihm Vergeltung   durch Gottes Gnade!
Gerecht im Gerichte   und freigebig war er
wie die goldenen Herrscher   vergangener Zeiten.
Und ein Sohn ward ihm geboren,   Arthur der Junge,
auf ihm ruht die Herrschaft   und die Hoffnung
*   des Volkes,*
das führerlos geworden   in der Finsternis Zeiten;
Dafür gab ihm der Herr,   der Herrscher des Himmels,
Gott der Allmächtige   Macht auf Erden
Und Ruhm beizeiten –   seht, welch ein König!«

Er endete auf einem Akkord. Für einen kurzen Moment herrschte Stille, dann brach Beifall los. »Wacker gesungen!«, rief Arthur. »Und wollen wir hoffen, dass der Traum von der Königskrone einst wahr wird. Dann werde ich dich nicht vergessen, Deor, und euch nicht, ihr Freunde! *Slánte!*« Und alle riefen im Chor: »*Slánte!*«, und ließen die Becher klingen.

Arthur warf einen Blick in die Runde, und dieser blieb auf mir haften. »Merlin«, sagte er, »du sprichst die alte Sprache der Barden. Kannst du auch singen?«

Ich fand mich auf einmal im Mittelpunkt des Interesses; alle sahen mich an. Ich wollte kein Spielverderber sein; aber wenn das wahr war, was ich vermutete, dann waren die Lieder, die ich kannte, seit Jahrhunderten, vielleicht gar Jahrtausenden nicht mehr gehört worden. Was sollte ich hier spielen? Würden sie es überhaupt verstehen?

Jemand drückte mir Deors Harfe in die Hand. Gewiss, sie machen keine Harfen mehr wie in den alten Zeiten; aber ich habe auf vielen Instrumenten gespielt, und nach wenigen Griffen war mir auch dieses nicht mehr fremd.

Und ich begann zu erzählen:

»Vor vielen, vielen Jahren, als die Finsternis in der Welt wuchs und mit der Macht des Lichts zu kämpfen begann, herrschte das Volk der Sterne in Mittelerde …«

Und ich sang ihnen das Lied von den Wassern des Erwachens und dem Langen Marsch der Elben zu den Unsterblichen Landen, von Feanor dem Kunstreichen, der das Licht der Unsterblichkeit in Juwelen band, von dem Dunklen Feind der Welt, dessen Name keiner nennt, und vom Krieg der Götter und Menschen gegen die Festung der Finsternis:

»*Rot ist der Mantel des Krieges,*
Die Schreie der Schlacht sind gestillt,
Von Thangorodrim will ich singen
Und von Rauch, der den Himmel erfüllt.

Reiche sind zerfallen
In Staub, den der Wind verweht,
Wie 's allem in Mittelerde,
Ob früher, ob später, ergeht.«

Ich sah den Glanz in ihren Augen, sah das Zucken der Muskeln im Takt, und da wusste ich, die alte Macht war noch nicht vergangen. Sie schlief nur, tief in mir, bereit, aufs Neue geweckt zu werden.

Ich frohlockte, und zugleich erfüllte mich eine Furcht, die ich nicht benennen konnte, tief im Inneren meiner Seele.

In dieser Nacht hatte ich wieder den Traum.

Ich stand am Gestade des Meeres, über mir die weißen Mauern und Türme von Andúnië an den Gestaden von Númenor. Auf einer weiten Plattform stand ich, hoch über den Klippen. Ich trug meine Harfe in den Händen, und ich lauschte hinab in die Tiefen des Meeres. Denn in dem Klang, den ich dort mehr erahnte als mit meinem menschlichen Ohr vernahm, verspürte ich mit dem scharfen Sinn des Barden den letzten Widerhall einer Melodie, die einst, im Anfang, in den Weiten des Alls erklungen war und in der alles enthalten lag: die Welt und ihre Geschichte, das Gute wie das Böse, die Macht und die Herrlichkeit. Und ich wusste, dass ich mit einer winzigen Bewegung des Schlüssels, einer kaum wahrnehmbaren Drehung des Stranges auch aus den Saiten meines Instruments eine Melodie hervorlocken konnte, die mir Anteil geben würde an jener gewaltigen Musik der Schöpfung. Ich spürte sie in meinen Fingern, diese Musik, spürte die Macht, die darin lag, und ich wusste, ich würde sie beherrschen, würde sie formen können nach meinem Bilde.

Und dann sah ich wieder aus der Tiefe die Welle emporsteigen, sah sie, schaumgekrönt, höher und höher sich bäumen, bis sie den ganzen Himmel bedeckte und sich herniedersenkte.

Dann war nichts mehr …

Als Caradoc mich an der Schulter rüttelte, schien es mir, als hätte ich nicht mehr als ein paar Augenblicke geschlafen. Aber die Nacht war schon im Weichen begriffen. Das ungewisse Licht des falschen Morgengrauens hing über Büschen und Felsen und schälte ihre Silhouetten geisterhaft aus dem Nebel.

»Was ist?«, fragte ich. »Müssen wir schon weiter?« Wo war Arthur?

Dann sah ich ihn. Er war ganz in sein schweres Kettenhemd gehüllt; sein Gesicht schwamm als ein weißer Fleck in dem dunklen Metall. Sein schweres Schlachtross schnaubte in der Dämmerung, Dampf stand vor seinen Nüstern.

Dann sah ich auch den kleinen Mann, mit dem er redete, in einer fremden, kehligen Sprache, von der ich nur Fetzen auffing. Ich konnte die Züge des Fremden nicht erkennen, aber er war in Felle gekleidet und reichte Arthur kaum bis zur Schulter. Arthur sagte etwas, dann machte er ein seltsames Zeichen mit der Hand. Der kleine Mann duckte sich, wie in Ehrfurcht.

Arthur hob die Hände.

»Hört!« Die Männer unterbrachen ihre Beschäftigung mit Rüstungen und Waffen und traten zu einem Kreis heran. Arthur sah sie der Reihe nach an.

»Gefährten!«, sprach er dann. »Unser Freund vom Kleinen Volk bringt uns Nachricht. Vier Schiffe. Wenn der Wind sich hält, werden sie in weniger als drei Stunden vor Glastonburh sein. Alles, was reiten kann, zu Pferd. Nehmt die Packtiere auch mit, wir lassen alles hier.« Er deutete auf die schattenhaften Gestalten, die wie aus dem Nichts hinter ihm aufgetaucht waren. »Das Kleine Volk wird dafür Sorge tragen.«

Dann lächelte er plötzlich, ein fast jungenhaftes Grinsen. »Tomas!«, befahl er. Einer aus seinem Gefolge, ein Knabe, trat vor. In der Hand trug er einen Stab, wie eine Lanze, nur dicker. »Es ist an der Zeit, dass wir ihnen unsere Farben zeigen. Entfalte das Banner! Unser Kriegsruf heute ist: Pendragon!«

Der Knabe zog die Umhüllung von der Spitze. Das Banner entrollte sich in der Morgenbrise: ein geflügelter Drache, gekrönt, in Gold auf Rot.

»Und was ist mit dir?«, fragte Caradoc an meiner Seite. Auch er trug Kettenpanzerung und einen altmodischen Spitzhelm mit einer breiten Nasenschiene. »Singen kannst du. Kannst du auch kämpfen?«

»Gebt mir ein Schwert, und ich werde es beweisen!«, sagte ich zwischen zusammengebissenen Zähnen.

»Hier, nimm meines!« Er gürtete das Langschwert ab und reichte es mir mitsamt der Scheide.

Ich zögerte. »Und Ihr?«

Er lachte. »Für mich – dies hier.« In seiner Hand lag eine langschäftige Axt, die Klinge blitzend von eingelegtem Silber. »Meine Vorväter kämpften damit gegen die römischen Legionen. Gegen die Nordmänner wird sie ebenso gute Dienste tun.« Und er schwang die Klinge in einem blitzenden Kreis.

Ich, der ich älter bin als die Zahl meiner Jahre und viele Dinge auf der Welt und zwischen den Welten gesehen habe, werde doch eines nie vergessen: das Erlebnis jener Hetzjagd gegen die Zeit durch den klammen Morgen. Der blutige Schimmer des Morgenlichts vertrieb die lagernden Dünste des Nebels, der sich in langen, weißlichen Bahnen aus den Niederungen hob. Die Hügel des Landes trieben wie Inseln in diesem Nebelmeer. Hartes Gras peitschte um die Hufe unserer Tiere; Sand spritzte auf. Und dann erstreckte sich vor uns in endloser Weite das Meer, lichterfüllt, ein Spiegel aus flammendem Gold in der Glut der aufgehenden Sonne.

Wir hetzten zum dumpfen Trommelwirbel des Hufschlags über den flachen Strand, der mit Tang und Muscheln übersät war.

Und mich ergriff ein Rausch, eine Vision von blitzendem Eisen und Edelstein, von wehenden Fahnen, von

Kraft und Geschwindigkeit, der Rausch des Eroberers, dem sich die Welt zu Füßen legt.

Dann trennte uns nur noch eine Landzunge von dem Dorf, das zur Abtei gehörte. Wir preschten durch das flache Wasser. Und dann sahen wir sie.

Es waren vier Langschiffe. Die grellbemalten geschnitzten Tierköpfe am Bug waren aufgezogen, deutlich zu erkennen gegen den roten Himmel. Aus der Ferne drangen Schreie an unser Ohr. Möwen kreischten. Der Wind kam von der See.

Wir sahen Männer am Strand, in Fellen und mit blinkenden Helmen, Schilden und Waffen. Jetzt hatte man uns gesehen. Von den verwinkelten Gassen des Dorfes kam ein Hagel von Steinen. Hier und da sirrte ein Pfeil, um mit dunklem Aufklatschen in Holz oder Fleisch stecken zu bleiben.

Mehr Schreie. Zwischen den Häusern wurde gekämpft. Jetzt konnten wir das Weiße in den Augen unserer Gegner sehen. Es waren wilde, verwegene Männer. Sie schwenkten Äxte und Schwerter.

Die Reiter senkten die Lanzen wie auf Befehl. Dann kam der Aufprall, und alles löste sich auf in Chaos.

»Pendragon! Pendragon!«

Ein Gesicht schwamm auf mich zu, ein blondes, bärtiges Gesicht unter einem Spangenhelm, mit aufgerissenen Augen. Mein Schwert fuhr nieder, und das Gesicht verschwand. Andere nahmen seinen Platz ein; ich hackte um mich, brach mir den Weg frei.

Dann war die erste Reihe der Feinde überwunden, und ich sah, für den Bruchteil eines Augenblicks, Arthur im Getümmel, das Schwert hoch erhoben, sah, wie sein Pferd unter einem Lanzenstoß erzitterte und zusammenbrach, sah, wie er aus dem Sattel geschleudert wurde, vor die Füße der Nordmänner, die mit gezückten Äxten und Schwertern brüllend in die Gasse zwischen den Häusern stürmten.

»Pendragon!«

Ich trat meinem Pferd in die Weichen, dass es sich aufbäumte und voranschoss. Dann war ich bei ihm. Ich packte ihn mit der freien Hand und riss ihn hoch. Er hielt das Schwert immer noch in der Hand. »Aufs Pferd!« Mit derselben Bewegung, mit der ich aus dem Sattel glitt, zog ich ihn hinauf.

Dann stand ich allein vor den anstürmenden Kriegern. Aus den Augenwinkeln sah ich Caradoc und andere aus unserer Schar herbeieilen, doch ich wusste, sie würden zu spät kommen. Und doch hatte ich keine Angst. Denn ein Rauschen war in meinen Ohren, das Rauschen des Meeres, und die Macht der Woge, die immer höher stieg, um alles zu verschlingen, was sich ihr in den Weg stellte.

Aus den grünen Tiefen des Meeres ertönte Musik.

Es war ein Gesang, wie ich ihn nie bewusst gehört hatte, doch er erfüllte meine Ohren, mein ganzes Sein mit Klang. Der Gesang kam von einer Prozession von Gestalten, in weiße Gewänder gekleidet, und sie trugen etwas vor sich her wie ein kostbares Gefäß. Doch es war kein Kelch, nein, es war ein Stein, der erfüllt war von Licht – dem Licht der Unsterblichen Lande, das älter ist als Sonne und Mond, ein unwiederholbarer Akt der Schöpfung, angesichts dessen einem jeden Menschen nur eines möglich ist: niederzuknien und Ihn zu preisen, der jenseits der Schöpfung ist und zugleich in ihr.

Ich wusste nicht, ob ich wachte oder träumte. Ich wusste nur, dass ich hier etwas erschaute, das zu sehen nur wenigen bestimmt war, den einen zum Fluch, den anderen zum Segen. Und in jener Stunde ging etwas in mir vor, das ich nicht beschreiben kann, doch das mein Leben, mein ganzes Denken, Tun und Trachten von Grund auf veränderte, von diesem einen Augenblick bis zu dem Ende, das allen Sterblichen bestimmt ist.

Die Feinde wichen zurück. War es etwas, das sie in meinen Augen sahen oder war es ein Abglanz jener Vision, die sie erschauern ließ? Ein heiliger Schrecken hatte sie erfasst; sie senkten ihre Waffen und wandten sich zur Flucht. Dann waren die Reiter von Albion über mir und an mir vorbei. Etwas traf mich am Kopf, und mir schwanden die Sinne ...

In dem Dunkel, das mich umgab, kam der Herr des Meeres zu mir.

Er kam in Gestalt einer Welle, schaumgekrönt, die den ganzen Himmel erfüllte. Er kam mit dem Gesang, der in den Tiefen des Meeres erklingt, der Heiligen Musik, in der alles enthalten ist, vom Anfang der Welt bis zu ihrem Untergang. Und darüber hinaus.

Und ich begriff.

In meinem vermessenen Streben hatte ich versucht, selbst Macht über die Musik der Schöpfung zu gewinnen, mein eigenes Lied dem großen Thema hinzuzufügen, ja, es zu überlagern und mir dienstbar zu machen. Doch nun wurde mir klar, dass es keinen Gesang gab, der nicht seinen Ursprung hatte in Ihm, der jenseits der Welt Seinen Wohnsitz hat und der alles in Seinem Lied vorherbestimmt hat, zu Seiner höheren Ehre.

Dies ist das größte und letzte Thema des Gesangs, sprach die Stimme aus der Tiefe des Meeres zu mir, *von dem die Elben nichts wissen konnten und das selbst die Mächte der Welt nur erahnen und das sich erfüllen wird zu der Zeit, wenn Er selbst als Mensch in Seine Schöpfung eingegangen ist.*

»Und wann wird das sein?« fragte ich.

Es ist bereits geschehen.

Und wiederum kam die Welle und deckte mich zu; und diesmal hieß ich sie willkommen.

Als ich erwachte, hörte ich Gesang.

Fast hätte ich aufgelacht, so wohl war mir ums Herz. Es war das Lied von Vögeln, das ich hörte, ein Gezwitscher so unbekümmert wie der helle Morgen. Ich lag auf einem Strohbett in einem überwölbten Gang, der sich in einer Reihe von Rundbögen auf einen Innenhof hin öffnete.

Der Duft von Blumen und Kräutern hing in der Luft.

Das Licht, das vom Garten hereindrang, war hell und rein.

Ich spürte eine Ruhe in mir, wie ich sie nie zuvor gekannt hatte. Hier schien die Zeit, die mich so unerbittlich fortgerissen hatte, endlich zum Stillstand gekommen zu sein.

In die Stille hinein erklang eine klare Stimme:

»Herr, du hast Himmel und Erde geschaffen
und die Wunder in der Tiefe des Meeres.
Herr, wie zahlreich sind deine Werke!
Was ist der Mensch, dass er vor dir bestehe?
Doch du hast mich aus der Tiefe gezogen,
aus der Schar der Todgeweihten mich zum Leben gerufen
Du hast mich herausgeholt aus dem Reich des Todes,
und lässt meine Feinde nicht über mich triumphieren.
Darum will ich dich loben und preisen, o Herr,
Will meinem Gott singen, solange ich lebe.«

Ich sah Arthur den Gang entlangkommen. In seiner Begleitung war ein zweiter Mann, in eine helle Robe gekleidet, die Kapuze über den Kopf gezogen. Er trug ein Medaillon auf der Brust, in Form eines Kreuzes aus Gold, mit Edelsteinen besetzt.

Ich wusste nicht, wer von den beiden gesprochen hatte, doch an diesem Zeichen erkannte ich ihn als den Vorsteher des Ordens, dem dieser Ort gehörte. Als er näher trat, sah ich, dass sein Bart weiß war und sein Gesicht von tiefen Furchen der Sorge gezeichnet, doch in den umschatteten Augen lag Güte und Weisheit.

Ich richtete mich auf, um ihm die Ehre zu erweisen, doch mein Kopf schwindelte, und alles drehte sich um mich.

Ich wäre wieder zurückgefallen, hätte der Bärtige mich nicht mit einer Schnelligkeit, die sein Alter Lügen strafte, gefasst und festgehalten.

»Du bist der, den sie den Merlin nennen?«, sagte er anstelle einer Begrüßung. »Ich habe gehört, dass wir dir unsere Rettung zu verdanken haben.«

»Nicht mir gebührt Ehre«, sagte ich mit einer Stimme, rau wie Asche, »sondern ihm, der in den Tiefen des Meeres das ewige Licht bewahrt, eingefangen im Stein …« Meine Stimme versagte.

Staunen lag in der Stimme des Alten. »Du hast ihn gesehen?«, fragte er. »Den *lapis excillis*, den Gral der Gnade? Dies ist etwas, dessen nur wenige sich rühmen können.«

»Ich rühme mich nicht«, sagte ich. »Ich bin nur dankbar.«

»Und wie«, meinte der Alte, »kann ich *dir* danken?«

Ich fasste ihn am Arm seiner Kutte. »Lasst mich hier bleiben, Vater«, sagte ich. »Lasst mich hier die Zeit meines Lebens verbringen, die mir noch bleibt; denn ich habe genug gesehen. Gebt mir den Frieden.«

Er sah mich nur an, und was er in meinen Augen sah, schien ihn zu überzeugen. Er fragte nicht nach meinem Glauben, nicht nach meiner Herkunft.

»Wenn Herr Arthur keine Einwände hat«, sagte er, und als dieser den Kopf schüttelte, fuhr er fort: »So sei es denn.«

Und zum ersten Male seit jener verhängnisvollen Stunde, da ich erwacht war in der Finsternis, nackt auf einem Bett aus Stein, hatte ich ein Gefühl, als sei ich heimgekehrt und hätte nach langen Wanderungen endlich eine Stätte der Ruhe und des Friedens gefunden.

Darum habe ich dies alles niedergeschrieben, auf Geheiß des Abtes, um mit meiner Vergangenheit abzuschließen, bevor ich die Kutte der Mönche von Glastonburh überstreife, um von nun an meine Stimme nur noch im frommen Choral zum Lobe dessen erschallen zu lassen, der alle Zeit in seinen Händen hält.

NACHTRAG

Heute kam Bruder Brendan zu mir, um mich im Anwesen der Mönche herumzuführen. Wir besichtigten die Gärten, die Bienenstöcke, die Stallungen und die Küche, aber auch die Zellen der Mönche und die Studierstuben und die große Bibliothek, wo Brüder mit unendlicher Geduld Bögen von feinem Vellum mit verschlungenen Initialen schmücken. Wir waren gerade im Begriff zu gehen, als mir eine andere Tür ins Auge fiel, eine alte Tür mit Beschlägen aus Eisen, die in einen weiteren Raum führte.

»Und was ist dahinter?«, fragte ich.

»Das ist die Schatzkammer«, gab Bruder Brendan Auskunft. »Dort bewahren wir liturgische Geräte und alte Kostbarkeiten aus dem Besitz der Abtei auf. Warte, ich werde sehen, dass der Prior mir den Schlüssel gibt.«

Die Kammer war klein und stickig, an den Wänden Regale mit Kästen und Gegenständen – Kerzenleuchter, ziselierte Kreuze, Weihrauch- und Salbgefäße und manches andere, das verpackt und verschnürt war.

»Sieh dich nur um«, meinte Bruder Brendan. »Manches von diesen Dingen ist sehr alt, weit älter als die Abtei, aus einer Zeit, an die sich heute keiner mehr erinnert.«

Warum zitterten meine Hände, als ich den morschen Lederbeutel an mich nahm? Das abgewetzte Symbol darauf war kaum noch zu erkennen, aber ich kannte es gut: der Stern von Númenor. Und ich sah die Zeichen, die in das Leder geprägt waren, in einer Schrift, die seit Tausenden von Jahren keiner mehr zu lesen vermochte. Keiner außer mir.

Meine Finger öffneten die Verschnürung. Wie von selbst glitt die Harfe in meine Finger.

»Seltsam«, sagte Bruder Brendan. »Ich dachte, dass ich alle Schätze dieser Abtei kenne, aber dies muss schon so lange hier liegen, dass sich keiner mehr daran erinnert. Doch ich habe davon reden hören, von der Harfe, die in den Tiefen des Meeres erklingt, wenn man nur lange genug lauscht. Es heißt, sie gehörte einem Barden, der mit seiner Musik die Schöpfung Gottes herausforderte. Sein Name ist vergessen.«

»Ambros«, sagte ich, »so hieß er, *Ambarosse* in der alten Sprache: die aufsteigende Welle, die alles verschlingt. Es ist mein Name.«

Ich nahm den erstarrten Ausdruck auf seinem Gesicht kaum wahr, denn meine Finger strichen sanft über die Saiten, während meine Linke mit den vertrauten Bewegungen die Schlüssel justierte, bis zu jenem Punkt, an dem ich spüren konnte, wie jene Macht, die ich einst in Händen gehalten hatte, wieder zum Greifen nahe war: die Musik der Schöpfung, an der mitzuwirken mein Fluch und mein Ruhm war.

Ich wusste, ich würde mich nicht vergraben in diesem Refugium der Träume. Ich werde hinausziehen in die Welt. Die Welt ist groß und weit, und der Gesang des Meeres ist immer noch nicht verstummt.

Und wer weiß – könnte es nicht sein, dass es mir, Ambros, den man den Merlin nennt, bestimmt ist, noch ein wenig dazu beizutragen, dass das letzte Thema der großen Musik zur Vollendung gelangt? Uralt an Jahren vielleicht, bin ich doch immer noch jung.

Ruggero Leò

Der Sohn des Kesselflickers

Das kleine grüne Toron fiel um und starb. Starr lag es am Wegesrand, die kleinen Beinchen in die Luft gereckt, und bot einen jämmerlichen Anblick. Eine schillernde Stubenfliege summte herbei, umkreiste neugierig das zierliche Reptil und ließ sich auf der glatten Haut des toten Tierchens nieder. Wenige Augenblicke später war auch die Fliege tot.

»Giftig! Giftig! Verendete Torons sind giftig!«, rief Thyko und lachte schallend. Der Junge erhob sich aus dem hohen Gras. »Sieh her, Kel, es ist tot!«

»Ich weiß nicht, wie du dich am Elend anderer Wesen so ergötzen kannst, Thyko«, antwortete Kel, der einige Schritte entfernt im Schatten eines großen Baumes saß und soeben seinen Wasserschlauch verkorkte.

»Ach, stell dich nicht so an. Wenn alle so ernst wären wie du, gäbe es bald gar nichts mehr zu lachen in dieser Welt.«

»Lass uns lieber weiterreiten, wenn wir dem König noch von Nutzen sein wollen. Die Tiere sind jetzt ausgeruht und haben genug gefressen. Wir machen erst wieder Rast, wenn der Mond aufgegangen ist.«

»Jawohl, mein Herr«, spottete Thyko und schritt zu

seinem Weggefährten. »Ich weiß gar nicht, warum du mich immer belehren willst. Sieh dir nur deine Hände an! Ich wühle nicht im Dreck, wenn ich mich ausruhe und meinen Gedanken nachhänge.«

»Du kannst auch nicht so schön zeichnen wie ich. Im Schmutz zu zeichnen ist weitaus sinnvoller, als hilflosen Lebewesen beim Sterben zuzusehen. Komm jetzt, wir sollten aufbrechen. Die Zeit drängt.«

Die beiden Jungen gingen zu ihren Reittieren: zwei große Echsen mit langen Hälsen und mächtigen Kehlsäcken, die idealen Reittiere für anstrengende Reisen, während derer nicht viel Zeit für eine Rast blieb. Rasch steckten Thyko und Kel ihre Wasserschläuche in die Satteltaschen, banden die Tiere los und saßen auf. Die Sonne brannte heiß vom Himmel. Es würde noch Stunden dauern, ehe sie hinter den Bergen unterginge. Thyko wischte sich das braun gelockte Haar aus der Stirn, schnalzte mit der Zunge, und sein Reittier trottete los. Kel blickte seinem Gefährten hinterher, dann setzte auch er sein Tier in Bewegung und folgte ihm den Hügel hinauf.

Voraussichtlich würde es noch drei Tage dauern, ehe sie ihre Aufgabe erfüllt hätten. Das hieß: drei Tage die Gesellschaft des anderen ertragen müssen, denn die beiden Jungen mochten einander nicht.

Alles hatte vor zwei Tagen begonnen. Ein Reiter war ins Dorf galoppiert, schwer verwundet und dem Tode nahe. Er kam von Süden, aus dem Sandertal, und war drei Nächte lang geritten, ohne seine Wunden ordentlich versorgt zu haben. Ehe er vor der Schmiede besinnungslos aus dem Sattel sank, erklärte er mit matter Stimme, er müsse dringend den Ältestenrat des Dorfes sprechen. Man richtete ihm ein Bett und säuberte seine Wunden, so gut es ging. Als der Mann das Bewusstsein wiedererlangte, ließ er den Rat zu sich kommen. Er gab sich als königlicher Bote zu erkennen und zeigte dem Rat eine Pergamentrolle, die das Siegel des Königs trug und für den Feldherrn Gendelor von Suln bestimmt war.

Das Land befand sich im Krieg gegen die Thornali, ein Volk, wie es finsterer und herrschsüchtiger nicht sein kann. In der letzten Schlacht hatte das königliche Heer den Feind weit ins eigene Land zurückgedrängt; nun sammelten sich die Thornali vor der Grenze des Reiches und planten zweifelsohne den nächsten Angriff. Überall im Land besaß der Feind Verbündete, die ihn mit Informationen versorgten und ihm den Weg ins Königreich zu ebnen versuchten. Im Laufe des Krieges hatten sich sogar schon einige Kundschafter des Königs als Spione des Feindes entpuppt und waren eingekerkert worden.

»Diese Nachricht ist von größter Wichtigkeit«, sagte der Bote und übergab dem Ratsältesten die Pergamentrolle. »Der König und seine Feldherrn haben bislang geglaubt, der Feind werde aus zwei Richtungen ins Land einfallen: sowohl im Süden, im Sandertal, als auch im Osten, am Breiten Pass. Doch das stimmt nicht. Zwei Kundschafter, die unserem König treu ergeben sind, brachten vor zwei Tagen die Nachricht, dass augenblicklich mehrere Tausend feindliche Krieger nach Süden marschieren, um das dort lagernde Heer der Thornali zu verstärken. Offenbar will der Feind das königliche Heer im Süden vernichtend schlagen, sobald er all seine Krieger zu einer gewaltigen Streitmacht vereint hat!«

Ein Hustenanfall schüttelte den Boten, und er setzte sich im Bett auf, ehe er fortfuhr: »Eile ist geboten! Wenn unser König der Übermacht im Süden trotzen will, braucht er die Krieger seines Feldherrn Gendelor, der im Osten den Breiten Pass sichert. Daher hat mich der König auf der schnellsten Echse seines Stalles nach Osten zum Breiten Pass entsandt. Ich soll Gendelor die Nachricht überbringen, eilends mit seinen Mannen nach Süden aufzubrechen, um dem König und seinen Kriegern im Kampf beizustehen.

Auf meinem Ritt nach Osten fiel ich jedoch feindlichen Spähern in die Hände, die mich in einen Kampf verwickelten und schwer verwundeten. Zwar bin ich ihnen wie durch ein Wunder entkommen, doch schon bald verließen mich die Kräfte und ich beschloss, einen Umweg in Kauf zu nehmen und zum nächstgelegenen Dorf zu galoppieren. Nun bin ich hier, und wir müssen schleunigst handeln!«

Nachdem die Ältesten den Bericht des Boten gehört hatten, beratschlagten sie, was nun zu tun sei. Den verwundeten Reiter quälte das Wundfieber, und er war außerstande, die Botschaft zu überbringen. Ersatz musste her, doch wen sollte man schicken? Alle gesunden, kampftauglichen Männer hatten sich dem königlichen Heer angeschlossen. Die im Dorf verbliebenen Männer waren allesamt zu alt und gebrechlich, um einen solchen Gewaltritt leisten zu können, wie ihn der Botengang verlangte. Man überlegte hin und her und fasste schließlich noch in derselben Nacht den Entschluss, die ältesten Knaben des Dorfes mit der Aufgabe zu betrauen. Nur drei Jungen kamen in Frage, und aus ihnen wählte man Thyko und Kel aus.

Am nächsten Morgen rief der Rat die beiden Jungen in aller Frühe zu sich und fragte sie, ob sie sich bereit erklärten, den dringlichen Auftrag zu übernehmen. Kel erklärte, er kenne den Weg zum Breiten Pass nicht; er zählte erst siebzehn Lenze und hatte das Dorf bislang nur selten verlassen müssen. Im Osten des Landes kannte er sich nur schlecht aus, und bereits nach einem Tagesritt würde er in Gebiet gelangen, das er noch nie zuvor betreten hatte.

Thyko indes wollte den Auftrag mit Begeisterung annehmen und erklärte, er würde sich notfalls ganz alleine auf den Weg machen. Er und sein älterer Bruder stammten aus dem Osten und hatten sich erst vor einigen Jahren in Kels Dorf niedergelassen, um eine Töpferei zu gründen. Bevor Thykos Bruder sich dem Heer des Königs angeschlossen hatte, waren sie einmal im Monat gen Osten in die Stadt Kor gereist, um dort ihre Waren gegen andere Güter einzutauschen. Thyko versicherte, er könne den Weg zum Pass sogar im Schlaf finden und brauche keinen Begleiter.

Der Rat bestand jedoch darauf, dass die Reise für einen Knaben allein zu gefährlich sei. Zwei Knaben könnten sich gegenseitig schützen und Mut zusprechen, die Strapazen des Rittes zu ertragen.

Kel erklärte sich schließlich dazu bereit, die Reise unter Thykos Führung anzutreten, und nachdem man die beiden Jungen für den Ritt ausgestattet hatte, brachen sie mittags auf.

Inzwischen waren sie schon einen vollen Tag unterwegs, und Kel bedauerte seine Entscheidung. Noch knapp drei Tage bis zum Breiten Pass, wo sie dem Feldherrn Gendelor das Pergament übergeben sollten. Am Siegel würde Gendelor erkennen, dass er dem Überbringer der Botschaft vertrauen konnte, und dann würde er mit seinen Mannen unverzüglich zum Sandertal aufbrechen, um das Heer des Königs zu verstärken – oder schlimmstenfalls in die bereits entbrannte Schlacht einzugreifen.

Thykos und Kels Echsen schnauften schwer, während sie über die weite Ebene galoppierten. Soweit das Auge reichte, sah man nichts als saftiges Gras und vereinzelte Bäume. Die vielen Blüten der verschiedenen Pflanzen, die ringsum aus dem Gras sprossen, verbreiteten einen angenehm süßlichen Duft, und wäre die sengende Hitze nicht gewesen, hätte Kel den Ritt womöglich genossen. Das verschwitzte blonde Haar klebte ihm an Stirn und Wangen, und als er es sich zu einem Zopf zusammenband, verspürte er gleich die sanfte Kühle des Reitwindes.

»Inzwischen weiß ich gar nicht mehr, wo wir sind«, rief er Thyko zu, der ein Stück voraus ritt. »Bist du auch wirklich ganz sicher, dass wir noch nach Osten reiten?«

»Ich bin mir ganz sicher«, antwortete Thyko. »Mein Bruder und ich sind die Strecke oft genug geritten. Orientiere dich einfach an den Bergen zu unserer Rechten.«

»Ich habe aber den Eindruck, wir entfernen uns von ihnen. Wir driften nach Norden ab.«

»Ja, das stimmt. Würden wir weiter geradeaus reiten, kämen wir morgen an eine breite Schlucht. Wir könnten zwar hinabklettern, aber dann müssten wir unsere Tiere zurücklassen und kämen garantiert zu spät zum Pass.«

»Und du willst die Schlucht umgehen?«

»Genau. Morgen Nachmittag werden wir durch einen Wald reiten. Wenn wir den durchquert haben, halten wir uns scharf rechts und gelangen nach zwei Tagen zum Breiten Pass. Und jetzt spar dir deinen Atem für den Ritt, der noch vor uns liegt.«

Kel runzelte die Stirn, doch ihm blieb nichts anderes übrig, als Thyko zu vertrauen.

Stunde um Stunde ritten sie weiter und sprachen kaum miteinander. Als schließlich der Mond am Himmel stand, gelangten sie an einen kleinen Bach.

»Thyko! Halt dein Tier an. Wir sollten hier besser eine kurze Rast einlegen. Die Echsen brauchen Wasser. Und uns könnte eine kurze Pause auch nicht schaden. Mir tut schon das Gesäß weh.«

»Warte erst mal, welche Schmerzen du morgen Abend hast«, erwiderte Thyko. Er zügelte sein Reittier und kehrte zu Kel um.

Die beiden Jungen folgten dem Bach zu einer kleinen Baumgruppe. Dort nahmen sie ihren Reittieren die Sättel ab und bürsteten ihnen die dünne Hornhaut vom Rücken, die sich im Laufe des Tages an den Stellen gebildet hatte, wo der Sattel auf die ledrige Haut drückte. Nachdem sie zwei Pflöcke ins Erdreich getrieben hatten, banden sie die großen Echsen daran fest; die Tiere konnten sich nun in einem kleinen Umkreis frei bewegen und Blätter von den Bäumen fressen, grasen oder am Bach ihren Durst stillen. Thyko und Kel setzten sich unter einen Baum, packten ihren Proviant aus den Satteltaschen und nahmen ein karges Mahl zu sich, das aus trockenem Brot und Käse bestand.

»Glaubst du, wir kommen rechtzeitig an?«, fragte Kel.

»Ich bin mir sogar sicher, dass wir's schaffen«, verkündete Thyko. »Schau: Gestern Mittag sind wir aufgebrochen und machen nun erst die zweite Rast. Wir versuchen jetzt, fünf oder sechs Stunden zu schlafen, und spätestens im Morgengrauen ziehen wir weiter. Wenn wir jeden Tag so wenig schlafen, gelangen wir vielleicht sogar einen halben Tag eher an unser Ziel.«

»Na, das will ich hoffen.« Kel brach noch ein Stück vom Käse ab und steckte es sich in den Mund. »Wie lange hast du denn bis nach Kor gebraucht, wenn du mit deinem Bruder gereist bist?«

»Drei Tage und einen halben. Der Breite Pass liegt ein wenig weiter östlich«, erklärte Thyko, während er sich eine dicke Scheibe vom Brotlaib schnitt.

»Hoffentlich erhält Gendelor die Botschaft rechtzeitig genug«, murmelte Kel.

»Das hängt ganz von uns ab. Mach dir keine Sorgen.«

»Ja. Ich gehe zum Bach und fülle meinen Wasserschlauch«, sagte Kel. »Soll ich deinen auch auffüllen?«

»Nein, danke. Ich will nicht plötzlich eine Kaulquappe im Mund haben, wenn ich mir morgen in der Hitze einen kräftigen Schluck genehmige.«

»Soll das heißen, ich würde dir absichtlich Kaulquappen in den Schlauch stecken?«, erboste sich Kel.

»Kann doch sein. Du musst zugeben, dass du mich eigentlich nicht ausstehen kannst. Und ich mag dich ebenfalls nicht. Das ist schon vom ersten Tag an so, seit wir uns kennen gelernt haben.«

Kel blickte Thyko finster an. »Es stimmt, ich mag dich nicht besonders. Aber ich habe meine Gründe dafür.«

»Und die wären?«

»Die muss ich dir nicht nennen.«

Thyko sah Kel argwöhnisch an. »Sei froh, dass ich dir nicht mit dem Messer an die Gurgel gehe, mein Freund. Ich führe dich noch zum Breiten Pass, und dann kannst du zusehen, wie du zurückfindest. Von mir aus schließ dich Gendelors Heer an.« Nach diesen Worten erhob sich Thyko und verschwand in der Dunkelheit.

»Ich hab keine Angst vor dir!«, rief Kel ihm hinterher. »Thyko? ... Thyko!«

Nach einer halben Stunde kehrte Thyko zurück und ließ sich wortlos am Baum neben Kel nieder. Kel hatte sich zugedeckt und die Augen geschlossen, doch Thyko wusste, dass sein Gefährte noch wach war. Schließlich legte er sich ebenfalls hin und wickelte sich in seine Decke. Nur das Zirpen der Grillen und das sanfte Plätschern des Baches war zu hören, das nach und nach beide Jungen in den Schlaf wog.

Im Morgengrauen öffnete Thyko die Augen und stellte überrascht fest, dass Kel dicht neben ihm stand und auf ihn herabblickte.

»Wer ist Karelon?«, fragte Kel.

Thyko riss erschrocken die Augen auf. »Woher weißt du ...?« Er unterbrach sich mitten im Satz. »Karelon? Woher soll ich das wissen? Hab den Namen noch nie zuvor gehört.«

»Interessant. Du hast im Schlaf geredet. So laut, dass ich davon wach wurde. Mehrmals hast du den Namen Karelon erwähnt. Und meinen Namen auch. Was hat das zu bedeuten?«

Thyko setzte eine trotzige Miene auf. »Du weißt, wie das mit Träumen ist. Oft haben sie nicht die geringste Bedeutung.«

»Du willst mir also weismachen, dass du diesen Karelon im Traum erfunden hast. Kann sein. Aus unserem Dorf ist er jedenfalls nicht. Und auch nicht aus dem Nachbardorf.«

»Lass mich in Ruhe, Quälgeist. Wir sollten lieber aufbrechen. Schließlich hängt viel vom Gelingen unseres Auftrages ab.« Thyko erhob sich und begann, seine Sachen einzusammeln.

Misstrauisch beobachtete Kel seinen Weggefährten. Er erlebte nicht zum ersten Mal, dass Thyko sich sonderbar verhielt: Immer, wenn man ihm Fragen über seine Heimatstadt stellte und über seine Lebensumstände, als er noch im Osten des Landes gelebt hatte, reagierte er gereizt oder gab dumme Antworten.

»Steh nicht nutzlos rum. Wir müssen weiter«, sagte Thyko und riss Kel aus seinen Gedanken. »Wir haben unserem König einen Dienst zu erweisen.«

Rasch sattelten sie ihre Echsen und brachen auf. Kel nahm den Blick nicht vom Rücken seines Weggefährten, und oft griff er sich unruhig an den Gürtel, als wolle er sich vergewissern, ob sein Dolch noch da sei.

Dichter Nebel stand in der Luft, und es war noch so kühl, dass die beiden Jungen wünschten, Wolljacken mit auf die Reise genommen zu haben. Sie warfen sich die Decken um, bis die Sonne höher am Himmel stand und genug Wärme spendete, dass sie die Decken wieder zusammenrollen und an die Sättel schnallen konnten. Schweigend ritten sie Stunde um Stunde, und gegen Mittag war es wieder so heiß wie am Tage zuvor. Ein breiter Waldstreifen war am Horizont zu erkennen.

»Ist das der Wald, den du gestern erwähnt hast?«, fragte Kel seinen Gefährten.

»Ah, er spricht wieder mit mir«, antwortete Thyko. »Hör zu, es tut mir leid, dass ich dich gestern Nacht so angefahren habe. Aber auch wenn ich's mir nicht anmerken lasse: Ich fühle mich ebenso unwohl in meiner Haut wie du. Kein Wunder, dass ich schon schlecht träume.«

»Gestern klangst du doch noch so zuversichtlich. Was ist denn los?«

»Wir werden sehen.« Thyko ließ die Zügel locker, gab seiner Echse einen Klaps aufs Hinterteil, und das Tier verfiel in einen zügigen Galopp. Kel tat es seinem Gefährten nach, und eine halbe Stunde später erreichten sie den Rand des Waldes. Dicht standen die Bäume aneinander wie die Krieger einer Schlachtreihe, die keinen Feind zwischen sich durchschlüpfen lassen wollen. Kel sah, wie Thyko sein Reittier auf eine schmale Schneise im Unterholz zulenkte, und im Stillen gestand er sich ein, dass er die Schneise vermutlich übersehen hätte, wäre er alleine an den Wald gelangt.

Die beiden Echsen brachen durchs Unterholz, und schon nach wenigen Metern umgab die Reiter angenehm kühle Waldluft. Kel atmete tief durch und genoss den Duft nach Harz und Tannen. Sie folgten einem schmalen Pfad, der nach wenigen Metern in einen breiten Waldweg mündete. Ohne zu zögern, lenkte Thyko sein Tier nach links.

»He, warte mal!«, rief Kel und trieb seine Echse an, bis er Thyko eingeholt hatte. »Ist das auch bestimmt der richtige Weg?«

»Fängst du schon wieder an?«, erwiderte sein Gefährte in leierndem Ton. »Entweder du verlässt dich auf mich, oder du reitest allein weiter. Zum letzten Mal: Ich kenne den Weg. Wenn du …«

»Wenn ihr nicht wisst, wo's langgeht, legt doch eine kurze Rast ein«, sagte eine raue Stimme, und im gleichen Augenblick sprangen zwei Trolle aus dem Unterholz und verstellten den Reitern den Weg. Die Echsen tänzelten unruhig zurück, blähten die Kehlsäcke und schnaubten verschreckt, doch Kel und Thyko zogen die Zügel straff und verhinderten, dass ihnen die Tiere durchgingen.

»Was wollt ihr?«, fragte Kel die beiden merkwürdigen Gestalten, die alles andere als einen vertrauenerweckenden Eindruck auf ihn machten. Der eine Troll war klein und rundlich, der andere riesengroß, mit gewaltigen Armen und Beinen.

»Wir sind Reiseberater«, antwortete der kleine, bei dem es sich offenbar um den Wortführer des Gespanns handelte. »Wir helfen euch, aus diesem finstren Wald wieder herauszufinden.«

»Kein Bedarf«, sagte Thyko ernst. »Wir sind erst wenige Minuten im Wald, und wenn wir wieder herausfinden wollten, würden wir das auch ohne eure Hilfe schaffen.«

Ein breites Lächeln stahl sich auf das Gesicht des kleinen Trolls. »Oho, ein Naseweis! Was sagt man dazu? Na, ja, dann wollen wir mal zur Sache kommen. Wenn ihr nicht aus dem Wald herauswollt, dann wollt ihr sicher tiefer in ihn eindringen oder ihn sogar durchqueren. Leider kostet das Geld. Heutzutage kostet alles Geld. Also seid so freundlich und gebt uns eine Kleinigkeit. Hmmm, sagen wir, alles, was ihr bei euch habt. Und schon seid ihr uns los.«

»Also seid ihr Wegelagerer«, stellte Kel fest.

»Reiseberater«, beharrte der Troll. »Nun? Wird's bald? Ihr seid nicht die einzigen Reisenden im Wald, die wir betreuen müssen.«

»Wir haben kein Geld bei uns«, beteuerte Kel.

»Na, dann komm, Dernas«, sagte der Riese. »Schlagen wir uns wieder in die Büsche und warten auf die Nächsten.« Ohne die Antwort seines kleinen Kumpanen abzuwarten, verschwand der riesige Troll krachend und knackend im Unterholz.

Dernas sah ihm fassungslos und mit offenem Mund nach, dann richtete er den Blick wieder auf die beiden Jungen. »Entschuldigt mich kurz«, sagte er und hechtete seinem Kumpanen hinterher. Noch ehe Thyko und Kel zu reagieren vermochten, kam der kleine Troll wieder aus dem Unterholz gestapft und zerrte seinen riesigen Freund am Arm hinter sich her. »Du bist wohl wahnsinnig! Wie kann man nur so blauäugig sein! Nur, weil jemand behauptet, kein Geld bei sich zu haben, heißt das noch lange nicht, dass er auch die Wahrheit sagt.

Außerdem habe ich dir schon hundert Mal gesagt, dass du meinen Namen nicht nennen sollst, wenn wir mit unserer Kundschaft sprechen.«

»Aber sie haben doch kein Geld bei sich«, verteidigte sich der Riese. Seinem Gesichtsausdruck nach zu urteilen, verstand er die Aufregung seines Gefährten nicht im Geringsten.

»Entschuldigt meinen Freund bitte«, sagte Dernas. »Er ist noch neu im Geschäft.« Der kleine Troll atmete tief durch und stellte sich dann breitbeinig hin. »Also, fahren wir fort. Ich fasse unsere Geschäftsbedingungen noch mal kurz für euch zusammen: Wir hätten gerne euer gesamtes Geld, sonst kommt ihr nicht mit dem Leben davon. So. Das wär's. Jetzt gebt uns eure Geldbeutel, damit wir die Angelegenheit endlich hinter uns bringen.«

»Aber ich habe doch schon gesagt, wir haben nichts dabei«, versicherte Kel erneut.

»SIEHST DU?«, brüllte der Riese und versetzte seinem kleinen Freund einen so kräftigen Stoß, dass er Mühe hatte, sich auf den Beinen zu halten. »Und jetzt komm, Dernas! Wir legen uns besser wieder auf die Lauer.« Der große Troll drehte sich um und marschierte wieder ins Unterholz zurück.

Das Gesicht seines rundlichen Freundes lief dunkel an. »Komm gefälligst zurück! Wie sollen wir denn jemals Schätze sammeln, wenn du dich immer so benimmst? Die beiden sind doch offenbar auf dem Weg in die Menschenstadt Manreb. Und wer in die Stadt reist, hat immer eine Menge Geld bei sich! Komm sofort da raus, und hilf mir, es ihnen abzunehmen!«

Kel lächelte den kleinen Troll an. »Wenn ihr so dringend Geld benötigt, nehmt das hier.« Er streifte sich einen Ring vom Finger und warf ihn dem rundlichen Troll zu, der ihn geschickt auffing. »Er ist zwar nicht viel wert, aber etwas Kostbareres besitzen wir nicht.«

Völlig sprachlos blickte der kleine Troll die beiden Jungen an, die ihren Echsen die Zügel gaben und seelenruhig an ihm vorbeiritten. Eine Weile sah er ihnen nach, dann schlug er sich fluchend zu seinem Freund in die Büsche.

»Das war nicht nötig, den beiden einen Ring zu geben«, tadelte Thyko seinen Gefährten. »Du hast doch auch bemerkt, dass die beiden harmlose Trottel sind. Wir können von Glück sagen, keinen gefährlicheren Trollen begegnet zu sein. Die hätten uns womöglich noch zum Mittagessen verspeist.«

»Für Trolle waren die beiden schon ungewöhnlich klug, finde ich. Aber keine Angst, der Ring ist wirklich nicht viel wert«, erwiderte Kel. »Ich habe ihn von einem alten bärtigen Mann bekommen, dem ich geholfen habe, sein Pferd einzufangen. Er sagte mir zwar, der Ring habe in vergangenen Tagen große Macht besessen, aber gewiss hat er damit ein wenig übertrieben. Wie dem auch sei, ich hielt es für angebracht, die Trolle zu entlohnen.«

»Entlohnen?« Thyko blickte seinen Gefährten ungläubig an.

»Ja. Dass wir ihnen begegnet sind, ist doch recht nützlich.«

»Nützlich?«, fragte Thyko ungläubig.

»Ja. Sie haben uns daran erinnert, dass wir vorsichtiger sein sollten. Ich rechne zwar nicht damit, fortan ständig Strauchdieben und Trollen zu begegnen, aber wir sollten uns wenigstens einigen, wie wir demnächst auf solche Zwischenfälle reagieren. Wir können es uns nicht leisten, jedes Mal völlig überrascht dazustehen.«

»Das wird wohl nicht nötig sein. In drei Stunden haben wir diesen Wald längst verlassen. Und dann durchqueren wir nur noch Gebiet, in dem wir jeden Angreifer auf hundert Schritte sehen können. Ich halte es jetzt für das Beste, wenn wir uns still verhalten. Wer weiß, was sonst noch hinter all diesen Bäumen auf uns lauert.«

Thyko führte Kel durch den Wald. Oft kreuzten andere Pfade ihren Weg, und stets bog Thyko zielstrebig nach rechts oder links ab. Bald schon hatte Kel jegliche

Orientierung verloren. Doch ohne Einspruch zu erheben oder Fragen zu stellen, ritt er seinem Gefährten hinterher. Und so manches Mal stahl sich ihm ein Lächeln aufs Gesicht.

Nach dem Vorfall im Wald verlief der Reisetag ohne Zwischenfälle. Thyko schwieg die meiste Zeit, was Kel sehr gelegen kam, denn er wollte in Ruhe nachdenken; eines war ihm nun klar: Er hatte von Anfang an Recht gehabt. Ihm blieb nun nicht mehr viel Zeit, sich Thyko zu stellen. Doch welcher Zeitpunkt wäre der beste …?

Am Abend gelangten sie an einen kleinen See. Und als sie die Tiere versorgt und sich ans Ufer gesetzt hatten, um eine Mahlzeit einzunehmen, beschloss Kel, die Konfrontation mit Thyko nicht länger hinauszuzögern.

»Wie lange noch bis zum Breiten Pass?«, fragte er, als er den letzten Bissen seiner Ration hinuntergeschluckt hatte.

»Kel, allmählich geht mir deine Ungeduld auf den Geist. Du weißt genau, dass wir noch etwa anderthalb Tage benötigen werden.«

»Vielleicht bis zu dem Ziel, das du erreichen willst«, sagte Kel und blickte Thyko in die Augen. »Ich will aber wissen, wie lange wir von hier zum Breiten Pass reisen würden. Doch du brauchst mir nicht zu antworten. Ich bin recht sicher, dass es inzwischen wieder gut zwei Tage dauern würde. Lass uns unsere Reise einfach abbrechen und zurückkehren.«

Thyko setzte den Wasserschlauch ab und sah seinen Freund einen langen Moment an. »Ich hab ja gewusst, dass in deinem Kopf etwas nicht stimmt«, sagte er finster. »Du bekommst schon Wahnvorstellungen.«

»Wahnvorstellungen?« Kel erhob sich, ging zu seiner Satteltasche und holte eine Pergamentrolle hervor, auf der ein rotes Wachssiegel leuchtete. Dann schritt er wieder zum Ufer. »Schau her, welche Wahnvorstellungen mich plagen!« Er schleuderte die dünne Rolle mit aller Kraft von sich. Fünf Meter vom Ufer entfernt fiel sie aufs Wasser und tänzelte sanft auf der Oberfläche.

Thyko hatte große Augen bekommen und war entsetzt aufgesprungen. »Du *bist* wahnsinnig! Die Botschaft des Königs! Wie kannst du nur …«

Er unterbrach sich mitten im Satz und lief ins Wasser. Das Ufer des Sees fiel steil ab, und er musste das letzte kurze Stück zur Rolle schwimmen. Als er wieder am Ufer stand, blickte er fassungslos auf das durchweichte Pergament in seinen Händen.

»Sieh dir mal das Siegel an«, forderte Kel seinen tropfnassen Weggefährten auf.

»Was soll damit sein?«, bellte Thyko.

»Es ist nicht das Siegel des Königs«, erklärte Kel. »Man hat einfach eine Münze in das heiße Wachs gedrückt. Eine schlechte Fälschung, was? Zum Glück wäre sie gut genug gewesen, dich zu täuschen, hättest du unterwegs einen Blick auf die Rolle werfen wollen.«

»Wo ist die echte Botschaft?«, schrie Thyko und machte einen Schritt auf Kel zu.

»Ich habe sie nicht mehr.«

»Du hast sie nicht mehr?« Thyko warf die Pergamentrolle zu Boden und zog sein Messer. »Du Hund, ich werde dir die Gurgel aufschlitzen!«

Kel ließ sich seelenruhig am Ufer nieder und bedeutete Thyko mit einer Handbewegung, sich ebenfalls hinzusetzen. »Setz dich. Wenn du mich umbringen willst, kannst du das jederzeit tun. Du bist stärker als ich. Zuerst will ich mit dir reden.«

»Was? Wenn ich dich töten will, lasse ich mich nicht durch dein Geschwätz davon abbringen. Ich werde …«

»Es ist noch nicht zu spät für dich«, fiel Kel seinem Weggefährten ins Wort. »Du kannst deinen Plan noch immer in die Tat umsetzen.«

»Wie soll ich das jetzt noch können? Wo zum Teufel ist die echte Botschaft?« Kel forderte ihn erneut mit einer

Geste auf, sich hinzusetzen, und Thyko biss die Zähne zusammen, steckte das Messer weg und ließ sich nieder. Mit funkelndem Blick musterte er seinen Weggefährten.

»Also, Thyko: Du und dein Bruder, ihr seid gute Töpfer«, sagte Kel. »Aber das ist nicht alles. Ihr seid Verbündete der Thornali, habe ich Recht? Elende Spione!«

»Offenbar brauche ich dir wohl nichts mehr vorzugaukeln: Ja, wir sind Verbündete eures Feindes. Kein vernünftiger Mensch würde eurem greisen König dienen. Mein Bruder ist Kundschafter im königlichen Heer. Und ich hoffe, er richtet dort gewaltigen Schaden an.«

»Ihr beide seid hinterhältige Füchse! Die meisten Dorfbewohner habt ihr stets täuschen können. Nur Guneb, ein Mitglied des Ältestenrates, hat euch vom ersten Tag an misstraut.

Am Abend, als der Reiter in unser Dorf kam, suchte Guneb mich auf und erzählte mir von der Botschaft und dem Entschluss des Rats; als der Rat uns morgens zu sich rief, wusste ich also schon, was uns erwartet.

Guneb berichtete mir von dem Verdacht, den er gegen dich und deinen Bruder hegt. Er hat euch beide all die Jahre genau beobachtet. Für einfache Töpfer waren eure Geldbeutel zu gut gefüllt. Also vermutete er, ihr könntet zu den Spionen gehören, welche die Thornali im ganzen Land eingeschleust haben. Als der Rat dich und mich für die Aufgabe bestimmte, protestierte Guneb gegen die Entscheidung. Er erklärte dem Rat, du seist ein Verräter und man könne dir eine so wichtige Botschaft unmöglich anvertrauen. Doch der Rat schenkte ihm keinen Glauben.«

Thyko spie auf den Boden. »Guneb ist eine Ratte. Sag mir jetzt endlich, wo die echte Pergamentrolle ist!« Offener Hass sprach aus seinem Gesicht. Er widerstand nur knapp der Versuchung, seinem Weggefährten das Messer in die Kehle zu stoßen.

»Bestimmt erinnerst du dich noch an unsere erste Rast. Du hast mich wegen meiner schmutzigen Hände verspottet. Ich behauptete, im Dreck gezeichnet zu haben, und das stimmte auch zum Teil. Aber eigentlich waren meine Hände so schmutzig, weil ich kurz zuvor die echte Rolle neben dem Baum vergraben hatte. Damit dir die Stelle nicht auffiel, deckte ich sie mit einem dicken Stein ab. Du warst so sehr damit beschäftigt, dem altersschwachen Toron beim Sterben zuzusehen, dass ich hinter dir einen Tanz hätte aufführen können, ohne deine Aufmerksamkeit zu erregen.«

»Gestern Mittag schon? Du hast sie gestern vergraben und bist die ganze Zeit mit mir weitergereist? Du konntest doch nicht wissen, ob ich wirklich ein Verräter bin.«

»Das war auch die schwerste Zeit meines Lebens«, versicherte Kel. »Ständig habe ich mich gefragt, ob ich das Richtige getan habe. Was wäre, wenn Guneb sich in dir und deinem Bruder getäuscht hätte? Wenn ihr wirklich nur harmlose Töpfer gewesen wäret? Dann wäre es ein unnötiges Risiko gewesen, die Rolle zu vergraben. Aber heute Mittag wusste ich plötzlich, dass Guneb Recht hatte. Der kleine Troll hat es mir verraten.«

»Der Troll? Wie das?«, fragte Thyko.

»Das will ich dir erklären. Guneb brachte nicht nur die gefälschte Pergamentrolle mit in die Hütte meines Vaters, sondern zeigte mir in dieser Nacht auch eine Landkarte. Ich versuchte mir unsere Route einzuprägen, doch hat mir das während unserer Reise nicht viel genützt. Auf einer Karte sieht die Welt völlig anders aus, und ich bin auch kein Waldläufer, der sich mit Himmelsrichtungen und dergleichen gut auskennt. Während unseres Rittes beschlich mich jedoch oft der Verdacht, dass du uns unmerklich nach Nordosten führst, statt direkt nach Osten zum Breiten Pass. Doch ich war mir nicht sicher – bis heute Mittag.«

»Und was hat der kleine Troll damit zu tun?«

»Wie du weißt, fand ich die Begegnung mit den beiden recht nützlich. Aber nicht etwa, weil er uns an die Gefahren erinnert hat, die während unseres Rittes auf uns lauern könnten.«

»Weswegen dann?«

»Der Troll glaubte, wir seien unterwegs zur Stadt Manreb. Als er diesen Namen erwähnte, sah ich plötzlich vor meinem geistigen Auge die Karte wieder, die Guneb mir gezeigt hat. Manreb war darauf eingezeichnet. Die Stadt liegt im Nordosten. Das war für mich der Beweis: Du wolltest uns nicht zum Breiten Pass führen, sondern woandershin. Dass du heute früh im Schlaf geredet hast, hat mich natürlich auch mehr als stutzig gemacht. Vor allem der fremde Name, den du erwähntest. Doch war das noch kein Beweis für deinen Verrat. Erst der kleine Troll hat mir den entscheidenden Hinweis geliefert.

Du hast mich absichtlich in den Wald geführt, damit ich nicht merke, dass wir uns immer weiter von den Bergen entfernen. Der Wald sollte mich verwirren!«

»Ich muss zugeben, du bist klüger, als ich dachte«, knurrte Thyko.

»Mag sein. Doch weiß ich nicht, was genau du vorhattest. Vielleicht wolltest du mich im Schlaf überfallen, die Pergamenttrolle nehmen und allein weiterreisen. Vielleicht wolltest du mich aber auch zusammen mit der Botschaft an diesen Fremden ausliefern, von dem du geträumt hast. Ich weiß es nicht. Auf jeden Fall hätte dir die Rolle eine dicke Belohnung von den Thornali eingebracht. Immerhin hättest du verhindert, dass die Botschaft Gendelor erreicht. Dann wäre sein Heer am Breiten Pass geblieben, und die Thornali könnten das Heer des Königs im Süden mit Leichtigkeit überwältigen.«

»Noch hat Gendelor die Nachricht nicht«, wandte Thyko ein. »Denn angeblich hast du sie ja zwei Tagesritte von hier vergraben. Was nützt sie dir nun da? Ich sollte doch Grund zum Jubeln haben. Gendelor wird sie nie erhalten, weil ich dich gleich töte und mir dann die Nachricht hole.«

»Hältst du mich und Guneb für so dumm?«, fragte Kel in gespielt gekränktem Tonfall.

Thyko blickte Kel eine Weile nachdenklich an, dann

ging ihm offenbar ein Licht auf. »Wer? Wer hat die Botschaft dort abgeholt?«

»Der Sohn des Kesselflickers. Du kennst ihn, er heißt Marti. Guneb weihte ihn ebenfalls in alles ein.

Marti wäre ohnehin besser für den Botenritt geeignet gewesen als wir beide zusammen. Sein Onkel ist Waldläufer und hat ihm sehr viel beigebracht. Marti kann sich lautlos bewegen, und wenn er nicht gesehen werden will, sieht ihn auch niemand. Er kennt die Gefahren des Rittes und weiß sie zu meistern. Um ihn braucht sich niemand zu sorgen. Es war eine sehr dumme Entscheidung, dass der Rat Marti nicht für die Aufgabe bestimmt hat, weil er jünger ist als wir.

Einen Tag nach unserer Abreise brach er auf und folgte unserer Spur. Ich habe einen abgebrochenen Ast unter den Stein geschoben, der auf der vergrabenen Rolle liegt. Marti wird dieses Zeichen gewiss sofort erkennen. Außerdem weiß er genau, wonach er suchen muss. In diesem Moment ist er dem Breiten Pass wahrscheinlich schon näher als wir. Wieso sollte er auch einen solchen Umweg machen wie du?«

Thyko zog sein Messer und lächelte Kel boshaft an. »Eine nette Geschichte hast du dir da ausgedacht. Allerdings steckst du nun in großen Schwierigkeiten. Ich glaube dir nämlich nicht.«

»Und warum nicht?«

Blitzschnell griff Kel an den Gürtel und zog seinen Dolch.

Thyko zuckte überrascht zusammen, doch als er Kels Klinge sah, grinste er selbstsicher. Kel war ein freundlicher Spinner und würde nicht gegen ihn ankommen. »Weil du ganz offensichtlich lügst. Wieso hättest du die echte Botschaft überhaupt mit auf die Reise nehmen sollen? Es wäre doch für Guneb und dich viel einfacher gewesen, sie dem Sohn des Kesselflickers schon im Dorf zu überreichen, anstatt sie erst umständlich irgendwo im Gelände zu vergraben.«

»Ein kluger Einwand. Doch du vergisst, dass Guneb auf eigene Faust handelte und den Rat hinterging. Der Ältestenrat hat *ausdrücklich* dich und mich für die Aufgabe bestimmt. Wir beide mussten also aufbrechen.

Guneb konnte auch nicht heimlich die echte Pergamentrolle gegen die falsche austauschen, denn die echte lag im Hause des Ratsältesten unter Verschluss. Zudem hätte der Ratsälteste den Schwindel durchschaut. Er wäre nicht auf das schlecht gefälschte Siegel hereingefallen.

Guneb konnte also nicht verhindern, dass wir beide mit der echten Botschaft aufbrechen, aber er konnte dafür sorgen, dass sie baldmöglichst aus deiner Reichweite gelangt.«

»Indem er mit dir ausmachte, die Botschaft bei unserer ersten Rast zu vergraben«, sagte Thyko.

»Und indem er Marti heimlich schickte, sie zu holen.«

Thyko steckte das Messer weg und erhob sich rasch. »Wenn das so ist, muss ich mich sehr beeilen. Du hast mir einen Gefallen getan, Kel. Du hast mir nämlich verraten, dass Marti einen vollen Tag nach uns aufgebrochen ist. Ich habe uns zwar tatsächlich vom Breiten Pass weggeführt, wie du vermutet hast, doch ich kann Marti noch immer abfangen, wenn ich mich spute!« Er grinste überheblich. »Du hast mir euren hinterhältigen Plan zu früh verraten!«

Kel blickte ihn bestürzt an.

»Aber das rettet dir das Leben«, fuhr Thyko fort. »Ich kann mich nicht auf einen Kampf mit dir einlassen, denn ich brauche all meine Kräfte, und jede Sekunde ist kostbar.«

Hastig sammelte Thyko seine Sachen ein und sattelte sein Reittier. Kurz darauf galoppierte er an Kel vorbei. Wilder Eifer stand ihm ins Gesicht geschrieben.

»Danke für die Information, Kel! Die Thornali und ich werden dich nicht vergessen!«

»Viel Erfolg!«, flüsterte Kel ihm spöttisch hinterher. Erleichtert ließ er den Dolch fallen. Die kleine Waffe war die einzige Lebensversicherung gewesen, die Guneb ihm mit auf den Weg gegeben hatte: Die Klinge war mit einem Gift bestrichen, das Thyko beim kleinsten Schnitt binnen Sekunden gelähmt hätte.

Als Thyko außer Sichtweite war, erhob sich Kel und ging zu seinem Reittier.

»Na so was«, sagte er zu der Echse und streichelte ihr den langen Hals. »Ich hätte nie gedacht, dass ich so gut lügen kann.«

Die Echse schnaubte und stieß dann einen kehligen Laut aus.

»Weißt du«, sagte Kel und klopfte dem Tier auf den Rücken, »wenn das eigene Leben von einer Lüge abhängt, entwickelt man eine große Überzeugungskraft.«

Kel wandte sich um und blickte zufrieden auf den friedlichen See. Er wusste, Thyko konnte Marti nicht abfangen. Und auch nicht einholen …

… denn der Sohn des Kesselflickers war ihnen bereits nach drei Stunden gefolgt.

Nicht allzu lange Zeit später, weit, weit vom Dorf entfernt, brach der Feldherr Gendelor das königliche Siegel. Ein völlig erschöpfter Junge hatte die Pergamentrolle ins Feldlager gebracht. Er war offenbar drei Tage ohne Rast oder Schlaf geritten.

Gendelor las die Botschaft. Dann trat er vor sein Zelt und erteilte eilig Befehle.

Kaum eine Stunde später brach sein Heer gen Süden auf.

FRANK REHFELD

DIE INSEL
DER ELBEN

Mehr als eine Woche lang hatte es ohne Unterlass geregnet. Die Welt war hinter einem tristen Schleier versunken, der sämtliche Farben ausgelöscht und die Landschaft in eine trostlose Ödnis aus verschiedenen Grautönen verwandelt hatte; eine Welt, die nur aus Nässe, Kälte, Schweigen und Einsamkeit bestand.

Aylon konnte sich kaum noch erinnern, wie es war, nicht bis auf die Haut durchnässt zu sein und zu frieren. Eingehüllt in einen dicken Mantel, hatte er sich tagsüber mühsam vorwärts gequält, tief im Sattel seines Pferdes zusammengesunken, und sich nachts aus Zweigen und Blättern einen behelfsmäßigen Unterschlupf gebaut, um sich auf einem feuchten Lager zur Ruhe zu betten.

So war Tag um Tag in gleicher Monotonie verstrichen, doch alles änderte sich, als er am späten Vormittag den Fluss überquerte. Kaum hatte er das diesseitige Ufer erreicht, als die Wolkendecke aufriss und ein Stück blauen Himmels enthüllte. Wenig später hörte der Regen auf, und die Frühlingssonne brach durch die Wolken.

Am Rande eines sanft abfallenden Buchenhains entschloss sich Aylon zu einer Rast. Gut eine Stunde saß er dort am Fuß eines Baumes, ließ sich die Sonne ins Gesicht scheinen und seine durchnässte Kleidung trocknen und genoss die Wärme, die allmählich die Taubheit aus seinen Gliedern vertrieb. Lautes Vogelgezwitscher ertönte aus den Ästen über ihm, ein Geräusch, das er in den vergangenen Tagen vermisst hatte. Selbst die Tiere schienen sich vor dem Regen verkrochen zu haben und erst jetzt wieder hervorzukommen, um den Sonnenschein zu begrüßen.

Aylon wusste nicht einmal, wie das Land hieß, in dem er sich befand, aber es gefiel ihm, und das nicht nur wegen des angenehmen Wetters, das hier herrschte. Während er auf einem Grashalm kaute, ließ er seinen Blick mit einem zufriedenen Lächeln über die Landschaft aus saftigen, nur von einigen Bachläufen und vereinzelten Waldstücken durchbrochenen Wiesen wandern. Alles vermittelte einen friedlichen, idyllischen Eindruck, und er bedauerte nicht, hergekommen zu sein.

Zu vieles war in den vergangenen Monaten geschehen, seit er Cavillon verlassen hatte, die Ordensburg, in der er aufgewachsen war und wo er längst seine Weihe zum Magier des Ishtar-Ordens hätte empfangen sollen. Aber so viel diese Weihe ihm einst auch bedeutet hatte, seit er um das Geheimnis seiner Herkunft wusste, lag ihm nichts mehr daran. Zeit seines Lebens war er ein Außenseiter gewesen, auch wenn es Menschen gegeben hatte, die ihm etwas bedeuteten. Maziroc hatte zu ihnen gehört, sein Mentor und Ziehvater, aber Maziroc war es auch gewesen, der ihm fast zwanzig Jahre verschwiegen hatte, dass sein wahrer Vater ein Fremder gewesen war, den es aus einer fremden Welt nach Arcana verschlagen hatte. Noch war Aylon nicht so weit, ihm dies zu verzeihen, auch wenn Maziroc gute Gründe gehabt haben mochte.

Es hatte auch andere Menschen an seiner Seite gegeben: Laira, die Hexe vom Orden der Vingala, und allen voran Floyd, der Gaukler, mit dem zusammen er sich auf den gefährlichen Weg zur Zitadelle seines Vaters im Ödland von Sharolan gemacht hatte. Aber letztlich waren auch sie nur für eine gewisse Zeit Wegbegleiter gewesen, und es deckte sich derzeit nicht mit seinen Plänen, zu feste Freundschaften zu schließen. Bei der Suche, auf der er zurzeit war, konnte ihm niemand helfen. Zu sich selbst zu finden und sich über seinen Platz in dieser Welt Klarheit zu verschaffen, das war ein Weg, den er nur allein beschreiten konnte.

Statt nach Cavillon zurückzukehren, hatte Aylon sich deshalb von Sharolan aus weiter nach Osten gewandt, um dort die nur dünn besiedelten und weitgehend unerforschten Länder zu erkunden, von denen Reisende manchmal die erstaunlichsten Geschichten berichteten. Wenn auch nur ein kleiner Teil davon wahr war, versprach die Reise ein aufregendes Erlebnis zu werden.

Mit halb geschlossenen Augen döste er vor sich hin, und mehrfach fiel er sogar in einen kurzen Schlaf – als er plötzlich durch Geräusche aufgeschreckt wurde, die so gar nicht zu dieser idyllischen, friedlichen Landschaft passen wollten. Das Klirren von Stahl drang an seine Ohren, gedämpft und aus einiger Entfernung, aber es handelte sich unzweifelhaft um Kampflärm, und der kam aus dem Wäldchen ganz in seiner Nähe.

Ohne lange zu zögern, sprang Aylon auf und drang tiefer in das Wäldchen ein. Er war nicht erpicht darauf, in eine bewaffnete Auseinandersetzung hineingezogen zu werden, wollte jedoch zumindest wissen, was in seiner unmittelbaren Umgebung vor sich ging. Das Tal mochte paradiesisch erscheinen, doch hieß das nicht zwangsläufig, dass es keine Gefahren beherbergte.

Das Waffengeklirr wurde lauter, und nun waren auch Keuchen und andere Laute zu hören, die wie eine Mischung aus Knurren und Grunzen klangen. Unterholz, das ihm Deckung bieten konnte, gab es in diesem Buchenhain kaum, sodass Aylon vorsichtig von Baumstamm zu Baumstamm huschte.

Es dauerte nicht lange, bis er die Urheber der Kampfgeräusche erblickte. Es handelte sich um rund ein Dutzend kleinwüchsige Gestalten, gekleidet in erdbraune, kuttenartige Gewänder, die bis zum Boden reichten. Ihre Gesichter waren hinter hochgeschlagenen, spitz zulaufenden Kapuzen verborgen. Einige von ihnen lagen bereits regungslos auf dem Boden, die Übrigen griffen mit ihren kurzklingigen Schwertern eine junge Frau an.

Aylon stockte der Atem. Die Fremde trug braune Hosen, die in kniehohen Stiefeln verschwanden, dazu eine helle Bluse unter einem gleichfalls braunen Lederwams. Sie mochte Anfang zwanzig sein, also nur geringfügig älter als er selbst, und sie war das bezauberndste Geschöpf, das er je erblickt hatte. Langes, hellblondes, fast weißes Haar rahmte ein Gesicht von solcher Zartheit und solchem elfenhaften Liebreiz, dass ihr bloßer Anblick sein Herz schneller schlagen ließ. Auch ihre Bewegungen waren von unglaublicher Anmut, und sie wusste mit ihrem Schwert hervorragend umzugehen.

Wie gebannt starrte Aylon auf das Kampfgeschehen. Die Frau stand dicht vor einem großen Baum, der ihr den Rücken deckte. Mit einer Schnelligkeit und Geschicklichkeit, die wahre Meisterschaft verriet, parierte sie die Hiebe der gnomenhaften Wesen und machte sogar selbst einige Ausfälle. Blitzartig zuckte ihre Waffe vor, und ein weiterer Angreifer sank, von ihrem Schwert durchbohrt, tot zu Boden.

Dennoch war es ein ungleicher Kampf. Die Übermacht der Gnome war einfach zu groß. Auch blutete die Frau bereits aus mehreren Wunden, und ihre Bewegungen wurden allmählich langsamer und schwächer. Der Zeitpunkt war abzusehen, wann einer der Angreifer ihre Abwehr durchdringen und ihr eine tödliche Verletzung zufügen würde.

Ohne länger zu zögern, zog Aylon sein eigenes Schwert und stürmte vorwärts. Er wusste nicht, um was es bei dem Kampf ging, aber es gab keinen Zweifel, auf welcher Seite seine Sympathien lagen.

Zwei der Gnome fuhren herum, als sie seine Schritte hörten, und stießen ein zorniges Fauchen aus. Wuchtig schlug Aylon mit dem Schwert nach einem von ihnen, doch drehte er die Waffe im letzten Moment so, dass er den Gnom nur mit der flachen Seite der Klinge am Kopf traf. Aylon empfand eine viel zu große Ehrfurcht vor dem Leben, um leichtfertig zu töten – selbst wenn seine Gegner solche Skrupel offenbar nicht kannten.

Sein Eingreifen entschied den Kampf. Auch die Fremde blickte ihn einen Moment lang überrascht an, ohne dabei jedoch im Kämpfen innezuhalten. Im Gegenteil, sie nutzte die Verblüffung der Gnome, um einen weiteren von ihnen niederzustrecken, wodurch sie es nur noch mit zwei Gegnern zu tun hatte.

Dafür geriet Aylon selbst in arge Bedrängnis. Er war kein Krieger. Nur mit knapper Not konnte er sein Schwert herumreißen und einen Hieb des zweiten Gnoms mehr schlecht als recht parieren. In ungünstigem Winkel klirrten die Klingen Funken sprühend gegeneinander. Ein heftiger Schmerz zuckte durch Aylons Handgelenk und pflanzte sich seinen gesamten Arm bis zur Schulter hinauf fort, sodass ihm um ein Haar die Waffe aus der Hand geprellt worden wäre und er nur mühsam einen Aufschrei unterdrücken konnte.

Aber auch der Gnom geriet aus dem Gleichgewicht, taumelte einen Schritt nach vorne und prallte fast gegen seinen Gegener. Instinktiv packte Aylon zu. Er bekam das Gewand des Angreifers zu packen und hielt es fest, während er einen Schritt zurückwich. Knirschend zerriss der Stoff. Das mit Abstand hässlichste Wesen, das Aylon jemals zu Gesicht bekommen hatte, kam darunter zum Vorschein. Der Körper war ausgemergelt, fast mitleiderregend dürr. Aylon hätte seinen gesamten Oberkörper mühelos mit den Händen umfassen können. Unter der grünlich-braunen, lederartigen Haut zeichneten sich deutlich die Knochen ab. Spitze Fledermausohren wuchsen aus dem kugelrunden, haarlosen Schädel des Gnoms. Die Nase bestand nur aus zwei Schlitzen, und der Mund sah aus wie eine schwärende Wunde.

Das Schlimmste jedoch waren die Augen. Sie waren groß und rund und schimmerten leicht rötlich, mit einer geschlitzten Pupille wie bei einem Reptil. Ein so abgrundtiefer, boshafter Hass stand in ihnen geschrieben, dass er fast körperlich spürbar war und Aylon erschrocken einen weiteren Schritt zurückwich.

Der Gnom stieß einen schrillen, wütenden Schrei aus und riss sein Schwert zu einem neuen Hieb hoch, doch kam er nicht mehr dazu, ihn auszuführen. Seine Augen weiteten sich plötzlich; der Hass wich aus ihnen und machte einem Ausdruck fassungslosen Staunens Platz, um gleich darauf dem Schmerz zu weichen. Er öffnete den Mund, doch noch ehe er einen Laut herausbrachte, brach er zusammen und blieb reglos liegen.

Die Unbekannte bückte sich, wischte ihr blutiges Schwert, mit dem sie ihn von hinten durchbohrt hatte, an seinem zerrissenen Gewand sauber und richtete sich wieder auf.

»Danke«, stieß sie mit glockenheller Stimme hervor. »Wenn du nicht gekommen wärst … Ich glaube nicht, dass ich allein mit ihnen fertig geworden wäre.«

Der Blick ihrer tiefblauen Augen schien sich geradewegs in Aylons Innerstes zu bohren. Ihr Gesicht war von Anstrengung und Schmerz gezeichnet, dennoch wirkte es jetzt, da sie lächelte, noch liebreizender als zuvor. Der Anblick betörte ihn, und sein Kopf war plötzlich wie leergefegt. Mehr denn je kam sie ihm wie eine übernatürliche Erscheinung vor. Es erschien ihm nahezu unmöglich, dass es einen Menschen von solcher Schönheit und Vollkommenheit geben konnte. Gleich darauf fiel ihm auf, dass ihre Ohren spitzer als die eines Menschen waren. Zusammen mit ihrem weißblonden Haar ließ das nur einen Schluss zu.

»Du … bist eine Elbin!«, war alles, was er stammelnd hervorbrachte.

»Eine Halbelbin«, verbesserte sie. »Mein Vater war ein Elb, meine Mutter ein Mensch. Ich heiße Shylena.«

»Und ich bin Aylon.« Er deutete auf die toten Gnome. »Was … was waren das für Kreaturen?«

»Duuls«, erwiderte sie voller Abscheu. »Hässliche, boshafte Gnome, der Schrecken dieses Landstrichs. Ohne sie könnte dies ein paradiesischer Flecken Erde sein, aber die Duuls dulden niemanden in ihrer Nähe. Sie scheinen nur aus Hass zu bestehen, Hass auf alles, das nicht ist wie sie. Und ein Friede mit ihnen ist unmöglich, wie sich herausgestellt hat.« Sie blickte sich hastig um. »Komm jetzt, wir müssen weg von hier. Sie werden nicht ewig tot sein, und außerdem sind bestimmt noch mehr von ihnen in der Nähe.«

Aylon grübelte erst gar nicht lange darüber nach, was ihre mysteriösen Worte zu bedeuten hatten. »Mein Pferd ist ganz in der Nähe. Es wird auch uns beide eine Zeit lang tragen können.«

Shylena schüttelte den Kopf. »Nein, wir müssen zum See. Nur auf Ai'Bon sind wir in Sicherheit. Und jetzt komm, die Duuls sind schon ganz nahe.«

Aylon zögerte noch einen Moment, dann sah er etwas, das ihn erschaudern ließ. Ein Zucken ging durch den Körper des Duuls zu seinen Füßen. Er war unzweifelhaft tot gewesen, und dennoch schlug er plötzlich die Augen auf. Der Anblick erschreckte Aylon so sehr, dass er der jungen Halbelbin hastig folgte. Als er sich nach einigen Dutzend Schritten noch einmal umblickte, hatte sich der Gnom bereits halb aufgerichtet, und auch die anderen erhoben sich langsam.

»Begreifst du jetzt?«, rief Shylena ihm zu. »Man kann sie nicht töten. Nach kurzer Zeit erwachen sie erneut zum Leben.«

Aylon lief noch schneller, um zu ihr aufzuschließen, als der Wald um sie herum mit einem Mal zu wirbelndem, braunem Leben erwachte. Von allen Seiten kamen Duuls auf sie zu gestürmt, die sich hinter Baumstämmen und teilweise sogar in mit Laub getarnten Erdlöchern verborgen hatten. Es waren weit mehr als zwanzig. Trotz der gewaltigen Übermacht riss Shylena ihr Schwert hoch, um sich ihnen zum Kampf zu stellen, als zwei weitere Gnome von einem Ast über ihr herabsprangen und sie mit sich zu Boden rissen.

Gleich darauf spürte Aylon ebenfalls einen harten Schlag im Rücken, als ein weiterer Duul sich auf ihn fallen ließ. Er stürzte, und gleich darauf waren die anderen über ihm. Das Schwert wurde ihm entrissen, und er war sicher, jeden Moment den kalten Stahl einer Klinge zu spüren, die seinem Leben ein Ende setzte, aber die Duuls verzichteten darauf, ihn zu töten. Stattdessen traten und schlugen sie wieder und wieder mit ihren Füßen und Fäusten auf ihn ein.

Aylon war der Bewusstlosigkeit nahe, als es ihm gelang, einen Arm freizubekommen und zwei der Gnome von sich zu stoßen, was ihm ein klein wenig Luft verschaffte.

Auch wenn es ihm angesichts der Gefahr schwer fiel, seine Gedanken zu sammeln, konzentrierte er sich mit aller Kraft auf den goldenen Reif an seinem linken Handgelenk. Einst hatte das Schmuckstück Charalon gehört, dem Gründer des Ordens der Ishtar, und es war eines der mächtigsten *Skiils*, das je geschaffen worden war. Es schützte seinen Träger nicht nur vor fremder Magie, sondern ermöglichte es ihm auch, so lebensechte Illusionen zu schaffen, dass sie von der Realität nicht zu unterscheiden waren.

Aylon stellte sich ein möglichst bedrohliches Ungeheuer vor, ein doppelt mannsgroßes, geschupptes Scheusal mit armlangen Hornstacheln am ganzen Körper, dessen Kopf fast nur aus einem riesigen Maul voller dolchartiger Reißzähne bestand. Mit einem urgewaltigen Brüllen schoss das Monstrum zwischen den Bäumen hervor und stürzte sich auf die Duuls. Sofort ließen diese von Aylon und der Halbelbin ab. Einige von ihnen ergriffen panisch die Flucht, andere stellten sich der unverhofft aufgetauchten neuen Bedrohung zum Kampf. Obwohl es sich nur um eine Illusion handelte, war sie so realistisch, dass die Gnome sogar zu spüren meinten, wie ihre Schwertklingen von den Panzerplatten des Ungeheuers abprallten und es sie zur Seite stieß.

Mühsam quälte Aylon sich auf die Beine. Sein ganzer Körper schmerzte, und es fiel ihm ungeheuer schwer, das Trugbild aufrecht zu erhalten. Er eilte auf Shylena zu, die sich ebenfalls aufgerappelt hatte und sich gerade nach ihrem Schwert bückte.

»Weg hier!«, keuchte er. »Es ist ... nur eine magische Illusion. Ich weiß nicht, wie lange ich noch durchhalte.«

So schnell sie konnten, rannten sie davon, während hinter ihnen die Kampfgeräusche leiser wurden und abrupt endeten, als Aylons magische Kräfte versagten. Er taumelte vor Schwäche und wäre gestürzt, wenn Shylena nicht blitzschnell zugegriffen und ihn gestützt hätte. Nur die Verzweiflung und das Wissen, dass er verloren war, wenn er jetzt aufgab, verliehen ihm die Kraft, weiterzulaufen. Spätestens jetzt würden die Duuls erkennen, dass sie getäuscht worden waren, und die Verfolgung wieder aufnehmen.

Die Baumreihen vor ihnen lichteten sich, und die blaue Wasserfläche des Sees, von dem Shylena gesprochen hatte, war zwischen ihnen zu erkennen. Gleich darauf hatten sie den Rand des Waldes erreicht und gelangten auf einen mit Gras bewachsenen Uferstreifen. Der See war riesig – so groß, dass Aylon das jenseitige Ufer nicht mehr erkennen konnte –, und inmitten des Sees lag eine bewaldete Insel. Ein hoher, weißer Turm ragte aus dem Blätterdach auf, doch dafür hatte Aylon kaum einen Blick übrig.

Wie gebannt starrte er auf das gewaltige Tier, das dicht über dem Ufer des Sees schwebte. Ein Wesen wie dieses hatte er noch nie zuvor gesehen. Es hatte den Körper einer Raubkatze, mit Pranken voller langer, gebogener Krallen, die aussahen, als könnten sie einen Menschen ohne die geringste Mühe in Stücke reißen. Sein Leib war völlig mit schneeweißem Gefieder bedeckt, und sein

Kopf war der eines Adlers. Außerdem besaß es gewaltige Schwingen, die es in der Luft hielten.

Das Erstaunlichste aber war das kleine hölzerne Gestell auf seinem Rücken. Zwei Elben mit schussbereiten Langbögen standen darauf und starrten zu ihnen herüber, hatten sie offenbar bereits erwartet.

So abrupt, als wäre er gegen eine Mauer gelaufen, blieb Aylon stehen, mehr vor Überraschung als vor Schrecken. Er spürte instinktiv, dass von dem riesigen Flugwesen keine Gefahr für ihn ausging. So bizarr es auch erschien, wirkte es doch nicht bedrohlich, sondern anmutig und voller Schönheit. Zu einem beträchtlichen Teil mochte das an den Augen des Wesens liegen. Sie waren groß und braun und blickten voller Sanftmut, und Aylon meinte einen sonderbar wissenden, fast weisen Ausdruck darin zu erkennen, der nicht in die Augen eines Tieres gehörte. Es waren die Augen eines *intelligenten* Wesens.

»Was ... was ist das?«, krächzte er.

»Mjallnir, der Greif«, antwortete Shylena und zerrte ihn einfach weiter. »Nur auf seinem Rücken kann man nach Ai'Bon gelangen. Jetzt komm weiter, oder willst du, dass die Duuls uns doch noch erwischen?«

Hinter ihnen stürmten die ersten Gnome bereits aus dem Wald und stießen wütende Laute aus, als sie sahen, dass die bereits sicher geglaubte Beute ihnen doch noch zu entkommen drohte.

Pfeil auf Pfeil schickten die beiden Elben ihnen entgegen und lichteten ihre Reihen, bis Aylon und Shylena den Greif erreicht hatten. Über eine Strickleiter kletterten sie am Körper des gewaltigen Wesens hinauf, und kaum hatten sie das schwankende Holzgestell auf seinem Rücken erreicht, schraubte Mjallnir sich mit einigen Schlägen seiner Schwingen in die Höhe.

Ein paar Duuls trugen selber Bögen bei sich und schossen ihnen Pfeile nach, doch die meisten Geschosse erreichten den Greif nicht, und die wenigen, die ihn trafen, schien er nicht einmal zu spüren. Gleich darauf befand sich Mjallnir außerhalb der Reichweite der Duuls und wandte sich in Richtung der Insel.

Der Flug dauerte nur kurze Zeit und verlief weitgehend schweigend, obwohl Aylon zahllose Fragen auf der Zunge brannten. Die beiden Elben hatten sich ihm als Larkon und Melos vorgestellt, doch auch sie machten keinerlei Anstalten, ein Gespräch zu beginnen.

In atemberaubender Geschwindigkeit wuchs die Insel vor ihnen heran, ein überwiegend grünes, von Wald bedecktes Eiland, in dessen Mitte sich der gewaltige Turm erhob. Dieser gehörte zu einem ganzen Gebäudekomplex, der aus dem gleichen weißen Marmor in ringförmigen Terrassen erbaut war. Inmitten kunstvoll angelegter Parkanlagen sah Aylon zahlreiche in der filigranen Bauweise der Elben errichtete Gebäude, die untereinander zum Teil durch kühn geschwungene Brücken und Stege verbunden waren. Soweit Aylon sehen konnte, handelte es sich um die einzige Stadt auf der Insel.

Der Rest des Eilands war naturbelassen, allerdings sah er in der Ferne einige große, dunkle Flecken, bei denen es sich vermutlich um umgepflügte Felder handelte.

Mjallnir senkte sich auf einen großen, grasbewachsenen Platz am Rande der Stadt hinab, der von zahlreichen Elben gesäumt war. Es mussten mehrere hundert sein, die sich zu ihrer Begrüßung eingefunden hatten.

So behutsam, wie Aylon es bei einem Tier seiner Größe kaum für möglich gehalten hätte, landete der Greif auf dem Platz. Shylena schwang sich als Erste von seinem Rücken und sprang zu Boden, und nach einer auffordernden Geste Larkons folgte Aylon ihr, wenn auch wesentlich weniger elegant.

Ein hochgewachsener, stattlicher Elb in einem weißen, mit aufwändigen Goldstickereien versehenen Gewand trat ihnen entgegen und lächelte Shylena an.

»Ich freue mich, dass du dich entschlossen hast, zu uns

zurückzukehren, um doch noch deinen Platz an der Seite deines Volkes einzunehmen, Shylena«, begrüßte er sie. »Wie ich sehe, hast du noch einen Begleiter mitgebracht, auch wenn er kein Elb ist.«

»Ich bin Aylon, Adept und Schüler Mazirocs von Cavillon«, stellte Aylon sich vor.

»Er ist selbst ein mächtiger Magier und hat mich vor den Duuls gerettet. Ohne ihn wäre ich verloren gewesen«, erklärte Shylena. »Es wird immer schlimmer mit diesen Kreaturen, und sie sind auch der wahre Grund, aus dem ich zurückgekommen bin. Ich bin gewiss nicht hier, um so wie ihr –«

»Darüber können wir später noch reden«, fiel der Elb ihr ins Wort. Sein Tonfall war scharf und duldete keine Widerrede. Dann wandte er sich wieder Aylon zu und streckte ihm die Hand zum Gruß entgegen. »Wenn es sich so verhält, wie Shylena gesagt hat, dann sind wir alle Euch zu großem Dank verpflichtet. Und der Name Maziroc genießt auch bei uns seit langer Zeit einen hervorragenden Ruf. Seid uns als sein Adept auf Ai'Bon doppelt herzlich willkommen. Mein Name ist Harlin.«

»Er ist der König von dem, was einmal das stolze und mächtige Volk der Elben war«, warf Shylena sarkastisch ein.

Der König der Elben? Diese Eröffnung überraschte Aylon. Er musterte den Mann genauer. Wie bei allen Angehörigen seines Volkes war sein Alter schwer zu schätzen, zumal Elben äußerst langlebig waren, doch schien Harlin noch relativ jung zu sein. Sein Gesicht mit den straff nach hinten gekämmten Haaren wies eine hohe Stirn und etwas zu weit vorstehende Wangenknochen auf, ansonsten jedoch keine Besonderheiten. Allerdings umgab ihn eine unverkennbare Aura großer Würde. Es war kein Charisma, wie Aylon es bei besonders starken und mächtigen Männern erlebt hatte, eher ein fast ätherisches Fluidum aus Abgeklärtheit und Weisheit.

»Ich danke Euch für Eure Einladung und auch für Eure

Hilfe, König Harlin«, antwortete er. »Zwar habe ich Shylena geholfen, aber wir wären beide ein Opfer der Duuls geworden, wenn Eure Leute nicht genau im richtigen Moment gekommen wären und uns gerettet hätten.«

»Wir tun, was wir können, um denen beizustehen, die durch die Duuls in Gefahr geraten«, sagte Harlin bescheiden.

»Du meinst, was ihr tun *wollt*«, verbesserte Shylena mit zorniger Stimme und schnitt eine Grimasse. In diesem Moment erinnerte sie Aylon weniger an eine Halbelbin als an eine kampfeslustige Amazone. »Und das ist wenig genug.«

Aylon bemühte sich, sich seine Verwunderung nicht allzu deutlich anmerken zu lassen. Er gehörte nicht zu denen, die Elben als beinahe übermenschliche Wesen betrachteten und verehrten. Aber auch er empfand großen Respekt und eine gewisse Ehrfurcht vor diesem uralten und einst ungeheuer mächtigen und weisen Volk – und vor allem vor seinen Königen. Er wusste nicht, was zwischen Shylena und Harlin vorgefallen war und weshalb sie ihn so offen und respektlos attackierte, aber es musste mehr als nur eine kleine Meinungsverschiedenheit sein, und es schien etwas mit den Duuls und dem Leben der Elben hier auf dieser Insel zu tun zu haben. Er beschloss, sie bei der nächstbesten Gelegenheit danach zu fragen. Sie schien ihm noch einiges erklären zu müssen.

Harlin reagierte auch auf ihre erneute Provokation nicht, lediglich sein Lächeln wurde eine Spur kühler. »Ihr seid sicherlich erschöpft von der Reise und dem Kampf.« Er winkte eine junge Elbenfrau herbei. »Karva wird Euch Eure Gemächer zeigen, wo Ihr Euch ausruhen könnt. Zu Ehren Eurer Ankunft werden wir heute Abend ein kleines Festbankett veranstalten. Dann werden wir genug Zeit haben, uns über alles zu unterhalten.«

»Das werden wir, denn es ist dringend nötig«, entgegnete Shylena kühl.

»Habt vielen Dank für Eure Gastfreundschaft«, sagte

Aylon. Er rang kurz mit sich, dann überwand er seine Scheu. »Da ist noch etwas, um das ich Euch bitten möchte. Ich war zu Pferde unterwegs, und während der Flucht musste ich das Tier zurücklassen. Es steht am westlichen Rande des Waldes angebunden und wird sterben, wenn sich niemand um es kümmert. Außerdem befinden sich in den Satteltaschen einige *Skiils* und andere unersetzliche Dinge. Ich weiß, dass es angesichts der Gefahr durch die Duuls viel verlangt ist, aber –«

»Larkon wird mit einigen Begleitern noch einmal hinüberfliegen und sich um Euer Pferd und Eure Habe kümmern«, versprach Harlin. »Sie werden so schnell sein, dass die Duuls sie gar nicht erst bemerken. Immerhin sind sie Elben.«

»Ja, sie sind es noch«, stieß Shylena mit sonderbarer Betonung hervor und wandte sich dann so schnell um, dass Aylon und Karva Mühe hatten, mit ihr Schritt zu halten.

Das Gemach, in das Aylon geführt wurde, war so groß und so prachtvoll eingerichtet, dass es eines Königs würdig gewesen wäre. Dennoch zögerte er, einzutreten, und drehte sich noch einmal zu Shylena um.

»Wir müssen miteinander reden«, sagte er. »Ich habe so viele Fragen, dass ich unmöglich bis heute Abend auf die Antworten warten kann.«

Shylena zögerte kurz, dann nickte sie. »Ich kann verstehen, wie dir zumute ist. Hab noch ein wenig Geduld. Ich werde kurz meine Wunden versorgen und mir etwas anderes anziehen, dann komme ich zurück und beantworte deine Fragen.«

»Gut.« Aylon trat in sein Quartier und schloss die Tür hinter sich. Als er allein war und sein Blick auf das große, ausgesprochen weich und bequem aussehende Bett fiel, bedauerte er die Verabredung fast schon wieder. Es lag bereits eine Ewigkeit zurück, dass er in einem Bett wie diesem geschlafen hatte. So groß sein Durst nach Erklärungen auch war, das Verlangen seines Körpers nach Ruhe und ein paar Stunden Schlaf war beinahe ebenso mächtig. Auf dem Bett lagen frische Gewänder für ihn bereit, also konnte er sich wenigstens seiner vor Schmutz starrenden Kleider entledigen.

Einige Minuten nachdem er sich umgezogen hatte, kam Shylena verabredungsgemäß in sein Zimmer. Bei ihrem Anblick verspürte Aylon einen heftigen, kurzen Schmerz in seiner Brust. Sie hatte nicht nur ihre Wunden versorgt und sich das verkrustete Blut und den Schmutz abgewaschen, sondern auch ihr verfilztes Haar frisiert und sich ebenfalls umgezogen. Sie trug nun ein Kleid, das um die Hüften mit einem breiten Gürtel geschnürt war. Schon vorher war sie wunderschön gewesen, aber jetzt kam sie ihm wie eine überirdische Erscheinung vor.

»Lass uns ein wenig herumgehen. Dann zeige ich dir Ai'Bon, während ich deine Fragen beantworte«, schlug sie vor.

Aylon nickte nur. Sie verließen das Gebäude und schlenderten durch die Straßen der weißen Marmorstadt. Von Zeit zu Zeit begegneten ihnen Elben und grüßten sie freundlich, und immer stärker fiel Aylon etwas auf, das er schon bei seiner Ankunft registriert hatte, ohne sich näher Gedanken darüber zu machen.

»Sie sind fast alle jung«, murmelte er. Nahezu alle Elben, die er bislang gesehen hatte, schienen in der Blüte ihrer Jahre zu stehen. Er entdeckte kaum ein Kind und nur ganz wenige Alte.

»Das hat mit diesem Ort und der Entscheidung der Elben zu tun, hier zu leben«, antwortete Shylena. Sie hatten einen der zahllosen Parks erreicht, die überall in der Stadt angelegt waren, und ließen sich auf dem Rand eines von Rosenbüschen eingefassten Springbrunnens nieder. »Weißt du, Ai'Bon ist nicht einfach nur irgendeine Insel. Sie ist unsere Heimat. Vor vielen tausend Jahren erblickten hier die ersten Elben das Licht der Welt.«

»Oh«, machte Aylon. Wie die meisten Menschen wusste er kaum etwas über die Elben und ihre Herkunft, lediglich, dass sie neben den Zwergen eines der ältesten Völker Arcanas waren. Er spürte, dass Shylena im Begriff stand, ihm ein Geheimnis zu offenbaren, das nur wenige kannten.

»Wir waren nicht immer so, wie man uns kennt«, fuhr sie fort. »Ursprünglich genügte es uns, alleine mit uns und der Natur im Einklang zu leben und uns unseres Daseins zu erfreuen. Wir alterten nicht, sondern blieben ewig jung, besaßen nicht einmal feste Körper, und nur durch den Zauber dieser Insel nahm unser Geist Gestalt an. So lebten wir in den Tag hinein, wie es nur hier möglich war, weil es auf Ai'Bon keine natürlichen Feinde gibt, nicht einmal Raubtiere, und wie ich schon sagte, kann man die Insel nur auf dem Rücken Mjallnirs erreichen oder verlassen. Spitze Riffe, die nicht weit vom Ufer entfernt ringsum aus dem See ragen, machen jede Bootsfahrt unmöglich.«

»Der Greif lebte damals schon?«, hakte Aylon erstaunt nach.

»Er ist so unsterblich, wie wir es einst waren – solange er auf Ai'Bon lebt«, erwiderte Shylena. Sie tauchte eine Hand ins Wasser des Brunnens und bewegte sie leicht hin und her. Ihr Gesicht verdüsterte sich, als sie weitersprach. »Irgendwann genügte meinem Volk diese Art zu leben jedoch nicht mehr. Wir wurden neugierig auf die Welt jenseits des Sees und wollten die Insel verlassen. Aber Mjallnir spürte unsere Absicht und weigerte sich, uns ans andere Ufer zu bringen. Dennoch gaben wir nicht auf. Im Laufe unzähliger Jahre gruben wir einen Stollen unter dem See hindurch bis zum Festland. Dort trafen wir ein anderes Volk, alt, weise und mächtig, aus dem viel später dann die Menschen hervorgegangen sind. In euch Magiern ist noch viel vom Blut dieses alten Volkes, denn es beherrschte ebenfalls starke magische Kräfte. Um zu verhindern, dass Unbefugte nach Ai'Bon gelangen konnten, halfen die begabtesten Magier dieses Volkes, dessen Name längst vergessen ist, den Elben, den unterirdischen Stollen magisch zu verschließen.« Sie seufzte. »Nun, wir mussten einen hohen Preis dafür zahlen, dass wir Ai'Bon verließen. Ohne den Zauber dieses heiligen Bodens verloren wir unsere Unsterblichkeit. Wir wurden körperlich und alterten wie jedes andere Geschöpf auch. Nach und nach breiteten wir uns in Arcana aus, wurden zu einem der größten und mächtigsten Völker, bis auch wir schließlich unseren Zenit überschritten und anderen, jüngeren Völkern wie den Menschen weichen mussten. Im Vergleich zu unserer einstigen Macht waren wir schon schwach, als die Dämonen vor mehr als tausend Jahren erstmals nach Arcana kamen und Ai'Lith, die als uneinnehmbar geltende Hohe Festung unseres Volkes, zerstörten. Zahllose Elben verloren im Kampf gegen die Invasoren damals ihr Leben, und davon haben wir uns niemals erholt. Heute gibt es nur noch wenige von uns, nicht viel mehr als die, die hier leben.«

Shylena verstummte, und auch Aylon schwieg eine Weile, noch ganz im Banne dessen, was er gerade gehört hatte.

»Das ist eine traurige Geschichte«, stellte er schließlich bedrückt fest.

»Nein«, widersprach Shylena. »Sie entspricht dem natürlichen Lauf der Welt. Indem wir Ai'Bon einst verließen, haben wir uns den Gesetzmäßigkeiten dieser Welt unterworfen. Alles muss irgendwann vergehen, um etwas Neuem Platz zu machen. Auch den Menschen wird es irgendwann so ergehen.«

»Und deshalb seid ihr hierher zurückgekehrt?«

»So ist es«, bestätigte sie. Ihr Gesicht verdüsterte sich noch weiter, und ein unbestimmbarer Schmerz spiegelte sich in ihren Augen. »Der Weg zurück schien uns für immer verwehrt, denn der unterirdische Gang war versiegelt, und nachdem wir unsere Unschuld verloren und ein Teil der normalen Welt geworden waren, hielt auch

Mjallnir uns nicht mehr für würdig, uns über den See zu tragen. Selbst die Lage von Ai'Bon geriet irgendwann in Vergessenheit.«

»Und doch seid ihr jetzt wieder hier.« Neugierig blickte Aylon die Halbelbin an.

»Als abzusehen war, dass unser Ende nahte, machten Harlin und viele andere Elben es sich zur Lebensaufgabe, das verlorene Paradies wiederzuentdecken«, erklärte Shylena. »Schließlich fanden sie Ai'Bon wirklich, und sie flehten Mjallnir so lange an, den Letzten unseres dem Untergang geweihten Volkes die Rückkehr in ihre Heimat zu gestatten, bis ihre Bitten den Greif rührten und sein Herz erweichten. Nahezu alle Elben sind seither Harlins Ruf gefolgt und nach Ai'Bon gekommen. Nur wenige haben darauf verzichtet oder sind nach einem Besuch wieder in die normale Welt zurückgekehrt – so wie ich.«

Erneut legte sie eine Pause ein und starrte gedankenverloren in das Wasser des Brunnens. Aylon wartete geduldig, und erst als er erkannte, dass sie nicht von sich aus weitersprechen würde, ergriff er selbst das Wort.

»Warum willst du nicht hier leben?«, fragte er.

»Es geht nicht nur darum, sich hier niederzulassen«, erwiderte Shylena mit ungewohnter Heftigkeit. »Wenn es nur das wäre, hätte ich gar nichts dagegen, obwohl ich mir schlecht vorstellen kann, mein ganzes restliches Leben an nur einem Ort zu verbringen. Dafür habe ich wohl zu viel Menschenblut in mir. Es ist vielmehr …« Sie brach ab und schüttelte den Kopf. »Ich habe dir bereits mehr erzählt, als ich wollte. Alles Weitere betrifft allein uns Elben.«

Aylon bemühte sich, sich seine Enttäuschung nicht allzu deutlich anmerken zu lassen. Im Grunde hatte Shylena recht. Kaum ein Mensch dürfte jemals so viele Geheimnisse des Elbenvolkes erfahren haben wie er an diesem Tag, und so neugierig er darauf war, auch den Rest zu erfahren, wollte er Shylena doch nicht drängen.

Eine Weile lang saßen sie schweigend beisammen und

hingen ihren Gedanken nach. Als er zum wiederholten Male ein Gähnen unterdrücken musste, stand Aylon schließlich auf. »Ich werde wohl besser Harlins Rat befolgen und mich etwas hinlegen«, erklärte er. »Ich bin ziemlich müde.«

»Tu das«, entgegnete Shylena und erhob sich ebenfalls. »Ich werde in der Zwischenzeit zu Harlin gehen. Bevor ich mich heute Abend an die Elbenversammlung wende, muss ich mit ihm unter vier Augen sprechen. Findest du allein zurück?«

Aylon nickte. Durch die ringförmige Anlage der Stadt war es fast unmöglich, sich zu verlaufen, und er besaß einen guten Orientierungssinn. »Bis heute Abend dann«, verabschiedete er sich und machte sich auf den Rückweg zu seinem Quartier.

Aylon schlief fast augenblicklich ein, und als er schließlich durch ein lautes Klopfen an der Tür geweckt wurde, fühlte er sich ausgeruht und erfrischt wie schon lange nicht mehr. Draußen war es noch immer hell.

Ohne eine Erwiderung auf ihr Klopfen abzuwarten, öffnete Shylena die Tür und trat ein. Ein spöttisches Lächeln spielte um ihre Mundwinkel, während sie Aylon musterte.

»Na, endlich ausgeschlafen?«, erkundigte sie sich. »Ich dachte mir, ich sehe lieber nach, ob du überhaupt noch lebst.«

»Wieso? Es ist doch noch nicht einmal Abend«, verteidigte sich Aylon.

Ihr Lächeln wurde noch eine Spur breiter. »Das ist richtig. Es ist erst Vormittag – allerdings auch einen Tag später, als du glaubst. Du hast die ganze Nacht durchgeschlafen. Müde, wie du warst, hast du den Schlaf wohl dringend gebraucht, deshalb haben wir darauf verzichtet, dich gestern noch zu wecken.«

Aylon erschrak ein wenig. Er konnte kaum glauben,

was er da hörte, aber es gab keinen Grund, an den Worten Shylenas zu zweifeln.

»Es ist ein wenig peinlich, wenn man Ehrengast eines Festes ist und dann nicht erscheint«, sagte er. »Ich hoffe, Harlin ist mir nicht böse.«

Shylena winkte ab. »Keine Sorge, er selbst hat bestimmt, dass wir dich schlafen lassen sollen. Und du musst dir keine Sorgen machen. Unsere Ankunft war nur ein Vorwand. Im Grunde findet hier jeden Abend ein Fest statt.« Sie deutete auf zwei Satteltaschen, die neben der Tür lagen. »Ach ja, Larkon hat deine Sachen geholt. Dein Pferd konnte er nicht mitbringen, deshalb hat er es freigelassen.«

Aylon atmete erleichtert auf. In den Taschen befanden sich tatsächlich viele unersetzliche Dinge, hauptsächlich Hinterlassenschaften seines Vaters, die es auf Arcana kein zweites Mal gab.

»Du möchtest dir bestimmt die Insel ansehen«, sprach Shylena weiter. »Wenn du endlich aus dem Bett herauskommst, kann ich dir alle Sehenswürdigkeiten zeigen. Ich warte so lange draußen.«

Kaum hatte sie das Zimmer verlassen, sprang Aylon auf, wusch sich und kleidete sich an. Kurz darauf machte er sich zusammen mit Shylena auf den Weg, um Ai'Bon zu erkunden, und es gab eine Menge zu sehen, wie er in den folgenden Stunden feststellte. Nur ein kleiner Teil der Insel war urbar gemacht worden. Er entdeckte einige Weinberge und Felder mit Mais und verschiedenen Getreidesorten. Doch erschienen ihm die Felder reichlich klein, um die gesamte Bevölkerung zu versorgen, selbst wenn nur einige hundert Elben hier lebten. Auf seine entsprechende Frage hin lächelte Shylena nur, gab aber keine Antwort.

Der bei weitem größte Teil der Insel war in seinem ursprünglichen Zustand belassen, wie Aylon schon aus der Luft gesehen hatte. Eine Veränderung wäre ihm allerdings auch geradezu wie ein Frevel vorgekommen, denn

Ai'Bon erwies sich als ein regelrechtes Paradies, von der Natur so wunderschön und perfekt geschaffen, wie es die Hand eines Menschen oder auch eines Elben niemals hätte vollbringen können. Es gab zahlreiche Lichtungen im Wald, die dicht wie ein Teppich mit bunten, blühenden Blumen bewachsen waren, sodass sie ein einziges Blütenmeer bildeten. Es gab kristallklare Bäche und Bäume, an denen wohlschmeckende Früchte wuchsen, wie Aylon sie noch nie zuvor gesehen und gegessen hatte.

Auf einer der Blumenlichtungen, durch die sich ein Bach in zahlreichen munteren Kaskaden ergoss, um wenig später in einen mit Seerosen bewachsenen Tümpel zu münden, legten sie eine Rast ein. Der Duft der Blüten erfüllte die Luft, und Schmetterlinge tanzten um sie herum. Aylon fühlte sich so unbeschwert und wohl wie schon lange nicht mehr.

»Hier ist es wunderschön«, seufzte er. »Ich kann gut verstehen, dass dein Volk diese Insel liebt und hierher zurückgekehrt ist.«

»Und dadurch auf dem besten Weg ist, die Schönheit und den Zauber Ai'Bons zu zerstören«, entgegnete Shylena heftig. Ein Schmetterling, der sich auf ihrem ausgestreckten Finger niedergelassen hatte, stob erschrocken auf.

»Dein Gespräch mit Harlin gestern scheint nicht besonders erfolgreich gewesen zu sein.«

»Nein, aber im Grunde habe ich nichts anderes erwartet. Trotzdem musste ich zumindest noch einen Versuch unternehmen.« Shylenas Stimme bebte vor Zorn und stand in krassem Gegensatz zu der Idylle um sie herum. »Wahrscheinlich ist es ohnehin schon zu spät. Sie sind bereits zu weit gegangen, um noch zurück zu können.«

»Wovon sprichst du?«

Sie zögerte mit der Antwort, doch schließlich zuckte sie mit den Schultern. »Du weißt schon so viel, warum soll ich dir nicht auch noch den Rest erzählen. Es spielt sowieso keine Rolle mehr.« Sie brach eine Blume ab, roch kurz daran und begann, die Blüten auszuzupfen, als müsste sie ihre Finger beschäftigen.

»Weißt du, als Harlin und die anderen nach Ai'Bon zurückkehrten, genügte es ihnen nicht, hier einen geruhsamen Lebensabend zu verbringen. Erneut versuchten sie, in die Urkräfte der Schöpfung einzugreifen. Sie wollten ihre Körperlichkeit wieder aufgeben und ihre einstige Unsterblichkeit zurückerlangen. Aber im Laufe der Jahrtausende haben die Elben sich verändert. Sie besaßen nicht mehr ihre frühere Reinheit. Sie hatten Kriege geführt und getötet, hatten Macht und Reichtum erworben, auch Neid und Hass waren ihnen nicht mehr fremd. Indem wir uns der Welt angepasst haben, haben wir auch zugelassen, dass die Dunkelheit Einzug in unsere Herzen fand. Man kann dagegen ankämpfen und sie unterdrücken, aber sie ist dennoch da. Doch mein Volk hatte sich in die Idee verrannt, dass alles wieder wie früher sein könnte. Vielleicht war auch die Aussicht auf Unsterblichkeit einfach zu verlockend, um ihr zu widerstehen – selbst wenn der Preis dafür noch so hoch sein mag.«

»Ich verstehe nicht, was du meinst«, wandte Aylon ein. »Was für ein Preis?«

»Am besten werde ich es dir zeigen, dann wirst du begreifen«, antwortete Shylena und stand auf. »Bislang habe ich dir nur die schönen Seiten von Ai'Bon gezeigt, nun wird es Zeit, auch den Rest zu sehen. Die Narben, die wir der Insel schon zugefügt haben.«

Aylon erhob sich ebenfalls und folgte ihr beklommen. Er fragte sich, wovon Shylena sprach.

»Wir haben es mit unzähligen Ritualen versucht, doch es dauerte lange, bis wir einen Weg fanden«, berichtete sie weiter, während sie nebeneinander durch den Wald gingen. »Mit Hilfe ganz spezieller Meditationstechniken gelang es uns schließlich, in die Quellen des Lebens einzutauchen und die körperliche Hülle abzustreifen, doch bis dahin war es ein Weg voller Fehler und Irrtümer, und nicht wenige haben mit ihrem Leben dafür bezahlt. Einer von ihnen war mein Vater.«

»Das tut mir leid«, murmelte Aylon. »Hast du ihm sehr nahe gestanden?«

Shylena nickte, und als er sie anblickte, sah er Tränen in ihren Augen glitzern. Tröstend legte er ihr eine Hand auf den Arm. Elben waren im Allgemeinen sehr zurückhaltend und scheu, was körperliche Berührungen betraf, vor allem gegenüber dem Angehörigen eines anderen Volkes, und so erwartete er halbwegs, dass sie sich ihm entziehen würde. Doch nichts dergleichen geschah. Er wertete es als ein Zeichen von Vertrauen und vielleicht sogar Zuneigung ihm gegenüber.

»Ich habe ihn sehr geliebt«, erklärte sie stockend. »Gerade sein Tod hat mich dazu gebracht, unser Vorhaben mit anderen Augen zu sehen, sodass ich mich immer stärker von meinem Volk distanziert habe. Aber Harlin und die anderen setzten den eingeschlagenen Weg fort, bis sie schließlich Erfolg hatten.«

»Das heißt ... sie haben ihre Körperlichkeit wirklich aufgegeben und sind unsterblich geworden?«, stieß Aylon hervor. Er hatte bereits geahnt, dass Shylenas Bericht darauf hinauslief, dennoch war er verblüfft. »Aber wie kann ... ich meine, Harlin wirkte völlig ... ›normal‹. Wir haben uns sogar die Hand geschüttelt.«

»Das ist der Zauber von Ai'Bon. Auch das Körperlose kann hier die Gestalt annehmen, die der Geist vorgibt«, erwiderte Shylena mysteriös. »Aber der Zauber wirkt nur hier, auf der Insel und im gesamten Bereich des Sees. Und die Elben können nicht mehr in die Welt hinaus. Wie du dich erinnerst, musste auch Mjallnir am Ufer auf uns warten, denn auch ihm ist es verwehrt, das Festland zu betreten. Er kann es nicht einmal überfliegen.«

Aylon runzelte die Stirn. »Aber Larkon hat meine Satteltaschen geholt, und dazu musste er bis an den Rand des Waldes«, wandte er ein.

»Auch hier auf Ai'Bon haben noch nicht alle die

Umwandlung vollzogen. Larkon und Melos gehören dazu«, erklärte Shylena. Sie deutete nach vorne. »Es ist jetzt nicht mehr weit. Man kann schon die ersten Spuren sehen.«

Aylon erkannte sofort, was sie meinte. Einige der Bäume um sie herum waren unzweifelhaft krank. Anfangs entdeckte er nur vereinzelte trockene Äste, doch es wurden mehr, je weiter sie gingen, und hier und da tauchte ein völlig abgestorbener Baum auf. Es dauerte nicht lange, bis die gesunden Bäume die Minderzahl bildeten. Aber auch die anderen Pflanzen wurden weniger, bis die beiden schließlich eine Stelle erreichten, an der gar nichts mehr wuchs, nicht einmal ein einzelner Grashalm. Selbst die Tiere hatten diesen Teil des Waldes verlassen.

Aylon fröstelte. Ein kalter Hauch schien von dem toten Land und den wie skelettiert aussehenden Baumstümpfen auszugehen. Der Boden unter ihren Füßen war schwarz, wie mit Pech überzogen.

»Was ... was ist das?«, fragte er entsetzt. Er hatte die dunklen Flecken, die ihm bei seiner Ankunft aufgefallen waren, für gepflügte Felder gehalten, doch vollkommener konnte ein Irrtum kaum sein.

»Der Preis, den Harlin und die anderen bezahlen mussten«, antwortete Shylena. Ihre Stimme klang gepresst und traurig. »Nehmen wir Harlin selbst. Er war stets ein aufrechter und ehrlicher Mann, aber er war auch stur und wollte oft genug mit dem Kopf durch die Wand, war aufbrausend, jähzornig und leicht reizbar.«

»Das hört sich gar nicht nach dem Harlin an, den ich kennen gelernt habe«, entgegnete Aylon skeptisch.

»Eben. Mit seiner Körperlichkeit legte er auch diese negativen Eigenschaften seines Charakters ab, genau wie alle anderen. Und dieser freigesetzte Teil der Finsternis, die in ihnen war, hat dies hier verursacht. Sie haben sich des Zaubers Ai'Bons bedient, haben ihn an sich gerafft und missbraucht und diesem Land damit Wunden geschlagen, die vermutlich niemals mehr heilen werden.

Deswegen halte ich ihren Weg für so grundlegend falsch, und deshalb weigere ich mich, ihn ebenfalls einzuschlagen. Jeder weitere Elb, der seine Körperlichkeit aufgibt, verdirbt mit der Unreinheit in seinem Geist ein weiteres Stück der Insel, und der Prozess setzt sich immer schneller fort. Wir töten unsere Heimat, kaum dass wir sie wiedergewonnen haben. Vielleicht sind sogar die Duuls nur ein letztes Aufbegehren des Schicksals, uns an unserem Vorhaben zu hindern.« Sie erschauderte und wandte sich ab. »Komm, lass uns zurückgehen. Ich ertrage diesen Anblick nicht länger.«

Aylon stimmte ihr hastig zu, ihm erging es nicht anders. Schweigend ging er neben Shylena her. Erst als die Bäume um sie herum sich wieder grün gefärbt hatten, fiel etwas von der Bedrückung von ihnen ab.

»Was haben die Duuls mit dem hier zu tun?«, erkundigte er sich.

Shylena zuckte die Achseln. »Nur so ein Gedanke von mir«, behauptete sie. »Sie töten alles und jeden, dem sie begegnen, aber uns Elben hassen sie besonders abgrundtief, vielleicht, weil wir in so vielfacher Hinsicht das genaue Gegenteil von ihnen sind. Anfangs waren es nur wenige, aber dann kamen immer mehr. Wer nach Ai'Bon wollte, musste durch ihr Gebiet, und viele Elben sind von ihnen getötet worden. Das meinte ich damit, dass das Schicksal durch sie womöglich verhindern wollte, dass immer mehr und mehr von uns herkamen, um der Insel weiteren Schaden zuzufügen. Aber du siehst ja, viele von uns kamen trotzdem durch, zu viele. Ein Elb kann über eine gewisse Distanz hinweg spüren, wenn ein anderer in Gefahr schwebt. Deshalb haben Larkon und Melos uns gestern auch rechtzeitig und genau an der richtigen Stelle erwartet. Auf die gleiche Art wurden viele der anderen gerettet.«

Aylon wusste nicht recht, was er von alldem halten sollte. Er war ein Magier, und Magie war ein beinahe ebenso natürlicher Teil seines Lebens wie das Atmen, doch mit dem merkwürdigen Zauber Ai'Bons konnte er nichts anfangen. Es musste eine gänzlich fremde Magie sein, vielleicht die Urkraft der Schöpfung selbst, denn er vermochte sie nicht zu erspüren. Immerhin hatte er gesehen, was sie bewirken konnte – im Guten wie im Schlechten.

Irgendetwas musste während ihrer Abwesenheit geschehen sein, das war deutlich zu spüren, kaum dass sie die Stadt wieder erreicht hatten. Es war geisterhaft still, und die Straßen waren wie ausgestorben, nirgendwo war auch nur ein einziger Elb zu sehen. Aylon wechselte einen besorgten Blick mit seiner Begleiterin, doch Shylena wirkte ebenso ratlos.

Sie entdeckten die Elben schließlich auf dem großen Platz, auf dem der Greif bei ihrer Ankunft gelandet war. Wiederum hatten sich hunderte versammelt, und Aylons erster Gedanke war, dass neue Ankömmlinge eingetroffen waren, doch diese Vermutung bewahrheitete sich nicht.

»Es ist Mjallnir«, stieß einer der Elben auf eine entsprechende Frage Shylenas hin hervor. Sein Gesicht zeigte deutliche Spuren von Schrecken. »Er ist krank geworden.«

»Krank?«, echote Shylena fassungslos. »Aber wie …« Sie sprach nicht weiter. Zusammen mit Aylon drängte sie sich zwischen den Elben hindurch, bis sie die vorderste Reihe erreicht hatten.

Der Greif kauerte in einer Ecke des Platzes. Er hatte die Pfoten ausgestreckt und seinen adlerähnlichen Kopf darauf gebettet. Er zitterte am ganzen Körper, und der Blick seiner Augen war trüb. Harlin und einige andere Elben standen direkt neben ihm.

»Was ist geschehen?«, erkundigte Shylena sich.

»Wir wissen es nicht, aber es geht ihm offenkundig nicht gut«, antwortete der Elbenkönig. Auch er wirkte ratlos und zutiefst erschrocken. »Es begann um die Mittagszeit. Wir haben ihm Heiltränke gebraut, doch sie scheinen nichts zu nutzen. Nicht einmal das heilige Wasser aus den Quellen des Lebens konnte ihm helfen.«

»Also hat es jetzt auch ihn getroffen«, murmelte Shylena. Ein harter Glanz trat in ihre Augen. »Das ist alles eure Schuld!«, schleuderte sie Harlin und den anderen Elben anklagend entgegen. Sie sprach so laut, dass jeder auf dem Platz sie hören konnte. »Ich kann euch sagen, was mit ihm ist, aber wahrscheinlich wisst ihr es schon selbst. Ihr habt begonnen, den Zauber Ai'Bons zu verderben, und Mjallnir ist ein Teil dieses Zaubers. Nun geschieht mit ihm das Gleiche, was schon mit Teilen der Insel passiert ist. Habt ihr ernsthaft geglaubt, an ihm würde das Unheil, das ihr anrichtet, spurlos vorübergehen?«

»Schweig!«, befahl Harlin barsch. »Du redest Unsinn, und das weißt du. Willst du selbst dieses Unglück benutzen, um es als Argument gegen uns zu verwenden?«

Seine Worte, obwohl mit großer Entschlossenheit ausgesprochen, wirkten nicht besonders überzeugend, und Shylena schüttelte nur zornig den Kopf.

»Nein, ich werde nicht schweigen, und du weißt so gut wie ich, dass ich Recht habe. Vielleicht ist dies die letzte Warnung, die euch zuteil wird, bevor ihr Ai'Bon vollends zerstört. Lasst ab von eurem Weg.«

»Du weißt, dass wir das nicht mehr können, darüber haben wir erst gestern lange gesprochen«, antwortete Harlin, nun wieder mit überraschend sanfter Stimme. »Nur wenige Dutzend von uns haben den Übergang bislang nicht vollzogen, und nach langer Zeit der Vorbereitung stehen sie dicht davor. Sollen wir es ihnen nun plötzlich verwehren, ihren Platz als Unsterbliche in unserer Mitte einzunehmen, und sie damit zum Tode verurteilen? Skalos und Vilon haben heute die nötige innere Reinheit erreicht, und sie brennen darauf, heute Abend in die Quellen des Lebens einzutauchen. Willst du zu ihnen gehen und ihnen sagen, dass sie es nun doch nicht dürfen?«

»Wenn es sein muss, ja«, entgegnete Shylena hitzig. »Und was die nötige Reinheit betrifft – vielleicht reicht sie für das Bad in den Quellen aus, aber mehr auch nicht. Ihr alle wisst, welche Wunden wir Ai'Bon damit schlagen.«

»Wir haben Fehler gemacht, das wissen wir«, räumte Harlin ein. »Und jeder weitere von uns, der seine Körperlichkeit aufgibt, vergrößert den Schaden, aber es geht nur noch um einige wenige, und wir sind davon überzeugt, dass wir die Wunden mit der Zeit wieder heilen können.«

»Reines Wunschdenken!«, hielt Shylena ihm entgegen. Sie deutete auf den Greif. »Reicht euch nicht einmal dies als Mahnung? Jeder von euch, der den Übergang noch vollziehen wird, könnte ebenso gut ein Schwert nehmen und es Mjallnir in den Leib rammen. Wie wollt ihr die Wunden heilen, wenn das Undenkbare geschieht und Mjallnir sterben sollte? Ach, verdammt, was rede ich überhaupt, ihr seid ja so verblendet in eurer Gier nach dem ewigen Leben, dass ihr nicht einmal richtig zuhört!«

Wütend stampfte sie mit dem Fuß auf, fuhr dann herum und stürmte mit weit ausgreifenden Schritten davon. Nach kurzem Zögern folgte Aylon ihr.

Aylon hatte eine Weile mit sich gerungen, ob er auf Harlins Einladung hin der Übergangszeremonie beiwohnen sollte, zumal Shylena kategorisch erklärt hatte, dass sie keinesfalls daran teilnehmen würde. Doch schließlich siegte seine Neugier. Immerhin handelte es sich um ein Ereignis, wie er es sicherlich nie wieder erleben würde.

Er hatte das Eintauchen in die Quellen des Lebens bislang nur für eine symbolhafte Umschreibung gehalten, doch nun musste er erkennen, dass es wörtlich zu verstehen war. Sie waren in eine gewaltige Grotte direkt unter dem Turm der Stadt hinuntergestiegen, die von zahllosen

Fackeln fast taghell erleuchtet war und genügend Platz bot, selbst für ein Vielfaches der versammelten Elben. Zahlreiche Quellen entsprangen in den Wänden, stürzten in Kaskaden und kleinen Wasserfällen über die Felsen und vereinigten sich in einem kleinen See in der Mitte der Grotte. Zusätzlich musste der See auch von weiteren unterirdischen Quellen gespeist werden, denn an mehreren Stellen befand sich die Oberfläche in ständiger brodelnder Bewegung.

»Die heiligen Quellen, denen das Volk der Elben einst vor vielen Jahrtausenden entstieg«, erklärte Harlin ehrfurchtsvoll. »Und nun vollziehen wir diesen Schritt erneut.«

Aylon verzichtete auf eine Antwort. Was hier auf Ai' Bon geschah, war allein Sache der Elben, und er hatte kein Recht, sich einzumischen. Doch seit er am Nachmittag die toten Wälder und den kranken Greif gesehen hatte, deckte sich sein Standpunkt mit dem Shylenas. Trotzdem konnte er sich der andächtigen Atmosphäre, die in der Grotte herrschte, nicht völlig entziehen.

Aylon musste sich mehr als eine halbe Stunde gedulden, bis schließlich auch Skalos und Vilon erschienen, zwei alte Männer. Was dann geschah, war ebenso unspektakulär wie beeindruckend. Die beiden Elben traten an den Rand des Sees, streiften ihre Gewänder ab und stiegen langsam ins Wasser. Der Grund unter ihren Füßen musste ziemlich steil abfallen, denn schon nach wenigen Schritten reichte ihnen das Wasser bis zum Hals, und gleich darauf waren sie völlig untergetaucht.

»Diese Quellen sind das größte Heiligtum unseres Volkes«, raunte Harlin Aylon zu. »Sie besitzen ungeheure magische Kraft, aber sie sind auch gefährlich. Wer in ihnen badet, ohne die nötige geistige Reinheit erworben zu haben, den töten sie.«

Es dauerte eine Weile, bis Skalos und Vilon wieder auftauchten, und als sie es schließlich taten, hatten sie sich verändert. Als alte Männer waren sie in den See getaucht, jung und kraftvoll kehrten sie daraus zurück. Jubel ertönte, als sie ans Ufer stiegen, doch nachdem Aylon sie eine Zeit lang beeindruckt angesehen hatte, beachtete er sie nicht weiter. Wie gebannt starrte er auf das Wasser des Sees.

Trotz der unzähligen Kerzen, die die Grotte mit flackerndem Licht erfüllten, hatte der See bisher wie eine graue Fläche gewirkt. Nun schien er sich noch mehr zu verfinstern, als hätten die Körper der beiden Elben das Wasser verunreinigt. Wie ein pechschwarzes, abgrundtiefes Loch in der Wirklichkeit lag der See da.

Mit einem Mal war Aylons andächtige, ehrfurchtsvolle Stimmung verflogen. Schaudernd wandte er den Blick ab.

Auch in den folgenden Tagen besserte sich Mjallnirs Zustand nicht. Anders als die Elben, hatte Aylon keine sonderlich ausgeprägte Beziehung zu dem Greif, obwohl ihm das edle, jahrtausendealte Tier natürlich leid tat. Er sorgte sich jedoch aus einem ganz anderen Grund mindestens ebenso sehr um Mjallnir wie die Elben. Shylena hatte ihm gesagt, dass es nur auf dem Rücken des Greifs möglich wäre, den See zu überwinden, insofern stellte Mjallnir für ihn den einzigen Weg dar, Ai'Bon jemals wieder zu verlassen. Auch ohne dass er mit Shylena darüber sprach, wusste er, dass es ihr genauso erging. Für sie musste es die reinste Hölle bedeuten, mitanzusehen, wie ihr Volk die Insel zugrunde richtete.

Immerhin – sie waren beide Außenseiter, und das schweißte sie zusammen. Je mehr Zeit Aylon mit Shylena verbrachte und je besser er sie kennen lernte, umso tiefer wurden seine Gefühle für sie.

Die wichtigste Parallele in ihrem Schicksal war vielleicht, dass sie beide jeweils Kinder verschiedener Welten waren, dass sie unterschiedlichen Völkern entstammten, ohne sich einem davon richtig zugehörig zu fühlen. Diese

Entwurzelung und Heimatlosigkeit machten sie nicht nur hier auf Ai'Bon, sondern überall zu Außenseitern, die durch die Welt irrten, ohne selbst zu wissen, wonach sie eigentlich suchten, und diese Gemeinsamkeit wob ein stärkeres Band zwischen ihnen als alles andere. Sie verbrachten jeden Tag miteinander, und mehr noch als die Schönheit Ai'Bons machte Shylenas Gegenwart sein unfreiwilliges Asyl auf der Insel erträglich.

Aus seinen Studien der Magie wusste Aylon, dass die Dreizehn entgegen landläufiger Meinung eigentlich eine Zahl mit starker positiver Kraft war, doch für ihn war der dreizehnte Tag seines Aufenthalts auf Ai'Bon der Tag, an dem alle Aussichten, die Insel wieder verlassen zu können, endgültig zerstört wurden, denn an diesem Tag starb Mjallnir. Sein Ende war durch die beständige Verschlechterung seines Zustands vorherzusehen gewesen, doch Aylon hatte es nicht wahrhaben wollen und sich wider besseres Wissen an die verzweifelte Hoffnung geklammert, dass der Greif doch wieder genesen würde.

Großes Wehklagen brach nach Mjallnirs Tod unter den Elben aus, und Aylon kam sich ein wenig schäbig vor, dass er in erster Linie an die Konsequenzen dachte, die der Tod dieses wundersamen Wesens für ihn persönlich hatte. Shylena ihrerseits dachte gar nicht daran, die Trauer der anderen Elben zu respektieren. Stattdessen trieben Schmerz und Verzweiflung sie dazu, Harlin gerade an diesem Tag so heftig wie nie zuvor mit Vorwürfen und Schuldzuweisungen zu attackieren. Ihr Zorn schien grenzenlos und war nicht zu besänftigen. Aylon sah schließlich keinen anderen Weg, als sie fast gewaltsam wegzuschleppen.

Ihr Widerstand erlosch schlagartig, nachdem er sie ein paar Schritte zur Seite gezerrt hatte. Mit einem Mal warf sie die Arme um seinen Hals und klammerte sich wie eine Ertrinkende an ihn, so fest, dass er selbst kaum noch Luft bekam. Ihr Körper bebte, als sie ihren Tränen an seiner Schulter freien Lauf ließ.

Aylon hielt sie tröstend fest und wartete, bis sie sich ein wenig beruhigt hatte und ihre Tränen versiegten, während die unterschiedlichsten Empfindungen ihn durchströmten, wie sie ihm in dieser Intensität bislang völlig fremd gewesen waren und die dem ursprünglich traurigen Anlass in keiner Form angemessen schienen.

Auch Shylena erging es wohl ähnlich, denn als sie sich schließlich von ihm löste, schaute sie ihn fast verwundert und mit einem Leuchten in den Augen an, das vorher nicht darin gelegen hatte.

»Komm«, sagte sie nur und ergriff seine Hand.

In ihrem Gemach angelangt, streiften sie sich gegenseitig die Kleider vom Leib und ließen sich auf das Bett sinken. Shylena war nicht die erste Frau, mit der Aylon das Lager teilte, aber nie zuvor war es mit solcher Leidenschaft und Hingabe geschehen. Während er tief in sie eindrang und sie ihn mit ihren Armen und Beinen umklammerte, kam sie ihm wie eine Ertrinkende vor, die einen Halt bei ihm suchte, den niemand sonst ihr geben konnte.

Schwer atmend lagen sie anschließend noch lange nebeneinander und hingen ihren Gedanken nach, bis Shylena schließlich als Erste das Schweigen brach.

»Wir müssen hier weg«, sagte sie. »Ich verliere den Verstand, wenn ich noch länger auf Ai'Bon bleiben und mitansehen muss, was aus meinem Volk geworden ist.«

Aylon rollte sich zu ihr herum, stützte das Kinn auf seine Hände und blickte sie traurig an.

»Auch ich möchte hier weg, aber du hast selbst erklärt, dass nur Mjallnir uns von der Insel hätte wegbringen können.«

»Nun, vielleicht gibt es noch eine andere Möglichkeit«, murmelte sie.

Nach einem kurzen, bedeutungsschwangeren Zögern schilderte sie ihm ihren Plan.

»Das ist der idiotischste Plan, von dem ich je gehört habe. Ich weiß gar nicht, was ich hier mache. Ich muss verrückt geworden sein«, brummte Aylon, doch die Worte dienten in erster Linie dazu, seine Nervosität und Angst zu verbergen.

Sie waren in die Grotte mit den heiligen Quellen tief unter der Stadt zurückgekehrt. Anders als bei der Zeremonie vor fast zwei Wochen, brannten diesmal keine Kerzen, die das Gewölbe erleuchteten. Im zuckenden Licht zweier Fackeln, deren Schein nur wenige Schritte weit reichte, bevor er vom schwarzen Gestein einfach aufgesogen zu werden schien, kletterten sie über Felsen, die im Laufe von Jahrmillionen vom Wasser so glatt geschliffen worden waren, dass ihre Füße kaum Halt fanden. Jeder Schritt wurde zu einem Abenteuer mit ungewissem Ausgang, und sie kamen nur langsam voran. Irgendwo neben und unter ihnen gähnte die schwarze Oberfläche des Sees, und Aylon erinnerte sich noch zu gut daran, was Harlin ihm über das Schicksal derjenigen erzählt hatte, die darin badeten, ohne die nötige geistige Reinheit erlangt zu haben.

»Wir haben leider keine andere Wahl«, antwortete Shylena mit einiger Verspätung.

»Das macht die Sache nicht weniger verrückt«, stellte Aylon verdrossen fest. »Mir fallen auf Anhieb ungefähr eine Million Gründe ein, aus denen es nicht gelingen kann, und wenn ich erst intensiver darüber nachdenke, stoße ich bestimmt noch auf ein paar Millionen mehr – selbst wenn wir das hier lebend überstehen und das Tor erreichen.«

Obwohl er leise sprach, hallte seine Stimme von den Felswänden wider und klang selbst in seinen Ohren verzerrt und merkwürdig falsch.

»Mein Volk hat Ai'Bon schon einmal auf diesem Weg verlassen«, erinnerte Shylena ihn.

»Und dieser Weg wurde danach für alle Zeiten verschlossen, wie du selbst erzählt hast. Was gibt dir die

Zuversicht, dass es mir gelingt, die Siegel zu brechen? Ich bin nicht viel mehr als ein kleiner Magierlehrling, und die Siegel wurden von einem Volk erschaffen, dessen Kräfte die der Ishtar um ein Vielfaches überstiegen, wenn es stimmt, was du mir erzählt hast.«

Shylena blieb stehen, drehte sich zu Aylon um und setzte sich auf einen der Felsen. Das Licht der Fackel verwandelte ihr Gesicht in pures Gold.

»Es stimmt«, sagte sie. »Aber die Siegel wurden erschaffen, um unliebsame Besucher daran zu hindern, nach Ai'Bon zu gelangen, nicht umgekehrt. Außer Mjallnir lebte damals niemand mehr auf der Insel. Die Siegel werden auch in dieser Richtung ihre Wirkung entfalten, aber längst nicht so stark. Deshalb habe ich die Hoffnung, dass wir es schaffen können. Und dass du mehr als nur ein *kleiner Magierlehrling* bist, hast du gezeigt, als du mich vor den Duuls gerettet hast.«

»Das war nur eine Illusion, die ich durch Charalons Reif erschaffen habe, und ich glaube nicht, dass uns solche Trugbilder in diesem Fall helfen können«, erwiderte Aylon.

Shylena machte eine ärgerliche Geste mit der freien Hand. »Dann frage ich mich, warum du überhaupt mitgekommen bist. Seit unserem Aufbruch höre ich von dir nur Einwände, warum wir es nicht schaffen können, und allmählich bin ich deine Schwarzseherei leid. Uns bleibt nichts anderes übrig, als es zu versuchen. Was haben wir schon zu verlieren?«

»Höchstens unser Leben.«

»Und wenn schon«, stieß Shylena hitzig hervor. »Lieber sterbe ich bei dem Versuch, von hier zu entkommen, als den Rest meines Lebens auf Ai'Bon zu fristen.«

Diesmal widersprach Aylon ihr nicht. Er wusste tief in seinem Inneren, dass er selbst keine Ruhe finden würde, bevor sie nicht jede nur erdenkliche Möglichkeit ausgelotet hatten, die Insel doch noch zu verlassen.

Nach einer kurzen Pause stand Shylena wieder auf und kletterte weiter. Schweigend folgte Aylon ihr.

Die Zeit schien sich ewig zu dehnen, bis die gefährliche Kletterei über die glatten Felsen endlich ein Ende hatte und sie wieder halbwegs ebenen Boden erreichten. Erschöpft ließ Aylon sich an einer Wand zu Boden gleiten und schnappte nach Luft. Er hätte nie gedacht, dass es so schwer sein würde, die Grotte zu durchqueren. Mittlerweile schien ihn jeder einzelne Muskel zu schmerzen. Er war körperliche Anstrengungen dieser Art nicht gewohnt. Zwar hatte er sich darauf beschränkt, nur die allerwichtigsten Sachen aus seinen Satteltaschen herauszunehmen und in den Taschen seiner Kleidung zu verstauen, doch kam es ihm inzwischen vor, als ob er Tonnengewichte mit sich herumschleppte.

»Das schwierigste Stück haben wir überwunden«, sagte Shylena aufmunternd und kauerte sich ihm gegenüber nieder. Auch an ihr waren die Anstrengungen nicht spurlos vorübergegangen. Schweiß glänzte auf ihrer Haut, und ihr Atem ging abgehackt. »Zumindest hoffe ich das. Der eigentliche Stollen unter dem See dürfte wohl ziemlich eben verlaufen.«

»Hoffentlich«, presste Aylon matt hervor.

Sie gönnten sich nur eine kurze Rast, gerade lang genug, um wieder zu Atem zu kommen und ihren rasenden Herzschlag zu beruhigen. Dann ging es weiter. Die Grotte verjüngte sich allmählich zu ihrem Ende hin, und schließlich standen sie vor einer hoch aufragenden Felswand, die ihnen das Weiterkommen verwehrte.

»Irgendwo hier muss der verschlossene Durchgang sein«, teilte Shylena mit. »Der Gang wurde damals zur Sicherheit an seinem Anfang und seinem Ende versiegelt.«

Skeptisch betrachtete Aylon die massive Felswand und schritt sie langsam ab. Dabei ließ er seine Finger über das Gestein streifen. Er verharrte bei jeder Unebenheit und prüfte sie genauer, doch stets handelte es sich nur um einen ganz natürlichen Riss im Felsen. Von einer Fuge, die die Umrisse eines Durchgangs markierte, konnte er nichts entdecken. Wenn es wirklich eine Öffnung gab, so war sie perfekt getarnt, vermutlich durch Magie.

Er trat ein Stück zurück und musterte die Wand noch einmal, doch diesmal verließ er sich nicht allein auf das, was ihm seine Augen zeigten. Stattdessen benutzte er die in ihm schlummernden Kräfte, um wie mit unsichtbaren geistigen Fühlern nach der Wand zu tasten.

Auf diese Art konnte er mehr als nur die Oberfläche erforschen, und schon nach wenigen Sekunden bemerkte er etwas.

Anders als bei dem vagen, für ihn nicht erfassbaren Elbenzauber Ai'Bons, spürte er diesmal eine Quelle starker Magie im Inneren des Felsens. Er verstärkte seine Bemühungen, griff direkt nach der Quelle dieser Macht. Schwach zeichnete sich etwas auf dem Gestein ab, formte sich zu einem fremdartigen Symbol aus feurigen, vielfach ineinander verschlungenen Linien.

Instinktiv zuckte Aylon zurück. Er hatte ein Zeichen wie dieses noch nie zuvor gesehen, doch fühlte er deutlich die ungeheure Macht, die dem Symbol innewohnte. Eine Macht, die ihn verbrennen würde, wenn er ihr zu nahe kam. Deutlich spürte er die Hitze, die von dem Zeichen ausging.

»Das Siegel«, stieß Shylena hervor. »Ich sehe es ebenfalls. Kannst du es brechen?«

Aylon schüttelte den Kopf. »Unmöglich«, behauptete er. »Dem Volk, das es geschaffen hat, müssen wirklich sehr, sehr starke Magier angehört haben. Dies muss eines der legendären Zeichen der Macht sein. Ich habe zwar noch nie ein solches gesehen, aber in alten Überlieferungen davon gelesen. Die Zeichen töten jeden, der sie auszulöschen versucht – es sei denn, der Betreffende besitzt selbst entsprechende Kräfte. Und davon bin ich weit entfernt. Ich fürchte, ich bin völlig machtlos.«

Resignation und Verzweiflung machten sich auf dem

Gesicht der Halbelbin breit. »Und es gibt keinen Weg, das Siegel irgendwie zu umgehen?«, vergewisserte sie sich.

»Nein. Seine Macht erstreckt sich nicht nur auf den Durchgang, sondern auf die ganze Wand. Wir müssten von einer ganz anderen Stelle aus einen neuen Stollen in den Fels treiben und ...« Aylon brach ab und kratzte sich nachdenklich am Kopf.

»Was ist?«, fragte Shylena. »Hast du eine Idee?«

»Ich weiß nicht recht«, murmelte er. »Das Siegel umgehen ... Vielleicht wäre das ein Weg ... wenn auch anders, als du es gemeint hast. Ich kann es nicht gewaltsam brechen oder in sonst irgendeiner Form zerstören, aber eventuell gibt es eine Möglichkeit, es so zu verändern, dass es seine Wirkung ...«

Erneut tastete er behutsam mit seiner Magie nach dem Siegel. Als er die Hitze, die von dem Symbol ausging, zu spüren begann, verharrte er. Es war, als streckte er seine Finger nach einer hell lodernden Flamme aus. Sobald er ihr zu nahe kam, drohte sie ihn zu verbrennen.

Doch da war noch etwas anderes. Schwach spürte er ein dumpfes Pulsieren, die ureigenen Schwingungen der fremden Macht. Mit aller Kraft versuchte er, seine eigene Magie diesen Schwingungen anzupassen. Es war eine mühsame und Zeit raubende Anstrengung, die seine ganze Konzentration erforderte. Er hatte das Gefühl, innerlich zu verbrennen, dann wieder schien er von dem Siegel aufgesogen zu werden. Bizarre, unwirkliche Bilder erfüllten seinen Geist, drohten ihn zu überwältigen und zu zerbrechen, und dahinter lauerte der Irrsinn. Es war wie ein Tanz unmittelbar auf dem Kraterrand eines Vulkans.

Dennoch ließ Aylon nicht locker. Er spürte, dass er einen gewissen Erfolg erzielte und dem eigentlichen Siegel immer näher kam, je besser es ihm gelang, im Rhythmus des Pulses mitzuschwingen. Charalons Reif an seinem Handgelenk begann sich zu erwärmen. Ohne ihn, so wusste Aylon, wäre er bereits verloren gewesen, hätte ihn die fremde Magie einfach weggespült. Das mächtige *Skiil* schützte ihn, aber auch ihm waren Grenzen gesetzt.

Längst schon war Aylon schweißgebadet, und er zitterte vor Anstrengung am ganzen Körper. Sein Herz hämmerte wie wild, und in seinem Mund war ein schlechter Geschmack, als hätte er in rostiges Eisen gebissen. Mehrfach musste er eine Pause einlegen, und jedes Mal kostete es ihn neue Mühe, den richtigen magischen Rhythmus wiederzufinden. Wie in einem Labyrinth verlief er sich immer wieder in Irrwegen und musste an einen früheren Punkt zurückkehren, doch er merkte, dass er grundsätzlich auf dem richtigen Weg war, und das spornte ihn an.

Er brauchte lange, sehr lange. Aylon hatte jegliches Gefühl für die Zeit verloren, aber in den kurzen Pausen sah er, wie weit die Fackeln bereits heruntergebrannt waren. Schließlich jedoch langte er am Ziel seiner Bemühungen an und konnte das Symbol mit seinen magischen Fingern berühren, ohne davon verzehrt zu werden. Unendlich langsam und vorsichtig begann er, die Feuerlinien zu verschieben. Er spürte, wie das Symbol seine Kraft verlor, je mehr er es veränderte. Im gleichen Maße begann ein kleiner Teil der Wand seltsam unscharf zu werden. Das Gestein flimmerte und schien an Festigkeit zu verlieren. Es wurde durchscheinend, und dahinter war ein Stollen zu erkennen, der sich tief in den Fels hinein erstreckte.

Mit einer letzten großen Kraftanstrengung bog Aylon schließlich eine der Linien so um, dass sie keinen Kontakt mehr mit den anderen hatte.

Im gleichen Moment erlosch das Symbol, und der Fels vor der Öffnung, der nur eine durch die magische Kraft des Siegels geschaffene Illusion gewesen war, löste sich vollends auf.

Aylon taumelte vor Schwäche, aber er hatte es geschafft. Der Eingang in den Stollen lag offen vor ihnen.

»Das gefällt mir nicht«, murmelte Aylon. Seine Stimme klang verzerrt. Misstrauisch blickte er sich um.

Das Licht der Fackeln reichte kaum ein Dutzend Schritte weit, brach sich an Vertiefungen und kleinen Vorsprüngen im Fels und schuf huschende Schatten, die Leben vorgaukelten, wo keines war. Jenseits der kleinen Oase der Helligkeit lastete die Finsternis wie eine massive Wand, die bei jedem Schritt vor ihnen zurückwich, um im gleichen Maße das verlorene Terrain hinter ihnen zurückzuerobern. Nur ein Teil des unterirdischen Stollens war künstlich geschaffen worden. Immer wieder stießen sie auf große Höhlen und mussten eine Zeit lang suchen, um den jenseitigen Ausgang zu finden.

»Und wenn schon«, schnappte Shylena und funkelte ihn zornig an. »Glaubst du vielleicht, mir gefällt es hier? Du kannst ja zurückgehen, wenn du zu feige bist. Ich schaffe es auch ohne …«

Sie brach ab, und ein erschrockener Ausdruck erschien auf ihrem Gesicht. Beschämt senkte sie den Kopf.

»Es tut mir leid. Ich … ich weiß nicht, was in mich gefahren ist.«

Aylon spürte, wie Wut in ihm aufwallte, ausgelöst durch ihre harschen Worte, doch er kämpfte dagegen an und ging rasch weiter, um sich nicht doch noch zu einer Unbedachtheit hinreißen zu lassen, die er nur gleich darauf bedauern würde. Mehr als zwei Stunden waren bereits verstrichen, seit sie den versiegelten Durchgang geöffnet hatten. Sie gingen so schnell, dass sie fast liefen. Aylons Waden schmerzten. Die Luft in der unterirdischen Felsenwelt war stickig und verbraucht und machte das Atmen zur Qual. Dennoch hatten sie bislang keine einzige weitere Rast mehr eingelegt.

Auch ohne dass er mit Shylena darüber sprach, spürte er, dass sie sich nicht länger als unbedingt nötig in diesem Stollen aufhalten durften. Irgendetwas Finsteres, Unaussprechliches lauerte hier, eine uralte Macht, die ihre Seelen mit jeder verstrichenen Minute stärker vergiftete. Reizbarkeit und Zorn waren die Folge. Aylon hatte das Gefühl, aus der Dunkelheit heraus beobachtet zu werden, und wollte nur noch so schnell wie möglich hier heraus. Sehnsüchtig dachte er daran, wie leicht sie die gleiche Strecke in umgekehrter Richtung auf Mjallnirs Rücken zurückgelegt hatten.

Eine weitere, unendlich erscheinende Zeitspanne verstrich, bis ihr Weg schließlich in einer Grotte endete. Wie schon beim ersten Mal tastete Aylon die Wände mit seinen magischen Sinnen ab, und rasch entdeckte er ein weiteres Siegel, das ihnen das Weiterkommen verwehrte. Er setzte sich auf einen Felsbrocken und schloss die Augen.

»Was ist?«, drängte Shylena.

»Ich muss einen Moment ausruhen, sonst schaffe ich es nicht«, antwortete Aylon. Mittels einer einfachen Meditationsübung versetzte er sich in eine leichte Trance, in der er sich wesentlich rascher als normal erholte. Nach kurzer Zeit fühlte er sich stark genug, um sich an das Brechen des Siegels zu wagen.

Dieses schien noch stärker als das Erste zu sein, doch da Aylon bereits über einige Erfahrung verfügte, machte es seine Aufgabe weder leichter noch schwieriger. Wieder gelang es ihm nur unendlich langsam, sich dem Siegel mit seinen magischen Fühlern zu nähern.

Aylon vergaß seine Umgebung, richtete seine ganze Konzentration allein auf das Zeichen. Als er es gerade erreicht und begonnen hatte, die Linien umzuformen, sprang Shylena plötzlich auf und stieß einen erstickten Schrei aus. Aylon wurde aus seiner Trance gerissen, er zog seine magischen Fühler ein wenig von dem Siegel zurück, bis keine Gefahr mehr bestand, dass er sich daran verbrannte, dann wandte er sich zu der Halbelbin um.

»Was ist los?«

»Sie kommen«, stieß sie hervor. »Hörst du es nicht?«

Aylon lauschte, und dann hörte er es auch: das Geräusch zahlreicher Schritte, die von den Felswänden widerhallten.

»Wer kommt? Harlin?«

»Wer sonst?«, erwiderte Shylena heftig. »Er und seine Leute. Sie haben unsere Flucht bemerkt und wollen uns aufhalten.«

»Uns aufhalten? Aber warum? Wir sind doch schließlich keine Gefangenen.«

»Seit Jahrtausenden ist dieser Gang verschlossen«, stieß sie hervor. »Glaubst du, Harlin wird es so einfach zulassen, dass wir ihn öffnen? Wenn das Siegel gebrochen ist, besteht die Gefahr, dass andere auf diesem Weg nach Ai'Bon gelangen, und das wird er unter allen Umständen verhindern wollen. Beeil dich, sonst sind wir bald wirklich Gefangene!«

Erschrocken wollte Aylon sich wieder dem Siegel zuwenden, doch im gleichen Moment kamen die ersten Elben in die Grotte gestürmt. Wie erwartet führte Harlin sie an.

»Aufhören!«, rief er mit gellender Stimme. Seine Augen waren vor Schrecken weit aufgerissen. »Das dürft ihr nicht tun. Ich lasse es nicht zu.«

»Wir wollen nur unsere Freiheit«, rief Shylena zurück. »Ihr habt kein Recht, uns auf Ai'Bon festzuhalten.« Sie zückte ihr Schwert und nahm eine drohende Haltung an. »Wenn ihr uns aufhalten wollt, dann müsst ihr mich schon töten.«

»Was redest du da? Bist du völlig von Sinnen?« Harlin trat näher. Rund ein Dutzend weitere Elben befanden sich in seiner Begleitung. »In der ganzen Geschichte unseres Volkes hat noch niemals ein Elb einen anderen getötet.«

»Irgendwann gibt es für alles ein erstes Mal«, fauchte Shylena. »Ich warne dich, komm nicht näher!«

Tatsächlich blieb Harlin abrupt stehen. »Bitte, Aylon, ihr dürft das Siegel nicht brechen. Es würde den Untergang unseres Volkes bedeuten, wenn jeder ungehindert nach Ai'Bon gelangen könnte. Kommt doch zu Vernunft. Wir wollen euch nicht gefangen halten. Bestimmt finden wir eine andere Möglichkeit, wie ihr die Insel verlassen könnt.«

»Lass dich nicht von ihm beirren!«, rief Shylena. »Er lügt, denn er weiß so gut wie wir, dass es keine andere Möglichkeit gibt. Öffne endlich das Tor!«

»Nein, tu es nicht!«, beschwor Harlin ihn eindringlich. Er wollte einen weiteren Schritt nach vorne machen, doch schien ein unsichtbares Hindernis ihn aufzuhalten.

Mit einem Mal begriff Aylon. Der Elbenkönig war nicht wegen Shylenas Drohung stehen geblieben, sondern weil genau an dieser Stelle, hoch über ihren Köpfen, der See endete. Da es den Elben unmöglich war, Festland zu betreten, konnten sie nicht weiter vordringen.

»Du kannst nichts mehr tun, um uns aufzuhalten«, sagte Shylena triumphierend. Sie steckte ihr Schwert in die Scheide zurück.

Der Elbenkönig schüttelte den Kopf. Ein verzweifelter Ausdruck erschien auf seinem Gesicht. »Ich hatte gehofft, dass wir uns irgendwie einigen könnten, aber wie ich sehe, bist du zu verblendet dazu. Nun lässt du mir keine andere Wahl mehr.«

Harlin machte eine Geste in Richtung seiner Begleiter. »Larkon, töte den Magier!«

Mit gespanntem Bogen trat der Angesprochene zwischen den anderen Elben hervor und überschritt ungehindert die unsichtbare Grenze. Er legte auf Aylon an.

»Nein!«, schrie Shylena. Gehetzt blickte sie sich um. Larkon stand zu weit von ihr entfernt, als dass sie ihn hätte erreichen können, bevor er seinen Pfeil abschoss.

Aylon entschloss sich, alles auf eine Karte zu setzen. Wieder griff er mit seinen magischen Kräften nach dem Siegel, packte eine der Linien und riss daran. Ein greller Blitz durchzuckte ihn und ließ ihn vor Schmerzen schreiend auf die Knie sinken, aber seine Verzweiflungstat hatte Erfolg. Er verformte das Siegel so stark, dass es seine Kraft verlor und die scheinbar massive Felswand sich auflöste.

Im gleichen Moment ließ Larkon seinen Pfeil fliegen. Mit einem kräftigen Sprung hechtete Shylena zur Seite, direkt in die Schusslinie. Der Pfeil traf ihren Leib dicht unterhalb der Brust und bohrte sich tief in ihren Körper.

Plötzlich waren unzählige dunkle Gestalten um Aylon herum, doch der Schmerz trübte seinen Blick so sehr, dass er erst nach einer ganzen Weile voller Entsetzen erkannte, dass es sich um Duuls handelte, und es dauerte noch einmal Sekunden, bis er erkannte, woher sie so plötzlich kamen. Dutzende, nein, hunderte der gnomartigen Kreaturen kamen durch das geöffnete Tor in die Grotte gestürmt. Ohne ihn oder Shylena zu beachten, stürzten sie sich mit lautem Geschrei auf Harlin und seine Begleiter.

Benommen vor Schmerzen und Entsetzen über das, was er ungewollt angerichtet hatte, kroch Aylon auf Shylena zu. Dort, wo der Pfeil sie getroffen hatte, breitete sich ein rasch größer werdender Blutfleck auf ihrem Gewand aus.

»Shylena«, krächzte er. »Das ... das habe ich nicht gewollt.«

»Ich weiß«, antwortete sie mit erstickter Stimme. »Aber es ... ist gut so. Alles ist ... so gekommen, wie ... ich es geplant habe.«

»Nicht sprechen«, murmelte Aylon. »Bleib ganz ruhig liegen. Ich kümmere mich um deine Wunde.«

Shylena schüttelte den Kopf. »Ich weiß, dass ... ich sterben werde. Vielleicht ist das ... der verdiente Lohn ... für das, was ich getan habe.«

Sie stemmte sich mühsam auf die Ellbogen hoch. Mit glänzenden Augen beobachtete sie den Kampf der Elben gegen die Duuls.

»Wovon sprichst du?«, fragte Aylon, während er verzweifelt überlegte, wie er der Halbelbin helfen konnte.

»Sieh ... doch«, keuchte sie.

Die Elben wehrten sich verzweifelt, aber gegen die Übermacht der Angreifer hatten sie keine Chance. Und obwohl sie doch unsterblich waren, vermochten die Duuls sie zu töten. Von einer Schwertklinge durchbohrt, brach Harlin zusammen. Noch bevor er zu Boden sank, löste sich sein Körper, ohnehin nur ein Trugbild, in Nichts auf. Im gleichen Moment teilte der Duul, der ihn getötet hatte, das selbe Schicksal. Auch von ihm blieb nichts übrig.

»Was ... hat das zu bedeuten?«, keuchte Aylon.

»Begreifst du es ... immer noch nicht?«, stieß Shylena hervor. Blut rann aus ihren Mundwinkeln. »Die Elben ... und die Duuls ... sie sind in Wahrheit eins. Alles Böse ... das die Elben bei ihrer ... Umwandlung abstreiften ... es zerstörte nicht nur ... den Zauber Ai'Bons. Außerhalb der Insel nahm es ... in Gestalt der Duuls ... neue Form an. Nun vernichten ... sie sich gegenseitig ... und werden im Tod ... wieder eins. So ... wie ich es wollte.«

»Du hast das ... *gewollt?*«

»Ich konnte ... nicht zulassen, dass immer wieder ... unschuldige Reisende ... von den Duuls ... getötet werden«, flüsterte Shylena. »Das alles ... musste ein Ende finden.«

Ein Hustenanfall schüttelte ihren Körper. Wieder drang ein Schwall Blut aus ihrem Mund. Aylon presste die Halbelbin fest an sich, als könne er auf diese Art das Leben festhalten, das immer rascher aus ihrem Körper wich.

Die Duuls hatten inzwischen sämtliche Elben in der Höhle getötet und verließen die Grotte durch den Stollen, um ihr Vernichtungswerk auf Ai'Bon fortzusetzen. Leichen waren keine zu sehen, bis auf die von Larkon. Eine gespenstische Leere herrschte in der Grotte Das Entsetzen darüber, dass dies alles nur durch ihn möglich geworden war, lähmte Aylon, aber noch schlimmer war seine Angst um Shylena.

»Du darfst nicht sterben!«, stieß er hervor. »Du wirst wieder gesund, hörst du? Ich liebe dich. Ich lasse nicht zu, dass du stirbst!«

Sie schüttelte mühsam den Kopf. »Du bist ... ein Dummkopf«, murmelte sie. Ihre Stimme war kaum mehr als ein Wispern. Ein fiebriger Glanz lag in ihren Augen, aber selbst sterbend sah sie noch wunderschön aus. »Du warst … nur ein Mittel zum Zweck. Als ich dich traf … wusste ich gleich … dass du der Richtige … für meinen Plan warst. Ich selbst … habe Mjallnir … mit einer vergifteten Klinge … getötet, damit dir … kein anderer Ausweg mehr blieb … als die Siegel zu brechen. Ich hätte dich … niemals lieben können.«

Mit diesen Worten starb sie. Noch ein letztes Mal bäumte sich ihr Körper auf und blieb dann reglos in seinen Armen liegen. Tränen rannen Aylon aus den Augen und tropften auf ihr Gesicht, doch er merkte es kaum. Er hielt Shylena wie eine Puppe an sich gepresst. Hatte er die große Liebe seines Lebens gefunden, nur um sie gleich darauf wieder zu verlieren? Shylena hatte ihn benutzt. Durch sie hatte er die unermessliche Schuld auf sich geladen, dem vielleicht ältesten Volk Arcanas den Untergang gebracht zu haben. Doch das änderte nichts daran, dass er die Halbelbin geliebt hatte. Und ihre letzten Worte? Hatten sie der Wahrheit entsprochen, oder hatte sie ihm nur den Abschied leichter machen wollen? Und spielte das überhaupt eine Rolle?

Lange, lange Zeit kauerte Aylon bewegungslos da, während sein Verstand versuchte, das Geschehene zu verarbeiten. Schließlich richtete er sich auf, schichtete einige Steine über ihren leblosen Körper und tat das selbe für Larkon, dessen Leiche nur ein Stück entfernt lag.

Dann verließ er mit schleppenden Schritten die Grotte und trat hinaus in eine Welt, die ihm kälter und einsamer als jemals zuvor erschien.

WINFRIED CZECH

DAS VIERTE EI
DES DRACHEN

*Wenn aber der Oberste Drache ein Reich für würdig befindet,
besucht er es in der dritten Neumondnacht desselben Jahres
und lässt sich an einem geheimen Ort nieder, den nur der
Drachenpriester kennt. Dort legt er in drei Stunden drei Eier,
denn die Drei ist die Zahl des Drachen, so wie sein Schwanz in
drei Quasten endet, drei Öffnungen seine Nase und drei
Hörner sein Haupt zieren, drei Herzen in seiner Brust schlagen
und ein drittes Auge in seiner Stirn allen Geschöpfen bis auf
den Grund ihrer Seele zu schauen und ihr Schicksal vorherzusehen vermag.*

*Golden, weiß und rot sind die Eier des Obersten Drachen,
und nach drei Jahren entschlüpfen ihnen seine Kinder, die zu
den Schutzpatronen des von ihm für würdig erachteten Reiches
werden.*

*Dem goldenen Ei entschlüpft der Drache, der zum Patron
der Könige und Fürsten wird, denn das Gold ist das Symbol
ihrer Macht und Herrlichkeit.*

*Dem weißen Ei entschlüpft der Drache, der zum Patron der
Gelehrten, Philosophen und Künstler wird, denn das Weiß ist
das Symbol der reinen unbefleckten Weisheit und Lehre und der
hehren Kunst.*

*Dem roten Ei entschlüpft der Drache, der zum Patron des
gemeinen Volkes wird, denn das Rot ist das Symbol des Lebens*

und des Blutes, das – ungeachtet ihres Standes – durch ihrer aller Adern fließt.

· Doch schon vor unerdenklichen Zeiten entzündete sich ein erbitterter Streit unter den Menschen und den Alten Geschöpfen der Welt, wer den Königen und Fürsten, wer den Gelehrten, Philosophen und Künstlern und wer dem gemeinen Volk zuzurechnen sei. Manch einer stellte sogar den Sinn dieser Einteilung in Frage.

Besonders hitzig brandete der Streit von Zeit zu Zeit unter den Kaufleuten, den Magiern, den Priestern und den Kriegern auf. Die Kaufleute verlangten, zu den Mündeln der goldenen Drachen gezählt zu werden, da es der Handel sei, durch den das Gold in das Land käme und der die Schatzkammern der Könige und Fürsten fülle. Die Magier und Priester beanspruchten den weißen Drachen auch für sich, denn ihre Kunst speise sich wie die der Philosophen, Gelehrten und Künstler aus dem reinen Licht der Erkenntnis. Die Krieger gar behaupteten, der rote Drache sei allein ihr Patron, da rot die Farbe des Blutes sei, das sie mit ihren Schwertern vergössen, um Reiche zu schützen oder zu erobern.

Die Drachen aber äußern sich nie zu diesem Streit. Obwohl sie, den alten Traditionen folgend, in den Tempeln das Licht der Welt erblicken und aufwachsen, die der Farbe ihrer Eier entsprechen – dem goldenen Drachentempel der Könige und Fürsten, dem weißen Drachentempel der Philosophen, Gelehrten und Künstler und dem roten Drachentempel des gemeinen Volkes –, und zeit ihres langen Lebens ihren jeweiligen Schutzbefohlenen ganz besonders eng verbunden bleiben, weisen sie keinen Gesandten ab – welcher Kaste er auch zugehörig sein mag –, der den Weg zu ihnen findet, solange er die althergebrachten Gebote beachtet und sich ihnen aufrichtigen Herzens nähert.

Eines Tages aber, so lautet eine uralte Prophezeiung, wird der Oberste Drache ein Zeichen setzen, durch das der Streit endgültig geschlichtet werden könnte. Doch bedarf es dreier Eigenschaften, das Zeichen richtig zu deuten: Klugheit, die von keiner Gelehrsamkeit getrübt wird, Demut, die nicht *unterwürfig ist, und Besonnenheit, die keine Zaghaftigkeit kennt.*

Aber wer auf dieser Welt – ob Mensch oder Altes Geschöpf –, vereinigt diese drei Eigenschaften in sich? Würden die anderen dieses wahrhaft weise Kind der Götter erkennen, selbst wenn es in ihrer Mitte lebte?

Und wären sie überhaupt bereit, seine Deutung des Zeichens zu akzeptieren, auch wenn sie ihnen nicht gefiele?

Aus dem ›Buch der alten Überlieferungen‹,
verfasst im Kloster Nomam zu Revonnah
Findriew der Ältere

In Mitheynanda, der *Stadt des ewigen Frühlings* im Reich Runnterum, war auch kalendarisch der Frühling angebrochen. Nach dem Ende des Winters, der keiner gewesen war, blühten überall leuchtend bunte Blumen und erfüllten die warme Luft mit ihrem süßen Duft. Vögel zwitscherten fröhlich in den knospenden Zweigen, farbenprächtige Schmetterlinge tanzten in großer Zahl wie kunstvoll bemalte Fächer umher, summende Bienen und Hummeln schwirrten auf ihrer rastlosen Nektarsuche geschäftig von Blüte zu Blüte. Auf den saftigen Wiesen und Weiden des kleinen Königreiches tollten übermütig die ersten Fohlen, Kälber, Lämmer und Zicklein des Jahres, als müssten sie vor schierer Lebensfreude bersten, wenn sie auch nur einen Moment innehielten.

Die Straßen der Stadt waren von lachenden Menschen bevölkert, unter die sich Zwerge, Trolle und Elfen gemischt hatten, und auch ein paar Zentauren und Cherubs waren zu sehen. Die Priester und Priesterinnen der zahllosen Gottheiten, denen in Runnterum gehuldigt wurde, wirkten heiterer und gelöster als gewöhnlich und nickten sogar den Magiern und Hexen, die sie sonst nach Möglichkeit mieden oder zumindest mit Nichtbeachtung straften, freundlich zu. Selbst die gestrengen Wachen vor dem Palast des Königs lächelten entspannt.

Es war ein Frühlingstag, wie ihn Mitheynanda, die einzige Stadt des Königreiches Runnterum, schon oft erlebt hatte. In einem Hochtal des Himmelsrückengebirges tief im Süden der bekannten Welt gelegen, war Runnterum ganzjährig mit einem milden Klima gesegnet. Auch im strengsten Winter froren die Seen und Bäche nie zu, und selbst im heißesten Hochsommer wehte stets eine kühle Brise von den ewigen Gletschern des Gebirges her. Es regnete selten, aber aus den verschneiten Hängen der in den Himmel ragenden Berge stürzten das ganze Jahr über schäumende Wildbäche mit glasklarem Wasser zu Tal, tränkten die Felder, Wiesen und Auen und speisten den Türkis-See, aus dem der reißende Silberfluss entsprang.

Bevölkert wurde das winzige Königreich von einem bunten Gemisch aus Menschen und Alten Geschöpfen aus aller Welt, die in Eintracht miteinander lebten. Von kleineren Streitereien abgesehen, herrschte in Runnterum seit vielen Generationen Frieden. Sogar die skeptischen Gesandten und die wenigen Besucher aus kriegerischen Reichen, die den langen und beschwerlichen Weg in das Gebirgstal auf sich nahmen, ließen sich schon nach kurzer Zeit von der allgemeinen Friedfertigkeit anstecken. Und wenn der Frühling das immergrüne Tal mit seiner verschwenderischen Farbenpracht und seinen Düften verzauberte, verstummte selbst das unbedeutende Gezänk über religiöse Differenzen zwischen den verschiedenen Glaubensgemeinschaften. Die gelegentlichen Familienfehden, die sich an so weltbewegenden Fragen wie der entzündeten, welcher Apfelbaum die schönsten Früchte trug, welche Rosenhecke am kunstvollsten geschnitten war oder wessen Ferkel die rosigste Haut hatte, wurden in stillschweigendem Einvernehmen beigelegt. Der Frühling war die Zeit der Versöhnung, der Hochzeiten und ausgelassenen Feiern.

Und doch gab es an diesem herrlichen Tag einen

Mann, der das fröhliche Treiben auf den Straßen mit sorgenvoller Miene durch das Fenster seines Tempels betrachtete.

Djofar, der junge Drachenpriester von Mitheynanda, konnte immer noch nicht so recht glauben, dass seine Stadt vom Obersten Drachen geehrt werden sollte.

Als er nach dem Tod des alten Drachenpriesters vor wenigen Jahren durch das Orakel zu dessen Nachfolger bestimmt worden war, hatte er sich gehorsam in sein Schicksal gefügt.

Es war eine große Ehre, zum Drachenpriester berufen zu werden. Das Amt brachte viele Privilegien mit sich – aber auch Einsamkeit. Denn Djofar hatte einen Eid schwören müssen, bis zu seinem Tod enthaltsam zu leben, es sei denn, der Oberste Drache persönlich hob das Zölibat durch sein Erscheinen auf.

Selbst in seinen kühnsten Träumen hätte Djofar nicht damit zu rechnen gewagt. Runnterum war einfach zu unbedeutend, als dass es jemals unter das Patronat der Drachen gestellt werden könnte. Zurzeit gab es nur drei Reiche in der bekannten Welt, denen diese Gunst zuteil geworden war, und alle anderen, selbst das kleinste eigenständige Fürstentum, waren mindestens zehnmal so groß wie Runnterum, die meisten gar hundertmal größer oder mehr. Nach der letzten Zählung hatte die Bevölkerung des Hochgebirgstales knapp zwanzigtausend Einwohner betragen, die Alten Geschöpfe und Besucher aus anderen Länder mitgerechnet.

Und doch war vergangene Nacht der Ruf an ihn ergangen. So laut und klar, dass er nicht länger zweifeln durfte. Gebieterisch und doch freundlich. Seither schufteten er und seine beiden Gehilfen unermüdlich, um das Mahl zuzubereiten, das der Drache bestellt hatte.

Ein Lamm, eine Milchziege, ein Ferkel, fünf Truthähne und Gänse und zehn fette Karpfen mussten geschlachtet werden. Elrat, der jüngste seiner beiden Gehilfen, war gerade dabei, zwölf Laib Brot zu backen, ein jedes sechs

Pfund schwer, während Corrales das Frühlingsobst aus dem Garten des Drachentempels pflückte, wusch und in geflochtene Weidenkörbe packte.

Alles musste heimlich geschehen, denn niemand sonst durfte von der Ankunft des Drachen erfahren, bis die drei Eier gelegt worden waren.

Neben seiner Sorge, einen Fehler zu begehen und den Obersten Drachen zu erzürnen, fühlte Djofar eine zaghafte Hoffnung in sich aufsteigen. Sollte das Undenkbare wahr werden, würde er der geachtetste Mann in Mitheynanda sein, nein, der geachtetste Mann in ganz Runnterum. Bewunderter noch als König Gaurok.

Dann durfte er heiraten, und er würde nicht einmal auf Brautschau gehen müssen. Es gab ein Mädchen, das er schon vor Jahren, noch bevor er durch das Orakel zum Drachenpriester bestimmt worden war, zu seiner Braut auserkoren hatte.

Und Ladya war immer noch ledig.

Djofar seufzte sehnsüchtig, wandte sich vom Fenster ab und eilte zurück in die Küche. Bis zum Einbruch der Nacht musste die Arbeit erledigt sein.

Auf dem Weg zum Festplatz ihres Stadtviertels kam Ladya ganz in der Nähe des Drachentempels vorbei. Es war ein schlichtes Bauwerk aus sorgsam behauenem Basalt, so wie die meisten Gebäude Mitheynandas nicht durch Größe und Prunk imponierten. Die Schönheit der Stadt ergab sich aus der Vielzahl verschiedener Stilrichtungen, in denen sich die Herkunft der Bevölkerung aus allen Teilen der Welt widerspiegelte, und aus der liebevollen Gestaltung der einzelnen Häuser, zu der die Steinmetzkunst der Zwerge, die filigranen Holzschnitzereien der Elfen und die fantasievolle Bemalung der Trolle einen nicht unerheblichen Teil beitrug. Dazu kamen die unzähligen kleinen Gärten, die gestutzten Hecken, Büsche und Bäume in den Straßen und auf den Plätzen, sowie die vielen zierlichen Brücken, die das Labyrinth der Bäche überspannten.

Über den schroffen Berggipfeln im Westen verdämmerte das letzte Abendrot und ließ den ewigen Schnee in einem geheimnisvollen Purpur glühen. Aus den Fenstern des Drachentempels fiel weiches Licht auf die dunklen Straßen. Djofar hatte den Tempel offenbar noch nicht verlassen, um mit den anderen zu feiern.

Ladya blieb einen Moment lang vor dem großen Portal aus Kirschbaumholz stehen, das nur von zwei kunstvoll geschnitzten Drachen verziert wurde, und überlegte, ob sie Djofar einen Besuch abstatten sollte. Doch dann entschied sie sich dagegen. Gerade an einem solchen Abend, an dem sich viele junge Paare verlobten und andere Hochzeit feierten, musste Djofar die Bürde des Zölibats als besonders schmerzhaft empfinden. Sie wusste, dass er immer noch in sie verliebt war. Vielleicht war er deshalb in seinem Tempel geblieben.

Bestimmt aber kam er später auf den Festplatz, denn bisher hatte er keine Frühlingsfeier versäumt, und das Zölibat verbot ihm nicht, mit ihr zu tanzen.

Nicht zum ersten Mal dachte Ladya, dass es leichter für ihn sein würde, wenn sie endlich heiratete. Sie war längst kein Mädchen mehr, sondern eine bildhübsche junge Frau, und ihre Eltern bedrängten sie ständig, sich endlich einen Mann zu nehmen. An Bewerbern herrschte kein Mangel, und die Nachbarn tuschelten bereits, dass irgendetwas mit ihr nicht stimmte. Ihre gleichaltrigen Freundinnen waren schon seit Jahren verheiratet, und alle hatten mindestens ein Kind zur Welt gebracht.

Im letzten Herbst hätte auch sie sich beinahe verlobt, auch wenn weder ihre Eltern noch ihre Freundinnen etwas davon ahnten, doch dann …

Mit einem leisen Seufzen verdrängte Ladya die Erinnerung, wandte dem Portal den Rücken zu, schulterte den geflochtenen Korb voller frisch gebackener Pasteten und machte sich auf den Weg.

Noch in diesem Frühling würde sie ihren Mann finden und heiraten, bevor der Sommer angebrochen war. Das hatte ihr das Orakel prophezeit, und Ladya wusste, dass sie dem Ruf ihres Herzens folgen würde. Sie war keine naive Träumerin, sondern eine Frau, die mit beiden Beinen fest auf dem Boden stand. Das Schicksal hatte sie und Djofar getrennt, und es lag nicht in ihrer Macht, den Lauf der Dinge zu ändern.

Trotzdem konnte sie nicht umhin, einen Anflug von Trauer zu verspüren, weil sie Djofar – aller Vernunft zum Trotz – mit ihrer Hochzeit wehtun würde.

Die Nacht war längst hereingebrochen, und ein mondloser Himmel wölbte sich wie eine schwarze, mit Myriaden glitzernder Diamantsplitter besetzte Samtkuppel über Mitheynanda.

Djofar beugte sich unruhig aus dem Fenster, das auf die Hauptstraße hinausging. Von überall her hörte er Gelächter und Musik wie eine sanfte Brise herüberwehen. Ein paar Nachzügler eilten unter ihm vorbei, mit Körben, Krügen und bauchigen Karaffen beladen.

Niemand bemerkte den Schatten, der auf dunklen Schwingen lautlos über der Stadt kreiste und schließlich mit dem steilen Berghang im Osten verschmolz, kurz vor dem Eingang der Schlucht, in die sich der Silberfluss über mehrere Kaskaden tosend ergoss. Und als der silberne Lichtbogen hinter Djofar über dem gemeißelten Drachenbild auf der Stirnwand der Tempelhalle in die Höhe wuchs, hielt er den Widerschein im ersten Moment für das Licht, das durch die geöffnete Tür des Wirtschaftsraums in das Allerheiligste fiel.

Doch dann klang die körperlose Stimme gebieterisch in seinem Kopf auf, und er wirbelte herum.

Komm zu mir, mein Freund. Das Tor ist geöffnet.

Djofar schluckte mühsam. Generationen von Drachenpriestern hatten gehorsam ihre Pflicht erfüllt und waren als alte Männer gestorben, ohne diesen Augenblick, auf den sie alle gehofft hatten, jemals erleben zu dürfen.

Fürchte dich nicht, mein Freund. Tritt durch das Tor.

Wie von einem fremden Willen gelenkt, setzte Djofar unsicher einen Fuß vor den anderen. Seine Hände zitterten, und sein Atem ging plötzlich schwer, als sei er stundenlang gerannt.

Auf der Stirnwand der Tempelhalle, wo sonst das von den Zwergen aus dem Granit gemeißelte Abbild des Drachen geprangt hatte, gähnte jetzt ein schwarzes Loch, um das der magische Lichtbogen wie ein Nebel auf feinem Kristallstaub flirrte.

Der junge Drachenpriester atmete tief ein, schloss die Augen und trat mit hämmerndem Herzen durch das finstere Tor.

»Sei gegrüßt, mein Freund«, sagte der Drache mit volltönender Stimme. »Wie geht es dir?«

Djofar fiel vor ihm auf die Knie und senkte den Kopf, bis seine Stirn beinahe den Felsboden berührte. Es war sowohl eine demütige Geste der Ehrerbietung, als auch ein automatischer Reflex, denn seine Knie zitterten so sehr, dass er ansonsten wahrscheinlich gestürzt wäre.

»Ich ... äh ... ich ...«, stotterte er hilflos. Er wusste nicht, was er erwartet hatte, bestimmt aber nicht diese Frage. »Es geht ... mir gut, Majestät«, brachte er schließlich krächzend hervor.

»Das ist schön«, erwiderte der Drache freundlich und sah sich um. Seine klauenbesetzten Pfoten kratzten über den nackten Felsboden der Höhle. »Hmm, ein bisschen eng hier, aber das muss wohl reichen. Hast du alles vorbereitet, wie ich es dir aufgetragen habe?«

»Selbstverständlich, Herr«, beeilte sich Djofar zu versichern. »Ich werde sofort ...« Seine Stimme versagte.

»Zuerst brauche ich ein paar Bündel Stroh«, erklärte der Drache. »Nicht, dass ich sonderlich penibel wäre, aber die Eier sollten lieber weich gebettet werden, nicht wahr?«

Djofar nickte eifrig, den Blick immer noch unterwürfig auf den Höhlenboden gerichtet. Es erschien ihm unvorstellbar, dass sich ein so mächtiges Geschöpf wie ein gewöhnliches Tier mit einem Lager aus Stroh begnügen sollte.

Der Drache schnaubte. »Sehe ich so schrecklich aus, dass du es vorziehst, den Boden anzustarren?«, fragte er mit einer Spur von Ungeduld.

»Nein, natürlich nicht, Herr«, beteuerte der junge Mann entsetzt und zwang sich, den Kopf zu heben.

Die Höhle maß ungefähr sieben Schritte in der Breite, zwanzig in der Tiefe und war im Eingangsbereich so hoch wie drei große Männer. Zur Rückseite hin fiel sie gleichmäßig ab. Obwohl sie eigentlich stockfinster hätte sein müssen, wurde sie von einem sanft schimmernden Licht erfüllt, das aus dem Fels selbst zu sickern schien.

Der Drache hatte es sich auf dem kahlen Höhlenboden bequem gemacht und die ledrigen Schwingen gefaltet. Sein gezackter Rückenkamm ragte etwa mannshoch auf. Der dreifach gespaltene Schwanz, der fast bis zum Ende der Höhle reichte, bewegte sich träge wie der einer Katze. Sein mächtiges Haupt pendelte dicht vor Djofar gemächlich hin und her. Der Drache sah ihn mit faustgroßen Augen an, die wie Diamanten funkelten, in denen sich das Licht in allen Farben brach. Die geschuppte Haut war pechschwarz, und doch schillerte sie manchmal metallisch grün, blau oder rot, wie die polierten Rüstungen der Palastwachen, wenn die Sonnenstrahlen in einem bestimmten Winkel auf sie fielen.

Djofar kannte unzählige Darstellungen der Drachen, aber keine wurde diesem herrlichen Geschöpf gerecht. Er hätte nicht sagen können, was es war, das diesen Drachen von seinen Abbildern unterschied. Die Augen, Nüstern und Hörner, die eher Höcker waren, sahen so aus wie auf den Bildern und Reliefs, ebenso die Vorderpfoten mit den langen Klauen, die beinahe wie die Finger eines Menschen anmuteten, und doch wurde Djofar von dem Anblick des Drachens beinahe überwältigt.

Lediglich was die Größe betraf, hatte er sich getäuscht. Ohne den langen Schwanz und den schlangenartigen Hals war der Leib des Drachen vielleicht vier Schritte lang, anderthalb Schritte breit und ebenso hoch.

Und dann war da natürlich noch dieses wenig hoheitsvolle Benehmen, das trotzdem nichts an der Ehrfurcht gebietenden Ausstrahlung des Obersten Drachen änderte. Im Gegenteil, irgendwie unterstrich es noch die Aura des Erhabenen, die ihn umgab.

»Schon besser«, brummte der Drache, »aber du musst nicht gleich ins andere Extrem fallen und mich wie ein Gespenst anstarren.«

»Verzeiht, Majestät!«, flehte Djofar mit versagender Stimme, vor Angst und Scham einer Ohnmacht nahe. »Ich wollte nicht …«

»Schon gut, mein Junge«, unterbrach ihn der Drache belustigt. Er zog die Lefzen zurück und entblößte eine Reihe mächtiger, furchteinflößender Zähne in einem freundlichen Lächeln. »Alles halb so schlimm. Kehr jetzt in deinen Tempel zurück, und bring mir das Stroh, damit ich das Nest für die Eier vorbereiten kann. Und anschließend alles andere, was ich bestellt habe. Eierlegen ist eine kräftezehrende Angelegenheit, musst du wissen.«

»Wie Ihr wünscht, Majestät.« Djofar verbeugte sich mehrfach eifrig, erleichtert und verwirrt zugleich, und wich einen Schritt zurück.

»Vorsicht!«, rief der Drache. »Du willst doch nicht in den Abgrund fallen, oder?«

Djofar zuckte zusammen und drehte sich um. Er stand dicht vor dem Eingang der Höhle. Noch zwei Schritte, und er wäre in die Tiefe gestürzt, wenn er das magische Tor verfehlt hätte.

Der silbern flirrende Bogen erhob sich unmittelbar vor der Abbruchkante, hinter der sich eine steile Felsböschung anschloss. Rechts und links davon konnte Djofar die Lichter von Mitheynanda in der Dunkelheit schimmern sehen, den wie ein Juwel funkelnden Königspalast und die flackernden Feuer der zahllosen Frühlingsfeste überall auf den Plätzen der Stadt.

Er nahm all seinen Mut zusammen und trat in die tintige Schwärze des Tors über dem bodenlosen Abgrund.

»Delikat, ganz vorzüglich!«, lobte der Drache und biss erneut herzhaft in das knusprig gegrillte Lamm. Es knirschte und krachte gedämpft, als seine kräftigen Zähne die Rippen zermalmten.

Djofar lächelte erfreut und geschmeichelt.

»Allerdings hätte ein bisschen Thymian nicht schaden können«, fuhr der Drache mit vollem Maul fort, »so wie ich auch bei dem Ferkel etwas Rosmarin vermisst habe.«

Sofort erlosch Djofars Lächeln, und er fiel auf die Knie. »Verzeiht ... Herr ... Majestät ...«, stammelte er unglücklich. »Wenn Ihr wünscht ...«

»Bei allen Göttern!«, stöhnte der Drache. »Verträgst du denn überhaupt keine Kritik? Habe ich nicht gesagt, dass es mir ausgezeichnet schmeckt? Steh schon auf, mein Freund.« Er schwieg einen Moment und legte den Kopf schief. »Allerdings gibt es da tatsächlich noch etwas, das du für mich tun könntest.«

»Alles, was Ihr verlangt!«, beteuerte Djofar schnell.

»Vor langer Zeit hat der Großkhan von Kabiri ein Fest für mich gegeben«, begann der Drache, nachdem er das zarte Fleisch von einer Lammkeule gelutscht hatte. »Ein wirklich gelungenes Fest, wie ich betonen möchte. Es war in der Oase Betesch ... oder war es Taresch ...?« Er fuchtelte gedankenverloren mit dem blanken Beinknochen des Lamms vor Djofars Nase herum. »Nun, das spielt jetzt keine Rolle. Jedenfalls hat er drei Jungfrauen für mich tanzen lassen, eine mit schwarzem, eine mit rotem und eine mit blondem Haar. Und du weißt ja, wie außerordentlich selten blonde und rote Mädchen in Kabiri zu finden sind ...«

Er bemerkte Djofars ratlosen Gesichtsausdruck. »Nein, das wusstest du nicht«, verbesserte er sich. »Woher auch? Egal, was ich sagen wollte, ist, dass es mir sehr gut gefallen hat, den Mädchen beim Tanzen zuzusehen. Glaubst du, du könntest drei hübsche Jungfrauen zu mir bringen? Eine blonde, eine rote und eine schwarze?«

Djofar nickte verblüfft. Er hätte auch versprochen, König Gaurok höchstpersönlich in die Höhle zu schaffen, wenn der Drache das von ihm verlangt hätte.

»Es würde mich freuen, wenn deine Liebste die Schwarzhaarige wäre«, fuhr der Drache fort. »Und wenn du schon dabei bist ...«

»Ladya?«, unterbrach ihn Djofar atemlos, ohne sich bewusst zu sein, welche Dreistigkeit er sich damit anmaßte. »Ihr wisst von ihr, Herr?«

»Natürlich«, erwiderte der Drache würdevoll und tippte sich mit einer Klaue auf die Stirn unmittelbar über dem dritten Auge. »Heißt es nicht, dass wir Drachen jedem Geschöpf bis auf den Grund der Seele schauen können?«

»Dann wisst Ihr auch, dass ich nie mit ihr ... seit ich zu Eurem Priester berufen wurde ... auch wenn ich nie aufgehört habe, sie zu lieben ... ich bin dem Eid immer treu geblieben ...« Djofars Stimme wurde immer höher und schriller, bis sie schließlich mit einem Krächzen brach.

»Mein armer Junge«, sagte der Drache väterlich. »Fass dich. Natürlich weiß ich das. Und jetzt bleib ganz ruhig stehen, damit wir nicht noch mehr Zeit mit unnötigem Gerede verschwenden.«

Er streckte den Hals, bis seine Lefzen den jungen Mann beinahe berührten, öffnete das gewaltige Maul und hauchte ihn an.

Ein warmer Luftzug ließ Djofars Haar flattern, und er wurde von einem Orkan unterschiedlicher Gerüche überflutet, die der Atem des Lebens selbst waren, kaum wahrnehmbar und auf geheimnsvolle Weise intensiv zugleich. Er roch frisch gepflügte feuchte Erde, harzige Bäume und gemähtes Gras, uralte staubige Felsen, klares Quellwasser und das ewige Eis der Gletscher, den süßen Duft von Blumen und der warmen Haut eines geliebten Menschen, Obst und Gemüse, rohes, gebratenes und geräuchertes Fleisch, Wein, Bier, Met und vergorene Milch, Fisch und Käse, Blut, Schweiß, Urin und Kot, Teer, Leim und Öl, Feuer, Rauch und Asche, Liebe und Hass, Verzweiflung und Hoffnung, Freude und Trauer, Dinge, die er nicht einmal benennen konnte …

Die Zeit schien stillzustehen. Vor seinem inneren Auge stiegen Bilder auf, die einem anderen Leben entstammten. Er sah blutrote Sonnenaufgänge über der Wüste und blau schimmernden Gletschern, Feuer speiende Berge, Gischt sprühende Wogen, die sich auf einsamen Stränden brachen, Urwälder und endlose Sümpfe, fremdartige Tiere und Menschen, gewaltige Schlachten und Feuersbrünste, aufblühende und untergehende Königreiche … Er hörte, fühlte und schmeckte Dinge, die Generationen von Menschen, Alten Geschöpfen und Tieren gehört, gefühlt und geschmeckt hatten. Für einen winzigen Moment – oder für eine unfassbare Ewigkeit – wurde er ein Teil von allem, und er begriff, dass der Drache ihm ein Geschenk hatte zuteil werden lassen, wie es nur wenigen Menschen vor ihm vergönnt gewesen war.

Der Atem des Drachen erlosch.

Djofar blinzelte. Langsam nahm die Welt vor seinen Augen wieder Gestalt an. Einen Herzschlag lang schwelgte er in der Flut von Eindrücken, die die Erinnerung des Drachen waren, dann nickte er feierlich und flüsterte: »Ich habe verstanden, Herr.« Die Magie begann, sich bereits wieder zu verflüchtigen, aber ein Abglanz davon würde für immer in ihm bleiben.

»Und wenn du schon einmal unterwegs bist«, hörte er die sonore Stimme des Drachen, kurz bevor er in die Schwärze hinter dem silbernen Tor trat, »bring mir ein paar Laib Käse mit. Außerdem noch einen Schlauch Wein und ein Fass Met. Besonders mit Ziegenkäse harmoniert Met ganz vorzüglich, meinst du nicht auch?«

Ladya tauchte ein Tuch in einen Krug mit kühlem Wasser, wrang es aus und wischte sich das erhitzte Gesicht ab. Sie hatte getanzt und sich im Kreis gedreht, bis ihr schwindlig geworden war. Und das Fest dauerte gerade erst drei Stunden. Die ledigen Burschen standen Schlange, um den nächsten Tanz mit ihr zu ergattern. Viele wollten einfach nur mit der wunderschönen schwarzhaarigen Frau tanzen, doch so mancher machte sich Hoffnung, ihr in dieser Nacht näher zu kommen.

Sie bedauerte, dass Djofar immer noch nicht erschienen war. Hielten ihn vielleicht seine Pflichten im Drachentempel auf? Immerhin war heute der dritte Neumond des Jahres, und an diesem Abend …

Nein, das war undenkbar. Der Oberste Drache würde Runnterum niemals zum Drachenpatronat machen. Armer Djofar. Welch ein Opfer musste er bringen, sein ganzes Leben auf ein Ereignis zu warten, das nie eintreten würde.

Als ihr jemand leicht auf die Schulter tippte, drehte sie sich um, und da stand er.

»Djofar!«, rief sie erfreut. »Also bist du doch noch gekommen …« Sie verstummte mitten im Satz.

Der junge Mann trug ein weißes Gewand mit rot und golden bestickten Säumen, die formelle Kleidung der Drachenpriester. Doch nicht das war es, was ihr die Sprache verschlug, sondern der Ausdruck auf seinem Gesicht.

Es glühte förmlich, und seine Augen leuchteten.

»Soll das etwa heißen …?«, begann sie fassungslos und ließ den Rest der Frage offen.

Er nickte und ergriff ihre Hände. »Ja«, erwiderte er leise. »Und der Drache bittet dich, zu ihm zu kommen.«

Der Drache *bittet* mich, dachte Ladya wie betäubt. Er könnte mir befehlen, aber er *bittet* mich. Welch eine Ehre!

Und dann schoss ihr ein zweiter Gedanke durch den Kopf, der ihr den Atem raubte.

Wenn der Oberste Drache Runnterum zu seinem Patronat auserkoren hat, ist Djofar frei! Ihn hat das Orakel gemeint, als es sagte, ich würde in diesem Frühjahr meinen Mann finden und ihn noch vor Sommerbeginn heiraten! Deshalb die kurze Verlobungszeit!

Sie warf sich ihm in die Arme und ignorierte die verwunderten Blicke der Umstehenden. Allerdings würde sie Djofar vorher noch ein Geständnis machen müssen, aber dies war nicht der richtige Zeitpunkt. »Lass uns gehen«, flüsterte sie ihm ins Ohr.

Es kostete ihn große Überwindung, sich aus ihrer Umarmung zu lösen. »Da ist noch etwas, das der Drache mir aufgetragen hat«, sagte er. »Außer dir wünscht er noch eine blonde und eine rothaarige Jungfrau zu sehen, hübsche Mädchen, die für ihn tanzen sollen.«

Ladya schloss einen Moment lang die Augen und überlegte. Djofars Worte konnten so oder so interpretiert werden. Aber wer war sie, sich dem Wunsch des Drachen zu widersetzen und das Problem erst mit Djofar auszudiskutieren? Hieß es nicht, der Oberste Drache sei allwissend?

Wenn er es war, kannte er ihr Geheimnis, und er hatte trotzdem ausdrücklich nach ihr verlangt. War er es nicht, würde sie ihn vor seinem eigenen Priester bloßstellen, wenn sie Djofar ins Vertrauen zog.

Ein Gelehrter hätte wahrscheinlich viel Zeit benötigt, um das Für und Wider seiner Entscheidung ausgiebig zu durchdenken und alle möglichen Fallstricke in Betracht zu ziehen, aus Furcht, einen Fehler zu begehen. Doch Ladyas Klugheit entsprang nicht dem Wissen aus Büchern, und so traf sie ihre Entscheidung mit Besonnenheit, aber ohne zu zaudern. Sollte sie den Drachen erzürnen, würde sie sich seinem Zorn mit der gebührenden Demut stellen und die Konsequenzen tragen, doch ohne Unterwürfigkeit.

Sie öffnete die Augen wieder. »Dann lass uns die Mädchen suchen«, erwiderte sie mit fester Stimme.

Die Höhle wurde nicht nur durch das magische silberne Licht, sondern zusätzlich durch den warmen Schein von zwei Öllampen erhellt. Djofar stand direkt am Ausgang und sah entrückt zu, wie Ladya und die anderen beiden Mädchen tanzten.

Sie wiegten sich im Rhythmus der Musik, die der Drache selbst machte. Er blies die Luft langsam durch seine drei Nasenlöcher aus, die sich weiteten und verengten und weiche Töne wie die legendären Opalpfeifen von Ursk erzeugten. Mit dem dreigeteilten Schwanz schlug er den Takt dazu auf den Felsboden. Es war eine fremdartige und bezaubernde Melodie.

Die drei Mädchen waren anmutig wie Gazellen, biegsam wie Weidengerten und schön wie die Orchideen in den Lustgärten des Kaiserpalastes von Sabuula, und sie bewegten sich mit einer Grazie, die selbst die Tänzerinnen am Hof des Großkhans von Kabiri beschämt hätte. Jede Einzelne von ihnen hätte das Herz eines jeden Mannes höher schlagen lassen, doch Djofar hatte nur Augen für Ladya.

Und der Drache schien seine Ansicht zu teilen, denn als er zufrieden war, bedankte er sich bei allen mit lobenden Worten und schickte das blonde und das rothaarige Mädchen mit Djofar fort, Ladya aber bat er, noch eine Weile bei ihm zu bleiben.

»Eigentlich hatte ich ja drei Jungfrauen verlangt«, sagte er, als sie allein waren, »aber ich will nicht kleinlich sein.«

Ladya hielt seinem prüfenden Blick stand, ohne die Augen niederzuschlagen. Sie schämte sich nicht für das, was sie getan hatte.

»Heißt das, Ihr habt nicht gewusst, dass ich keine

Jungfrau mehr bin?«, fragte sie leise. Ihre Stimme zitterte kaum merklich.

»Ist es so wichtig, ob ich es erst jetzt bemerkt habe?«, fragte der Drache ruhig zurück. »Nein«, kam er ihrer Antwort zuvor. »Man sagt, wir Drachen seien weise, und das ist richtig. Man sagt auch, der Oberste Drache sei allwissend, aber das ist falsch. Niemand ist allwissend, selbst die mächtigen Götter sind es nicht. Vielleicht waren es die Urgötter einmal, wer weiß das schon?«

Er ergriff den letzten Laib Käse, brach ihn auseinander und schnüffelte genießerisch daran. Dann schob er sich die Stücke ins Maul, kaute bedächtig, spülte den Käse mit dem Rest Met hinunter und rülpste grollend.

»Verzeihung«, murmelte er und tupfte sich das Maul mit einem großen weißen Leinentuch ab. »Meine Manieren lassen nach. Das Alter …« Er seufzte. »Wann willst du es ihm sagen?«

»Sobald Eure Eier in den Tempel gebracht worden sind und der König informiert worden ist«, erwiderte Ladya.

Der Drache nickte. »Bereust du, was du getan hast?«

»Nein.« Ladya hatte sich die Frage schon früher gestellt, aber noch nie mit irgendjemandem darüber gesprochen. Sie hätte sich nie träumen lassen, dass sie eines Tages dem Obersten Drachen davon erzählen würde, erst recht nicht, dass sich ein so erhabenes Geschöpf für ein unbedeutendes Menschenkind wie sie interessieren könnte.

»Erzähl es mir, wenn du magst«, forderte der Drache sie auf, als hätte er ihre Gedanken gelesen. »Niemand ist unbedeutend auf dieser Welt.«

»Sein Name war Kadan«, begann Ladya, und sie war überrascht, wie sehr es sie erleichterte, sich die Geschichte endlich von der Seele reden zu können, obwohl sie sich nicht schuldig fühlte. »Wir haben uns auf dem letzten Frühlingsfest kennen gelernt, und es hat lange gedauert, aber im Spätsommer ist es dann passiert. Ich weiß nicht, ob wir uns wirklich geliebt haben, aber …«

Sie hob hilflos die Hände. »Ich hatte immer gedacht, Djofar und ich würden eines Tages heiraten. Wir waren noch so jung, als das Orakel ihn zu Eurem Priester bestimmt hat. Er hätte sich weigern oder auch später noch von seinem Amt zurücktreten können. Ich wusste, dass er nicht aufgehört hat, mich zu lieben, und ich wollte die Hoffnung nicht aufgeben, aber die Jahre sind ins Land gegangen, und ich habe mich damit abgefunden, dass wir nicht füreinander bestimmt waren.«

Der Drache wartete geduldig, als sie einen Moment lang zögerte und die Augen niederschlug. »Verzeiht mir die Frage, Herr, aber warum muss ein Drachenpriester ledig bleiben, obwohl viele andere Priester heiraten dürfen? Und warum darf er sich eine Frau nehmen, nachdem Ihr gekommen seid, obwohl er dann die Obhut über Eure Eier und später über Eure geschlüpften Kinder hat? Ich verstehe das nicht.«

»Ich auch nicht«, bekannte der Drache zu ihrer Überraschung freimütig. Er ergriff einen blanken Unterschenkelknochen des Lamms, stocherte damit zwischen seinen Zähnen herum und entfernte ein Stückchen Fleisch, das sich dort festgesetzt hatte. »Wahrscheinlich aus Gründen der Geheimhaltung. Um zu verhindern, dass Uneingeweihte zu früh von meinem Kommen erfahren und mich belästigen.« Seine mächtigen Schultern hoben und senkten sich, eine beinahe menschliche Geste. »Ich habe die Regeln nicht gemacht, aber es ist auch nicht meine Aufgabe, den Menschen ungebeten Ratschläge zu erteilen. Hätte Djofar oder ein anderer Priester mir diese Frage gestellt …« Wieder zuckte er die Achseln, drehte den Knochen zwischen den Fingern und warf ihn achtlos hinter sich. »Aber sprich weiter.«

»Auf dem letzten Frühlingsfest habe ich dann Kadan kennen gelernt«, fuhr Ladya fort. »Es war schön mit ihm. Vielleicht nicht die große Liebe, die ich mir erträumt hatte, aber unsere Gefühle sind stetig gewachsen und tiefer geworden. Wir hatten gerade beschlossen, unsere Verlobung bekannt zu geben, als er beim Brückenbau vor der Schlucht in den Silberfluss gestürzt und ertrunken ist …«

»Mein armes Kind«, murmelte der Drache. »So hast du zweimal deinen Liebsten verloren und bist doch nicht verbittert geworden. Aber nun wirst du dein Glück finden.«

»Falls Djofar mich noch will, wenn er erfährt, dass er nicht mein erster Mann ist«, sagte Ladya.

»Zweifelst du denn daran?«

Ladya dachte kurz nach, lauschte in sich hinein und schüttelte dann den Kopf. »Nein. Ich bin mir keines Unrechts bewusst, und ich glaube, dass Djofar mich verstehen wird. Aber ich bin nur ein unwissendes Menschenkind. Ihr dagegen seid weise, Herr. Deshalb sagt mir, bitte, habe ich in den Augen der Götter etwas Falsches getan?«

Der Drache musterte sie ernst. »Du kennst die Antwort auf deine Frage, denn du hast sie selbst schon gegeben. Was ist richtig, was falsch? In vielen Ländern gilt es als richtig, dass ein Mädchen jungfräulich in die Ehe geht. In anderen nicht. Auf den Perleninseln zum Beispiel müssen junge Frauen einen Mondzyklus lang mit den Fruchtbarkeitspriestern schlafen, bevor sie heiraten dürfen. In der Froststeppe müssen die Männer, nicht aber die Frauen bis zur Hochzeit unberührt bleiben. Und in Gaulanoar, in den Dschungeln des Südens, muss eine Frau zuerst mit allen ledigen Männern ihres Dorfes und ein Mann mit allen ledigen Frauen geschlafen haben, bevor sie oder er seinen Ehepartner wählen darf.« Er lachte gutmütig. »Was ist richtig, was falsch? Das bestimmt ihr Menschen selbst, und ihr macht es euch wirklich schwer. Ihr stellt viele Regeln und Gesetze für euer Zusammenleben auf, die manchmal sehr vernünftig, manchmal aber auch sehr dumm sind. Die Alten Geschöpfe waren viel freier als ihr, sie kannten weniger Gebote und Verbote als die Menschen, und doch haben sie lange vor euch diese Welt bevölkert und beherrscht. Aber jetzt neigt sich ihr Weg dem Ende entgegen.« Er seufzte wehmütig.

Die Öllampen flackerten und erloschen. Wie um die Worte des Drachen zu unterstreichen, wurde es dunkler in der Höhle.

»Die Zeit bleibt nicht stehen«, fuhr der Drache fort. »Große Veränderungen stehen bevor. Was gestern noch falsch war, wird morgen richtig sein und umgekehrt. Du und Djofar, mein Kind, ihr seid Teil dieser großen Umwälzungen. Aber ihr braucht euch nicht zu fürchten. So wie das Alte vergeht, entsteht Neues. Komm näher zu mir, mein Kind.«

Gehorsam trat Ladya einen Schritt vor. Der Drache öffnete das Maul, und sein Atem, der die Erinnerungen eines unvorstellbar langen Lebens enthielt, umflutete sie wie zuvor Djofar.

»Kehre nun zu deinem Liebsten zurück, mein Kind«, sagte er. »In drei Stunden wird meine Arbeit getan sein, und bei dem, was ich jetzt tue, dulde ich keine Zeugen.« Er strich ihr mit einer riesigen Pfote sanft über das Haar. Seine Lefzen verzogen sich zu einem schelmischen Lächeln. »Was auch immer geschieht, hört auf eure Herzen und folgt ihrem Rat. Lasst euch nicht von Äußerlichkeiten blenden. Nicht alles, was auf den ersten Blick erhaben erscheint, ist es auch.«

Im Drachentempel von Mitheynanda herrschte angespannte Ruhe. Djofar stand mit Ladya Hand in Hand schweigend vor dem Altar, auf dem drei große Samtkissen für die Eier bereitlagen, und wartete auf den Ruf des Drachen. Worte waren überflüssig, jeder wusste, was der andere dachte. Sie hatten ein Geschenk erhalten, wie es nur wenigen Menschen vor ihnen zuteil geworden war, und den Segen des Obersten Drachen dazu.

Die Welt schien den Atem anzuhalten. Über den nächtlichen Himmel zuckten mehr Sternschnuppen, als es zu dieser Jahreszeit üblich war, und alle kamen aus dem Sternbild des Großen Drachen, das über den schneebedeckten Gipfeln im Osten funkelte. Die Geräusche des sich dem Ende zuneigenden Frühlingsfestes, die durch die offenen Fenster drangen, wirkten merkwürdig gedämpft. In der alten Kastanie vor dem Tempel sang leise ein Nachtvogel. Der Schein der Öllampen tauchte den Altar in goldenes Licht und weichte alle harten Konturen auf. Im Wirtschaftsraum nebenan tuschelten die Mädchen, die für den Obersten Drachen getanzt hatten, aufgeregt mit Djofars Gehilfen.

Als die Wasseruhr leise glucksend das Ende der dritten Stunde nach Ladyas Rückkehr verkündete, begann das magische Lichttor erneut zu flimmern, und in Djofars und Ladyas Köpfen klang die körperlose Stimme des Drachen auf.

Mein Werk ist getan. Ihr könnt meine Eier holen. Hütet sie gut, meine Kinder, und seid gesegnet. Ein dröhnendes Lachen, gutmütig und belustigt, folgte den Worten. *Große Umwälzungen stehen bevor, die die Welt erschüttern werden. Seid wie ein Fels in der Brandung. Eure Stärke liegt in eurer Einigkeit. Lasst euch nicht durch Dummheit, Maßlosigkeit und Missgunst entzweien. Und nun lebt wohl.*

Hand in Hand traten Djofar und Ladya durch den silbrig flirrenden Bogen.

Der Drache war verschwunden. Noch immer sickerte schwaches Licht aus den Felswänden und entriss das schlichte Nest der Dunkelheit.

Ein weißes, ein rotes und ein goldenes Ei lagen im Stroh, wie Gänseeier geformt, gut drei Handspannen lang und matt glänzend.

Doch das war es nicht, was das junge Pärchen wie aus einem Mund ein ersticktes Keuchen ausstoßen ließ.

Zwischen den drei Eiern lag ein viertes, genauso makellos und matt glänzend wie die anderen …

… aber mindestens doppelt so groß und pechschwarz.

König Gaurok war eine beeindruckende Erscheinung, einen guten Kopf größer als die meisten Männer seines kleinen Reiches, mit breiten Schultern, kräftigen Armen, stämmigen Beinen und durchdringenden blauen Augen in einem markanten Gesicht, das von einem blond gelockten dichten Bart verziert wurde.

Er stand an der Spitze seines Gefolges vor dem Altar des Drachentempels und starrte die drei auf ihren Samtkissen ruhenden Dracheneier ehrfürchtig an. Hinter ihm drängten sich die Sprecher der Gilden und Zünfte Runnterums, denen Djofar Einlass gewährt hatte, nervös in dem engen Raum zusammen, stellten sich auf die Zehenspitzen und reckten die Köpfe, um einen Blick auf das Gelege des Obersten Drachen zu erhaschen.

Die Nachricht vom Besuch des Drachen hatte sich, allen Geheimhaltungsversuchen zum Trotz, schnell herumgesprochen. Ganz Mitheynanda war auf den Beinen, die Straßen und Gassen um den Drachentempel herum dicht bevölkert.

Es lag nicht nur an der frühen Morgenstunde und den Nachwirkungen reichlich genossenen Weins – auch im Königspalast war das Frühlingsfest ausgelassen gefeiert worden –, dass Gaurok nicht die gewohnte Selbstsicherheit und ruhige Gelassenheit verströmte, die ihn sonst auszeichneten.

»Ein viertes Ei?«, fragte er unsicher. »Schwarz und viel größer als die anderen, sagt Ihr? Warum ist es nicht hier?«

»Das magische Tor hat sich geschlossen, gleich nachdem meine Gehilfen und ich das dritte Ei in den Tempel gebracht hatten, Majestät«, erklärte Djofar. »Es liegt nicht in meiner Macht, es wieder zu öffnen. Deshalb habe ich Euch benachrichtigen lassen, um Euren Rat einzuholen.«

Der König kratzte sich nachdenklich am Kopf. Sein Unbehagen war unübersehbar. Nie hätte er es sich träumen lassen, dass sein Reich unter das Drachenpatronat gestellt werden könnte, und nun, da ihm und seinen Untertanen die unerwartete Ehre widerfahren war, wurde seine Freude durch die unterschwellige Furcht getrübt, einen unverzeihlichen Fehler zu begehen und den Obersten Drachen zu erzürnen. Doch Gaurok war nicht nur der unumschränkte Herrscher Runnterums, sondern auch ein geschickter Diplomat, und so wusste er, dass es für einen Mann unter bestimmten Umständen klüger war, die Verantwortung für eine knifflige Situation einem Untergebenen zu übertragen. Muthel, sein beleibter Kanzler, teilte offenbar die Meinung des Königs, jedenfalls starrte er wie gebannt auf seine Fußspitzen und zog es vor zu schweigen, wie so oft in letzter Zeit. Selbst Fontinaal, der im letzten Jahr während einer Kampfabstimmung zum Sprecher seiner Gilde gewählte ehrgeizige Magier, schien sich plötzlich mehr für den richtigen Sitz seiner Robe als dafür zu interessieren, die Welt mit seinen gefürchteten Ratschlägen zu beglücken.

»Nun … Ihr seid der Drachenpriester des Reiches, Djofar«, sagte Gaurok schließlich langsam und respektvoll. »Ihr habt mit dem Drachen gesprochen. Ratet Ihr uns, was wir tun sollen. Ihr müsst wissen, was die Schriften für einen solchen Fall vorsehen.«

»Es gibt keine Anweisungen für die vorliegende Situation, Majestät«, erwiderte Djofar wahrheitsgemäß, »und der Drache hat nichts von einem vierten Ei erwähnt. Vielleicht wünscht er, dass es in der Höhle bleibt. Warum hätte das magische Tor sonst erlöschen sollen, bevor wir das schwarze Ei in den Tempel bringen konnten? Vielleicht aber will er uns auch prüfen, um so zu entscheiden, ob wir seines Patronats würdig sind.«

Die versammelte Menschenmenge begann aufgeregt zu flüstern.

»Im *Buch der alten Überlieferungen* von Findriew dem Älteren heißt es, der Oberste Drache würde eines Tages ein Zeichen setzen, um den uralten Streit über die Frage zu schlichten, wie die Gunst der drei Drachen eines Patronats auf seine Bewohner verteilt ist und wo die Grenzen innerhalb der Bevölkerungsschichten verlaufen«, meldete sich aus dem Hintergrund ein kräftiger Mann mit schütterem Haar zu Wort, Bunydal, einer der geachtetsten Philosophen Runnterums, der in seiner Jugend die beschwerliche Pilgerreise ins ferne Revonnah unternommen hatte, um die heiligen Schriften im Kloster Nomam zu studieren. »Vielleicht ist das vierte Ei dieses Zeichen.«

Einen Moment lang herrschte gespanntes Schweigen, das nur von leisen Atemzügen und einem unterdrückten Hüsteln unterbrochen wurde. Dann trat Fontinaal einen Schritt vor, richtete sich gerade auf, um größer zu erscheinen, als er war, reckte die spitze Nase in die Höhe, räusperte sich vernehmlich und breitete die Arme weit aus.

»Die Drachen beherrschen die Magie«, begann der kleine Magier, »und der Oberste Drache kennt all ihre Geheimnisse. Schon seit langem fordern die Vertreter unserer Zunft – zu Recht, wie ich betonen möchte –, nicht zu den Mündeln des Roten Drachen gezählt zu werden. Und was wäre ein passenderer Patron für die Magier, Zauberer und Hexen, als ein Schwarzer Drache? Schließlich wird die Magie von so manchem« – er warf Ura, dem Hohepriester Tonas, der die oberste Schutzgottheit Runnterums war, einen vielsagenden Blick zu – »als schwarze Kunst bezeichnet. Also könnte das schwarze Ei ein Zeichen …«

»Nicht so schnell!«, rief der Hohepriester. »Wenn ich mich recht entsinne, hat Eure Zunft immer beansprucht, zu den Mündeln des Weißen Drachen gezählt zu werden, da Eure Kunst …«

»Schwarz oder Weiß, das sind nur verschiedene Seiten ein und derselben Münze«, unterbrach ihn Fontinaal geistesgegenwärtig. »So wie das Leben und der Tod untrennbar miteinander verwoben wird, so wie das weiße Licht einen schwarzen Schatten …«

Ein lautes Scheppern ließ ihn mitten im Satz verstummen. Hauptmann Lodast, der Kommandant von König Gauroks Leibgarde, hatte mit der Breitseite des Kurzschwerts gegen seinen Brustpanzer geschlagen. Djofar verzog missbilligend das Gesicht, verzichtete aber auf einen Kommentar. Eigentlich war es ein Sakrileg, einen Tempel bewaffnet zu betreten. Für den Leibgardisten des Königs hatte Djofar eine Ausnahme gemacht, und nun dankte ihm Lodast das Entgegenkommen, indem er das Schwert vor einem Altar blankzog. Jeder andere Priester hätte den Hauptmann auf der Stelle des Tempels verwiesen, aber Djofar wollte die Spannung, die plötzlich in der Luft lag, nicht weiter anheizen.

»Wenn dem vierten Ei ein Schwarzer Drache entschlüpft, kann es sich nur um den Patron aller Krieger handeln«, verkündete Lodast mit lauter Stimme. »Schwarz ist die Farbe des Todes, und unsere Schwerter ...«

»Unsinn!«, fielen ihm Fontinaal und Ura in seltener Einmütigkeit ins Wort. Sie wechselten einen schnellen Blick. »Haben die Krieger nicht immer betont, der Rote Drache sei allein ihr Patron, weil rot die Farbe des Blutes ist?«, fuhr Ura fort, von Fontinaal mit einem nachdrücklichen Nicken unterstützt. »Woher kommt Euer plötzlicher Sinneswandel?«

Bevor der Hauptmann antworten konnte, schob sich Vitode, der stämmige Vertreter der Zwerge, durch die Menge, baute sich breitbeinig vor Lodast auf, stemmte die Hände in die Hüften und starrte herausfordernd zu dem fast doppelt so großen Mann empor. »Wie jeder weiß, waren die Drachen den Alten Geschöpfen der Welt schon immer besonders eng verbunden«, dröhnte sein grollender Bass wie die Trommeln in den Dschungeln Gaulanoars. »Und schwarz ist die Farbe der Zwerge, wie die Finsternis in unseren Höhlen und Stollen. Hat der Oberste Drache seine Eier nicht in eine Felshöhle gelegt – und somit in unser Reich? Und hat er das Tor nicht erlöschen lassen, bevor sein Priester das schwarze Ei in den Tempel bringen konnte? Nirgendwo auf der Welt leben mehr Alte Geschöpfe unter den Menschen als hier in

Runnterum. Deshalb sage ich, dass der Oberste Drache die Alten Geschöpfe mit einem eigenen Patron ehren will und der Schwarze Drache unter der besonderen Obhut der Zwerge stehen soll.«

Das Raunen und Tuscheln der Menge wurde lauter. Djofar sah, wie der Hauptmann die Lippen zu einem dünnen Strich zusammenpresste und die Hand fester um den Schwertgriff schloss. Ura und Fontinaal wechselten erneut einen stummen Blick. Die Sorgenfalten auf König Gauroks Stirn wurden tiefer. Er zupfte nervös an seinem Bart und schielte Hilfe suchend zu Djofar hinüber.

Der junge Drachenpriester konnte die aufkeimende Feindseligkeit unter den Versammelten geradezu körperlich fühlen. Es machte ihn traurig und zornig zugleich, dass der Besuch des Obersten Drachen, der Anlass zu großer Freude und Dankbarkeit hätte sein sollen, zu Missgunst und Eifersüchteleien unter der Bevölkerung führte, die bisher in beispielloser Eintracht und Harmonie gelebt hatte. Runnterum war eine seltene Ehre zuteil geworden, um die es alle anderen Reiche beneiden würden, und diese Ehre durfte nicht durch kleinliche Streitereien beschmutzt werden.

Kann es sein, dass der Oberste Drache jedes Reich, das er besucht, einer solchen Prüfung unterzieht, bevor er es seiner Gunst für würdig erachtet?, zuckte Djofar plötzlich ein beängstigender Gedanke durch den Kopf. *Ist das vielleicht der Grund, weshalb so wenige Reiche unter seinem Patronat stehen – weil sie die Prüfung nicht bestanden haben? Werden seinen Eiern keine Drachen entschlüpfen, wenn wir in seinen Augen versagen? Und würden wir unsere Schande aus Scham nicht vor aller Welt verschweigen, damit niemand von unserem Scheitern erfährt?*

Er sah sich schnell um.

König Gaurok strich sich über den goldgelockten Bart und bemühte sich, eine würdevolle Haltung zu bewahren. Ura und Fontinaal schienen stumme Zwiesprache zu halten. Lodast hielt das Kurzschwert wie einen Zeigestock umklammert, der anklagend auf Vitode zielte. Muthel hatte einen selbstgefälligen Gesichtsausdruck aufgesetzt, als wüsste er die Antwort auf alle Fragen und wartete nur darauf, die anderen in ihre Schranken zu verweisen. Krober, die silberhaarige Sprecherin der Händler und Kaufleute, schob sich soeben energisch an der zierlichen Terosike vorbei, die den Rat der Heiler repräsentierte, und baute sich besitzergreifend vor dem Altar auf.

»Es liegt an dir, den Sturm aufzuhalten«, flüsterte Ladya.

Djofar zuckte zusammen. Als er das Amt des Drachenpriesters angetreten hatte, war er sich der Verantwortung bewusst gewesen, aber er hatte nie damit gerechnet, sie jemals wahrnehmen zu müssen. In der weltlichen Hierarchie der meisten Reiche spielten die Priester, ungeachtet ihres gesellschaftlichen Ansehens, eine untergeordnete Rolle. Das galt auch für den Drachenpriester. Doch sollte sich eine Gottheit auf Erden manifestieren oder der Oberste Drache erscheinen, mussten weltliche Autoritäten vor religiösen zurücktreten. Denn jede irdische Herrschaft bezog ihre Legitimität aus göttlicher Hand.

Und der Oberste Drache war, wenn auch nicht göttlich, doch den Göttern gleichgestellt, denn als die Urgötter die Welten geformt und ihren Kindern geschenkt hatten, noch vor Erschaffung der ersten Menschen, war der Oberste Drache von ihnen zum Hüter allen Lebens auserkoren worden.

Selbst König Gaurok musste sich in religiösen Fragen dem Beschluss seines Drachenpriesters fügen, es sei denn, er wollte die althergebrachte Ordnung der Dinge missachten.

»Was soll ich tun?«, fragte Djofar leise, ohne die Menge vor ihm aus den Augen zu lassen. Ladya war nicht von seiner Seite gewichen, seit der magische Lichtbogen erloschen war und Djofar seinen ältesten Gehilfen mit der Nachricht über das Erscheinen des Drachen zum Königspalast geschickt hatte. Und ihre Anwesenheit wurde von allen anderen wie selbstverständlich akzeptiert. Als wäre sie bereits die rechtmäßige Frau des Drachenpriesters.

»Folge der Weisheit des Herzens«, erwiderte sie ebenso leise. »Erfülle deine Pflicht ohne Zwang. Nutze das Geschenk des Drachen.«

Djofar spürte ihr Lächeln, ohne es zu sehen. Und auf einmal überkam ihn eine große Ruhe. Er erinnerte sich an den Augenblick – die Ewigkeit –, als der Drache ihm mit seinem Atem die Erfahrungen eines unvorstellbar langen Lebens eingehaucht hatte.

»Der Schwarze Drache, von dem Ihr sprecht, ist nicht geschlüpft«, sagte er ruhig, und sofort wandten sich ihm alle Gesichter zu. »Kein Drache ist das Eigentum eines lebenden Wesens, ob Mensch oder Altes Geschöpf. Ihn für sich selbst oder für seinesgleichen zu vereinnahmen, hieße, ihn sich untertan machen zu wollen. Das kann ich nicht dulden. Dieser Tempel ist allen Drachen geweiht. Wer sie herabwürdigt, um sich selbst zu erhöhen, soll jetzt gehen und den Fuß nie wieder in diese Mauern setzen.«

Er hatte nicht besonders laut oder herrisch gesprochen, aber trotzdem folgte seinen Worten eine beinahe unterwürfige Stille.

Krober, die bereits den Mund geöffnet hatte, schloss ihn wieder und verschluckte, was sie hatte sagen wollen. Vitode ließ die angriffslustig gehobenen Schultern sinken. Ura und Fontinaal beendeten ihr stummes Zwiegespräch. Das aufgeregte Tuscheln der Zuschauer verstummte. Hauptmann Lodast starrte betreten auf das Schwert in seiner Hand und schob es schuldbewusst, wenn auch zögernd, in die Scheide zurück.

König Gaurok erfasste die Situation augenblicklich mit dem Gespür eines wahren Herrschers und Diplomaten. Er trat einen Schritt vor, wobei er seinen Brokatumhang schwungvoll zurückwarf, sodass sich alle Augen auf ihn richteten, und verneigte sich vor Djofar – tief genug, um dem Drachenpriester seinen Respekt zu bezeugen, aber nicht so tief, als dass seine königliche Würde darunter gelitten hätte.

»Was sollen wir tun, Drachenpriester?«, fragte er laut.

Djofar nickte ihm fast unmerklich zu und sah, dass der König die Geste mit einem ebenso unauffälligen Lächeln erwiderte.

»Wir werden die Geburtstempel der Drachen errichten, wie es in den alten Schriften geschrieben steht«, verkündete Djofar mit fester Stimme. »Den roten, den weißen und den goldenen. Ich werde den Baumeistern noch heute Abend die Pläne zeigen. Bis zur Fertigstellung der Tempel bleiben die Eier in meiner Obhut.«

Der König verneigte sich erneut, diesmal knapper als zuvor. »Muthel wird alles in die Wege leiten«, versprach er.

»Und was wird aus dem schwarzen Ei?«, rief Vitode mit einer Mischung aus Trotz und Neugier. »Habt Ihr es vielleicht nur deshalb nicht erwähnt, Drachenpriester, weil Ihr es jetzt, nachdem dieses magische Tor erloschen ist, ohnehin nicht mehr finden könntet?«

»Ich weiß, wo es ist«, entgegnete Djofar gelassen. »Ich habe die Lichter Mitheynandas und des Königspalastes von der Höhle des Drachen aus gesehen. Sie muss im Osthang kurz vor dem Eingang der Nadelschlucht liegen, ungefähr eine halbe Meile über dem Türkis-See und mindestens hundert Schritte über den Bergwiesen, auf denen die Ziegen weiden.«

Er lächelte, als ein aufgeregtes Stimmengewirr wie das Summen eines Bienenstocks aufklang. Plötzlich fielen alle Zweifel von ihm ab. Was auch immer der Grund für das schwarze Ei war, der Drache hatte dem Volk von Runnterum ein Zeichen gegeben, und es lag an jedem Einzelnen, dieses Zeichen zu deuten.

»Und ich glaube«, schloss Djofar, »Ihr alle habt ein Recht darauf, das schwarze Ei zu sehen.«

Es war ein ungewöhnlich stiller Morgen. Im Osten zog sich das Morgenrot beinahe widerwillig hinter die schneebedeckten Gipfel zurück, die wie poliertes Messing glühten. Eine dünne Nebeldecke überzog spinnwebgleich das Gebirgstal und dämpfte das Rauschen des Silberflusses, der sich in schäumenden Kaskaden in die Nadelschlucht stürzte, zu einem dumpfen Murmeln. Unzählige winzige Tautröpfchen ließen die reglose Luft matt funkeln, als wären die Sterne des Himmels kraftlos auf die Erde herabgesunken. Die Schafe lagen widerkäuend im feuchten Gras, schmutziggraue Wollknäule im frischen Grün. Weiter oben auf der Bergwiese kletterten die Ziegen auf der steilen Böschung herum, bedächtig und lautlos. Ein einsamer Schmetterling taumelte verloren von Blüte zu Blüte. Die wenigen Bienen, die sich auf Nektarsuche begeben hatten, umschwirrten die Frühlingsblumen schläfrig und träge. Nur vereinzelt klang das schüchtern anmutende Zwitschern eines Vogels auf.

Djofar suchte die schroffen, schiefergrauen Berghänge, vor denen Bigrael und Rimara, das Cherubpärchen, wie milchige Silhouetten im weichen Licht schimmerten, mit den Blicken ab. Er hielt Ladyas Hand, dankbar für ihre Nähe. Ihre Berührung gab ihm Kraft und Zuversicht. Die Lösung um das Rätsel des schwarzen Eis schien ihm greifbar nahe zu sein, doch jedes Mal, wenn er glaubte, sie zu erkennen, entzog sie sich ihm wieder wie ein flüchtiges Traumbild. Trotzdem war er überzeugt, dass sich letztendlich alles zum Guten wenden würde. Der Oberste Drache mochte das Volk Runnterums prüfen, aber er war ohne Bosheit.

Bigraels Stimme klang wie der Schrei eines Falken aus der Höhe herab. Djofar sah, wie der Cherub und seine Gefährtin vor einem dunklen Spalt in den nahezu senkrechten Felsklippen kreisten.

»Sie haben die Höhle gefunden«, sagte er leise und drückte Ladyas Hand.

In respektvollem Abstand hinter ihnen hatten sich die Einwohner Mitheynandas und der umliegenden Dörfer versammelt, zu denen die Neuigkeiten in Windeseile gedrungen war, eine unüberschaubare bunt gemischte Menge aus Menschen und Alten Geschöpfen, und ständig wurden es mehr. Der schützende Kordon, den König Gauroks Palastwache bildete, hatte nur symbolischen Charakter. Niemand würde es wagen, ohne die Einwilligung des Drachenpriesters vorzutreten.

Mit angelegten Schwingen stießen Bigrael und Rimara wie Raubvögel, die ein Beutetier erspäht hatten, in die Tiefe.

»Die Höhle ist da, wo Ihr sie vermutet habt, Drachenpriester«, berichtete der Cherub atemlos, nachdem er neben Djofar gelandet war. Sein Brustkorb hob und senkte sich in schneller Folge, mehr vor Aufregung als vor Anstrengung. Die daunenartigen Federn, die seinen grazilen Körper bedeckten, vibrierten wie der Flügelschlag eines Kolibris.

»Ein schwarzes Ei in einem Nest aus Stroh«, fügte seine Gefährtin keuchend hinzu. »Und einige Felsvorsprünge, an denen wir die Strickleiter sicher befestigen können.«

Djofar drehte sich zu der kleinen Gruppe um, die diesseits des Kordons der Palastwachen am Rand der Bergwiese wartete. »Die Höhle ist groß genug für Euch alle«, wandte er sich an den König und die Sprecher der verschiedenen Gilden und Zünfte, »aber der Aufstieg wird gefährlich werden. Wer ihn wagen will, darf die Höhle betreten und das schwarze Ei sehen. Doch ich warne Euch. Runnterum hat das Geschenk des Drachen in Form der drei Eier bereits erhalten, und das ist eine Gunst, die nur wenigen Reichen zuteil wird. Es könnte vermessen sein, sich nicht damit zu begnügen und noch mehr zu wollen. Vielleicht ist das die Botschaft des Drachen an uns.«

»Aber Ihr seid Euch nicht sicher, Priester«, stellte

Fontinaal fest. »Ich möchte das Ei mit meinen eigenen Augen sehen und mit meinen magischen Kräften fühlen. Wäre es denn nicht eine Beleidigung des Drachen, sein Geschenk abzuweisen?«

»Auch ich möchte das Ei sehen«, schloss sich ihm Ura an. »Wir dürfen nicht zulassen, dass die Magier es allein für sich beanspruchen.« Er ignorierte den giftigen Seitenblick, mit dem der kleine Mann ihn bedachte.

Hauptmann Lodast schlug mit der Faust auf den Brustpanzer seiner Rüstung. »Ich werde für meinen König darauf achten, dass dem Ei nichts zustößt«, verkündete er energisch. »Es steht unter dem Schutz der Garde.«

Einer nach dem anderen bekundeten die Versammelten ihren Wunsch, das Ei zu sehen, und jeder brachte eine andere Begründung vor, die vorgeblich nur das selbstlose Ziel hatte, dem Drachen und seinem vierten Ei den gebührenden Respekt zu erweisen.

»Wie Ihr wollt.« Djofar hatte nichts anderes erwartet. »Bigrael und Rimara, befestigt die Strickleiter und gebt uns Bescheid, sobald wir gefahrlos hinaufsteigen können.«

Die beiden Cherubs ergriffen zwei dünne Seile, breiteten die prächtigen Schwingen aus und schraubten sich elegant in die Höhe. Djofar sah gespannt zu, wie sie auf dem schmalen Sims vor der Höhle landeten und die Strickleiter heraufzuziehen begannen. Nach einer Weile winkte Bigrael und stieß drei schrille, durchdringende Rufe aus, das vereinbarte Zeichen.

»Noch ist es Zeit umzukehren«, sagte Djofar ernst. »Als Drachenpriester des Reiches versichere ich euch, dass wir den Obersten Drachen nicht erzürnen, wenn wir das schwarze Ei in seinem Nest lassen. Aber die Entscheidung müsst Ihr selbst treffen.«

Fontinaal starrte ihn argwöhnisch an. »Würden wir ihn denn erzürnen, wenn wir uns dem schwarzen Ei nähern?«, erkundigte er sich wachsam.

Djofar schüttelte den Kopf. »Er hätte es uns verboten, wenn es seinen Zorn erregen würde. Aber er hätte uns auch dazu aufgefordert, wenn das sein Wunsch gewesen wäre.«

»Dann gehe ich«, knurrte der Magier entschlossen und schickte sich an, die steile Böschung zum Fuß der Klippen hinaufzusteigen, wo die Strickleiter baumelte. Ura folgte ihm eilig, und kurz darauf setzte sich der Rest der Gruppe in Bewegung bis auf König Gaurok, Kanzler Muthel und einem kleinen Gefolge, die auf eilig herbeigeschafften Schemeln am Fuß der Bergwiese saßen.

»Der Oberste Drache muss es so gewollt haben«, flüsterte Ladya Djofar zu, als er einen Moment lang unschlüssig zögerte. Sie lächelte unbekümmert und mädchenhaft. »Komm, lass uns sehen, was geschieht.«

Fontinaal war vor der Strickleiter stehen geblieben, legte den Kopf in den Nacken und starrte unsicher die Felswand hinauf. Plötzlich schien ihn der Mut verlassen zu haben.

»Nach Euch, Drachenpriester«, murmelte er und kaschierte sein Unbehagen hinter einer auffordernden Geste.

Djofar unterdrückte ein Grinsen und begann, die Strickleiter hinaufzuklettern.

»Und Ihr wollt es sicher nicht in Euren Tempel bringen?«, erkundigte sich Hauptmann Lodast zum wiederholten Mal. Sein Atem ging noch immer schwer, als sei er stundenlang gerannt, denn er hatte die Rüstung der Leibgarde für den Aufstieg nicht abgelegt.

»Nein«, erwiderte Djofar geduldig. »In den Schriften steht nichts von einem vierten Ei, und der Drache hat es mit keinem Wort erwähnt. Ich habe meine Pflicht erfüllt. Die drei Eier ruhen sicher im Altarraum des Tempels, und schon morgen werden wir mit dem Bau der drei Geburtstempel beginnen.«

Er stand mit Ladya am Eingang der Höhle. Die anderen hatten sich an die Felswände geschmiegt, beäugten das schwarze Ei ehrfürchtig aus sicherer Entfernung und tuschelten miteinander. Sie bildeten kleine Grüppchen, dort die Zunftmeister der Schmiede, Zimmerer, Gerber, Mauerer und der anderen Handwerksberufe, hier die Vertreter der Bauern, Jäger und Fischer. Terosike hatte sich zu Bunydal und den Vertretern der Künstler gesellt, während Fontinaal, Ura und Krober Hauptmann Lodasts Nähe suchten.

Der Magier hatte die Augen geschlossen, eine Hand in Richtung des Eis ausgestreckt und bewegte langsam die Finger, als würde er es aus der Ferne betasten. Dabei summte er eine monotone, langsam auf- und abschwellende Melodie, die er nur hin und wieder kurz unterbrach, um ratlos den Kopf zu schütteln. »Nichts«, wisperte er. »Ich spüre gar nichts.«

Die Höhle war von einem schwachen Geruch erfüllt, den Djofar vorher nicht wahrgenommen hatte. Moschusartig, ein wenig modrig und süßlich. Ladya hatte den Kopf schief gelegt, schnupperte in der Luft und betrachtete das Ei neugierig. Plötzlich verzogen sich ihre Lippen. Sie presste eine Hand auf den Mund, schloss die Augen und stieß merkwürdig erstickte, abgehackte Laute aus. Ihr Schultern zuckten.

Fontinaal unterbrach seinen monotonen Singsang. Ura runzelte verständnislos die Stirn. Die beiden Männer warfen ihr einen missbilligenden Blick zu, die anderen starrten sie irritiert an. Als sie ihnen den Rücken zuwandte, sah Djofar, dass sie sich in den Handrücken biss und Tränen unter ihren geschlossenen Lidern hervorquollen.

»Und Ihr erhebt keinen Einwand dagegen, dass wir das Ei in die Stadt bringen?«, hakte Lodast nach. Er und alle Anwesenden, mit Ausnahme von Vitode, waren sich überraschend schnell einig geworden.

»Wenn es Euer Wunsch ist, steht es Euch frei, das zu

tun«, sagte Djofar, verunsichert durch Ladyas seltsames Benehmen. »Ich verbiete es Euch nicht, aber Ihr könnt nicht mit meiner Hilfe rechnen. Und jetzt entschuldigt mich bitte, Hauptmann.«

Er drehte sich um und legte Ladya vorsichtig einen Arm um die Schultern. »Was hast du?«, flüsterte er.

»Das … das … Ei«, krächzte sie kaum hörbar, » … das … das … *Ei*!« Sie vergrub ihr Gesicht an seiner Brust und klammerte sich an ihm fest. Ihr Körper bebte, und plötzlich erkannte Djofar, dass sie nicht weinte, sondern krampfhaft versuchte, ein Lachen zu unterdrücken. Er sah über ihre Schulter hinweg auf das Strohnest. Vitode näherte sich gerade vorsichtig dem schwarzen Ei und streckte zaghaft eine Hand aus.

»Es fühlt sich … etwas klebrig an«, meldete der Zwerg heiser. »Die Schale ist nicht hart, sondern nachgiebig wie die eines Schlangeneis. Und es verströmt einen schwachen Geruch nach … nach …« Offenbar fiel ihm kein passender Vergleich ein.

Und plötzlich begriff auch Djofar. Er schlang beide Arme um Ladya und drückte sie fest an sich, weil er befürchtete, sonst jeden Moment die Beherrschung zu verlieren.

Wahrscheinlich war es nur Einbildung, aber er glaubte, ganz leise das dröhnende Gelächter des Drachen von den Felswänden widerhallen zu hören.

Ladya und Djofar verfolgten das Geschehen gespannt vom Fuß der Böschung aus, ein Dutzend Schritte vor König Gauroks Gefolge. Der Morgennebel hatte sich aufgelöst, die Sonne schien aus einem wolkenlosen Himmel, aber noch immer herrschte eine seltsame Stille, als hielte die Natur erwartungsvoll den Atem an.

Der Drachenpriester hatte Lodast, Fontinaal, Ura und den anderen seinen Segen zu ihrem Vorhaben gegeben. Sie hatten ihre Differenzen vorläufig beigelegt und wollten das Ei in die Stadt bringen, um ihm einen eigenen Tempel zu errichten, in dem der Schwarze Drache schlüpfen sollte. Doch Djofar und Ladya wussten, dass all ihre Mühe umsonst war. Mehr als das, ihnen stand eine ernüchternde Entdeckung bevor.

Ihre Eintracht hätte ohnehin nicht lange gewährt. Bald wäre der Streit, welcher Zunft die besondere Gunst des Drachen gehörte, wer sich zu seinen erwählten Mündeln zählen durfte, mit voller Wucht wieder entbrannt.

Das schwarze Ei – zu schwer für die grazilen Cherubs, um es sicher durch die Luft zu tragen – war behutsam in eine Decke gewickelt und in ein aus festen Hanfseilen geflochtenes Netz gelegt worden, an dem zwei breite Lederschlaufen befestigt waren. Noldar, der kräftige Sprecher der Schmiedegilde, hatte sich die Schlaufen um die Schultern geschlungen, und kletterte als Letzter quälend langsam die Strickleiter hinab.

Die versammelte Menge hielt gebannt den Atem an. Das riesige schwarze Ei wog mindestens ebenso viel wie der bullige Schmied, und Noldar bewegte sich bedächtig von Sprosse zu Sprosse, mit der Vorsicht eines Mannes, der einen kostbaren zerbrechlichen Schatz trug.

Er hatte nicht einmal ein Viertel der Strecke hinter sich gebracht, als sich das Unheil bereits ankündigte.

Durch das ständige leichte Rucken veränderte sich die Lage des Eis im Netz, sodass sich sein schmales Ende in eine der Maschen bohrte. Das hätte eigentlich nicht weiter schlimm sein dürfen, da die Maschen nicht halb so weit wie der Durchmesser des Eis waren, sah man einmal davon ab, dass die Verlagerung des Gewichts in Noldars Rücken ihm den Abstieg zusätzlich erschwerte. Doch mit jeder Sprosse, die er hinabstieg, schob sich die Spitze etwas weiter durch das Netz und rutschte langsam, aber unerbittlich aus der schützenden Decke.

Hinter Djofar und Ladya klang ein Murmeln auf.

Die elastische Eierschale verformte sich unter dem Druck ihres eigenen Gewichtes, wurde von den geknüpften Hanfseilen zusammengedrückt und weitete sich danach wieder.

Noldar verharrte einen Moment lang reglos auf der Strickleiter, verdrehte den Kopf und schielte über seine Schultern. Von seiner Position aus konnte er unmöglich erkennen, was mit dem Ei geschah, aber er spürte den unregelmäßigen Zug an den Lederschlaufen, sah die blassen Gesichter und weitaufgerissenen Augen der wartenden Menge und hörte das zunehmend lauter werdende Raunen. Mit zusammengebissenen Zähnen setzte er den Abstieg fort.

Je schneller er sich bewegte, desto schneller quetschte sich auch das schwarze Ei durch die Netzmasche und nahm allmählich eine flaschenkürbisartige Form an.

Hier und da ertönten die ersten unterdrückten Schreie, gepaart mit wilden Anfeuerungsrufen. Djofar registrierte unbewusst, dass Ladya seine Hand fester umklammerte. Seine anfängliche Belustigung wich einem heftigen Mitleid mit dem Schmied, der sich jetzt mit einer Verzweiflung die schwankende Strickleiter hinabhangelte, als klettere er um sein Leben.

Und beinahe hätte er es tatsächlich noch geschafft. Er war keine zehn Schritte mehr vom Ende der Leiter entfernt, als das Ei zur Hälfte ins Freie ragte und endgültig wie ein zäher Teertropfen durch die nur kopfgroße Masche des Netzes glitt.

Die Anfeuerungsrufe der Menge verstummten. Einen Herzschlag lang herrschte vollkommene Stille, dann erscholl ein gellender Schrei des Entsetzens aus Tausenden von Kehlen, der noch im fernsten Winkel Runnterums zu hören sein musste.

Das Ei prallte am Fuß der Felsklippen auf den Steilhang, sprang wie ein gigantischer Gummiball gut drei Fuß weit in die Höhe und rollte, über Bodenunebenheiten hüpfend, die grasbewachsene Böschung hinab.

Der vielstimmige Schrei der Menge verebbte. Erneut machte sich atemlose Stille breit. Noch schien das Ei auf wunderbare Weise unversehrt, es verformte sich bei jedem Aufprall, als wäre es eine reife Pflaume, und das dichte Gras der Bergwiese wirkte wie eine federnde Matte. Vielleicht, wenn die Götter gnädig waren ...

Eine Bodenmulde änderte die Richtung des Eis. Es wich von seinem Kurs ab, der es in ein dichtes Gebüsch geführt hätte, und hielt genau auf eine schmale Felsnase zu, die wie eine Messerklinge aus dem Gras aufragte. Ein dumpfes Raunen erhob sich wie Donnergrollen, steigerte sich zu einem heulenden Crescendo und entlud sich in einem ohrenbetäubenden Kreischen, das den ersten Schrei noch übertönte, als das Ei von dem scharfen Felsvorsprung in zwei Hälften zerteilt wurde, die nach beiden Seiten auseinander strebten und zwei perfekte Halbbögen beschrieben, bevor sie fast gleichzeitig dicht vor dem Gefolge des Königs zur Ruhe kamen.

Das anschließende lastende Schweigen wurde nur von einem gepressten Wimmern unterbrochen. Djofar erwachte aus seiner Erstarrung, hob den Kopf und sah gerade noch, wie Noldar einfach die Sprossen der Strickleiter losließ und aus gut fünf Schritten Höhe in das Gras stürzte. Der Schmied rutschte und rollte fast auf dem gleichen Weg wie das Ei zuvor die Böschung hinab und verhedderte sich hoffnungslos in dem grobmaschigen Netz, das Gesicht in den Händen vergraben, ohne Anstalten zu machen, seinen Sturz abzubremsen.

Ladya und Djofar wechselten einen kurzen Blick und eilten dann gemeinsam den Hang hinauf. Sie erreichten den verzweifelten Mann auf halbem Weg, hielten ihn fest und knieten neben ihm nieder.

Zuerst wollte Noldar nicht auf sie hören, als sie tröstend und beruhigend auf ihn einsprachen. Er weinte wie ein kleines Kind, jammerte herzzerreißend und schüttelte immer wieder den Kopf, bis ihre Worte endlich zu ihm durchdrangen. Und selbst danach dauerte es noch eine Weile, bevor seine Tränen versiegten und er die beiden fassungslos anstarrte.

»Ist es wirklich wahr?«, flüsterte er ungläubig. »Ich habe kein Drachenei zerstört? Ich bin nicht verflucht?« Und dann weinte er wieder, ein Riese von einem Mann, der nicht einmal Dämonen oder den Tod fürchtete, doch diesmal waren es Tränen der Erleichterung und des Glücks.

Außer ein paar Prellungen, Abschürfungen und einem verstauchten Knöchel war er unverletzt geblieben. Er befreite sich aus dem Netz und humpelte, auf Djofars und Ladyas Schultern gestützt, den Rest der Böschung hinunter.

König Gaurok war zusammen mit seinem Gefolge und den ausgewählten Vertretern der Gilden und Zünfte ängstlich zurückgewichen. Die beiden Eihälften lagen am Fuß des Berghangs im Gras. In den Duft der Frühlingsblumen hatte sich ein unangenehmer Geruch gemischt.

Djofar stemmte die Arme in die Hüften und ließ den Blick über die entsetzten Gesichter vor ihm wandern.

»Was wollt Ihr jetzt tun?«, fragte er ruhig. Obwohl er nicht laut gesprochen hatte, zuckten die Versammelten wie unter einem Peitschenhieb zusammen. Bigrael und Rimara breiteten nervös die Schwingen aus, als wollten sie davonfliegen, legten sie aber wieder an.

»Wagt Ihr es nicht einmal, Euch anzuschauen, was Ihr angerichtet habt?«

Betretenes Schweigen antwortete ihm.

»Hauptmann Lodast, Fontinaal, Ura!« Djofar streckte einen Arm aus und deutete der Reihe nach auf die drei. »Ihr habt Euch besonders durch Euren Ehrgeiz hervorgetan. Ihr wolltet das vierte Ei des Drachen unbedingt für Euch beanspruchen, weil Ihr geglaubt habt, ein Recht auf Euren eigenen Patron zu haben. Jetzt stellt Euch Eurer Verantwortung und kommt zu mir.«

Wie von einem fremden Willen gelenkt, näherten sich die Männer dem Drachenpriester mit steifen Schritten.

Djofar winkte ihnen zu, ihm zu folgen, und ging zu

einer Hälfte des schwarzen Eis. Er bückte sich, hob einen trockenen Zweig auf und zeigte damit auf die schwarze Masse, die sich jetzt, nachdem ihre Hülle aufgeplatzt war, zu einem dicken Fladen verformt hatte. »Was seht Ihr?«

Lodast war der Erste, der die Sprache wieder fand. »Das vierte Ei des Drachen.« Seine Stimme krächzte. Er räusperte sich mühsam. »Eine Hälfte davon.«

»O ihr Götter!«, stöhnte Ura. »Knochen! Der Drache war schon gewachsen! Wehe uns! O Mächtiger Tona, hab Erbarmen!«

Fontinaal schluckte schwer und vollführte eine fahrige Schutzgeste. Sein Gesicht war kalkweiß.

»Und der Gestank gibt Euch nicht zu denken?«, fragte Djofar.

»Wie könnt Ihr … es wagen … zu behaupten, der Drache würde … stinken …?«, stammelte Ura. Auf seiner Stirn glänzte kalter Schweiß.

Djofar schüttelte den Kopf. Seine Mundwinkel zuckten. »Ihr weigert Euch immer noch, das Offensichtliche zu erkennen.« Er beugte sich vor, stocherte mit dem Zweig in der schwarzen Masse herum und förderte zwei hellgraue feste Gebilde zutage.

Der Hauptmann wich hastig einen Schritt zurück, als befürchtete er, die Götter könnten ob dieses Frevels Blitze vom Himmel schleudern.

»Glaubt Ihr wirklich, das wären Drachenknochen?«, erkundigte sich Djofar ungerührt. »Sieht das nicht eher wie das Schulterblatt einer Milchziege aus? Und das hier – glaubt Ihr, ein Drache hätte Gräten wie ein Fisch?«

»Niemand weiß, wie das Skelett eines ungeborenen Drachen aussieht«, flüsterte Fontinaal.

»Aber enthält es vielleicht auch Apfelgehäuse und Kirschkerne?« Djofar konnte das Grinsen nicht länger unterdrücken. Er hob den Zweig, an dem ein dunkler, mit Kirschkernen durchsetzter Klumpen klebte, hoch und hielt ihn dem kleinen Magier unter die Nase.

Fontinaal war so erschüttert, dass er keinen Ton hervorbrachte. Endlich dämmerte auch auf Uras und Lodasts Gesichtern die Erkenntnis.

Und plötzlich hatte die unnatürliche Stille ein Ende. Ein leichter Wind kam auf und ließ das Gras rascheln. Zwei Lerchen stiegen jubilierend in den Himmel. In den Büschen und Bäumen begannen die Vögel zu zwitschern. Bienen erschienen wie aus dem Nichts und summten geschäftig umher. Auf der Bergwiese blökten die Schafe und meckerten die Ziegen. Irgendwo krähte ein Hahn.

Djofar ließ den Zweig achtlos fallen, drehte sich zu der wie gelähmt wartenden Menge um und hob die Arme. »Es hat nie ein viertes Ei des Drachen gegeben!«, rief er laut. »In ihrem Verlangen, sich selbst zu erhöhen, wollten die Sprecher Eurer Zünfte und Gilden, die Vertreter der Gelehrten, Priester, Magier, Künstler und Soldaten, den Kot des Obersten Drachen in die Stadt bringen. Um sich vom Rest des Volkes zu unterscheiden und ihre bevorzugte Stellung zu demonstrieren, waren sie bereit, einem Haufen Fäkalien einen Tempel zu errichten!«

Die Angesprochenen senkten beschämt die Köpfe. Jenseits des Kordons der Palastwachen klang ein gedämpftes Raunen und Murmeln auf, aber niemand lachte. Denn alle hatten insgeheim darauf gehofft, sich zu den auserwählten Günstlingen des vermeintlichen Schwarzen Drachen zählen zu dürfen.

»Das Schauspiel ist zu Ende«, fuhr Djofar fort. »Kehrt heim in Eure Häuser, Werkstätten und Tempel, auf Eure Höfe und Felder! Und denkt über die Botschaft nach, die der Oberste Drache uns allen mit diesem Zeichen gegeben hat!«

An diesem Abend lag Ladya zum ersten Mal seit Jahren wieder in Djofars Armen, zum ersten Mal, seit sie beide erwachsen waren. Sie hatten ihre Verlobung bekannt gegeben, und nach den denkwürdigen Ereignissen dieses Tages hätte es niemand gewagt, sie darauf hinzuweisen, dass es für frisch Verlobte selbst in einem so freizügigen Reich wie Runnterum als unschicklich galt, gleich die erste Nacht gemeinsam zu verbringen.

»Und es stört dich wirklich nicht, dass du nicht mein erster Mann bist?«, fragte Ladya ein wenig nervös.

»Wie könnte es mich stören, wenn selbst der Drache darin nichts Verwerfliches gesehen hat?«, fragte Djofar zurück.

Sie küsste ihn zärtlich. »Ich möchte nicht, dass du nur, weil der Drache …«

»Psst.« Djofar legte ihr einen Finger auf die Lippen. »Ich liebe dich, Ladya, und alles andere ist unwichtig. Ich würde dich auch noch lieben, wenn du längst verheiratet wärst und Kinder von einem anderen Mann hättest.« Er strich ihr eine rabenschwarze Locke aus der Stirn. »Wir alle haben heute eine wichtige Lektion gelernt, wohin falscher Stolz und Eifersucht führen kann.«

Ladya schmiegte sich an ihn. »Trotzdem tun mir Ura, Fontinaal und all die anderen irgendwie leid«, sagte sie. »Es wird lange dauern, bevor sie sich von diesem Gesichtsverlust erholt haben.«

»Es mag eine schmerzliche Lektion für sie gewesen sein«, erwiderte Djofar, »aber sie war nötig, und das Ansehen des Königs hat nicht gelitten. Du hast selbst mit dem Drachen gesprochen und seinen Atem gespürt. Du weißt, dass eine Zeit großer Umwälzungen bevorsteht, und deshalb ist es besonders wichtig, dass das Volk einig ist und sich nicht in kleinlichen Eifersüchteleien entzweit. Dass es sich nicht von Äußerlichkeiten und der Gier nach Macht blenden lässt. Das war die Botschaft des Drachen.« Er schwieg einen Moment lang nachdenklich. »Ich frage mich nur, ob er es uns wirklich auf diese drastische Art zeigen musste.«

»Oh, ich glaube, er wollte uns damit noch mehr sagen.« Ladya lächelte verschmitzt. Ihre schlanken Finger strichen über Djofars Hals und wanderten langsam weiter zu seiner Brust hinab. »All die Regeln, die sich die

Menschen ausgedacht haben, um ihrem Leben Ordnung zu geben … Die Kasten und Gesellschaftsschichten, die künstlichen Grenzen. Für den Drachen sind sie bedeutungslos.«

Sie stützte sich auf einen Ellbogen, legte das Kinn in die Hand und blickte Djofar in die Augen. »Es mag ja sein, dass der Goldene Drache der Patron der Herrscher, der Weiße Drache der Patron der Gelehrten und Künstler und der Rote Drache der Patron des gemeinen Volkes ist. Aber das heißt nicht, dass es diese drei Schichten wirklich gibt.«

Djofar runzelte die Stirn. »Wie meinst du das?«

»Gibt es nicht auch im gewöhnlichen Volk Herrscher?«, fragte Ladya, unvermittelt wieder ernst. »Sind nicht Eltern in gewisser Weise Herrscher über ihre Kinder? Sind Meister nicht Herrscher über ihre Gesellen, Bauern Herrscher über ihre Knechte und Mägde, Lehrer Herrscher über ihre Schüler? Ist ein Hirte, der auf seiner Flöte eigene Lieder spielt, nicht auch ein Künstler, eine gute Heilerin nicht auch eine Weise und Gelehrte? Wenn ein Philosoph auf dem Markt mit den Händlern um Obst und Gemüse feilscht, ist er dann nicht auch ein gewöhnlicher Mann? Sind nicht Könige und Fürsten aus dem gemeinen Volk entstanden, und geschieht es nicht manchmal, dass sie ihre Reiche verlieren und im Exil unerkannt mitten unter dem gemeinen Volk leben?«

Der junge Drachenpriester sah sie staunend und voller Bewunderung an. »So habe ich das noch nie betrachtet«, gestand er verblüfft. »Du bist eine weise Frau. Aber was hat das ausgerechnet mit …« – er grinste –« … dem vierten *Ei* des Drachen zu tun?«

Ladyas Lächeln kehrte zurück. »Ich glaube, der Drache wollte uns damit zeigen, dass es nicht wichtig ist, zu welcher Kaste wir uns zählen oder gezählt werden. In Wirklichkeit ist die Einteilung der Menschen in verschiedene Kasten nichts als …« Sie beugte sich über ihn und flüsterte ihm den Rest ins Ohr.

APRIL DILLINGER

FINRAEL
DER DUNKLE

Und Dibar schuf einen Ring in der Schmiede des Sonnengottes Skedus. Die Macht des Lichts wohnte in diesem Ring, und wer ihn trug, so weiß die Legende, der war für gewöhnliche Sterbliche unbesiegbar. Großherzig schenkte Dibar dem jungen, guten König Lannhuel den Ring, und das Land Tariell erlebte eine nie gekannte Blüte. Lannhuels Bruder Finrael jedoch neidete ihm die Macht, und so zog er eines Tages gegen ihn in den Krieg. Als die Heere aufeinander trafen, wogte der Kampf sieben Tage und Nächte hin und her, und auf beiden Seiten ward viel Blut vergossen. Am Ende standen sich Lannhuel, der letzte Goldene, und Finrael, der Dunkle, allein auf der Walstatt gegenüber. Lannhuel kämpfte mit dem Mut des Helden und der Kraft des Verzweifelten, der um die Bürde weiß, die auf seinen Schultern lastet. Doch Finrael wusste, welche Macht seinem Bruder durch den Ring erwuchs und dass Lannhuel von keinem gewöhnlichen Sterblichen besiegt werden konnte. Listig hatte er beizeiten durch Spione dafür gesorgt, dass ein heimtückischer, schwächender Fieberfluch auf Lannhuel lastete. Finrael der Dunkle musste also nur warten – bis seinen verhassten Bruder am achten Tage der Schlacht von Malvran wieder das Fieber befiel. Derart geschwächt, vermochte nicht einmal der Ring des Dibar seinen Besitzer zu retten.

Nur die Raben waren Zeugen, als Finrael der Dunkle nach dem Ende des ungleichen Kampfes den Ring an sich nahm. Es war der Beginn einer beispiellosen Schreckensherrschaft ...

Der Regen hatte das Land noch immer fest im Griff. Von der Zinne seiner Feste blickte Finrael auf ein karges Land hinab, das ausgezehrt war wie die Menschen, die darin lebten. Der Ster war weit über seine Ufer getreten und hatte die umliegenden Felder in einen schmutzig braunen Sumpf verwandelt, auf denen in diesem Frühjahr kein Kraut mehr wachsen würde. Zahllose Bäume, das Wurzelwerk unterspült, hatten sich zum Sterben niedergelegt und vermoderten in der schlammigen Brühe. Andere reckten anklagend die Äste zu den Mauern der Feste empor: Gespensterbäume, bleichen Gerippen gleich. Die bleierne Wolkendecke am Himmel löschte sämtliche Farben aus und tünchte die Welt mit Grau und Schwarz.

Kein Mensch und kein Tier waren zu sehen. Alles Lebendige hatte sich aus der unmittelbaren Umgebung von Finraels Festung zurückgezogen. Der Wind pfiff durch die leeren Straßen des verlassenen Dorfes und sang zwischen den halbzerfallenen Resten der Häuser: ein Wehklagen, die Todesmelodie eines ganzen Tales, melancholisch und grausig zugleich.

Finrael hatte diesem Klang stets gerne gelauscht. Er kündete von seiner Herrschaft und spiegelte die Dunkelheit wider, die seine Seele umfangen hielt. Doch mit einem Mal konnte er ihm nichts mehr abgewinnen. Er zog ihn hernieder wie ein Mühlstein – wie das Gewicht des Ringes, den er an einer Kette um den Hals trug und der mit jedem Tag schwerer zu werden schien. Seit Wochen glich Finraels einst stolzer, aufrechter Gang dem gebeugten Hinken eines Greises.

Vom Triumph des einstigen Siegers der Schlacht von Malvran war ihm nichts mehr anzumerken.

Finrael erinnerte sich an das erste Jahr seiner

Herrschaft. Er war in das Schloss seines Bruders gezogen, hatte es zu einer uneinnehmbaren Festung umgebaut und von dort aus das Land mit Tyrannei und Willkür überzogen.

Dörfer und Städte hatte er ausgeplündert und beim geringsten Zeichen von Widerstand verwüstet, allein um des Vergnügens willens. Und doch hatte ihn nie ein Mensch lachen sehen. Finrael den Dunklen nannten sie ihn. Der Ring sicherte ihm die Macht, und es hatte längst niemanden mehr gegeben, der ernsthaft Widerstand zu leisten gewagt hätte ... bis das Elend so groß geworden war, dass Bauern, Kaufleute, Handwerker und Tagelöhner sich in ihrer Verzweiflung zusammengeschlossen hatten, um einen Aufstand zu wagen.

Finrael hatte ihn gnadenlos niedergeschlagen.

Von Stadt zu Stadt war er gezogen mit seinem Heer, um mit gnadenloser Faust blutige Ernte zu halten. Für jeden getöteten Soldaten hatte er hundert Aufständische köpfen und vierteilen lassen, und fast ein Zehntteil aller Dörfer und Städte war für immer von der Landkarte seines Reichs verschwunden.

Finrael erinnerte sich gut an das letzte Rebellennest: ein kleines Dorf im Schutz hoher Berge, das bis zum Schluss erbitterten Widerstand geleistet hatte. Die Bauern hatten den einzigen Zugang zum Ort, einen schmalen Bergpass, mit Geröll und Felsen blockiert und sich dahinter verschanzt. Obwohl sie nicht ausgebildet und viel schlechter ausgerüstet waren als Finraels Truppen, hatten sie überraschend lange standgehalten. Mit dem Mut der Verzweiflung hatten sie gekämpft, denn mit Gnade konnten sie nicht rechnen. Letztlich war es der Hunger gewesen, der sie schwächte und ihren Widerstand brach. Nach einer Woche der Belagerung hatte Finrael an der Spitze seiner Streitmacht die Barrikaden überwunden. Vorher hatte es tagelang geregnet, und der Boden war vollgesogen. Wasser mischte sich mit dem Blut der Gefallenen. Finraels Schwert hielt blutige Ernte unter den Rebellen. Stumpfe Augen starrten ihm aus dem Schmutz entgegen: alte Männer, junge Männer, Frauen, Kinder. Köpfe ohne Rümpfe, abgetrennte Gliedmaßen. Unablässig grollte Donner und überdeckte die Schreie der Sterbenden und das Stöhnen der Verwundeten. Kälte kroch in Finraels Arme, und mit einem Mal waren seine Muskeln des Stechens und Hauens müde. Ein bleiernes Gewicht schien sich auf all seine Sinne zu legen, und fast war ihm sein Tun zuwider. Er zügelte sein Schlachtross und blickte sich um.

Um ihn herum töteten seine Männer alles, was sich noch bewegte. Die letzten Bewohner des Dorfes, das zu einer Todesfalle geworden war, rannten in Panik durcheinander. Finrael sah einen alten Mann vor einer Hütte, den zwei Soldaten festhielten, während ein dritter ihm das Schwert in den Leib rammte. Eine Frau, die ihr kleines Kind zu schützen versuchte, wurde von einem Pferd niedergeritten. Reglos mit dem Bündel im Arm blieb sie auf dem Boden liegen. Wenn beide noch nicht tot waren, würden die Schlächter bald dafür sorgen.

Finrael erkannte den wilden Triumph in den Gesichtern seiner Männer. Der Blutrausch hatte sie erfasst. Sie waren blind für alles andere. Mit einem Mal hasste Finrael sie dafür.

Er wandte sich zu seinem Hornisten um, der wenige Schritte hinter ihm im Gefolge des Heerführers verharrte, und hob die Hand. Der Befehl, den er erteilte, erstaunte nicht nur Finrael selbst, sondern auch seine Soldaten.

»Es reicht. Blas zum Sammeln!«

Nur eine Handvoll Rebellen hatte überlebt. Verunsicherte Soldaten, die nie zuvor einem Befehl wie diesem hatten Folge leisten müssen, trieben das magere Häuflein auf dem kleinen Dorfplatz zusammen und legten alle in Ketten.

Schweigend, hoch aufgerichtet, den Mühlstein am

Hals vergessend – oder war der Ring leichter geworden? –, ritt Finrael die Reihen seiner Krieger ab. Seine Miene war finster, und jeder Zweifel, der sich in die Gedanken der Männer geschlichen haben mochte, verflüchtigte sich angesichts der Kälte in seinen Blicken. Nein, Finrael der Dunkle, Finrael, der niemals lächelte, Finrael der Grausame kannte kein Mitleid.

»Legt sie in Ketten und bringt sie zur Feste. Wir brauchen neue Sklaven. Dieses Pack soll noch lange bereuen, dass es gewagt hat, mir zu trotzen. Heute Abend feiern wir unseren Sieg!«

Seine Truppen antworteten mit lautem Jubel. Finrael wendete sein Ross und ließ zum Aufbruch blasen.

Doch auf dem ganzen Weg nach Hause hatten Zweifel an ihm genagt. Er brauchte keine neuen Sklaven. Warum nur hatte er die Rebellen verschont? Eine Macht schien in ihm zu wirken, die er nicht greifen konnte, die nicht zu ihm gehörte und dennoch Teil seiner selbst war. Er hatte jeden Gedanken daran beiseite geschoben – es hatte damals wichtigere Dinge gegeben, die es zu regeln galt.

»Du wolltest ausreiten, o Herr?«

Finrael fuhr herum. Unbemerkt hatte sich Didro, sein Leibdiener, genähert.

»Ja, lass mein Pferd satteln … Ich reite allein.«

Falls der Diener darüber verwundert war, so wagte er nicht, sich davon etwas anmerken zu lassen. Er verneigte sich gehorsam und wich zur Stiege zurück. Erst dort wandte er sich um, kletterte von der Zinne und machte sich auf den Weg zu den Ställen, wo er den Befehl seines Herrn an die Stallburschen weitergeben würde.

Ein Ausritt … Bilder seines letzten Jagdausflugs stiegen vor Finraels geistigem Auge hoch, während er den Umhang über die Schultern zog und sich für einen letzten Blick über das ausgezehrte Land umdrehte.

Von Langeweile getrieben, hatte er einen Trupp zusammengestellt, um in den Wäldern von Koadeg einen Drachen jagen zu gehen. Es war die größte Herausforderung, der sich ein Krieger und Jäger stellen konnte, und Finrael hatte sie bisher noch stets genossen. Drachen waren seltene, furchtbare Geschöpfe, die fliegen konnten und Feuer spuckten und deren Panzer so hart war, dass Lanzen und Pfeile ihnen kaum etwas anzuhaben vermochten. Nur die Mutigsten und Geschicktesten überlebten den Kampf mit einem Drachen. Niemals trat ein Kämpfer allein gegen sie an – nur eine ganze Jagdgesellschaft war in der Lage, ein solches Untier zu bezwingen.

Doch es war nicht der Kampf gegen den Drachen von Koadeg, an den Finrael jetzt denken musste. Es war ein viel unbedeutenderes Ereignis, das ihn nicht zur Ruhe kommen ließ, eine nächtliche Begegnung, von der niemand außer ihm etwas wusste:

Sie hatten damals den Wald von Koadeg noch nicht lange betreten, als die Nacht hereingebrochen war. Auf seinen Befehl hin hatten sie ihr Lager auf einer kleinen Lichtung aufgeschlagen, die Platz genug für die Jagdgesellschaft und ihren kleinen Tross bot. Das Abendessen war schnell zubereitet und wurde schweigend eingenommen. Eine merkwürdig gedämpfte Stimmung lag über den Jägern, vielleicht von der Gemütsverfassung ihres Anführers ausgehend, der kaum ein Wort sprach und abwesend vor sich hin starrte. Schließlich wurden zwei Wachen aufgestellt. Sie befanden sich in der Nähe einer Festung, die Rebellennester waren ausnahmslos ausgerottet, der Drache war noch weit, und somit drohte der Jagdgesellschaft keine große Gefahr. Der Rest von Finraels Gefolge begab sich, eingehüllt in Decken und Mäntel und erschöpft von den Anstrengungen des Tages, zur Nachtruhe in die Zelte.

Es war eine mondlose, stockfinstere Nacht. Hie und da riss ein kalter Wind die Wolkendecke auf, heulte klagend in den kahlen Gespensterbäumen und rüttelte machtvoll an den Zelten, die die Jäger rings um das Feuer errichtet hatten.

Alle schliefen tief und fest, nur Finrael warf sich unruhig auf seinem Lager hin und her. Er fand einfach keine Ruhe. Ein Gedanke jagte den anderen, und keiner davon ließ sich fassen. Sein Hals war wie zugeschnürt, und er bekam keine Luft mehr. Es war, als lastete ein Tonnengewicht auf seiner Brust, als wöge der Ring Zentner. Schließlich beschloss Finrael aufzustehen. Er schlüpfte in sein Wams, schnallte das Schwert um, warf sich den schwarzen Umhang über die Schultern und schob die Decke beiseite, die den Eingang des Zeltes bildete.

Das Feuer war bis auf die Glut heruntergebrannt. Einer der Wachtposten zog gerade die Plane von dem mitgebrachten Brennholz, um neue Scheite nachzulegen. Der zweite Mann war nirgendwo zu sehen.

Geräuschlos huschte Finrael hinter sein Zelt und schlug sich in die Büsche. Er wollte keine Erklärungen abgeben, sondern allein sein.

Finrael war ein Kämpfer, nach dem Tod seines Bruders der beste, den die Welt kannte. Er wusste, wie man sich auch in schwierigem Gelände lautlos bewegt, und bald hatte er das Lager weit hinter sich gelassen, ohne dass ihn die beiden Wachtposten bemerkt hätten.

Die Bäume standen weiter auseinander, das Unterholz lichtete sich, und der aufgeweichte lehmige Boden wich nacktem Fels. Augenblicke später trat Finrael ins Freie. Er stand auf einem Felsvorsprung, der eine breite, dunkle, bis fast zum Horizont reichende Ebene überragte. Nur am Geruch und an den Geräuschen war zu erkennen, dass es sich um einen See handelte. Wind peitschte das Wasser und brachte es zum Schäumen. Ein Rauschen lag in der Luft, das sich mit dem Ächzen der Bäume zu einer unheimlichen Melodie vermischte. Die Wolkendecke war an zahlreichen Stellen aufgerissen, ohne dass der Mond oder die Sterne zu sehen gewesen wären.

Finrael zog den Umhang fester um sich und setzte sich

auf den nackten Fels. Der Ring hing schwer an seiner Kette. Finraels Blick ging in die eintönige Nacht hinaus, in die Dunkelheit aus verschiedenen Abstufungen von Grau und Schwarz. Alle Formen verschwammen darin, schienen sich aufzulösen und waren nur zu erahnen.

Bin so auch ich?, fragte sich Finrael gequält. *Meine Seele ein schwarzer Schatten, ohne Form und Umriss, ein Loch, in dem alles versinkt, das alles in sich aufsaugt und es nie wieder hergibt, Gefühle und Gedanken gleichermaßen?*

Nie zuvor hatten ihn derartige Überlegungen geplagt. Finrael der Dunkle hatte immer seine Freude an der Finsternis gefunden, war wie der Wind über die Welt gestrichen und hatte seine Spuren hinterlassen. Das Ächzen und Stöhnen der Menschen war ihm stets Ansporn gewesen. Nun aber plagte es ihn wie das Ächzen der toten Bäume, verfolgte ihn bis in den Schlaf und ließ ihn nicht zur Ruhe kommen.

Nichts schien ihm noch Freude zu bereiten. Wann hatte das angefangen? Was war geschehen? Hatte er sich verändert? Oder war die Welt ringsum eine andere geworden?

Das Knacken eines Astes riss ihn aus den Gedanken. Er lauschte. Zunächst hörte er nur den Wind und das Wasser – dann raschelte Laub, ein Zweig brach. Vorsichtige Schritte. Hinter ihm, im Gehölz des Waldes, schlich jemand umher.

Finraels Hand glitt zum Griff des Schwerts. Die vorsichtigen Schritte kamen nicht näher, sondern entfernten sich in Richtung des Lagers.

Finrael erhob sich lautlos und zog ebenso lautlos das Schwert. Kurz darauf stand er wieder unter den Bäumen, hielt den Atem an und lauschte auf weitere verräterische Geräusche. Wer auch immer vor ihm durch den Wald schlich, er war kein geübter Krieger. Viel zu häufig trat er auf tote Äste, blieb im Gestrüpp hängen oder raschelte mit der Kleidung. Finrael hatte keinerlei Mühe, ihm zu folgen und sich unbemerkt zu nähern.

Kurz vor dem Lager blieb der Fremde stehen. Vorsichtig schlich Finrael näher und entdeckte schließlich, hinter dem Stamm einer breiten Eiche verborgen, eine Gestalt, die sich hinter einem Busch duckte und das Lager beobachtete. Das Feuer brannte wieder munter und ließ die Schatten der Bäume tanzen. Im rotgoldenen Schein der Flammen erkannte Finrael einen hageren Mann in abgerissener Kleidung, mit langem Bart und verfilzten Haaren. In der Hand hielt er einen kurzen Dolch.

Kein Gegner für Finrael. Mit einem einzigen Streich seines Schwertes hätte er dem Fremden den Kopf abschlagen können. Doch Finrael war neugierig. Was wollte der nächtliche Besucher? War er ein Kundschafter? Gab es in der Nähe vielleicht doch noch ein Rebellenlager, von dem Finraels Spione nichts wussten? Finrael wartete und beobachtete.

Der Fremde seinerseits beobachtete die beiden Wachtposten. Als er sicher zu wissen glaubte, welchen Weg die beiden gingen und wo sie stehen blieben, kroch er vorsichtig aus seiner Deckung hervor, huschte zum nächstgelegenen Zelt, hob die Plane an und verschwand darin.

Finrael wartete. Er wusste genau um die Gefahr für die Männer im Zelt, falls der Fremde Schlimmes im Schilde führte. Doch etwas an dem Verhalten des Mannes sprach dagegen – und was war schon das Leben einer Hand voll entbehrlicher Soldaten gegenüber der Lust am Spiel, der Befriedigung seiner Neugier?

Wenig später tauchte der Mann wieder unter dem Zelteingang auf, verharrte im Schatten und sondierte die Umgebung, bevor er zurück in den Wald kroch. Finrael folgte ihm erneut unbemerkt bis zur Felsklippe. Dort setzte sich der hagere Fremde fast an dieselbe Stelle wie zuvor Finrael, legte den noch immer gezückten Dolch neben sich und kramte etwas aus dem abgerissenen Wams hervor. Nein, dieser Fremde war eindeutig kein Krieger. Achtlos und unvorsichtig hatte er dem Wald den Rücken zugewandt. Auf Zehenspitzen und mit erhobenem Schwert, bereit zum tödlichen Streich, schlich Finrael heran. Als er näher kam, sah er, dass der Mann zitterte. Er schien kaum fähig zu sein, etwas in den Händen zu halten.

Als Finrael dann nur noch ein paar Ellen von ihm entfernt war, erkannte er, was der Fremde unter seiner Kleidung versteckt hatte: Es war ein Laib Brot, gestohlen aus dem Zelt. Der Mann hatte Essen gestohlen. Er war ein heruntergekommener, halb verhungerter Bettler, nichts weiter.

Einen Moment lang schien die Zeit still zu stehen: der ausgemergelte Dieb, auf dem Felsvorsprung hockend, zwischen den düsteren Gespensterbäumen und dem aufgepeitschten See, hinter ihm Finrael, mit erhobenem Schwert, bereit, dem Halunken, der es gewagt hatte, ihn, den Dunklen, zu bestehlen, den Kopf von den Schultern zu trennen – dann war der Augenblick vorüber. Finrael ließ das Schwert sinken und zog sich so leise zurück, wie er gekommen war. Der Ring an seinem Hals war immer noch schwer. Zwischen den dunklen Wolken funkelte ein einzelner Stern.

Finrael zügelte sein Pferd. Seit damals waren mehrere Wochen vergangen. Nun war er an eben jenem Felsvorsprung angekommen. Noch immer wühlte der Wind im Wasser des Sees, und Wolkenbänke lagen schwer wie ein graues Leichentuch über der Landschaft. Ja, Finrael erinnerte sich noch genau an die letzte Jagd. Was hatte ihn bewogen, das Leben des Diebes zu schonen? Tausend Mal hatte er sich diese Frage gestellt. Erneut hatte er diesen ungreifbaren Widerstand in sich verspürt, der Abscheu in ihm geweckt hatte, Abscheu vor sich selbst und seinen Taten. Abscheu, der seitdem ständig an ihm nagte, ihn nicht mehr los ließ und letztendlich dazu bewogen hatte, alleine in den Wald zu reiten, um sich wieder einem Drachen zu stellen. Damals hatten sie einen großen Grünen erlegt. Zwei Drittel seiner Männer hatte es das Leben gekostet, der Rest hatte zahlreiche Wunden davongetragen. Einzig Finrael hatte die Schlacht unverletzt überstanden.

Nun, auch das würde diesmal anders sein. Finrael wollte sterben. Kein gewöhnlicher Mensch konnte alleine im Kampf gegen einen Drachen bestehen, auch wenn er noch so gut war. Finrael suchte den Tod. Eine seltsame Erleichterung hatte von ihm Besitz ergriffen. Er wendete sein Pferd und ritt zurück, hinein in den Wald, auf der Suche nach seinem Schicksal.

Nach einer ganzen Weile – er wusste nicht, wie lange er geritten war – gelangte er an einen Fluss. Es war früher Nachmittag, und der Regen hatte wieder eingesetzt. Der Fluss war wie alle Gewässer im Land weit über die Ufer getreten und schuf eine unpassierbare Barriere. Finrael wusste nicht, in welcher Richtung die nächste Brücke lag und ob sie überhaupt noch stand, also ritt er willkürlich flussaufwärts, weiter und weiter.

Er war längst wieder in Gedanken versunken, als ihn ein Geräusch aufschrecken ließ. Rufe, nein, Schreie. Hohe, helle, angsterfüllte Kinderschreie. Finrael zügelte sein Ross und blickte sich suchend um. Zwischen dem angeschwollenen Fluss und dem Waldrand zog sich ein breiter Streifen von hüfthohem, einzeln stehendem Gestrüpp, doch dort war nichts zu sehen. Die Schreie kamen aus dem Wald dahinter.

Mit einem Mal hörte er noch mehr: Das charakteristische Fauchen einer Bestie. Es gab nur ein Wesen, dessen Gebrüll auf diese Entfernung zu hören war - ein Drache! Ohne nachzudenken, spornte Finrael sein Ross und preschte dem Wald entgegen.

Der Lärm kam näher. Finrael drang in den Wald vor; die Bäume standen so weit auseinander, dass er ohne Mühe unter ihren weiten Kronen hindurch galoppieren konnte. Unvermittelt endete der Wald vor einem steilen Geröllhang, der vielleicht fünfzig Ellen nach unten führte und ein kreisrundes Tal einschloss, das aussah wie ein erloschener Vulkan. Finrael konnte sein Pferd gerade noch zügeln, sonst wären Ross und Reiter gemeinsam in die Tiefe gerutscht.

Ein weiterer Schrei, ganz nah diesmal, ließ ihn zusammenfahren. Er sprang ab und rannte zum Rand der Klippe vor, und was er dort unten am Talboden sah, verschlug ihm den Atem.

Vor einer großen Höhle, die direkt in den Hang hinein führte, waren im Halbkreis fünf Baumstämme in den Boden gerammt. An den mittleren dieser Baumstämme war ein junges Mädchen von nicht mehr als acht oder neun Jahren gebunden. Es stemmte sich zu Tode verängstigt gegen seine Fesseln, und das lange blonde Haar war von Schweiß und Tränen verklebt. Es trug ein weißes Kleid, das Symbol der Opferjungfrau, und seine Füße waren nackt.

Aus der Höhle drang das Gebrüll des Drachen.

Ohne nachzudenken, eilte Finrael halb rennend, halb rutschend den Hang hinab, trat Gerölllawinen los und wäre mehr als einmal fast von den zu Tal stürzenden Gesteinsbrocken mitgerissen worden.

Wie durch ein Wunder gelang es ihm, sich auf den Beinen zu halten. Das Gewicht des Rings, das so lange auf ihm gelastet hatte, schien nicht mehr zu existieren, als Finrael das Schwert aus der Scheide riss und zu dem Mädchen stürzte. Mit einem Hieb durchtrennte er die Fesseln, die es an den Baumstamm banden, doch die Kleine war zu kraftlos, um sich auf den Beinen zu halten, und sank schluchzend zu Boden.

Ein erneutes Brüllen, ganz dicht hinter ihm, ließ Finrael herumfahren. Er blickte in einen gewaltigen roten Schlund, eingerahmt von Hunderten von Zähnen, keine fünf Ellen entfernt: Der Drache war unbemerkt aus seinem Bau gekommen und musste nun voller Wut sehen, dass ein Mensch es wagte, ihm zu trotzen. Er spuckte in schierer Raserei, und Finrael wich dem Feuerschwall nur um Haaresbreite aus. Es war ein schwarzer Drache, der gefährlichste von allen, doch war er noch nicht ausgewachsen, sonst wären Finrael und das Mädchen bereits tot gewesen. Dieses Ungeheuer stand noch an der Grenze zum Erwachsensein, dem ungestümsten und jähzornigsten Alter, doch es war noch nicht so schlau und durchtrieben wie die erfahrenen Großen.

Kampfesfieber flutete durch Finraels Adern, und jeder Gedanke an seinen eigenen Tod war verflogen. Er kannte nur noch ein Ziel: dieses kleine Menschenwesen vor der Bestie zu retten. Und falls er dafür mit dem Leben bezahlen musste, so war es eben nicht zu ändern. Er sprang den Drachen an und merkte erstaunt, dass er sich kraftvoller und schneller bewegte als je zuvor. Der Ring um seinen Hals schien zu *leben*. Finrael landete Hieb um Hieb gegen das Ungeheuer, doch es gelang ihm anfangs nicht, es ernsthaft zu verletzen. Der Drache spuckte und fauchte, und bald schon war der Talboden übersät mit Feuerlachen. Mehr als einmal wurde Finrael von dem gewaltigen Peitschenschwanz getroffen und segelte durch die Luft, doch wie durch ein Wunder nahm er dabei keinerlei Schaden.

Der Kampf wogte hin und her, ohne dass einer der beiden Gegner einen Vorteil für sich hätte gewinnen können. Bilder stiegen vor Finraels geistigem Auge auf, Bilder von Drachenjagden und Jungfrauenopfern, die er befohlen hatte, und mit einem Mal verstand er sich selbst nicht mehr. Wie hatte er seinem Land und den Menschen darin so viel Böses zufügen können? All das spielte nun keine Rolle mehr. Es ging nur noch um das Leben des Mädchens, das wie durch ein Wunder errettet vor dem Baum lag und sich nicht zu rühren wagte.

Gargan der Drache hatte sein Jungfrauenopfer längst vergessen; er würde es diesem frechen Menschen zeigen, der es gewagt hatte, ihn herauszufordern. Und wenn er mit ihm fertig war, würde er sich dieses kleine Dorf vornehmen, das ihm den Köder vor die Höhle gebunden hatte. Er würde das Dorf einäschern und seine Bewohner mit Haut und Haaren fressen.

Gargan konnte nicht verstehen, wie ein gewöhnlicher Mensch so hoch und weit springen und sich so schnell bewegen konnte. Nicht ein einziges Mal war es ihm gelungen, den leuchtenden Mann anzuspucken, und die wenigen Treffer mit dem Peitschenschwanz hatte er mehr dem Zufall zu verdanken als seiner Gewandtheit. Verwirrender noch – sie schienen seinem Gegner nicht das Geringste auszumachen! Es segelte durch die Luft wie ein Ball, prallte schwer zu Boden - und stand wieder auf, als sei nichts geschehen! Jedes Mal, wenn Gargan glaubte, ihn endlich erwischt zu haben, blitzte dieser Ring an der Halskette des Menschen auf, alles verschwamm, und dann stand er schon wieder woanders!

Langsam wurde Gargan müde, und in diesem Augenblick durchzuckte ihn ein rasender Schmerz im Unterleib. Der Mensch hatte ihm das Schwert in den Bauch gerammt! Eingeweide, die wie Feuer brannten, quollen aus dem tiefen Schnitt, und zum ersten Mal in seinem Leben empfand Gargan so etwas wie Angst. Dann plötzlich gab es einen weiteren gewaltigen Schlag, und er fiel mit der Schnauze vornüber in den Sand.

Gargan spürte seinen Körper nicht mehr. Er konnte nicht mehr atmen, nicht mehr spucken, nicht mehr brüllen. Er verdrehte die Augen und erkannte mit erlahmender Klarheit, was geschehen war. Der Mensch hatte ihm den Rumpf abgeschlagen. Ein gewaltiger kopfloser Drachenleib stolperte durch den Talkessel, als gehörte er überhaupt nicht zu Gargan und als betrachtete Gargan alles aus weiter Ferne. Doch es war sein Leib, der dort lange Schlingen von Eingeweiden hinter sich her zog, während hohe Blutfontänen aus dem Hals schossen und sich die Kloake stinkend entleerte, bevor er zusammenbrach und zuckend liegen blieb.

Der Ring um den Hals des unheimlichen Wesens strahlte hell wie die Sonne. Dann senkte sich Schwärze über Gargan, und er dachte überhaupt nichts mehr.

Der Wind hatte die Wolkenbänke zerrissen, und zum ersten Mal seit Monaten fand die Sonne ihren Weg in den kleinen Talkessel mit dem toten Drachen, Finrael und dem kleinen Mädchen. Leuchtende Strahlen fingen sich in dem goldenen, wunderbar leichten Ring um Finraels Hals und blendeten das Mädchen, das die Stirn kraus zog und die Augen zusammenkniff.

Und Finrael der Helle lächelte.

Horst von Allwörden

Ein reines Herz

»In der ganzen großen weiten Welt gibt es keine Magie, keinen Zauber und keine Geister, Bevin«, dozierte Thiam.

Ich tat, als hörte ich ihm zu, sonst würde er mir wieder eine Ohrfeige versetzen. Ich mochte den hageren Mann nicht sonderlich, aber er war nun mal mein Herr und Meister, außerdem hatte ich zu essen und zu trinken, er bot mir Schutz, und in seiner Begleitung sah ich die Welt (und das war schon immer mein Traum gewesen).

Ab und zu sagte ich an der richtigen Stelle etwas Zustimmendes oder nickte. Thiam hatte Vater einen ganzen Beutel Münzen bezahlt, um mich als Dienstboten und Lehrling mitzunehmen. Ich führte Merzad, unseren Esel, der den Karren mit Meister Thiams Elixieren zog, seinen Pülverchen, all den anderen Ingredienzen, die er für seine Illusionen benötigte, und nicht zuletzt mit seinem Zelt und seinem Kostüm.

»Alles kommt auf die Fingerfertigkeit und das Wissen um die Natur an. Zauberei ist nichts als Illusion und hier und da eine kleine Explosion mit Rauch zur Ablenkung. Die Leute müssen getäuscht werden, und bei der Leichtgläubigkeit all der Tölpel, die ihren Fuß auf Exermon setzen, ist es keine Schwierigkeit, sich des Einzigen zu bemächtigen, das sie wertvoll macht, nämlich ihrer Münzen«, Thiam grinste bei diesen Worten selbstzufrieden und klopfte auf seinen Geldgürtel, der mit Gold und Silber gut gefüllt war.

Thiam war raffsüchtig und entsprechend geizig. Aber wir hungerten nicht, und das war mehr, als mir das Anpflanzen von Bohnen und Kohl bringen würde, denn ein launischer Sommer genügte, ein Kleinkrieg der Landjunker, marodierende Söldner oder ein einziger Hagelsturm, und die Ernte war dahin, die Not groß.

Ein alter Spielmann, Geschichtenerzähler und Messerschleifer, der immer wieder im Herbst zu den Erntedanktagen in unser Dorf kam, hatte die Sehnsucht nach der weiten Welt in mir geweckt. Neben Sagen und Märchen brachte er auch Nachrichten zu uns. Er erzählte von Städten, die in weiter Ferne lagen und mehr als tausend Menschen in ihren Mauern beherbergten. Der Alte berichtete von Bürgern, Kriegern, großen Taten und Torheiten von Baronen, Fürsten und Herzögen. Er schilderte Wunder, brachte Kunde von großen Schrecken und Seuchen.

Seit ich denken konnte, freute ich mich auf die Tage der Ernte. Noch während wir die letzten Felder abernteten, die Bohnen pflückten und einlegten, die letzten Rüben in die Keller brachten, eines oder zwei der gemästeten Schweine schlachteten und zu Wurst, Räucher- und Trockenfleisch verarbeiteten, hielt ich Ausschau nach dem Alten, den man im Dorf auch den Grauen nannte (seinen wahren Namen habe ich nie erfahren), denn außer seiner Haut war alles an ihm grau. Er trug Schuhe aus grauem Wildleder, seine Kleidung und der wallende Kapuzenumhang waren grau. Sein volles, dichtes Haar war wie Silberfäden. Selbst seine Augen waren wie ein Nebelstreif, aber er war nicht blind.

Und wenn seine Gestalt in der Ferne auftauchte, freute ich mich. Ich konnte, bis ich zu groß dafür wurde, immer auf seinem Schoß sitzen, und nur für mich erzählte er dann seine erste Geschichte.

Später saß ich auf einem Schemel zu seinen Füßen und

lauschte ihm. Mit jeder neuen Geschichte verstärkte sich die Sehnsucht nach der großen, weiten Welt in mir.

Tagsüber, wenn der Alte die Klingen der Sensen dengelte und die Messer, Beile und Äxte schärfte, egal woraus sie gefertigt waren, war ich, so oft ich konnte, bei ihm. Und wenn er fertig war, hielt seine Arbeit ein ganzes Jahr.

Und immer, wenn er uns verließ, blickte ich ihm wehmütig nach. Bis er eines Tages gar nicht mehr kam. Vater meinte, er sei wohl gestorben.

Ein anderer Mann erschien, aber der gab nur nüchtern die Geschehnisse und Ereignisse wieder, die er erlebt oder von denen er gehört hatte. Weder in seinem Wesen noch in seinem Äußeren konnte er es mit dem Grauen aufnehmen. Auch wusste er nichts von diesem zu erzählen. Ich würde wohl nie erfahren, was aus dem alten Geschichtenerzähler geworden war.

Ich hatte immer gehofft, der Graue würde mich als seinen Lehrling mitnehmen, aber er machte Vater nie ein Angebot. Das tat erst Thiam, der eines Abends im letzten Winter auf unserem Hof erschien. Er machte auf mich einen verwirrten Eindruck, als erwache er eben aus einem Traum und wisse gar nicht, wo er war. Thiam blieb zunächst bei uns, und als er nach einigen Wochen und zwei Schneestürmen weiterzog, kaufte er mich von Vater und nahm mich in Dienst.

Seither folgte ich ihm von Dorf zu Dorf und Stadt zu Stadt, wo er seine Art von Magie gegen Bares zelebrierte. Was aus meinem Vorgänger geworden war, wusste ich nicht. Der Meister selbst mied das Thema. Er behauptete nur kurz angebunden, der Junge, den er Hildenbrand nannte (und der ein Adelsspross auf der Flucht gewesen sein soll), sei ihm davongelaufen.

»Hast du mich verstanden, Dummkopf? Menschen sind nichts; sie kommen und gehen. Nur ihr Geld, die geschaffenen Werte und ihre Reichtümer bleiben und überdauern sie«, Thiam würde jetzt wieder eine Weile über Münzen philosophieren und den Gott oder den

Unbekannten preisen, der sie der Welt einst schenkte. Nur das Hin und Her dieses geprägten Metalls hielt, Thiam zufolge, die Welt zusammen und brachte sie weiter.

Ich wollte ihm widersprechen, aber er würde mich nicht verstehen. Thiam sah nie den Menschen, sondern immer nur das Geld. Im Großen und Ganzen jedoch führte man kein schlechtes Leben, wenn man auf Thiam hörte. Wir taten das, wovon ich immer geträumt hatte, nämlich durch die Welt zu wandern und Neues zu sehen und zu lernen, wobei ich – statt ausschließlich auf die Lehren Thiams zu hören – stets meine eigenen Schlüsse zog.

»Es gibt viele Karpfen und einige wenige Hechte in der Götter Menschenschar«, hörte ich Thiam sagen. »Und ich bin einer der Hechte, keiner der Großen, denn sonst wäre ich Stadtherr, Kaiser oder Ähnliches, aber ich bin ein Hecht. Ich nehme mir, was ich brauche.«

Thiams Weisheiten waren nicht ohne ein Körnchen Wahrheit, aber da war noch mehr. Seit wir vor beinahe einem Jahr Vaters Hof am Rande des Dorfes Ulbrin verlassen hatten, hatte ich gelernt, dass die Welt nicht überall schöner und die Bäume nicht hinter jedem Hügel höher waren als zu Hause – allerdings auch, dass es mehr zu entdecken gab als die beste Fruchtfolge, den günstigsten Zeitpunkt der Aussaat und Ernte oder, in harten Wintern, die Furcht vor den Wölfen, die das Vieh rissen. Und es gab vieles über die Natur des Menschen zu erfahren. Deshalb war ich Vater nicht böse, dass er mich an meinen neuen Herren verkauft hatte. Es war immer noch besser, als ein Bauer oder ein Handwerker zu werden, der nie über die Grenzen seines Dorfes oder seiner Gemeinde hinauskam.

Viele der Menschen, so hatte ich erkannt, dachten mit ihren Lenden, andere, wie eben Thiam, nur mit ihrem Geldbeutel und wieder andere mit beidem. Aber kaum einer dachte mit dem Herzen.

Die wenigsten Menschen folgten den Geboten der Götter, die da verlangten, den Nachbarn zu schützen und den Menschen zu ehren. Und wen konnte es wundern, dachten doch selbst die Priester häufiger an den wohl gefüllten Opferstock und die Pracht ihrer Tempel als an die Not der Gläubigen, und sie waren es doch, die als moralische Vorbilder dienen sollten!

Bisher hatte ich es nie verstanden, warum es den Menschen Ehre brachte, andere zu schlagen, auszubeuten, sie zu schänden oder ihnen noch schlimmere Sachen anzutun. Aber ich war erst zwölf Jahre alt, ein Knabe noch. Was wusste ich schon? Nun, vielleicht würde ich dieses Mysterium ja irgendwann enträtseln.

»Autsch!«, entfuhr es mir, als mich Meister Thiam mit einer Ohrfeige bedachte. Offenbar hatten mich meine Gedanken zu weit fortgetragen, und er hatte den Eindruck gewonnen, ich bedächte ihn und seine lehrreichen Ausführungen nicht mit der gebührenden Aufmerksamkeit.

»Hör mir zu, Tölpel!«, fuhr er mich an. »Du bist nicht nur mein Lakai, sondern auch mein Lehrling. Ich habe dich ausgewählt, weil dein Blick lebendiger, deine Hand flinker und dein Geist wacher ist als die der meisten Bauernlümmel. Ich erwarte von dir, dass du mich eines Tages betrügst, und wenn es dir gelingt, dich dabei nicht erwischen zu lassen, was schwer sein wird«, sein Lächeln wurde selbstgefällig, »dann sei deine Lehre beendet, aber bis dahin gehorche mir und lausche!«

Ich nickte stumm, weil Widerspruch ihn erst recht in Harnisch bringen würde. Thiam sah mich mürrisch an, knurrte und schien nicht zu wissen, was er tun sollte. Ich hielt seinem Blick stand. Er hob die Hand, als wolle er mich erneut schlagen, sah mir immer noch in die Augen, überlegte es sich aber anders, und schließlich ließ er die Hand wieder sinken.

Dann gingen wir weiter. Thiam hatte aufgehört mich an seinen Weisheiten teilhaben zu lassen. Er begann unruhig zu wirken, je näher wir der Handelsstraße kamen. Von weitem konnten wir manchmal zwischen den Hügeln das graue Band der Granitsteine sehen, aus denen die große Straße bestand.

Wir quälten uns auf dem Trampelpfad, der zur Straße führte, eine Anhöhe hinauf. Obwohl die Steigung nicht so steil war, hatte Merzad doch mit dem Karren zu kämpfen, und ich half ihm, so gut es mir möglich war, indem ich kräftig schob.

Thiam hob den Kopf und spähte von der Kuppe hinunter auf die Straße. Vor uns öffnete sich ein weites Tal, und man hatte einen guten Blick auf die Handelsstraße nach Asáthir. Die Hügel auf der anderen Seite des Tals waren hier und da von Baumgruppen bestanden. Auch im Tal war der ein oder andere Hain zu finden. Ein kleiner Bach floss dort dem Kersin zu.

Asáthir war unser Ziel. Es war der große Herbstmarkt, der Thiam anlockte wie ein Kuhfladen die Schmeißfliege. Hier hoffte er, mit seinen Taschenspielertricks jede Menge Münzen zu scheffeln. Vermutlich würde es ihm gelingen.

Für mich war Asáthir etwas ganz Besonderes. Thiam hatte erzählt, dass seine Mauern mehr als fünfzigtausend Menschen bargen, dass eben diese Mauern keine aufgeschütteten Erdwälle, sondern beinahe fünfundzwanzig Fuß hohe und acht Fuß breite Steinwälle waren. Ich träumte nachts von dieser Stadt. Sie musste außergewöhnlich sein. Ich konnte mir allerdings kaum fünfzigtausend Menschen vorstellen, die alle an einem Ort lebten. Ich vermochte bis hundert zu zählen. Alles, was darüber hinausging, sprengte mein Begriffsvermögen. Der Meister hatte mir allerdings schon erste Lektionen erteilt und mir gezeigt, wie man meinen Namen schrieb. Außerdem hatte er begonnen, mich in der Rechenkunst zu unterweisen.

Thiam kratzte sich seinen imposanten Kinnbart, der schon von ersten grauen Streifen durchsetzt war. Seine Augen verengten sich zu Schlitzen, und die Flügel seiner gewaltigen, spitzen Nase, die ihm ein wenig das

Aussehen eines Nagers verliehen, bebten. Das war ein sicheres Zeichen, dass Meister Thiam nachdachte.

Ich versuchte, seine Gedanken zu erraten, was mir hier und da auch schon gelungen war. Aber heute blieb mir sein Geist verschlossen, und das ärgerte mich ein wenig.

Plötzlich hellte sich sein Gesicht auf, und Zufriedenheit stellte sich bei Meister Thiam ein.

»Schnell, Junge. Komm!«, kommandierte er, und eilig setzte er sich in Bewegung. »Eine Karawane«, begann er. »In ihrem Schutz werden wir Asáthir sicher erreichen.«

Er hatte sich wie immer Sorgen um seine Geldkatz gemacht (ich hätte es wissen müssen!). Räuber ließen sich nicht immer von seinen magischen Drohgebärden schrecken. In der Wildnis und abseits der großen Straßen war die Gefahr geringer, denn in der Wildnis gab es kaum Banditen. Je näher man jedoch einer Stadt oder den belebten Handelsstraßen kam, desto größer war die Wahrscheinlichkeit, auf Männer und Frauen zu stoßen, die das Risiko einer Hinrichtung einzugehen bereit waren und von den Wertsachen anderer lebten, um nicht schuften zu müssen. Oder aber auch auf jene, die geschuftet hatten, bis ihnen das Blut von den Händen lief, und die aus den verschiedensten Gründen gescheitert waren, sodass sie nun der Hunger dazu trieb, einsame Wanderer, Händler oder Männer wie Thiam zu überfallen. Und manchmal kam es vor, wie Thiam schaudernd ausführte, dass die Stadtgarden die Strauchdiebe nicht mit letztem Einsatz verfolgten, solange diese nur die angeblichen Hüter des Gesetzes in angemessener Weise an den Erlösen ihrer Überfälle beteiligten. So fühlte sich Thiam am sichersten in Gegenwart von Leuten, die ihr Eigentum selbst schützten. Wie diese Kaufleute, die Asáthir zustrebten und, schon von weitem erkennbar, einige Söldner in ihren Diensten hatten.

Sie mussten aus dem Osten kommen oder nicht wirklich wohlhabend sein, denn Händler aus dem Westen und Norden nutzten, so sie es sich leisten konnten, die

Dienste der Schiffer- und Treidlergilde am Kersin – was, wie gesagt, nicht ganz billig war, doch die Gilde der Flussschiffer hatte sich gegen verschiedene Herren durchgesetzt und ihre Hoheit auf dem Wasserweg gewahrt.

Wir erreichten die Karawane nach einem anstrengenden Marsch, als diese gerade dabei war, ihr Nachtlager im Schutz der Windschattenseite eines Eichenhains zu errichten. Männer bauten Zelte auf, andere halfen dem Koch am Küchenwagen oder stellten Tische und Bänke für das Abendessen auf. Thiam hatte sich seine schwarze Robe übergeworfen und sah für seine Begriffe sehr magisch aus. Beinahe augenblicklich erregte er die gewünschte Aufmerksamkeit.

Mit sicherem Blick fand er den Kaufmann, der die Karawane führte, Selprin Umana war sein Name, ein fülliger Mann mit schütterem Haar, kleinen Augen und großen Ohren. Thiam prahlte mit seinen magischen Fähigkeiten, zeigte ein paar seiner Tricks und bot der Karawane seinen Schutz als Zauberer an. Schließlich ›gestattete‹ Thiam es dem Kaufmann, ihn auf ein paar Kupfermünzen Lohn herunterzuhandeln. Laut lamentierte er, dass er sich unter Wert in den Dienst des Kaufmanns stelle, aber letztlich müsse er eines Gelübdes wegen, welches er den Göttern gegeben habe, das Angebot des Kaufmanns akzeptieren – allerdings nur, sofern dieser noch freie Kost und Logis (ich hatte Glück: auch für mich) hinzufügte. Hinzu kam schließlich noch ein Sitzplatz auf dem Kutschbock des zweiten Wagens (ich hatte Pech: Ich würde mich weiterhin um unseren Eselskarren kümmern und daher zu Fuß gehen müssen), und damit war die Weiterreise bis nach Asáthir gesichert.

Ich wusste, wie sehr Thiam diese Verhandlung genoss, denn die Spitzen seines Bartes bebten vor Vergnügen. Innerlich lachte er über den fetten Kaufmann. Thiam würde letzten Endes auch noch Geld dafür erhalten, dass man ihn und sein Habe beschützte.

Nach Schätzung des Kaufmanns hatten wir noch etwa acht oder neun Tagesmärsche vor uns, je nach Wetter und Zustand der Straße. Somit würden wir rechtzeitig zum großen Markt eintreffen (und alle vor dem Winter wieder zu Hause sein). Auch Thiam gedachte, in diesem Jahr in einer kleinen Stadt zu überwintern, indem er sich bei den Stadtherren als Magier verdingte.

Als ich den Esel versorgt, ihn bei den anderen Tieren angeleint und für Meister Thiams und mein Nachtlager gesorgt hatte, reihte ich mich in die Schlange am Küchenwagen ein.

Die Dämmerung schritt fort, und schon jetzt brannten Fackeln und Öllampen. Ich hörte neugierig den Gesprächen der Ochsenkarrenfahrer, Treiber, Kaufmannsgehilfen und der restlichen Mitreisenden zu. Insgesamt hatte sich ein halbes Dutzend Kaufleute aus Lesthia samt Gefolge zu dieser Karawane zusammengeschlossen. Lesthia war eine kleine Stadt im Norden, nahe des Skralet-Gebirges. Ich hatte die Gipfel dieser Berge noch nie gesehen, aber Meister Thiam hatte mir davon berichtet, und selbst dieser gierige Mann schilderte die Berge mit einer gewissen Ehrfurcht.

Die Männer erzählten sich Geschichten von großen Schlachten, wilden Gelagen, priesen ihre Manneskraft und sich selbst. Obwohl wahrscheinlich nicht einmal die Hälfte von dem, was sie erzählten, der Wahrheit entsprach, waren es doch spannende Geschichten von Orten, die ich mir immer erträumt hatte. Ein großer, grober Kerl namens Erind erzählte von seinen Seereisen. Er beschrieb mächtige Ungeheuer, die aus den Tiefen der Meere hervorkamen und einen Strahl aus purem heißen Dampf ausstießen.

Zufrieden aß ich den Eintopf mit Dörrfleisch, zu dem es Zwieback und dünnen, aber heißen Früchtetee gab, worüber einige der Männer murrten. Sie hätten lieber Bier oder Wein getrunken.

Meister Thiam speiste natürlich nicht mit uns im

Freien. Er saß zusammen mit den Kaufleuten in einem Zelt an einer weitaus üppiger gedeckten Tafel. Manch neidischer Blick wurde in Richtung dieses Zeltes geworfen. Mich aber ließ das kalt, war ich doch froh, überhaupt satt zu werden und dabei auch noch den aufschneiderischen Geschichten der Männer lauschen zu können.

Plötzlich fühlte ich Blicke auf mir ruhen. Mir gegenüber saß ein Mann, gezeichnet von den Spuren der Arbeit. Sein Gesicht war braun gebrannt und auch sonst von den Unwägbarkeiten des Wetters gezeichnet. Er mochte dreißig oder vierzig Sommer zählen, genauer konnte man ihn unmöglich schätzen. Er war Pferdeknecht und mir schon früher aufgefallen, als ich Merzad versorgte. Der Mann hatte Eimer geschleppt und Wasser von einem nahen Bach geholt, die schweren Hafersäcke getragen, und niemand hatte ihm geholfen. Und trotz der schweren Arbeit hatte er für jedes der Tiere, gleich ob Ochse oder Pferd, ein freundliches Wort, ein aufmunterndes Klopfen und genügend Zeit übrig.

Die Reiter und Kutscher hatten ihre Tiere zwar abgerieben, aber das hatten sie nur getan, weil es sein musste, nicht weil sie ihre Tiere liebten. Dem Knecht hingegen lagen sie am Herzen, und es machte ihm nichts aus, zu spät zu Tisch zu kommen.

Eine blonde, von der Sonne fast weiß gebleichte Strähne schaute unter seiner Kapuze hervor. Der trübe Schein der blakenden Öllampe warf ein unsicheres Licht auf das Gesicht des Pferdeknechts. Ich konnte seine scharf geschnittene Nase sehen, die einmal gebrochen gewesen sein musste, denn sie stand leicht schief. Seine Wangenknochen waren hoch angesetzt, sodass sein Gesicht hagerer wirkte, als es eigentlich war.

Seine Augen waren blau und klar wie ein stiller, tiefer See. So viele Spuren das Wetter, ungnädige Herren und das Leben an dem Mann auch hinterlassen haben mochten, seine Augen schienen davon nicht berührt worden zu sein. Sein Blick war klar und ungebrochen. Er genoss das ärmliche, aber freie Leben. Das spürte ich.

Seine Kleidung war ärmlich. Sein Wams wurde von zahlreichen Flicken unterschiedlicher Stoffe zusammengehalten. Auch sein Wollmantel war oft geflickt, und dass seine Stiefel noch ihren Dienst taten, grenzte an ein Wunder.

Der Pferdeknecht lächelte mich an, und ich lächelte zurück. Für einen kurzen Moment kreuzten sich unsere Blicke, und mir war, als wollten mich die Augen des Mannes nicht mehr loslassen, als schaute er tief in mein Herz hinein und erfasse all meine Gedanken, Träume und Hoffnungen.

Ich konnte und wollte das nicht zulassen, denn all das war mein heiligster Besitz. Viel mehr gehörte mir nicht, und meine geheimen Sehnsüchte und Wünsche wollte ich nicht mit jemand Fremdem teilen. Mit Gewalt riss ich mich los und sah demonstrativ zur anderen Seite. Mein letzter Eindruck war ein spöttisches Lächeln auf seinen Lippen. Im unsicheren Licht des vergehenden Tages und der blakenden Lampen konnte ich mich aber auch getäuscht haben.

Nach dem Essen ergriff mich große Müdigkeit, und so ging ich zu meinen Decken, wickelte mich hinein und trat, nachdem ich mich mit einer Baumwurzel arrangiert hatte, beinahe augenblicklich ins Reich der Träume hinüber.

»Steh auf!«, war das Nächste, das ich hörte, gefolgt von einem nicht allzu sanften Tritt in meinen Hintern. »Pack die Sachen zusammen, spann den Esel ein, und hol dir dein Frühstück ab. Wenn ich wieder hier bin, ist alles fertig für den Aufbruch.«

Thiam sprach's und verschwand, um in Gesellschaft der Kaufleute zu frühstücken, aber ich wusste es besser, als mich zu beschweren. Ich hatte merkwürdige Dinge geträumt. Der alte Geschichtenerzähler und der Pferdeknecht waren darin vorgekommen, aber nachdem mein

Herr und Meister mich so unsanft geweckt hatte, verflog die Erinnerung an den Traum wie Sommernebel bei aufgehender Sonne.

Ich eilte zu den Tieren hinüber, wo ich Merzad angeleint hatte. Das erste schwache Licht des Tages reichte gerade aus, um Wasser zu holen und den Hafer zu finden. In aller Eile versorgte ich den Esel. Während das Tier fraß, packte ich unsere Sachen zusammen und verlud sie auf den Wagen. Dann spannte ich den Esel ein und band ihn erneut an den Baum, um mir noch etwas von dem Frühstück zu sichern.

Die Fuhrleute waren noch nicht bei den Tieren. Nur der Pferdeknecht war dort und schuftete. Ich spürte die Röte in mein Gesicht aufsteigen, als ich an den gestrigen Abend dachte. Auf einmal erschien mir der Gedanke, er hätte meine Sehnsüchte stehlen wollen, lächerlich, und ich schämte mich dafür, den Blick so unhöflich abgewandt zu haben. Ich winkte ihm zu, und er winkte zurück.

»Kann ich dir helfen?«, fragte ich ihn.

»Nein, lass nur, Junge. Hol dir dein Frühstück«, entgegnete er. Seine Stimme war angenehm tief. Ich hatte die Männer über ihn reden hören. Sie lobten seinen Umgang mit den Tieren, und seine sanfte, beruhigende Stimme mochte ein Teil seines Erfolgsgeheimnisses sein.

Ich zögerte kurz, lief dann aber doch los, um mich mit Tee, Brot, Käse und Honig zu stärken. Vor dem Abendessen würde es nämlich wahrscheinlich nur noch ein paar Zwieback und einen Schluck Wasser geben.

Ich setzte mich diesmal nicht zu den Männern, sondern balancierte meinen Teller zu einem Felsblock am Rand des Lagers. Im Hintergrund hörte ich, wie sich die Söldner mit ihren Kettenhemden und Beinpanzern plagten. Es war ein gewaltiges Rasseln, begleitet von diversen unterdrückten Flüchen. Die Söldner, neun an der Zahl, wirkten imposant und verwegen mit ihren bärtigen Gesichtern, ihren Panzern und ihren Schwertern. Ihre

Ausrüstung schien allerdings bunt aus allen Gegenden zusammengewürfelt. Die Brustpanzer zum Beispiel hatte ich schon bei der berittenen Garde von Elivar gesehen, einer Stadt, die ich mit Thiam bereist hatte. Ich hielt das für ein gutes Zeichen, bewies es doch, dass die Männer, die unseren Schutz gewährleisten sollten, weit herumgekommen waren und entsprechende Erfahrung aufzuweisen hatten.

Heroische Bilder von Schlachten, Scharmützeln und Kämpfen zogen an meinem inneren Auge vorüber. So, wie sie einst der Graue in seinen Geschichten schilderte, als ich noch jung gewesen war und auf seinem Schoß gesessen hatte.

Ich sah in die aufgehende Sonne, die über einen Hügelkamm kroch und das Land in jenes weiche, warme Morgenlicht tauchte, wie es nur der Übergang vom Sommer in den Herbst bot.

Ich war jedoch nicht so gefangen von dem Anblick und meinen Tagträumen, dass ich das Kauen vergaß oder die Schritte hinter mir überhörte. Es waren nicht die meines Meisters, vermochte ich diese doch aus Tausenden herauszuhören.

»Machst du mir ein wenig Platz?«, fragte mich eine tiefe Stimme. Es war der Pferdeknecht.

»Ja, klar«, antwortete ich mit vollem Mund und rutschte zur Seite, sodass er sich neben mich setzen konnte. Schweigend begann er zu kauen. Dann schlürfte er geräuschvoll, als er einen Schluck Tee nahm.

»Ein herrlicher Anblick«, sagte er. »Ich liebe den Sonnenaufgang. In ihm liegt stets ein neuer Anfang, und er gibt Hoffnung auf einen guten neuen Tag.«

Ich nickte nur.

»Ich bin Kerlon von Manskebir, der Pferdeknecht«, stellte er sich vor.

»Ich bin Bevin von Ulbrin, Sohn des Alfgar«, entgegnete ich und nickte ihm zu.

»Ich hörte, du bist der Schüler des Zauberers«, fuhr der

Pferdeknecht fort, »und ich frage mich, was du schon alles gelernt hast?«

Ich hatte jede Menge gelernt, aber nicht das Handwerk eines Zauberers, denn Magie gab es ja nach Meister Thiams Worten nicht. Sicherlich konnte ich schon ein paar seiner Taschenspielertricks, hatte die Weisheiten meines Herrn über das Leben und die Menschen gehört und auch sonst noch ein paar Dinge gelernt, aber mit Zauberei hatte das alles nichts zu tun. In den Legenden, die uns der Graue erzählt hatte, da wurden mittels Magie Wunder gewirkt. Im wahren Leben hatte ich allerdings noch nichts dergleichen erlebt.

»Ich bin noch am Beginn meiner Ausbildung, lerne Dinge über meinen Geist und die Natur der Magie«, käute ich die von Thiam gelernte Antwort wieder.

»Und dazu gehört es, den Esel zu treiben«, schmunzelte der Pferdeknecht.

»Es gehört zu meinen Aufgaben als Diener, die mich die Demut vor der unbegrenzten Macht der Magie lehren sollen«, entgegnete ich und zitierte wieder nur das, was mir Thiam eingebläut hatte.

Der Pferdeknecht wechselte das Thema: »Du bist gut zu dem Tier.«

»Ich bin auf einem Bauernhof aufgewachsen, und in meiner Familie ist man gut zu den Tieren, weil man mit ihnen unter einem Dach lebt und auf ihre Hilfe angewiesen ist«, erklärte ich ihm und brauchte dabei nicht auf Thiams Weisheiten zurückzugreifen.

Kerlon antwortete nicht.

Ich sah zu ihm hinüber. Sein Blick war nicht mehr müßig in den Sonnenaufgang gerichtet, sondern auf einen fernen Punkt am Horizont, als erwarte er von dort ein Zeichen. Fast sah er wie ein Jäger aus, der am Rande einer Lichtung mit gespanntem Bogen auf den Hirsch lauert.

»Was ist los?«, fragte ich, aber Kerlon winkte nur ab.

»Das kann nicht sein!«, entfuhr es ihm schließlich, und

es war, als spräche er nur zu sich selbst. »Es ist vor der Zeit, noch lange vor der Zeit!«

Wie erstarrt saß er da. Sein Becher mit Tee rutschte vom Felsen; er achtete nicht darauf. In seinen Augen erkannte ich Unglauben und Staunen – aber auch Entsetzen. Er schien eine Bedrohung zu wittern.

Ich sah mich um, niemand sonst war beunruhigt. Die Männer beendeten ihr Frühstück, einige bauten bereits das Lager ab, wieder andere spannten die ersten Ochsen und Zugpferde ein. Nichts deutete darauf hin, dass etwas Außergewöhnliches passierte. Ich folgte dem Blick des Pferdeknechts zum Horizont, aber ich konnte nichts entdecken.

Bisher hatte Kerlon nicht den Eindruck erweckt, als wäre er wirr im Kopf, aber nun bekam ich leise Zweifel. War er verrückt?

Plötzlich und ohne Vorwarnung erhob er sich und richtete sich kerzengerade auf.

»Lauf Junge!«, sagte er in einem Ton zu mir, der keinen Widerspruch duldete. »Lauf nach Westen, lauf, und halte nicht an, bis du vor Erschöpfung zusammenbrichst. Sieh dich nicht um. Lauf!«

»Bevin!«, drang Thiams Stimme an mein Ohr. »Komm sofort her!«

»Hör nicht auf ihn!«, sagte der Pferdeknecht leise und doch eindringlich. »Lauf!«

Klar, der Pferdeknecht war verrückt! Das war die Lösung. Es war ein wunderschöner, friedlicher Morgen an der Grenze zwischen Sommer und Herbst, inmitten einer lieblichen Hügellandschaft, und eine Gefahr war weit und breit nicht zu erkennen.

»Ich komme!«, rief ich, und noch bevor mich der Pferdeknecht aufhalten konnte, rannte ich zu Meister Thiam. »Du bist verrückt!«, meinte ich noch zu Kerlon. Dabei warf ich einen Blick über meine Schulter. Er sah mir nach, und ich konnte die Enttäuschung in seinen Zügen lesen.

Nicht lange danach setzte sich die Karawane in Bewegung. In den Wochen, die sie bereits unterwegs war, hatte sich eine gewisse Routine entwickelt. Geordnet zog ein Dutzend Fuhrwerke, zwei Kutschen, der Küchen- und der Vorratswagen, die Reiter und unser Eselskarren auf das Granitband der Straße in Richtung Asáthir. Die Rufe der Männer gellten durch die Morgenluft. Das Knarren der Räder bildete den Rhythmus dazu.

Kerlon bekam ich nicht mehr zu sehen. Und es war schon spät am Vormittag, als ich hörte, er hätte sich aus- zahlen lassen und die Karawane in aller Eile verlassen. Die Männer taten das Gleiche wie ich: Sie zweifelten an seinem Verstand.

Merzad war den ganzen Tag über störrisch und übel gelaunt. Mehrfach versuchte er nach mir zu schnappen, und ich hatte alle Mühe, ihn auf der Straße zu halten. Auch die übrigen Tiere waren unruhig. Wilde Flüche der Fuhrleute und lautes Peitschenknallen waren die Antwort darauf.

Gegen Mittag reichte uns ein Bursche, der kaum älter war als ich und als Küchenhilfe diente, Zwieback, Hart- wurst und Wasser. Diese karge Mahlzeit verzehrten wir während der Fahrt.

Der Nachmittag kam und ging, und obwohl die Sonne schien, die Luft mild und der Wind lau war, lag über der Karawane eine gereizte Stimmung. Meine Gedanken schweiften zu meinem morgendlichen Erlebnis zurück. Drohte vielleicht doch eine unsichtbare Gefahr? Auf Vaters Hof waren die Tiere bei Gewitter oder Sturm un- ruhig gewesen. Auch jetzt schienen sie etwas zu wittern.

Ach Unsinn, schalt ich mich, *da ist nichts! Du wirst doch nicht auf die Fantasien eines Spinners hören!*

Der Nachmittag schritt voran. Seit einiger Zeit mar- schierten wir durch ein größeres Waldstück. Der Schatten tat mir gut. Die Sonne war noch kräftig und hatte mich ausgedörrt. Ich freute mich schon auf einen Schluck kühlen Wassers.

»Reiter von vorn!«, gellte der Ruf eines der Söldner.

Ich konnte leider nichts sehen, bildeten Merzad, unser Karren und ich doch den Abschluss des Lindwurms, den die Karawane über die Straße zog.

Die vorderen Wagen fuhren rechts ran, wohl um den Reitern Platz zu machen. Vielleicht gehörten sie zur Garde Asáthirs oder zu einem der Gutsherren, die für gewöhnlich ihre eigenen kleinen Söldnerheere unterhielten – nicht immer zu den lautersten Zwecken.

»Träumst du, Junge?«, riss mich die Stimme eines der Fuhrleute aus den Gedanken. Ich zog Merzad, der sich noch immer störrisch aufführte, mühevoll von der Straße.

Währenddessen sah ich im Dämmerlicht des Waldweges die Reiter näher kommen. Ihre Uniform war gänzlich dunkelgrau. Sie trugen Helme, und aufgrund des Lichteinfalls wirkten selbst ihre Gesichter wie ein grauer Schemen. Auf ihren Kettenhemden war kein Wappen zu erkennen. Das war ungewöhnlich. Normalerweise trugen solche Garden einen Überwurf mit dem Wappen ihres Herren. Irgendwie waren mir die näher kommenden Reiter unheimlich.

Endlich war es mir gelungen, Merzad hinter das letzte Fuhrwerk zu ziehen. Der Esel versuchte noch einmal, nach mir zu schnappen, und blökte laut. Ich wollte dem Tier gerade einen Schlag versetzen und es ausschimpfen, als mich ein Schmerzensschrei und ein Alarmruf davon abhielten.

Ich hob den Kopf, aber das Fuhrwerk versperrte mir die Sicht. Das Aufeinanderprallen von Stahl auf Stahl verriet mir jedoch alles.

Die Karawane wurde angegriffen!

Ich ließ Merzad los, lief hinter das letzte Fuhrwerk und warf mich darunter in Deckung. Vorsichtig spähte ich nach vorne. Gleichzeitig hatte ich wie von selbst mein Schnitzmesser gezogen. Es war eine lächerliche Geste, aber mir war wohler, als ich den warmen, hölzernen Griff in meiner Hand spürte.

Der Anblick, der sich mir bot, ließ mir das Blut in den Adern gefrieren. Was ich aus der Entfernung für Kettenhemden und Helme gehalten hatte, war etwas ganz anderes. Es sah aus wie – Spinnweben. Die Reiter waren komplett in ein graues Gespinst gehüllt, auf dem sich schemenhaft Gesichter und nackte Körper abzeichneten. Die Schwerter waren aus schwarzem Stahl.

Einen unserer Söldner hatten sie schon getötet, der Mann lag niedergestreckt auf der Straße, um ihn herum färbte sich der graue Granit rot. Ein anderer versuchte, zu Pferde zu entkommen, aber er hatte keine Chance.

Die Übrigen waren abgesessen und kämpften aus der Deckung der Wagen heraus. Die Angreifer taten es ihnen gleich, sprangen, um beweglicher zu sein, aus den Sätteln und drangen unbarmherzig vor.

Unsere Söldner schlugen sich tapfer, aber ihre Waffen vermochten das Gespinst der Angreifer nicht zu durchdringen. Ohne sich um Treffer zu kümmern, schwangen sie ihre Schwerter.

Ich sah, wie eine schwarze Klinge herniederfuhr und wie durch Butter zwischen Kopf und Schulter eines unserer Wächter drang. Das konnten keine normalen Waffen sein!

Der Mann brach zusammen, Blut schoss in einer Fontäne aus der Wunde und erstickte den Todesschrei zu einem Gurgeln. Als der Mann auf den Boden schlug, zuckte er noch wie ein abgestochenes Schwein, obwohl er längst tot war.

Plötzlich fiel Thiam vom Kutschbock. Ich konnte noch einen Arm sehen. Der Kutscher hatte den ›mächtigen Magier‹ wohl aus dem Wagen gestoßen, damit er gegen die Angreifer antrat.

Für einen kurzen Augenblick sah ich das panikerfüllte Gesicht meines Meisters. Er hatte keine Möglichkeit zur Flucht wie so manch anderer aus dem Tross, den ich in den Wald hetzen sah. Ich selbst vermochte mich nicht zu rühren, war wie gebannt von dem Anblick, der sich mir bot.

Spinnenritter!, schoss es mir durch den Kopf, als einer der Angreifer auf einen Kaufmann eindrang und ihn zu Boden warf. *Die Ritter des Spinnentraums!* Das war es! Der Graue hatte auf Vaters Hof von diesen Wesen erzählt. Diener der Finsternis, die einem unbekannten Herren dienten und im Namen des Bösen jahrhundertelang Angst und Schrecken über weite Teile der Welt gebracht hatten, bis ein Abtrünniger ihre Herrschaft beendete und dabei selbst getötet wurde.

Der Kampf des Abtrünnigen war der richtige Stoff für lange Winterabende. Er hatte den Inneren Kreis der Ritter im Kampf besiegt und die Übrigen gebannt, dann war er gestorben, sein Leib dem Feuer überantwortet worden. Doch nun war wohl der Bann, den der Abtrünnige gewoben hatte, gebrochen, und diese Geißel der Welt nahm den alten Terror wieder auf.

Wild gellten Schmerzensschreie, Kommandos, Rufe, das Wiehern der Pferde und Brüllen der Ochsen an meine Ohren, während von den Angreifern nicht ein Laut kam.

Thiam stand inmitten des Gewühls. Verzweifelt griff er zur letzten Waffe, die ihm blieb: Er versuchte, zu blenden. Also richtete er sich auf, straffte die Schultern und vollführte Handbewegungen, die den Eindruck von mächtigen Beschwörungen hervorrufen sollten.

Ich zweifelte daran, dass es Thiam gelingen würde, sich zum Wald durchzukämpfen. Die Spinnenritter würden sich nicht so leicht wie das Jahrmarktspublikum täuschen lassen. Bisher hatte weder Stahl noch Manneskraft sie aufhalten können, warum sollte es Thiam mit seiner Scharlatanerie gelingen?

Thiam hob Ehrfurcht gebietend die Arme, als wolle er seine geballte Macht wider den Feind schleudern. Und im selben Augenblick erschien zwischen dem Meister und einem der Ritter des Spinnentraums eine Wand aus blauen Flammen.

Ich konnte das Erstaunen im Gesicht des Meisters sehen, der einen Moment zweifelnd auf seine Hände blickte. Selbst er schien diesen Effekt nicht erwartet zu haben. Und ich, der ich dachte, alle Tricks des Meisters zu kennen, war völlig überrascht. So etwas hatte ich noch nie gesehen.

Er wiederholte die Geste, und wieder erschien eine Flammenwand, vor der die Ritter zurückschreckten. Es war unglaublich: Die Gestalten aus dem Reich der Sagen und Legenden fürchteten sich vor Thiam.

Magie! Der Meister beherrschte Magie. Aber es gab doch gar keine Magie …

»Der Zauber kommt nicht von deinem Meister!«, hörte ich eine Stimme hinter mir und spürte gleichzeitig eine Hand auf meiner Schulter.

Ich zuckte zusammen, warf mich herum und stieß die Klinge reflexartig vor. Eine schwielige Männerhand packte mein Handgelenk und entwand mir das Messer. Ich trat um mich und versuchte nach dem Mann zu schlagen, als mich ein heftiger Schlag mit der flachen Hand im Gesicht traf.

»Jetzt ist nicht die Zeit zum Spielen. Wir müssen fort, Bevin«, und im selben Moment erkannte ich den geheimnisvollen Angreifer: Es war Kerlon von Manskebir, der Pferdeknecht.

Ich riss mich los, kroch unter dem Wagen durch und rannte auf den Wald zu. Ich wollte nicht bei diesem Verrückten sein, ich wollte nicht bei den Spinnenrittern sein, und der Wald schien mir alle Male sicherer als die Karawane. Dort konnte ich das Unterholz nutzen, vielleicht Brombeerbüsche finden, die Deckung boten. Ich war noch ein kleiner Junge, der durch dichtes Gestrüpp schlüpfen konnte, wo andere hängen blieben. Darauf setzte ich.

Und überhaupt, was blieb mir anderes übrig? Ich hatte keine Wahl.

Ich überquerte die Straße, rannte, was meine Beine hergaben. Was um mich herum geschah, nahm ich nur schemenhaft wahr, als träumte ich. Aber es war die

Wirklichkeit. Unbarmherzig töteten die Spinnenritter jeden, ob er sich ihnen nun entgegenstellte oder zu fliehen versuchte. Die Tiere waren längst nicht mehr zu zügeln; all das Blut, all die Schreie hatten sie in Panik versetzt. Blindlings flohen sie die Straße entlang oder in den Wald hinein und rissen die Wagen mit sich.

Thiam konnte gerade noch einem Karren ausweichen. Im gleichen Augenblick tauchte rechts von ihm ein Spinnenritter auf. Noch bevor Thiam reagieren konnte, wurde er von einer blauen Feuerwand gerettet, die sich wie ein Käfig um ihn herum aufbaute. Erneut wichen die Ritter vor dem Zauberer zurück.

Dann verlor ich Thiam außer Sicht. Ich durchbrach die Büsche des Waldrandes und rannte, was das Zeug hielt. Zweige peitschten meine Arme. Ich hielt nicht an, rannte einfach nur weiter.

Von links kam ein grauer Schemen auf mich zu. Ich spürte den beinahe unwiderstehlichen Drang, stehen zu bleiben und mich dem unvermeidlichen Schicksal zu ergeben, aber meine Beine gehorchten mir – zum Glück – einfach nicht mehr. Ich lief unaufhörlich weiter.

»Komm Junge«, hörte ich eine vertraute Stimme, »komm hierher!«

Ich vertraute dieser Stimme – bedingungslos. Es war die Stimme des Grauen. Er hatte mir Geschichten erzählt. Ich hatte ihn fast mehr geliebt als meine Eltern. Ich fragte mich nicht, wie er in diese Hölle kam, die die Ritter des Spinnentraums entfacht hatten. Ich wollte auch nicht wissen, was ihn hierher geführt hatte. Ich wollte nur zu ihm. Ich hatte mich in seiner Nähe immer geborgen gefühlt, vielleicht konnte er mir auch diesmal Schutz gewähren.

Rechts von mir wuchs eine Dornenhecke, gut acht Ellen hoch und wohl an die dreißig Schritte lang. Sie war an Bäumen und Büschen hoch gewachsen und bildete nun eine undurchdringliche Mauer. Noch hingen vereinzelte letzte Früchte an den Ranken, die den Vögeln bisher entgangen waren.

Hinter mir hörte ich Schritte. Mein Verfolger! Verzweifelt suchte ich einen Durchgang, eine Höhle, in die ich verschwinden konnte, einen Pfad, den nur Fuchs und Hase nahmen.

Da!

Ich konnte einen Tunnel sehen, der mich durch die Dornenhecke bringen würde. Ich warf mich hinein und krabbelte weiter. Beinahe augenblicklich zerrten die Ranken an mir, aber ich kam vorwärts.

Hinter mir hörte ich, wie die Schritte stockten. Gleich darauf ein Schwert, das in die Ranken gedroschen wurde. Aber auch mit übermenschlichen Kräften zerschlug man eine Dornenhecke nicht so ohne weiteres. Zwar brachen die trockenen Zweige des letzten Jahres krachend, aber die Triebe dieses Jahres gaben nach, fingen den Hieb auf und konnten erst nach mehreren Schlägen durchtrennt werden. Das war meine Hoffnung.

Ich hatte es nicht leicht. Der Tunnel durch die Dornenhecke führte nicht gerade hindurch. Er wand sich förmlich durch das Meer der Dornen. Ich blutete mittlerweile aus zahlreichen kleinen Wunden, aber ich krabbelte unbeirrt vorwärts. Mein Verfolger brach sich brachial Bahn, kam jedoch wie erhofft (ich schwor, den Göttern ein Opfer darzubringen) nicht schnell genug voran.

»Komm Junge«, lockte mich die Stimme des Grauen. Ich verdoppelte meine Anstrengungen. Auch mein Wams wurde von den Dornen stark in Mitleidenschaft gezogen, aber ich glaube, dass selbst mein kleinlicher Vater in diesem Falle Verständnis gezeigt hätte. Was war schon ein Wams im Vergleich zum Leben.

Endlich – ich hatte keine Ahnung, wie lange ich in dem Labyrinth aus Dornen und Ranken gewesen war – sah ich das Ende des Tunnels, und kaum war ich hindurch, hörte ich, wie sich Schritte näherten. Ängstlich und erschöpft sah in die Richtung, aus der die Laute kamen.

Ich schloss erleichtert die Augen, als nicht einer der grauenerregenden Spinnenritter erschien, ein Schwert aus schwarzem Stahl schwingend, sondern der Held meiner frühen Kindheit: der Graue.

»Kommst du jetzt, Junge«, sagte er mit seiner sanften, dennoch kräftigen Stimme. »In dieser Gestalt scheinst du mir ja zu vertrauen.«

Ich hörte ihm nicht zu. Es war allein der Klang seiner Stimme, der mich erleichtert aus dem Haag hervorkriechen ließ. Ich warf mich dem Mann an den Hals, vergaß allen Stolz, der es mir inzwischen, an der Schwelle zum Erwachsenwerden, verbot, ebensolches zu tun. Heiße Tränen rannen mir die Wangen hinunter, und zu anderer Zeit hätte ich mich auch ihrer geschämt, aber dies war nicht die Zeit der Würde und des Stolzes, sondern die der Erleichterung.

»Ist ja gut, Junge«, sagte der Alte. »Das ist nicht der Ort, um ein Wiedersehen zu feiern.«

Er löste meine Arme und nahm mich bei der Hand. Dann ging er ohne Hast mit mir davon. Hinter uns hörten wir den Ritter des Spinnentraums, wie er sich durch den Haag kämpfte. Obwohl wir langsam gingen, verklangen die Hiebe seines Schwertes sehr schnell. Ich hatte das Gefühl, mich viel schneller zu bewegen, als ich glaubte. Als ich versuchte, meine Umgebung zu erkennen, sah ich nur verschwommene Bilder.

»Denk dir nichts dabei, schließ einfach die Augen«, sagte der Graue.

»Was tun wir jetzt?«, fragte ich und befolgte gleichzeitig den Rat des Grauen.

»Du hast eine Aufgabe zu erfüllen«, orakelte der Graue.

»Was für eine Aufgabe?«, fragte ich.

»Schau Bevin, manche von uns werden geboren, um Dinge zu tun, die kein anderer tun kann. Egal, ob sie scheitern oder erfolgreich sind, ihre Taten verändern das Schicksal aller. So jemand bist du.«

»Und wozu bin ich geboren?«, fragte ich. In meinem Kopf drehte sich alles. Ich, ein zwölfjähriger Bauernsohn, der mit einem Scharlatan über die Dörfer gezogen war, sollte jemand Bedeutendes sein?

»Es kommt nicht darauf an, wo du geboren wurdest, sondern nur darauf, was in dir steckt …«

Der Alte hielt inne. Er blieb stehen, und ich öffnete die Augen.

Wir standen auf der Straße, gut hundert Schritt von den Überresten der Karawane entfernt.

»Was soll das? Gegen die Spinnenritter können wir nicht bestehen«, entfuhr es mir. Ich versuchte, mich von dem Grauen loszureißen, und blickte angsterfüllt zu ihm auf. Aber es war nicht der Graue, den ich sah, es war der Pferdeknecht.

»Ich dachte, du wärst klüger, Junge«, sagte der Pferdeknecht mit der Stimme des Grauen. »Hast du nicht gemerkt, dass ich nur meine Gestalt gewandelt habe. In all den Jahren habe ich immer wieder nach dir gesehen, habe über dich gewacht. Höre auf dein Herz, Bevin, dann siehst du, wer ich bin.« Eindringlich redete er auf mich ein. »Gehe in dich, und lausche deinem Herzen!«

Und ich lauschte in mich hinein. Ich sah den Grauen, den Pferdeknecht, ich sah ein scheues Kitz, das einmal mit mir gespielt hatte, ich sah einen großen Wolf in der Ferne, eine Eule, eine alte wandernde Kräuterfrau und viele hundert Gestalten mehr – und dahinter einen Mann. Er hatte eisgraues Haar wie der Geschichtenerzähler, aber seine Züge waren ungleich würdevoller, seine Augen waren von einem tiefem Blau, wie es nur die Farbe des Meeres sein konnte.

»Du bist der Agmar«, sagte ich. Und ich erinnerte mich an all die vielen Geschichten, die der Graue erzählt hatte, über den Agmar, der ein neues Volk gründete, das sich dem Kampf gegen die finsteren Mächte verschworen hatte.

»Ich bin der Agmar, der Erste der Sery'de von E'sch T'hut Wiyr. Beinahe tausend Jahre habe ich auf dich gewartet, damit du das Paar ergänzt.

Ich bin dein Hüter und dein Lehrer, und die Zeit der ersten Lektion fällt in die Zeit der ersten Prüfung. Denn etwas Unvorhergesehenes ist geschehen, wie so oft, wenn unterschiedliche Bestimmungen kollidieren.«

Ich hatte kaum die Hälfte von dem verstanden, was mir der Agmar zu sagen versuchte. Dennoch zerriss bei seinen Worten etwas in mir. Ich spürte etwas, doch war mir der Zugang dazu versperrt. Es war, als müsste ich in eine dunkle Höhle greifen und ertasten, was sich darin verbarg.

»Was muss ich tun?«, entfuhr es mir. Ich war entschlossen, mich allem zu stellen.

Der Agmar war mein Hüter, und er war immer in meiner Nähe gewesen.

»Nur du kannst den Zauber wirken, der die Spinnenritter erneut bannt, wenn auch nur für kurze Zeit. Es gibt nichts Endgültiges mehr. Exermon ist wieder zum *Spielball der Mächte der Ebenen* und der *Mächte von Außen* geworden. Und die Spinnenritter gehören zu diesem Spiel. Aber sie sind zu früh gekommen. Nur deine Macht, das habe ich erkannt, kann den Beginn des Kampfes verzögern.«

Die Spinnenritter hatten die meisten der Überlebenden zwischen zwei umgestürzten Fuhrwerken eingekesselt und bekämpften die sich verzweifelt Wehrenden nun mit äußerster Härte. Vielleicht mochte es im Wald noch diesen oder jenen Verlorenen geben, aber nur diese Wenigen hier konnte ich retten. Mir blieb nicht viel Zeit, wenn ich meine Lektion lernen und die Prüfung bestehen wollte.

»Wie?«, fragte ich. »Wie kann ich die Spinnenritter bannen?«

»Horche tief in dich hinein, lausche deinem Herzen, denn es ist rein. Das ist es – du bist das reine Herz. Höre auf dein Herz«, die Stimme des Grauen war fordernd und drängend. »Versuche nicht zu denken, tue, was dir in den Sinn kommt.«

Ich spürte die Aufregung des Agmar und wusste, dass

dies ein entscheidender Moment war. Hier, an diesem Punkt, entschied sich nicht nur mein Schicksal und das der überlebenden Kaufleute.

Ich sammelte mich. Ich lauschte mit meinem Geist tief in mich hinein, und es war, als tauche ich in einen unergründlichen See. Dann spürte ich etwas, rührte daran und erkannte, dass es das war, was ich suchte. Eine undefinierbare, mächtige Spannung baute sich in mir auf. Ich hielt ihr stand, so lange ich konnte, noch war es nicht an der Zeit, den Zauber freizulassen. Ich suchte nach mehr Kraft. Vor meinen Augen formte ich Bilder, Bilder, in denen die Ritter des Spinnentraums von einem Wirbel aus Licht aufgesaugt wurden. Dann Bilder einer Höhle, die angefüllt war von diesen Bestien (es mochten Tausende sein), die meisten von ihnen erwachten gerade. Der Wirbel aus Licht tauchte in dieser Höhle auf, und alle wurden erneut vom Schlaf übermannt. Aber ich spürte auch die Wahrheit in den Worten des Agmar. Meine Macht reichte nicht so weit, sie auf ewig einschlafen zu lassen.

Dann, als ich glaubte, platzen zu müssen, ließ ich den Zauber frei. Ich brach zusammen, und es wurde Nacht um mich.

»Wach auf«, drang Thiams Stimme an mein Ohr. »Undankbarer Bengel!«

Es dauerte eine Weile, bis ich wieder zur Besinnung kam. Ich öffnete die Augen und sah in Thiams triumphierendes Gesicht.

»Was ist passiert?«, fragte ich.

»Während du hier vor Angst ohnmächtig zusammengebrochen bist, habe ich diese Unholde verjagt. Stell dir vor, Bevin, es gibt echte Magie, und ich bin ein echter Magier! Ich kann zaubern. Ich habe sie verjagt. Ich habe einen Wirbel aus Licht gerufen und sie verjagt.«

Ich musste ihn völlig verwirrt angesehen haben.

»Ich erzähle es dir später, Junge. Geh, such Merzad, und bring ihn her.«

»Das habe ich schon getan«, ertönte die Stimme des Pferdeknechts, dem Merzad tatsächlich bereitwillig folgte.

»Gut, ich gehe zu den überlebenden Kaufleuten und werde meine Belohnung aushandeln«, begann Thiam. »Du, Bevin, schaust nach, ob nichts von meinem Habe fehlt.« Damit meinte Thiam auch, dass er glaubte, der Pferdeknecht Kerlon könne die Situation ausgenutzt und sich bedient haben. Es war ein unverschämter Gedanke, aber ich hatte gelernt, Thiam nicht zu widersprechen.

Thiam rieb sich die Hände, und ich glaube, er hörte bereits den Klang goldener Münzen. Derlei Aussichten ließen ihn die schrecklichen Erlebnisse schnell vergessen. Nur sein Triumph zählte.

»Mache ich, Meister«, sagte ich zu Thiam, aber er schien mich längst nicht mehr zu hören.

Der Meister eilte davon. Kerlon (oder besser der Agmar) trat an mich heran.

»Das war der mächtigste Zauber, den du alleine wirken konntest. Nie wieder wirst du alleine so mächtig sein. Doch solltest du die in dir ruhende Macht, dein Potenzial als Zauberer erkunden. Versuche, die Natur der Magie zu verstehen. Dann wirst du im Kampf bestehen und dein Leben meistern.«

»Ja«, sagte ich gehorsam. Ich wusste, es war nicht an der Zeit, mehr über meine Bestimmung zu erfahren. Doch die wichtigste Lektion war mir bereits zuteil geworden: Ich wusste nun, dass es tatsächlich echte Magie gab – und dass sie in mir schlummerte. Nun musste ich lernen, sie zu nutzen.

Als hätte er meine Gedanken gelesen, fuhr Kerlon fort: »Und halte dein Herz rein, dies wird deine schwerste Prüfung sein, viel schwerer als der Kampf gegen die Ritter des Spinnentraums.«

»Wie soll ich das machen?«, fragte ich.

Der Agmar sah mich ernst an. »Wenn dich Gier, Neid, Missgunst und Hass nicht zu überwinden vermögen, wenn kleine Lügen und Schwindeleien an deinem Gewissen rühren, wenn du anderen stets hilfreich zur Seite stehst und dich der Hochmut nicht übermannt, dann sollte es dir gelingen.«

»Das ist schwer«, sagte ich.

»Ja«, sagte der Agmar nur.

Wir schwiegen einen kurzen Moment. Ich würde mein Bestes geben, und ich würde es schaffen, so schwer es auch sein mochte!

»Komm, dieses Abenteuer ist vorüber, die Spinnenritter sind erst einmal gebannt, und du hast noch viel Zeit. Wir werden jetzt wieder in unsere Rollen schlüpfen. Folge Thiam noch eine Weile. Und hilf ihm beim Zaubern«, fügte Kerlon schmunzelnd hinzu. »Es wird eine gute Übung für dich sein. Wer weiß, zu welchen Dummheiten dein Meister sonst noch fähig ist.«

Ich sah ihn an und nickte nur. Dann erwiderte ich sein Lächeln. Er legte mir den Arm um die Schulter, und gemeinsam gingen wir auf die Reste des einst so stolzen Zuges der Kaufleute zu.

»Komm, wir haben eine Karawane nach Asáthir zu bringen!«

Ralph Sander

Mohaara

»Bald wird es regnen«, sagte Shanna eher beiläufig. Es bedurfte keiner seherischen Fähigkeiten, um diese Feststellung zu treffen. Ein wachsames Auge und ein zeitiger Blick zurück genügten. Die finstere Wolkenfront rückte unerbittlich näher; schneller, als ihre Pferde sie voranbringen konnten.

»Vielleicht schaffen wir es ja doch noch bis zum Schloss«, entgegnete Angelía. Ihr langes rotes Haar wehte ihr wie die Flamme einer Fackel um den Kopf. Sie warf Shanna einen kurzen Blick zu, der Optimismus verbreiten sollte. *Vielleicht hilft ja ein kleiner Zauber*, dachte Shanna, sprach es aber nicht aus.

»Hast du dich mal umgesehen?«, rief Shanna ihr zu. Sie gehörte zu dem engen Kreis, der Königin Angelía nicht mit ihrem Titel anreden musste.

»Nein, das hast du ja schon für mich getan.«

»Vielleicht hätten wir doch in diesem Gasthof einkehren sollen«, gab Shanna zu bedenken. »Wenigstens, bis das Unwetter vorübergezogen ist.«

»Zu spät«, entgegnete Angelía lakonisch. »Wir würden mitten in das Unwetter reiten. Außerdem weißt du, welch ein Theater die Leute veranstalten, wenn ihre Königin unter ihnen auftaucht.«

»Das ist nun mal der Fluch, der auf dir lastet«, merkte

Shanna trocken an. »Dafür darfst du ein ganzes Reich regieren. Die Ehre wird schließlich nicht jedem zuteil.«

»Ja. Aber an manchen Tagen wünschte ich mir, dass ich eine ganz normale Frau wäre, die nicht von jedem angestarrt wird.«

»Meinst du eine ganz normale Frau, die Kinder bekommt und sich um die Mahlzeiten kümmert, während ihr Mann auf dem Feld arbeitet?«

Angelía verzog das Gesicht, sagte dann aber: »Ja, so in etwa.«

»Ich weiß genau, wann du mir etwas vormachst.«

Sie ritten unbeirrt weiter, noch war der Wettlauf zum Schloss nicht entschieden. So sehr sie ihre Pferde jedoch zur Eile antrieben, die Wolken rückten näher und näher. Erste Blitze und das anschließende Grollen des Donners machten den beiden unmissverständlich klar, dass sie nicht die Sieger sein würden.

Und dann brach das Unwetter los, fast so, als hätte ihnen jemand einen Fluch angehängt. Der Regen prasselte mit unglaublicher Gewalt auf Angelía und Shanna nieder, Nadelstichen gleich traf er auf die Hautpartien, die nicht von Stoff oder Leder bedeckt waren. Die Wolkenfront war so dicht, dass sie den Tag zur Nacht machte. Rings um die beiden Reiterinnen zuckten Blitze aus den Wolken, gefolgt von ohrenbetäubendem Donner. Angelía suchte links und rechts des Weges vergeblich nach einer Möglichkeit, sich unterzustellen. Es war gefährlich, bei diesem Wetter weiterzureiten. Der Boden weichte immer stärker auf, und jeden Augenblick konnte eines der beiden Pferde den Halt verlieren und stürzen.

Schon nach kurzer Zeit war es stockfinster geworden. Sie ritten langsamer und versuchten im Licht der häufig niedergehenden Blitze den Weg, der vor ihnen lag, so gut wie möglich auszumachen.

»Wir werden uns verirren«, rief Shanna, so laut sie konnte, um sich bei dem nahezu pausenlosen Donner verständlich zu machen. »Ist es noch weit?«

Von einer ganzen Blitzsalve erhellt, konnte Shanna die Antwort an Angelías Gesicht ablesen: Bis zum Schloss war es zu weit.

»Da vorn«, schrie Angelía plötzlich.

Shanna versuchte, etwas zu erkennen, doch der Regen prasselte ihr mit solcher Gewalt ins Gesicht, dass sie Mühe hatte, die Augen auch nur einen Spalt breit zu öffnen. Dann sah sie, was Angelía gemeint hatte. Vor ihnen, in der Finsternis zwischen den Blitzen, war ein schwaches Licht auszumachen. Es musste sich um das Fenster einer Hauses handeln. Shanna spürte kurz Erleichterung in sich aufsteigen, dann begann sie sich zu fragen, was sie dort wohl erwarten mochte.

Plötzlich wurde sie aus ihren Gedanken gerissen, als sich Angelías Pferd aufbäumte, laut wieherte und seine Reiterin abwarf. Shanna brachte ihr Pferd zum Stehen, stieg ab und rannte zu Angelía, die regungslos dalag.

»Angelía!«, rief sie. »Ist dir etwas passiert?«

Angelía schüttelte leicht benommen den Kopf, dann richtete sie sich sitzend auf, lauschte in ihren Körper und sagte schließlich: »Ich glaube nicht.« Im nächsten Moment erinnerte sie sich an ihr Pferd. »Was ist mit Ciessa los?«, wollte sie wissen.

Shanna half Angelía auf die Beine, dann gingen sie durch den Morast zu Ciessa. Das Pferd hielt den rechten Vorderhuf so, dass er nicht belastet wurde.

»Sie muss sich etwas in den Huf getreten haben«, erwiderte Shanna schließlich. »Aber bei diesem Licht kann ich nichts Genaues erkennen.«

Der Regen schien, obwohl kaum vorstellbar, noch schlimmer geworden zu sein. Angelía deutete nach vorne auf das Licht. »Wir sind ganz nahe.«

Sie griff nach den Zügeln ihres Pferdes, das sich langsam in Bewegung setzte und mit dem verwundeten Huf nur vorsichtig auftrat. Shanna folgte den beiden mit ihrem Pferd im Schlepp. Als sie näher kamen, erkannten sie, dass das Licht tatsächlich aus einer sicherlich trockenen und warmen Stube durch ein Fenster nach draußen fiel. Hier draußen, in der Kälte und Nässe, wirkte es wie eine Verheißung, ein Hoffnungsschimmer am Horizont.

Als sie am Haus angekommen waren, versuchte Shanna, einen Blick durch das Fenster zu werfen, doch die Scheiben waren beschlagen. *Ein gutes Zeichen*, dachte sie. Drinnen schienen in der Tat angenehmere Temperaturen zu herrschen als draußen. »Wir klopfen an«, entschied Angelía, die so wenig wie Shanna erahnen konnte, was sie erwarten mochte. »Wir haben keine andere Wahl.«

Shanna nickte zustimmend, wenn auch nicht freudestrahlend.

Eine Reihe von Blitzen wies ihnen den Weg zur Tür. Angelía schlug drei Mal kräftig mit dem Knauf ihres kleinen Dolchs gegen die schwere Holztür, um sicher zu sein, dass man sie auch hörte. Es verging eine schier endlos wirkende Zeit, und Angelía wollte gerade erneut anklopfen, diesmal mit noch mehr Nachdruck, als die Tür plötzlich einen Spaltbreit geöffnet wurde. Ein kahlköpfiger Mann, der Angelía höchstens bis zur Schulter reichte, spähte durch den Spalt auf die Besucher.

»Was wollt ihr?«, rief er.

»Mein Pferd hat sich verletzt, und wir brauchen einen Platz, um das Unwetter abzuwarten«, antwortete Angelía wahrheitsgemäß.

»Das hier ist keine Herberge«, erwiderte der Mann.

»Wir können nicht weiter, und zurück können wir auch nicht mehr«, versuchte Shanna ihre Lage zu erklären.

»Warum reitet ihr auch alleine, ihr … ihr Weiber?«, zischte der kleine Mann und wollte gerade die Tür wieder schließen, als aus dem Hintergrund eine energische Frauenstimme ertönte: »Willst du bei dem Wetter etwa jemanden abweisen?« Der Mann zuckte bei diesen Worten zusammen, trat dann jedoch zurück und öffnete die Tür.

»Kommt herein«, hörten sie die Frau sagen, und einen

Moment später konnten sie ihre Gastgeberin auch sehen. Der Kontrast hätte nicht drastischer ausfallen können. Während der Mann im Vergleich zu der ohnehin eher grazilen Angelía wahrhaft schmächtig wirkte, war die Frau gut einen Kopf größer als sie, und ihr Gewicht musste bei über zweihundert Pfund liegen. »Kommt herein, hier ist es trocken und warm«, forderte sie erneut die beiden, die noch immer in der Tür standen, auf.

»Mein Pferd …«, begann Angelía.

»Hinter dem Haus ist ein Stall, dort könnt ihr eure Pferde unterstellen«, rief die Frau den beiden zu. »Ich mache unterdessen Wasser heiß, ihr könnt bestimmt ein Bad gut gebrauchen, sonst erkältet ihr euch.«

»Danke«, erwiderte Angelía.

»Ihr teilt euch doch sicher eine Wanne, oder? Das spart ein wenig heißes Wasser.«

Shanna nickte bejahend, während Angelía bereits ihr Pferd zum Stall brachte.

»Sie hat dich nicht erkannt«, stellte Shanna fest, als sie die Pferde untergestellt und damit begonnen hatten, sie trocken zu reiben.

»Kein Wunder«, entgegnete Angelía. »Ich würde mich ja selbst nicht erkennen. Sieh mich doch an, ich bin von Kopf bis Fuß mit Schlamm besudelt. Meine Haare sind braun vom Morast. Und wer erwartet schon, dass eine Königin einfach so bei Fremden anklopft und um ein Nachtlager bittet?«

Sie nahmen sich einige Decken, die in einer Ecke des Stalls lagen, und warfen sie über die Pferde, um ihnen ein wenig Schutz vor der Kälte zu geben.

»Na, lass mal sehen«, sagte Angelía und begutachtete Ciessas Vorderhuf. »Da ist eine kleine Wunde zu sehen. Sie muss auf einen spitzen Stein getreten sein. Nichts Ernstes.«

»Aber sie braucht Ruhe, oder?«, fragte Shanna.

Angelía nickte. »Ein oder zwei Tage sollte der Huf besser nicht belastet werden.«

»Dann reitest du mit meinem Pferd weiter, sobald der Regen aufgehört hat. Ich komme später mit Ciessa nach«, schlug Shanna vor. Ihr langes, pechschwarzes Haar fiel ihr ins Gesicht, als sie sich nach vorne beugte, um sich Ciessas Huf anzusehen.

»*Falls* der Regen wieder aufhört«, entgegnete Angelía, während sie die Stalltür hinter sich schloss. Das Zentrum des Unwetters schien sich unmittelbar über ihnen zu befinden, und es bewegte sich nicht erkennbar von der Stelle.

Sie kehrten ins Haus zurück, wo die Frau sie bereits erwartete und in eine kleine Kammer führte, in der eine große Wanne mit heißem Wasser bereitstand.

»Wärmt euch erst einmal von außen auf, danach gibt es heiße Milch. Und dann können wir auch reden«, sagte die füllige Frau und verließ den Raum.

Angelía und Shanna entledigten sich ihrer Kleidung, die förmlich auf der Haut klebte, und stiegen in die Wanne.

»Ich glaube nicht, dass es auf der Welt etwas Schöneres geben kann als ein heißes Bad«, sagte Shanna seufzend, während sie sich zurücklehnte und die Augen schloss. Angelía gab einen Laut von sich, der so ziemlich alles bedeuten konnte. Aber ob sie nun zustimmte oder anderer Meinung war als Shanna – in diesem Moment spielte es keine Rolle. Das Einzige, was zählte, war die Tatsache, dass sie nicht länger dem erbarmungslosen Unwetter ausgesetzt waren.

Nach einer halben Stunde hatte sich das Badewasser so sehr abgekühlt, dass sie die Wanne verlassen mussten. Sie trockneten sich ab und hüllten sich in bereitgelegte, wohlig warme Decken, dann hängten sie ihre nasse Kleidung zum Trocknen auf eine Wäscheleine.

In der Wohnkammer des Hauses saß der Mann, der sie nicht hatte hereinlassen wollen, in einer Ecke, in der sich mehrere Regale unter der Last großer, schwerer Bücher bogen, während andere Regale mit Gefäßen unterschiedlichster Größe vollgestellt waren. Der schmächtige Mann studierte eines seiner Bücher und murmelte unverständliche Worte vor sich hin, während er hin und wieder den Kopf schüttelte und sich Notizen machte – nur um sie kurz darauf wieder durchzustreichen und an ihrer Stelle etwas anderes zu notieren.

»Fühlt ihr euch jetzt besser?«, fragte die Frau, die gerade aus der Küche gekommen war. »Ihr seid bestimmt auch hungrig.« Mit diesen Worten verschwand sie – ohne eine Antwort abzuwarten – erneut in der Küche und tauchte wenig später mit einem Tablett wieder auf. Darauf standen zwei Becher – »Das ist die versprochene heiße Milch» – und zwei Tonschalen – »Ich hoffe, ihr mögt Kräutersuppe ... ist ein altes Familienrezept« –, die sie auf dem großen Tisch abstellte, der die Wohnkammer dominierte.

Während Angelía und Shanna mit Appetit aßen, stellte sich ihre Gastgeberin vor: »Frisia ist mein Name. Und das« – sie deutete in die Ecke – »ist mein Mann Robai.« Nach einer kurzen Pause fuhr sie fort: »Er ist Magier.«

»Ich bin Shanna«, erwiderte sie. »Und dies ist meine gute Freundin Angelía.«

Frisia stutzte, als sie den zweiten Namen hörte, dann sah sie Angelía an. »Unsere Königin heißt auch Angelía. Die ›Königin mit dem roten Haar‹ nennen wir sie immer«, sagte sie, während ihr Blick auf der zierlichen jungen Frau ruhte. »Ihr ... Ihr habt auch rote Haare, und Ihr ...« Dann stockte ihr der Atem. Sie war eine ganze Weile nicht in der Lage, weiterzureden. Nachdem sie sich wieder gesammelt hatte, sagte sie: »Ihr seid die Hoheit!«

Shanna warf Angelía einen ironischen Blick zu, als sei sie selbst von dieser Entdeckung überrascht. Angelía trat ihr gegen das linke Schienbein.

Gerade wollte Frisia ihrem Mann mitteilen, welch hohen Besuch sie im Haus hatten, da legte Angelía ihr eine Hand auf den Unterarm. »Sagt bitte nichts. Ich möchte nicht anders behandelt werden, nur weil ich die

Königin bin. Ich bin ganz froh, ab und zu eine völlig normale Frau zu sein. Es freut mich, wenn man mich erkennt, doch manchmal freut es mich noch mehr, wenn man es nicht tut. Die Menschen sind dann viel entspannter.« Aus Angelías Worten hörte Shanna heraus, welche Last in Wahrheit auf den Schultern ihrer Freundin ruhte. Eine Tatsache, die sie ansonsten nie so recht erkannte, weil Angelía im Kreis ihrer Freunde immer einen gelassenen Eindruck machte.

Robai blickte kurz auf, schüttelte erneut den Kopf und vertiefte sich wieder in sein Buch.

»Was macht er da eigentlich?«, fragte Shanna in ihrer unverblümten Art, die sie so sehr kennzeichnete.

»Er sucht einen besseren Zauber gegen Mohaara.«

»Wo habe ich diesen Namen schon einmal gehört?«, fragte sich Angelía, sprach aber mehr zu sich selbst. Shanna fuhr sich erneut durch die Haare, die allmählich trockneten, was jedoch nichts daran änderte, dass sie ihr bei jeder allzu heftigen Bewegung ins Gesicht fielen. »Eines Tages schneide ich dir höchstpersönlich einen Pagenkopf, meine Liebe«, sagte Angelía. »Dann hat dieses Gezappel endlich einmal ein Ende.«

Shanna verzog die Mundwinkel. Sie mochte es nicht, wenn man sich über ihr Haar mokierte, auch dann nicht, wenn es sich um ihre Königin handelte.

»Mohaara ist der sagenumwobene Geist des Ettwaldes«, erklärte Shanna schließlich. »Angeblich taucht er alle dreißig Zyklen auf, um die Bewohner von Ett in Angst und Schrecken zu versetzen. Angelía, du bist einfach zu jung, um davon etwas zu wissen.« Die Ironie in Shannas Stimme war unüberhörbar.

»Nicht ›angeblich‹«, warf Frisia ein, schlug aber sofort die Hände vor den Mund. Sie hatte sich in eine Unterhaltung der Königin eingemischt! Frisias Gesicht wurde kreidebleich, woraufhin Angelía und Shanna sie entgeistert anblickten.

Dann verstand Angelía: »Liebe Frisia, Ihr müsst nicht

um Euer Leben bangen. Ich weiß, dass Ephoola so ein Verhalten nicht geduldet hätte.« Sie legte beschwichtigend eine Hand auf die Schulter ihrer Gastgeberin, um ihr zu zeigen, dass sie tatsächlich nichts zu befürchten hatte. »Aber ich bin nicht Ephoola. Er ist tot. Und solange ich etwas zu sagen habe, werden seine Gepflogenheiten nicht wieder eingeführt werden.«

Frisia atmete tief durch.

»So, und jetzt noch einmal – was wolltet Ihr sagen?«

»Mohaara existiert tatsächlich. Allerdings taucht er alle vier Zyklen auf, und zwar stets in den mittleren zwei Wochen.«

»Und was geschieht dann genau?«, fragte Angelía.

»Ich glaube, ich muss ganz von vorne anfangen, um das zu erklären«, erwiderte Frisia.

Vor vierzig Zyklen, als das Reich vom Tyrannen Ephoola beherrscht wurde, lebte in dem kleinen Dörfchen Ett ein Magier, der die Bewohner in Angst und Schrecken versetzte: Mohaara. Er war ein schlechter Magier, der wegen seines schändlichen Verhaltens aus der Zunft der Magier ausgeschlossen worden war. Immer wieder hatte er seine Fähigkeiten zu seinem eigenen Nutzen eingesetzt. Zwar wussten die anderen Magier, dass sie sich durch ihre Treue gegenüber Ephoola ebenfalls nicht den alten Grundsätzen ihrer Zunft entsprechend verhielten, doch auch wenn sie ihre Kräfte in den Dienst des Tyrannen gestellt hatten, war ihnen selbst nie ein persönlicher Vorteil vergönnt. Anders aber Mohaara. Angeblich ließ er die Männer, deren Frauen er begehrte, an schrecklichen Krankheiten sterben. Und die Frauen verlockte er mit falschen Versprechungen und Drohungen dazu, sich ihm hinzugeben.

Er ließ sich mit Gold dafür bezahlen, dass er die Ernte der Bauern nicht durch einen von ihm selbst bestellten Hagelsturm vernichtete. Die Liste seiner ruchlosen Taten war lang, wenngleich im Lauf der Zeit vieles hinzugedichtet wurde. Niemand wagte es, gegen ihn aufzubegehren, bis eines Tages Robai mit seiner Frau Frisia in das Dorf zog. Mohaara hatte kaum seine erste Drohung gegen die Neuen im Dorf ausgesprochen, da setzte sich Robai auch schon daran, einen Fluch auszuarbeiten.

Als Mohaara drei Tage später vor Robais Türe trat, um sein Gold in Empfang zu nehmen, auf dass Robais Heim nicht von einer Katastrophe heimgesucht würde, traf es ihn völlig unerwartet, dass Robai einen Zauberspruch gegen ihn richtete, einen Zauberspruch, der ihn eigentlich töten sollte. Allerdings war der Spruch nicht ganz so wirkungsvoll wie erwünscht. Mohaara überlebte, doch er wurde gebannt, und es war ihm in diesem Zyklus nicht möglich, das Dorf erneut heimzusuchen. Robai wurde als Held gefeiert – bis Mohaara vier Zyklen später zurückkehrte, um sich an ihm zu rächen.

»Und?«, fragte Shanna neugierig.

»Nun, mein Mann konnte ihn mit dem gleichen Spruch bannen, aber zwei Wochen lang kehrte Mohaara Tag für Tag zu unserem Heim zurück. Immer wieder versuchte er, Robai zu besiegen«, berichtete Frisia. »Das gelang ihm zwar nicht, doch er konnte während einer dieser Attacken einen Fluch gegen ihn aussprechen.«

»Robai hat den Fluch aber abgewehrt, oder?«, wollte Angelía wissen.

»Nein, er hat ihn ja nicht einmal bemerkt«, erklärte Frisia. »Es war ein sehr heimtückischer Fluch ...«

»Passt zu Mohaara, nach allem, was ich gerade über ihn erfahren habe«, bemerkte Angelía lakonisch.

»Jedes Mal, wenn mein Mann seitdem seinen Bannspruch gegen Mohaara ausspricht, verliert er selbst mehr und mehr Kraft. Es ist nur noch eine Frage der Zeit, bis er zu schwach wird, um überhaupt ein Wort hervorzubringen.«

Shanna blickte zu Robai, der nach wie vor Unverständliches murmelte. »Das sieht man ihm aber nicht an.«

»Er hat sich ja auch vier Zyklen lang erholen können«, sagte Frisia. »Dennoch ist es inzwischen so weit gekommen, dass Mohaara ihm bereits am ersten Tag so viel Lebensenergie entziehen wird, dass Robai die kommenden zwei Wochen nicht überleben kann. Er wird sich wohl nicht einmal so weit erholen können, um am nächsten Tag aus eigener Kraft aufzustehen.«

Angelía und Shanna sahen sich an, ihre Blicke verrieten, dass sie sich einig waren: *Hier wurde ihre Hilfe gebraucht!*

»Wie lange noch?«, wollte Angelía schließlich wissen.

Frisia schüttelte verzweifelt den Kopf. »In zwei Tagen geht es wieder los. Das Unwetter ist ein Vorbote.«

»Können wir noch ein paar Tage bleiben?«, fragte Angelía. »Mein Pferd kann sich ruhig noch ein wenig länger erholen.«

»Aber Ihr werdet doch am Hof erwartet?«

»Genau genommen ist das nicht der Fall«, entgegnete Angelía. »Wenn wir hier nicht angehalten hätten, wären wir gut eine Woche zu früh am Hof eingetroffen. Wir hätten also noch ein wenig Zeit, um zu helfen.«

»Wie wollt ihr helfen?«, fragte Frisia. »Mein Mann hat die Mächte der Magie auf seiner Seite, und trotzdem kann er sich nicht gegen Mohaara wehren.«

»Shanna ist eine Zauberin, sie gehört zu den besten, die ich kennen gelernt habe. Außerdem habe ich von ihr den ein oder anderen kleinen Trick gelernt. Damit wären wir zu dritt, während Mohaara auf sich allein gestellt ist.«

Shanna räusperte sich vernehmlich. Ihr Blick sprach Bände, und Angelía verstand. »Na ja«, korrigierte sie sich. »Streng genommen sind wir nur zu zweit – also Robai und Shanna –, und ich kann die beiden ein wenig unterstützen.« An Shanna gerichtet, fragte sie: »Besser so?« Ein zufriedenes Nicken war die Antwort.

»Ich weiß das Angebot wirklich zu schätzen, bloß gibt es da ein großes Problem«, dämpfte Frisia die aufkeimende Hoffnung der beiden, um dann mit leiserer Stimme weiterzureden. »Mein Mann lässt sich nicht gerne helfen, und erst recht nicht von einer Frau! Ihr habt ja gemerkt, wie er mit Euch an der Tür umgesprungen ist. Ihm Hilfe anzubieten, wäre vergebliche Mühe.«

Shanna entrüstete sich: »Seit Angelía Königin ist, haben sich die Dinge im Reich geändert.«

»Weibergewäsch«, tönte es plötzlich aus der Ecke. Robais Blick war noch immer auf das Buch gerichtet, und auch seine Gedanken kreisten unablässig darum, wie er wirkungsvoll gegen Mohaara zu Felde ziehen könne. Trotzdem hatte er wohl einen Teil der Unterhaltung mitbekommen, möglicherweise auch alles, und den Zeitpunkt für gekommen gehalten, seinen knappen Kommentar abzugeben.

»Wie bitte?«, brauste Shanna auf, doch Angelía hielt sie zurück. »Wenn er uns aus seinem Haus wirft, können wir ihm erst recht nicht helfen«, sagte sie beschwichtigend. Shanna hielt inne.

»Weibergewäsch«, wiederholte Robai, diesmal direkt an die Frauen gerichtet. »Ich werde Mohaara bannen, so wie immer, damit das klar ist.«

»Wir wollen nur helfen«, zischte Shanna.

»Helfen könnt Ihr, wenn Ihr Euch aus meinen Angelegenheiten heraushaltet«, fauchte Robai zurück.

»Robai!«, sagte Frisia in strengem Ton. »Die jungen Damen werden ein paar Tage bleiben … damit *das* klar ist!«

»Solange sie kein Unglück bringen«, gab er zurück und arbeitete weiter an seinem Spruch.

Draußen war unterdessen die Nacht hereingebrochen. Das Unwetter war noch immer nicht vorüber. Selbst wenn Angelía und Shanna hätten weiterreiten wollen, es wäre der denkbar ungünstigste Zeitpunkt für einen Aufbruch gewesen.

»Ich zeige Euch die Gästekammer«, sagte Frisia und führte die beiden Frauen in einen Raum, zu dem ein paar Stufen hinaufführten. »Sie ist zwar klein, aber zum Schlafen reicht es allemal.« Sie hielt kurz inne, dann sprach sie mit gesenkter Stimme weiter: »Verzeiht, Hoheit, ich habe vergessen, dass Ihr solche Räumlichkeiten nicht gewöhnt seid.«

Angelía lächelte sie an: »Macht Euch darum keine Sorgen. Ich habe früher noch viel bescheidener leben müssen – außerdem sind wir erschöpft und könnten notfalls im Stehen schlafen. Es war ein anstrengender Tag, und ich ahne, dass uns noch so Einiges bevorstehen wird.«

Sie sollte Recht behalten.

Am Morgen wurden Angelía und Shanna von der Sonne geweckt, die durch das kleine Fenster ins Zimmer fiel. Der Regen hatte aufgehört, aber vereinzelte Wolken ließen erahnen, dass das Unwetter noch nicht ganz vorüber war.

Die beiden Freundinnen gingen nach unten in die Wohnkammer, wo Frisia für sie bereits Brote mit dick geschnittenen Scheiben Wurst bereitgelegt hatte. Außerdem stand eine Kanne Milch auf dem Tisch, diesmal aber nicht erhitzt.

»Ihr seid früh auf«, sagte Frisia, als die beiden hereinkamen und sich an den Tisch setzten. »Habt Ihr eigentlich heute Nacht auch diese Geräusche gehört? Ich hatte schon Angst, dass Mohaara früher erscheint.«

Angelía und Shanna schüttelten gleichzeitig den Kopf, dann fragte Shanna: »Wo ist Euer Mann?«

»Oh, der schläft noch. Er hat bis kurz vor Sonnenaufgang an seinem Zauberspruch gearbeitet«, antwortete sie. »Die Zeit wird knapp für ihn.«

»Und? Macht er Fortschritte?«, wollte Angelía wissen, aber Frisia schüttelte nur den Kopf. Shanna füllte einen

Becher mit Milch, dann stand sie auf und ging zu Robais Arbeitsplatz. Eine Zeit lang studierte sie die Formeln und Aufzeichnungen, dann schüttelte sie den Kopf.

»Auf den ersten Blick scheint alles zu stimmen«, bemerkte Shanna. »Eigentlich müsste Mohaara sofort in einer Flammensäule vergehen.« Ihr Blick fiel auf ein Gläschen mit getrocknetem Wellkraut. Sie nahm zwei der kleinen Blätter aus dem Gläschen und steckte sie unter ihr Schmuckband, das sie um den Oberarm trug.

Angelía schoss ein Gedanke durch den Kopf: »Wo lebt dieser Mohaara überhaupt? Er muss sich doch irgendwo aufhalten, während er seine Wiederkehr vorbereitet.«

Frisia setzte sich zu ihr an den Tisch: »Im Norden unseres Dorfes gibt es die so genannte Schwarze Höhle, niemand wagt sich auch nur in ihre Nähe. Sonderbare Dinge sollen dort geschehen, am Tag wie in der Nacht ...«

»Sonderbare Dinge?«, fragte Angelía dazwischen.

»Die Schwarze Höhle ist ein Ort, den seit vielen Zyklen niemand mehr besucht hat, zu groß ist die Angst im Dorf. Menschen sind dort verschwunden, und Geister sollen die Höhle bewohnen, in die niemals das Tageslicht vordringt.«

»Klingt interessant«, sagte Shanna, die wieder zum Tisch zurückgekehrt war. »Vielleicht sollten wir uns da mal ein wenig umsehen.«

»Bloß nicht«, warnte Frisia entsetzt. »Es wird Euer Untergang sein. Ich flehe Euch an, unser Land braucht seine Königin, Ihr könnt nicht die Zukunft des Landes so leichtfertig aufs Spiel setzen.«

»Wir werden schon auf uns Acht geben«, versuchte Angelía sie zu beruhigen, obwohl sie wusste, dass es vergebliche Liebesmühe war. »Vielleicht können wir ja mit Mohaara Kontakt aufnehmen.«

Frisia faltete die Hände und betete stumm, während die beiden aufstanden und das Haus verließen.

»Komm mit, ich habe etwas für dein Pferd gefunden«,

sagte Shanna, als sie die Tür hinter sich zugezogen hatte. Sie gingen zum Stall, und Shanna zog die Wellkraut-Blätter hervor.

»Halt den Huf fest«, wies sie Angelía an, die tat, wie ihr befohlen. Shanna rollte die kleinen Blätter auf und drückte sie so tief in die Verletzung, dass das Pferd unruhig wurde.

»Ist gut, du kannst loslassen«, sagte sie dann. »Das ist Wellkraut, ich habe es von Robai ›geliehen‹. Damit ist die Verletzung bis heute Mittag verheilt.«

»Danke«, erwiderte Angelía.

»Richtung Norden also«, sagte Shanna, nachdem sie den Stall verlassen hatten. »Wir hätten uns eine bessere Wegbeschreibung geben lassen sollen, meinst du nicht auch, Angelía?«

»Die gute Frisia würde vor Angst sterben, wenn sie uns auch noch genau erklären müsste, wie wir die Höhle erreichen. Sie macht sich so schon Vorwürfe genug«, erwiderte sie. »Wir fragen einfach in einem der anderen Häuser im Dorf nach, irgendwer wird schon wissen, wo es lang geht.«

Sie gingen um Robais Haus herum und bekamen nun zum ersten Mal das Dorf zu sehen, in das es sie am Abend zuvor verschlagen hatte. Es war eine bescheidene Ansammlung von Gehöften und kleineren Werkstätten, die das Dorf mit allem versorgen konnten, was für das tägliche Leben gebraucht wurde. Der Weiler hatte fast schon etwas Beschauliches an sich, wenn man darüber hinwegsah, dass hier in regelmäßigen Abständen ein Kampf zwischen zwei Magiern ausgetragen wurde, ein Kampf, der für alle im Dorf ernsthafte Konsequenzen haben konnte, je nachdem, welche Seite den Sieg davontrug.

»Sieht schön aus«, sagte Angelía.

»Na ja, hier kann ich mich immer noch niederlassen, wenn ich alt und tot bin«, erwiderte Shanna sarkastisch und strich sich zum wiederholten Male eine besonders hartnäckige Haarsträhne aus dem Gesicht. Angelía warf ihr einen Blick zu, der verriet, dass sie ihr diese Bemerkung nicht übelnahm. Unter der Schreckensherrschaft Ephoolas wäre ein solches Verhalten undenkbar gewesen. Doch Angelía hatte gelernt, dass die Macht nur allzu leicht die dunkle Seite der Seele eines Herrschers zum Vorschein bringen konnte. Die Meinung anderer beeinflussen zu wollen, war ein erster Schritt dazu. Und so hörte sie oft auf das, was ihre Freunde und Vertrauten ihr sagten oder rieten.

»Dort ist ein Bauer auf dem Feld, ihn sollten wir fragen«, fuhr Shanna fort, nachdem sie den vom Regen knöcheltief aufgeweichten Hauptweg überquert hatten, der sich zwischen den Häusern hindurchschlängelte. Sie gingen am Rand des Ackers entlang, bis sie sich auf derselben Höhe wie der Bauer befanden. Der recht beleibte Mann kniete auf dem morastigen Boden und zog Knollen aus der Erde, als er plötzlich die beiden Frauen bemerkte, die gut zwanzig Schritt von ihm entfernt standen.

»Was kann ich denn für euch beiden Hübschen tun?«, rief er ihnen zu und setzte ein breites Lächeln auf, das sogar auf diese Entfernung erhebliche Zahnlücken erkennen ließ.

»Wetten, dass er sich irgendwelche Chancen bei uns ausrechnet?«, fragte Shanna leise, woraufhin Angelía zustimmend nickte.

»Wir sind auf der Suche nach etwas. Vielleicht könnt Ihr uns den Weg weisen?«, rief Angelía zurück.

Der Bauer stand auf und stapfte über den Acker auf die beiden zu. Seine Hose war von der Erde verschmutzt, die dicken Handschuhe und die klobigen Holzschuhe sahen nicht besser aus. Das Gesicht des Mannes war purpurrot von der anstrengenden Feldarbeit, wohl aber auch, weil er noch viel dicker war, als es auf die Entfernung hin den Anschein gehabt hatte. Sein Herz musste Höchstleistungen erbringen, um den massigen Körper in Bewegung zu halten. »Wohin wollt ihr denn, ihr Hübschen?«

Angelía zwang sich zu einem höflichen Lächeln,

während Shanna den Mann ausdruckslos ansah. Eine bissige Bemerkung lag ihr auf der Zunge, aber sie wusste, dass es Angelía nicht gefallen würde, wenn sie jetzt etwas sagte.

»Wir suchen die Schwarze Höhle. Sie soll im Norden liegen, aber wir kennen nicht den genauen Weg«, sagte Angelía.

Der Mann zuckte erkennbar zusammen, sogar sein puterrotes Gesicht wurde mit einem Schlag blass.

»Was … was wollt ihr da?«, stammelte er, während sein Unterkiefer unkontrollierbar zu zittern begann.

Bevor Angelía weiterreden konnte, ergriff Shanna das Wort: »Wir wollen Mohaara ins Jenseits befördern. Wir sind geschickt worden, um seinem Treiben ein Ende zu setzen.«

Der Bauer sah die beiden abwechselnd an: »Zwei Frauen? Man hat euch geschickt?« Es schien, als wolle er jeden Augenblick in lautes Lachen ausbrechen.

Shanna streckte die rechte Hand aus und richtete sie auf den Oberkörper des Mannes: »Wenn du willst, du fettes Etwas, demonstrieren wir dir hier und jetzt, zu was wir alles in der Lage sind. Ich kann dir allein mit der Macht meines Geistes das Herz aus der Brust reißen und es dir auf einem Teller präsentieren. Dabei lasse ich dich noch so lange am Leben, dass du dir das ganze Schauspiel ansehen kannst.«

Wieder zuckte der Mann zusammen, sein Gesicht wurde wenn möglich noch bleicher.

»Ich flehe euch an, tut mir nichts«, bettelte er und fiel auf die Knie.

»Dann hilf uns gefälligst«, herrschte Shanna ihn an. »Sonst müssen wir davon ausgehen, dass du auf Mohaaras Seite stehst. Und was dann geschieht, ist noch viel schlimmer als das, was ich dir gerade angedroht habe.«

»Auf Mohaaras Seite?«, wiederholte der Bauer und begann diesmal wirklich zu lachen. »Ich wünsche mir nichts mehr, als dass Mohaara endlich verschwindet. Seht ihr diesen Acker? Der Regen, den Mohaara geschickt hat, ist dafür verantwortlich, dass meine gesamte Ernte vernichtet wurde. Dies hier …«, er hielt eine der Knollen hoch, die er aus dem Boden gezogen hatte, »… sollte einmal als Riesenflerck auf den Markt in Heedes gebracht werden.«

»Das reicht ja nicht mal zu einem normalen Flerck«, sagte Angelía, nachdem sie sich die Knolle angesehen hatte.

»Eben. Und das verdanke ich alles Mohaara. Zum Teufel mit ihm«, fluchte er laut, während er wieder aufstand. »Ich werde euch liebend gern den Weg beschreiben.« Es folgte eine auf den ersten Blick immens kompliziert erscheinende Schilderung des Weges zur Schwarzen Höhle. Erst in seinem letzten Satz kam der Bauer dann auf etwas zu sprechen, das ihnen viel Zeit erspart hätte: »Wenn ihr euch dann links haltet, gelangt ihr zu diesem großen alten Steinkreuz, das ihr dort hinten, auf der anderen Seite des Tals, sehen könnt.« Die beiden nickten. »Unmittelbar darunter befindet sich der Eingang zur Schwarzen Höhle.«

Shanna warf Angelía einen Blick zu, der verriet, dass sie verärgert und amüsiert zugleich war. Sie machten sich auf den Weg, dann sagte sie: »Wenn er uns doch zuerst das Kreuz gezeigt hätte, dann wären wir schon längst auf dem Weg dorthin, oder?«

Angelía zuckte mit den Schultern. »Was soll man machen, auf jeden Fall wissen wir jetzt, wo wir hin müssen. Allerdings frage ich mich, ob es wirklich nötig war, diesen Mann so in Angst zu versetzen.«

»Liebe Angelía«, erwiderte Shanna und legte ihren Arm um Angelías Schultern, während sie über eine wilde Wiese in Richtung der Schwarzen Höhle gingen. »Ich weiß, dass du gerne sanft mit deinen Untertanen umgehst, aber manchmal geht es nicht. Und dieser Kerl hätte uns gar nichts gesagt. Wie er uns schon angestarrt hat!«

Den Weg zur Schwarzen Höhle, der durch ein lang

gestrecktes, idyllisches Tal führte, legten die beiden überraschend schnell und mühelos zurück. Das Ganze glich einem Spaziergang, der aber sowohl Angelía als auch Shanna bisweilen etwas zu bequem erschien. Es war, als wolle sie jemand in Sicherheit wiegen, um dann ganz unerwartet zuzuschlagen. Grund genug, mit noch größerer Wachsamkeit als sonst vorzugehen. Die Hand stets auf dem Heft des Schwertes ruhend, schritten sie Seite an Seite in Richtung Höhle, während sie sich immer wieder umsahen, um einen möglichen Hinterhalt rechtzeitig zu entdecken.

Dann standen sie vor dem Eingang zur Höhle, über dem das gewaltige steinerne Kreuz prangte. Es war größer als jedes andere Kreuz, das die beiden bisher gesehen hatten.

»Es sieht aus, wie aus einem großen Stein gehauen«, sagte Shanna. »Ich kann nicht erkennen, dass da irgendwo etwas aufeinander gesetzt worden ist.« In der Mitte des Kreuzes befand sich eine kleine Aussparung, in der eine Kerze brannte. »Wer die wohl austauscht, wenn sie abgebrannt ist?«, fragte Shanna.

»Vermutlich Mohaara«, erwiderte Angelía.

Angelía trat näher. Sie strich mit den Fingern über den Stein. Er fühlte sich ungewöhnlich glatt an, gar nicht wie ein über Jahrhunderte von Wind und Wetter bearbeiteter Felsblock. Angelía vermochte nicht einmal zu sagen, um welche Art von Gestein es sich handelte. »Es sieht fast so aus, als hätte man diesen Stein direkt in diese Form gegossen, anstatt ihn aus einem Felsblock zu hauen«, sagte sie. »Sehr sonderbar.«

»Wir sollten uns lieber mit der Höhle beschäftigen, Angelía«, mahnte Shanna, die sich in einiger Entfernung vor den Eingang gehockt hatte. Dieser befand sich an einer Seite des kleinen Hügels, auf dem das Kreuz stand, und musste zwangsläufig steil nach unten führen, da es keinen Platz für einen einigermaßen ebenen Weg ins Innere der Höhle gab.

Angelía gesellte sich zu ihrer Freundin und spähte in die Dunkelheit. »So kann man gar nichts sehen«, stellte sie schließlich fest. »Das Tageslicht fällt nicht hinein.«

»Also brauchen wir Fackeln«, sagte Shanna und richtete sich auf. Auf dem Weg hierher waren ihr einige abgebrochene Äste und Zweige aufgefallen, die der Wind gegen eine Baumgruppe geweht hatte. Sie ging das kurze Stück zurück und wählte vier Holzstücke aus, die sich für ihre Zwecke eigneten.

»Zum Glück ist das Holz im Schatten der Bäume trocken geblieben«, sagte sie, als sie wieder zu Angelía zurückgekehrt war. Zwei der Stücke steckte sie sich hinter den Gürtel, die beiden anderen entzündete sie an der Kerze. Eine der brennenden Fackeln reichte sie Angelía, dann machten sie sich auf den Weg in das ungewisse Dunkel.

Es war, als wäre von einem Augenblick auf den anderen die Nacht über sie hereingebrochen, so finster wurde es, als sie die Schwarze Höhle betraten. Die Felswände reflektierten absolut nichts vom Tageslicht, ebenso wenig wie den Schein der Fackeln.

»Unglaublich«, flüsterte Shanna, die darauf wartete, dass sich ihre Augen an die Finsternis gewöhnten.

»Überhaupt nicht«, entgegnete Angelía einen Moment später. »Nur sehr geschickt. Sieh doch, der Fels ist mit schwarzer Farbe gestrichen worden, die kein Licht reflektiert. Hier« – sie deutete auf eine Stelle – »fehlt Farbe, wahrscheinlich wurde dieser Fleck übersehen.« Tatsächlich wurde dieser Punkt an der Wand heller, als Angelía die Fackel daran hielt.

»Das erklärt auch den Namen der Höhle«, sagte Shanna. »Also keine Magie.«

»Bisher jedenfalls nicht. Wir wissen ja nicht, was uns noch erwartet.«

Obwohl die Höhle geräumig genug war, um aufrecht in ihr zu gehen, bewegten sich Angelía und Shanna nur in gebückter Haltung auf dem steil abfallenden Weg voran.

Vorsichtig tasteten sie immer wieder mit den Händen den Boden ab, denn sie mussten jederzeit damit rechnen, dass sich vor ihnen ein Abgrund auftat. Der Weg führte sie in einer engen Linkskurve nach unten, sodass der Eingang zur Höhle schon nach wenigen Metern außer Sichtweite war. Doch dann, mit einem Mal, änderte sich die Szenerie.

Angelía und Shanna hatten eine Höhle erreicht, die in hellem Lichtschein erstrahlte, ohne dass Fackeln oder Ähnliches zu entdecken waren.

»Was ist das?«, fragte Angelía fasziniert. Sie blieb stehen und blickte sich um. Die Höhle besaß beträchtliche Ausmaße, doch war sie anscheinend völlig leer. Drei Gänge gingen von ihr ab, die gleichfalls von einer unbekannten Lichtquelle erhellt wurden und taghell waren.

»Leuchtgestein«, sagte Shanna. »Ich habe davon gehört, aber gesehen habe ich es noch nie.«

»Leuchtgestein?«, wiederholte Angelía. »Was soll das sein?«

»Es soll ein sehr altes Gestein sein«, erklärte Shanna. »Es gibt Geschichten, die zweitausend Zyklen und älter sind, in denen Leuchtgestein erwähnt wird. In ihnen heißt es, dass das Gestein die Nacht zum Tag macht. So, wie es aussieht, stimmt das ja auch.«

»Es leuchtet von selbst?«, fragte Angelía.

»Ja«, bestätigte Shanna. »Es leuchtet aus sich heraus. Manche nannten es in ihren Geschichten auch den Sonnenstein. Die Leuchtkraft vergeht nie …«

»Aber es ist kaltes Licht«, stellte Angelía fest.

»Das ist eines der Geheimnisse dieser Steine«, sagte Shanna. »Sie leuchten, aber sie erhitzen sich nicht.«

»Unglaublich.« Angelía legte eine Hand auf die Felswand, die angenehme Kühle ausstrahlte. »Wir sind auf eine Legende gestoßen.«

»Und das ist nicht die Einzige«, donnerte plötzlich eine Stimme durch die Höhle. Angelía und Shanna fuhren herum, aber niemand war zu sehen.

»Wo ist er?«, zischte Shanna.

Angelía blickte sich um und fühlte sich an ihre Jugend erinnert, an Ephoola, an ihre Zeit unter seiner Herrschaft. *Der Festsaal*, fuhr es ihr durch den Kopf.

»Er ist nicht hier, er spricht von einem anderen Ort aus zu uns«, flüsterte sie Shanna zu. Sie hielt Ausschau nach irgendwelchen Schächten, aber außer den drei Gängen, die weiter ins Innere führten, war nichts zu sehen.

»Seine Stimme kommt wohl aus einem der Tunnel«, mutmaßte Angelía schließlich. Sie näherten sich dem ersten der aus sich heraus leuchtenden Gänge, der schon nach wenigen Schritten eine Kurve machte, sodass nicht zu erkennen war, wohin er führen mochte. Auch beim zweiten und dritten Gang sah es nicht anders aus. »Von hier aus wüsste ich nicht, welchen Gang wir nehmen sollten, um Mohaara zu finden.«

»Verschwindet, bevor ich euch Dinge antue, die ihr lieber nicht erleben würdet«, dröhnte es durch die Höhle. Diesmal waren Angelía und Shanna vorbereitet und hatten Zeit, den richtigen Gang ausfindig zu machen. »Der mittlere«, sagte Shanna. Angelía nickte bestätigend.

Sie betraten den kreisrunden Gang, der nicht natürlichen Ursprungs zu sein schien. Das Licht der Felswände war noch intensiver als in der Höhle und stach in den Augen, sodass sie kaum sehen konnten, was vor ihnen lag.

»Geht fort, ihr werdet es bereuen«, schrie der Unbekannte, bei dem es sich um Mohaara handeln musste.

»Ich bereue es schon jetzt«, erwiderte Shanna. »Weißt du eigentlich, dass wir damit ausgerechnet dem Mann einen Gefallen erweisen könnten, der Frauen als minderwertig betrachtet?«

»Ich weiß«, sagte Angelía. »Ich baue darauf, dass er seine Einstellung ändert.«

»Ob es das wert ist«, meinte Shanna gerade, als sie das Ende des Gangs erreichten. Sie standen in einer weiteren Höhle, die noch größer war als die erste – und zudem

nicht leer. Unmittelbar hinter dem Gang war eine trich-
terförmige Konstruktion aufgebaut, zweifellos die Vor-
richtung, mit der Mohaara seine Stimme durch die
Schächte dröhnen ließ. Dahinter erstreckte sich eine weit-
läufige Höhle, die für einen boshaften Magier überaus
wohnlich eingerichtet war. Sie konnten ein bequemes
Himmelbett erkennen, große, mannshohe Spiegel, einen
Ofen, der im Winter für die nötige Wärme sorgte und
dessen Rohr in der Höhlendecke verschwand. Schränke
und Regale, die vollgestellt waren mit Gläsern und Be-
hältnissen unterschiedlichster Größe, offenbar Tinkturen
und Pulver, Salben und flüchtige Wasser, wie man sie bei
jemandem erwartete, der sich in der Zauberei auskannte.

»Gemütlich«, sagte Angelía, die offensichtlich von dem
Anblick gefesselt war.

»Eine Spur zu gemütlich«, erwiderte Shanna miss-
trauisch. Es war nicht das, was sie von einem Magier oder
Zauberer erwartete, und das weckte ihre Zweifel.
»Vielleicht ist es nur eine Illusion«, ergänzte sie.

»Vielleicht bin ich ja auch nur eine Illusion«, sagte
plötzlich eine Stimme. Die beiden fuhren herum und
sahen, dass jemand hinter ihnen stand. Shanna riss ihr
Schwert heraus und stürmte auf die Gestalt zu, verlor
aber das Gleichgewicht und stürzte zu Boden, als die
Klinge keinen Widerstand fand. »Nein«, hatte Angelía
noch geschrien, doch es war schon zu spät gewesen.
Shanna hatte sich gerade aufgerappelt, als die beiden
Freundinnen von Lichtblitzen umzuckt wurden, die ihre
Körper wie eine zweite Haut zu umschließen begannen,
sodass sie sich schließlich nicht mehr bewegen konnten.

»Willkommen in meiner bescheidenen Höhle«, sagte
dieselbe Stimme, der sie bis hierher gefolgt waren, doch
diesmal klang sie echt. Angelía drehte den Kopf, so weit
ihre ungewöhnlichen Fesseln es zuließen. »Gestatten, ich
bin Mohaara, aber das wisst ihr sicher schon. Und ihr
seid?«

Angelía wollte zu einer Antwort ansetzen, als Shanna

zu sprechen begann: »Ich bin Xandra, und das hier ist meine kleine Schwester Ehtaga.«

»So, so, ein Geschwisterpaar«, sagte Mohaara und trat zu den beiden.

Mohaara war von recht zierlicher Statur, ein wenig größer als Angelía und Shanna. Sein Gesicht wies fein geschnittene Züge auf und war von einer wilden, schneeweißen Mähne umrahmt. Mohaaras Augen funkelten tiefrot, aus ihnen sprach der Hass, der sich im Laufe zahlloser Zyklen angestaut hatte. Angelías Blick fiel auf Mohaaras Hände, die aus der weiten, dicken Robe hervorlugten. Sie waren ungewöhnlich feingliedrig und gepflegt, obwohl man von einem Magier eher erwartete, dass er sich bei seiner Arbeit mit gefährlichen Tinkturen Schnittwunden und Verätzungen zuzog. »Und was wollt ihr von mir?«

»Wir wollen mit dir reden, wir wollen dir helfen«, erwiderte Angelía wahrheitsgemäß. »Es geht um Robai!«

»Der alte Narr!«, herrschte Mohaara sie an. »Er wird sterben, und ich werde wieder die Macht übernehmen! Ich werde mir zurückholen, was mir gehört!«

»Die anderen im Dorf werden dich dafür hassen«, warf Shanna ein.

»Das haben sie auch früher schon getan, also macht es keinen Unterschied«, entgegnete Mohaara zornig. »Mir hat man immer alles genommen, ich habe nie etwas besessen!«

»Warum?«, wollte Angelía wissen.

»Weil …«, Mohaara hielt einen Moment inne, um dann leiser weiterzureden. »Weil ich nicht so bin wie sie, darum. Aber das würdet ihr auch nicht verstehen!«

»Erklär es uns, vielleicht verstehen wir es ja doch!«, forderte Shanna ihn heraus. »Versuch es wenigstens!«

Mohaara lachte spöttisch über den Vorschlag. »Ihr würdet es nicht verstehen. Seht euch doch an, seht doch, wie vollkommen ihr seid. Wunderschöne Frauen mit einem wunderschönen Körper. Wie wollt ihr da etwas verstehen?«

»Was hat das mit unserem Aussehen zu tun?«, fragte Angelía deutlich irritiert, aber Mohaara antwortete nicht darauf. Stattdessen erklärte er: »Wie dem auch sei. Heute ist die Zeit für den alten, hässlichen Robai abgelaufen. Für immer.«

»Mohaara, erklär uns, was das alles zu bedeuten hat«, verlangte Angelía.

Sie begann zu spüren, dass sich hier ein Unheil anbahnte, dem sie möglicherweise machtlos gegenüberstehen würde. Wieder wurden sie von Mohaara ignoriert, der inzwischen an einen mit Gläsern und Gefäßen vollgestellten Tisch zurückgekehrt war und sich in ein Buch vertiefte.

»Wieso heute?«, fragte Shanna plötzlich. »Der Kampf soll doch erst in zwei Tagen stattfinden.«

Mohaara hob den Kopf und grinste amüsiert: »Ich wusste doch, dass der alte Narr es vergessen würde. Seit dem letzten Mal sind zwei überzählige Tage aus dem Kalender gestrichen worden, also habe ich meinen triumphalen Auftritt zwei Tage früher.«

Angelía warf Shanna einen entsetzten Blick zu. Sie mussten irgendetwas unternehmen, doch so lange das Netz aus zuckenden Blitzen ihre Körper umgab, konnten sie sich nicht von der Stelle rühren.

»Lass uns frei, Mohaara«, sagte Angelía und versuchte, ihrer Stimme einen bedrohlichen Unterton zu verleihen.

Das war ihr insoweit gelungen, als Mohaara entgegnete: »Sonst?«

Dem hatte Angelía nichts entgegenzusetzen. Es gab nichts, das sie hätte tun können. Jeder Versuch, einen wie auch immer gearteten Zauberspruch zu finden, scheiterte an den zuckenden Energieblitzen, die ihr die Konzentrationsfähigkeit raubten. Ein Blick in Shannas Gesicht genügte, um zu erkennen, dass es ihr ebenso erging. Sie waren blindlings in die Falle gelaufen, und Shannas

Attacke auf Mohaara hatte vielleicht alles nur noch schlimmer gemacht.

»So, ich muss mich jetzt auf den Weg machen, ihr beiden Schönheiten«, verkündete Mohaara wenige Augenblicke später. Offenbar war er gewappnet, Robai gegenüberzutreten.

»Nein, hör uns doch wenigstens an«, flehte Angelía ihn an, aber Mohaara ließ sich nicht beirren. Genau genommen hatte er seinen Entschluss schon vor vielen Zyklen gefasst. Selbst wenn sie alle Zeit der Welt gehabt hätten, wäre es ihnen nicht gelungen, seinen Hass zu besänftigen.

»Und was euch angeht«, sagte er schließlich, »so müsst ihr euch nicht sorgen. Ich bin nicht ganz so böse, wie alle behaupten. Ich lasse euch am Leben. Sobald ich gegangen bin, seid ihr frei.«

Angelía wollte etwas sagen, aber Mohaara schien ihre Gedanken gelesen zu haben: »Nein, ihr könnt mich nicht aufhalten. Ich werde vor euch bei Robai sein, ganz gleich, was ihr auch versucht. Und nun lebt wohl. Wir sehen uns in Kürze wieder.«

Mit diesen Worten löste sich Mohaara vor den Augen der beiden in Luft auf, nichts blieb von ihm zurück.

»Wohin ist er verschwunden?«, fragte Angelía.

»Mohaara beherrscht die Kunst, in die Höhere Welt zu wechseln, wenn es ihm beliebt. Dort kann er jede Strecke zurücklegen, ganz gleich, wie lang sie ist, ohne dass es ihn auch nur den Bruchteil eines Augenblicks kostet«, erklärte Shanna.

Im gleichen Moment verschwanden die Blitze, sie konnten sich wieder frei bewegen. Angelía wanderte durch die verlassene Höhle und betrachtete die Einrichtung. Irgendetwas stimmte hier nicht. Sie passte nicht zu einem Magier, sie passte vielmehr zu …

»Angelía, komm!« Shanna riss Angelía aus ihren Überlegungen. »Wir müssen versuchen, Mohaara aufzuhalten.«

»Du hast doch gerade selbst gesagt, dass er für die

Strecke keine Zeit braucht. Selbst wenn wir uns das Herz aus dem Leib rennen, können wir nicht rechtzeitig bei Robais Haus eintreffen.«

Shanna schüttelte den Kopf: »Wir wissen nicht, wie mächtig die beiden im Vergleich zueinander sind. Wenn sie etwa gleich stark sind, kann es eine Weile dauern, bis es einen Sieger gibt. Komm schon.«

Angelía nickte, dann rannten sie durch den leuchtenden Gang zurück in die erste Höhle, um schließlich durch die Finsternis bis zum Ausgang zu stolpern.

Draußen war es inzwischen fast dunkel geworden. Am Horizont war die blutrote Sonne zu sehen, die kaum noch genug Licht spendete, um sie den Weg finden zu lassen. Angelía und Shanna rannten, so schnell sie konnten. Sie ignorierten die Stiche, die nach mehreren hundert Schritten ihre Körper zu plagen begannen. Das Ziel, das sie vor Augen hatten, war wichtiger. Der Schmerz würde wieder vergehen, aber die Schlacht zwischen Mohaara und Robai, die vielleicht in diesem Augenblick schon tobte, würde endgültig sein. Wenn sie einen tragischen Ausgang noch verhindern wollten, durften sie sich keine Rast gönnen.

Sie erreichten den Acker, an dem sie mit dem Bauern gesprochen hatten, und im Halbdunkel der hereinbrechenden Nacht konnte Angelía in der Ferne Robais Haus erkennen. Im gleichen Moment zuckte ein gewaltiger Blitz in den Himmel, der für den Bruchteil eines Augenblicks das Dorf in gespenstisches Licht tauchte.

»Es ist zu spät«, rief Angelía außer sich, aber Shanna packte sie am Unterarm und zog sie weiter mit sich.

Als sie um die Ecke bogen, um zur Vordertür von Robais Haus zu gelangen, schien alles verloren. Mohaaras Körper lag verkrümmt im Morast der Straße, während Robai gegen die Hauswand gelehnt dasaß. Sein Kopf war blutüberströmt, er stöhnte laut. Mohaara regte sich nicht, offenbar hatte Robai doch noch den stärkeren Spruch gefunden.

Er blinzelte, als sich Angelía vor ihm niederkniete. »Habe … ich … es … geschafft?«

Angelía wandte sich zu Mohaara um, aber bevor sie etwas erwidern konnte, beugte sich Shanna über den Schwerverletzten und sagte: »Ja, Mohaara ist besiegt. Für immer.«

»Gut«, flüsterte er, während Frisia in der Tür auftauchte. Ihr Blick verriet, dass sie wusste, wie es enden musste.

Robai atmete noch ein paar Mal schwer, dann sackte sein Körper in sich zusammen.

»Es ist vorüber«, sagte Shanna zu Frisia, die einen gefassten Eindruck machte.

»Danke«, sagte sie zu ihr.

Shanna kniff die Augen zusammen: »Danke? Wofür?«

»Für eure letzten Worte an ihn. Er ist jetzt in Frieden gegangen«, antwortete sie. »Seine Seele hätte keine Ruhe gefunden, wenn er nicht gewusst hätte, ob Mohaara geschlagen ist oder nicht.«

Shanna nickte verstehend, dann berührte sie Angelía an der Schulter und bedeutete ihr, mit zu Mohaara zu gehen. Sie knieten neben ihm nieder und wollten seinen Puls fühlen, als er sich plötzlich zu regen begann. Er sagte nichts, doch seine glasig wirkenden Augen klebten an Angelía.

»Mohaara, ich möchte, dass du eines weißt: Ich habe dich verstanden, ich weiß, wovon du gesprochen hast«, sagte sie, dann beugte sie sich vor und küsste Mohaara sanft auf die Wange. Mohaara schloss die Augen und hörte ebenfalls auf zu atmen.

Die Schlacht war geschlagen, aber es gab keinen Sieger. Oder zwei Sieger. Immerhin hatte jeder der beiden sein Ziel erreicht und seinen Gegner getötet. Den Preis dafür hatten beide wohl nur zu gerne bezahlt.

»Was hast du gesagt, Angelía? Du hast Mohaara *verstanden?*«, fragte Shanna. »Worauf willst du hinaus?«

Angelía richtete sich auf und ging zu Frisia zurück.

»Wir sind Mohaara heute begegnet, und die ganze Zeit hatte ich das Gefühl, dass er nicht einfach nur ein zorniger Magier ist.«

Frisia und Shanna blickten sie neugierig an.

»Mohaara ist kein Mann«, sagte Angelía.

»Was?«, rief Frisia überrascht. »Mohaara war eine Frau?«

»Oh, nein, *das* habe ich damit nicht gesagt«, gab Angelía zurück.

»Das kann auch nicht sein, ich habe Mohaara damals gesehen. Er war ein Mann, ohne jeden Zweifel«, erklärte Frisia voller Überzeugung.

»Mohaara war ein Mann. Er war *auch* ein Mann.«

Shanna ahnte etwas, aber Frisia verstand noch immer nicht.

»Mohaara war ein Mann, *und* er war eine Frau«, sagte Angelía. »Ein Hermaphrodit.«

»Natürlich«, rief Shanna, der mit einem Mal alles klar war. »Der Zauberspruch deines Mannes war fehlerfrei, und es gab keinen erkennbaren Grund, warum er Mohaara nicht für immer aus dem Dorf verbannen sollte. Dennoch ist es ihm stets nur teilweise gelungen. Denn Robai hatte seinen Spruch ganz ausdrücklich auf einen Mann zugeschnitten. Er verlor einen Teil seiner Wirkung, weil er auf einen Menschen angewendet wurde, der etwas von beiden Geschlechtern hatte. Nur aus diesem Grund kam er … sie …. kam Mohaara in gewissen Abständen zurück.«

»Das hat mein Mann ganz bestimmt nicht gewusst«, sagte Frisia.

»*Er* hat es nicht gewusst, aber vielleicht hat es die Zunft gewusst, und wahrscheinlich auch der ein oder andere aus dem Dorf«, gab Angelía zu bedenken. »Vermutlich ist bei der Legende etwas ausgelassen worden, etwas Wichtiges. Mohaara war nicht einfach der ›böse Magier‹. Die anderen haben ihn schlecht behandelt, weil er anders war als sie. Sie werden ihn verspottet haben. Und all die bösen Dinge, die man ihm zuschreibt, hat er nur aus Rache getan.«

»Das ist ja entsetzlich!«, sagte Frisia. »Wir hätten ihm helfen können, oder?«

»Nein«, erwiderte Angelía, »Mohaara war bereits zu oft verletzt worden, er wollte sich nicht helfen lassen. Wir haben es ja versucht, aber der Zorn war stärker als die Hoffnung, eines Tages als das akzeptiert zu werden, was er war.«

»Aber wieso hat es diesmal geklappt? Wie konnte mein Mann Mohaara heute töten?«

»Ich glaube, dass wir daran nicht ganz unschuldig sind«, gestand Angelía ein. »Wir haben Mohaara in seiner Höhle aufgesucht, wir wollten mit ihm reden. So etwas war neu für ihn. Vermutlich haben sich ganz leise Zweifel in ihm ausgebreitet, Zweifel, die an seinem Hass zu nagen begannen und die ihn verwundbarer machten als sonst.«

»Dass Robai sterben musste, habe ich geahnt, und ich konnte mich darauf vorbereiten«, sagte Frisia, die einen sehr gefassten Eindruck machte. »Aber was Ihr da sagt, verleiht allem nur noch größere Tragik.«

Sie gingen ins Haus, um Schaufeln zu holen, dann beerdigten sie die beiden Toten auf einer Lichtung. Eine Zeit lang saßen sie danach noch in Frisias Stube, die Gastgeberin erzählte kleine Geschichten aus ihrem Leben, Shanna hielt immer wieder mit einer Episode dagegen, lediglich Angelía schwieg mehr als sonst und schien des Öfteren in Gedanken versunken.

Am nächsten Morgen sattelten sie in der Früh ihre Pferde, nachdem Angelía erleichtert festgestellt hatte, dass das Wellkraut beste Wirkung gezeigt hatte. Sie dankten Frisia für die Gastfreundschaft, doch Angelía machte einen betrübten Eindruck.

»Mach dir keine Vorwürfe, Angelía«, sagte Shanna und legte ihr tröstend eine Hand auf die Schulter. »Du hast es versucht, darauf kommt es doch an.«

Angelía schüttelte zögerlich den Kopf. »Ich weiß nicht«, erwiderte sie schließlich. »Was nützt ein Versuch, wenn er nichts am Lauf der Welt ändert?«

Shanna blickte sie eine Zeit lang an, dann sagte sie: »Es wird nicht dein letzter Versuch bleiben, Angelía. Da bin ich mir sicher.«

Frisia nickte zustimmend, und sie lächelte Angelía so lange aufmunternd an, bis sich auch auf ihrem Gesicht der Anflug eines Lächelns zeigte.

Die beiden Frauen stiegen auf ihre Pferde und ritten los, Frisia winkte ihnen nach, bis sie in der Ferne verschwunden waren. *Da habt ihr Recht*, dachte sie. *Alle sollten davon erfahren, was hier geschehen ist. Vielleicht ist der nächste Versuch dann nicht nur ein Versuch, sondern ein Erfolg.*

WOLFGANG HOHLBEIN

DIE JÄGER

Der Tag war schön gewesen, und er endete, wie er begonnen hatte: warm und mild, ungewöhnlich warm, selbst für diese Jahreszeit; azurblauer Himmel, auf dem sich nur selten kleine, gemächlich dahintreibende Herden flockiger Schäfchenwolken zeigten, lauer Wind und das Gefühl wärmender Sonnenstrahlen auf Gesicht und Händen, und gegen Abend das warnende Grollen eines Wärmegewitters, ohne dass sich mehr als ein flüchtiger grauer Streifen am Horizont gezeigt hätte. Der warme Wind hatte sie die ganze Zeit begleitet, vom Tal und der Stadt die Hügel hinauf, den Flusslauf entlang und schließlich in die Berge, er, das Zirpen der Grillen und Vögel und das Rascheln der Blätter, vermischt mit dem Duft des Waldes und einem gelegentlichen Huschen und Knacken, wenn irgendein Tier aufgeschreckt und aus seinem Versteck getrieben wurde.

Raskell wechselte sein Gewehr von der rechten auf die linke Schulter und blieb einen Moment lang stehen, um sich den Schweiß von der Stirn zu wischen und Atem zu schöpfen. Sie waren bei Sonnenaufgang aufgebrochen und seither fast ununterbrochen gelaufen, und er glaubte, jeden einzelnen Muskel im Leib schmerzhaft zu spüren. Und er war müde, auf eine sonderbare, beinahe wohltuende Art erschöpft. Trotzdem ging er nach wenigen Augenblicken widerspruchslos weiter. Holm hatte ihn gewarnt, nur einmal und in fast beiläufigem Tonfall, aber Raskell hatte seine Worte ernst genommen. Es würde schwer werden, alles andere als ein Spaziergang, und für ihn, den an Klimaanlagen und Aufzüge gewöhnten Stadtmenschen, vielleicht zur Tortur. Zu Anfang hatten sie noch miteinander geredet, viel und vielleicht mehr, als nötig war – vielleicht mehr, als gut war –, aber mit jeder Meile, die sie weiter ins Gebirge vordrangen, waren ihre Gespräche leiser und einsilbiger geworden und gleich dem Bach, der sie auf ihrem Weg durch die Wälder begleitete, von einer sprudelnden Flut zu einem ruhigen Dahinfließen, schließlich zu einem Plätschern zusammengeschmolzen und irgendwann ganz versiegt. Erst später war Raskell aufgefallen, dass im Grunde nur er die ganze Zeit geredet hatte. Holm hatte lediglich geantwortet, ausführlich und wo nötig detailliert und geduldig, aber er hatte nie von sich aus das Wort ergriffen. Und jetzt fiel ihm auch ein, was die Leute unten im Dorf über Holm erzählt hatten. Dass er schweigsam und verschlossen war, eine Art moderner Einsiedler, introvertiert, ohne exzentrisch zu sein. Aber Raskell hatte erst später begriffen, dass es eine besondere Art von Schweigsamkeit war, eine Stille, die Kommunikation nicht ausschloss, sondern nur auf ein vernünftiges Maß reduzierte. Für Raskell, den Stadtmenschen, wäre der Gedanke an einen ganzen Tag, an dem er wenig mehr als vier oder fünf Sätze redete, unvorstellbar gewesen. Aber er gewöhnte sich erstaunlich rasch daran. Vielleicht auch, weil Holm nicht versuchte, ihm sein Schweigen aufzudrängen.

Sie hatten gegen Mittag gerastet, kaltes Büchsenfleisch gegessen und Wasser aus dem Bach getrunken; Raskell hatte ein wenig geschlafen, nicht lange, aber tief, sodass er sich hinterher merkwürdig frisch und voller neuer Energie gefühlt hatte und ihm Holms Tempo beinahe zu langsam erschien. Aber er sagte nichts, sondern passte sich der Geschwindigkeit seines Führers stumm und ohne Protest an. Es war Holms Expedition, nicht seine. Seine eigene Rolle beschränkte sich aufs Bezahlen und Zuschauen und – vielleicht – auf einen kurzen Augenblick euphorischer Freude, auf jenen Moment unbeschreiblicher Erregung, den nur ein Jäger nachempfinden konnte, den Augenblick, in dem er den Finger um den Abzug krümmte und das Wild im Fadenkreuz des Zielfernrohrs sah. Vielleicht. Holm hatte ihm zu keinem Zeitpunkt garantiert, ihm das Wild wirklich vor die Büchse zu führen. Es war ein Versuch, zehntausend Dollar für eine Wahrscheinlichkeit von zehn Prozent, das Wild zu stellen, aber der mögliche Erfolg erschien ihm das Risiko wert. Überdies nahm ihn die Schönheit des Landes schon bald so gefangen, dass es sich gleich blieb, ob sie Erfolg hatten oder nicht. Jeder Meter des Waldes schien neue Wunder zu bergen, jeder Moment war anders, neu und faszinierend, ohne dass Raskell wirklich zu sagen vermochte, worin das Faszinierende bestand. Vielleicht lag es am Licht, an der klaren Luft hier oben, vielleicht wirklich an der Einzigartigkeit dieses unberührten Fleckchens Erde, vielleicht an seiner Stimmung. Vielleicht war es aber auch einer jener Tage, wie man sie nur ein- oder zweimal im Leben erlebt, Tage, an denen man plötzlich alles mit veränderten Augen sieht, an denen Vertrautes fremd, Altbekanntes neu und faszinierend wird, als sähe man einen altgewohnten Gegenstand aus einem völlig neuen Blickwinkel. Er konnte sich nicht sattsehen an so profanen Dingen wie Büschen und Bäumen, am Farbenspiel des Sonnenlichtes, den verwirrenden Mustern, die Licht und Schatten zwischen die Baumstämme woben, dem sanften Wiegen der Baumkronen.

Der Tag neigte sich dem Ende entgegen, als sie den Gipfel erreichten. Es gab eine Lichtung, ganz oben auf dem sanft gerundeten Kamm, einen lang gestreckten, schmalen Streifen baumlosen Geländes, der einen freien Blick ins Tal hinein gewährte.

Raskell hatte das Tal schon mehrmals gesehen – auf den Bildern, die ihn letztlich erst zum Herkommen bewegt hatten, später dann aus der Kanzel seiner Maschine, aber auch dieser Anblick erschien ihm neu und berauschend. Die Form einer lang gestreckten, flachen Schüssel, an drei Seiten von den grünbewaldeten Hängen der Berge und an der vierten von einer senkrecht aufstrebenden, zerschundenen Felswand begrenzt, der Boden mit einer dichten, wogenden grünen Decke ausgeschlagen, so dass er beinahe den Eindruck hatte, auf einen riesigen, still daliegenden See hinabzuschauen, dessen Wellen durch einen bizarren Zauber mitten in der Bewegung erstarrt waren.

Sie blieben stehen, Holm geduldig und schweigsam wie immer, Raskell so in fassungsloses Staunen versunken, dass er kaum spürte, wie die Zeit verrann, erst fünf, dann zehn Minuten, schließlich eine Viertelstunde, in der er nichts tat, als starr dazustehen und sich an der faszinierenden Schönheit unter sich satt zu sehen. Das Tal war mehr als ein besonders schönes Stück unberührter Natur. Es war ein Stück seiner selbst, Materie gewordener Traum, jener verlorene Zauberwald seiner Kindheit, zu dem er sich immer zurückgesehnt hatte, ohne ihn jemals zu finden.

Schließlich schrak er hoch und sah Holm mit einer Mischung aus Verlegenheit und Dankbarkeit an. »Rasten wir hier?«

Holm schüttelte wortlos den Kopf und deutete ins Tal hinab. Raskell nickte, griff automatisch nach seinem Fotoapparat und ließ die Hand auf halbem Wege wieder sinken. Irgendwie spürte er, dass es sinnlos wäre, hier zu fotografieren. Bilder konnten den Zauber des Augenblickes nicht einfangen. Er schulterte sein Gewehr neu und begann, hinter Holm den Hang hinunterzugehen. Der Wald wurde rasch wieder dichter, verfilzt und unwegsamer als zuvor, und ihr Tempo sank merklich. Raskell blickte ein paarmal auf das lange, scharf geschliffene Buschmesser, das gleich einem Degen von Holms Gürtel hing. Aber Holm verzichtete darauf, es zu benutzen, und schlängelte sich weiter durch das immer dichter werdende Unterholz, Lücken und Durchgänge erspähend, wo Raskell nichts als eine undurchdringliche grüne Mauer sah.

Es wurde dunkler. Die Sonne berührte den Horizont und tauchte die Berge in rote Schatten, und die Helligkeit des Tages wich hier, unter den Bäumen, in einer kurzen, vorweggenommenen Dämmerung bereits grauschwarzen Schatten und nächtlicher Stille.

Holm blieb plötzlich stehen und legte den Zeigefinger über die Lippen. Raskell verhielt ebenfalls mitten im Schritt und lauschte. Aber so sehr er sich anstrengte, konnte er nichts Ungewöhnliches bemerken.

»Kommen Sie«, sagte Holm leise. »Und keinen Laut!«

Raskells Hand tastete instinktiv nach dem Gewehr, aber Holm schüttelte den Kopf, und Raskells Finger sanken gehorsam herab. Holm hatte ihm ein Wild besonderer Art versprochen, aber er hatte auch keinen Zweifel daran gelassen, dass Raskell sich streng nach dem zu richten hatte, was er befahl. Und Raskell gedachte nicht, zehntausend Dollar auszugeben und sich dann alles durch eigene Starrköpfigkeit und Ungeduld zu verderben. Von diesen Typen gab es genug im Kino und in zweitklassigen Romanen. Holm würde wissen, wann es so weit war.

Sie schlichen nebeneinander durch das Unterholz. Der Wald wurde wieder gangbar, und nach einer Weile erreichten sie erneut eine Art Lichtung, obwohl der Himmel noch immer hinter einem dichten Blättervorhang verborgen blieb; einen großen, runden Fleck, auf dem zwar Bäume, aber kein Unterholz oder Gebüsch wuchs und der Raskell an einen gewaltigen natürlichen Dom erinnerte, ein spitzes Kuppeldach aus grünem Laub, das von gewaltigen natürlichen Stützpfeilern getragen wurde.

Holm deutete stumm auf die kleine Gestalt, die im Zentrum einer gelben Halbkugel aus flackernder Helligkeit an einem Lagerfeuer saß, und Raskell blieb verwundert stehen.

Die Gestalt war – gelinde ausgedrückt – seltsam. Im ersten Moment glaubte er, ein Kind vor sich zu haben, aber er erkannte schnell, dass das nicht stimmte. Es ist schwer, die Größe eines sitzenden Menschen zu schätzen, aber Raskell glaubte nicht, dass der Mann ihm im Stehen weiter als bis zur Brust reichen würde. Aber er war kein Kind, auch wenn er ihnen den Rücken zuwandte und sie sein Gesicht nicht erkennen konnten. Und er war kein Liliputaner. Seine Haltung war nicht die eines Kindes, und seine Proportionen nicht die eines Zwergwüchsigen. Er hockte mit untergeschlagenen Beinen vor dem Feuer und zog ab und zu an der Pfeife, die er in der rechten Hand hielt. Auf dem Kopf trug er einen hohen, spitz zulaufenden Hut mit übermäßig breiter Krempe, die traurig herunterhing und an den Rändern abgefressen und zernagt wirkte, und von seinen Schultern hing ein weiter, lose fallender Mantel von undefinierbarer Farbe. Es waren Kleider, dachte Raskell erstaunt, wie sie die Zauberer und Magier in Kinderbüchern zu tragen pflegten.

Holm hob rasch die Hand und bedeutete ihm, still zu sein. Sekundenlang standen sie reglos im Unterholz, stumm und scheinbar mit den Schatten des Waldes verschmolzen.

»Tretet doch näher, meine Herren«, sagte der Mann plötzlich, ohne sich umzudrehen. »Kommt ans Feuer. Die Nacht ist kalt.«

Raskell tauschte einen verwunderten Blick mit Holm, räusperte sich verlegen und trat dann zögernd auf die Lichtung hinaus. Holm folgte ihm, schweigsam wie immer, aber von fühlbarer Spannung erfüllt. Sie gingen langsam auf das Feuer zu, und wieder glitt Raskells Hand zum Gewehr und verharrte mitten in der Bewegung, denn obwohl die gebückte Gestalt vor ihnen alles andere als normal wirkte, fühlte er irgendwie, dass nichts Bedrohliches an ihr war.

»Setzt euch, Ihr Herren«, sagte der Mann mit einer einladenden Bewegung. »Die Nächte sind lang und einsam geworden, und man trifft nur noch selten einen Menschen in den Wäldern. Ich hoffe, Ihr habt Zeit für ein kleines Schwätzchen.«

Raskell ließ sich zögernd neben dem Feuer nieder. Die Flammen brannten nicht hoch, aber sie waren von einer seltsam kräftigen gelben Farbe, und obwohl das Feuer nicht sehr intensiv brannte, vertrieb es doch die klamme Feuchtigkeit und die Kühle des hereinbrechenden Abends. Er schnallte seinen Rucksack ab, legte Gewehr und Gepäck rechts und links von sich ins Gras und musterte ihren seltsamen Gastgeber mit unverhohlener Neugierde. Seine übrigen Kleider passten genau zu Hut und Umhang – ein ledernes, mit Schnüren zusammengehaltenes Wams über einer weißen Bluse, knielange Hosen mit zahllosen Taschen und offene Sandalen, eigentlich nur Sohlen mit dünnen Schnüren, die an seinen Waden hinauf bis dicht unter die Knie gebunden waren. Bei jedem anderen hätte die Aufmachung lächerlich gewirkt, aber als er ins Gesicht des Mannes sah und dem Blick seiner grauen, weisen Augen begegnete, wusste er plötzlich, dass es in Wirklichkeit genau andersherum war und dass sie, in ihren maßgeschneiderten Safari-Anzügen und Zweihundertdollar-Wanderschuhen, lächerlich wirkten.

Der Fremde hielt seinem Blick gelassen stand und lächelte sogar ein wenig, wenn seine Augen dabei auch ernst blieben, ohne jedoch unfreundlich zu wirken, und da ihm Raskells Neugierde nichts auszumachen schien, setzte dieser seine Musterung fort. Der Fremde hatte schmale, sehnige Hände, die gleichermaßen geschickt wie kräftig wirkten, und ungewöhnlich große, behaarte Füße.

»Verzeiht«, sagte der Fremde plötzlich. »Ich vergaß, mich vorzustellen. Aber ich treffe so selten andere

Menschen, dass ich schon beinahe vergessen habe, wie man miteinander umzugehen hat. Mein Name ist Harbo. Harbo Baggins, um genau zu sein. Aber Harbo genügt. Jedermann nennt mich nur Harbo.«

Der Klang des Namens schien Raskell an irgendetwas zu erinnern, aber er wusste nicht, woran. »Raskell«, sagte er hastig. »Mein Name ist Raskell. Und der Name meines Begleiters ist Holm.«

Harbo nickte mehrmals hintereinander und mit nachdenklichem Gesicht, als habe Raskell ihm etwas ungemein Wichtiges verraten. Er lehnte sich zurück, sog an seiner Pfeife und sah zuerst Raskell, dann Holm durchdringend an.

»Raskell und Holm. Ihr seid Jäger?«

Raskell blickte fast erschrocken auf sein Gewehr hinunter, aber er kam nicht dazu, zu antworten.

»Dann sind wir gewissermaßen Kollegen«, fuhr Harbo redselig fort. »Das heißt, wenigstens für den Moment. Ich jage nur so dann und wann, zu meinem Vergnügen.«

»Oh, ich auch«, sagte Raskell aus einem absurden Bedürfnis heraus, sich zu entschuldigen. »Normalerweise sitze ich den ganzen Tag in einem langweiligen Büro und addiere Zahlenkolonnen. Ich jage nur zur Entspannung. So wie Sie.«

»Und Euer Freund? Er ist Jäger!« Es war keine Frage, aber Raskell fühlte sich trotzdem gedrängt zu antworten.

»Holm ist …«

»Ich bin Jäger«, fiel ihm Holm ins Wort. »Und nicht nur dann und wann wie Mister Raskell.«

Holms Tonfall ließ Raskell erstaunt aufblicken. Holm saß starr aufgerichtet, beinahe verkrampft neben ihm und musterte Harbo finster. Seine Stimme hatte einen herausfordernden, aggressiven Unterton, den Raskell diesem stillen, schweigsamen Mann gar nicht zugetraut hätte.

»Ich weiß«, nickte Harbo, ohne auf Holms Tonfall zu reagieren. »Ich wusste es gleich, Freund Holm. Wenn man so lange in den Wäldern lebt wie ich, erkennt man einen Jäger, wenn man ihn vor sich hat.« Er sog erneut an seiner Pfeife, blickte sekundenlang nachdenklich in die knisternden Flammen und beugte sich dann vor, um ein paar Zweige nachzuschieben. »Ahhhhja«, seufzte er. »Es ist lange her, dass ich zuletzt Besuch hatte. Es kommen nicht mehr viele Menschen hierher, in letzter Zeit.«

»Das Tal liegt auch recht versteckt«, sagte Raskell, weniger aus Überzeugung als aus dem Bedürfnis heraus, überhaupt etwas zu sagen. Harbo begann ihn mit jedem Augenblick mehr zu irritieren. Und er spürte, dass da noch etwas war, weniger zwischen ihm und Harbo als vielmehr zwischen Harbo und Holm. Irgendetwas, eine unsichtbare, schwer zu beschreibende Spannung. Mit einem Mal hatte er das Gefühl, dass Harbo und Holm sich nicht so fremd waren, wie sie taten.

»Oh, es liegt nicht versteckt«, widersprach Harbo. »Aber die Menschen haben den Weg hierher vergessen. So wie zu allen anderen.«

»Allen anderen?«, wiederholte Raskell verblüfft. »Soll das heißen, es gibt noch mehr solcher Täler?«

»Natürlich«, nickte Harbo. Seine Augen funkelten spöttisch. »Täler wie dieses, aber auch größere. Ganze Länder, Freund Raskell. Nur den Weg«, seufzte er, »den Weg haben die meisten vergessen. Wenn ich Eure Waffen sehe, vielleicht nicht zu Unrecht.«

Raskell griff instinktiv nach dem Gewehr. »Was haben Sie dagegen? Es ist eine Zweitausenddollarbüchse.«

»Sie tötet«, antwortete Harbo.

Raskell blinzelte verwirrt. »Natürlich«, antwortete er. »Das tun alle Waffen. Als Jäger sollten Sie das wissen.«

Harbo nahm umständlich die Pfeife aus dem Mund, klopfte sie auf einem Stein aus und zerrieb die Glut zwischen Daumen und Zeigefinger, ehe er antwortete.

»Vielleicht bin ich ein Jäger anderer Art als ihr«, sagte er leise. »Seht, Freund Raskell, man kann nicht nur auf eine Weise jagen, und es gibt mancherlei Wild, das mit Waffen wie der Euren nicht zu erlegen ist.«

»Und welches Wild jagt Ihr?«, grollte Holm.

»Kein Wild«, antwortete Harbo. Er lächelte immer noch, aber der Blick seiner Augen war eisig. Raskell schauderte. »Ich zog aus, eine Fee zu fangen. Es ist schwer, wisst Ihr. Man braucht sehr viel Geduld, denn sie sind scheu und fliehen beim leisesten Geräusch.«

»Eine ... Fee?«, echote Raskell fassungslos.

Harbo nickte. »Was ist daran so sonderbar?«, fragte er. »Seid Ihr nicht auch hierher gekommen, um ein außergewöhnliches Wild zu jagen? Holm versprach Euch etwas, das es nur hier und sonst nirgendwo auf der Welt gibt, und Ihr habt ihm geglaubt.«

»Aber ... eine Fee ...«

»Natürlich jage ich sie nicht wirklich«, fuhr Harbo lächelnd fort. »Sie sind verwundbare, zerbrechliche Geschöpfe, die schnell erschöpft wären. Man muss vorsichtig mit ihnen sein.«

Allmählich begann Raskell seine Verwunderung zu überwinden. Im Grunde war die Erklärung sehr einfach. Entweder war Harbo verrückt – was er allerdings nicht recht –, oder er machte sich mit den beiden Fremden einen Spaß und nahm sie gehörig auf den Arm. Und warum sollte er das Spiel nicht mitspielen?

»Und was machen Sie mit ihnen, wenn Sie sie gefangen haben?«

»Sie wieder freilassen, was sonst?«, entgegnete Harbo erstaunt. »Aber natürlich erst, nachdem sie mir einen Wunsch erfüllt haben«, fügte er listig hinzu.

»Ich nehme an, Sie verwenden dazu Kugeln aus geweihtem Silber«, sagte Raskell ernsthaft.

Harbo wirkte erschüttert. »Freund Raskell, ich bitte Euch! Nicht einmal ein Dämon käme auf die Idee, eine Fee mit einer tödlichen Waffe zu bedrohen. Ganz davon abgesehen, dass es sinnlos wäre, da sie ja bekanntlich keinen wirklichen Körper besitzen. Nein. Ich benütze ein Netz.«

»Ein Netz?«

Harbo griff unter seinen Mantel und zog einen kleinen, in graues Tuch eingeschlagenen Gegenstand hervor. »Ein besonderes Netz, natürlich. Mein Vater gab es mir, und vor ihm besaß es sein Vater und dessen Vater. Es heißt, es wäre von einem Elfenkönig gemacht worden, aber ich persönlich glaube nicht daran. Heute bekommt man so etwas ja nicht mehr, aber zu Zeiten meines Urgroßvaters konnte jeder Zauberer größere Wunder vollbringen. Es ist aus Mondlicht gewoben, seht Ihr?« Er legte den Gegenstand vor sich auf den Boden und begann das Tuch langsam auseinander zu falten.

Raskell blieb das Lachen buchstäblich im Hals stecken. Zehn, zwanzig Sekunden lang saß er wie betäubt da und starrte das feinmaschige Gespinst aus ineinander verwobenen Lichtstrahlen an; unfähig, den Blick zu wenden oder auch nur einen klaren Gedanken zu fassen.

»Wunderbar, nicht?«, flüsterte Harbo.

Raskell nickte mühsam. »Darf ich es … anfassen?«, fragte er stockend.

Harbo lachte leise. »Versucht es, Freund Raskell. Versucht es ruhig.«

Raskell beugte sich vor und griff nach dem zusammengefalteten Netz. Aber seine Hand glitt durch das silbern schimmernde Material hindurch.

»Es …«, begann er, brach ab und starrte Harbo verwundert an. »Es geht nicht!«

Harbo kicherte.

»Natürlich nicht. Es ist aus Licht gemacht, und wer hat wohl schon davon gehört, dass man Licht anfassen kann.« Er schüttelte den Kopf, legte das Tuch wieder zusammen und verstaute es unter seinem Mantel. »Ihr Halblinge seid doch alle gleich«, murmelte er, mehr zu sich selbst als zu Raskell oder Holm. »Ihr bezwingt die Natur und fliegt zum Mond, aber die einfachsten Dinge begreift Ihr nicht. Auf welches Wild geht Ihr? Rehe? Es gibt prächtige Böcke hier. Erst vorhin sah ich eine ganze Herde, unten am Fluss.«

Raskell tauschte einen Blick mit Holm. Holms Gesicht wirkte verkniffen; die Lippen waren wie in stummer Wut aufeinander gepresst, und im flackernden Licht des Feuers wirkte er bleich und angespannt. Er schüttelte kaum merklich den Kopf und warf Raskell einen warnenden Blick zu.

»Wir … äh … wissen noch nicht, was wir jagen werden«, antwortete Raskell unsicher. Aber er spürte sofort, dass seine Worte nicht sehr glaubhaft klangen.

Harbo starrte ihn sekundenlang schweigend an, dann ging eine erschreckende Veränderung mit ihm vor. Seine Schultern sanken nach vorne. Das freundliche Glitzern in seinen Augen erlosch. Sein Gesicht schien einzufallen, zu altern, war plötzlich nicht mehr das eines freundlichen Zwerges, sondern das zerfurchte Gesicht eines verbitterten, enttäuschten alten Mannes.

»Du lügst, Freund Raskell«, sagte er traurig. »Warum müsst Ihr Halblinge immerzu lügen? Ich weiß, dass ihr nicht auf Rehe geht. Ich wusste es schon vorher. Aber ich hoffte, mich zu täuschen.«

Raskell wollte etwas antworten, aber Harbo brachte ihn mit einem raschen Kopfschütteln zum Schweigen. »Nein, sag jetzt nichts, Freund Raskell. Lüg nicht noch mehr. Es reicht, wenn Ihr Eure Waffen in dieses Land gebracht habt. Bringt nicht noch Eure Lügen hierher. Was hat dir Holm versprochen? Ein Einhorn?«

Raskell schwieg, selbst dazu, dass Harbo zu einer vertraulicheren Anrede gewechselt hatte.

»Ein Einhorn«, wiederholte Harbo nach einer Weile traurig. Er seufzte, schloss die Augen und seufzte noch einmal. Dann sah er Holm an. »Ich ahnte es«, sagte er leise und in sonderbarem Tonfall, nicht vorwurfsvoll, sondern eher traurig, wie ein Mann, der sich gezwungen sieht, etwas gegen seinen Willen zu tun, etwas, das ihm eigentlich zutiefst widerstrebt und das doch getan werden muss. »Du warst schon oft hier, Freund Holm, nicht?«

Holm nickte. Er gab sich jetzt nicht einmal mehr Mühe, Freundlichkeit zu heucheln. »Was geht das Sie an?«

»Viel, Freund Holm, leider viel zu viel. Es ist nicht gut, Einhörner zu jagen.«

Holm schürzte trotzig die Lippen. »Ich wüsste nicht, wer mich daran hindern sollte«, sagte er. »Das Land hier gehört niemandem.«

Harbo nickte und begann sich umständlich eine neue Pfeife zu stopfen. »Wahr gesprochen, Freund Holm. Doch du verstehst nicht, was ich sage. Niemand verbietet dir, zu jagen. Aber es ist nicht gut. Nicht alles, was nicht verboten ist, ist auch erlaubt, Freund Holm. Und nicht alles, was erlaubt ist, ist gut.«

»Einen Moment«, mischte sich Raskell ein. »Woher wissen Sie, was wir vorhaben? Ich habe niemandem erzählt, welches Wild wir jagen, und Holm ...«

Harbo unterbrach ihn mit einem sanften Kopfschütteln. »Verzeih, wenn ich dich verwirrt habe, Freund Raskell. Aber Holm weiß, wovon ich rede. Nicht wahr, Freund Holm?« Er sah Holm scharf an und verbarg sich dann hinter einer Wolke dichten blauen Qualms. Holm nickte abgehackt.

»Ihr kennt euch also«, sagte Raskell nach einer Weile.

»Kennen?« Harbo schüttelte langsam den Kopf. »Nein. Nein und ja. Wir wussten voneinander, dass es uns gibt, so wie du weißt, dass es das Wild gibt, das Holm dir versprochen hat, ohne dass du es je gesehen hättest. So ist es doch, Freund Holm, nicht?«

Holms Gesicht verdüsterte sich. Er grunzte irgendetwas Unverständliches und machte Anstalten, aufzustehen, aber Harbo hielt ihn mit raschem Griff am Arm fest. »Auf ein Wort noch, Freund Holm.«

Holm erstarrte, trat einen halben Schritt zurück und riss seinen Arm mit Gewalt los.

»Es reicht«, sagte er aufgebracht. »Zuerst fand ich das Theater ja noch ganz komisch, aber allmählich fangen Sie an, mir auf die Nerven zu gehen, Mister Harbo, oder wie immer Sie heißen mögen. Kommen Sie, Raskell. Wir gehen.«

Harbo seufzte. »Es wäre wirklich besser, ihr würdet auf meine Worte hören«, sagte er leise und immer noch freundlich. Er erhob sich ebenfalls, schlug seinen Mantel zurück und kam langsam um das Feuer herum auf Raskell und Holm zu. »Es gibt … Mächte«, erklärte er nach kurzem Zögern, »die über dieses Tal wachen. Es steht nicht in meiner Macht, euch zu drohen oder gar zu verbieten, das zu tun, was ihr tun wollt. Aber seid gewarnt.«

Holm lachte rau, aber ohne die geringste Spur von Humor. »Vielleicht haben Sie Recht, Harbo«, sagte er lauernd. »Möglich, dass ich meine Absicht aufgebe und stattdessen Zwerge jage.«

Harbo lächelte. »Ein tapferes Vorhaben, Freund Holm. Aber auch dumm, verzeih. Nie hat ein Halbling einen vom Kleinen Volk auch nur zu Gesicht bekommen, gegen dessen Willen. Du solltest das wissen.«

Holm keuchte. In seinen Augen blitzte es tückisch auf. Sekundenlang starrte er den kleinen, lächelnden Mann wütend an, dann fuhr er herum, ballte die Fäuste und sah Raskell auffordernd an. »Es ist besser, wir gehen, Mister Raskell«, sagte er mit erzwungener Ruhe.

Raskell griff zögernd nach Gewehr und Rucksack und stand ebenfalls auf. Die Situation schien sich schlagartig verändert zu haben. War die Szene zu Anfang sonderbar und höchstens bizarr gewesen, so spürte er mit einem Mal, dass ihre Lage begann, bedrohlich zu werden. Das, was zwischen Harbo und Holm vorging, war mehr als eine Meinungsverschiedenheit, mehr als ein normaler Streit. Vielleicht war es wirklich besser, zu gehen.

»So nimm wenigstens du Vernunft an, Freund Raskell«, sagte Harbo eindringlich. »Ich weiß, dass du nicht so bist wie dein Begleiter. Du suchst ein Abenteuer, aber glaube mir, du bist auf dem falschen Weg. Schon mancher lief in sein Verderben, ohne es zu wissen. Holm mag dir

Wunder versprochen haben, aber er hat dir die Gefahren verschwiegen, die neben dem Weg lauern.«

»Es reicht, Harbo«, sagte Holm drohend.

Harbo schwieg einen Moment. Dann nickte er, traurig und mit einer Spur von Resignation, nahm die Pfeife aus dem Mund und zog seinen Umhang enger um die Schultern.

»Wie ihr wollt«, murmelte er. »Aber denkt über meine Worte nach. Es ist noch nicht zu spät.«

Dann verschwand er.

Er ging nicht etwa weg oder duckte sich hinter einen Baum oder eine andere Deckung.

Er verschwand.

Es ging so schnell, dass Raskell im ersten Moment gar nicht begriff, was geschehen war. Er starrte fassungslos auf die Stelle, an der Harbo gerade noch gestanden hatte, öffnete den Mund, um etwas zu sagen, brachte aber nur ein hilfloses Krächzen hervor.

»Was …«, keuchte er. »Wie …«

»Ich weiß nicht, wie er es gemacht hat«, kam Holm seiner Frage zuvor. »Ein billiger Taschenspielertrick, mehr nicht. Zerbrechen Sie sich lieber nicht den Kopf darüber. Der Kerl war ein Verrückter.«

Raskell schüttelte mühsam den Kopf. Ein seltsames, beklemmendes Gefühl hatte sich seiner bemächtigt, ein Empfinden, das ihm vollkommen fremd war und das irgendwo zwischen nackter Angst und ungläubigem Staunen angesiedelt war. »Das war kein Trick«, sagte er tonlos. »Das …«

»Hören Sie, Raskell«, fiel ihm Holm ins Wort. »Es war ein Trick, und noch nicht einmal ein sonderlich guter. Und wenn Sie jetzt anfangen, Gespenster zu sehen, dann hat er genau das erreicht, was er erreichen wollte. Ich habe einmal in einer Varietévorstellung gesehen, wie ein Mann eine junge Frau in drei Teile zersägte, ohne es mir erklären zu können. Aber deswegen habe ich noch lange nicht angefangen, an Zauberei zu glauben. Der Kerl hat nicht mehr alle Tassen im Schrank, wenn Sie meine Meinung wissen wollen.«

Raskell drehte sich mühsam um und starrte Holm an. »Was ... was wollte er überhaupt?«, fragte er stockend. »Und was meinte er damit, dass Sie ihn kennen?«

Holm zuckte die Achseln, aber die Bewegung war ein wenig zu hastig, um noch überzeugend zu wirken. »Ich weiß es nicht, Raskell«, sagte er. »Ein Verrückter, der sich für den Beschützer der Wälder hält oder sonst etwas. Man trifft diese Typen manchmal hier oben in den Bergen. Machen Sie sich keine Sorgen. Er hat seine Show abgezogen und ist verschwunden. Er wird uns nicht wieder belästigen. Und nun kommen Sie. Ich möchte heute Abend noch den Fluss erreichen.«

Raskell war noch lange nicht zufrieden, aber Holm schien nicht gewillt, die Unterhaltung fortzusetzen. Er drehte sich um und ging mit schnellen Schritten auf den Waldrand zu, ohne auf Raskell zu warten.

Raskell blieb noch einen Moment stehen und starrte kopfschüttelnd auf die Stelle, an der Harbo verschwunden war. Das Feuer brannte mit einem Mal nicht mehr so hell wie zuvor. Die Flammen waren zusammengesunken und verbreiteten kaum noch Wärme, und der flackernde Kreis aus gelber Helligkeit schien unter dem Ansturm der Dunkelheit rasch zusammenzuschrumpfen. Schon nach wenigen Augenblicken war es zu einem schwach glimmenden Gluthäufchen zusammengesunken, dann zu Asche, in der schließlich auch der letzte Lichtpunkt erlosch. Es wurde kälter, und Raskell schauderte.

Es war nicht so sehr das Absinken der äußeren Temperaturen, sondern fast – und so absurd der Gedanke klang, erschien er ihm doch in diesem Augenblick als die einzig logische Erklärung –, als wäre mit Harbo auch noch etwas anderes gegangen, etwas Unsichtbares und Körperloses und doch ungemein Wichtiges, der winzige Unterschied zwischen diesem und einem normalen Wald.

Der Zauber war verflogen, vielleicht für immer, und als Raskell sich umdrehte und langsam hinter Holm herging, sah er nur noch einen normalen, finsteren Wald, borkige Bäume auf moos- und grasbewachsenem Boden, schön, aber nicht mehr von der fremdartigen Faszination wie zuvor. In diesem Wald würde Harbo keine Fee fangen können.

Raskell schüttelte den Gedanken unwillig ab und schritt kräftiger aus, um Holm, der mittlerweile schon weit voraus war, einzuholen.

So etwas wie Zorn, vielleicht aber auch nur Unsicherheit, die er fälschlicherweise für Zorn hielt, stieg in ihm empor; Zorn auf diesen verrückten Gnom, der in albernen Kinderkleidern durch den Wald irrte und dummes Zeug daherredete, aber auch Zorn auf sich selbst, dass er darauf hereingefallen war, wenn auch nur für einen Moment. Herrgott, er war kein Kind mehr und auch keiner von diesen romantischen Spinnern, die Geschichten wie diese lasen und sich daran erfreuten, sondern ein erwachsener, intelligenter Mann mit einem logisch funktionierenden Verstand, einem Verstand, der ihm im Jahr eine viertel Million Dollar einbrachte und dem er normalerweise an sechs Tagen in der Woche die Verantwortung für die Gelder von ein paar tausend Kleinaktionären anvertraute! Und er ließ sich von einem senilen Einsiedler in einem Karnevalskostüm verunsichern! Und trotzdem war er hierher gekommen, um ein Einhorn zu jagen.

Sie übernachteten am Fluss.

Es war ein schmales, ruhig dahinfließendes Gewässer, dessen Wellen das Licht des Vollmondes zu Millionen glitzernder Spiegelscherben zerbrachen. Das Wasser roch süß und klar und sauber, und es gab rechts und links des Ufers Dutzende von kleinen, windgeschützten Stellen, die für ein Lager geradezu ideal erschienen, besser, als es der geschickteste Landschaftsarchitekt einzurichten vermocht hätte.

Holm errichtete mit wenigen, geübten Handgriffen das Lager – zwei winzige Zelte neben einem aus Steinen errichteten Feuerkreis –, schöpfte Wasser aus dem Fluss und bereitete aus ihren Vorräten ein einfaches, aber schmackhaftes Mahl. Sie aßen schweigend, obwohl es tausend Fragen gab, die Raskell auf der Zunge lagen. Aber er beherrschte sich und schwieg. Erst als sie fertig gegessen hatten und Holm sich mit beinahe zeremoniellen Bewegungen die erste Zigarette an diesem Tag anzündete, hielt er es nicht mehr aus.

»Eine Frage, Holm«, sagte er.

Holm sah auf, sog an seiner Zigarette und starrte an Raskell vorbei auf die dunkle Silhouette des Waldes, der sie wie eine hohe, massige Wand aus körperlich gewordener Schwärze umgab.

»Ja?«

»Sie haben mir bis jetzt nicht verraten, welche Art Wild wir jagen werden.«

Holm nickte.

Raskell wartete eine Zeit lang vergeblich auf eine Antwort, aber Holm schien nicht die Absicht zu haben, von sich aus zu reden.

»Warum nicht?«

Wieder vergingen Sekunden, ehe Holm irgendeine Reaktion zeigte. Er setzte sich auf, schnippte seine Zigarettenasche in die Glut des heruntergebrannten Feuers und sah Raskell beinahe vorwurfsvoll an. »Sie haben bis jetzt nicht danach gefragt«, sagte er. »Warum tun Sie es jetzt?«

»Warum?«, echote Raskell verwirrt. »Nun … ich … ich denke, ich habe ein Recht dazu.«

»Weshalb?«, fragte Holm ruhig. »Wegen der zehntausend Dollar, die Sie mir für diese Jagd bezahlen? Sie wussten von vornherein, dass ich keine Garantie gebe. Vielleicht sehen wir das Wild nicht einmal. Aber das wussten Sie doch vorher, oder nicht? Oder hat Ihnen Ihr Freund nicht erzählt, dass ich keine Garantie gebe?«

Raskell nickte. »Doch.«

»Aber er hat Ihnen nicht erzählt, was wir, er und ich, gejagt haben, nicht wahr?«

Wieder nickte Raskell.

Holm lächelte. »Und trotzdem sind Sie gekommen. Einfach so. Für einen Mann wie Sie sind zehntausend Dollar sicher nicht so viel wie für mich, Mister Raskell. Aber ich bin sicher, es ist immer noch viel Geld. Wenn Sie bereit waren, so viel zu riskieren, ohne überhaupt zu wissen, wofür, verstehe ich nicht, warum Sie jetzt ungeduldig werden. So kurz vor dem Ziel.«

Raskell rang verlegen mit den Händen, aber Holm sprach bereits weiter, als erwarte er gar keine Antwort.

»Natürlich ist es wegen diesem Verrückten. Ich wusste, dass es Schwierigkeiten geben würde, schon als ich ihn sah.«

»Nun, was er erzählt hat …«

»Dass wir Einhörner jagen?«, Holm lachte. »Er hat auch erzählt, dass er eine Fee fangen will. Mit einem Netz aus gewobenen Lichtstrahlen. Oder haben Sie ihm das auch geglaubt?«

Raskell schüttelte hastig den Kopf, während er sich innerlich einen Idioten schalt. Er hatte Holm unterschätzt, gewaltig sogar. Und er hatte ihm auch noch selbst die Argumente geliefert, mit denen er ihm den Wind aus den Segeln nehmen konnte.

»In einem Punkt bin ich der gleichen Meinung wie Harbo«, fuhr Holm fort. »Ein Jäger braucht zwei Dinge – eine gute Waffe und Geduld, mehr als alles andere Geduld. Vielleicht finden wir das Wild schon morgen, vielleicht erst in einer Woche. Ich verspreche, dass Sie auf Ihre Kosten kommen, Raskell. Und ich verspreche, dass dieser Verrückte uns nicht mehr belästigen wird.«

»Sie kennen ihn also doch«, behauptete Raskell.

Holm schnippte seine Zigarette im hohen Bogen in den

Fluss und sah dem winzigen Glutpunkt nach, bis er in den Wellen erlosch.

»Kennen«, murmelte er. »Was heißt das, kennen, Raskell? Kennen Sie mich? Oder ich Sie? Ich habe von ihm gehört, das stimmt. Aber kennen? Nein.«

»Und was haben Sie von ihm gehört?«, bohrte Raskell nach.

Auf Holms Gesicht erschien für Sekunden ein leiser Anflug von Unmut.

»Nichts«, antwortete er in einem Tonfall, der mehr als alle Worte sagte, dass er nicht mehr über dieses Thema reden wollte. »Jedenfalls nichts, was Sie interessieren wird. Er ist ein Verrückter. Aber harmlos. Und nun sollten wir schlafen. Wir müssen bei Sonnenaufgang los.«

»Über den Fluss?«

»Über den Fluss.« Er stand auf, zog Jacke und Stiefel aus und kroch in sein Zelt. Augenblicke später verkündeten seine leisen, regelmäßigen Atemzüge, dass er eingeschlafen war. Oder wenigstens so tat, um nicht weiter mit Raskell reden zu müssen.

Raskell blieb noch eine Weile am Flussufer hocken, ehe er sich ebenfalls auszog und in sein Zelt kroch. Aber er fand keinen Schlaf. Obwohl er müde und erschöpft wie selten zuvor in seinem Leben war, wälzte er sich ruhelos von einer Seite auf die andere, ohne einschlafen zu können. Schließlich, nach einer Ewigkeit, wie es ihm vorkam, gab er auf und kroch wieder ins Freie.

Es war kühl geworden, kühl und feucht, sodass er seine Jacke wieder anzog und sich eine zusätzliche Decke aus dem Zelt holte, ehe er zum Flussufer hinunterging. Mit einem Mal sehnte er sich nach einer Zigarette, das erste Mal, seit er das Rauchen vor zwei Jahren aufgegeben hatte. Er dachte sehnsüchtig an Holms Packung, die immer noch neben dem Feuer lag, beherrschte sich aber. Dieser Wald war zu rein und zu sauber, um ihn mit Zigarettenqualm zu verpesten.

Er zog die Decke um seine Schultern, umschlang die

Knie mit den Armen und lauschte auf die winzigen Geräusche der Nacht; das Plätschern des Wassers zu seinen Füßen, das leise Rauschen des Windes in den Baumkronen, die leisen, einzeln nicht unterscheidbaren Laute des Waldes.

Nicht einmal vierundzwanzig Stunden war es her, dass er in seine Maschine gestiegen und dem Stress und dem Lärm der Großstadt entflohen war, aber es kam ihm vor, als wäre mehr Zeit verstrichen. Er war nicht nur in einen anderen Teil des Landes gegangen, sondern in eine andere Welt. Nicht Zeit und Raum, sondern Dimensionen trennten ihn von der Realität. Wie hatte Harbo gesagt? Länder wie dieses gibt es überall. Aber die Menschen haben den Weg vergessen. Er hatte Recht gehabt, nur hatte Raskell da nicht verstanden, was er gemeint hatte. Es hatte diese Welten immer gegeben, und es gab sie noch heute: Narnia, Mittelerde, Oz, Phantasien … Aber die Tür dorthin lag tief in jedem selbst, verborgen hinter dicken Mauern aus Ignoranz, Stolz und falschem Realismus, verriegelt mit einem Begriff, der sich Erwachsensein nannte und vielleicht von allen Dummheiten, die die Menschheit jemals erfunden hatte, die größte war. Aber er hatte die Tür aufgestoßen, einen winzigen Spaltbreit nur, aber weit genug, um einen Blick auf das, was dahinter lag, werfen zu können.

Er musste daran denken, wie sehr sich sein Freund Jack nach dem Jagdausflug verändert hatte. Sie hatten wenig darüber geredet, eigentlich viel zu wenig, um ihn bewegen zu können, zehntausend Dollar und – was kostbarer war – zwei Wochen Zeit zu opfern. Aber es waren auch nicht Jacks Worte gewesen, die ihn schließlich zum Herkommen bewogen hatten. Nein, es war Jack selbst. Er hatte sich verändert, nicht im Aussehen noch in seinem Verhalten. Auch nicht in dem, was er sagte, oder wie er es sagte. Die Veränderung hatte auf einer anderen, nur gefühlsmäßig zu erfassenden Ebene stattgefunden. Und Raskell hatte etwas von dem Zauber gespürt. Jack hatte die Tür geöffnet, und vielleicht hatte er sogar ein paar Schritte in das Land dahinter getan.

Eine Bewegung am gegenüberliegenden Flussufer schreckte ihn aus seinen Gedanken hoch. Er blinzelte, presste die Augen zu schmalen Schlitzen zusammen und duckte sich unwillkürlich, um nicht seinerseits gesehen zu werden.

Vor dem dunklen Hintergrund des Waldes waren Männer erschienen; erst zwei, dann ein dritter, schließlich ein vierter und fünfter. Sie waren ausnahmslos sehr groß und schlank, soweit Raskell dies über die große Entfernung und beim schwachen Licht des Mondes erkennen konnte, und sie saßen auf weißen, wunderschönen Pferden, deren Zaumzeug von Zeit zu Zeit aufblitzte, als wäre es aus Gold oder Silber. Die Männer trugen knielange Röcke und metallene Arm- und Beinschienen, Brustpanzer aus einem silbern schimmernden Material und weiße, lose fallende Umhänge, die bis weit über die Rücken ihrer Tiere herabhingen.

Raskell blinzelte verwirrt, aber das Bild verschwand nicht. Im Gegenteil. Ein sechster Reiter brach aus dem Wald, auch er auf einem riesigen weißen Pferd und ähnlich gekleidet wie die anderen, aber größer und mit einem roten statt eines weißen Umhanges bekleidet. Er lenkte sein Tier zu dem der Übrigen, blieb stehen und redete eine Weile mit ihnen. Raskell konnte die Worte nicht verstehen, aber er hörte die Stimmen – seltsame, helle und doch kräftige Stimmen, nicht die von Menschen, sondern von …

»Es sind Elfen, Raskell«, sagte eine sanfte Stimme hinter ihm. »Láchoir von den Elfenkönigen und fünf seiner Getreuen.«

Raskell saß für einen Moment starr, dann fuhr er mit einem unterdrückten Schreckensruf herum.

»Hab keine Furcht«, sagte Harbo leise. »Dir geschieht nichts.«

Raskells Blick wanderte unsicher zwischen dem kleinen Mann und den Weißgekleideten (wie hatte er sie genannt? Elfen? Elfen!) hin und her.

Harbo kam mit zwei, drei raschen Schritten näher und setzte sich neben ihn.

»Wo … wo kommen Sie her?«

»Ich?« Harbo lächelte. »Ich war die ganze Zeit da, Freund Raskell. Dicht bei euch.«

»Ich habe nichts bemerkt«, sagte Raskell verblüfft.

»Natürlich nicht. Kein Halbling würde mich hören oder sehen, wenn ich es nicht wollte.«

»Halbling?«, wiederholte Raskell erstaunt. Und dann, von einer Sekunde auf die andere, begriff er.

»Du bist kein Mensch!«

Harbo schüttelte sanft den Kopf.

Raskell atmete tief ein. »Du«, begann er stockend, »du bist ein Waldtroll.«

Harbo nickte. »Ja, Freund Raskell. Ich bin froh, dass du es von selbst erkannt hast. Ich mag einen Freund nicht belügen.«

Allmählich begann Raskell zu begreifen, was er da gerade gesagt hatte. »Aber ihr …«, stotterte er. »Ich meine, du … ihr …«

»Du meinst, wir sind ausgestorben?« Harbo lächelte. »Nein, Freund Raskell. Wir gingen nur fort, als ihr kamt. Diese Welt gehörte uns lange vor euch, und sie wird uns gehören, wenn ihr wieder gegangen seid. In der Zwischenzeit mag sie euch gehören – oder ihr mögt es wenigstens glauben.«

Raskell fühlte sich immer noch wie betäubt. »Aber wieso hat niemand je von eurer Existenz erfahren?«, fragte er.

»Oh, es gab immer Menschen, die von uns wussten, Freund Raskell. Es gab immer welche, und es gibt sie noch. Und viele glauben an uns, ohne einen Beweis nötig zu haben. Und manchmal finden sie auch den Weg zu uns.«

»So wie … Holm«, sagte Raskell stockend.

Harbos Gesicht verdunkelte sich für die Dauer eines Lidzuckens. »Ja«, sagte er dann. »Wir sind vorsichtig, Freund Raskell, und so mancher hat uns sein Leben lang vergeblich gesucht. Nur wenigen ist es gestattet, uns zu sehen und den Weg in unsere Welt zu finden. Wir geben Acht, wen wir einlassen. Aber auch wir sind nicht unfehlbar, und es gibt Menschen, die nützen ihr Wissen, um selbstsüchtigen Zwecken zu folgen. So wie Holm. Er kam zu uns wie viele, und er ging wie viele. Aber er kam zurück, und er brachte Fremde mit in dieses Tal. Männer wie dich, Freund Raskell, oder wie deinen Freund Jack. Männer mit Gewehren, die töten wollten.«

»Warum habt ihr euch nicht gewehrt?«

Harbo schweig einen Augenblick. »Warum? Warum überließen wir euch diese Welt, als ihr kamt? Heute mögt ihr stark sein, aber früher, zu Anfang, ganz zu Anfang, hätten wir darum kämpfen können. Wir taten es nicht. Gewalt ist keine Lösung, Freund Raskell.«

»Und trotzdem sind diese Elfen ...«

Harbo schnitt ihm mit einer raschen Bewegung das Wort ab. »Sprich nicht weiter, Freund Raskell, bitte. Ein Elfenpfeil verfehlt nie sein Ziel, doch Láchoir kam nicht, um zu töten.«

»Warum dann?«

»Warum weht der Wind, Freund Raskell, und warum geht die Sonne im Osten auf? Warum müsst ihr Halblinge immer alles genau erklären und begründen, alles zerreden und alle Wunder herabzerren und zu Erklärlichem machen? Vielleicht werden sie euch warnen, so wie ich es versuchte, vielleicht werdet ihr umsonst jagen, ohne ein Wild zu Gesicht zu bekommen.«

»Und warum«, fragte Raskell nach einer Pause, »bist du noch einmal gekommen?«

Harbo zuckte die Achseln. »Du bist nicht wie Holm«, sagte er anstelle einer direkten Antwort. »Doch du bist schwach. Vielleicht wird Holm dich zwingen, Dinge zu tun, die du nicht tun willst.« Er sah Raskell ernst an, stand dann mit einer überraschend geschmeidigen Bewegung auf und deutete eine Verbeugung an. »Was immer geschehen mag«, sagte er, »versuche so zu bleiben, wie du bist.« Und noch bevor Raskell ihn nach der Bedeutung dieser rätselhaften Worte fragen konnte, verschwand er ebenso rasch und lautlos wie beim ersten Mal.

Raskell starrte die Stelle am Waldrand, vor der er gestanden hatte, noch eine halbe Sekunde lang verblüfft an, dann fuhr er herum und blickte über den Fluss.

Aber auch die Reiter waren verschwunden, und das gegenüberliegende Flussufer lag so still und dunkel da, als wäre alles nichts als ein flüchtiger Spuk gewesen.

Raskell saß noch lange und starrte auf die Wellen hinaus. Es war nach Mitternacht, als er endlich in sein Zelt kroch und sich zu einem unruhigen, von Albträumen und Visionen unterbrochenen Schlaf niederlegte.

Die Sonne war noch nicht aufgegangen, als Holm ihn am nächsten Morgen weckte. Es fiel ihm schwer, in die Wirklichkeit zurückzufinden. So, wie er am vergangenen Abend nicht in den Schlaf gefunden hatte, hatte er nun Mühe, zwischen Traum und Realität zu unterscheiden. War das, was er am vergangenen Abend erlebt hatte, wirklich passiert?

Er wankte zum Fluss, kniete an seinem Ufer nieder und wusch sich mit dem eisigen, klaren Wasser, während Holm hinter ihm bereits die Zelte abbaute und eine Kanne Kaffee über das Feuer setzte. Sie frühstückten schweigend – Eier, Brot und mehrere Tassen Kaffee, stark und schwarz wie Teer –, und Raskell beschloss für sich, Holm nichts von seinem sonderbaren Erlebnis zu erzählen. Es würde nichts bringen, so oder so. Holm würde ihn bestenfalls für verrückt halten, wahrscheinlicher aber wütend werden, weil er erneut mit Harbo gesprochen hatte. Außerdem brauchte er Zeit, Zeit für sich, um über alles, was er in den letzten Stunden erlebt hatte – oder zu erleben geglaubt hatte –, nachzudenken und zuerst mit sich selbst ins Reine zu kommen, ehe er mit Holm sprach. Wenn überhaupt.

Sie brachen auf, als der Morgen dämmerte. Die schwarzen Schatten beiderseits des Flusses verwandelten sich in Grau, und für einen kurzen Moment kam Nebel auf, klammer, feuchter Nebel, der aber von der aufgehenden Sonne rasch vertrieben wurde. Holm führte ihn schweigend am Flussufer entlang, blieb an einer scheinbar willkürlich gewählten Stelle stehen und deutete über den Fluss. »Hier.« Raskell blickte misstrauisch auf das langsam dahinfließende Wasser. Obwohl es klar wie Glas war, konnte man den Grund nicht sehen, aber er erkannte zumindest, dass der Fluss tief war. Sicher zu tief zum Hindurchwaten. Aber Holm schien sich seiner Sache sicher zu sein. Er zog die Riemen seines Rucksackes enger, hob sein Gewehr mit beiden Händen hoch über den Kopf und watete langsam in den Fluss hinein. Er versank rasch bis zur Hüfte, dann bis zur Brust, weiter jedoch nicht.

»Kommen Sie, Raskell«, sagte er. »Immer dicht hinter mir bleiben, dann passiert Ihnen nichts.«

Raskell folgte ihm zögernd. Das Wasser war eisig, und es gab eine starke Unterströmung, die wütend an seinen Beinen zerrte und rüttelte, sodass er Mühe hatte, nicht auszugleiten. Er war ein ausgezeichneter Schwimmer, sodass er sich eigentlich keine Sorgen zu machen brauchte. Aber die Strömung würde ihn rasch davontragen, wenn er ausglitt. So folgte er seinem Führer mit mehr Vorsicht, als vielleicht nötig gewesen wäre, und vollzog jeden Schritt Holms behutsam nach.

Holm ging eine Zeit lang geradeaus und begann dann scheinbar willkürlich nach rechts und links, einmal in einem weiten Bogen sogar zurückzuspringen, ohne jemals tiefer als bis zur Brust in den eisigen Fluten zu versinken. Raskell fragte sich mit wachsender Verblüffung, wie Holm das Kunststück fertig brachte, sich die Lage jedes einzelnen Steines auf dem Flussgrund zu merken. Er selbst hätte wahrscheinlich schon nach den ersten Schritten die Orientierung verloren und wäre hoffnungslos versunken. Aber Holm führte ihn mit geradezu traumwandlerischer Sicherheit, und nach wenig mehr als einer halben Stunde hatten sie das gegenüberliegende Ufer erreicht; erschöpft und bis auf die Haut durchnässt und frierend, aber heil und unverletzt.

Raskell ließ sich mit einem erleichterten Seufzer ins Gras sinken, aber Holm drängte sofort zum Weitergehen. Müde erhob er sich und hängte sich das Gewehr, das plötzlich Zentner zu wiegen schien, wieder über die Schulter. In seinen Stiefeln schwappte Wasser, und er begann trotz der Sonnenwärme zu frieren. Aber er gehorchte Holms Anweisungen schweigend, trotz allem.

Sie marschierten mehr als eine Stunde am Flussufer entlang. Die Sonne kletterte langsam höher und trocknete ihre Kleider. Raskell fror jetzt nicht mehr, aber dafür fiel ihm etwas anderes auf: Ihre Umgebung begann sich zu verändern; nicht sichtbar, aber spürbar. So, wie er sich gestern in einem verwunschenen Zauberwald gewähnt hatte, ohne dass es einen äußerlichen Unterschied zu irgendeinem anderen Stück unberührter Natur gegeben hätte, schien nun der gleiche Effekt im umgekehrten Sinne aufzutreten.

Nichts war anders als am Tage zuvor, und doch begann Raskell sich mit jedem Schritt unwohler zu fühlen. Es war, als wären die schweigenden Schatten zwischen den Bäumen rings um sie herum plötzlich mit unsichtbarem, wisperndem Leben erfüllt, als mische sich in das leise Murmeln des Flusses ein Chor geisterhafter, drohender Stimmen. Raskell hatte plötzlich das Gefühl, beobachtet, mehr noch, belauert zu werden, und er spürte, dass es Holm nicht besser erging. Auch er wirkte zunehmend nervöser, und die raschen, aufmerksamen Blicke, die er von Zeit zu Zeit nach rechts und links warf, waren kaum mehr die eines Jägers, sondern eher die eines Gejagten.

Es war beinahe Mittag, als sie endlich vom Fluss weg und tiefer in den Wald hineingingen. Es war düster und schattig hier unten, und ihre Schritte erzeugten seltsam hallende Echos. Farn und ein Gespinst aus grauen, spinnwebähnlichen Fäden wuchsen zwischen den Bäumen, und Holm machte nun häufiger Gebrauch von seinem Buschmesser, um eine Gasse für sich und Raskell zu schlagen.

Einmal sahen sie einen Hirsch, ein großes, stolzes Tier mit klugen Augen und einem prächtigen Geweih, aber Holm hielt Raskell zurück, als er nach seinem Gewehr greifen wollte.

»Noch nicht«, sagte er. »Hirsche können Sie überall schießen.«

Raskell ließ die Hand mit leiser Verärgerung sinken. Sicher – Holm würde wissen, was er tat, aber sie waren jetzt schon fast anderthalb Tage unterwegs, ohne auch nur das kleinste Wild zu Gesicht bekommen zu haben. Und so juckte es Raskell allmählich in den Fingern.

Sie gingen weiter und erreichten schließlich eine weite, grasbewachsene Lichtung. Holm deutete stumm auf den winzigen, still daliegenden See in ihrer Mitte und hockte sich hinter einen Busch. Raskell folgte seinem Beispiel.

»Jetzt müssen wir warten«, flüsterte Holm.

»Und wie lange?«

Holm lächelte. »Vielleicht eine Stunde, vielleicht einen Tag, vielleicht auch länger. Vielleicht kommt es auch gar nicht. Ich habe Ihnen gesagt, dass Sie sehr viel Geduld haben müssen.«

Raskell schwieg einen Moment. Dann nahm er das Gewehr von der Schulter und begann es langsam und gründlich zu überprüfen. Nicht, dass es nötig gewesen wäre – die Waffe war in Topzustand, wie es einer Zweitausenddollarbüchse zukam, aber er musste einfach seine Hände beschäftigen.

»Ich muss immer noch an gestern denken«, sagte er nach einer Weile.

Holm schürzte die Lippen. »Harbo?«

Raskell nickte. »Auch. Aber es war nicht nur das. Sie … Sie haben mir nicht die Wahrheit gesagt, nicht wahr?«

Holm lächelte dünn. »Ich habe eigentlich gar nichts gesagt. Ich habe Ihnen ein besonderes Wild versprochen, und das werden Sie bekommen.«

Es kostete Raskell enorme Überwindung, ruhig zu bleiben. »Ein … ein Einhorn?«, fragte er. Zu jedem anderen Zeitpunkt wäre er sich unbeschreiblich albern und lächerlich vorgekommen, die Frage zu stellen. Diesmal nicht.

Holm starrte eine Weile wortlos auf die Lichtung hinaus. Dann nickte er.

»Ja.«

Raskell war nicht einmal überrascht. Im Gegenteil. Er wäre überrascht gewesen, wenn Holm irgendetwas anderes gesagt hätte.

»Dann war dieser Harbo also kein Verrückter, wie Sie mir einreden wollten«, sagte er ruhig.

Holm wandte verärgert den Blick. »Ich habe Ihnen gesagt, Sie sollen ihn vergessen, Raskell«, sagte er unwillig. »Er wird uns nicht mehr belästigen. Und wenn doch …« Er brach ab, runzelte die Stirn und fuhr dann mit einer hastigen Bewegung herum. »Still jetzt«, zischte er. »Es kommt etwas.«

Raskell hob automatisch sein Gewehr und starrte ebenfalls auf die Lichtung hinaus. Er hatte nichts gehört, aber Holm hatte schon mehrmals bewiesen, dass er über die schärferen Sinne verfügte. Zwei, drei Minuten vergingen, ohne dass sich einer von ihnen rührte. Schließlich deutete Holm schweigend auf eine Stelle am gegenüberliegenden Waldrand.

Raskell unterdrückte im letzten Moment einen erstaunten Ausruf, als er das Tier sah.

Es war groß; größer als jedes Pferd, das er zu Gesicht

bekommen hatte, und wunderbar proportioniert. Sein Fell schimmerte weiß und makellos wie Seide, und es bewegte sich auf seinen schlanken Beinen so graziös und lautlos, dass Raskell nicht anders konnte, als sekundenlang reglos dazuhocken und nichts anderes zu tun, als es zu bewundern. Ein langes, nadelspitz auslaufendes Horn wuchs aus seiner Stirn.

»Warten Sie, bis es an den See geht«, flüsterte Holm. »Und dann schießen Sie. Aber schießen Sie gut. Sie werden keine Gelegenheit zu einem zweiten Schuss haben, wenn der erste nicht trifft. Es ist ungeheuer schnell.«

Raskell nickte wortlos, nahm das Gewehr an die Schulter und visierte das Einhorn durch das Zielfernrohr an. Die Optik holte den schlanken Pferdekopf so nah heran, als stände es auf Armeslänge vor ihm.

Sein Finger tastete nach dem Abzug.

»Jetzt!«, zischte Holm.

Raskell rührte sich nicht. Er schien wie erstarrt, gelähmt und von dem unglaublichen Anblick in einen Bann geschlagen, den er sich weder erklären konnte noch wollte. Das Einhorn trat an den See, hob noch einmal, vorsichtig und misstrauisch, den Schädel und begann dann langsam und mit kleinen Schlucken zu trinken. Seine Flanken zitterten leicht, und die Vorderhufe scharrten unruhig im Boden.

»Schießen Sie«, sagte Holm ungeduldig. »Eine Chance wie diese bekommen Sie nicht noch einmal.«

Raskells Finger krümmte sich um den Abzug. Das dünne Fadenkreuz des Zielfernrohrs war genau zwischen die Augen des Einhorns gerichtet. Eine winzige Bewegung, ein kaum merkliches Zurückziehen des Fingers, und es würde ihm gehören. Ein Wild, wie es noch kein Jäger vor ihm erlegt hatte …

»Nein.«

Er ließ das Gewehr sinken, schüttelte den Kopf und atmete hörbar aus. Er konnte es nicht. Nicht dieses Wild.

Es war zu schön, zu unschuldig; ein Traum, für einen kurzen flüchtigen Moment wahr geworden.

Holm starrte ihn fassungslos an. »Wie bitte?«, fragte er. »Sie …«

»Ich will es nicht«, sagte Raskell ruhig. »Sie bekommen Ihr Geld, Holm, keine Sorge. Aber ich will es nicht erschießen.«

»Sie sind verrückt!«, keuchte Holm. »Sie verschenken gerade zehntausend Dollar!«

Raskell schüttelte den Kopf und blickte wieder auf die Lichtung hinaus. Das Einhorn stand noch immer am Seeufer und trank; weiß, schön und unwirklich.

»Es ist zu schön zum Sterben«, sagte er leise. »Ich will es nicht haben, Holm. Es reicht, dass ich es gesehen habe.«

Holm riss ihm mit einer unwilligen Bewegung die Büchse aus der Hand. »Dann tue ich es eben!«

Bevor Raskell ihn zurückhalten konnte, war Holm bereits aufgesprungen und aus seiner Deckung hervorgebrochen. Das Einhorn schrak zurück. Sein Kopf ruckte hoch.

»Holm!«, brüllte Raskell. »Nicht!«

Er sprang auf und wollte Holm die Waffe aus der Hand schlagen.

Holm gab ihm einen wütenden Stoß vor die Brust, der ihn meterweit zurücktaumeln ließ, riss die Büchse hoch und krümmte den Finger um den Abzug.

Die Kugel klatschte dicht vor den Hufen des Fabeltiers in den See und ließ das Wasser aufspritzen. Das Einhorn wieherte schrill, stieg auf die Hinterbeine und fuhr auf der Stelle herum, um zu fliehen.

Holm fluchte ungehemmt und zielte erneut. Aber er kam nicht dazu, einen zweiten Schuss anzubringen. Eine kleine, in Umhang und breitkrempigen Hut gekleidete Gestalt schien plötzlich vor dem Einhorn aus dem Boden zu wachsen.

Holm erstarrte für eine halbe Sekunde.

»Harbo!« Seine Stimme bebte. Er senkte das Gewehr, funkelte den Troll mit unverhohlenem Hass an und hob die Büchse dann wieder.

»Tu es nicht«, sagte Harbo leise. »Bitte, Freund Holm.«

Holm lachte rau. Das Einhorn war zwischen den Büschen verschwunden, aber das schien ihn nicht zu stören. »Ich habe dich gewarnt, Harbo«, sagte er leise.

Harbo blickte ihn ernst an. »Geh, Holm«, murmelte er. »Geh und kehre nie wieder zurück. Kommst du noch einmal, müsste ich dich töten.«

Holm antwortete nicht.

Er schoss.

Die Kugel traf Harbo in die Schulter und riss ihn von den Füßen. Er fiel, rollte herum und stemmte sich mit schmerzverzerrtem Gesicht auf die Knie. Auf seinem Umhang erschien ein dunkler, feuchtglänzender Fleck.

Raskell starrte Holm fassungslos an. »Sie ...«

»Halten Sie sich raus, Raskell«, schnitt ihm Holm das Wort ab. »Die Sache geht Sie nichts an!«

»Es geht mich nichts an, wenn Sie einen Menschen umbringen?« Raskell keuchte. »Sie ...«

Holm fuhr herum. »Halten Sie sich da raus, Raskell, oder ich erledige Sie gleich mit.«

Raskell ballte die Fäuste und machte einen Schritt auf Holm zu. Holm ließ ihm nicht die Spur einer Chance. Er rammte ihm den Gewehrlauf in den Magen und riss das Knie hoch, als Raskell sich vor Schmerz krümmte. Raskell schrie auf, taumelte zurück und brach mit einem leisen Wimmern in die Knie. Für einen Moment war er halb betäubt vor Schmerzen. Blut lief über sein Gesicht. Er bekam keine Luft mehr.

»Sie ... Sie verdammter Mörder!«, würgte er hervor.

Holm lachte schrill, fuhr herum und trat ihm wuchtig vor die Brust. Raskell fiel hintenüber. Ein grausamer Schmerz schoss durch seinen Brustkorb. Vor seinen Augen begann sich langsam etwas Riesiges, Dunkles zusammenzuballen, und er spürte, wie er in Bewusst-

losigkeit zu versinken drohte. Holm fuhr mit einem boshaften Kichern herum und zielte auf Harbo.

Etwas Langes, Weißes zischte über die Lichtung, zer-
schmetterte den Gewehrkolben und prellte Holm die
Waffe aus der Hand. Holm schrie auf, wankte zurück und
sah sich aus schreckgeweiteten Augen um. Für die Dauer
eines Lidzuckens stand er wie erstarrt da, dann riss er mit
einem Fluch das Buschmesser aus seinem Gürtel und
wich vier, fünf Schritte zurück. Breitbeinig, die Waffe wie
ein Schwert haltend, stand er da und erwartete einen
Angriff, der nicht kam.

Ein zweiter Pfeil zischte über die Lichtung, traf die
Klinge seines Buschmessers und zerbrach sie. Holm
schrie; ein dumpfer, grollender Laut, wie ihn eine
menschliche Kehle nicht hervorbringen konnte. Er warf
den nutzlosen Messergriff von sich, sah sich gehetzt um
und wich dann rückwärts gehend zum gegenüberliegenden Waldrand zurück.

Wieder sirrten die Bogensehnen. Zwei lange, schlanke
Pfeile jagten auf Holm zu, kreuzten sich vor ihm und
schlugen mit dumpfem Geräusch in den Boden. Holm
schrie auf, fuhr herum und verschwand mit hastigen
Schritten im Wald.

Raskell stemmte sich mühsam hoch. Vor seinen Augen
flimmerten noch immer bunte Kreise. Für einen Moment
glaubte er einen flüchtigen Eindruck von Reitern zu
haben; große, silbern, weiß und rot gekleidete Gestalten,
die auf prächtigen weißen Pferden saßen und mit Bögen
und Schwertern bewaffnet waren. Ein dumpfes Dröhnen
wie von Pferdehufen erfüllte den Wald.

Dann war der Spuk vorbei, so rasch, wie er erschienen
war. Der Wald war still, und weder von Holm noch von
den Elfenkriegern war noch eine Spur zu entdecken.

Raskell presste stöhnend die Hand auf seine schmer-
zenden Rippen. Ein starkes Schwindelgefühl wallte in
ihm empor. Er lehnte sich gegen einen Baum, wartete, bis
das Schlimmste vorbei war, und ging dann schwankend

auf den kleinen See in der Mitte der Lichtung zu.

Harbo hockte noch immer dort, wo er gestürzt war. Sein Gesicht war grau und vor Schmerzen gezeichnet, und der dunkle Fleck auf seiner Schulter war größer geworden. Aber in seinen Augen war kein Vorwurf, kein Hass. Höchstens so etwas wie Trauer.

Raskell wollte sich bücken und nach seiner Verletzung sehen, aber Harbo schob seine Hand mit sanfter Gewalt beiseite und schüttelte den Kopf. »Lass gut sein, Freund Raskell«, sagte er mit zitternder Stimme. »Es geht schon.«

»Du bist verletzt«, widersprach Raskell.

»Nicht so schlimm wie du, Freund Raskell.« Harbo stand langsam auf, ging zum See und schöpfte eine Hand voll Wasser, um zu trinken. »Die Wunde wird heilen, Freund Raskell. Mach dir keine Sorgen um mich.«

Raskell starrte den Troll wortlos an.

Harbo lächelte. »Ich bin froh, dass du nicht geschossen hast«, sagte er. »Sehr froh. Ich habe mich nicht in dir getäuscht.« Er deutete auf den See. »Reinige deine Wunden. Das Wasser besitzt große Heilkraft.«

Raskell bückte sich zögernd. »Holm«, begann er, brach aber sofort wieder ab, als er Harbos Blick begegnete.

»Sorge dich nicht um ihn«, murmelte der Hobbit leise. »Du hast getan, was in deiner Macht stand. Dich trifft keine Schuld.«

»Sie werden ihn töten, nicht?«, fragte Raskell.

Harbo nickte traurig. »Ja. Er hat es verdient. Er wusste, welche Strafe ihn erwartet. Er hat das Schicksal herausgefordert. Dauert dich sein Tod?«

Raskell überlegte einen Moment. Dann nickte er. »Er war ein Mensch. Trotz allem.«

»Ein Mensch?« Harbo lächelte, traurig und mit einer Spur von Mitleid. »Nein, Freund Raskell. Er war kein Mensch. Er war ein Dämon.«

TIMOTHY STAHL

IM GEISTE DES MEISTERS
ODER
DIE WUNDERSCHMIEDE

I.

Das Haus – eine Hütte eher, wenn man allein dem äußeren Anschein traute – fiel auf den ersten Blick überhaupt nicht auf. Und auf den zweiten nur dann, wenn das Auge wusste, wonach es Ausschau halten musste. Es schien ein Teil des Waldes aus toten Bäumen zu sein, fügte sich nahtlos ein in den silbergrauen und schattenschwarzen Wirrwarr aus grotesk verkrüppelten Stämmen und ineinander verflochtenem Astwerk. Zwielicht und ein bleifarbener Himmel, der über allem hing, trugen noch das ihre dazu bei, um das Haus beinahe unsichtbar zu machen.

Der kopflose Reiter indes hatte das Haus inmitten des Waldes so sicher gefunden, als sei er noch sehend. Er stieg von seinem Ross, zog den Jungen grob herunter, und dann strebte er schnurstracks der Tür zu, so zielsicher, dass der Junge sich nur wundern konnte – zumindest ein wenig, denn in erster Linie war er vollauf damit beschäftigt, einfach nur vor Angst zu zittern. Das tat er immer noch, obgleich er nun schon seit zwei Tagen und zwei Nächten mit dem kopflosen Reiter auf demselben Pferde saß. Seit der Stunde eben, da der Unheimliche ihn unter der Brücke am Stadtrand fortgeholt hatte, wo der Junge sich zum Schlafen niedergelegt hatte.

Aus welchem Grunde der Kopflose ihn entführt hatte, das freilich hatte der Junge nicht erfahren. Wie auch? Der Reiter selbst konnte es ihm schlechterdings verraten, und auf dem Weg hierher waren sie weder einer lebenden Seele begegnet, noch hatten sie Rast gemacht oder eine Wegmarke passiert, die dem Jungen einen Hinweis darauf gegeben hätte, wohin sie unterwegs waren. Trotzdem war sich der Junge im Klaren darüber, dass er nichts Gutes zu erwarten hatte.

Das Haus – nein, wirklich nur eine Hütte, berichtigte sich der Junge still; in dem Moment jedenfalls, da der kopflose Reiter ihn zur Tür hinzerrte, betrachtete er es lediglich als Hütte, eine armselige noch dazu. Erst später (und auch dann nur Stück um Stück) gelangte er zu einer gänzlich anderen Anschauung ... – die Hütte also versteckte sich geradezu zwischen uralten Bäumen, duckte sich unter dem laublosen Geäst, das strohgedeckte Dach in der Mitte eingesunken, als wäre es durchgesessen, als nehme von Zeit zu Zeit ein Riese darauf Platz, um zu verschnaufen und die Aussicht über die kahlen Kronen des Waldes zu genießen. Die Fenster beiderseits der Tür wirkten flach, als seien sie nur aufgemalt, mit vornehmlich schwarzer Farbe. Und im weiten Umkreis rührte sich nichts; nicht der geringste Laut war zu hören. Nicht einmal mehr das Schnauben des Pferdes, obschon es doch kaum zehn Schritte hinter ihnen stand, wie sich der Junge mit einem Blick über die Schulter vergewisserte. Mit gesenktem Kopf suchte das Tier auf dem staubigen Boden nach einem Grashalm, auf dem es sich zu kauen lohnte.

Die Füße des Jungen bewegten sich wie von selbst, derweil er zum Pferd des Reiters zurücksah, und er wäre blindlings gegen die Tür der Hütte gerannt, hätte der

Mann ohne Kopf ihn nicht festgehalten. So drohte er zu stolpern ob des abrupten Halts, doch der Reiter hielt ihn am Schlafittchen und bewahrte ihn vor dem drohenden Sturz. Der Junge rang um Luft, schob den Finger zwischen Kragen und Hals, hob den Kopf und reckte das Kinn – und dann stockte ihm der Atem ganz und gar, als der *Blick des Drachen* ihn traf.

Es schien, als habe der Drache sein Haupt zwischen zwei Bohlen der Tür hindurchgesteckt. Dunkel, fast schwarz war es, dennoch hätte man seine Schuppen zählen können, so deutlich waren sie zu sehen. Und schwarz waren auch die Augen des Drachen. Trotzdem traf der Blick den Jungen hart und rührte etwas tief in seinem Innern.

Es dauerte einen Moment, bis der Junge begriff, dass er keineswegs den Kopf eines echten Drachen vor sich hatte. Der rostige Ring, der durch die Nüstern des Schädels gezogen war, räumte den letzten Zweifel aus; zumindest, als der kopflose Reiter nach eben diesem Eisenreif langte, ihn anhob und schwer gegen das Türholz fallen ließ, drei Mal. Dumpf hallten die Laute diesseits und jenseits der Tür wider.

Vage Erleichterung breitete sich in dem Jungen aus, dennoch wollte er den Anblick des Drachens nicht länger ertragen; bei den Göttern, das Scheusal sah echt aus! Freilich hatte der Junge sein Lebtag lang keinen echten Drachen gesehen, doch hatte er genügend über diese Ungetüme gehört, um sich ein Bild von ihnen machen zu können. Und wer immer diesen Drachenkopf aus schwarzem Holz geschnitzt hatte, er schien nach lebendem (oder totem) Modell gearbeitet zu haben.

Der Junge senkte also den Blick zu Boden, auf die Spitzen seiner abgewetzten Stiefel (er war nicht der Erste, der sie trug, und manchmal fragte er sich, wem sie wohl vor ihm gehört haben mochten und ob jemand in eben diesen Stiefeln aufregende Abenteuer erlebt hatte. Über solche und ähnliche Fragen und die Antworten darauf konnte der Junge endlos nachsinnen, und genau genommen hatte er den allergrößten Teil seines bisherigen Lebens mit eben solchen Träumereien zugebracht. – Nun, dachte er bei sich, und das Herz wurde ihm in der schmalen Brust schwer wie ein Stein, damit war es jetzt wohl vorbei. Was ihn hinter dieser Tür auch erwarten mochte, es würde wenig Anlass zum Träumen bieten; allenfalls zu Albträumen …)

Der Blick des Jungen haftete an dem dürren, braunen Gras, das zwischen seinen Füßen spross. Er stutzte kurz, ohne zu wissen, weshalb. Dann fiel es ihm ein: Das Gras wuchs unmittelbar vor der Tür der Hütte. Es hätte niedergetreten sein müssen oder längst nicht mehr wachsen dürfen, wenn hier stetig jemand ein- und ausging. Viel eher wäre ein Trampelpfad zu erwarten gewesen, der von der Tür der Hütte fortführte. Es schien so, als ginge nur selten jemand in diese Hütte hinein oder käme aus ihr heraus …

Gewiss wäre dem Jungen noch mehr Wundersames auf- und eingefallen, hätte ihn nicht in eben diesem Augenblick eine Stimme aus seinen Gedanken gerissen. Er sah auf, und wieder schaute er den Drachen an – und wahrlich, es war der Drache, der da sprach.

»Was wollt Ihr –?«, hatte der Drache begonnen, dann aber innegehalten. Das Schwarz seiner Augen hatte sich, Lidern gleich, gehoben, und hätte der Reiter einen Kopf auf den Schultern getragen, hätten er und der Drache jetzt einander in die Augen sehen können. So aber rümpfte der Drache die breite Nase, und der Ring in seinen Nüstern schwang einmal hin und einmal her. Rost rieselte wie dunkler Schnee zu Boden.

»Ah, ich sehe schon«, sagte er dann und nickte. Das Türholz knirschte und knackte. »Und was habt Ihr mir diesmal anzubieten?«, fragte er schließlich.

Die Faust des Reiters schloss sich fester um das Genick des Jungen und hob ihn einen Fußbreit vom Boden hoch. Der Drachenkopf senkte sich ein wenig, sein Blick traf abermals den Jungen, und wieder rümpfte er die schwarze Schnauze. Der Junge hatte plötzlich das Gefühl, von oben bis unten abgetastet zu werden.

»Hm, nun, kein übles Angebot«, fuhr der Drache nach einem Weilchen fort. »In der Tat könnte ich jemanden brauchen, der mir zur Hand geht ... Nun gut, kommt herein. Will sehen, was ich für Euch tun kann.«

Schwärze senkte sich über die Drachenaugen, und der Schädel erstarrte wieder zur Reglosigkeit, derweil die Tür sich öffnete. Hinter der Schwelle machte der Junge einen kurzen Dielenboden aus, der nach zwei Schritten jedoch vor einer dunklen Wand zu enden schien.

Und genau dort stand der alte Mann.

Wieder spürte der Junge eine möglicherweise ungerechtfertigte Erleichterung. Doch immerhin sah er sich keiner bösartigen alten Hexe gegenüber, womit er im Stillen gerechnet hatte, und wie ein Schwarzzauberer sah der alte Mann auch nicht aus – jedenfalls nicht so, wie man sich einen Schwarzzauberer im landläufigen Sinne vorstellte. Weder trug der Alte einen weiten Mantel noch einen spitzen Hut, auch fehlten ihm der wallende Bart und der finstere Blick. Nein, er trug Allerweltskleidung, alt und abgetragen; eine derbe Joppe, an den Ellenbogen dünn und mehrfach geflickt wie die Knie seiner Hosen, die unter einer langen ledernen Schürze gerade noch hervorsahen. Vornübergebeugt stand er da, und sein Gesicht ... vor allem müde wirkte es, wenn auch tief in seinen Augen noch ein Funke blitzte – der dem Jungen allerdings keine Angst einjagte. Er hatte diesen Funken schon oft in den Augen alter Leute gesehen; er lag in ihrem Blick wie ein wohlgehüteter Schatz, den sie selten hervorholten. Nur dann, wenn sie von alten Zeiten sprachen und die schönsten oder aufregendsten Augenblicke ihres Lebens noch einmal durchlebten. Dann kam dieses kleine Licht tief aus ihrem Innern hervor und ließ ihre Augen leuchten.

Nein, den alten Mann fürchtete der Junge nicht. Was

indes nicht hieß, dass seine Angst zur Gänze verschwunden war. Die Unsicherheit, die Sorge, was ihn hier erwarten mochte, ließ ihn nach wie vor zittern, als hocke er nackt und ungeschützt in Schnee und Eis.

Der alte Mann trat schlurfend einen Schritt beiseite und bedeutete dem kopflosen Reiter einzutreten. Der folgte der Einladung, den Jungen noch immer fest im Griff. Hinter ihnen schloss der alte Mann die Tür.

Das Innere der Hütte war nicht so dunkel, wie der Junge es von draußen vermutet hatte. Kerzen schufen ein Licht, das den Eindruck erweckte, die Luft selbst würde golden glimmen. Es reichte nicht überall hin; vor den Regalen etwa, die entlang der Wände aufgestellt waren, machte es Halt, sodass was darin stand und lag wie mit dunklen Tüchern zugedeckt schien.

Zu sehen war im Grunde nur eine Art Tresen, wie der Junge sie aus Tavernen kannte. Der Tresen teilte den Raum in zwei unterschiedlich große Hälften, die kleinere lag im rückwärtigen Teil der Hütte, und der alte Mann trat nun hinter diese Absperrung, stützte sich mit beiden Händen darauf und setzte eine geschäftsmäßige Miene auf, die den Ausdruck von Müdigkeit jedoch nicht vollends zu ersetzen vermochte.

Obwohl der Junge auf sonderbare Weise gespannt war, was denn nun geschehen würde, gelang es ihm nicht recht, seine ganze Aufmerksamkeit dem alten Mann und dem kopflosen Reiter zu widmen. Die Tatsache, dass links und rechts und hinter dem Tresen Türen aus dem Raum führten, beschäftigte ihn zu sehr – weil es schlicht nicht sein konnte!

Der Raum, in dem sie sich aufhielten, entsprach den äußeren Abmessungen der Hütte. Wo also sollten diese Türen hinführen? Sie gingen nicht nach draußen, denn jede der drei Türen stand einen Spaltweit auf, und der Junge konnte einen Blick hindurch werfen, ohne auch nur einen Schimmer des bleiernen Tageslichtes zu erspähen, aus dem sie eben erst getreten waren. Dunkel war es hinter den Türen, wie in Zimmern ohne Licht. Aber eben solche Zimmer konnte es nicht geben, weil … sie in dieser Hütte einfach keinen Platz mehr haben konnten!

Ein dumpfer Laut riss den Jungen aus seinen Gedanken und lenkte seine Aufmerksamkeit zurück zum Tresen, wo sich der alte Mann und der kopflose Reiter nach wie vor gegenüberstanden. Der alte Mann hatte gerade etwas auf den Tresen gestellt, ein gläsernes Behältnis, in dem eine schmutziggelbe Brühe schwappte, und darin wiederum schwamm … ein Kopf. Zweifellos schon seit längerem, denn mochte das ölige Zeug in dem Glas auch konservierend wirken, zeigte der Kopf doch bereits dunkle Flecken von Fäulnis, und das Haar war so wirr wie lang, als sei es im Tode noch gewachsen. Der Kopf eines Trolls, zweifelsohne, hässlich wie er war und vor allem dem riesigen Zinken nach zu urteilen. Die Augen standen weit offen und quollen so weit aus den Höhlen, dass die Rundung der Augäpfel zu erkennen war. Und jetzt bewegten sich diese Augen ein wenig nach oben, in Richtung des Halsstumpfes des kopflosen Reiters.

Der trat einen Schritt zurück und hob die Hände in einer Geste, die unschwer zu deuten war: *Das ist nicht Euer Ernst?*, hieß sie wohl, oder: *Was, in aller Teufel Namen, wagt Ihr mir da aufzutischen?*

Der alte Mann hob die Schultern, und Bedauern ersetzte den geschäftsmäßigen Ausdruck auf seinem Gesicht. »Tut mir leid«, sagte er, »aber das ist alles, was ich Euch anbieten kann. Wenn Ihr damit nicht zufrieden seid, bitte sehr …« Er griff nach dem Glas, um es wieder fortzunehmen.

Doch die rechte Hand des kopflosen Reiters legte sich schwer auf das Behältnis und hielt es fest. Der Kopf tanzte in der Brühe hin und her, die Augen verdrehten sich schielend, als würde dem Schädel durch die Schaukelei übel. Mit der Linken deutete der Reiter auf den Jungen, dann auf das Glas, und dann hob er fragend die Schultern. Auch diese Bewegung war leicht zu verstehen.

»Oh, ich halte unseren Handel durchaus für fair«, erklärte der alte Mann. »Seht Euch das Bürschlein nur an –«, sein Blick fiel abschätzig auf den Jungen, »– schmutzig ist er, klein noch dazu, und er scheint mir auch nicht besonders gut im Futter zu stehen. Was also erwartet Ihr im Tausch für ihn? Nagelneue Ware? Ich bitt euch, Herr, das wiederum kann nun nicht Euer Ernst sein!« Und dann wies er mit endgültiger Geste auf das Glas, womit er deutlich machte, dass er in dieser Angelegenheit sein letztes Wort gesprochen hatte.

Eine Weile verging, dann endlich zog der Reiter das Glas mit dem Kopf zu sich über den Tresen. Erst jetzt fiel dem Jungen das dünne Pergamentröllchen auf, das säuberlich versiegelt und mit einem Bastfaden umwickelt am Drahtgestell befestigt war, das den Deckel hielt.

Der alte Mann lächelte zufrieden. »Wusst ich's doch, dass Ihr ein Mann seid, der ein gutes Geschäft zu erkennen vermag, wenn er eins vor sich sieht! – Geduldet Euch noch einen Moment, werter Herr, ich bin Euch gleich behilflich.« Er wandte sich an den Jungen. »Du, Bürschchen, nimm dir den Besen, geh nach hinten, und mach dich schon mal nützlich.«

Der Junge tat, wie ihm geheißen, und nach einer Weile, in der es hinter ihm geschäftig rumorte, hörte er, wie die Tür nach draußen geöffnet und wieder geschlossen wurde. Er stellte den Besen beiseite und spähte um den Türstock herum in den Raum mit dem Tresen.

Darauf stand noch immer das Glas. Allerdings nur noch mit der Flüssigkeit gefüllt.

Der Kopf war verschwunden. Wie auch der Reiter.

II

»Hogarth … dein Name will mir noch immer nicht gefallen, Bürschlein.« Der alte Mann schüttelte den Kopf, als bereite ihm der Junge größte Sorgen.

Dieser zuckte nur stumm die Achseln und fegte weiter, wo es nichts zu fegen gab. Der alte Mann hatte diese Worte nicht zum ersten Mal gesprochen, und Hogarth hatte nur ein einziges Mal, ganz am Anfang, darauf geantwortet.

»So?«, hatte er missmutig gefragt. »Habt Ihr denn einen schöneren Namen, Herr?«

Der alte Mann hatte ihn daraufhin schweigend angesehen, so lange, bis Hogarth den Eindruck hatte, der Alte würde durch ihn hindurchsehen, irgendwo hin, wo nicht jedermanns Blick hinreichte. Und schließlich sagte er: »Ich habe ihn seit so langer Zeit nicht mehr gehört, meinen Namen, dass ich ihn vergessen habe.« Der alte Mann hob die breiten, aber gebeugten Schultern, als müsse er sich dafür entschuldigen. »Andererseits, was gilt schon ein Name, noch dazu hier?« Mit vager Geste wies er um sich, lächelte und schüttelte erneut den Kopf. »Nein, einen Namen machen wir uns hier nicht.«

Was allerdings in dieser Hütte wirklich ›gemacht‹ wurde, darüber war Hogarth sich noch immer nicht im Klaren. Obwohl er nun schon seit … ja, wie langer Zeit eigentlich hier war?

Zeit war für Hogarth – neben anderen Dingen – zu einer merkwürdigen Angelegenheit geworden. Er hatte das Gefühl für sie vollkommen verloren, und so war es ihm nicht möglich, zu schätzen, wie lange es her war, dass der kopflose Reiter ihn in der Hütte des alten Mannes abgeliefert und … ja, eingetauscht hatte gegen den fauligen Trollkopf aus dem Glas. Die Zeit schien einen weiten Bogen um diesen Ort zu machen, und die Tatsache, dass es keine Fenster gab (wenigstens keine, die einen Blick nach draußen erlaubt hätten, um Tage und

Nächte zu zählen) trug ganz erheblich zu Hogarths Gefühl des Zeitverlustes bei. Ja, wie lange mochte er nun schon hier sein?

Lange. Dessen zumindest war er sich sicher. Und in jedem Falle lang genug, dass er hätte wissen müssen, was der alte Mann trieb und zu welchem Zwecke. Aber Hogarth wusste es nicht, denn was immer der Alte tat, er tat es hinter verschlossenen Türen. Und die wenigen Dinge, die der Junge zu sehen bekam, genügten nicht, um Schlüsse daraus zu ziehen.

Andererseits beklagte sich Hogarth nicht; er hatte nämlich, schlicht gesagt, einfach keinen Grund dazu. In der Obhut des seltsamen Alten ging es ihm besser denn je zuvor: Er hatte ein Dach über dem Kopf, schlief in einem richtigen Bett und bekam anständig zu essen. Drei Dinge, die in Hogarths jungem Leben bislang eher die Ausnahme gewesen waren. Und im Gegenzug musste er nur wenig dafür tun.

Denn der alte Mann hielt Hogarth keineswegs wie einen Knecht oder gar Sklaven, er ließ ihn nicht Stunde um Stunde schuften. Nein, der Junge hatte lediglich den Boden zu fegen, die Regale in Ordnung zu halten, die Dinge darin abzustauben und dergleichen mehr.

Nein, im Grunde fehlte es Hogarth an nichts; von seiner Freiheit einmal abgesehen. Wenngleich der alte Mann ihm nie das Gefühl vermittelt hatte, ein Gefangener zu sein. Auch ein ausdrückliches Verbot zu fliehen war nie ausgesprochen worden. Nur … eine Flucht war unmöglich.

Natürlich hatte Hogarth versucht, aus der Hütte zu verschwinden, ein ums andere Mal sogar. Allein, Erfolg war keinem seiner Versuche beschieden gewesen. Die Tür, durch die er die Hütte seinerzeit betreten hatte, ließ sich wohl öffnen – nur führte sie nicht länger ins Freie, sondern … zurück in eben denselben Raum, den Hogarth zu verlassen trachtete; in das Zimmer mit dem Tresen. Blieb er auf der Türschwelle stehen und schaute er sich nach hinten und nach vorne um, sah er ein- und denselben Raum buchstäblich doppelt!

Und der Merkwürdigkeiten, auf die Hogarth stieß, waren damit noch lange nicht genug.

Sein anfänglicher Eindruck etwa, dass die Hütte mehr Räume umfasste, als es ihrer Größe nach hätte der Fall sein dürfen, hatte sich auf geradezu erstaunliche Weise bestätigt. Es gab eine wahre Flucht von Zimmern und Kammern, ihre Zahl hätte einem Schloss zur Ehre gereicht und war unmöglich auch nur zu schätzen, denn fortwährend stieß Hogarth auf neue Räume, die er bis dahin noch nicht betreten hatte; dann etwa, wenn eine der bisher versperrten Türen plötzlich offen stand. Bisweilen aber fand er auch Türen, die es vorher gar nicht gegeben hatte, dessen war er sich sicher. Und die Zimmer selbst, die Flure und Treppen, waren wiederum derart ineinander verschachtelt, dass jeder Versuch, eine Anordnung, einen Plan dahinter zu suchen, nur dazu führte, dass es Hogarth schwindlig wurde.

So gab er alsbald jeden Gedanken an eine Flucht und daran, das seltsame Haus zu ergründen, auf und beschränkte sich einzig auf seine Aufgaben und die spärlichen (und stets fruchtlosen) Unterhaltungen mit dem alten Mann.

Hogarth hielt die Sachen in den Regalen sauber, sorgte dafür, dass sie in Reih und Glied standen und lagen – und widerstand der Versuchung, das Siegel wenigstens eines der Pergamentröllchen zu brechen, mit denen jeder Gegenstand versehen war.

Sie übten einen ganz eigenen Reiz auf Hogarth aus, diese unscheinbaren Röllchen. Als ahnte er, dass darin die Antwort auf seine ungestellten Fragen verborgen lag. Aber er beherrschte sich und ließ die Finger davon. Weil … die Zeit dafür noch nicht gekommen war.

Ein merkwürdiger Gedanke war das, denn Hogarth wusste nicht, woher er kam. Es war, als sei es nicht sein eigener, als würde er ihm ins Ohr geflüstert, von wem auch immer. Aber er folgte ihm, aus irgendeinem Grunde.

Dass er längst begonnen hatte, sich an Seltsames zu gewöhnen, mochte durchaus Teil dieses Grundes sein.

III.

Obwohl Hogarth nicht viel zu tun hatte, brauchte er nie über Langeweile zu klagen.

Zum einen verging kein Tag (oder eine Zeitspanne eben, die der Junge für die Dauer eines Tages hielt; die Zeit zwischen Aufstehen und Schlafengehen), an dem er nicht etwas Neues in den Zimmern der Hütte entdeckte; wie von Zauberhand etwa tauchten in den Regalen sozusagen über Nacht neue Sachen auf, die Hogarth dann anderntags vorfand, polierte, begutachtete und ordentlich hinstellte.

Und zum anderen kam recht häufig Besuch.

Nun war es nicht so, dass Hogarth mit diesen Besuchern in Kontakt gekommen wäre. Allenfalls konnte er ab und an einen Blick auf einen von ihnen werfen. In aller Regel aber schickte der alte Mann Hogarth in irgendeine Kammer und gab ihm eine Aufgabe, die ihm nicht sonderlich dringlich erschien. Aber Hogarth gehorchte.

Hin und wieder jedoch gelang es ihm, etwas von dem aufzuschnappen, was draußen im Raum mit dem Tresen vorging. Und es gab keinen Zweifel daran, dass die Besucher des alten Mannes in eben der gleichen Absicht kamen wie dereinst der kopflose Reiter. Zwar verlangten sie nicht nach einem neuen Kopf, aber sie handelten anderweitig mit dem Alten: Sie brachten ihm etwas, und im Gegenzug erhielten sie dafür etwas; in den allermeisten Fällen eines der Dinge aus den Regalen.

Indes, nicht mit jedem Besucher kam ein Geschäft

zustande. Auch das entging Hogarth nicht. Bisweilen wurde man sich wohl nicht handelseinig.

So bekam der Junge zum Beispiel einmal mit, wie der Alte ein Schwert aus einem Regal nahm und auf den Tresen legte. Wenig später hörte Hogarth dann den alten Mann geradezu empört ausrufen: »Was bildet Ihr Euch ein? Eine Hand voll Drachenschuppen für eine Waffe wie diese, die im Sonnenlicht geschmiedet wurde?« Daraufhin sagte der Fremde etwas, dass der Junge nicht verstand. Wohl aber hörte er die Antwort des Alten: »Was Ihr mir anbietet, würde nicht einmal ausreichen, einen Handschuh daraus zu fertigen. Nein, nein, Ihr müsst schon mit etwas Besserem aufwarten, so Ihr dieses Schwert führen wollt.« Der Besucher zog daraufhin unverrichteter Dinge von dannen, und der alte Mann legte die Waffe – ein ausnehmend feines Stück, das Hogarth stets mit größter Hingabe polierte – ins Regal zurück. Kopfschüttelnd und schmunzelnd sah er den Jungen dabei an und meinte: »Unverschämte Vorstellungen haben manche Leute …« Woraufhin er sich in eines der Zimmer zurückzog und die Tür hinter sich verriegelte.

Hogarth hatte sich ein Tuch genommen und die Klinge des Schwerts von neuem auf Hochglanz poliert. *Im Sonnenlicht geschmiedet* … so hatte der alte Mann die Waffe angepriesen. Der Junge nickte versonnen. Tatsächlich funkelte die Klinge selbst im Zwielicht der Hütte so hell, dass es nicht schwer fiel, sich vorzustellen, sie sei wirklich inmitten der Sonne selbst gefertigt worden. Und es juckte Hogarth förmlich in den Fingern, das Pergamentröllchen zu öffnen, das an der Parierstange des Schwertes befestigt war … Aber er ließ es bleiben, auch diesmal.

IV

Irgendwann ließ sich das Gefühl, er sei mit dem alten Mann nicht allein in der Hütte – nicht immer jedenfalls – kaum mehr leugnen.

Eine ganze Zeit lang hatte Hogarth sich mit einigem Erfolg eingeredet, er würde sich die Geräusche, die Schritte draußen vor der Tür seiner Kammer und die fremden, tuschelnden Stimmen nur einbilden. Wenn es irgendwo raschelte und trappelte, dann machte er Ungeziefer dafür verantwortlich, Ratten und Mäuse, auch wenn er bisher nirgendwo, in keinem einzigen Zimmer, auch nur auf Spuren von Ratten oder Mäusen gestoßen war.

Wie gesagt, eine Zeit lang genügten Hogarth diese Erklärungen, mochten sie auch fadenscheinig sein.

Bis er den Zwerg sah.

Der Zwerg selbst – ein Zwerg im Übrigen, wie er im Buche stand, von kleiner, gedrungener Statur und angetan mit einem erdfarbenen Mantel nebst zugehöriger Kappe – schien nicht minder erstaunt, dem Jungen zu begegnen.

Einen Moment lang sahen sie einander an, dann wieselte der Zwerg um die nächste Ecke, und Hogarth hörte, wie seine trappelnden Schritte sich entfernten und leiser wurden. Bevor sie vollends verklangen, eilte Hogarth hinterher und sah gerade noch, wie der Zwerg eine steinerne Treppe hinuntereilte. Und als der Junge an deren oberster Stufe anlangte, verschwand der Zwerg am anderen Ende just hinter einer Tür.

Eine Tür von jener Sorte, die Hogarth nie zuvor gesehen hatte, weil – und wieder war er sich dessen ganz sicher – sie vorher schlicht und einfach nicht da gewesen war.

Hogarth zögerte, wenn auch nicht lange, dann schlich er die Treppe hinunter, hin zu der Tür, und zog diese einen Spalt weit auf. Dahinter schloss sich ein Gang an, der anders aussah als die anderen Gänge in der Hütte. Seine Wände bestanden weder aus Brettern noch aus Stein, und es führten keine Türen davon ab. Nein, dieser Gang war in den blanken Erdboden hineingegraben. Hie und da stak Wurzelwerk aus Wänden, Boden und Decke. Die Luft war feucht und von würzigem Duft erfüllt. Nach Kräutern roch es und ein wenig nach Rauch … und es war nicht still in diesem Gang, der mehr ein Stollen war. Hogarth hörte, ganz leise nur und gewiss ganz weit entfernt, Stimmen und andere Geräusche, ein stetes Hämmern etwa, ein Schaben und Kratzen …

Und endlich war es um seine Geduld geschehen.

Nein, er lief nicht tiefer hinein in den Gang. Er machte kehrt, stieg die Treppe hinauf und suchte nach dem alten Mann.

Hogarth wollte ihm all die Fragen stellen, die ihm seit langem schon Löcher in die Zunge zu brennen drohten, und diesmal, so nahm er sich vor, würde er sich nicht mehr mit leeren Antworten abspeisen lassen. Wie er das bewerkstelligen wollte, wusste der Junge freilich nicht. Aber er war zuversichtlich, dass ihm schon etwas Passendes einfallen würde.

Er musste sich nichts einfallen lassen.

Er fand den alten Mann hinter einer jener Türen, die bisher stets verschlossen gewesen waren, und er ertappte ihn, wenn man so will, auf frischer Tat; bei dem eben, was der alte Mann bisher im stillen Kämmerlein getan hatte.

Er schrieb.

Der alte Mann saß über einen Tisch mit leicht schräg stehender Platte gebeugt und schrieb mit einer Feder, so schnell, dass die Feder heftig wippte, und er schrieb auf ein Stück Pergament von der Größe jener Röllchen, die an den Dingen in den Regalen festgemacht waren.

Hogarth blieb wie angewurzelt in der Tür stehen. Als stünde er vor einer gläsernen Wand. Aber der alte Mann ermunterte ihn einzutreten, ohne von seiner Schreibarbeit aufzusehen.

Von Stund an änderten sich die Dinge in der Hütte.
Und Hogarths Leben.

V.

Hogarth lernte zu verstehen. Er tauchte gleichsam ein in die Geheimnisse und das Wesen dieses Ortes. Und dazu bedurfte es keiner erklärenden Worte des alten Mannes. Hogarth verstand und wusste, was zu tun war und wie alles geschah.

Seine Aufgaben beschränkten sich nicht mehr auf Putzen und Ordnung halten. Er durfte dem alten Mann zur Hand gehen bei dem, was er bis dahin hinter verschlossenen Türen getan hatte. Er lernte die Zwerge kennen (wenn auch nicht mit Namen, denn Namen waren ohne Belang an diesem Orte; auch das *verstand* Hogarth nunmehr), die allerlei Dinge brachten, und er half ihnen, sie in den Regalen zu verstauen.

Und er band die Pergamentröllchen an all diesen Dingen fest.

Mehr noch, er half dem alten Mann die Pergamente zu beschreiben.

Dies war Hogarth die liebste Arbeit von allen, entsprach sie doch am ehesten dem, was er früher (in einem anderen Leben) mit größter Hingabe getan hatte: Tagträumen nachzuhängen, Geschichten zu spinnen und zu ersinnen ...

Nach und nach übernahm Hogarth mehr und mehr der Angelegenheiten, die zu regeln waren. Eine Zeitlang überwachte der alte Mann noch, was der Junge, der längst kein Junge mehr war, tat und wie er es tat, dann ließ sein Augenmerk allmählich nach, und schließlich entschied und wirkte Hogarth größtenteils allein.

Der alte Mann blieb nun oft im Bett, und mochte die Zeit bislang so gut wie spurlos an ihm vorübergegangen sein, so griff sie jetzt mit Macht nach ihm. Doch weder er noch Hogarth sorgten sich deswegen; es war der natürliche Lauf der Dinge – so weit die Dinge an diesem Ort einem natürlichen Lauf folgten.

Dennoch, der alte Mann verlor das Geschehen nicht vollends aus den Augen, und Hogarth war dankbar dafür, dass ihn der alte Meister bisweilen an Dinge erinnerte, die dringend zu erledigen waren. Denn nun, nachdem er selbst in all die Vorgänge verstrickt war, musste Hogarth erkennen, dass er den Aufwand, der zu betreiben war, früher stark unterschätzt hatte. Es gab viel zu tun, und die Dinge verlangten nach einem geregelten Ablauf. Nur allzu leicht konnten sie aus dem Ruder laufen, durcheinander geraten – und das wäre schlecht gewesen fürs Geschäft.

Den Ring jedoch hätte Hogarth nicht vergessen. Schließlich war der Ring das erste Stück, das er ganz allein und ohne Rat und Hilfe des alten Mannes wie auch der Zwerge gefertigt hatte.

Als der alte Mann ihn trotzdem daran erinnerte, fehlte nur noch eines am Ring: das Pergamentröllchen …

Zum Schreiben hatte Hogarth einen ganz eigenen Platz gefunden. Er setzte sich nicht an den Schreibtisch des alten Mannes, sondern zog sich zurück in die Kellergewölbe der Hütte, und dort an einen Ort, der jedem anderen ungemütlich erschienen wäre. Doch war es nun einmal so, dass die Feder in Hogarths Hand an eben diesem doch merkwürdigen Fleckchen wie von selbst über das Pergament tanzte.

Nun, bislang jedenfalls war es so gewesen.

Als er sich jetzt aber niederließ, um über den Ring zu schreiben, wollte die Federspitze zunächst nichts als einen kleinen Klecks auf dem Pergament hinterlassen.

Hogarth blickte sich im Licht der Kerze um, überlegte eine Weile, und dann nickte er, mit einem Lächeln auf den Lippen. Warum nicht einfach mit dem anfangen, worin er saß?

Mit einem … Loch.

Freilich nicht mit einem Loch wie diesem. Nicht mit einem schmutzigen und feuchten Loch, in dem es schlammig roch und aus dessen Wänden Würmer krochen. Auch nicht mit einem trockenen, kargen, sandigen Loch.

Nein, Hogarth begann über ein durchaus gemütliches Loch zu schreiben. Über ein –

Das Lächeln auf den Lippen des einstigen Jungen vertiefte sich, er nickte noch einmal bekräftigend, und dann begann die Feder ihren Tanz, schrieb und schrieb.

Hogarth gab sich ihr ganz und gar hin – der Macht dieses wunderbaren Ortes, die weder mit Worten zu beschreiben noch auf irgendeine andere Weise zu begreifen war.

So saß er und schrieb – ganz unten, ganz tief im Geiste des Meisters – die größte Geschichte von allen.

So groß geriet sie ihm, dass dieser Ort zu klein wurde für die Geschichte.

So groß, dass sie am Ende eine ganze Welt im Sturme nahm.

Helmut W. Pesch

Tolkien 2001

Eine Bestandsaufnahme

Ein ›erratischer Block‹, ein Findling in der literarischen
Landschaft des 20. Jahrhunderts – so definierte das
Bibliographische Lexikon der utopisch-phantastischen Lite-
ratur in seiner ersten Teillieferung 1983 das Werk J. R. R.
Tolkiens. Inzwischen ist nicht nur der hundertste Ge-
burtstag 1992 mit großem Aufwand gefeiert worden,
auch der fünfundzwanzigste Todestag des Autors wurde
1998 mit wesentlich geringerem Gepränge begangen. Mit
einer Gesamtauflage von über 50 Millionen Exemplaren
ist *The Lord of the Rings* (1954-55; dt. *Der Herr der Ringe,*
1970-71) eines der erstaunlichsten Phänomene auf dem
Buchmarkt, und das Buch wurde in einer Umfrage, die
1996 von der englischen Buchkette Waterstones und BBC
Channel Four veranstaltet wurde, mit überwältigender
Mehrheit zum wichtigsten Buch des 20. Jahrhunderts
gewählt – von Lesern, nicht von organisierten Fans, wie
später behauptet wurde. Im Rückblick aus dem Jahr 2001
bietet sich an dieser Stelle die Gelegenheit für eine
Bestandsaufnahme des kommerziellen Phänomens
›Tolkien‹ und den Versuch einer Wertung dessen, was
Tolkien erreicht hat und was von ihm bleibt.

Nach seinem Tod ist von Tolkien mehr als dreimal so viel erschienen wie zu seinen Lebzeiten. Dies betrifft nicht nur *The Silmarillion* (1977; deutsch *Das Silmarillion*, 1978), jene von seinem Sohn Christopher zusammengestellte Sammlung von Kunstmythen und -legenden aus dem Ersten und Zweiten Zeitalter von Mittelerde, erdrückend mit einer Fülle von Namen und einem beinahe biblischen Pathos – was kein Hindernis dafür darstellte, dass dieses Buch zu einem Jahresbestseller wurde, Zeichen dafür, wie sehr der ›Herr der Ringe‹ eine ganze Generation von Lesern geprägt hat. Es gibt zudem neben weiteren kleineren Werken auch eine Sammlung, *Unfinished Tales* (1980; dt. unter dem etwas irreführenden Titel *Nachrichten aus Mittelerde*, 1983), mit Geschichten, die zum Teil zur Erzählreife des ›Herrn der Ringe‹ gelangten, aber fragmentarisch blieben – ein Werk, das ein deutscher Kritiker als ›das überflüssigste Buch des Jahres‹ betitelt hat, das aber dennoch bereits im ersten Jahr in England und den USA über 100.000 gebundene Exemplare verkaufte. Ergänzt wird das literarische Werk durch eine Sammlung von Vorträgen, *The Monsters and the Critics and Other Essays* (1983; dt. in Auswahl als *Gute Drachen sind rar*, 1984; auch erweitert, aber immer noch unvollständig als *Die Ungeheuer und ihre Kritiker*, 1987), und zwei philologische Editionen, die auf Notizen Tolkiens beruhen, *The Old English Exodus* (1981), herausgegeben von Joan Turville-Petre, und *Finn and Hengest: The Fragment and the Episode* (1982), herausgegeben von Alan Bliss. Wobei zumindest das letztere Werk, das bei Tolkiens Hausverlag ALLEN & UNWIN erschien, ohne den Namen des Autors sicherlich von minderem Interesse wäre, da der wissenschaftliche Beitrag darin, so originell er einst sein mochte, den Forschungsstand von gestern wiedergibt. Eine ähnliche Mischung von eher konventioneller Textauslegung und inspirierter Übersetzung findet sich auch in den bald nach Tolkiens Tod erschienenen Übertragungen der mittelenglischen Gedichte ›Sir Gawain & the Green Knight‹, ›Pearl‹ und ›Sir Orfeo‹ (1975).

Den Löwenanteil der postumen Veröffentlichungen macht jedoch die ›History of Middle-earth‹ aus, jene von Christopher Tolkien – der selbst Dozent für historische Sprachwissenschaft war wie sein Vater, die akademische Laufbahn aber aufgab, um sich ganz der Pflege des Nachlasses zu widmen – mit wissenschaftlicher Genauigkeit herausgegebenen Sammlung von Schriften und Manuskripten. Sie beginnt mit dem zweibändigen *Book of Lost Tales* (1983/1984), das die erste Fassung des ›Silmarillion‹ enthielt, wie sie gegen Ende des ersten Weltkriegs niedergeschrieben wurde. Nur diese beiden Bände, *Das Buch der Verschollenen Geschichten, Teil 1* (1986) und *Teil 2* (1987) betitelt, sind bislang auf Deutsch erschienen. Wenn es im Klappentext des zweiten Bandes freilich heißt, hier könne man ›zum letztenmal … die Stimme J. R. R. Tolkiens hören‹, und diese Geschichten seien ›ein letztes Geschenk an die Millionen Tolkien-Freunde‹, so betrifft dies nur die deutschen Leser. Im englischen Original hat die Sammlung insgesamt zwölf Bände erreicht.

Freilich ist der mangelnde Enthusiasmus des deutschen Verlegers in einem Punkt verständlich: Der dritte Band, *The Lays of Beleriand* (1985), enthält nämlich lange epische Gedichte, hauptsächlich aus der Zeit, als der Autor Professor in Leeds war, geschrieben zwar in moderner Sprache, aber in altertümlicher Versform. So ist ›The Lay of the Children of Húrin‹, die Geschichte des glücklosen Túrin Turambar aus dem ›Silmarillion‹-Zyklus, im altenglischen Stabreim gehalten, ›The Lay of Leithian‹, die Geschichte von Beren und Lúthien, in gereimten Couplets wie der mittelenglische ›Sir Orfeo‹. All diese Gedichtzyklen wurden nie zu Ende geführt, und sie stellen natürlich für die Übersetzung ein nahezu unüberwindliches Hindernis dar.

Der vierte Band, *The Shaping of Middle-earth* (1986),

umfasst Tolkiens Versuche in der frühen Zeit als Oxford-Professor, die bestehenden Fragmente zu systematisieren, wobei er teilweise auf alte Textformen wie die Annalen der Angelsächsischen Chronik zurückgreift. Dagegen steht der fünfte Band, *The Lost Road and Other Writings* (1987), in mancher Hinsicht für einen Neubeginn, nämlich den Versuch, einen Roman über eine Reise in der Zeit zu schreiben, in dem die mythische Vergangenheit Mittelerdes zur Parallele der Gegenwart wird – noch ganz in der Vorstellung befangen, dass es sich dabei um eine fingierte ›Mythologie für England‹ handle. Auch dieser Versuch kam zu nichts, während das damit verbundene Projekt von Tolkiens Freund C. S. Lewis über eine Reise im Raum in der Trilogie gipfelte, die mit *Out of the Silent Planet* (1938; dt. *Jenseits des Schweigenden Sterns*, 1957) beginnt. Darüber hinaus zeigt sich bei Tolkien in dieser Phase auch eine gewisse Verfestigung des bisher Erreichten: die erste definitive Fassung des ›Silmarillion‹, die eine wesentliche Textgrundlage für die 1977 veröffentlichte Buchfassung bildet, und ein umfangreiches Wörterbuch seiner imaginären Sprachen, von einer Komplexität, die sich aus dem ›Herrn der Ringe‹ nur in Ansätzen erahnen lässt. Die Fiktion von Mittelerde hatte eine Eigengesetzlichkeit zu gewinnen begonnen, unabhängig von allen äußeren Bezügen.

In dieser Zeit etwa schrieb Tolkien *The Hobbit* (1936; dt. *Der kleine Hobbit*, 1957), und bald darauf sollte er sich an die Abfassung seines Hauptwerks, *The Lord of the Rings* (1954/55, dt. *Der Herr der Ringe*, 1970/71) machen.

Die ›Geschichte des Herrn der Ringe‹ nimmt in der ›History of Middle-earth‹ allein dreieinhalb Bände ein – mehr als der Roman selbst –, beginnend mit *The Return of the Shadow* (1988), *The Treason of Isengard* (1989) und *The War of the Ring* (1990). Es ist eine Geschichte von vielen tastenden Versuchen, von Sackgassen und Überraschungen, Pausen und Wiederholungen, und somit geradezu ein Lehrstück, wie sich ein einzelner Autor jene literarischen Strukturen und Motive, die seine zahlreichen Nachahmer leichthin kopierten, mühsam erarbeiten musste. Darin bestätigt sich zudem die These, dass auch dieses Buch zunächst als ein Kinderbuch begann – ein ganzes Kapitel wurde später vom Autor gestrichen, weil es zu viel vom typischen Hobbit-Humor enthielt, an dessen Wirkung er selber zweifelte – und im Laufe der Arbeit seinen Charakter änderte. Andererseits blieben einige entscheidenden Momente wie etwa das zentrale Kapitel ›The Shadow of the Past‹, in dem Gandalf der Zauberer dem Hobbit Frodo das Wesen des Einen Rings enthüllt, durch die ganzen Jahre hindurch, in denen Tolkien an dem Werk arbeitete, praktisch unverändert.

Eine Kuriosität für Sammler ist auch der neunte Band, *Sauron Defeated* (1992). Enthält er doch nicht nur den später gestrichenen Epilog zum ›Herrn der Ringe‹, sondern zudem ›The Notion Club Papers‹, einen unvollendeten Zukunftsroman – Science-Fiction wird man ihn wohl kaum nennen dürfen, da er eher in der Tradition eines G. K. Chesterton oder David Lindsay steht: die Protokolle eines Clubs aus dem späten zwanzigsten Jahrhundert, deren Mitglieder sich mehr und mehr mit der versunkenen Welt Númenor zu beschäftigen beginnen. Ein daran angefügter ›Bericht über die númenórische Sprache‹ ist vor allem deshalb bemerkenswert, weil bis bis zu dieser Veröffentlichung über die Sprache der Menschen von Mittelerde kaum etwas bekannt gewesen ist, da dies im ›Herrn der Ringe‹ alles ins Englische umgesetzt worden war, und weil es die einzige definitive Beschreibung einer der fiktiven Sprachen von Mittelerde überhaupt ist – vermutlich nur deshalb, weil der Autor im Gegensatz zu den anderen nicht ein dutzend Mal revidiert hat.

Der zehnte Band, *Morgoths Ring* (1993), ist der erste von zwei Teilbänden, gefolgt von *The War of the Jewels* (1994), die das Material zusammenfassen, welches im Anschluss an den ›Herrn der Ringe‹ geschrieben wurde. Damals begann sich Tolkien wieder mit den frühen

Mythen und Legenden seiner Welt zu befassen, da es zu jener Zeit immer noch seine Absicht war, das ›Silmarillion‹ im Zusammenhang oder in der unmittelbaren Folge des ›Herrn der Ringe‹ herauszugeben. Er enthält zudem Texte über das Verhältnis von Elben und Menschen im Rahmen der imaginären Welt, in denen der Autor über philosophische und religiöse Fragestellungen nachsinnt.

Der zwölfte und abschließende Band, *The Peoples of Middle-earth* (1996) beschäftigt sich dann mit dem Prolog und den Anhängen zu *The Lord of the Rings*. Er enthält zudem das Fragment ›The New Shadow‹, eine Fortsetzung zum ›Herrn der Ringe‹, die Tolkien freilich bald aufgab, weil sie ihm selbst zu banal erschien, und ein weiteres Fragment aus der Sicht menschlicher Einwohner von Mittelerde. Dies war Teil eines Projekts, die Historie der Welt, die bislang in erster Linie durch die Augen der Elben und der von ihnen beeinflussten Völker gesehen wurde, nun auch aus anderen Blickwinkeln zu betrachten; mit dem fortschreitenden Alter des Autors wurde es nicht mehr realisiert.

Doch ist an diesen mit viel Sorgfalt und Sachkenntnis zusammengestellten Zeugnissen mehr als nur Futter für Tolkien-Freaks und Material für künftige Dissertationen? T. A. Shippey, ein bekannter englischer Kritiker und seinerzeit Nachfolger Tolkiens auf dem Lehrstuhl in Leeds, der mit *A Road to Middle-earth* (1982) die wohl beste Einführung in Tolkiens Denkweise gegeben hat, verweist in dem Nachwort der revidierten Ausgabe von 1992 auf eine Eigentümlichkeit der Lesart hin, an die man sich erst gewöhnen muss, wenn man sich mit solchen Texten beschäftigt. Der Leser ist es nämlich gewohnt, Literatur als Ergebnis zu sehen: als einen Text, den der Autor bis zu einer gewissen Vollendung gebracht hat. Was jedoch die ›History of Middle-earth‹ bietet, ist Literatur als Prozess, die Verflechtung der sich entwickelnden Historie einer imaginären Welt mit der Entwicklung der damit verbundenen Ideen im Leben des Autors.

Zudem, so hat es den Anschein, steckt hinter diesem immer wieder neuen Erzählen derselben Geschichten in immer wieder anderen Varianten und Textformen auch ein systematischer Ansatz. So gibt es allein von der Geschichte von Lúthien und Beren, der Elbenmaid und dem Menschen, der um sie wirbt, vier größere Fassungen, und in einer davon kommt das zentrale Element – dass Beren am Ende in seiner abgetrennten Hand im Maul des Ungeheuers den Silmaril, das Unterpfand seiner Liebe, trägt – nicht einmal vor! Der Eindruck, der sich aufdrängt, ist der, dass Tolkien in der kurzen Zeit eines Menschenlebens versucht hat, seine Geschichten einem künstlichen, komprimierten Alterungsprozess zu unterziehen, ähnlich dem, wie ihn mündliche Überlieferungen im Laufe von Jahrhunderten erfahren – ein Phänomen, mit dem Tolkien als Philologe vertraut war. Vielleicht ist so der Eindruck von Tiefe, von historischer Dimension, zu erklären, der dem ›Herrn der Ringe‹ in viel stärkerem Maße anhaftet, als es bei den oberflächlichen oder bloß enzyklopädischen Historien der meisten Fantasy-Romane der Fall ist.

Zumindest ein Vorurteil darf man nun wohl endgültig zu den Akten legen: dass Tolkien relativ wenig geschrieben habe. Er war im Gegenteil von einer immensen Produktivität, nur eben ein Perfektionist, der nur selten etwas so zu Ende zu führen vermochte, wie es seinen Ansprüchen entsprach. Vermutlich war es darum für ihn ein Glücksfall, mit dem ›Hobbit‹ auf die relativ harmlose Form des Kinderbuches gestoßen zu sein, die ihm die Freiheit gab, seine eigenen Ansprüche zurückzustecken.

Ist es aber, so erhebt sich zwangsläufig die Frage, legitim, Werke eines Autors an die Öffentlichkeit zu bringen, die von ihm in dieser Form nie zur Veröffentlichung vorgesehen waren? Bei einigen der kleineren Schriften wie *The Father Christmas Letters* (1976; dt. *Die Briefe vom Weihnachtsmann*, 1977), *Mr. Bliss* (1982; dt. *Herr Glück*, 1983) oder *Roverandom* (1998; dt. 1999), muss man sich ernsthaft fragen, ob es wirklich zulässig ist, die naiven Erzählungen und Handzeichnungen für die Kinder des Verfassers als literarische Schätze auszugeben. Die Edition der Manuskripte dagegen steht durchaus auf einem anderen Blatt. Wie Christopher Tolkien einmal gesagt haben soll, als man ihn beschuldigte, nun den Bodensatz des Fasses auszukratzen, um auch daran noch zu verdienen: ›Some barrel, some scrape.‹ (Sinngemäß: ›Nur wo ein Fass ist, lässt sich auch kratzen.‹) Zumindest wird derjenige, der sich darauf einlässt, die Erfahrung machen, dass sich für ihn immer weitere Bedeutungsebenen des Gesamtwerkes von Tolkien erschließen, die den persönlichen Genuss und den Wert der Lektüre steigern.

Natürlich ist das Ganze auch ein kommerzielles Phänomen. Die letzte umfassende Bibliographie, *J. R. R. Tolkien: A Descriptive Bibliography* (1993) von Wayne C. Hammond, nennt dankenswerterweise auch einige Auflagenzahlen. So hat sich zwar die britische Erstauflage der einzelnen Bände der ›History of Middleearth‹ in gebundener Form von anfänglich 5000 Exemplaren beim ersten auf 3000 beim neunten Band reduziert, doch zählt man die Buchklubausgaben mit hinzu, so relativiert sich das Verhältnis von 6000 zu 5000 – angesichts der Situation des britischen Buchhandels immer noch eine Größe, mit der man rechnen kann, von den Taschenbuch-Ausgaben ganz zu schweigen. Und Tolkien blieb somit weiterhin ein Autor, von dem immer wieder Neues erschien.

Nach der Übernahme von Tolkiens Originalverlag ALLEN & UNWIN (der kurzzeitig auch als UNWIN HYMAN firmierte) durch die HARPERCOLLINS-Verlagsgruppe kommt Tolkien zudem die ungewöhnliche Sonderstellung zuteil, dass er nicht nur literarisch *sui generis* dasteht, sondern nun gewissermaßen selbst zum Markennamen geworden ist – ein eigenes Verlagsimprint, das sich nur aus seinen Werken und dem Umfeld speist.

Mit der Vermarktung von Tolkiens Ideen hat es in Amerika begonnen. Schon bald nach dem großen kommerziellen Erfolg machte man sich an das erste Nebenprodukt, einen Tolkien-Kalender, der gleichfalls modellbildend für andere werden sollte. Der erste Kalender dieser Art erschien 1974, mit Illustrationen nach Ölbildern von Tim Kirk, einem begabten Zeichner aus der amerikanischen Science-Fiction-Szene, der diesen Zyklus auf dem College als Magisterarbeit vorgelegt hatte (und später für Hallmark und Disneyland arbeitete).

Schon Legende ist die Geschichte, wie ein halbes Jahr darauf zwei farbbeschmierte Gesellen in der Redaktion von HOUGHTON MIFFLIN, dem amerikanischen Tolkien-Verlag, auftauchten, mit Plastiktüten in den Händen, und Entwürfe zu Tolkien-Bildern zeigten. Um die Märchen-Illustrationen in abgetönten Acrylfarben, welche die insgesamt drei Kalender der Gebrüder Hildebrandt zierten, zu goutieren, bedurfte es schon damals eines gewissen Wohlwollens gegenüber dem Kitsch. Dennoch gelang es ihnen, die Institution eines Tolkien-Kalenders zu etablieren, und erst im Nachhinein mag man aus den vielen missglückten Ansätzen teilweise angesehener, teilweise unbekannter Genre-Künstler schließen, wie verteufelt schwierig es ist, Tolkiens Welt visuell umzusetzen.

Tolkiens eigene Zeichnungen und Aquarelle, die auf mehreren Kalendern erschienen, erweisen ihn als einen talentierten Naiven, der sich bezeichnenderweise in erster Linie auf Landschaften und Artefakte konzentrierte; Figuren kommen in seinen Arbeiten so gut wie gar nicht vor. Es scheint ein besonderes Merkmal von Tolkiens Werk zu sein, dass sich jeder Leser seine eigene Vorstellung von den Handlungsfiguren macht und bei deren bildlicher Darstellung meist enttäuscht ist. Dies geht einher mit Tolkiens eigener These, dass die bildliche Repräsentation in der Fantasy dem Betrachter den

Interpretationsspielraum raube, so wie er dies in seinem Essay ›On Fairy-Stories‹ (1936; dt. ›Über Märchen‹, in *Die Ungeheuer und ihre Kritiker*) dargelegt hat. Indes mag dies insbesondere auf seine eigene Erzählweise zutreffen, die eher allgemeine Charakteristika von Gestalten darstellt – oft in einer Metaphorik, die an die mittelalterliche Typendarstellung erinnert – als individuelle Züge.

Von den Illustratoren, die im Bildband *Tolkien's World* (1992) enthalten sind – welcher nur die britischen Kalender-Illustratoren vorstellt –, vermag Roger Garland allenfalls bei seinen metaphysischen Sujets aus dem Ersten Zeitalter zu überzeugen. Ted Nasmith ist ein weiterer talentierter Naiver, der in minutiös gemalten Landschaften faszinieren kann; seine Figuren sind steif und unglaubwürdig. Seine jüngeren Illustrationen zur Ausgabe des ›Silmarillion‹ von 1998 (teilweise auch im *Tolkien-Kalender 2000* wiedergegeben) verstärken diesen Eindruck. John Howe malt sehr stimmungsvoll, was Wiedergabe von Landschaft, Wetterbedingungen und Figuren betrifft, ist aber in handlungsbetonten Szenen nicht recht glaubhaft. Michael Hague, der den ›Hobbit‹ im Stil von Arthur Rackham illustrierte, verdient zumindest eine Erwähnung, wenngleich seine Figuren gleichfalls nicht überzeugen. Einige andere Künstler übergeht man besser mit Schweigen. Selbst der anerkannte amerikanische Comic-Zeichner Michael Kaluta, der den Kalender für 1994 geschaffen hat, kann mit seinen nervigen Figuren nicht den Geist der Hobbits und das mittelalterliche Ambiente des Romans wiedergeben.

Im Rückblick scheint es fast, dass neben den von mittelalterlichen Handschriften inspirierten Illustrationen von Pauline Baynes, die freilich mehr die kleineren Werke Tolkiens betreffen, die Gebrüder Hildebrandt für den ›Herrn der Ringe‹ immer noch eine der besten Interpretationen geschaffen haben; man wünschte nur, sie wäre nicht gar so disneybunt gewesen.

Am Rande sei noch eine Ausgabe des ›Herrn der Ringe‹ erwähnt, die nicht in den allgemeinen Handel gekommen ist, nämlich die der Londoner Folio Society (1977), einer englischen Buchgemeinschaft, vergleichbar der Büchergilde Gutenberg. Hinter der Illustratorin dieser Ausgabe, Ingahild Grathmer, verbirgt sich niemand anders als Königin Margarethe von Dänemark, die als junge Frau in Oxford studiert hatte. Die Zeichnungen, umgesetzt von Eric Fraser, in ihrem holzschnittartigen Stil an Tolkiens eigene Landschaftsbilder erinnernd, sind quasi vom Verfasser autorisiert – und es sind keineswegs die schlechtesten.

Außerdem darf man wohl sagen, dass der britische Tolkien-Verlag bei seiner einbändigen Jubiläumsausgabe zum ›Herrn der Ringe‹ mit Alan Lee einen guten Griff getan hat, einem Illustrator, der zuvor bereits ein stimmungsvolles Buch über Burgen, *Castles*, und einen Band mit Artus-Geschichten gestaltet hatte. Zumindest ist seine Aquarelltechnik von höherem künsterischen Rang als das Meiste, was die übrigen Interpreten beigetragen haben, und Lee vermag es, eine durchgehende Stimmung zu vermitteln, die vielleicht ein wenig düster und gedämpft in den Farben, aber durchweg ansprechend ist. Ein Teil der Bilder erschien auch im *Tolkien-Kalender 1993* sowie als Poster.

Dagegen kann man die Illustration der deutschen Jubiläumsausgabe von Anke Doberauer (1993) zu den misslungenen Experimenten rechnen. Schon die Technik, Fantasy-Fans für Fotos posieren zu lassen und diese Fotos dann unreflektiert in Primamalerei umzusetzen, ist fragwürdig, da sie allenfalls ein mit dem Werk verbundenes (und als negativ bewertetes) Phänomen illustriert, nicht aber das Werk selbst. Da die ›hochkünstlerischen Farbtafeln‹ – so der Klappentext, wohl um jeden, dem sie nicht gefallen, als Banausen hinzustellen – zudem schlicht und einfach hässlich sind, könnte man auch sie mit dem Mantel des Vergessens zudecken, würde diese

Vorgehensweise nicht einen Mangel an Respekt gegenüber den Intentionen des Autors und eine Verachtung für den Großteil der Leser bezeugen.

TOLKIEN MULTIMEDIAL

Ein weiteres Großprojekt, das im Jubiläumsjahr 1993 zu einem Medienereignis wurde, ist eine aufwendige Hörspielfassung des ›Herrn der Ringe‹.

Hier scheint die Umsetzung von Anfang an glücklicher gewesen zu sein als im visuellen Bereich. Bereits die erste, englische Hörspielfassung des ›Hobbit‹ von 1968, eine Produktion der BBC, ist ausgesprochen gut gelungen, etwa in der Eingangsszene, in der Bilbo der Hobbit dem Erzähler dauernd ins Wort fällt, was ihn schnell zu einem überzeugenden Charakter macht. Eine weitere Fassung folgte in den siebziger Jahren als dramatische Lesung, gesprochen von Nicol Williamson, einem bekannten Shakespeare- und Filmschauspieler, der unter anderem durch seine Rolle als Merlin in John Boormans *Excalibur* in Erinnerung ist. Die virtuose Verwendung verschiedener regionaler Akzente – Bilbo spricht mit einem Yorkshire-›lilt‹, Gandalf der Zauberer knappes Oxford-Englisch, die Trolle tiefsten Manchester-Dialekt – und der sparsame, aber stimmungsvolle Einsatz alter Musik gibt dieser Fassung ihren besonderen Reiz.

Die Hörspielfassung des ›Herrn der Ringe‹ der BBC schließt indes an den BBC-›Hobbit‹ an, wobei der Reiz für den Kenner des Buches nicht zuletzt darin liegt, dass insbesondere die Vorgeschichte hier, anders als in der Romanvorlage, chronologisch dargestellt wird. Auch die Stimmen der Darsteller vermögen zu überzeugen, und was vor allem besticht, ist die leitmotivisch eingesetzte Musik; so ertönt etwa jedes Mal, wenn der Ring in Aktion tritt, der auf- und wieder abschwellende Hauch einer

Panflöte, der dem Hörer nach einiger Zeit an sich schon Schauder über den Rücken jagt.

Um etwas völlig Eigenständiges zu schaffen, beschloss das Jubiläumsunternehmen von Peter Steinbach (Bearbeitung), Bernd Lau (Regie) und Peter Zwetkoff (Musik) für den SWF/WDR, die englische Fassung bewusst zu ignorieren und gegen die vorangegangene deutsche Fassung des ›Hobbit‹ anzukämpfen. Freilich war die Letztere schon ein Maßstab, dem es gerecht zu werden galt. Bernhard Minetti als Gandalf und – so seltsam es klingen mag – Adolf Tegtmeier (bekannt in seiner Kunstfigur als ›Jürgen von Manger‹) als ein absolut überzeugender Gollum, um nur die herausragenden Sprecher zu nennen, hatten hier ein Hörspiel vorgelegt, das mit Recht ein Klassiker genannt werden kann.

Nicht alles an dem deutschen Mammutprojekt *Der Herr der Ringe* ist gelungen und durchdacht. So fällt auf, dass man sich bei den ersten Folgen viel Zeit ließ, ehe die Handlung in Gang kam – Zeit, die dann am Ende fehlte, sodass die letzten Folgen sich handlungsmäßig überstürzen und die Geschichte zwei Kapitel vor Schluss endet. Oder dass der Textautor offenbar meinte, ein besserer Dichter als Tolkien zu sein und darum auf alle Gedichte zugunsten eigener verzichtete. Und der Purist mag bemäkeln, dass eine ganze Reihe von Namen falsch ausgesprochen sind; gewiss nur ein Detail, aber immerhin hatte sich die britische Crew bei ihrem Projekt zu diesem Zwecke eigens der Hilfe C. J. R. Tolkiens versichert, der ein entsprechendes Tondokument erstellte.

Dennoch mögen derlei Mängel die Hörer nur unwesentlich gestört und die Geschichte an sich nicht entwertet haben. Und so ist der Gesamteindruck der eines Projekts, bei dem man sich viel Mühe gegeben und ein durchaus achtbares Ergebnis erzielt hat.

In einem anderen Medium waren die Umsetzungen bislang nicht einmal der Mühe wert. Die Versuche, Tolkiens Werk zu verfilmen, haben bislang mehr oder minder im Desaster geendet. Angefangen von jenem ersten Versuch in den sechziger Jahren, bei dem Forrest J. Ackerman, ein amerikanischer SF- und Trivia-Sammler und vormals Herausgeber der Zeitschrift *Famous Monsters of Filmland*, federführend war, den ›Herrn der Ringe‹ im Disney-Stil umzusetzen, wozu Tolkiens eigene sarkastische Anmerkungen, enthalten in einem seiner Briefe, der beste Kommentar sind. Später war die Rede von einer Filmoption John Boormans, der in der Folge von *Zardoz* den Stoff in Irland als Spielfilm zu realisieren gedachte, sich dann aber *Excalibur* zuwandte. Schließlich wurde es 1978 doch ein Kinofilm, als Zeichentrickfilm aus dem Atelier von Ralph Bakshi, ein sehr heterogenes Produkt, in dem verschiedene Verfahren vermischt wurden, die nie ein einheitliches Gesamtbild ergaben. Die Charakterisierung der Hobbit-Gesellschaft als einer ›Späthippie-Kommune‹ ist ebenso pointiert wie gerecht, und die bonbonbunten Wälder und schlierenhaften Landschaften werden im Verlaufe immer düsterer und trostloser. Allenfalls die Szenen, wo Frodo im Kampf gegen den Schwarzen Reiter selbst in das Reich der Schatten eintritt, lassen ahnen, was aus einem solchen Film hätte werden können. Die Handlung geht auch nur bis zur Hälfte der Trilogie; ein geplanter zweiter Teil kam nie zu Stande. Nur für das amerikanische Fernsehen wurde das Werk fortgesetzt, von Arthur Rankin jr. und Jules Bass, im Stil angeglichen an ihre Zeichentrick-Verfilmung des ›Hobbit‹, der eher lustig und putzig genannt werden kann und gegenüber der Hörspielfassung inhaltlich stark vergröbert. Beide Filme, sowohl *The Hobbit* (1977) als auch *The Return of the King* (1979) wurden in Deutschland nie offiziell gezeigt.

Entsprechend dem Bakshi-Film wurde auch ein völlig unbemerkenswerter dreiteiliger Comic gezeichnet – von anderen Nebenproduktionen wie einem ›Herr-der-Ringe‹-Skatspiel ganz zu schweigen. Dagegen verdient die dreibändige Comic-Fassung des ›Hobbit‹ in der

Adaption von Charles Dixon, gezeichnet von David Wenzel (1989/90; dt. 1992/93) Beachtung als eine durchaus adäquate Umsetzung, insbesondere, was die englische Ausgabe betrifft, die fast ausschließlich Originaltext einsetzt, was für die deutsche Übersetzung nur bedingt gilt.

Im Nebensatz sollte auch der gelungene deutsche Versuch nicht unerwähnt bleiben, den ›Hobbit‹ auf die Bühne zu bringen, den das Hamburger THEATER FÜR KINDER 1994 unternahm, in einer Adaption von Barbara Hass, wobei die Geschichte naturgemäß verkürzt wurde. Der Tenor war der einer Parabel über die Sinnlosigkeit gewaltsamer Auseinandersetzungen, es sei denn, um Albträume zu besiegen. Stimmungsvoll in Szene gesetzt wurde dies mit Kostümen und Bühnenbildern des New-Age-Malers Angerer d. Ä. und mit Musik nach Melodien von Donald Swann, dessen Balladenzyklus *The Road Goes Ever On* (1967), im Stil des romantischen Kunstliedes für Klavier und Bariton eingerichtet, zumindest Tolkien selbst seinerzeit gefallen hatte, so ungewohnt konventionell diese Musik einem am modernen Pop-Geschmack orientierten Publikum erscheinen mag. Dem Musical *Der Herr der Ringe*, das 1998 in Berlin auf die Bühne gebracht wurde und trotz des Titels eigentlich den ›Hobbit‹ zum Thema hatte, war kein längerfristiger Erfolg beschieden.

Verschiedene Künstler haben sich an musikalischen Interpretationen zu Tolkiens Werk versucht, beginnend mit Bo Hanssons Synthesizer-Album *Lord of the Rings* (1972). Aus dem Umfeld des niederländischen Tolkien-Fandoms entstand eine *Lord-of-the-Rings*-Sinfonie, und auch aus den Kreisen der ›Filk‹-Szene, die sich auf den amerikanischen Science-Fiction-Conventions entwickelte und in der Folk-Tradition SF- und Fantasy-Themen in Lieder umsetzt, gibt es verschiedene Interpretationen von Tolkienschen Gedichten – teilsweise am Rande des urheberrechtlich Erlaubten. Davon ist *The Starlit Jewel* (1996) mit Musik von Marion Zimmer Bradley die interessanteste Produktion. Es gibt darüber hinaus auch die eine oder andere Interpretation von minderen Pop-Größen wie Ginger Baker oder Sally Oldfield sowie – sicherlich nicht die Musik, die Tolkien gefallen hätte – von der deutschen Hard-Rock-Gruppe Blind Guardian, die unter anderem mit *Nightfall in Middle-earth* (1998) ein Heavy-Metal-Album vorlegte, das ausschließlich dem ›Silmarillion‹ gewidmet ist.

An Hörbüchern, einem Medium, das nach Erfolgen in Amerika nun auch auf den deutschen Markt überschwappt, gab es schon Mitte der siebziger Jahre zwei Kassetten *J. R. R. Tolkien reads and sings The Hobbit and The Lord of the Rings* (1975), basierend auf Amateur-Aufnahmen eines Freundes von ihm mit dem Kassettenrekorder aus den fünfziger Jahren. Inzwischen liegt auch neben diversen kleineren Produktionen auf Englisch eine ungekürzte (!) Hörbuchfassung des ›Herrn der Ringe‹ von Rob Inglis vor (1990).

DER DIGITALE HOBBIT

Dass die Tolkienschen Elben, Zwerge, Trolle und Ents in einer vergleichbaren oder abgewandelten Form heute einer ganzen heranwachsenden Generation vertraut sind, ist vor allem einer Entwicklung auf einem anderen Sektor zuzuschreiben: dem Spiel. Dies liegt vor allem an dem Typus des Abenteuer-Rollenspiels, das auf Elemente des strategischen Tabletop-Spiels und der Konfliktsimulation zurückgriff und von Anfang an eng mit dem Fantasy-Genre verknüpft war. Ursprünglich hatte der in den siebziger Jahren von dem Amerikaner Gary Gygax entwickelte Prototyp *Dungeons & Dragons* nicht unmittelbar mit Tolkiens Konzepten zu tun, aber die Spielcharaktere entsprachen schon damals eher der ›High Fantasy‹ als der damals noch vorherrschenden ›Sword-and-Sorcery‹-

Literatur à la Robert E. Howard. Die gemischte Gruppe von Personen unterschiedlicher Fähigkeiten, in die sich eine Gruppe von Spielern hineinversetzt, hat ihr Vorbild in Tolkiens Ringgefährten.

Die Rollenspiele waren daher von Anfang an stärker dem Tolkienschen Muster verhaftet als etwa die eigentlichen strategischen Simulationsspiele, wo es bereits 1977 ein wenig erfolgreiches Spiel von SPI unter dem Titel *War of the Ring* gegeben hatte, illustriert vom bereits erwähnten Tim Kirk.

Im Zusammengang mit der Lizenzvergabe von Nebenprodukten zu dem *Lord-of-the-Rings*-Trickfilm wurde in den USA eine Firma gegründet, die sich TOLKIEN ENTERPRISES nannte und das Merchandizing von Figuren und Konzepten aus Tolkiens Welt betrieb. Ein *Middle Earth Role Playing System* (MERP, dt. MERS), basierend auf einem vereinfachten Regelwerk des Fantasy-Rollenspielsystems *Rolemaster*, erschien in Lizenz bei IRON CROWN ENTERPRISES (I.C.E.) ab 1982, bestehend aus Grundregel-Set und unzähligen ›Supplements‹, die Lokalitäten, Kulturen und Charaktere des Tolkienschen Universums ausführlich beleuchten. Außerdem erschienen vom gleichen Hersteller großformatige Karten, Bildbände und eine mehrteilige Enzyklopädie, *Lords of Middle-earth*, sowie drei Brettspiele, *The Fellowship of the Ring*, *Battle of the Five Armies* und *Lonely Mountain*. Das Grundregelwerk und eine Reihe von Ergänzungen erschienen auf Deutsch im LAURIN-VERLAG, bis zu dessen Zusammenbruch 1993. Es wurde dann von QUEEN GAMES weitergeführt; diese Fassung wurde jedoch, nicht zuletzt bedingt durch die allgemein sinkende Akzeptanz solcher Spiele und den damit zusammenhängenden Konkurs des Lizenzgebers, inzwischen eingestellt. Die rein enzyklopädische Qualität dieser Bände ist als gut recherchiert und gelungen zu bezeichnen, bis hin zu manchen Spekulationen, welche die Lücken in Tolkiens Schriften füllen. Freilich ist alles, was über den von ihm beschriebenen Rahmen hinausgeht – etwa die Beschreibung der südlichen und östlichen Länder von Mittelerde –, als kreative Fortführung der Geschichte mit anderen Mitteln, nicht als Bestandteil des ursprünglichen Werkes zu werten.

Dafür ist hier die visuelle Umsetzung durch Angus McBride, der ursprünglich als Illustrator im Bereich von Militär- und Naturgeschichte tätig war, ausdrücklich zu nennen, der mitunter ein glaubhafteres Bild vermittelt als die Kalender-Illustratoren.

Hervorzuheben sind in diesem Zusammenhang auch die vollplastischen Miniaturfiguren im 32-mm-Maßstab, die von der irischen Firma MITHRIL MINIATURES (PRINCE AUGUST) herausgebracht werden. Sie stehen in der Tradition jener Miniaturen, wie sie im 1-Zoll-Maßstab für strategische Tabletop-Spiele entwickelt und später für Rollenspiele verfeinert worden waren, sind jedoch feingliedriger und von hohem Detailreichtum und durchaus künstlerischem Rang. Der Designer Chris Tubb hat hier eine außergewöhnlich glaubhafte Version von Tolkiens Charakteren konzipiert, die manche der bildlichen Darstellungen in den Schatten stellt. Auch hier sind die an MERS angelehnten Weiterungen mit einer gewissen Vorsicht zu genießen, so interessante Varianten sie zum Teil ergeben mögen.

Eine der jüngeren Entwicklungen aus diesem Umfeld ist das *Middle-earth*-Sammelkartenspiel, das ebenfalls unter Lizenz von I.C.E. in Deutschland von QUEEN GAMES herausgebracht wurde. Die Sammelkartenspiele, bestehend aus einem Grundset und weiterer ›Blister‹-Packungen mit Ergänzungskarten unterschiedlicher Seltenheit, sind von dem Prototyp *Magic* abgeleitet. Dabei kann sich jeder Spieler sein eigenes Blatt zusammenstellen, wobei die Kombination der eigenen Karten, die jeweils unterschiedliche Möglichkeiten eröffnen und dabei mit anderen Karten zusammenwirken, in der Interaktion mit den Karten der Mitspieler den Spielablauf bestimmen. Während *Magic* ein reines Kampfspiel ist, gibt es im *Mittelerde*-Kartenspiel für jeden Spieler innerhalb von Mittelerde ein Ziel zu erreichen, wobei er verschiedene Stätten besuchen muss, um seine Karten ins Spiel zu bringen, und dabei durch die Aktionen seiner Mitspieler beeinflusst wird. Grundsätzlich ist es auch als Solitärspiel spielbar. Das Einzige, was als negativer Aspekt dieser Art von Spielen nicht verschwiegen werden sollte, ist, dass sie stark an den Sammeltrieb von Jugendlichen appellieren, wobei allein das Ausgangsspiel – es kommen meist noch thematische Varianten hinzu – mehrere hundert Mark kosten kann. Dafür besitzt man damit, da alle Karten mit vierfarbigen Illustrationen versehen sind, am Ende eine beeindruckende Miniatur-Galerie von Figuren und Szenen.

Im Computerspiel hat es Tolkiens Werk schon relativ früh zu Ehren gebracht. Zwar ging PARKERS *Lord-of-the-Rings*-Umsetzung beim Zusammenbruch des Videospielmarktes Anfang der achtziger Jahre verloren, doch erschien zu dieser Zeit würdiger Ersatz in der Form eines englischen Grafik-Adventures. *The Hobbit* (1982) von MELBOURNE HOUSE war ein Star der jungen europäischen Spielindustrie. Durch einen für die damalige Zeit extrem flexiblen Parser, spartanische Grafiken, die an Tolkiens eigene Illustrationen erinnerten, und eine geschickte Zusammenfassung der Handlung kam der Autor Philip Mitchell der Vorlage erstaunlich nahe. In den Folgejahren erschienen Versionen für alle gängigen Homecomputer. Dem Spiel war die englische Taschenbuch-Ausgabe des ›Hobbit‹ beigeheftet.

Jahrelanges Lizenzgerangel verzögerte das Erscheinen der Fortsetzungen *Lord of the Rings* (1986) und *Shades of Mordor* (1987), die zudem spielerisch nicht mehr überzeugen konnten. Danach blieb es eine Zeit lang still, bis MELBOURNE HOUSE 1989 mit *War in Middle Earth* die alten Lizenzen hervorkramte. Dies war freilich ein eher strategisches Spiel um die Armeen von Gondor und Rohan im

Kampf gegen Saurons Horden; die Handlungsfiguren des Romans wurden dabei zu bloßen Statisten degradiert. Ähnlich ist *Riders of Rohan* (1991) ein schwer genießbares Strategiespiel, das mit einem teuren Lizenz-Hintergrund schmackhaft gemacht werden soll.

Eng an die Handlung angelehnt ist dagegen INTERPLAYS *Lord of the Rings* (1990), das in seiner Gestaltung – eine schräg von oben gesehene Parallelperspektive, in der man Frodo und seine Gefährten durchs Auenland steuert – an die spieltechnisch wesentlich raffinierteren Folgen der *Ultima*-Serie erinnert. Für den Tolkien-Fan bietet es den Reiz einer teils vorgegebenen, teils mit Varianten gespickten Handlung. Zieht man den Wiedererkennungs-Bonus für Liebhaber der Romanvorlage ab, so bleibt ein für damalige Verhältnisse knapp überdurchschnittliches Programm übrig, das für den versierten Computer-Rollenspieler wenig Neues bot. Eine mit Filmclips (aus dem Bakshi-Film) für CD-ROM erweiterte Fassung fügt inhaltlich nichts Wesentliches hinzu.

Ansonsten sind Tolkien-inspirierte Software und Spielzeug zu vielfältig, um hier aufgezählt zu werden. Welches Rollenspiel verzichtet schon auf spitzohrige Elben, kunstreiche Zwerge und brutale, stupide Orks? Selbst eine Science-Fiction-Variante hat sich der englische Wargames-Konzern GAMES WORKSHOP einfallen lassen, in denen es von ›Eldar‹ (Elben), ›Squats‹ (Zwerge) und ›Space Orcs‹ wimmelt – Figuren, die aber mehr der eigentümlichen Punk-Kultur der britischen Großstädte entlehnt sind, als dass sich der Schöpfer von Mittelerde darin wiedererkannt hätte. Insbesondere die im Rahmenkonzept *Warhammer 40,000* enthaltenen faschistoiden Elemente zählen zu den bedauerlichsten Aspekten dieser Zeitströmung. Über diverse andere Nebenprodukte wie das *Lord of the Rings Tarot Deck* (1997; dt. bei CARTA MUNDI, Belgien, 1997) und das *Lord of the Rings Oracle* (1998), beide von Terry Donaldson, die wohl kaum den Intentionen Tolkiens entsprachen, sollte man lieber hinweggehen. Ganz zu schweigen von den *Middle Earth Action Figures* (1999) - Gandalf mit Plastikschwert, der Balrog mit leuchtenden Augen (mit Batterie) …

Ein für 1999 geplantes Computerspiel *Orcs* und ein groß angelegtes Internet-Rollenspiel *Middle-earth* mit Tausenden von Teilnehmern in der Art von *Ultima Online*, zu dem es bereits eine Internet-Seite mit Informationen gab, wurden vor der Realisierung wieder eingestellt.

Dagegen treten die neueren Brettspiele in den Hintergrund, die mit Ereigniskärtchen und Symbolplättchen Tolkiens Geschichte auf einen abstrakten Spielmechanismus zu übertragen versuchen. Während *Ringgeister* (QUEEN GAMES, 1993) von Jo Hartwig durch sein variables Spielfeld verblüffte, das immer neue Landschaften à la Mittelerde generierte, so war das Spiel selbst doch von einem recht hohen Abstraktionsgrad. *Hobbits* (QUEEN GAMES, 1994) von Jean Vanaise erwies sich dagegen als vergnügliches Spiel für die ganze Familie, in der jeder Spieler als Hobbit über das Spielbrett zog und gegen die anderen kämpfte. Dagegen ist *Der Herr der Ringe* (KOSMOS, 2000) von Rainer Knizia ein Versuch, die Geschichte des Romans selbst nachzuspielen. Das schön gestaltete Spiel leidet dann aber, zumindest ab der zweiten Partie, zunehmend daran, das die Abfolge der Ereignisse starr und unveränderlich bleibt. Man glaubt stets, es ließe sich eine bessere Strategie finden, ist aber letztlich dem Kartenglück und der Mechanik des Spiels ausgeliefert.

LICHT UND SCHATTEN

Das vorerst letzte Kapitel in der kommerziellen Auswertung von Tolkiens Werken wird eingeleitet durch die Neuverfilmung von *The Lord of the Rings*, für die NEW LINE CINEMA für 10 Millionen Dollar die Rechte erworben hat.

Verantwortlich für die Durchführung ist Peter Jackson, ein Kultfilm-Regisseur, der nie zuvor eine solche Großproduktion geleitet hat – wobei das ursprünglich veranschlagte Budget von 140 Millionen Dollar inzwischen auf 270 Millionen angestiegen ist, in der Filmgeschichte nur noch übertroffen durch die neue Trilogie vom *Krieg der Sterne*. Drehort ist Neuseeland, Drehbeginn war im November 1999, mit einer geplanten reinen Drehzeit von 18 Monaten. Die gesamte Trilogie wird somit zusammenhängend gedreht; der erste Teil, ›The Fellowhip of the Ring‹, soll vor Weihnachten 2001 in die Kinos kommen, gefolgt in Jahresabständen von ›The Two Towers‹ und ›The Return of the King‹.

Die Filmrechte lagen jahrelang bei Saul Zaentz, der bereits als Produzent für Ralph Bakshi und die Fernseh-Cartoon-Filme verantwortlich zeichnete, und es gab zunächst Verhandlungen mit MIRAMAX, einer Tochterfirma von Disney, die aber daran scheiterten, dass man dort nicht bereit war, drei Teile zu produzieren. Tolkien hatte im Übrigen testamentarisch verfügt, dass Disney keinen Einfluss auf seine Werke haben dürfe.

Als Akteure sind u.a. eine Reihe von bekannten Stars verpflichtet worden, darunter Ian McKellan als Gandalf, Ian Holm (der schon an der BBC-Hörspielproduktion des ›Hobbit‹ beteiligt war) als Bilbo, John Rhys-Davies als Gimli, Cate Blanchett als Galadriel und Christopher Lee (der sich als Tolkien-Fan aktiv um eine Rolle bewarb) als Saruman. Einige der Hauptrollen sind jedoch auch mit relativ unbekannten Schauspielern besetzt, so die Rollen der Hobbits mit Elijah Wood als Frodo und Sean Astin als Sam oder Viggo Mortensen als Aragorn. Um das Design des Films zu entwerfen, verpflichtete Jackson die beiden bekannten Tolkien-Illustratoren John Howe und Alan Lee.

Die Hobbits und Zwerge sollen per Computertechnik verkleinert und modifiziert werden. Einige der Monster und Wesen, so Gollum und der Balrog, werden vollständig im Computer erschaffen. Es soll 63 Sprechrollen geben und über 15 000 Statisten. Dank der modernen Digitaleffekte werden in den Schlachtszenen dann mehr als 200 000 Krieger gegeneinander antreten – die größte Schlacht, die es je auf der Leinwand gab.

Wenn die Trilogie erfolgreich ist, könnte sie sich als eine Goldgrube für NEW LINE erweisen, da die Firma auch die Rechte für den ›Hobbit‹ und weltweites Merchandizing besitzt. Auf der anderen Seite birgt das Projekt ein enormes Risiko. Dadurch, dass alle drei Teile gleichzeitig produziert werden, hat NEW LINE bei einem finanziellen Misserfolg des ersten Films nicht die Chance, dies durch nachträgliche Produktionen auszugleichen. Für die Vorabwerbung wird auch das Internet aktiv genutzt, wo z. B. seit Anfang 2001 ein Film-Trailer zum Download bereit steht, der bereits millionenfach heruntergeladen wurde.

Inwieweit die Geschichte dem Plot des ›Herrn der Ringe‹ treu bleibt oder ihn, insbesondere mit Blick auf die weiblichen Rollen, behutsam modifiziert, bleibt abzuwarten. Desgleichen ist es zum gegenwärtigen Zeitpunkt noch zu früh zu sagen, welchen bleibenden Einfluss die Hollywood-Verfilmung auf das Werk und dessen Rezeption haben wird. Zumindest muss man dem Regisseur die Absicht zugute halten, ›nicht nur ein einmaliges Kinoereignis zu erschaffen, sondern Tolkiens Werk auch mit dem Respekt und der Integrität zu behandeln, die es verdient‹.

Inwieweit das für die Randerscheinungen des zu erwartenden neuen Tolkien-Booms gelten mag, darf dagegen stark bezweifelt werden. Schon die im Vorfeld erschienene neue deutsche Übersetzung des ›Herrn der Ringe‹, welche die alte, ein wenig betuliche, aber grundsolide Fassung von 1970-71 radikal gegen den Strich bürstet, reduziert mitunter die sprachlichen Differenzierungen des Originals auf das Niveau einer Fantasy-Abenteuerstory. Wie zu erfahren war, hat GAMES

WORKSHOP die Lizenz für ein neues Mittelerde-Tabletop-System erworben. Bereits angelaufen ist eine Reihe von Billig-Zinnfiguren der Firma Harlequin, die dem Vergleich mit den Mithril-Miniaturen in keiner Weise standhalten. Neue Sammelkarten-Spiele, sowohl auf Papier als auch in digitaler Form, sind ebenso geplant wie Computerspiel-Umsetzungen. Auch im weiteren Umfeld – wie etwa das Harry-Potter-Phänomen belegt – ist somit die Aussicht auf zauberhafte Verkaufszahlen mit Magie und Mythos im beginnenden 21. Jahrhundert goldener denn je.

DER MYTHOS VON MITTELERDE

Was Tolkien seinerzeit in Bewegung setzte, hat zu Weiterungen geführt, die niemand so vorhergesehen hätte. Es gibt zum einen eine blühende Tolkien-Industrie in verschiedenen Medien, getragen von einer bleibenden Faszination mit seinen Figuren und Konzepten. Diese sind in mancher Hinsicht Teil der populären Kultur geworden und haben zumindest insofern den Status eines Mythos erreicht, wenngleich dies vom Schöpfer so nie beabsichtigt, ja, zum Teil sogar beklagt worden ist. Manche mythologischen Figuren sind heute eher in Tolkiens Interpretation bekannt als in ihrer ursprünglichen Gestalt. Dass dabei zumindest zum Teil noch die künstlerischen Inhalte mit transportiert werden, bezeugt deren nachwirkende Kraft.

Dagegen ist die wissenschaftliche Beschäftigung mit Tolkien weitgehend zum Erliegen gekommen. Dies ist umso verwunderlicher – und bedauerlicher –, als mit der Publikation der Manuskripte, welche zwar mit kommerziellem Aspekt, aber darüber hinaus mit einer bewundernswerten Geradlinigkeit und Beharrlichkeit durchgeführt wurde, über kaum einen zeitgenössischen Autor so viel an Material verfügbar und bibliografisch erfasst ist, Material, das noch der Auswertung harrt. Der Grund dafür mag teilweise darin liegen, dass vieles in der Tolkien-Exegese sich in speziellen Kreisen, etwa aus christlichem Blickwinkel, abspielt und dass eine eingehende Beschäftigung mit seinen Materialien und Konzepten leicht zu einer Faszination führt, die dem kritischen Urteil abträglich ist. Darüber hinaus aber sind für einige der eigentümlichen Merkmale von Tolkiens Werk – etwa die Entwicklung von Sprachen als Kunstform oder die Simulation historischer Entwicklungen in der Tradierung von Kulturgut – keine wirklich brauchbaren Erklärungsmodelle verfügbar. Ein Teil der Tolkienschen Faszination entzieht sich nach wie vor der Analyse.

Inwieweit das ursprüngliche Werk hinter diesem ganzen Überbau bestehen bleibt, ist heute zweifelhafter als noch vor ein paar Jahren. Es ist heute eher die Ausnahme als die Regel, dass ein Leser die Ideen im ›Herrn der Ringe‹ erstmals durch die Lektüre des Buches erfährt. Manche Elemente des Buches wirken allmählich veraltet, angefangen von banalen Dingen wie dem Genuss des Pfeifenkrauts bis hin zu grundsätzlichen wie der minderen Rolle der Frau. Gerade hier haben bei den Epigonen massive Korrekturen eingesetzt. Und insbesondere bei der jüngeren Generation wird die Entwicklung wahrscheinlich eher vom Buch wegführen als wieder hin zu den Quellen.

Dennoch bleibt festzuhalten, dass kein einzelnes Werk der Fantasy oder Science-Fiction einen solchen Umbruch in der Kultur der heutigen Generation herbeigeführt und mitgetragen hat. Heute, im Rückblick, könnte man Tolkiens Werk eher denn als mächtigen Findling als einen alten, einsamen, ein wenig morschen Baum bezeichnen, der immer noch in der Lage ist, Schatten zu spenden, und dessen Wurzeln sich weit und tief ins Erdreich ausbreiten, unerreicht vom Frost einer harten, kommerziellen Welt.

Wer sich näher mit Tolkiens Werk und Wirkung beschäftigen möchte, sei auf folgende Vereinigungen hingewiesen (Stand: Frühjahr 2001; alle Angaben ohne Gewähr):

Die *Inklings-Gesellschaft für Literatur und Ästhetik* e.V. (Kontaktadresse: Irene Oberdörfer, Wilhelm-Tell-Str. 3, 40219 Düsseldorf) ist eine wissenschaftlich und christlich orientierte Vereinigung, die sich mit den Autoren des Oxforder Kreises um Tolkien und C. S. Lewis beschäftigt.

Der *Erste Deutsche Fantasy Club* e.V. (Kontaktadresse: EDFC e.V., Postfach 1371, 94001 Passau; Internetseite: http://www.edfc.de) ist der älteste Fantasy-Club Deutschlands und befasst sich mit einer Vielzahl von Themen aus der Fantastik-, Abenteuer- und Trivialliteratur.

Seit 1998 gibt es als Fan-Club auch eine *Deutsche Tolkien-Gesellschaft* e.V. (Kontaktadresse: Andrea Pálinkás, Oscar-Wilde-Str. 17, 50858 Köln; Internetseite: http://www.tolkiengesellschaft.de).

ÜBER DIE AUTOREN

WINFRIED CZECH, Jahrgang 1955, war nach einer Baulehre und abgebrochenem Studium (Bauing., Germanistik und Geschichte) als Redakteuer beim *Deutschen SF Magazin* und den *Phantastischen Zeiten* tätig. Seit Ende der 80er ist er hauptberuflich Übersetzer – vornehmlich im fantastischen Bereich – und nebenberuflich Autor.

Schon als Junge von den Romanen Jules Vernes und Hans Dominiks fasziniert, kam er über *Perry Rhodan* und andere SF-Heftromanserien zuerst mit der angloamerikanischen SF, dann mit dem Horror-Genre und erst relativ spät mit der Fantasy in Berührung. Er weigerte sich lange, Tolkien zu lesen, doch nachdem er den ersten Band des *Herrn der Ringe* begonnen hatte, verschlang er die komplette Trilogie in einem Rutsch.

»Es mag viele Fantasy-Autoren geben«, sagt er, »die vielleicht spannendere, skurrilere, fantastischere oder humorvollere Romane geschrieben haben, aber bisher hat niemand die Komplexität eines J. R. R. Tolkien erreicht. Was den *Herrn der Ringe* besonders auszeichnet – neben der Tatsache, dass er ein ganzes Genre definiert hat –, ist die Akribie, mit der Tolkien eine Welt entworfen hat, die in sich schlüssig ist und in der sich alle Elemente zu einer glaubwürdigen Einheit ohne logische Brüche oder Wiedersprüche zusammenfügen. Obwohl sich jeder Autor tunlichst vor dem Versuch hüten sollte, Tolkien zu kopieren, ist er gut beraten, die Bücher des ›Godfathers‹ der Fantasy aufmerksam zu lesen und aus ihnen zu lernen, um dann seinen eigenen Weg zu finden.«

APRIL DILLINGER macht gerne ein Geheimnis um ihr Geburtsjahr. Irgendwann zwischen 1957 und 1962 erblickte sie das Licht der Welt. Sie studierte Natur– und Literaturwissenschaften, eine seltene Kombination, hatte eine Unmenge von Gelegenheitsjobs wie z.B. Taxifahrerin, Tellerwäscherin, Kellnerin, Barfrau, aber auch EDV-Spezialistin und IT-Technikerin. Sie arbeitete als Journalistin, als Buchhändlerin, Rundfunklektorin und war in der Forschung tätig. Zurzeit verdient sie ihr Geld als Übersetzerin und Redakteurin, hauptsächlich im Krimi- und Fantasy-Bereich. Die Zahl der Veröffentlichungen, die ihren Namen tragen, ist groß. Sie selbst ist eher klein. In der Schule trug sie den Spitznamen ›Sméagol‹ (»Gott sei Dank nicht ›Gollum‹!«).

»Ich weiß noch gut«, sagt sie, »wie ich zum ersten Mal den *Herrn der Ringe* gelesen habe. Es war mein erster Kontakt mit der Fantasy, und das Buch hat mir sprichwörtlich den Zugang zu neuen Welten eröffnet – und tut es auch heute noch, selbst nach mehrmaligem Lesen. Besonders fasziniert hat mich immer der Einfluß der dunklen Macht auf das Gute – also letztendlich in der Tat eine Figur wie Sméagol. Ich glaube, schon damals ist die Idee zu *Finrael* entstanden.«

Heute lebt sie irgendwo in der Nähe von Köln. Ihr Auto heißt übrigens Gollum, wegen der komischen Laute, die es immer von sich gibt.

Kerstin Gier hat als mehr oder weniger arbeitslose Diplompädagogin 1995 mit dem Schreiben von Frauenromanen begonnen. Mit Erfolg: Ihr Erstling *Männer und andere Katastrophen* wurde mit Heike Makatsch in der Hauptrolle verfilmt, und auch die nachfolgenden Romane erfreuen sich großer Beliebtheit. Ihre eigentliche Vorliebe gilt aber seit jeher der fantastischen Literatur. Schon als kleines Mädchen hat sie Fantasygeschichten erfunden, aufgeschrieben und mit eigenen Illustrationen versehen.

»J. R. R. Tolkien war und ist einer meiner Lieblingsautoren. Meine Geschichte vom armen Prinzen Jeremy Ohneland fand ihre Inspiration in Tolkiens Märchen *Bauer Giles von Ham*, welches von einem listigen Drachen namens Chrysophylax und dem Zauberschwert Schwanzbeißer handelt. ›Mein‹ Drache Brunophylax ist ein entfernter Cousin von Chrysophylax, wie man unzweifelhaft am Charakter und am Namen erkennen kann.«

Heute lebt Kerstin Gier, Jahrgang 1966, als freie Autorin mit Mann, Sohn, zwei verhexten Katzen, drei zauberkräftigen Hühnern und einer ständig schwankenden Anzahl von mysteriösen Goldfischen in einem Dorf in der Nähe von Bergisch Gladbach.

Wolfgang Hohlbein wurde 1953 in Weimar geboren. In Krefeld absolvierte er seine Schule und später eine Ausbildung zum Industriekaufmann. Doch seine eigentliche Liebe galt immer dem Schreiben. Zeitweise hielt er sich durch Nebenjobs wie etwa als Nachtwächter über Wasser, nur um schreiben zu können. Nachdem seine ersten Manuskripte zur Veröffentlichung angenommen waren, wagte er den entscheidenden Schritt und machte die Schriftstellerei zum Hauptberuf. Seine ersten Veröffentlichungen waren Geschichten im Science-Fiction- und Horror-Bereich. Unter verschiedenen Pseudonymen schrieb er Heftromane, doch seinen Durchbruch als Autor schaffte er in einem ganz anderen Genre. Als sein Fantasy-Roman *Märchenmond*, den er zusammen mit seiner Frau Heike verfasste, 1982 einen Wettbewerb des Ueberreuter-Verlags gewann, war damit ein neuer Jugendbuch-Autor geboren – und Wolfgang Hohlbeins erster von vielen Bestsellern auf diesem Gebiet. Dem abenteuerlich-fantastischen Genre sollte er auch weiterhin treu bleiben. Inzwischen zählt er zu den bedeutendsten Autoren der fantastischen Literatur in Deutschland. Als seine wichtigsten literarischen Vorbilder nennt er Michael Ende, Edgar Allan Poe, Stephen King, H. P. Lovecraft und natürlich J. R. R. Tolkien, zu dessen Ehren er bereits 1983 eine Geschichte mit dem Titel *Die Jäger* geschrieben hat.

ALEXANDER A. HUISKES, geboren 1968, stattete im heimatlichen Wallau und benachbarten Hochheim a. M. der jeweiligen Schule regelmäßig Besuche ab, bis er sein Abitur erhielt, studierte danach in Mainz Deutsch, Geschichte und Sozialkunde für das Lehramt an Gymnasien, schlug sich erfolgreich durch das Referendariat, arbeitet heute als Lehrer in Wiesbaden und erwirbt nebenbei noch die Lehrbefähigung für Wirtschaftswissenschaften. Neben dem Beruf und einigen Hobbies, von denen sein Bernhardiner und das Marionettentheater zu den zeitintensivsten zählen, schreibt, lektoriert und zeichnet er seit 1989 nebenbei – »zur Entpannung – und weil es süchtig macht«, wie er gerne sagt – und ist dem fantastischen Genre verbunden, seit er erstmals den *Herrn der Ringe* las. Seine Tätigkeit in diesem Genre begann später, aber wiederum mit Tolkien: als er sich als Übersetzer beim damaligen deutschen Lizenznehmer des Mittelerde-Rollenspiels bewarb, wurde er stattdessen in den Stab des Magazins *ZauberZeit* berufen, für dessen unabhängiges Nachfolgemagazine *Nautilus* er bis heute mit Rezensionen und Literaturfeatures aufwartet; für das Sammelkartenmaga-zin *Kartefakt* betreut er Star Wars– und Mittelerde-Kartenspiele; diesen journalistischen Bereich ergänzt er noch durch Lektorate (nach Arbeiten für die Mittelerde- und Star Wars-Rollenspiele mittlerweile vorwiegend für Science Fiction- und Fantasy-Romane) und das Feld der Schriftstellerei im engeren Sinne: von Rollenspiel-Abenteuern (z.B. für das Rollenspiel *Midgard*) über Hintergrundmaterialien (bspw. eine Enzyklopädie zu David Gemmells Drenai-Saga), Cartoons und Kurzgeschichten (wie im vorliegenden Fall) bis hin zu Romanen (etwa für die Reihe *Das Schwarze Auge*). Und manchmal müssen Tage eben 48 Stunden haben. Hofft er.

RUGGERO LEÒ wurde am 13. September 1969 in Jülich geboren. Schon in frühester Kindheit suchte ihn das unerschütterliche Bedürfnis heim, einen Roman zu schreiben, der von einem kleinen lustigen Völkchen handeln sollte, das im Auenland wohnt, Pfeife raucht und gerne lange schläft. Als er schließlich das Lesen erlernte, musste er jedoch erschüttert feststellen, dass ihm ein gewisser Herr namens Tolkien bereits zuvorgekommen war, und zwar schon um viele Jahre. Niedergeschlagen entschied sich Herr Leò, stattdessen eine Kurzgeschichte zu schreiben, die den Titel *Der Sohn des Kesselflickers* tragen sollte. Doch zuvor besuchte er noch rasch die Universität, schloss dort sein Lehramtsstudium ab und verdiente alsdann sein Brot als Lektor und Übersetzer. Heute lebt Ruggero Leò mit seiner Lebensgefährtin und einem Igel (der allerdings nur zum Überwintern bei ihm haust) in Bonn.

HELMUT W. PESCH wurde 1952 geboren. Er studierte Anglistik, Kunstgeschichte und klassische Archäologie; 1981 promovierte er an der Universität zu Köln mit der ersten deutschsprachigen Dissertation über Fantasy-

Literatur. Er gilt als einer der führenden Experten in Deutschland für Leben, Werk und Wirkung J. R. R. Tolkiens, über den er eine kritische Anthologie, *J. R. R. Tolkien: Der Mythenschöpfer*, und einen Band mit eigenen Aufsätzen herausgebracht hat, und besitzt eine umfangreiche Tolkien-Sammlung. Darüber hinaus ist er im Fantasy-Genre als Kritiker, Illustrator, Kartenzeichner, Übersetzer und Romanautor (u.a. *Die Ringe der Macht* und *Die Herren der Zeit*) bekannt geworden. Helmut W. Pesch ist verheiratet, hat eine Tochter und wohnt in Köln. (Homepage: www.helmutwpesch.de)

FRANK REHFELD wurde 1962 im niederrheinischen Viersen geboren. Er schrieb – teils unter Pseudonymen wie Frank Thys, Frank Garrett und Jessica Atkins – Romane für zahlreiche Heftserien wie *Die Abenteurer*, *Star Gate*, *Der Hexer* und *Dino-Land*, außerdem Bücher zu verschiedenen TV-Serien. Gemeinsam mit Wolfgang Hohlbein verfasste er den Roman *Giganten* sowie die Saga um *Garth & Torian*. »Durch Tolkien«, sagt er, »bin ich zur Fantasy gekommen. Besonders fasziniert mich an ihm die Akribie, mit der er seine Welt entworfen und ausgeschmückt hat.« Im Fantasy–Bereich hat er sich selbst inzwischen vor allem mit dem umfangreichen Zweiteiler *Die Legende von Arcana*, bestehend aus den Bänden *Die Dämmerschmiede* und *Die Drachenpriester* einen Namen gemacht. Auch *Die Insel der Elben* gehört zum Arcana-Zyklus.

RALPH SANDER, Jahrgang 1963, ist Autor (Roman: *Der Garten*, Sachbuch: *Das Star Trek-Universum*), Übersetzer, Spiele-Erfinder (›Kölle Alaaf‹), Filmkritiker (›20 Minuten Köln‹, ›choices‹). Sein erster Kontakt mit der Fantasy fand Ende der siebziger Jahre statt, in Gestalt der Corum–Serie von Michael Moorcock (ja, genau: mit dem Start der Fantasy-Reihe bei Bastei-Lübbe), seitdem ist er von dieser

Literaturgattung genauso fasziniert wie von der Science Fiction.

Über Tolkien sagt er: »Tolkiens Stellenwert in der Fantasy zu leugnen – das wäre in etwa so, als würde man Jules Verne absprechen, die bedeutendste Größe in der utopischen Literatur zu sein. Oder als würde man Georges Méliès' Schaffen zu einem unwichtigen Beitrag für die Entwicklung des Kinos erklären.

Ein großer Teil der Fantasy allerdings rückt Frauen viel zu wenig in den Mittelpunkt des Geschehens, und davon ist wiederum ein großer Teil recht frauenfeindlich. Das hat mich schon bei Tolkien gewundert. Angelía und die Kurzgeschichte *Mohaara* sollen helfen, ein Gleichgewicht zu schaffen.«

DIETMAR SCHMIDT sagt über sich: Geboren wurde ich 1963 in Oberhausen und ging nach dem Abitur zum Studium der Chemie nach Bonn. Den *Herrn der Ringe* lieh ich mir über die Osterferien 1980 von einem Freund und versank völlig darin. Der große Reiz, der für mich von Tolkiens Werk ausgeht, besteht darin, dass ich es jedes Mal, wenn ich es neu lese, mit anderen Augen sehe und neu erlebe, als hätte ich noch nie von Mittelerde gehört und wüsste nicht, was geschehen wird.

Durch die Vermittlung eines Freundes (Danke, Axel!) kam ich Anfang 1995 zum Übersetzen, das ich mittlerweile zu meiner Hauptbeschäftigung gemacht habe. Als Stefan Bauer anfragte, ob ich mich nicht auch einmal als Autor versuchen möchte, war ich begeistert, aber gleichzeitig auch verunsichert. Ausgerechnet eine Hommage an Tolkien … Aus diesem gewaltigen Panorama eine Winzigkeit herausgreifen, die man in eine kurze Erzählung packen kann … und dann erinnerte ich mich an eine ausgezeichnet bemalte Zinnfigur, die ich einmal gesehen hatte, einen menschlichen Hauptmann in Sarumans Diensten. An der 32 mm hohen Figur waren noch die

Roststellen an den Ringen des Kettenhemds säuberlich bemalt, und ich fragte mich, wie ein Söldner, dessen Leben doch von der Verlässlichkeit seines Zeugs abhängt, seine Rüstung dermaßen vernachlässigen kann. Von da an spann sich die Geschichte des Geläuterten beinahe wie von selbst fort ...

RAINER SCHUMACHER wurde 1966 in Neunkirchen/ Rheinland geboren. Nach Schule und Wehrdienst studierte er Politikwissenschaft und Slavistik in Bonn und London. Er arbeitete unter anderem im Rundfunk und Public-Relations-Bereich, bis er 1996 seine jetzige Tätigkeit als freier Übersetzer und Redakteur aufnahm. Fantasy und vor allem natürlich Tolkien faszinierten ihn schon seit frühester Jugend, und so nimmt es nicht Wunder, dass er schon mehrfach in diesem Bereich als Übersetzer tätig war, von Marion Zimmer-Bradley bis Jack Vance. *Es gibt keine Abenteuer* ist seine erste eigene Geschichte.

TIMOTHY STAHL wurde 1964 in den USA geboren und wuchs in Deutschland auf, wo er hauptberuflich als Redakteur für Tageszeitungen sowie als Chefredakteur eines Wochenmagazins tätig war. Von Kindesbeinen an eine Leseratte, setzte er sich schon im frühen Jugendalter selbst an die Schreibmaschine und hämmerte eigene Geschichten in die Tasten. Seine ersten professionellen Veröffentlichungen erschienen Ende der achtziger Jahre. In der Folge avancierte das Hobby Schreiben zum Nebenberuf.

Im Januar 1999 kehrte Timothy Stahl in die USA zurück, wo er mit Frau und Sohn in Las Vegas, Nevada, lebt. Seitdem ist das Schreiben sein Hauptberuf, außerdem arbeitet er als Übersetzer im Roman- und Comicbereich.

Für die Verlagsgruppe Lübbe schrieb er z.B. an den

Romanserien *Trucker-King* und vor allem *Vampira* mit. Zusammen mit seinem Freund und Kollegen Manfred Weinland verfasste er die ersten Hardcover-Bände der Serie *Das Volk der Nacht*. Aktuell zählt er u. a. zu den Autorenteams der Serien *Maddrax* und *Jerry Cotton*. Daneben veröffentlicht er Kurzgeschichten. Mittlerweile hat die Zahl seiner Publikationen die Hundert überschritten.

Den *Herrn der Ringe* hat er über die Jahre einige Mal gelesen und, wie er sagt, »in jedem Alter ein bisschen anders empfunden«. Für die eigene Arbeit hat er aus Tolkiens Werk vor allem eine Lehre gezogen: »Nicht nur die Figuren einer Geschichte müssen leben, auch die Welt, in der sie agieren, muss lebendig sein und selbst Charakter haben. Der Leser muss diese Welt sehen, riechen und schmecken können; er muss glauben, dass es sie gibt – mag sie auch noch so fantastisch sein.«

HORST HERMANN VON ALLWÖRDEN wurde am 12. Mai 1964 geboren und wuchs in einer kleinen Bauernkate auf, umgeben von Hühnern, Gänsen und anderem Getier, im Kehdinger Land, nordwestlich von Hamburg unweit der Elbe, wo er auch heute noch lebt. Im zarten Alter von neun Jahren begann er Horror-Romanhefte zu sammeln und fand sich dann auch im Fandom wieder, wo er als Rezensent, Autor und Herausgeber von zahlreichen Fanzines reüssierte. Längst ist er – auch aufgrund seiner markanten Erscheinung – auf Kongressen und Treffen bekannt. Abgesehen von Romanheften, hat er auf dem Fantasysektor bisher zusammen mit Helmut W. Pesch *Die Kinder der Nibelungen* und *Die Ringe der Macht* veröffentlicht. Er hat auch eine kaufmännische Ausbildung und arbeitet zur Zeit bei einem bekannten Pharma-Konzern in Wedel bei Hamburg. Seine Liebe zu Tolkien und zur Fantasy entdeckte er erst mit 15, aber die Liebe zu beiden hielt und förderte seine eigene Kreativität. Für sein

Fanzine *Zauberspiegel* entwickelte er zusammen mit Norbert Aichele und Petra Köhpcke die Fantasywelt Exermon, in der auch die Geschichte *Ein reines Herz* angesiedelt und von der noch einiges in Planung ist. Über Tolkien sagt er: »Er hat für die Fantasyautoren Dämme gebrochen und ist ein Vorbild. Fast alle haben sich vom *Herrn der Ringe* inspirieren lassen. Und natürlich übt das Werk auch auf den Leser eine ungebrochene Faszination aus. Ein Phänomen. Und ich nehme den *Herrn der Ringe* immer wieder mit Freuden zur Hand, um darin zu lesen.«

Nach dem ›Herrn der Ringe‹ war die Welt der Fantasy nicht mehr dieselbe. Kaum ein anderes Werk hat einen solchen Einfluss auf eine ganze Literaturgattung ausgeübt. In dieser außergewöhnlichen Anthologie verbeugen sich einige der bedeutendsten Autoren des Genres respektvoll vor ihrem großen Vorbild J. R. R. Tolkien, mit Geschichten, die sie speziell zu seinen Ehren geschrieben haben:

TERRY PRATCHETT,
STEPHEN R. DONALDSON,
ROBERT SILVERBERG,
GREGORY BENFORD,
JANE YOLEN,
CHARLES DE LINT,
DENNIS L. McKIERNAN,
PETER S. BEAGLE,
POUL UND KAREN ANDERSON,
JOHN BRUNNER,
PATRICIA A. McKILLIP
und viele mehr

ISBN 3–404–13803-1

3-404-20333-X

3-404-20401-8

HELMUT W. PESCH

& Horst von Allwörden

Abgeschieden von der übrigen Welt, umschlossen von Meer und Bergen, liegt Elderland, die Heimat des friedfertigen Ffolks. Das Ffolk ist stolz auf seine Geschichte und hortet im großen Museum zu Aldswick viele seltsame und kuriose Dinge aus der Vergangenheit. Doch als die düsteren Schatten dieser Vergangenheit sich auf das Land legen und eine Gefahr heraufzieht, die alle schon längst gebannt geglaubt, treten Geheimnisse zutage, von denen niemand etwas ahnte. Nun muss sich das Ffolk bewähren. Das Schicksal des ganzen Imperiums lastet auf einer kleinen Gruppe treuer Freunde, die zu einer abenteuerlichen Reise aufbrechen, welche sie an die Grenzen der Welt führen wird, zum Anfang und

FRANK
REHFELD

Epische Fantasy im
Stil von Tolkien und
Marion Zimmer Bradleys
Darkover-Zyklus.

Arcana ist eine archaische
Welt, die bisher nur friedliche Zeiten erlebte. Doch
plötzlich tauchen Elfen
auf und berichten von
Dämonen, die durch eine
Bresche zwischen den
Welten nach Arcana ein-
zufallen versuchen. Der
Orden der Magier von
Cavillon entsendet eine
Expedition – die bald in
einen Hinterhalt gerät.
Nur mit Hilfe eines ge-
heimnisvollen Fremden
können die Ordensbrüder
entkommen: Kenran Del,
ein irdischer Raumfahrer,
der auf Arcana Schiff-
bruch erlitten hat und
plötzlich das Geschick der
Welt in Händen hält . . .

3-404-20373-9

3-404-20376-3

ROGER TAYLOR

Traum finder

Fantasy-Roman

ISBN 3-404-20262-7

ROGER TAYLOR

das Lied des Glaubens

Roman

ISBN 3-404-20330-5

BASTEI LÜBBE

ROGER TAYLOR
DIE STADT DER KRISTALLE

ROMAN

ISBN 3-404-20338-0

Krieg im Paradies
Fantasy-Roman

ISBN 3-404-20309-7

Rückkehr der Helden
Fantasy-Roman

ISBN 3-404-20313–5

Der endlose Knoten
Fantasy-Roman

ISBN 3-404-20317–8

DAS LIED VON ALBION

Das Gleichgewicht
zwischen unserer Welt
und der
paradiesischen
›Anderwelt‹
ist gestört –
der Beginn eines
gewaltigen Kampfes
zwischen
Gut und Böse

ISBN 3-404-20405-0   ISBN 3-404-20410-7

Stellen Sie sich eine Welt vor, in der Darwin auszieht, die Naturgesetze zu erforschen – und alles, was er vorfindet, ist Magie.

Auf eine Reise um die halbe Welt entsandt, folgt der junge Forscher Tristam einem geheimnisvollen Vogel auf eine entlegene Insel. Gestrandet in einem Land der Legenden, das seiner wissenschaftlichen Weltsicht trotzt, muss Tristam feststellen, dass das Erbe der Magier doch noch nicht erloschen ist …